KNAUR

Im Knaur Taschenbuch Verlag sind bereits folgende Bücher des Autors erschienen:
Der Bastard von Tolosa
Die Comtessa
Die Hure Babylon

Die Normannen-Saga:
Das Schwert des Normannen
Die Rache des Normannen

Über den Autor:
Ulf Schiewe wurde 1947 geboren. Eigentlich wollte er Kunstmaler werden, doch statt der »brotlosen Kunst« machte er Karriere in der Industrie und lebte lange Jahre im Ausland, darunter in Frankreich, Schweden und Brasilien. Seit frühester Jugend liebt Ulf Schiewe historische Romane und spannende Geschichten in exotischer Umgebung. Ulf Schiewe ist verheiratet, hat drei erwachsene Kinder und lebt in München. Kontinuierlich wächst die Fangemeinde von Ulf Schiewes spannenden und brillant recherchierten historischen Romanen. Mit der Normannen-Saga gelang ihm der Durchbruch. Besuchen Sie den Autor auf seiner Homepage: www.ulfschiewe.de

ULF SCHIEWE

Der Schwur des Normannen

ROMAN

KNAUR

Besuchen Sie uns im Internet:
www.knaur.de

FSC
www.fsc.org
MIX
Papier aus verantwortungsvollen Quellen
FSC® C083411

Originalausgabe Mai 2015
Knaur Taschenbuch

Redaktion: Kerstin von Dobschütz
Umschlaggestaltung: ZERO Werbeagentur, München
Umschlagabbildung: © Stephen Mulcahey / Arcangel Images; FinePic®, München
Karte: Computerkartographie Carrle
Satz: Adobe InDesign im Verlag
Druck und Bindung: CPI books GmbH, Leck
ISBN 978-3-426-51640-9

4 6 7 5 3

Inhalt

Adriatisches
Meer
Chieti
Casauria
Rom
Sora
Civitate
Monte Sant'Angelo
Aquina
Monte Cassino
Siponto
Canne
Teano
Troia
Trani
Fondi
Gaeta
Benevento
Ascoli
Bari
Capua
Andria
Conversano
Aversa
Melfi
Venosa
Genzana
Monopoli
Napoli
Avellino
Acerenza
Brindisi
Amalfi
Salerno
Taranto
Paestum
Grumento
Otranto
Policastro
Castrovillari
Scribla
Rossano
San Marco
Bisignano
Tyrrhenisches Meer
Cosenza
S. Severina
S. Euphemia
Tropea
Mileto
Messina
Palermo
Rometta
Reggio
Troina
Mazara
Taormina
Castriogiovanni
Enna
Catania
Agrigento
Syrakus
N
W
O
S
0
200 km

In der Hitze Kalabriens

Kalabrien, Juli 1054

Manchmal steht man vor Entscheidungen, die einem alles abfordern, bei denen der Verstand nicht hilft, höchstens, auf das eigene Herz zu hören. Dabei weiß man oft vorher nicht, ob man etwas Ehrenhaftes tut oder ob man die größte Dummheit seines Lebens begeht. So ging es mir in jenen Tagen, von denen ich erzählen will.

Es war später Nachmittag und immer noch sengend heiß. Ich war schweißgebadet unter meinem schweren Kettenpanzer, und die gleißende Sonne über den Höhen der Montagna Magna schien mir unangenehm in die Augen. Mit zusammengekniffenen Lidern beugte ich mich im Sattel vor und trieb meine Stute Alba voran. Ich hatte es eilig.

Statt wie die anderen unten am Fluss im Schatten eines Baumes zu verschnaufen, hatte ich nichts Besseres zu tun, als diesen in der Hitze schwelenden Berg hinaufzureiten. Ich wollte so schnell wie möglich San Marco Argentano erreichen, dessen winzige Dächer weiter oben im grellen Licht des Südens glitzerten. Robert Guiscard hatte den Ort vor ein paar Jahren erobert und zur Festung ausgebaut. Und dort wartete jemand, so spürte ich, der mein Leben verändern würde.

Es war das Geständnis, das dieser Hundsfott Tancred mir gerade gemacht hatte, völlig überraschend und so unwahrscheinlich wie ein wirrer Traum. Und doch hatte er geschworen, dass es wahr sei. Und nun musste ich mich selbst überzeugen.

Die Getreidefelder und Olivenhaine der Ebene lagen längst hinter mir. Die Straße schlängelte sich steil bergan zwischen Büschen und niedrigem Baumbewuchs hindurch. Zikaden zirpten ihr eintöniges Lied. Rechts und links ragten grauweiße Felsbrocken aus dem Gestrüpp und warfen die aufgespeicherte Glut des langen Sommertages zurück, sodass es sich anfühlte, als ritte man durch einen Backofen. Albas verdrossenes Schnauben verriet, was sie davon hielt, sich in der Hitze abzumühen. Nicht nur der Anstieg machte ihr zu schaffen, auch die unregelmäßigen, in der Sonne hart gebackenen Karrenfurchen, die sich beim letzten Regen tief in den Weg gegraben hatten.

Wir waren nicht allein, denn am Seil führte ich Saura mit, mein zweites Pferd, eine kräftige Fuchsstute. Eigentlich war sie ein lebhaftes Tier, doch jetzt folgte sie nur widerwillig. Und auch mein struppiger Abruzzenhund Loki schleppte sich lustlos mit hängender Zunge dahin. Beide hatte ich während meines kurzen Aufenthalts in Salerno aufgegabelt. Saura war eines von Roberts vielen Ersatzpferden gewesen, und der Hund war mir zugelaufen.

Inzwischen war ich an einer flacheren Stelle angelangt. Hier standen Rebstöcke in sauberen Reihen hinter einer niedrigen, aus Feldsteinen aufgetürmten Mauer. Ein paar Hundert Schritte weiter und von dunklen Zypressen umgeben lag die Hütte des Weinbauers. Sein Wachhund bellte kurz, sonst war es still, als hätten Mensch und Tier sich vor der Sonnenglut verkrochen.

Hinter mir hörte ich Thore rufen, mein bester Freund unter den Kameraden, mit denen ich einst aus der Normandie in dieses Land gekommen war. Mehr als einmal verdankte ich mein Leben seinem Geschick mit dem Bogen. Warum ich es so eilig habe, brüllte er, und ich solle doch verdammt noch mal auf ihn warten.

Widerstrebend zügelte ich die Stute im Schatten einer mächtigen Pinie. Darunter stand ein steinernes Christenkreuz, vor dem ein Strauß vertrockneter Blumen lag. Wie überall in Italia waren auch in dieser Gegend die Menschen treue Anhänger des Gekreuzigten, wobei sie hier vor allem nach den Bräuchen der Ostkirche beteten. Den Unterschied habe ich bis heute nicht verstanden, obwohl die Christen ihn sehr ernst nehmen.

Ich sah mich nach Thore um, dessen helles Haar wie eine Fackel in der Sonne leuchtete. Dabei wanderte mein Blick über die im grellen Licht flimmernde Ebene des *fiume* Crati unter uns, mit ihren abgeernteten Weizenfeldern, Olivenhainen und kleinen Bauernhöfen. Weit im Osten waren im Dunst noch schwach die blauen Berge der Sila Greca zu erkennen. Zur Linken und in nördlicher Richtung die Umrisse eines mächtigen Gebirgszugs, den sie Pollino nennen. Zwischen beiden verwandelte sich die fruchtbare Ebene in fieberverseuchtes Sumpfland, durch das der Crati sich wand, bis er in weiter Ferne ins Ionische Meer strömte.

Ein sanftes Lüftchen wehte von dort herüber, aber viel zu schwach, um den Schweiß auf dem Gesicht zu kühlen. Irgendwo da unten musste das Dorf sein, in dem Gerlaine von Sarazenen geraubt und entführt worden war.

Ich hatte schon vor Wochen davon erfahren und war deshalb den langen Weg von Salerno hierhergekommen. Schließlich war sie einmal meine Liebste gewesen. Ich wollte nicht, wie andere, mich einfach mit der Sache abfinden, auch wenn ich ihr jetzt kaum noch helfen konnte. Immerfort verfolgten mich quälende Bilder. Gerlaine in Ketten auf dem Sklavenmarkt oder im Palast eines reichen Mauren, schlimmer noch, in einem Hurenhaus. Vielleicht wurde sie gerade in diesem Augenblick erniedrigt, geschlagen, gequält. Bei solchen Gedanken wurde mir ganz übel, und der Hass auf ihre Entführer wollte mir schier den Atem rauben.

Aber wer konnte wissen, wohin man sie verschleppt hatte? Überall mochte sie jetzt sein. In Palermo, Tunis oder Kairo. Orte, von denen ich gehört, aber keinerlei Vorstellung hatte. Wie sollte man sie jemals wiederfinden? Zu diesem Schluss war auch ich am Ende gekommen. Und außerdem: Hatte sie mich nicht verlassen und sich diesem verdammten Tancred an den Hals geworfen? Was sollte ich mich einmischen? Wenn, dann war er es, der zuständig war, der sich darum kümmern musste, was mit seinem Weib geschah. Unsinnig, überhaupt den langen Weg hierherzureiten.

So hatte ich gedacht in diesen letzten Tagen unserer Reise. Das heißt, bis wir heute Nachmittag eben diesem Tancred und seiner Patrouille über den Weg gelaufen waren. Bis er mich aufgeklärt hatte.

»Was zum Teufel ist denn los, Gilbert?«, rief Thore, als er endlich bei mir angekommen war. Er fluchte über die Hitze und wischte sich den Schweiß von der Stirn. »Was hat Tancred dir geflüstert, dass du wie ein Wilder losgeritten bist?«

Ich wies mit dem Kopf auf die fernen Festungsmauern über uns. »Es scheint, dass ich einen Sohn habe. Dass er da oben auf mich wartet.«

Thore tippte sich an die Stirn. »Einen Sohn? Verdammt, Gilbert, für Witze ist es zu heiß.«

Es war in der Tat zu heiß. Die Gäule standen lustlos mit hängenden Köpfen da. Nicht einmal das frische Gras ein paar Schritte weiter schien sie zu locken. Thore zog den Stöpsel aus seiner Feldflasche und nahm einen langen Zug. Dabei lief ihm Wasser in den blonden Bart. Den Rest goss er sich über Kopf und Gesicht. Er war ein gut aussehender Kerl mit kräftigen Armen und breiten Schultern, der unbekümmert durchs Leben schritt, immer gern mit einem Scherz auf den Lippen. Er hatte so einen Blick an sich, der die Weiber schwach werden ließ. Eine Tatsache, die er schamlos ausnutzte.

»Ich wollte es zuerst auch nicht glauben. Aber Tancred behauptet, nicht er, sondern ich sei der Vater. Und das Kind sehe mir ähnlich.«

»Das will er dir weismachen? Aber Gerlaine hat doch ihn geheiratet und nicht dich.«

»Das haben sie alle Welt glauben lassen, damit es besser aussieht. In Wirklichkeit wollte sie gar nicht heiraten. Und dass der Junge von mir ist, hat sie ihm am Ende gebeichtet. So behauptet er jedenfalls.«

»Hol mich doch der Teufel!«

»Das hab ich auch gedacht. Aber warum sollte er lügen? Und natürlich ist er wenig erfreut darüber, um es milde auszudrücken.«

»Warum ist sie dann nicht bei dir geblieben, das verrückte Weib? Wenn sie doch von dir schwanger war?«

»Das fragst du noch? Wegen Hermelinda natürlich.«

Hermelinda und Geretrudis waren zwei hübsche Schwestern in Melfi, mit denen Thore, immer flott mit den Weibern, angebändelt hatte. Sogar gewohnt hatte er eine Weile bei ihnen. Sein Liebchen war Geretrudis gewesen. Und ich war ein paarmal bei ihrer Schwester schwach geworden. Das war, als Gerlaine ein Jahr lang hier in Argentano im Dienste von Roberts Frau verbracht hatte. Dabei hatte ich ihr vorher hoch und heilig die Treue geschworen. Irgendjemand musste ihr meinen Fehltritt geflüstert haben, und als ich dann von der Schlacht bei Civitate heimgekehrt war, war sie verschwunden. Zurück nach Argentano, hieß es. Ich solle mich zum Teufel scheren und nie wieder blicken lassen, hatte sie mir von Maria, der Schankmagd, ausrichten lassen.

»Scheiße!« Thore grinste gequält. »Tut mir immer noch verdammt leid, dass ich dich da reingeritten habe. Aber wenn man sich auf eines verlassen kann, dann ist es, dass die Weiber tratschen. Trotzdem. Sie ist ein verdammter Hitzkopf. Sich so einfach ohne ein Wort davonzumachen. Sie wollte sich wohl rächen.«

»Wäre damals nicht Roberts eiliger Auftrag gewesen, hätte mich nichts gehalten, ihr nachzureiten. Als ich es endlich konnte, hieß es, sie habe diesen Tancred geheiratet.«

Thore lachte. »Tancred, die Wühlmaus.«

Das war, als wir zuerst nach Kalabrien gekommen waren, eine abgerissene Truppe von drei Dutzend beutegierigen Kerlen. Roberts Bruder hatte ihm diese verlotterte Burg nahe Cassano zugewiesen, Scribla hieß sie. Ein Teil ihrer kleinen Besatzung war an den Dämpfen aus den Fiebersümpfen erkrankt, die anderen der Trunksucht verfallen und den Huren, mit denen sie gehaust hatten, umgeben von ihrem eigenen Unrat. Robert war so wütend auf Tancred, ihren versoffenen Anführer, geworden, dass er ihn verprügelt und zum Teufel geschickt hatte. Aber der hatte nicht gehen wollen, und am Ende hatte Robert nachgegeben. Um sich seiner würdig zu erweisen, hatte der Mann tagelang ohne Essen oder Schlaf ganz allein geschuftet und eigenhändig den Burggraben vertieft. Das hatte uns Bewunderung abgerungen, und seitdem vertraute Robert ihm.

Auch ich musste lachen. »Wühlmaus ist gut. Weißt du noch, wie er ausgesehen hat? Schwarz vor Dreck von oben bis unten.« Aber dann wurde ich wieder ernst. »Ausgerechnet der ist jetzt der große Kastellan von Argentano und hat mir Gerlaine weggeschnappt.«

»Nur heiraten wollte sie ihn nicht.«

»Er meint, er habe schon gemerkt, dass sie immer noch mich im Kopf hatte. Das hat ihn verrückt gemacht. Und zuletzt habe sie es zugegeben. Klar, dass er sich aufs Kreuz gelegt fühlt.«

Eigentlich war ich nach Argentano gekommen, um mich mit diesem Kerl zu prügeln, Kastellan oder nicht. Dafür, dass der Hund nicht besser auf sie aufgepasst hatte. Doch nachdem er mir heute Nachmittag sein Leid geklagt hatte, hatte ich es nicht mehr gekonnt. Verdammt noch mal, die Weiber wissen oft nicht, was sie einem antun. Auch ein Tancred hatte das nicht verdient.

»Sie hat euch beide hintergangen«, sagte Thore. »Dich lässt sie sitzen und verheimlicht dir dein Kind. Und ihm wollte sie es unterschieben. Möchte wissen, was sie sich dabei gedacht hat.«

»Ist doch irgendwie auch meine Schuld. Hermelinda konnte sie mir nicht verzeihen. Du weißt, wie stolz sie ist.«

Gerlaine stammte aus unserem Dorf in der Normandie. Nachdem ihre Mutter gestorben war, hatte sie es nicht mehr bei ihrem griesgrämigen Stiefvater ausgehalten. Unbedingt hatte sie mit Roberts kleiner Truppe mitkommen wollen, die aufgebrochen war, um der Rache des Herzogs zu entfliehen. Wegen seiner Beteiligung an jenem blutigen Aufstand. Während des langen Marsches ins Mezzogiorno war Gerlaine allen ans Herz gewachsen. Mich aber hatte sie geliebt. Auch wenn es bei dieser Liebe nicht immer ohne Stürme abgegangen war. Denn Gerlaine war kein Mädchen, das sich von einem Kerl herumschubsen ließ.

»Ja, stolz ist sie«, sagte Thore. »Aber vor allem eigensinnig wie ein Esel. Und für eine Hellsichtige nicht besonders klug, wie mir scheint.«

Gerlaine hatte oft dunkle Ahnungen über Dinge, die in der Zukunft lagen. Selten irrte sie sich, weshalb die Kameraden sie mit besonderem Respekt behandelt hatten. Sie konnte auch die Runen legen und einem Mann daraus sein Schicksal lesen.

Ich zuckte mit den Schultern. »Solche Menschen wissen aus ihrer Gabe oft keinen eigenen Nutzen zu ziehen. Das ist doch bekannt. Außerdem steckt mehr hinter ihrem Verhalten, als du vermutest. Aber das erzähle ich dir ein andermal.«

Er warf mir einen spöttischen Blick zu. »Die Wahrheit ist, mein Lieber, dass du ihr einfach alles verzeihst.«

Was sollte ich darauf antworten? Ich wusste nur, dass mir seit Langem das Herz wehtat. Dass ich sie trotz allem nicht vergessen konnte. Deshalb ärgerte mich seine Bemerkung.

»Sag mal, wie redest du eigentlich von ihr? Sie ist doch eine von uns. Denkst du, sie hat es verdient, von Sklavenjägern geraubt zu werden?«

»Natürlich nicht. So war das auch nicht gemeint.«

»Kannst du dir vorstellen, wie ein Stück Fleisch verkauft und missbraucht zu werden?«, rief ich aufgebracht. »Ausgerechnet Gerlaine, der ihre Freiheit immer kostbar war. Jetzt werden die verfluchten Sarazenen sie nach Lust und Laune begrapschen, erniedrigen und schänden. Und wenn sie sich auflehnt, wird sie verprügelt. Du hast doch selbst gesehen, was sie mit ihren Sklaven machen.«

Im Hafen von Salerno waren wir Zeuge eines hässlichen Vorfalls geworden, als man Gefangene völlig nackt und in Ketten von einer maurischen Galeere geführt hatte, um sie vor Ort zu verkaufen. Einer jungen Frau hatte man vor allen Leuten genüsslich zwischen die Beine gegriffen, angeblich um zu sehen, ob sie noch Jungfrau war. Und als sie sich gewehrt hatte, war sie brutal zusammengeschlagen worden.

Thore senkte betroffen den Blick. »Ich weiß«, sagte er leise.

»Und was ist mit dem Kind? Es braucht doch seine Mutter.«

»Aber was zum Teufel willst du tun? Du kannst sie schließlich nicht wieder herzaubern.«

Nein, zaubern nicht. Aber etwas anderes konnte ich tun. »Ich muss sie finden und zurückbringen.«

Thore starrte mich entgeistert an. Dann lachte er wie über einen guten Scherz. »Du hast wohl den Verstand verloren. Sie ist weg, Alter. Weg und verschwunden, niemand weiß, wohin. Diese Kerle kommen in Schiffen, handeln mit Sklaven im ganzen Mittelmeer. Das ist ein großes Geschäft, und wer weiß, wohin die sie verkauft haben. Tut mir leid, aber schlag dir diesen Unsinn aus dem Kopf.«

Natürlich war es Unsinn. Ich war mir meiner Sache auch überhaupt nicht sicher und hatte nicht die leiseste Ahnung, wie ich es anstellen sollte. Und trotzdem. Da war dieses unbestimmte Gefühl in mir, dass ich es versuchen musste.

»Ich werde sie finden«, erwiderte ich trotzig und gewiss auch etwas leichtfertig. »Ich schwöre es dir, verdammt noch mal.«

Mein Freund schüttelte nachsichtig den Kopf. »Mit dem Schwören solltest du vorsichtig sein, Gilbert. Das hat so manchen schon um Kopf und Kragen gebracht.«

»Na und?«, rief ich hitzig, denn dass er meine Worte nicht ernst nahm, sie für dummes Gerede hielt, das stachelte mich nur noch mehr an. »Ich sage dir, Thore, ich schwöre es bei Odin und bei allen Göttern. Ich finde sie und bringe sie heim!«

Ich war noch in einem Alter, in dem man meint, die Welt einreißen zu können. Vor allem aber hatte ich Gerlaine im Kopf. Jetzt mehr denn je, seit ich wusste, dass ihr noch etwas an mir lag. Es müsste doch mit dem Teufel zugehen, wenn ich sie nicht finden könnte, so dachte ich in meinem Leichtsinn.

»Hör zu, Gilbert. Es ist verdammt traurig für Gerlaine. Aber du bist jetzt Vater. Fast beneide ich dich darum. Aber nur fast.« Thore lachte kurz auf. Der Gedanke, Vater zu sein, schien ihn zu belustigen. Aber gleich wurde er wieder ernst. »Willst du dein Leben bei einem aussichtslosen Unterfangen aufs Spiel setzen? Selbst in dem völlig unwahrscheinlichen Fall, dass du sie findest, meinst du, die Bastarde würden sie dir überlassen? Die bringen euch beide um. Was hättest du damit gewonnen, eh?« Er packte mich am Arm. »Du musst jetzt an das Kind denken und ihm die Mutter ersetzen. Ob du's willst oder nicht, du hast einen Sohn und Erben. Das heißt Verantwortung. Du wirst für ihn sorgen müssen, ihn aufziehen, ihm Dinge beibringen.«

Ich starrte ihn an. Das war mir noch gar nicht so recht bewusst geworden, aber natürlich hatte er recht. Tancred hatte mir schon deutlich zu verstehen gegeben, dass er den Bankert, wie er den Kleinen nannte, lieber heute als morgen loswerden wollte. Doch was bei allen Göttern sollte ich mit einem Kind anfangen? Ich fühlte mich überrumpelt. War ich nicht viel zu jung dafür? Vierundzwanzig war ich und hatte keine Ahnung von Kindern. Auf unseren Kriegszügen konnte ich ihn wohl schlecht mitnehmen. Wer sollte ihn versorgen?

Aber was half's? Nun gab es ihn, diesen Sohn, und er hatte niemanden mehr außer mir. Mit einem Mal spürte ich eine ungewohnte Last auf den Schultern.

»Jetzt glotz nicht so blöd«, grinste Thore, den mein Gesichtsausdruck belustigte. »Wie heißt er eigentlich, dein Kleiner?«

»Sie hat ihn Ivo genannt. Nach ihrem Großvater.«

»Guter Name. Knapp und kurz. Komm, wir gehen ihn uns ansehen, deinen Ivo. Wer kümmert sich eigentlich um ihn?«

»Eine Amme in Tancreds Haus.«

»Also los!«, rief er und gab seinem Pferd die Fersen. »Vergiss deinen dummen Schwur. Niemand außer mir hat ihn gehört. Und ich sag's nicht weiter.« Er lachte.

Mit äußerst gemischten Gefühlen folgte ich ihm.

* * *

Von Nordosten kommend ritten wir zur Hügelkuppe hinauf und dem Städtchen entgegen. Auf den Hängen um uns herum das silbrige Laub von Olivenbäumen, dazwischen Zypressen, die wie dunkle Kerzen in den Himmel ragten. Wein und Gemüse gediehen in von Steinmauern geschützten Terrassen. Die Hitze setzte uns weiterhin zu, und so konnten wir es kaum erwarten, in den Schatten der Häuser zu gelangen.

Auf halber Strecke kam uns eine Bauernfamilie entgegen. Ihre Erzeugnisse mussten sie losgeworden sein, denn die aus Weidenzweigen geflochtenen Tragekörbe, die der Alte und sein Sohn auf dem Rücken trugen, waren leer. Ein barfüßiger kleiner Junge starrte uns mit großen Augen an. Die Mutter zerrte ihn hastig aus dem Weg, und auch die Männer machten Platz, grüßten ehrerbietig mit der Mütze in der Hand und warteten, bis wir an ihnen vorübergeritten waren.

»Ich frage mich, was sie über uns denken«, sagte ich zu Thore. »Wir müssen ihnen doch ziemlich fremd vorkommen.«

»Die blonden Teufel aus dem Norden, meinst du?«

»Na ja, wir fallen über sie her, machen uns auf ihrem Land breit und tun so, als sei es unser.«

»Es ist unser, solange kein Stärkerer kommt. Oder willst du etwa die Welt verändern, Gilbert? Diese Leute sind gewohnt, zu kriechen und zu dienen. Seien wir mal ehrlich, das Land ist noch nie ihr eigenes gewesen. Vorher wurden sie von Lombarden und Byzantinern geknechtet. Jetzt sind wir dran.«

Das stimmte natürlich, obwohl Robert sich bemühte, Plünderungen zu vermeiden und eine gewisse Ordnung walten zu lassen. An seine Anführer und an verdiente Krieger hatte er Land verteilt. Einiges davon hatte vorher byzantinischen Landbesitzern gehört, denen keiner eine Träne nachweinte. Das meiste aber gehörte den kleinen Gemeinschaften von Bauern, die mit ihren bescheidenen Äckern nur mäßig über die Runden kamen. Die waren jetzt neuen Herren ausgeliefert. Vielleicht bekamen sie es mit der Angst zu tun, wenn sie uns sahen oder den Hufschlag unserer Pferde hörten. Ich wusste, wie sich das anfühlte, war ich doch selbst schon als Fünfjähriger Opfer eines nächtlichen Raubüberfalls fremder Krieger geworden. Aber auch ohne Schwert kann man wehrlosen Bauernfamilien Gewalt antun, wenn man ihnen ihr Saatgut oder ihre letzte Kuh nimmt. Ich hatte oft genug erlebt, wie es ist, wenn die Ernte verregnet ist und der Hunger an den Gedärmen nagt.

»Sind wir denn Besseres, nur weil wir Waffen tragen?«

»Du grübelst zu viel, Gilbert. Ich wette, es ist denen gleich, wer über sie herrscht. Solange man sie anständig behandelt und ihnen genug zum Leben lässt.«

»Das ist ja wohl das Mindeste«, brummte ich. »Bauern, die verhungern, nützen niemandem.«

An einer Stelle, von wo aus wir das Ausmaß der Befestigungen überblicken konnten, hielt Thore sein Pferd an. »Hier hat Robert seinem Spitznamen mal wieder alle Ehre gemacht.«

Ganz recht, denn das war es, was Guiscard bedeutete – das Schlitzohr. Diesen Beinamen trug er seit seiner Jugend. Der Mann scheute wahrlich keine Schlacht, aber wenn er sein Ziel durch List und Schläue erreichen konnte, freute es ihn diebisch. Und mittlerweile rankten sich Legenden um solche frechen Streiche, manche wahr, andere erfunden. Auch Argentano war eines Nachts nach langer, ergebnisloser Belagerung durch die Bestechung eines Wachhabenden gefallen, der eine Strickleiter über die Mauer gehängt hatte. Als die Stadt plötzlich vor Normannen wimmelte, hatten die Bewohner sich kampflos ergeben und selbst die byzantinische Besatzung entwaffnet.

Argentano ist eine römische Gründung, angeblich nach alten Silberminen in der Gegend benannt. Unsere Männer hatten lange danach gesucht, aber nichts gefunden.

»Vielleicht gibt es ja doch Silber in den Bergen«, meinte Thore. »Stell dir vor, wir würden eine Ader finden.«

Ich schüttelte den Kopf. »Die wäre schon längst ausgebeutet. Nein, das ist nur Gerede. Es soll mal eine Familie gegeben haben, die so hieß. Silber gibt's hier jedenfalls nicht.«

Wir näherten uns der Wehrmauer, an manchen Stellen brüchig und verwittert, hier und da von Kraut überwuchert, aber hoch genug, um ein ernstes Hindernis darzustellen. Besonders auf diesem abschüssigen Gelände. Über der Mauer waren ziegelgedeckte Dächer nach römischer Art zu sehen und der Kampanile einer Christenkirche.

An der Ostseite der Stadt erhob sich Roberts neue Burg, zu deren Errichtung Hunderte von Bauern verpflichtet worden waren. Sie stand außerhalb der ursprünglichen Befestigung, war aber durch eine Mauererweiterung mit ihr verbunden und sah so eindeutig normannisch aus, als hätte man sie aus dem Norden hierher verpflanzt. Auf einer gewaltigen, kegelförmigen Motte, angehäuft aus Erdreich und Felsgestein und dazu noch von Mauer und Graben geschützt, stand ein mächtiger Holzturm, den man nur über eine schmale, hölzerne Brücke von der Stadt aus erreichen konnte. Sollten die Stadtmauern fallen, würden sich die Verteidiger hier noch lange halten können. Nur gegen Feuer war der Turm empfindlich. Weshalb es Pläne gab, ihn durch einen steinernen zu ersetzen.

Erstaunlich, was Robert in so kurzer Zeit zustande gebracht hatte. Nicht länger musste er als marodierender Raubritter sein Dasein fristen. Seine Taten in Kalabrien und besonders sein tapferer Einsatz während der Schlacht bei Civitate hatten ihm Respekt eingebracht, und so war er unter seinem Bruder Onfroi zu einem der wichtigsten Anführer der Normannen aufgestiegen.

Überhaupt hatte der Sieg bei Civitate unsere Stellung im Land mehr als gefestigt. Normannen beherrschten jetzt weite Gebiete im Landesinneren, die vormals zu lombardischen Fürstentümern oder zum byzantinischen Apulien und Kalabrien gehört hatten. Das mächtige Konstantinopel hätte gewiss ein Heer schicken können, um uns zu vertreiben, wenn das Oströmische Reich nicht vollauf damit beschäftigt gewesen wäre, sich Petschenegen und Seldschuken vom Leib zu halten, die seine Nord- und Ostgrenzen bedrohten. Truppen für Italia waren nur in geringem Umfang abkömmlich.

Dennoch war es uns bisher nicht gelungen, die reichen Küstenstädte einzunehmen und zu halten. Trotz Zulauf aus der Heimat fehlte es weiterhin an Kriegern, besonders aber an schwerem Belagerungsgerät. Selbst wo eine Erstürmung gelungen war, hatte sich die Einwohnerschaft bald erhoben und die normannische Besatzung wieder vertrieben oder gemeuchelt. Zu sehr war dort die Bevölkerung griechisch geprägt, zu verflochten mit den Oberen aus Konstantinopel. Auch Robert war es bisher nicht gelungen, mehr als weite Teile der Flusslandschaft des Crati zu kontrollieren.

Immerhin war dafür Argentano ein ausgezeichneter Stützpunkt. Leicht zu verteidigen, strategisch gut gelegen und groß genug, um eine beträchtliche Kriegerzahl zu versorgen. Von der obersten Plattform des neuen Turms spähten Wachen ins Tal hinab. Nichts konnte sich im meilenweiten Umkreis unbemerkt bewegen. Für größere Entfernungen waren schwer bewaffnete Patrouillen unterwegs. Die durchstreiften die Ebene, hielten nach feindlichen Truppen Ausschau und sammelten Tribute und Schutzgeldzahlungen der umliegenden Ortschaften ein.

Diese Einkünfte erlaubten es Robert, sein kleines Heer zu erweitern und seine Krieger großzügig zu entlohnen. Doch das war nicht der einzige Grund, warum Männer zu ihm hielten, sondern auch seine furchtlose Entschlossenheit, seine Klugheit und die Gewohnheit, nichts von seinen Leuten zu verlangen, was er nicht selbst zu leisten bereit war. Er war ein geborener Anführer, dem sie alles zutrauten.

Ich gab meiner Alba die Sporen, denn ich hatte genug von Turm und Mauern gesehen. »Komm jetzt«, rief ich über die Schulter. »Ich will endlich zu meinem Kind.«

Zu meinem Kind. Welch ungewohnte Worte. Sie hallten lange in mir nach. Nicht ohne ein beklemmendes Gefühl in der Brust, denn fast fürchtete ich mich davor, an die Wiege dieses Kindes zu treten, das so plötzlich in mein Leben getreten war. Doch ich war entschlossen, es gleich hinter mich zu bringen. Dann würde ich über die Sache nachdenken und mich dabei gründlich besaufen. Passierte einem ja nicht alle Tage, dass man auf diese Weise Vater wurde.

Das große Stadttor stand weit offen. Man erwartete uns, neugierig, wer wir sein mochten. Umso größer die Freude, als wir auf alte Kameraden stießen.

Da war Odo, ein graubärtiger, kampferprobter Recke, der schon lange im Land war und bereits vor vielen Jahren mit Roberts Brüdern Drogo und Williame in Sicilia gegen die Mauren gekämpft hatte. Ein ruhiger, wortkarger Geselle, den kaum etwas erschüttern konnte. Und dann vor allem der überschwängliche Pali, einer der albanischen Flüchtlinge aus den

Bergen, die wir damals aus Mangel an Kriegern samt Familien in unsere Truppe aufgenommen hatten. Ihn zierte ein unbändiger, schwarzer Haarschopf, der ihm bis tief in die Stirn wuchs, dazu Augenbrauen so dick wie seine wurstigen Zeigefinger.

»He, ihr Teufelskerle! Willkommen in Argentano.« Er umarmte uns strahlend, nachdem wir von den Pferden gestiegen waren. »Ist gut, euch wiederzusehen.«

Sein Fränkisch war fließend, wenn auch von seiner Muttersprache gefärbt, was auch immer sie in Albanien sprechen mochten.

»Wie geht's deinem Weib, Pali?«, fragte Thore. »Ich wette, du hast ihr noch ein paar Gören gemacht. Wie viele sind es denn jetzt?«

»Acht sind es. Jedes Jahr eines«, erwiderte der nicht ohne Stolz. »Man muss die Frauen beschäftigt halten, sonst fangen sie an zu grübeln. Und alle Kinder sind gesund, keines gestorben.«

»Einen Bauch hast du dir auch angefressen, wie ich sehe. Robert verwöhnt dich.«

»Kann nicht klagen, Mann. Und wie steht's mit dir? Immer noch auf der Suche nach einem Weib?«

»Was heißt auf der Suche?«, entrüstete sich Thore. »Kann mich kaum retten vor Weibsbildern. Bin gekommen, mich mal auszuruhen.«

Pali lachte ausgelassen über solche Sprüche. »Dann bist du bei uns falsch.« Er senkte verschwörerisch die Stimme. »Weiber laufen hier rum, da läuft einem das Wasser im Maul zusammen.«

»He, du Herzensbrecher. Halt dich lieber an dein Eheweib, sonst stutzt sie dir die Ohren. Oder schlimmer, sie setzt dir Hörner auf deinen albanischen Dickschädel.«

»Von wegen! Mein Weib bekommt, was ihr zusteht. Was denkst du, warum ich so viele Blagen habe?«

Allgemeines Gelächter war die Antwort.

Achtfacher Vater! Bei Odin, ich war beeindruckt, obwohl seine Witze in den Jahren nicht besser geworden waren. Zumindest hatte er sich trotz seiner bescheidenen Herkunft zum Unterführer gemausert.

»Wo ist Tancreds Haus?«, unterbrach ich ihre Blödelei.

»Der ist nach Norden geritten, Gilbert. Mit einer Patrouille. Sie müssten in ein paar Tagen zurück sein.«

»Weiß schon. Wir sind ihnen gerade über den Weg gelaufen. Sie rasten noch unten am Fluss und werden bald nachkommen. Also sag schon. Wo ist sein Haus?«

»Was willst du denn da?«, wollte Pali etwas verunsichert wissen. Schließlich war Tancred sein Kastellan und würde es nicht gerne sehen, wenn er jeden Hanswurst in sein Haus ließe. Andererseits war ich ein Hauteville, und mit so einem wollte er es sich auch nicht verscherzen. »Solltet ihr nicht besser warten, bis er hier ist?«, fragte er vorsichtig.

»Er hat mir erlaubt, nach Gerlaines Sohn zu sehen.«

»Ah, Gerlaine.« Bei dem Namen machte er ein betrübtes Gesicht. »Habt ihr schon gehört?«

»Haben wir«, sagten Thore und ich im Chor.

»Schrecklich, schrecklich.« Pali schüttelte den Kopf. Dann schien ihm einzufallen, dass Gerlaine und ich aus demselben Dorf stammten und ein Paar gewesen waren. Er lächelte verständnisvoll. »Du bist bestimmt Klein Ivos Pate.«

Ich nickte, denn obwohl kein Christ, wusste ich natürlich, was ein Taufpate war, und die kleine Lüge durfte mir gestattet sein.

»Na gut«, sagte er. »Ich führe euch hin. Ist nicht weit.«

»Ich kümmere mich um die Gäule«, meinte Odo und winkte einen Knecht heran.

»Lass auch unser Gepäck bringen«, warf Thore über die Schulter, als wir uns auf den Weg machten.

»Warum nächtigt ihr nicht in Roberts Palast?«, fragte Pali. »Du bist doch sein Schildträger, Gilbert.«

»Nicht mehr«, brummte ich ohne weitere Erklärung.

Er sah mich verwundert an, merkte aber an meiner Miene, dass es besser war, keine Fragen zu stellen. Ich würde in diesen Tagen überall mein Lager aufschlagen, nur nicht in Roberts verdammtem Haus. Nicht nach dem gewaltigen Streit, den wir gehabt hatten. Ja, wir hatten uns gestritten. Fürchterlich sogar. Er hatte mich niedergeschlagen in seiner Wut. Woraufhin ich ihm meinen Schild mit den Hauteville-Farben vor die Füße geworfen hatte. Jetzt war ich nur noch einfacher Krieger. Aber das ging Pali nichts an.

»Außerdem hat Tancred uns eingeladen«, fügte ich hinzu.

Das stimmte zwar nicht, aber Pali konnte das nicht wissen. Wir wanderten durch die engen Gassen, die immer noch bergauf führten. Unter dem linken Arm trug ich meinen Helm, ein kostbares Stück, das ich mir in Melfi hatte anfertigen lassen, und mit der Rechten führte ich Loki an der Leine.

Pali redete die ganze Zeit, wie leid es allen täte, dass man Gerlaine geraubt hatte, aber sie hätte natürlich nicht ohne Schutz in dieses verdammte Dorf reiten sollen. Man habe versucht, die Sklavenjäger zu stellen, aber vergeblich. Es habe sogar Verluste dabei gegeben. Ich hörte nur halb hin, denn das wusste ich alles schon. Die Leute in den Gassen bedachten uns mit neugierigen Blicken, wichen aber scheu aus, wenn wir ihren Weg kreuzten. Besonders um Loki machten sie einen Bogen, denn der konnte durch seine Größe recht einschüchternd wirken.

»Was ist das für ein Hund, Gilbert?«

»Ist mir zugelaufen.«

Pali war ein netter Kerl, aber ich war jetzt nicht in der Stimmung, ihm von unseren Abenteuern in Salerno zu berichten, wo mir dieser streunende Straßenköter das Leben gerettet hatte und nachher nicht mehr abzuschütteln gewesen war. Mit der Zeit hatte ich mich an das Viech gewöhnt. Wenn ich ihn nicht an der Leine hielt, kam und ging er, wie es ihm passte, tauchte auf, wenn man es am wenigsten erwartete. Wie Loki, der verschlagendste und unberechenbarste der Götter. Deshalb hatte ich ihn auch so genannt. Inzwischen waren wir aber gute Freunde geworden, und ich mochte ihn nicht mehr missen.

Auf dem Marktplatz herrschte buntes Treiben, denn mittlerweile war es etwas kühler geworden und die umliegenden Häuser warfen lange Schatten über die Piazza. Obst und Gemüse wurden feilgeboten, Hühner in Käfigen, frisch geschlachtete Zicklein, Töpfe und Pfannen, grobes Tuch und Küchengerät. Die Händler priesen lautstark ihre Waren an, eine alte Frau brutzelte Fleischspießchen auf einem Rost, Scherze flogen hin und her. Man beachtete uns kaum. Auch unter den neuen Herren ging das Leben hier einfach weiter. Nur ein bärtiger Priester beäugte uns misstrauisch, während er unablässig an seinem Rosenkranz fingerte. Vom Kirchturm schallte eine Glocke, und im Hintergrund überragte Roberts Turm die Dächer, wie um die Argentanos daran zu erinnern, wer hier das Sagen hatte.

Pali wies auf ein großes Haus in römischem Stil. »Palast des einstigen Statthalters. Den und seine Familie hat Guiscard gegen gutes Silber ausgelöst. Jetzt wohnt er selbst dort, wenn er zugegen ist. Und hier gegenüber ist Tancreds bescheidene Hütte.« Das war spöttisch gemeint, denn der Bau, auf den er zeigte, stand Roberts Palast in wenig nach, außer dass er kleiner war. »Vorher hat hier der Hauptmann der byzantinischen *militia* gehaust.«

»Die Stadt scheint nicht von Armen bewohnt zu sein«, bemerkte Thore, der sich neugierig umsah.

Pali nickte zustimmend. »Argentano ist nicht groß, aber nach Bisignano der wichtigste Ort im nördlichen Crati-Tal. Hier wird viel mit Getreide gehandelt, Olivenöl und Wein.« Er deutete in die Richtung des Wehrturms. »Da drüben ist das Judenviertel. Da wohnen die reichsten Händler. Und die Seidenfärber. Die verkaufen ihre Waren bis nach Rossano und Reggio.«

Das wollte ich alles gar nicht wissen und erinnerte unseren geschwätzigen Freund daran, warum wir hier waren. Er unterbrach seinen Redeschwall und führte uns zu Tancreds Haus hinüber, vor dessen Tor zwei Mann Posten standen. Pali wechselte einen Scherz mit ihnen, dann betraten wir das Innere durch einen kurzen Gang, der in ein schattiges *atrium* führte.

Es war ein nach römischer Bauart entworfenes, zweistöckiges Haus, wie man sie häufig hier im Süden trifft. Luftige Bogengänge umgaben das *atrium*. Offene Türen erlaubten einen Blick in geräumige Gemächer. Auf dem mit Mosaik ausgelegten Boden standen bequeme Lehnstühle.

»So also lebt jetzt die Wühlmaus«, sagte ich.

Thore musste lachen. Pali aber verstand den Scherz nicht und sah mich nur verständnislos an. Als ein Hausdiener erschien, trug er ihm auf, Wasser, Wein und etwas Obst zu bringen.

»Setzt euch«, sagte er. »Wollt ihr Schinken und Käse? Es gibt hier einen einzigartigen Käse. Der ist aus der Milch von Kühen, die zum ersten Mal gekalbt haben. Mild und unglaublich sahnig. Ein Genuss, sag ich euch.« Es fehlte nicht viel und er hätte sich die Finger geleckt.

»Vielleicht später, Pali«, sagte ich ungeduldig und warf meinen Helm auf einen der Stühle. »Ich will jetzt endlich das Kind sehen.«

Er nickte. »Ich rufe die Amme.«

Während Thore sich niederließ und die Beine von sich streckte, brüllte Pali lauthals nach einer Alessa, die nach kurzer Zeit auch erschien.

»Ich bitte euch, Signore«, sagte sie in holprigem Lombardisch und legte den Finger auf die Lippen. »Der Kleine schläft.«

Sie war ein junges Bauernweib, das ihr eigenes Kind verloren hatte, wie wir erfuhren, und sich um den kleinen Ivo kümmerte, der nicht mehr als fünf Monate alt war. Etwas linkisch und schüchtern stand sie da. Ihre Mundart war nicht leicht zu verstehen, vermutlich stark mit Griechisch durchsetzt, aber Pali, der hier schon länger lebte, half aus. Und als Thore sie freundlich anlächelte, entspannte sie sich ein wenig.

Sie trug einen groben Rock, darüber ein leichtes Baumwollhemd, das ihre geschwollenen Brüste eher betonte als verbarg. Unsere Gegenwart machte sie verlegen. Die Wangen waren vor Aufregung ganz rot, ansonsten hatte sie matte Haut und schwarze Haare, war wohl von griechischem Blut wie die meisten hier im Süden, nicht sehr groß, aber im Ganzen recht ansehnlich.

Pali stellte mich als Ivos Paten vor. Bemüht, meine Unruhe zu verbergen, bat ich Alessa, mir den Kleinen zu zeigen. Sie zögerte. Erst als Pali ihr aufmunternd zunickte, bedeutete sie mir scheu, ihr zu folgen.

Ich reichte Thore die Hundeleine. »Pass auf, dass er keine Dummheiten macht.«

Alessa führte mich durch den langen Bogengang an mehreren Türen vorbei, dann in den hinteren Teil des Hauses. Es war größer, als es von außen den Anschein hatte. Neben der Küche führte eine kleine Stiege in den zweiten Stock. Meine Stiefel polterten auf den Stufen, das Schwert verhakte sich im Geländer, und ich kam mir verschwitzt und unförmig in meinem Panzer vor, überhaupt ganz fehl am Platz. Besonders neben der zierlichen Amme, die oben auf dem Treppenabsatz auf mich wartete.

Dieser Bereich des Gebäudes musste der Dienerschaft vorbehalten sein. Sie öffnete die Tür zu einer bescheidenen Kammer, in der gedämpftes Licht herrschte. Nur ein kleiner Strahl der späten Nachmittagssonne drang durch die angelehnten Läden. In einer Ecke, auf einer großen, flachen Truhe, standen Krug und Waschschüssel, daneben ein Lehnstuhl und an der Seite ein einfaches Bett, vermutlich Alessas Schlafstatt. Und unter dem Fenster eine Wiege, aus gutem Holz geschnitzt und liebevoll bemalt. Aus ihr tönte ein kindliches Glucksen. Mein Herz begann zu klopfen.

»Er ist aufgewacht«, flüsterte Alessa und lächelte schüchtern, aber nicht ohne Stolz. Sie schien das Kind zu lieben.

Vorsichtig, mit angehaltenem Atem, trat ich näher und beugte mich über den Rand der Wiege. Auf Kissen gebettet und nur in eine leichte Windel gewickelt lag ein blonder Säugling. Seine Winzigkeit, sein rosiges Mäulchen, die zarte Haut, das waren die ersten Eindrücke von meinem Söhnchen. Seine kleine Brust hob und senkte sich unmerklich, während er tief in die Betrachtung der gegenüberliegenden Wand versunken war. Ab und zu ruderte er mit den weichen Ärmchen und gurrte leise vor sich hin.

Ich wagte kaum, mich zu bewegen. Da bemerkte mich das Kind, drehte sein Köpfchen und starrte mich aus runden, leuchtend blauen Augen an. Der Blick war so eindringlich, als wollte es mein ganzes Wesen erforschen. Plötzlich aber flog der Hauch eines schiefen Grinsens über das kleine Gesicht. Es dauerte nur einen winzigen Augenblick, und doch war mir, als hätte Gerlaine selbst mich angelächelt. Ich richtete mich auf und versuchte, die Rührung zu verbergen.

Aber die Amme hatte es bemerkt. Es schien sie zu freuen. Und es war, als bestünde auf einmal eine seltsame Verbundenheit zwischen uns, obwohl wir uns doch gar nicht kannten. Mit leuchtenden Augen trat Alessa an die Wiege und hob den Kleinen vorsichtig heraus, drückte ihn sanft an sich, wiegte ihn und murmelte leise Koseworte. Dabei sah sie mich an. Das Kind hob unsicher das Köpfchen, griff nach ihrer Haube und gluckste zufrieden.

»Möchtet Ihr ihn halten, Signore?«, fragte sie und lächelte mir aufmunternd zu.

Erst wollte ich erschrocken ablehnen, doch dann nickte ich befangen. Vorsichtig legte sie mir den Säugling in die Arme. So leicht. So winzig. So vertrauensvoll. Neugierig blinzelte der Kleine mich an. Und als ich etwas unbeholfen den Arm hob und seine kleine Wange an die meine legte, da gab er einen Laut von sich, der fast wie ein Lachen klang, und zog an meinem Bart. Wie wunderbar er roch. Ich war ganz und gar überwältigt.

»Ihr seid aber gar nicht sein Pate, oder?«, hörte ich Alessa neben mir sagen.

Erstaunt starrte ich sie an. »Wie kommst du darauf?«

»Signor Pali hat Euch Gilberto genannt.«

Ich nickte. »Ja, so heiße ich.«

Sie trat einen Schritt näher und sah sich um, als habe sie Angst, jemand könnte sie hören. »Dann seid Ihr also sein wirklicher Vater«, flüsterte sie. »Oder etwa nicht?«

Es war nicht immer leicht, sie zu verstehen. Die Hälfte musste ich erraten. Sie bemerkte mein verständnisloses Gesicht und wiederholte die Frage. Diesmal begriff ich.

»Du weißt davon?«

Sie holte tief Luft. »Die Signora hat es mir gesagt.«

Die Signora. Seltsam, Gerlaine als Herrin bezeichnet zu hören, denn für mich war sie immer noch das Mädchen aus meinem Dorf. Aber für Alessa waren wir natürlich die Herren. Stumm blickten wir einander an, die Amme und ich. Sie etwas furchtsam und unsicher, musste sich fragen, was von mir zu erwarten war. Und ich, ich war von Neuem sprachlos. Es stimmte also, Tancred hatte nicht gelogen. Wenn ich immer noch leise Zweifel gehabt hatte, nun waren sie ausgeräumt. Denn niemand würde es besser wissen als Gerlaine selber.

»Sie hat es dir anvertraut?«

Alessa nickte. »Und ich bin froh, dass Ihr gekommen seid.«

Da war dieses winzige Wesen in meinen Armen. Mein Kind. Nein, unser Kind. Gerlaine und ich hatten ein Kind gezeugt. Ich spürte plötzlich ihre Gegenwart zum Greifen nahe, als wäre sie hier mit uns im gleichen Raum. Mein Herz drohte zu zerspringen. Ich musste sie finden. Es musste einen Weg geben. Zum Teufel mit Thores klugen Worten.

Der Sturm, der in mir tobte, musste sich auf meinem Gesicht gespiegelt haben. Doch Alessa deutete die Zeichen falsch.

»Ich werde Euch nicht verraten«, flüsterte sie.

»Was sagst du?«

»Ich kann ein Geheimnis für mich behalten, Signore. Ihr könnt Euch auf mich verlassen.«

Fast musste ich lachen. »Es ist überhaupt kein Geheimnis. Tancred selbst hat es mir gesagt. Vor ein paar Stunden. Deshalb bin ich hier.«

Sie zog erstaunt die Brauen hoch. Für einen Moment schien sie mir nicht glauben zu wollen, aber dann lächelte sie erleichtert und strich dem Kind über die feinen Haare. »Er sieht Euch ähnlich, Signore.«

Ich runzelte die Stirn. Vielleicht wollte sie mir schmeicheln, denn ich konnte wenig Ähnlichkeit entdecken. »Ich weiß nicht. Sieht wie alle Säuglinge aus.«

»Aber nein! Die Augen so blau wie die des Vaters«, gurrte sie und streichelte Ivos Köpfchen. »Die Haut so weiß, die Haare wie Gold. Ein so liebes Kerlchen.« Sie schien ganz verrückt nach dem Kleinen zu sein.

»Ich danke dir, dass du dich um ihn gekümmert hast.«

Da machte sie ein erschrockenes Gesicht, als ihr dämmerte, was mein Erscheinen vielleicht bedeuten könnte. »Ihr werdet ihn mir doch nicht nehmen, Signore?«

Ich schüttelte den Kopf. »Nein, gewiss nicht. Aber es ist alles noch zu neu für mich. Ich muss nachdenken. Wenn du ihn weiter versorgen möchtest, würde es mich freuen.«

Das schien sie zu beruhigen. Doch das Gerede musste den Kleinen erschreckt haben, denn er verzerrte plötzlich das Gesicht und begann zu greinen.

»Was ist mit ihm?«, fragte ich erschrocken.

»Er hat Hunger«, sagte sie und nahm ihn mir wieder ab. Sie wiegte den Säugling in den Armen, woraufhin er sich etwas beruhigte.

»Haben sie eigentlich viel gestritten?«, fragte ich. »Tancred und Gerlaine?«

Sie zögerte mit ihrer Antwort. Etwas zu lange für meinen Geschmack. »Ein wenig«, gab sie schließlich zu und sah betreten zur Seite. Ich hatte den Eindruck, dass sie mehr sagen wollte, sich aber nicht traute. Doch bevor ich weitere Fragen stellen konnte, schlug sie eine Hand vors Gesicht und fing an zu weinen. »Sie war so gut zu mir, die Signora«, schluchzte sie. »Nun ist sie weg. Und mit ihr mein halbes Dorf, auch mein Bruder. Meine Mutter haben sie umgebracht. Nur meine Schwester, die war zu krank, um sie mitzunehmen. Das war ihr Glück.«

Sie wandte das Gesicht ab, um ihre Tränen zu verbergen. Ich biss mir schuldbewusst auf die Lippe, denn bisher hatte ich nur an Gerlaine gedacht. Natürlich war ein ganzes Dorf von dem Überfall betroffen. Ein großes Unglück.

»Und was soll jetzt aus dem Kleinen werden?«, jammerte sie. »Signor Tancred hasst ihn. Ich darf mich mit dem Kind im Haus kaum zeigen.«

Das hörte ich nicht gern. Aber es war unter den Umständen verständlich. Für ihn war er doch nur der Bastard eines Rivalen. Immerhin hatte er Ivo nicht weggegeben. Dafür musste ich ihm dankbar sein.

»Wir reden morgen über alles«, sagte ich. Ich weiß nicht, ob der Kleine etwas von der gedrückten Stimmung mitbekommen hatte, jedenfalls begann er, lauthals nach seinem Recht zu brüllen, und war nicht mehr zu beruhigen.

»Ich muss ihn jetzt stillen«, erklärte Alessa und wischte sich die Tränen aus dem Gesicht.

»Natürlich.« Es war Zeit für mich, zu verschwinden. Und doch hielt mich etwas zurück. An der Tür drehte ich mich um. »Darf ich noch einen Augenblick bleiben?«

Vielleicht war es ihr unangenehm, in meiner Gegenwart zu stillen. Jedenfalls wich sie einen Schritt zurück und hielt den Kleinen eng an die Brust gedrückt, als fürchtete sie sich vor mir. Nun, ich war ein großer, kräftiger Kerl und mit Schwert und Panzer sicher noch beeindruckender für diese zierliche Frau. Dachte sie etwa, ich wollte mich ihr unschicklich nähern? Ich lächelte ihr beruhigend zu und deutete auf das Bett.

»Ich möchte noch nicht gehen. Und Ivo ist doch mein Sohn. Ich setze mich auch ganz brav hier hin und störe dich nicht.«

Sie war rot geworden, nickte aber schließlich und ließ sich mit dem Kind im Arm auf dem Lehnstuhl nieder. Sie wandte sich kurz ab, während ich wegschaute, zog ihr Hemd hoch und schob dem Säugling einen geschwollenen Nippel zwischen die Lippen. Der saugte sich gierig fest und fing zu trinken an.

Alessa ließ sich zurücksinken und schloss mit einem leisen Seufzer die Augen. Ihr Atem beruhigte sich langsam, sie rückte sich etwas bequemer zurecht, dann wurde es still in der Kammer, nur ein gelegentliches Schmatzen war zu hören. Ich genoss das friedliche Bild, das sich mir bot. Winzige Staubteilchen tanzten im Sonnenstrahl, der durch die Läden fiel, inzwischen aber ein wenig weitergewandert war. Irgendwo summte eine Fliege. Ich wünschte mir, es wäre Gerlaine, die hier bei mir saß, um unser Kind zu stillen.

Nach einer kleinen Ewigkeit öffnete Alessa die Augen und sah mich an. »Es war meine Schuld, Signore«, flüsterte sie gequält.

»Was war deine Schuld?«

»Dass man sie entführt hat.«

»Erzähl mir, wie es geschehen ist«, bat ich sie sanft.

Sie starrte auf den Fußboden, wie um sich zu sammeln. Ihre Worte kamen erst stockend, dann flüssiger, schließlich nicht mehr ganz so von ihrer Mundart gefärbt, sodass ich sie besser verstehen konnte. Es hatte sich kurz nach der Weizenernte zugetragen. Ich zählte die Wochen an meinen Fingern ab. Das musste in etwa zu der Zeit gewesen sein, als wir in Salerno gewesen waren.

Anscheinend war in ihrem Dorf, das in der Nähe lag, das Fieber ausgebrochen und hatte viele erfasst. Sie selbst zum Glück nicht, denn man hatte sie schon Wochen zuvor nach Argentano geholt, da Gerlaine zu wenig Milch gehabt hatte. Alessas eigenes Kind war nur Tage nach seiner Geburt gestorben. Sie erwähnte das eher nebenbei, als sei es etwas Belangloses. Nun, dass Neugeborene starben, geschah oft genug, und offensichtlich hatte sie sich inzwischen mit Ivo getröstet.

Was für ein Fieber es denn gewesen sei, wollte ich wissen. Übelkeit, Erbrechen und schreckliche Schmerzen am ganzen

Leib, als würde man verbrennen, erzählte sie. Manche waren ganz wild geworden und verrückt im Kopf, hätten geschrien wie Tiere. Am Ende wären die Erkrankten aber teilnahmslos geworden, hätten nur noch über die Kälte in ihren Gliedern geklagt. Bis ihr Herz versagt hatte.

Ich nickte grimmig bei dieser Beschreibung. »Haben deine Leute etwa fauliges Korn gegessen?«, fragte ich. »Hat es viel geregnet vor der Ernte?«

»Das ganze Frühjahr war verregnet«, erwiderte sie.

Es musste also das Antoniusfeuer gewesen sein. Ich schüttelte den Kopf. »Das Korn war wahrscheinlich verdorben, und sie haben trotzdem davon gegessen. Als wüsstet ihr es nicht besser, verdammt noch mal.«

Meine Worte brachten sie zum Schluchzen. Mutter und Schwester seien daran erkrankt, sagte sie unter Tränen, und der Bruder sei gekommen, um sie zu holen. Da habe sie die Herrin angefleht, mit ihr zu gehen, weil sie sich doch mit dem Heilen auskenne und mit Zauberkräften. Sie waren also ins Dorf geeilt, und während sie selbst sich um Ivo gekümmert habe, hatte Gerlaine keine Mühe gescheut, die Kranken zu pflegen. Mit Handauflegen und Besprechen und mit Kräuteraufgüssen. Bei vielen habe es geholfen. Für andere sei jede Hilfe zu spät gekommen.

Natürlich. Gerlaine kannte sich mit solchen Dingen aus. Ihre Mutter hatte ihr vieles von der Heilkunst der weisen Frauen des Nordens beigebracht, von den geheimen Runen und den Zauberkräften, die ihnen innewohnen. Mein wertvolles Schwert hatte sie ebenfalls mit einem Runenzauber versehen. Hatte es mich bisher nicht immer beschützt?

»Und dann? Was dann?«, fragte ich ungeduldig.

»Es war mitten in der Nacht. Die Signora hatte bei den Kranken bleiben wollen, und ich war allein mit dem kleinen

Ivo. Plötzlich überall Fackelschein, alles schrie, die Hüttendächer brannten. Die Mauren waren gekommen. Sie trieben die Leute zusammen, die nicht krank waren.«

Jetzt weinte sie wieder und brauchte eine Weile, bevor sie weitersprechen konnte. Die Bilder, die ihre Worte heraufbeschworen hatten, die kannte ich nur zu gut. So war es in meiner Kindheit gewesen, als unser Dorf eines Nachts überfallen worden war. Strohdächer, die wie Fackeln brannten und den Dorfplatz geisterhaft erhellten. Leichen im Staub, Männer mit blitzenden Klingen in den Fäusten. Zwei Kerle waren in unsere Hütte eingedrungen und hatten sich an meiner Mutter vergriffen, sie vor meinen Augen geschändet und totgeschlagen. Diese Bilder spuken mir noch bis heute im Kopf herum und sind der Grund, warum ich Gewalt gegen Frauen und Kinder abgrundtief hasse. Dass es damals ausgerechnet Roberts Männer gewesen waren, machte es nicht besser. Die Schuldigen hatte er jedoch davongejagt und mich in sein Dorf mitgenommen, wo ich dann bei seiner Familie aufgewachsen war. Fast, als habe er etwas an mir gutmachen wollen.

»Ich hatte schreckliche Angst und bin weggelaufen«, hörte ich Alessa sagen. Ich schüttelte den Kopf, um die Albträume zu verscheuchen. »Nur den Ivo, den hab ich mitgenommen.«

Dann hat sie mehr Glück gehabt als meine Mutter, dachte ich bei mir. Und Ivo auch. Den hätten die Mauren sonst ins Feuer geworfen. Sie sei, so schnell sie konnte, davongerannt, fuhr Alessa fort, und habe sich im Gebüsch versteckt. Es sei nicht viel zu sehen gewesen, außer dass das halbe Dorf in Flammen gestanden hatte.

Die Erzählung hatte mich aufgewühlt. »Und deine Herrin?«, rief ich. »Was haben sie mit ihr gemacht? Was hast du gesehen?«

Alessa saß da wie ein Häuflein Elend, mit dem Kind im Arm, und schluchzte. »*Perdona me,* Signore. Ich weiß, es ist alles meine Schuld. Ich hab sie in unser Dorf geholt. Sonst hätte man sie nicht geraubt.«

»Hör auf zu jammern«, sagte ich grob. »Ich will wissen, was du gesehen hast.«

Sie schüttelte den Kopf. »Nichts. Nur dass sie unter den anderen war, die man zusammengetrieben hat. Fesseln hat man ihnen angelegt.«

»Wurde sie geschlagen, gequält?« Eigentlich hatte ich fragen wollen, ob man ihr Gewalt angetan hatte, aber ich brachte es nicht über die Lippen.

»Nein, Signore. Sie stand nur still da und ließ alles mit sich machen. Den anderen, die weinten, hat sie noch Mut zugesprochen, glaube ich. Mehr weiß ich nicht. Ich schwöre es. Bitte verzeiht mir, Herr.«

Ich atmete tief durch und versuchte, mich zu beruhigen. »Es gibt nichts zu verzeihen, Alessa. Es war nicht deine Schuld. Ganz im Gegenteil. Du hast den Jungen gerettet. Ich werde dir ewig dankbar sein.«

Sie fuhr sich mit dem Ärmel über die tränennassen Augen und blickte auf das Kind an ihrer Brust. Ivo regte sich nicht. Er war eingeschlafen. Nur seine kleinen Augenlider zuckten ab und zu, als ob er träumte.

»Du hast gesagt, deinen Bruder haben sie mitgenommen. Hast du noch andere Verwandte, die es überlebt haben?«

»Nur meine Schwester und ihr Mann. Er war an dem Tag mit seinen Schafen in den Bergen gewesen. Gott hat sie beide behütet.«

»Und du? Hast du keinen Mann?«

Sie schwieg einen Moment. Dann sah sie mich an. »Signor Tancred hat ihn aufhängen lassen«, erwiderte sie tonlos. »Es war im Frühjahr.«

»Was sagst du da? Warum zum Teufel?«

»Sie haben gesagt, er sei ein Viehdieb. Aber ich weiß, dass es nicht stimmt.«

»Bei Odin«, entfuhr es mir. Diese kleine Frau hatte einiges durchgemacht. Ich musste daran denken, was Thore und ich über die Bauern der Gegend gesagt hatten und über ihre neuen Herren. »Es tut mir leid, Alessa.«

Sie zuckte mit den Schultern. »Es war keine Liebe zwischen uns gewesen. Aber er war ein guter Mann. Meine Mutter hat mir später geholfen, das Kind zur Welt zu bringen. Leider ist es gestorben.« Sie blickte wieder auf Ivo an ihrer Brust. »Aber dann ist die Signora gekommen und hat mich zu sich geholt, weil sie zu wenig Milch hatte. So hat sich alles zugetragen.«

Wir schwiegen eine Weile. Nur Ivo seufzte zufrieden. Ich dachte darüber nach, wie hart und ungerecht das Leben sein kann. Für diese Frau. Und auch für uns. Als Gerlaine und ich damals mit den anderen aufgebrochen waren, war ich siebzehn gewesen. Wir hatten unsere Reise in den Süden als großes Abenteuer gesehen, uns keine Gedanken gemacht, wie es mal enden würde. Und nun war sie den Sklavenjägern in die Hände gefallen.

»Was hat Gerlaine über mich erzählt?«, fragte ich.

Ein kleines Lächeln tauchte auf ihren Lippen auf. »Nicht viel. Nur, dass sie einen Fehler gemacht hat. Und dass ich davon lernen sollte. Sie war oft traurig.«

Da hatte ich wieder diesen verdammten Kloß im Hals und biss die Zähne zusammen, um nicht loszuheulen. »Einen Fehler haben wir wohl beide gemacht«, murmelte ich.

»Sie haben sich nicht gut verstanden.«

Jetzt redete sie wohl wieder von Tancred. »Was meinst du damit? Haben sie gestritten?«

Alessa nickte nur und machte ein bekümmertes Gesicht. Da kam mir ein abscheulicher Verdacht. »Er hat sie doch nicht etwa geschlagen, oder?«, rief ich.

Sie bekam wieder feuchte Augen. »Er ist kein guter Mensch. Steckt voller Hass. Ich weiß nicht, was sie bei ihm wollte.«

Da sprang ich auf. »Ich schwöre, ich bring den Bastard um!«

Aber meine Wut machte ihr Angst. »*Madonna!* Ich habe nichts gesagt«, flehte sie. »Bitte verratet mich nicht.«

Bevor ich antworten konnte, hörte ich Pali rufen. »Gilbert! Alles in Ordnung?«, schallte es von unten herauf.

»Ich komme gleich«, rief ich gereizt zurück.

Ich hörte ihn lachen. »Hier wartet einer auf dich. Behauptet, er sei dein Bruder.«

Mein Bruder? Ich hatte keinen Bruder. Was zum Teufel sollte das heißen? Doch dann schwante mir, wer es sein könnte. Ich hatte ganz vergessen, dass er angeblich nach Argentano gekommen war.

»Alessa, hör zu«, raunte ich eindringlich. »Du bleibst keine Nacht länger in diesem Haus. Ich weiß noch nicht, wo ich euch unterbringe, aber pack alles zusammen, und nachher hole ich dich und das Kind.«

Sie sah mich ängstlich an. Es dauerte eine Weile, bis sie zögerlich nickte. »*Sì,* Signore.«

Unerwartetes Wiedersehen

Immer noch wütend auf Tancred polterte ich die Treppe hinunter. Wenn es stimmte, dass er sich an Gerlaine vergriffen hatte, würde ich ihn fertigmachen.

Als ich wieder das *atrium* betrat, sprang Loki schwanzwedelnd auf die Füße, als hätte er mich eine Ewigkeit nicht gesehen. Thore und Pali, die es sich auf ihren Stühlen bequem gemacht hatten, grinsten mich erwartungsvoll an. Was ging hier vor? Und wo war der Bruder, den sie mir angekündigt hatten?

Bevor ich sie fragen konnte, ertönte eine kräftige Stimme hinter mir. »Bei Odin, den Mann kenne ich doch!«

Ich fuhr herum. Da stand ein junger Kerl, hochgewachsen, sehnig und schlank. Er trug eine Tunika in Blau, die bis zu den Knien reichte, mit Riemen umwickelte Beinlinge, einen breiten Gürtel und einen langen Dolch an der Hüfte, ganz wie ein Normanne aus der Heimat. Dazu Haare, die bis auf die Schultern fielen und so gelb waren wie die seiner Mutter. Natürlich hatte er sich verändert, aber das unbekümmerte Grinsen in seinem bärtigen Gesicht hätte ich überall wiedererkannt.

»Roger, du Satansbraten!«, rief ich entzückt und schloss ihn in die Arme. Für einen Augenblick war alles andere vergessen.

Sieben Jahre hatten wir uns nicht gesehen. Sieben Jahre, in denen wir beide erwachsen geworden waren. Damals hatte er sich nicht einmal von mir verabschieden wollen, so wütend war er gewesen, dass er nicht hatte mitkommen dürfen. Aber Fressenda hätte es das Herz gebrochen, auch noch ihren Jüngsten, gerade erst sechzehn, in fremde Länder ziehen zu lassen.

Doch jetzt war er hier. Die Rührung überkam mich mit Wucht. Es war nicht nur die Freude, ihn wiederzusehen, sondern auch ein plötzliches Heimweh, das mich packte. Nach unserem Dorf, nach der Landschaft von feuchten Wiesen und dichten Wäldern, nach den einfachen Menschen, den Knechten und Mägden, den hart arbeitenden Bauern. Vor allem aber nach der guten, alten Fressenda, die ihre Brut mit Strenge und mit Liebe zusammengehalten hatte, immer für alle da. Auch für mich damals, den fünfjährigen Knirps, den Robert eines Nachts ins Haus geschleppt hatte. Meinen Namen Brynjarr hatte sie nicht gemocht und mich gleich in Gilbert umgetauft. Roger und ich waren bald unzertrennlich geworden. Er, der jüngste der Hauteville-Brüder, und ich, der *porchon* im Dorf, der Schweinehirt von zweifelhafter Abstammung.

»He, bring mich nicht gleich um«, rief er lachend, nachdem ich ihn erneut herzhaft an die Brust gedrückt hatte. Nicht ohne feuchte Augen machte er sich los.

»Hab schon gehört, dass du im Lande bist«, sagte ich und zauste ihm liebevoll durch die dichten Haare. »Endlich hast du dich mal hergetraut. Was hat dich aufgehalten?«

In seinen Augen blitzte der Schalk. »Hab gedacht, ich lass dich und meine Brüder erst mal die Arbeit machen und nehme mir dann, was mir zusteht.«

»Was dir zusteht?«, rief ich in gespielter Entrüstung. »Eine Ecke im Pferdestall vielleicht, du Faulpelz. Aber lass dich ansehen, Mann.« Ich trat einen Schritt zurück. Was ich sah, gefiel mir. Roger war ein ausgesprochen hübscher Bursche, wohl der bestaussehende unter den Hauteville-Brüdern. Und das wollte etwas heißen. Dabei war er beileibe kein Schönling, sondern ein gut gewachsener, junger Kerl, der aussah, als sei er zu allem bereit, was das Leben ihm vor die Füße warf.

»Aus dir ist ja ein richtiges Mannsbild geworden«, sagte ich. »Mindestens einen Kopf größer, als ich dich in Erinnerung habe. Und breite Schultern dazu. Ich wette, du kannst dich vor hübschen Weibern kaum retten.«

»Deshalb hat Serlo mich ja weggeschickt«, erwiderte er mit verschmitztem Grinsen. »Noch mehr namenlose Bastarde könne er nicht durchfüttern. Ich solle es doch lieber bei den Lombardinnen versuchen.«

Serlo war der älteste der Hauteville-Brüder. Er allein hatte Burg und Land behalten, da das Erbe zu gering war, um es unter zwölf Brüdern aufzuteilen.

Ich zwinkerte Thore und Pali zu. »Habt ihr gehört, was für ein Aufschneider aus dem geworden ist?«

Roger lachte vergnügt. Er war schon immer einer für Schabernack und verrückte Späße gewesen, dem kaum etwas die gute Laune verderben konnte. Als Knaben hatten wir heimlich gejagt oder die Fallen der Bauern geplündert, Feuer im Wald gemacht und unsere Beute halb verkohlt verschlungen. Roger, obwohl ein Jahr jünger als ich, war dabei immer der wildere von uns beiden gewesen, nichts konnte ihn zurückschrecken. Einmal hatten wir fast einen Waldbrand ausgelöst. Dem Schmied hatten wir halb fertige Waffen entwendet und damit gefährlich herumgespielt, was nicht ohne Wunden abgegangen war. Kein Obstgarten war vor uns sicher gewesen, und einmal hatte er mich angestiftet, von einem Nachbargut ein Pferd zu stehlen. Zwei ganze Tag lang waren wir zu zweit durch die Gegend geritten, bis man uns erwischt hatte. Nach der verdienten Tracht Prügel hatten wir tagelang nicht sitzen können.

Roger nahm mich nun ebenfalls in Augenschein und ließ seine Hand über meinen Kettenpanzer gleiten. »Du siehst wie ein erfahrener Kriegsmann aus. Da habe ich wohl einiges nachzuholen. Und Roberts Vertrauensmann bist du auch geworden, wie ich gehört habe.«

Gerade eben in Melfi angekommen, habe Robert ihn sofort nach Kalabrien geschickt, um nach dem Rechten zu sehen, erzählte er. Argentano gefalle ihm gut, und er hoffe, sich hier bald hervortun zu können, schließlich sei er nicht hier, um sich auszuruhen. Ich musste lächeln. Diese Ungeduld und überschwängliche Unternehmungslust, das kannte ich von früher. Die Erwähnung seines Bruders dämpfte allerdings meine Freude, aber ich ließ mir nichts anmerken, sondern stellte ihm Thore vor und erwähnte, dass wir gerade aus Salerno gekommen waren. Dann setzten wir uns alle.

»Wie ist es dort gegangen? Ich weiß nur, dass Robert überstürzt seine Krieger gesammelt hat, um angeblich einen Aufruhr der Lombarden niederzuschlagen. Ich wäre gern dabei gewesen.«

In kurzen Worten berichtete ich von unserem Abenteuer in Salerno, vom Aufstand und den Morden und von Roberts und Gaitelgrimas schrecklicher Rache. Sie war Prinz Guaimars Schwester und eine Prinzessin von Salerno, aber auch Roberts Schwägerin, denn sie hatte Drogo de Hauteville geheiratet und nach dessen Tod Onfroi, seinen Bruder und Nachfolger. Sie war in Salerno gewesen, um ihren Erstgeborenen taufen zu lassen, als das Unheil ausbrach und die ganze Stadt erfasste. Und ich, als Anführer ihrer Leibwache, hatte mitten im Tumult gesteckt. Wir konnten uns glücklich schätzen, Thore und ich, dass wir mit dem Leben davongekommen waren.

Roger aber freute sich wie ein Kind über die waghalsige List, mit der wir die Stadt eingenommen hatten. Die traurigen

Ereignisse, die dem gefolgt waren, die unwürdige Rolle, die wir Normannen beim Massaker von Salerno gespielt hatten, sogar mein Streit darüber mit Robert, all das schien ihn weniger zu berühren.

»Was soll ich sagen, Gilbert? Ich war nicht dabei. Außerdem, im Krieg sterben Leute. Was regst du dich darüber auf? Und was deinen Streit mit Robert betrifft, du weißt doch selbst, was für ein Bastard mein Bruder sein kann. Aber er hat auch seine guten Seiten. Wo wärst du ohne ihn, eh?«

Da hatte er natürlich recht. Aber ich war noch nicht bereit, meinen Zorn runterzuschlucken. Und Rogers leichtfertige Art, die Dinge zu betrachten, zeigte mir, wie unerfahren er noch war. Hatte er überhaupt schon ernsthaft gekämpft, gesehen, wie einer sterbend, mit entsetzlichen Wunden nach seiner Mutter schreit, sich mit heraushängenden Eingeweiden über den Boden schleppt? Oder Kinder, die sich mit angstgeweiteten Augen an die toten Leiber ihrer Mütter klammern. Plötzlich kam ich mir alt neben ihm vor. Mir wurde bewusst, wie viel mehr ich hier im Mezzogiorno schon erlebt hatte.

»Wir sind Krieger und Eroberer«, sagte ich trotzig. »Aber sinnlose Brutalität ist nichts für mich. Ihr könnt euren Robert alle gern vergöttern, aber ich bin fertig mit dem Kerl.«

»Dummes Zeug, Gilbert«, meinte Roger. »In ein paar Tagen denkst du anders darüber.«

Pali hatte erstaunt zugehört, aber keinen Ton gesagt. Jetzt meldete Thore sich zu Wort. »Ich denke, Gilbert hat recht. Das Blutgericht, das wir in der Stadt angerichtet haben, wird uns noch lange verfolgen. Ich glaube nicht, dass wir uns auf Salerno als verbündetes Fürstentum noch länger verlassen können.«

Roger sah ihn erstaunt an. »Dafür, dass ihr der Prinzenfamilie zu Hilfe gekommen seid?«

»Den Bündnisschwur haben wir erfüllt. Aber zu welchen Kosten?«, versuchte ich zu erklären. »Die halbe Stadt hat dabei Söhne und Väter verloren. Wer weiß, wie viele Unschuldige wir hingerichtet haben. Nicht einmal eine Anhörung hat es gegeben. Glaub mir, das werden sie uns nicht verzeihen.«

Nun war er doch etwas nachdenklich geworden. »Das ist noch alles neu für mich. Ich spreche noch nicht einmal die Sprache des Landes. Wie soll ich verstehen, was hier vor sich geht? Jedenfalls bin ich froh, dass ihr alles heil überlebt habt.« Er grinste und schlug mir auf die Schulter. »Lasst uns von etwas anderem reden. Was bringt euch nach Argentano? Ihr seid doch nicht zum Spaß hier.«

Thore und ich wechselten einen vielsagenden Blick.

»Wegen Gerlaine«, sagte ich.

»Gerlaine?«, fragte er verdutzt. »Meinst du Tancreds entführtes Weib? Ich habe von dem Überfall gehört. Muss kurz vor meiner Ankunft gewesen sein. Aber was hat das mit dir zu tun, Gilbert?«

»Sie ist doch aus unserem Dorf. Erinnerst du dich nicht?«

»Klar, die Tochter des Schmieds. Der Alte hat richtig geschäumt, als er gemerkt hat, dass sie ihm weggelaufen ist. Hattest du nicht was mit ihr? Die war doch ein richtiger Herzensbrecher. Wieso hast du dir eine solche Schönheit entgehen lassen?« Er zwinkerte mir zu.

Thore musste bei den Worten herzlich lachen. Und als Roger ihn verwundert ansah, sagte ich: »Wir sollten woanders weiterreden. Es wird Zeit, aus diesem Haus zu verschwinden. Ich bin eigentlich nur hier, um Gerlaines Kind abzuholen.«

Das verwirrte ihn nur noch mehr, aber jetzt war nicht der Augenblick, ihm alles zu erklären. Ich stand auf und rief lautstark nach Alessa. Als der Diener auftauchte, der uns Wein und Obst gebracht hatte, wies ich ihn an, schleunigst die

Amme mit dem Kind zu holen. Auch die Wiege sollte er nicht vergessen, Windeln, Decken und was sonst noch mitzunehmen war. Der Bursche sah mich verstört an.

»Na los, beweg dich!«, knurrte ich. »Sonst mach ich dir Beine.« Da rannte er in den hinteren Teil des Hauses, und wir hörten ihn die Treppe hinaufeilen.

»Was soll das heißen, Gilbert?«, rief Pali, der endlich begriffen hatte, und sprang auf. »Bist du verrückt geworden? Das kann ich nicht zulassen.«

Roger verstand natürlich gar nichts, und Thore lachte immer noch in sich hinein, als plötzlich Tancred auftauchte, der Herr des Hauses höchstpersönlich. Mit gerunzelter Stirn sah er sich um, wer sich da in seinem *atrium* tummelte und was es zu lachen gab.

Der Mann war vielleicht zehn Jahre älter als ich, groß und kräftig, etwas ungeschlacht wie ein Bär, mit wilder graubrauner Mähne und tiefen Kerben um Mund und Nase, was ihm einen ständig verdrossenen Ausdruck verlieh. Er erinnerte mich an Gerlaines Vater, den griesgrämigen Schmied, den Roger gerade erwähnt hatte. Den hatte ihre Mutter nur geheiratet, weil sie von einem Kerl schwanger gewesen war, der sich aus dem Staub gemacht hatte. Konnte es sein, fuhr es mir plötzlich durch den Sinn, dass auch Gerlaine so dumm gewesen war, sich an den erstbesten, ungeliebten Kerl zu hängen, nur um nicht allein mit einem unehelichen Kind im Bauch dazustehen?

Dabei hätte ich sie doch niemals verlassen. Aber vielleicht hatte sie sich das eingeredet. Oder dass ich nicht mehr vertrauenswürdig war, nachdem ich sie betrogen hatte. Vielleicht war es auch der Fluch, in die Fußspuren ihrer Mutter treten zu müssen.

Tancred trat näher und heftete einen spöttischen Blick auf mich. »Na, Gilbert? Hast du deinen Bastard gebührend bewundert?«

Sein verächtlicher Ton erinnerte mich an Alessas Andeutungen, sodass mir gleich das Blut ins Gesicht stieg. Ich ging auf ihn zu und stieß ihn rau vor die Brust. »Ist es wahr, dass du sie geschlagen hast, du verdammter Hurensohn? Fällt dir nichts Besseres ein, als eine Frau zu verprügeln?«

Überrascht taumelte er zurück, fing sich aber gleich wieder. »Was zum Teufel regst du dich auf? Ich hab dir doch erzählt, wie sie mich hintergangen hat. Und dich hat sie auch betrogen.« Er funkelte mich böse an. »Die Schlampe hat nur bekommen, was sie verdient.«

Ich schlug ihm mitten ins Gesicht, so heftig, dass er zu Boden ging. Im Nu quoll ihm das Blut aus der Nase und tropfte auf das schöne Mosaik des *atriums*. Die anderen waren von der Plötzlichkeit meines Angriffs viel zu überrascht, um einzuschreiten.

Tancred aber brüllte vor Wut und mühte sich, auf die Füße zu kommen. Eigentlich hatte ich es bei einem Fausthieb belassen wollen, aber es fiel mir schwer, mich zurückzuhalten, so wütend hatte mich sein Geständnis gemacht. Bevor er hochkam, trat ich ihm gegen die Schulter, sodass er erneut hintenüberfiel. Dabei riss er das Tischchen mit den Erfrischungen mit sich. Die Karaffe zerbrach, Wein ergoss sich über den Boden. Loki begann wild zu bellen. Wie immer, wenn ich in einem Kampf steckte, wollte er sich einmischen. Thore aber hielt ihn fest an der Leine.

Ich wollte es nun gut sein lassen, doch da war Tancred endlich auf den Beinen und hatte plötzlich einen langen Dolch in der Faust. Ich wich aus, bevor er mir die Klinge in den Leib rammen konnte, und trat ihm mit Wucht zwischen die Beine. Als er ächzend vornüberklappte, rammte ich ihm ein zweites Mal die Faust ins Gesicht. Er jaulte vor Schmerz, rutschte in der Weinlache aus und ging erneut zu Boden.

»Das reicht jetzt«, ließ Roger sich vernehmen in einem Ton, der Löwen gebändigt hätte. »Steck deinen verdammten Dolch weg, Tancred«, schnauzte er. »Und du, Gilbert, ich weiß nicht, was zwischen euch vorgefallen ist, aber ich dulde keine Prügeleien.«

Sein Blick war wie Stahl. Mochte er jung und unerfahren sein und sich meist umgänglich geben, aber Roger zu unterschätzen, war ein Fehler. Hierin war er nicht anders als sein Bruder Robert.

Ich nickte und trat zurück. Tancred stemmte sich fluchend auf die Füße und ließ den Dolch in der Scheide verschwinden. Dabei befingerte er seine blutende Nase. Mit einem mörderischen Blick auf mich murmelte er etwas zwischen den Zähnen, das wie ein Versprechen klang, sich an mir zu rächen. Aber auch das brachte ihm eine Warnung ein. Roger, obwohl neu in Argentano, schien sich bereits Respekt verschafft zu haben, denn Tancred enthielt sich weiterer Verwünschungen. Wütend stieß er mit dem Fuß die Scherben zur Seite und wischte sich das Blut von der Lippe.

Alessa war inzwischen mit dem Kind auf dem Arm im *atrium* angekommen. Sie musste Zeuge des Vorfalls geworden sein, denn sie blickte ängstlich von einem zum anderen. Auch der Diener neben ihr stand da mit offenem Mund. Er hatte einen prallen Leinensack über der Schulter und hielt die Kinderwiege in den Händen. Der kleine Ivo aber schlief trotz des Lärms, den wir gemacht hatten.

»Das ist mein Sohn«, sagte ich zu Roger. »Damit du Bescheid weißt. Alles Weitere erklär ich dir später. Lasst uns jetzt von hier verschwinden. Komm, Alessa.«

Ich griff nach meinem Helm, nahm Thore den Hund ab und stapfte an Tancred vorbei, ohne ihn eines weiteren Blickes zu würdigen. Alessa, rot im Gesicht und mit dem Säugling eng an ihre Brust gedrückt, huschte hinter mir her, als könne sie nicht schnell genug aus dem Haus kommen. Am Eingang lagen unsere Bettrollen und Satteltaschen. Jemand musste sie abgeliefert haben.

Vor dem Haus blieben wir bei den Wachen stehen, um auf die anderen zu warten. Auf dem Marktplatz herrschte Abendstimmung. Die Stände waren verschwunden und mit ihnen auch die Händler, Handwerker und Käufer. Die Argentanos saßen wohl in ihren Häusern beim Abendmahl. Nur ein paar Halbwüchsige lungerten herum und beäugten uns neugierig. Die mussten sich wundern, was ein normannischer Krieger mit dieser ängstlich dreinblickenden Magd zu tun hatte, die bei ihm stand und einen Säugling in den Armen hielt. Oder kam es nur mir merkwürdig vor? Ich drehte den Burschen den Rücken zu und versuchte, Alessa mit einem Lächeln zu beruhigen.

»Das hat gutgetan«, sagte ich und rieb mir die schmerzenden Knöchel der rechten Hand.

Tatsächlich fühlte ich mich erleichtert. Und doch hatte ich das undeutliche Gefühl, hinter meinen Faustschlägen steckte mehr als nur mein Zorn auf Tancred. Die aufgestaute Wut und Ohnmacht über Gerlaines Entführung. Mein Streit mit Robert. Überhaupt schien nichts zu passen in diesen Tagen. Ich hatte keine Ahnung, wie es weitergehen sollte, mit Ivo und Alessa und mit meinem eigenen Leben. Und was Gerlaine betraf, so war ich hin- und hergerissen. Am liebsten wäre ich gleich aufgebrochen, um sie zu suchen. Aber auch Ivo brauchte mich.

Außerdem waren meine Geldmittel beschränkt. Ich besaß zwar noch einiges an Gold von unseren Plünderungen im letzten Jahr, aber das meiste davon lag in der Nähe von Melfi im Wald vergraben. Auch die Fürstenfamilie von Salerno schuldete mir für meine Dienste Lohn, doch wegen der späteren Vorkommnisse wäre es mir jetzt unangenehm gewesen, sie daran zu erinnern.

Die Amme blickte besorgt zu mir auf. »Signor Tancredo kann sehr gewalttätig sein. Er wird das nicht auf sich sitzen lassen. Außerdem ist er eifersüchtig auf Euch, Signore. Ich glaube, wenn Männer nicht weiterwissen, gebrauchen sie ihre Fäuste.« Hatte sie gerade Tancred gemeint oder mich? Rasch fügte sie hinzu: »Aber die Signora ist stark. Sie hat nur gelacht.«

Das konnte ich mir gut vorstellen. Gerlaine war keine Frau, die sich so leicht einschüchtern ließ. Das lag zum Teil an ihrer harten Jugend. Und auf unseren Raubzügen in Apulien hatte sie genug erlebt, um gegen Widerstände abgehärtet zu sein. Nein, Gerlaine ließ sich nicht so leicht unterkriegen. Ich konnte nur hoffen, dass diese Stärke ihr half, auch ihr jetziges Los zu ertragen.

Inzwischen war uns der Diener gefolgt. Er stellte die Wiege ab, drückte mir wortlos den Leinenbeutel in die Arme und machte, dass er wieder ins Haus kam. Er hatte wohl Angst vor seinem Herrn. Kurz darauf kam auch unser Gepäck ziemlich unsanft zur Tür herausgeflogen.

Die Wachen wunderten sich. »Du scheinst nicht willkommen zu sein, Bruder«, sagte einer der beiden mit breitem Grinsen, ganz offensichtlich ebenfalls Normanne.

»Wo gibt es hier eine gute Herberge?«, fragte ich ihn.

Er zeigte in Richtung des Kampanile. »Hinter der Kirche. Die haben auch Stallungen. Nehme an, ihr braucht Unterkünfte für eure Gäule.«

Ich bedankte mich. »Hab mal ein Auge auf unsere Sachen, Kamerad, bis wir sie holen.«

Er nickte. »Kannst mir ja später einen ausgeben.«

Nun traten auch Roger, Thore und Pali vor die Tür. Roger war wieder ganz der Alte und konnte ein Feixen nicht unterdrücken, als er meinen Arm nahm. Tancred musste ihn aufgeklärt haben.

»So, Vater bist du geworden. Bleibt nicht aus, wenn man rumvögelt.« Er lachte. »Und dein Nebenbuhler ist ziemlich angefressen, wie mir scheint. Nimm dich vor ihm in Acht.«

Ich bat Pali, ein paar Knechte aufzutreiben, die unsere Pferde und das Gepäck zur Herberge bringen sollten.

»Nichts da!«, sagte Roger. »Du bleibst bei mir. Da ist genug Platz für euch gegenüber, in Roberts Palast.«

»Kommt nicht infrage.«

»Hör auf, so bockig zu sein, Gilbert.«

Ich schüttelte den Kopf. »Nichts zu machen.«

Verständnislos starrte er mich an. »Was bei allen Göttern ist nur los mit dir? Du prügelst dich mit Robert, und dann schlägst du auch noch seinen Kastellan zusammen. So kenne ich dich gar nicht. Tancred ist ein guter Mann, soweit ich das beurteilen kann.«

»Ja«, knurrte ich bitter. »Ein guter Mann, der die Frau verprügelt, die ich liebe, und meinen Sohn einen Bastard nennt. Ich glaube, du hättest kaum anders gehandelt.«

Roger zuckte gleichmütig mit den Schultern. »Unter uns?«, meinte er mit einem Augenzwinkern. »Ich hätte ihn wahrscheinlich kaltgemacht.« Danach lachte er ausgelassen.

»Gut, dass wir uns immer noch verstehen. Und jetzt gehen wir die Herberge suchen. Ich hab einen Mordshunger und könnte ein Fass aussaufen.«

* * *

Den Weg durch die engen Gassen bestritten Roger und Thore in aufgeräumter Laune und übertrafen sich gegenseitig an zweideutigen Bemerkungen und Witzeleien. Meine unerwartete Vaterschaft schien sie sehr zu belustigen. Man hätte meinen können, die beiden hätten nichts als dumme Sprüche im Kopf, besonders auf meine Kosten. Dabei gab es keinen treueren Freund als Thore. Und hinter Rogers übermütigen Scherzen verbarg sich ein kluger Kopf von großer Entschlossenheit. Die hatte er schon als Knabe bewiesen.

Ihr Geplänkel störte mich daher nicht, aber ich war nicht in der Stimmung, mich daran zu beteiligen. Zu sehr war ich noch gefangen von dem, was mir widerfahren war. Und obwohl Alessa mit dem kleinen Ivo auf dem Arm in unterwürfiger Bescheidenheit zwei Schritte hinter uns hertrippelte, spürte ich beider Gegenwart nur allzu deutlich. Was bei Odin sollte ich jetzt mit ihnen anfangen?

Hier und da begegneten wir Leuten, die uns neugierig anstarrten. Viele erkannten Roger und verbeugten sich ehrerbietig vor ihm, denn es hatte sich herumgesprochen, dass er Robert Guiscards Bruder war und mehr zu sagen hatte als Signor Tancredo, der Hauptmann der Besatzung.

Die Herberge lag an einer kleinen Piazza hinter dem gedrungenen Bau des *duomo*. Ihr Mauerwerk war von Weinlaub überwuchert, und nur ein bronzener Krug über dem Eingang und das Stimmengewirr, das aus Tür und Fenstern drang, ließen ahnen, dass es sich um ein Wirtshaus handelte. Für zahlende Gäste, hatte man uns gesagt, die nicht im Gemeinschaftsraum auf Bänken nächtigen wollten, bot das Haus bequemere Unterkünfte über dem Schankraum an.

Die beiden Mägde, die bei unserem Eintreten herbeigeeilt waren, schienen uns nicht zu verstehen und wir nicht ihr Griechisch, bis der beleibte Wirt auftauchte und uns freundlich in verständlichem Lombardisch begrüßte. Da wir weitere Kameraden erwarteten, bot er uns ein ruhiges Plätzchen im geräumigen Hinterhof an, wo sich mehrere Tafeln und Bänke befanden. Es sei dort um diese Zeit erträglicher als im Schankraum. In der Tat wehte hier ein angenehmes Lüftchen nach der Hitze des Tages. Dennoch beschlich mich der Gedanke, dass er seinen Stammgästen vielleicht die Gegenwart zechender Normannen ersparen wollte.

Ich bat ihn um Fleisch und Küchenreste für Loki. Und während Roger sich niederließ, um auf uns zu warten, führte ein Knecht uns zu den Unterkünften im ersten Stock. Die Stiege ächzte unter unseren Schritten, es roch ein wenig muffig, überhaupt schien das Haus ziemlich alt zu sein, aber nicht ungepflegt. Oben, am hinteren Ende des Ganges, lugte eine Frau aus ihrem Gemach. Sie war geschminkt und warf mir einen aufreizenden Blick zu. Thore pfiff leise durch die Zähne. Offensichtlich eine Hure.

»Eine Braut für dich?«, fragte ich im Scherz.

»Ich hab noch nie dafür bezahlt«, erwiderte er entrüstet, »und habe auch nicht vor, damit anzufangen.«

»Umso besser.«

Man konnte nur hoffen, dass das Kommen und Gehen ihrer Kundschaft uns später nicht die Nachtruhe nehmen würde. Aber wir brauchten eine Unterkunft und konnten nicht allzu wählerisch sein. Wir Männer teilten uns eine Kammer, während Alessa mit dem Kind eine andere belegte. Ich öffnete gleich die Fensterluken, die zum Hof hinausgingen, und sah mich um. Es sah sauber genug aus, der Holzboden war gefegt, auf dem Waschstand gab es Seife, Leinentücher und eine Schüssel mit Wasser. Die Kissen und Decken schienen frei von Läusen zu sein. Ich hatte wahrlich schon schlechter übernachtet.

Als unser Gepäck auftauchte, war ich froh, mich endlich zu waschen und die letzte noch einigermaßen saubere Tunika überzustreifen, die sich in meinen Satteltaschen fand. Danach fühlte ich mich besser, und selbst das Gestöhne einer Hure nebenan würde meine Laune nicht trüben können.

Auch Thore hatte sich gewaschen und umgezogen. Er war überhaupt jemand, der sehr auf sein Äußeres achtete. Er ölte gern sein langes Haar und stutzte regelmäßig den Bart. An den Fingern blitzte es von erbeuteten Ringen. Früher hatte er sogar noch kleine Silberringe in den Bart geflochten, aber seit eine hübsche Lombardin das wirklich zu barbarisch fand, hatte er sich das abgewöhnt.

Bevor wir uns zu Roger gesellten, klopfte ich an Alessas Kammertür. Auch sie schien gut untergebracht zu sein. Mein kleiner Ivo lag in der Wiege und schlief. Die Amme aber wirkte etwas verloren in der neuen Umgebung. Ich versprach, ihr ein Abendmahl heraufzuschicken, und begab mich mit Thore in den Hof, wo Knechte gerade unsere Pferde in den Stall brachten und mit Heu versorgten.

Roger hatte inzwischen auffahren lassen. Frisches Brot, gekochtes Gemüse, in Knoblauch und Kräutern geschmorter Lammbraten und andere Leckerbissen der südlichen Küche. Dazu ein kräftiger Landwein. Wir waren hungrig und fielen wie Wölfe über das Mahl her. »Ich schwöre euch, ich geh hier nie mehr weg«, schwelgte Roger mit vollen Backen und fetttriefenden Fingern. »Es schmeckt alles so verdammt gut, dass man gar nicht aufhören kann, sich vollzustopfen. Wie kommt es, dass ihr nicht kugelrund seid?«

»Wir sind es schon gewohnt«, erwiderte ich grinsend, »und heilfroh, dem Einheitsfraß daheim entronnen zu sein. Wer will schon Kohl und Hirsebrei, wenn man gegrillten Flusskrebs oder Wachteln in Wein und Rosmarin haben kann?«

»Was zum Teufel ist Rosmarin?«

»Du wirst es schon rausfinden.«

Roger löcherte mich mit Fragen. Was genau denn zwischen mir und Gerlaine vorgefallen sei. Ich erzählte ihm das Nötigste, von unserer Liebe, die sich auf der Reise ins Mezzogiorno entwickelt hatte, von ihrer Zurückhaltung, mit mir zu schlafen, ihrer Angst, schwanger zu werden, von Streit und Versöhnung, von unserer einzigen Liebesnacht, und ließ auch nicht aus, warum sie mich trotz allem verlassen hatte.

»Kann es sein, mein Lieber«, sagte er, während er sich die Finger leckte, »dass ihr euch ein bisschen wie Kindsköpfe benommen habt? Ich meine, ihr liebt euch und schafft es nicht, zusammenzukommen?«

Thore nickte grinsend, und ich zuckte verlegen mit den Schultern.

»Und jetzt willst du sie heimbringen, obwohl du keine Ahnung hast, wo sie überhaupt sein könnte.«

»Ich weiß, ihr denkt, es ist aussichtslos.«

Natürlich war es aussichtslos. Nüchtern betrachtet. Aber eine winzige Vermutung hatte ich doch. Nur davon reden wollte ich nicht, denn sie hätten mich ausgelacht. Wer hätte schon diesen dummen Traum ernst genommen, der auch noch Monate zurücklag? Aber ich klammerte mich daran, so verrückt es auch schien, denn mehr Hinweise gab es nicht. Es musste einfach eine Bedeutung haben. Und doch … in Wahrheit war ich immer noch unschlüssig.

Roger nahm einen Schluck Wein, inzwischen unverdünnt, und starrte nachdenklich in den Becher. »Nun ja, ich kann dich schon verstehen, Gilbert. Ich mache mich über dich lustig, aber eigentlich geht es mir nicht viel besser.«

Gedankenverloren benetzte er den Finger mit Wein und zeichnete nasse Linien auf das Holz der Tafel. Es sah wie ein

Name aus. Als er merkte, dass wir ihn fragend ansahen, grinste er befangen und wischte den Tisch mit dem Ärmel sauber.

»Sie heißt Judith«, eröffnete er uns. »Und sie ist für mich ebenso unerreichbar wie deine Gerlaine für dich. Denn sie ist die Tochter von Williame d'Évreux, dem Neffen unseres Herzogs, und daher von hohem Adel. Ich habe sie vor zwei Jahren auf einem Turnier in Rouen gesehen. Man hat uns bekannt gemacht.«

»Du treibst dich auf Turnieren rum?«

»Warum nicht. Ich bin gut mit Ross und Lanze. Habe kürzlich eine ausgezeichnete Rüstung dabei gewonnen. Und ebenso das Pferd, das mich hergebracht hat. Ein Prachthengst.«

»Und ist die Zuneigung gegenseitig?«, fragte Thore. »Ich meine bei Judith, nicht bei deinem Gaul.«

»Sehr witzig, Thore. Aber um deine Frage zu beantworten, das ist ja gerade das Traurige. Sie liebt mich. Sonst wäre ich schon viel früher zu euch gekommen. Wir haben uns sogar eingebildet, wir könnten heiraten. Aber ihr Vormund und Stiefbruder, der Abt von Saint-Évroult, der würde sie niemals einem Hauteville zur Frau geben. Das hat er mir deutlich gemacht. Unsere Familie in der Normandie ist ihnen nicht gut genug. Für sie sind wir nichts als ungehobelter Kleinadel. Und dass Robert damals an der Seite der Rebellen gekämpft hat, ist auch nicht gerade hilfreich.«

Gemeint war der bewaffnete Aufstand gegen den jungen Herzog der Normandie, der mithilfe des Königs von Frankreich blutig niedergeschlagen worden war. Roberts Beteiligung war der Grund, warum wir damals fluchtartig das Land verlassen hatten.

»Was sollen sie gegen die Hautevilles haben? In Italia haben deine Brüder es doch zu Ruhm und Ehre gebracht. Zählt das nicht?«, fragte ich.

»Nicht bei Herzog Williame und seinem Klan. Für die sind wir ein rotes Tuch. Die Hautevilles haben sich ja nicht immer gut betragen, wie du weißt. Und was den Ruhm angeht, da kann ich wohl kaum mitreden.« Er zog eine saure Miene. »Ich habe nichts und bin auch nichts.«

So bescheiden? Das passte doch gar nicht zu ihm. Diese unglückliche Liebschaft musste ihn mehr bedrücken, als man bei seinem sonst so fröhlichen Auftreten vermutet hätte.

»Mach dich nicht kleiner, als du bist«, widersprach ich. »Außerdem, hier gibt es genug Gelegenheit, sich hervorzutun.«

»Deshalb bin ich ja hier.«

»Aber warum hast du deine Judith nicht entführt und gleich mitgebracht?«, fragte Thore.

»Ob ihr's glaubt oder nicht, an so was hab ich tatsächlich gedacht. Nur, Mutter und Serlo haben es mir ausgeredet. Denn daheim hätte die ganze Familie darunter leiden müssen.« Er seufzte. »Vielleicht hast du mehr Glück als ich, Gilbert, mit deiner Suche. Ich wünsche es dir jedenfalls.«

»Wir werden sehen«, wich ich aus. Und da er seine Mutter erwähnt hatte, fragte ich: »Wie geht es Fressenda? Ich vermisse sie.«

»Sie lässt dich grüßen«, erwiderte er. »Das hat sie mir ganz besonders aufgetragen. Sie nennt dich immer noch ihren kleinen Seeräuberbub.«

Weil mein Vater angeblich ein Seeräuber gewesen war und weil sie keine mochte. Aber mich mochte sie, und mich hatte sie an ihren großen Busen gedrückt und warme Milch mit Honig eingeflößt und aufgezogen, als wäre ich einer ihrer eigenen Söhne.

»Aber es geht ihr doch hoffentlich gut«, sagte ich mit belegter Stimme.

»Doch, doch, es geht ihr gut. Aber sie ist natürlich nicht mehr die Jüngste. Und seit mein Vater gestorben ist …«

In diesem Augenblick tauchten weitere Kameraden auf, um mit uns den Abend zu verbringen, darunter auch Pali und die beiden Wachen vor Tancreds Haus, die man abgelöst hatte. Es wurde eine fröhliche Runde. Da war Dardan, ebenfalls einer der Albaner. Und der kriegserfahrene Baldric, der genau wie Odo mit Williame und Drogo in Sicilia gewesen war und so einige Narben aus diesem Feldzug vorzuweisen hatte. Das war vor sechzehn Jahren gewesen, als die Byzantiner unter Führung ihres *strategos* Maniakes mit einem großen Heer versucht hatten, die Insel zurückzuerobern. Schließlich war sie ja mal byzantinisch gewesen. Eine Gruppe normannischer Söldner hatte ebenfalls mitgekämpft. Ich nahm mir vor, Baldric bei Gelegenheit nach dem Land der Mauren auszufragen.

Obst, Käse und Oliven wurden jetzt für alle aufgetischt und jede Menge Wein. Die Stimmung hob sich, und bald machten Erzählungen die Runde, von unseren Erlebnissen der letzten Jahre, von Raubzügen und Scharmützeln mit Byzantinern, vom Lagerleben und von Entbehrungen, aber auch von wilden Sauftouren, von Huren und betrunkenen Duellen. Die meisten Geschichten waren komisch, und so schallte regelmäßig lautes Gelächter über den Hof.

Am Ende kam noch einmal das Gespräch auf Gerlaines Entführung. »Lass Tancred in Ruhe«, sagte Roger zu mir. »Er hat keine Schuld an der Sache.«

Auch Baldric war der Meinung. »Wir haben versucht, die Bastarde zu verfolgen. Haben uns aber nur eine blutige Nase geholt, denn sie waren in der Überzahl. Drei Mann haben wir dabei verloren. Wenn du dein Mädchen suchen willst, fang in Sicilia an. Aber das weißt du sicher selbst.«

»Warum? Hast du vielleicht etwas erfahren?«

»Die könnten natürlich auch aus Afrika gekommen sein. Aber für meinen Geschmack sahen die genau wie die Leute aus, gegen die wir damals unter Maniakes gekämpft haben. Was sagst du dazu, Odo?«

Der nickte. »Seh ich auch so. Und ihr Banner war schwarz, wenn es dir hilft, Gilbert.«

»Ein schwarzes Banner?«

Das erinnerte mich wieder an diesen verdammten Albtraum, den ich gehabt hatte, bevor ich überhaupt von Gerlaines Entführung erfahren hatte. Ein ganz in Schwarz gekleideter Sarazene hatte mich darin mit dem Messer bedroht und dann eine Frau mit sich ins Dunkle verschleppt, in der ich geglaubt hatte, Gerlaine zu erkennen. Zuerst hatte ich den Traum nicht sehr ernst genommen, bis mir genau so ein Kerl in Salerno über den Weg gelaufen war. Kommandant einer Seeräubergaleere war er gewesen. Ein übler Geselle, der mit unseren Feinden gemeinsame Sache gemacht hatte. Als ich dann später von Gerlaines Entführung erfuhr, da hatten mich die Bilder des Traums in ihrer schrecklichen Deutlichkeit erneut überfallen. Hieß es nicht, dass einem Feinde manchmal im Traum erschienen? Oft als reißende Wölfe, die einem den eigenen Tod ankündigen. Diesmal war es eben ein Sarazene. Und war es mein Tod, den sie ankündigten? Oder Gerlaines?

»Wie ist überhaupt dieses Sicilia?«, wollte Roger wissen. »Ich weiß nichts darüber, außer dass es maurisch ist.«

»Nicht nur. Dort leben auch viele Christen, besonders im Osten der Insel«, sagte Baldric. »Es ist ein schönes Land. Wild und schaurig zum Teil, mit Gebirgen und einem mächtigen, Feuer speienden Berg. Aber auch sehr fruchtbar. Weizenfelder, so weit das Auge reicht, umrahmt von grünen Hügeln, auf denen Oliven reifen und der allerfeinste Wein. Die Sarazenen verstehen etwas vom Anbau. Sie zapfen Flüsse an und bewässern ihr Land. Damit zaubern sie herrliche Feldfrüchte selbst aus den trockensten Böden. Zuckerrohr, Melonen, Feigen, Zitronen. Ich sage euch, dort kann man es sich gut gehen lassen.«

Er erzählte noch mehr von seinen Eindrücken und Erlebnissen, und wir lauschten aufmerksam. Besonders Roger. Ein träumerischer Blick war in seine Augen getreten.

»He, Gilbert, was denkst du?«, sagte er mit einem breiten Grinsen. »Überlassen wir es Robert und Onfroi, sich allein mit den Byzantinern herumzuschlagen. Damit haben sie genug zu tun. Und wir beide, wir erobern Sicilia. Damit ließe sich doch nun wirklich Ruhm und Ehre gewinnen, was meinst du? Dann musst du dich auch nicht mehr über Robert ärgern. Und du, Baldric, wärst doch bestimmt dabei, oder?«

»Mit Sicherheit«, erwiderte der gutmütig. »Hab eh noch 'ne Rechnung mit den Mauren offen.«

»Na also«, rief Roger und klopfte ihm übermütig auf die Schulter. »Sicilia ist so gut wie unser!«

Ein netter, weinbeseelter Scherz. Wir alle lachten ausgelassen darüber. Überhaupt waren wir in einer Stimmung, in der man gern unsinniges Zeug daherquatscht. Und doch, bei Roger wusste man nie, wie er es wirklich meinte.

Das geschändete Dorf

Früh am nächsten Morgen, mein Kopf schmerzte noch nach den Unmengen an Wein, die wir genossen hatten, beschloss ich, Alessas Dorf zu besuchen. Thore erbot sich, mich zu begleiten, aber ich schüttelte den Kopf.

»Alessa denkt, die Leute, die im Dorf noch übrig sind, dürften so verängstigt sein, dass sie vor jedem Fremden davonlaufen. Besonders vor Bewaffneten. Ich solle doch lieber den Priester bitten, mitzukommen. Dem würden sie vertrauen. Der könnte auch für mich übersetzen.«

»Und Alessa selbst?«

»Der Kleine braucht seine Amme. Und ihn mitnehmen? Nein, da draußen ist es viel zu heiß. Die beiden sind hier besser aufgehoben. Ich vertraue sie dir an.«

»Du wirst ja richtig fürsorglich. Aber keine Sorge. Ich pass schon auf.«

Nach dem Morgenmahl ging ich die wenigen Schritte zur orthodoxen Kirche hinüber, um mit dem Priester zu reden. Ich fand ihn beim Säubern des Diakonikon, dem kleinen Nebenraum seines Gotteshauses, wo er das heilige Gerät aufbewahrte. Als er mich bemerkte, lehnte er den Besen in die Ecke, nicht ohne einen vorsichtigen Blick auf Loki zu werfen. Er war derselbe, der uns bei unserer Ankunft so misstrauisch beobachtet hatte, ein etwas beleibter Mann in mittleren Jahren, mit langem, grau geflecktem Bart, kräftigen Brauen und breiter Stirn. Seine schwarze Priestertracht war nicht ganz sauber und lag etwas eng um den Bauch.

»Die Amme Alessa schickt mich zu Euch«, sagte ich nach einer höflichen Begrüßung. »Sie meint, Ihr würdet mir vielleicht helfen können.«

Ich hatte recht gehabt mit meiner Vermutung, dass er Lombardisch sprach, denn er schien mich gut zu verstehen. Dennoch blieb seine Miene verschlossen.

»Was für eine Alessa?«

»Die Amme der entführten Frau des Kastellans.«

Er nickte. »Ich kenne sie. Und?«

»Ich möchte Euch bitten, mich in ihr Dorf zu begleiten und mir zu helfen, mit den Leuten zu reden. Ich will wissen, was dort genau geschehen ist und was sie über die Sklavenjäger wissen, die das Dorf überfallen haben.«

»Warum willst du das wissen?«

Er duzt mich, dachte ich. Nicht sehr höflich von dem Mann.

»Weil ich Signora Gerlaine finden und heimbringen will.«

Das brachte mir einen erstaunten Blick ein. »Heimbringen? Das wird wohl kaum möglich sein.« Er runzelte die Stirn und strich sich über den langen Bart. Dann funkelte er mich herausfordernd an. »Und warum sollte ich einem Normannen helfen? Einem von euch Mördern und Plünderern?«

Ich hatte mir schon gedacht, dass die Sache nicht so einfach werden würde. Vielleicht hätte ich Alessa für mich bitten lassen sollen.

»Die Signora ist nur geraubt worden, weil sie den Leuten im Dorf geholfen hat in ihrer Not. Sie hat ihnen Linderung gebracht.«

»Ich habe davon gehört«, sagte er ungerührt. »Mit Teufelszeug und Normannenzauber.«

»Nun ja. Das ist eben, was wir kennen. Es war in jedem Fall gut gemeint.«

Da reden diese Christen so viel von Nächstenliebe, aber wenn man sie um Hilfe bittet, dann vergessen sie schnell die Botschaft ihres Gekreuzigten. Was konnte ich tun, um den Kerl zu bewegen? Erwartete er etwa, dass ich ihm die Mühe versilberte? Ich begann, an meiner Gürteltasche zu nesteln.

»Lass dein Geld stecken, Normanne. Ich will es nicht. Und du hast mir immer noch nicht gesagt, warum ich einem wie dir überhaupt helfen sollte.«

»Weil …« Ich wusste nicht recht weiter. Er hasste Normannen, und Geld wollte er auch nicht. Vielleicht sollte ich versuchen, an sein Mitgefühl zu rühren. »Weil das Kind der Signora seine Mutter braucht. Soll es denn ohne Mutter aufwachsen?«

»Es hat doch die Amme«, knurrte er. »Sie scheint sich gut zu kümmern, wie es heißt. Und einen Vater hat es auch.«

»Nun ja. Die Sache liegt da noch etwas anders. Der Kleine ist gar nicht Tancreds Kind, sondern …« Ich räusperte mich verlegen. »Er ist eigentlich mein Sohn.«

Der Priester riss die Augen auf. Nun hatte ich seine ganze Aufmerksamkeit. »Dein Kind?«, fragte er ungläubig. »Ein Bastard also.«

Ich zuckte mit den Schultern, während er mich nachdenklich musterte, aber nichts sagte. Es wurde mir schon etwas ungemütlich unter diesem forschenden Blick. Würde er mir eine Predigt über Anstand und Sitte halten? Jawohl, ein Bastard, wenn man so will. Na und?

Ich gab mir einen Ruck. »Ich bitte Euch um diesen Gefallen, weil Ihr ein guter Mensch seid.« Und ich fügte noch hinzu: »Ein Christ.«

Er hob erstaunt die buschigen Brauen. »Aha«, brummte er. »Du hältst mich für einen guten Menschen. Nun, ob ich das bin, das kann allein der Herrgott entscheiden.« Er trat einen Schritt näher und starrte mich an wie zuvor, unbeweglich und ohne eine Miene zu verziehen. Ich hatte ihn wohl nicht überzeugen können.

»Wann soll's denn losgehen?«, fragte er plötzlich zu meiner Überraschung. Und als ich nicht gleich antwortete: »Nun rede schon. Oder willst du hier noch lange quatschen?«

»Gleich ... sofort, wenn Ihr wollt«, stammelte ich. »Und vielen Dank ... Hochwürdigster.« War das richtig? Nannte man so einen Priester der Ostkirche?

»Vater Georgios genügt, mein Sohn«, erwiderte er. Und zum ersten Mal sah ich so etwas wie ein Lächeln auf seinen Lippen. »Wie heißt du eigentlich?«

»Gilberto, Vater.«

»Gut, Gilberto. Ich packe schnell ein paar Sachen zusammen, dann können wir aufbrechen. Wir treffen uns vor der Kirche.«

Ich eilte zurück zur Herberge, um Thore und Alessa Bescheid zu geben, küsste meinen Sohn zum Abschied und nahm meine Bettrolle an mich für alle Fälle. Ich trug nur eine leichte Tunika und gürtete mir das Schwert um. Andere Waffen wie auch meine Satteltaschen ließ ich zurück.

Als ich Saura, meine Fuchsstute, die ich heute reiten wollte, auf die Piazza führte, wartete der gute Priester bereits auf mich. Er hielt ein Maultier am Zügel, war gekleidet wie zuvor, außer dass er jetzt einen breitkrempigen Hut auf dem Kopf hatte, eine leinene Tasche über der einen und eine mit Wasser gefüllte Kalebasse über der anderen Schulter. Loki begrüßte ihn mit einem Schwanzwedeln und schnüffelte an der Tasche.

Vater Georgios trat einen Schritt zurück. »Der hat schon gemerkt, wo die guten Sachen versteckt sind. Hast du eigentlich immer dieses Ungetüm dabei?« Er betrachtete mich prüfend. »Du solltest übrigens nicht ohne Kopfbedeckung reiten. Ihr Nordleute habt nicht die Haut für unsere Sonne.«

»Keine Sorge, Vater.« Ich zog ein großes Tuch hervor und band es mir lose um den Kopf, sodass Stirn und Nacken geschützt waren.

»Jetzt siehst du selbst wie ein Sarazene aus«, lachte er und hievte sich mit einiger Mühe in den Sattel.

Für die Wachen am Tor mussten wir einen seltsamen Anblick bieten, ein normannischer Krieger ohne Helm und Rüstung, gefolgt von einem dicken Priester auf einem Maulesel. Sie glotzten uns belustigt an.

»Wo willst du denn hin, Gilbert?«, rief einer, der mich erkannt hatte.

»Nur ein kleiner Ausritt, um die Landschaft zu bewundern. Heute Abend sind wir zurück.«

Alessa hatte mir den Weg erklärt. Loki und ich trabten voraus, Vater Georgios dicht hinterher. Wir folgten der Straße, die ins Tal hinabführte und auf der Thore und ich am Vortag angekommen waren. Es war noch früh am Morgen und die Luft frisch und angenehm. Unter uns in gelbgrünen und ockerfarbenen Tönen die weite Ebene mit ihren Äckern und Feldern, hier und da die dunklen Flächen von Brachland und Pinienwäldern. Auch der Lauf des Crati ließ sich an manchen Stellen erahnen, besonders in nördlicher Richtung, wo die Landschaft feuchter und sumpfiger wurde.

Auf halber Höhe kamen wir an eine Abzweigung. Ich war schon an ihr vorbei, als ich merkte, dass der Priester den anderen Pfad genommen hatte.

»Hier lang«, rief er mir über die Schulter zu. »Glaub mir, ich kenne den Weg.«

Nach einer weiteren Wegstunde begann sich langsam die Hitze bemerkbar zu machen. Die Zikaden zirpten lauter denn je, und uns lief der Schweiß von der Stirn. Vater Georgios bestand auf einer kleinen Rast. An einem schattigen Plätzchen ließen wir uns im Gras nieder. Er reichte mir die Kalebasse.

»Nimm einen Schluck«, sagte er und lachte, als er mein erstauntes Gesicht sah, denn statt Wasser befand sich Wein darin. »Ohne Wein ist das Leben nur halb so viel wert, hab ich recht?«

Ich nahm einen zweiten Schluck. Schien auch ein gutes Mittel gegen Kopfschmerzen zu sein. Dann flößte ich Loki etwas Wasser aus meiner eigenen Feldflasche ein.

»Du bist also ein Ehebrecher«, sagte Vater Georgios. »Was sagt denn der gute *castellano* dazu?«

»Ich bin kein Ehebrecher. Die Sache ist eher umgekehrt.«

»Ah. Sie ist dir wohl weggelaufen. Und warum willst du sie dann suchen und heimbringen? Mal abgesehen davon, dass es aussichtslos und viel zu gefährlich ist.«

»Weil ich es so will.« Langsam hatte ich genug davon, dass alle Welt mir unter die Nase rieb, wie aussichtslos das Ganze sei. Und dass ich mir noch gar nicht so sicher war, musste er auch nicht wissen. Er beäugte mich spöttisch, als wisse er genau, was in mir vorging.

»Übrigens«, sagte er, »ich habe deine hübsche *castellana* nie in der Kirche gesehen. Keine Christin, oder?«

»Nein.«

»Du wohl auch nicht.«

Ich schüttelte den Kopf. Dass Fressenda mich als Kind hatte taufen lassen, sagte ich ihm nicht. Schließlich wusste ich nicht einmal, wie man das Vaterunser aufsagt. Das Christentum hatte mich nie überzeugt. Im Gegensatz zu vielen meiner Kameraden, die dem Gekreuzigten verpflichtet waren.

»Ich tue das hier also für Heiden.« Vater Georgios schüttelte den Kopf und seufzte. »Wenn der Herr es nicht verboten hätte, würde ich jetzt verdammt noch mal fluchen.«

»Was macht es für einen Unterschied, ob wir Christen sind oder nicht?«

Darauf antwortete er nicht. »Ich hätte es mir doch wirklich denken können«, sagte er stattdessen. »Selbst diejenigen unter euch, die sich Christen nennen, haben keine Ahnung, um was es eigentlich geht. Ihr seid ein wildes Volk. Keine Moral.«

»Jedes Volk hat eine Moral. Vielleicht eine andere, aber eine Moral haben alle. Sonst gäbe es kein Recht. Sonst wäre ein Leben in Gemeinschaft gar nicht möglich.«

Er nahm mir die Kalebasse aus der Hand und genehmigte sich selbst einen kräftigen Schluck. »Was für ein *philosophos* du doch bist, mein junger Freund«, lachte er. »Aber vielleicht hast du recht. Obwohl wir Christen glauben, dass Moral und Recht von Gott kommen. Von unserem Gott, wohlgemerkt. Nicht von euren grässlichen Waldgöttern.«

»Ich habe einen Freund, ein guter Krieger. Der hat sein Schwert gegen ein Priestergewand eingetauscht.«

»Sehr lobenswert. Wo wurde er geweiht?«

»In Salerno. Vom Erzbischof selbst.«

»Ein lateinischer Priester also«, knurrte er geringschätzig.

»Was ist eigentlich der Unterschied? Betet ihr nicht den gleichen Gott an?«

»Ach, herrje!« In hilfloser Geste hob er die Schultern. »Wie soll man einem Heiden wie dir das erklären? Nur eines. Wir sind die ursprüngliche, die eigentliche Kirche. Irgendwann haben die Bischöfe von Rom sich selbstständig gemacht. Und nun wollen sie uns beibringen, was ein Christ zu sein hat. Lächerlich.«

»Der Papst in Rom hat unsere Titel anerkannt. Auch über Kalabrien.«

Vater Georgios lachte auf. »Was sollte er denn sonst tun, nachdem ihr ihn besiegt und in die Knie gezwungen habt. Ist ihm recht geschehen. Ein Kirchenmann ist doch kein Heerführer.« Er meinte unseren Sieg bei Civitate über die Allianz des Papstes und seiner lombardischen Verbündeten. »Weißt du übrigens, dass er tot ist?«, fügte er hinzu.

»Papst Leo ist gestorben?«

»Ja, schon im April, so habe ich gehört. Hat die Schmach nicht ertragen, von euch Normannengesindel gedemütigt zu werden.«

»Gesindel sind wir also«, sagte ich ärgerlich.

»Na, feine Herren seid ihr wohl nicht gerade.« Er schlug mir auf die Schulter. »Aber dich mag ich schon, mein Sohn. Vielleicht machen wir ja noch einen Christen aus dir.«

»Scheint, alle Welt will mich bekehren«, brummte ich gereizt und stand auf. »Wir sollten uns wieder auf den Weg machen.«

* * *

Alessas Dorf musste eine lebhafte kleine Siedlung gewesen sein, an einem Bächlein gelegen, von Äckern, Hainen und Gärten umgeben, mit einem Heiligenschrein am Dorfrand. Einfach, aber wohlgeordnet. Vielleicht schon seit Generationen so.

Doch nun war alles anders geworden. Die Amme hatte mich gewarnt, dass nach dem Antoniusfeuer und dem Raubzug der Sarazenen fast nur noch Alte, Schwache und kleine Kinder übrig geblieben waren. Nicht überraschend also, dass die Felder verwahrlost aussahen, obwohl der Überfall schon einige Zeit zurücklag. Es war niemand mehr da, der noch die Kraft oder den Willen hatte, das letzte Korn einzufahren. Wozu auch? Und so drohte ein guter Teil der Ernte in der flirrenden Hitze des Südens zu vertrocknen, das heißt, wo Weizen und Gemüse nicht ohnehin schon von Pferdehufen zertrampelt waren.

Den trostlosesten Anblick aber bot das Dorf selbst. Gut die Hälfte der aus Feldsteinen erbauten Hütten war vom Feuer verwüstet. Von ihnen waren nichts als verrußte Mauerreste, Asche und halb verkohlte Dachbalken geblieben. Einige traurige Gestalten mühten sich mit gebeugtem Rücken, den Schutt wegzukarren, Steine zu bergen und für einen Neubau aufzustapeln. Hier und da standen notdürftige Unterkünfte aus Brettern und alten Planen. Dazwischen liefen Schweine, Ziegen und Hühner frei herum.

Als wir ins Dorf ritten, hielten die Leute inne und starrten uns aus verdreckten Gesichtern misstrauisch an. Vor allem mir schenkten sie finstere Blicke. Denn obwohl ich nicht gewappnet war, wiesen mich doch Kleidung und das Zaumzeug meines Pferdes als Normanne aus.

Wir stiegen von unseren Reittieren. Vater Georgios nickte den Alten, die sich ihm scheu näherten, freundlich zu. Sie verbeugten sich vor ihm und küssten seine Hand. Zu ihm hatten sie Zutrauen. Mich aber, der etwas abseits stand, beäugten sie mit ängstlich verschlossenen Mienen. Auch den großen Hund an meiner Seite schienen sie nicht zu mögen.

Georgios fragte ein verhärmtes Mütterchen nach Ioanna, Alessas Schwester, woraufhin sich jemand erbot, sie zu holen. Unterdessen führten wir die Reittiere zum Bach und ließen sie saufen. Wir selbst tranken ebenfalls, und ich füllte meine Feldflasche mit klarem Bachwasser.

Nach einer Weile erschien die Gerufene mit einem Säugling auf dem Arm. Sie war wesentlich älter als Alessa, eine magere Frau mit harten Zügen, vermutlich ihrer Krankheit geschuldet, aber noch mehr der schweren Arbeit auf den Feldern. Ich fragte mich, wo ihr Mann sein mochte. Vielleicht wieder bei seinen Schafen auf der Weide.

Vater Georgios erklärte ihr, warum wir gekommen waren, dass wir etwas über die Sklavenjäger erfahren wollten. Ich verstand nicht ihr Griechisch, aber es waren nicht mehr als einsilbige Antworten und vor allem feindselige Blicke in meine Richtung. Auch die anderen, die um uns herumstanden, schüttelten mürrisch die Köpfe.

»Sie behaupten, nichts gesehen zu haben«, sagte der Priester zu mir. »Wenn ich ehrlich bin, habe ich nichts anderes erwartet. Das Landvolk lebt in ständiger Furcht vor Fremden. Besser den Mund halten und sich nicht einmischen, das ist seit eh und je ihr Wahlspruch.«

»Verstehe«, erwiderte ich. »Und ein Normanne ist in ihren Augen nicht viel besser als ein Sarazene.«

»Nun, euer ehrenwerter *castellano* Tancredo hat sich hier nicht gerade von seiner besten Seite gezeigt.«

»Ich weiß. Den Mann der Amme hat er wegen Viehdiebstahl aufhängen lassen.«

Vater Georgios wandte sich wieder an Ioanna, um sie nach dem Fall zu befragen. Bei seinen Worten begannen die Dörfler, sich zu entrüsten, und bestürmten ihn aufgeregt. Ioanna starrte mich wütend an und hatte Tränen in den Augen. Ein klappriger Alter spuckte sogar vor mir aus.

»Sie sagen, der wirkliche Viehdieb sei Tancredo. Er und seine Männer wären mehrmals hier gewesen und hätten sie bestohlen. Und einigen der Weiber hätten sie sogar Gewalt angetan. Den Mann der Amme haben sie aufgehängt, weil er das Dorf habe verteidigen wollen.«

Arme Alessa. Sie musste Gerlaine sehr gemocht haben, dass sie sich trotz allem bereit erklärt hatte, ausgerechnet das Kind der *castellana* zu stillen. Nach diesen Aussagen sank meine Meinung von Tancred auf einen neuen Tiefstand. Obwohl solche Übergriffe natürlich immer wieder vorkamen. Trotz Roberts Anweisungen, sich nicht wie Räuber und Plünderer zu verhalten, behandelten seine Krieger die Einheimischen oft weiterhin wie Unterworfene, die man nach Lust und Laune ausrauben durfte. Sie nahmen ihnen die paar Münzen oder Silberkreuzer, die sie besaßen, befriedigten sich an ihren Weibern und trieben ihr Vieh weg. Und wo sollten sich die Betroffenen beschweren? Besonders wenn selbst der Kastellan von Argentano an solchen Schandtaten beteiligt war? Hurensohn, verfluchter!

»Weiß sie, dass ihre Schwester mich geschickt hat mit der Bitte, mir zu helfen?«

Er nickte. »Aber sie meint, wir sollten lieber gehen und sie alle hier in Ruhe lassen.«

Ich hatte Lust, die ganze Sache aufzugeben. Die Dörfler waren feindselig und verschlossen. Dazu war es unerträglich heiß, denn wir standen in der prallen Sonne. Ich spürte trotz meines Kopfschutzes, wie mir der Schweiß herunterlief. Warum hatten sie keine Bäume in diesem Dorf? Statt noch weiter unsere Zeit zu vergeuden, hätte ich mir lieber die Zehen im Bach gekühlt.

»Sag ihnen, es geht um Signora Gerlaine. Sie hat sie doch alle gepflegt. Haben sie das schon vergessen?«

Sie starrten etwas beschämt auf ihre Füße, nachdem Vater Georgios übersetzt hatte, dennoch bot sich niemand an, den Mund aufzumachen.

»Und sag ihnen«, versuchte ich es weiter, »dass ich der Vater des Kindes der Signora bin. Sie sollen doch wenigstens Erbarmen mit meinem unschuldigen Kind haben und mir helfen, seine Mutter zu finden.«

Bei diesen Worten erntete ich erstaunte Blicke. Sie tuschelten ausgiebig miteinander. Doch Ioannas harte Miene änderte sich ebenso wenig wie zuvor. Sie bedachte den Priester mit einem bitteren, von wütenden Gesten begleiteten Redeschwall. Andere nickten dazu.

»Sie meint, ihr Bruder sei entführt worden, genau wie ihr ältester Sohn. Und ihr Dreijähriger sei in den Flammen umgekommen. Mit denen habe auch niemand Erbarmen gehabt. Warum sollten sie also Erbarmen mit einem Normannenbalg haben? Du sollst froh sein, dass es lebt. Soll es ruhig ohne Mutter aufwachsen, wie auch die anderen Kinder hier im Dorf, deren Mütter man verschleppt hat.«

Ihr Hass erschreckte mich. Ich hätte sie natürlich daran erinnern können, dass nicht Normannen dieses Verbrechen begangen hatten, und ich am allerwenigsten. Aber ich musste einsehen, dass ich vergeblich gekommen war, dass diese Leute mir nicht helfen würden. Ich konnte es ihnen nicht einmal verdenken, denn ganz gewiss hätte ich ebenso gehandelt.

»Kehren wir heim«, sagte ich zu Vater Georgios, pfiff Loki zu mir und ging die wenigen Schritte zu meinem Pferd. Vielleicht sollte ich noch mal mit Alessa reden. Vielleicht würde sie sich doch noch an etwas erinnern, das mir weiterhelfen könnte.

Ich hatte schon einen Fuß im Steigbügel, als ich jemanden hinter mir spürte. Ich sah mich um, und da stand die Alte, mit der Georgios zuerst geredet hatte. Langes, schlohweißes Haar, tiefe Furchen im Gesicht und kaum noch Zähne im Mund. Trotzdem hörte ich aus ihrem griechischen Kauderwelsch deutlich Gerlaines Namen heraus, und das gleich mehrfach. Ich fragte mich, was sie wohl von mir wollte, da fasste sie mich bei der Hand und zog mich zurück zu den anderen Dörflern. Auch auf diese redete sie mit Nachdruck ein.

Zuerst schienen sie nicht zu mögen, was sie zu hören bekamen, aber schließlich warfen sie mir scheue Blicke zu, die Gesichter verloren ihren verbitterten Ausdruck, und dann fingen erst einer und schließlich alle gleichzeitig zu reden an.

»Was ist los?«, fragte ich Vater Georgios.

»Sie haben es sich wohl anders überlegt«, meinte er erstaunt. »Dank der Fürsorge deiner *castellana,* die sie in guter Erinnerung haben. Die Alte hat sie alle undankbare Trampel und selbstsüchtige Schweinebacken genannt. Und dass sie sich schämen sollten. Christus würde sie bestrafen für ihre Hartherzigkeit.« Die Ausdrücke der Alten schienen ihn zu belustigen.

»Und? Haben sie etwas Nützliches zu berichten?«

Der Priester versuchte, etwas Ordnung in das Durcheinander zu bringen, einen nach dem anderen reden zu lassen und das Wichtigste für mich zusammenzufassen.

Es waren wohl an die dreißig Mann gewesen, die das Dorf überfallen hatten, bis an die Zähne bewaffnet, hellhäutige Sarazenen, aber auch solche mit dunklerer Hautfarbe darunter. Sie hatten Arabisch gesprochen, da waren sich alle sicher, obwohl niemand selbst des Arabischen mächtig war. Und dass sie bestimmt aus Sicilia waren, obwohl auch das niemand belegen konnte. Es schien einfach das Naheliegendste zu sein. Ich fragte nach dem schwarzen Banner, aber niemand konnte sich an so etwas erinnern. Schwarze Kleidung ja, aber kein Banner. Nun, so weit also nichts Neues.

»Wie sah der Anführer aus?«, fragte ich.

Sie tuschelten eine Weile unter sich. Dann übersetzte Vater Georgios. »Er sei ein Mischling gewesen, meinen sie. Dunklere Haut als die anderen, aber kein Schwarzer. Kräftige Hakennase und langer Bart. Und zwei von ihnen behaupten, an der linken Hand habe ihm der Zeigefinger gefehlt. Allen aber ist sein mit Silber verzierter Helm im Gedächtnis geblieben, mit einer Spitze so scharf wie ein Dolch.«

»Noch irgendetwas? Hatte einer der Kerle besondere Merkmale oder Waffen?«

Wieder steckten sie die Köpfe zusammen.

»Schöne, gut genährte Pferde. Mehr fällt ihnen nicht ein«, sagte Vater Georgios anschließend. »Es sei ja auch mitten in der Nacht gewesen, aus tiefem Schlaf habe man sie aufgeschreckt. Ein fürchterliches Schreien und Durcheinander habe geherrscht. Manche hatten fliehen wollen, aber die Kerle hatten das Dorf umzingelt und die Dächer angezündet, um ihre Beute besser sehen zu können. Wer sollte sich da noch an Einzelheiten erinnern?«

Nur Alessa war entkommen, dachte ich, mit meinem Kind auf dem Arm. Ein Wunder, würden die Christen sagen, eine Laune der Nornen nannte man so etwas im Norden. Was das betraf, hatten wir schon etwas gemeinsam, mein Sohn und ich. Beide waren wir einer solchen Hölle entkommen, wenn auch auf andere Weise. Ich stellte mir Alessa vor, schreckensbleich, in der Dunkelheit irgendwo im Gebüsch. Und Gerlaine in Ketten. Vor meinem inneren Auge entstanden schlimme Bilder, denn ich wusste ja, wie so etwas aussah, wie es stank vom Qualm der brennenden Hütten, vom Schweiß der Pferde, vom Blut der Niedergemetzelten, wie die Schreie klangen in der Nacht, vor Panik und Entsetzen.

Die Stimme eines Alten riss mich aus solchen Fantasien. Ihm war doch noch etwas eingefallen. Ganz deutlich habe er es gesehen. Der Brutalste unter den Mauren, ein großer, muskulöser Kerl mit einem buschigen, schwarzen Bart, der habe eine Tätowierung auf dem Handrücken gehabt.

»Was für eine Tätowierung?«

»Sah wie ein Skorpion aus.«

Ein Skorpion? Nun, zumindest hatte ich jetzt zwei Hinweise. Ein fehlender Zeigefinger und eine Tätowierung. Vielleicht würde es nützen.

»Sag ihnen, ich bedanke mich.« Ich überlegte, wie ich mich erkenntlich zeigen könnte, da fiel mir etwas ein. »Und sag ihnen auch, dass ich Arbeiter aus der Stadt schicken werde, um ihnen zu helfen, das Dorf wieder aufzubauen.«

Als der Priester dies übersetzte, machten sie große Augen. Das hatte wohl niemand erwartet. Schließlich lächelte die weißhaarige Alte mir zu und sagte etwas zu den anderen.

»Was hat sie gesagt?«, fragte ich.

»Sie habe gleich gesehen, dass du kein schlechter Kerl bist«, erwiderte Vater Georgios. »Ich hoffe nur, du hältst dein Versprechen. Es wäre nicht schön, sie wieder zu enttäuschen.«

»Ioanna, wie heißt dein Sohn?«, fragte ich aus einer plötzlichen Eingebung heraus.

»Marcos«, kam prompt die Antwort. Lombardisch war ihr also doch geläufig, denn sie hatte mich gleich verstanden. Ein Hoffnungsschimmer war in ihre Augen getreten. »Ihr könnt ihn heimbringen, Herr?«

Ich zuckte mit den Schultern. Wie dumm von mir, solche Erwartungen zu schüren. »Vielleicht«, sagte ich dennoch.

Dem Priester gefiel das gar nicht, und er ließ es mit heftigen Worten an den Dörflern aus, die daraufhin wieder betroffene Gesichter machten. Besonders Ioanna. Sie schluchzte auf, drückte ihr Kind an die magere Brust und lief davon. Ich sah ihr nach. Wie gern hätte ich ihr geholfen oder sie wenigstens getröstet.

Auf dem Rückweg fragte ich Vater Georgios, was er ihnen gesagt hatte.

»Dass sie sich keine Hoffnungen machen sollen, was sonst?« Er warf mir einen giftigen Blick zu. »Und dass der junge Herr ein elender Dummkopf ist, der ein Hirngespinst verfolgt. Dass es ihn vielleicht sogar sein Leben kosten kann, sollte er es wirklich versuchen.«

»Ihr haltet mich also für dumm.«

Er antwortete nicht, brummte nur etwas Unverständliches und trat seinem Maultier in die Seiten, um mich hinter sich zu lassen. Ich folgte ihm mit schwerem Herzen.

Später fragte ich ihn, was er über die Sarazenen wisse. An was für einen Gott sie glaubten und was für Menschen sie seien.

»Jedenfalls keine schlimmeren Halunken, als ihr Normannen es seid«, knurrte er. »Aber auch nicht viel schlechter als die meisten Christen vermutlich. In Palermo wimmelt es von weisen und gelehrten Männern, habe ich mir sagen lassen. Überhaupt sind sie eine kluge Rasse. Aber natürlich Ungläubige, die in der Hölle schmoren werden. Zumindest ehren sie Abraham. Das muss man ihnen zugutehalten.«

Wer bei Odin war dieser Abraham? Doch in Wirklichkeit hörte ich gar nicht richtig zu. Denn in Gedanken war ich schon bei diesem Hirngespinst von Unternehmen, wie er es nannte. Zumindest wurde es Zeit, mal ernsthaft darüber nachzudenken und mir vielleicht einen Plan zurechtzulegen.

* * *

Bevor wir wieder in Argentano angekommen waren, hatte Vater Georgios mir noch so einiges über Tancreds Verhalten gegenüber der Landbevölkerung erzählt und von seinen Tricks, sich zu bereichern. Alles unter Ausnutzung der Stellung, die Robert ihm verliehen hatte. Ein guter Mann, dieser Tancred, hatte es bisher geheißen. Sogar Roger hatte sich noch gestern so ausgedrückt.

Sicherlich konnte der Kerl Ordnung halten, die Gegend patrouillieren, Tribute eintreiben. Doch seine harsche Behandlung der Bauern, die ungerechtfertigten Übergriffe und heimlichen Plünderungen, all das würde kaum Roberts Zustimmung finden, auch wenn sich solche Dinge nur schwer beweisen ließen. Denn es war anzunehmen, dass die Bauern vor lauter Angst vor Vergeltung lieber den Mund hielten. Nein, ich mochte diesen Tancred nicht, besonders nicht, nachdem er kein Hehl daraus gemacht hatte, wie er mit Gerlaine umgesprungen war.

Ich war also in ziemlich aufgebrachter Stimmung, als wir die Stadt erreichten. Hastig dankte ich Vater Georgios, verabschiedete mich von ihm und beeilte mich, mein Pferd in den Stall der Herberge zu bringen. Während ich Saura trocken rieb und beiden Stuten ihr Futter hinwarf, klangen Hornrufe vom Turm, als hätten sie etwas anzukündigen. Ich achtete nicht weiter darauf, sondern stellte die Heugabel in die Ecke und lief zu Tancreds Haus hinüber, um ihn zur Rede zu stellen, Loki wie immer an meiner Seite.

Derselbe Wachmann wie am Vortag hatte wieder Dienst und tauschte ein paar freundliche Worte mit mir, bevor ich eintrat. Ich hatte Glück, denn Tancred war zugegen. Und Roger ebenfalls. Sie saßen im *atrium* zusammen und unterhielten sich.

»Gilbert«, rief Roger erfreut, mich zu sehen. »Roberts Heer ist im Anmarsch. Die Turmwache hat gerade seine Banner gesichtet. Er müsste bald hier sein.«

»Umso besser«, sagte ich und baute mich vor Tancred auf, der mich mit einem finsteren Blick bedachte, als ahnte er schon, dass es unangenehm für ihn werden würde. »Ich war heute in Alessas Dorf.«

»Na und?«, murrte er. »Was geht mich das an?«

»Ich erkläre es dir, du Bastard. Morgen früh schickst du zehn Mann in das Dorf, und die sollen helfen, sämtliche Hütten wieder aufzubauen. Außerdem sollen sie das letzte Korn einfahren, falls nicht schon alles verdorben ist, und auch sonst nach dem Rechten sehen.«

»Bist du verrückt?«, rief er entrüstet. »Was geht mich dieses Drecknest an?«

»Es geht dich verdammt viel an. Weil du die Leute dort bestohlen hast. Ihr Vieh hast du wegtreiben lassen. Außerdem hast du einen Mann aufhängen lassen, nur weil er versucht hat, sich dagegen zu wehren.«

»Der Kerl war ein verdammter Viehdieb.«

»Der Viehdieb bist du!«

Tancred war wütend aufgesprungen. »Ich bin für diese Stadt zuständig«, rief er aufgebracht. »Und auch dafür, dass die Bauern in der Umgebung ihre Abgaben liefern, wie es sich gehört. Und die erzählen jeden Unsinn, um das zu vermeiden. Was meinst du, was man sich da andauernd anhören muss. Du glaubst doch nicht etwa ihre verdammten Lügengeschichten? Frag meine Männer. Die werden dir sagen, wie es sich wirklich verhält.«

Ich merkte, dass Roger aufmerksam zuhörte, obwohl er sich still verhielt.

»Deine Männer?« Ich lachte Tancred ins Gesicht. »Hältst du uns für dumm? Die haben doch alle ihren Vorteil von euren Räubereien. Und Spaß noch dazu. Mit den armen Weibern, die ihr Dreckskerle geschändet habt.«

Roger runzelte die Stirn. Tancred aber war rot angelaufen, und seine Fäuste ballten sich. Er schien nach Luft zu schnappen und beherrschte sich nur mühsam. Ohne Rogers Gegenwart wäre er mir wohl an die Gurgel gegangen.

An ihn wandte er sich jetzt. »Das sind verdammte Lügen, Roger. Das muss ich mir nicht bieten lassen.«

»Halt die Klappe, Tancred«, sagte ich. »Es gibt Zeugen genug. Allen voran der ehrwürdige Priester dieser Gemeinde.«

Ich warf ihm noch ein paar seiner Untaten ins Gesicht, von denen ich erfahren hatte. Vielleicht war er erschrocken, wie viel ich wusste, jedenfalls verteidigte er sich nicht mehr, sondern schüttelte nur unentwegt den Kopf, als täte man ihm bitter unrecht.

»Hör mir gut zu«, sagte ich schließlich. »Du schickst die Männer ins Dorf, so, wie ich es gesagt habe. Und ihren Lohn bezahlst du aus eigener Tasche. Noch dazu zehn fette Kühe als Entschädigung und eine Herde Ziegen. Ist das klar?«

Völlig entgeistert starrte er mich an. »Bist du blöd? Hat dir einer auf den Schädel gehauen? Nie im Leben, sage ich dir.«

»Wenn du nicht genau tust, was ich dir aufgetragen habe, rede ich mit Robert und erkläre ihm alles. Ich bin sicher, von den Abgaben der Bauern lieferst du nur die Hälfte ab. Und allen jammerst du vor, wie sie ihre Erträge verstecken und versuchen, sich zu drücken. Du wärest nicht der Erste, der so was macht. Aber glaube mir, wenn Robert das erfährt, bist du die längste Zeit Kastellan gewesen. Der jagt dich in Schimpf und Schande davon. Das heißt, wenn er dir nichts Schlimmeres antut.«

Tancred war bleich geworden. Aber noch gab er nicht auf. Eine dicke Zornesader pulste auf seiner Stirn. »Du wirst es nicht wagen, mich so schändlich anzuschwärzen«, fauchte er. »Ich werde …«

»Bist du schwerhörig?«, mischte Roger sich jetzt lautstark ein. »Du hast den Mann gehört. Also tu, was er sagt. Das ist wohl das Mindeste, nachdem du die armen Schlucker ausgeplündert hast. Und wenn alles stimmt, was Gilbert sagt, dann kommst du noch gut davon. Sei vorsichtig, Tancred. Roberts Zorn kann schrecklich sein.«

Tancreds Kiefer mahlten. Man konnte fast die Zähne knirschen hören. Aber was konnte er tun? Der eine von uns war Roberts Bruder, und selbst ich war für ihn immer noch Mitglied der Familie Hauteville. Kaum geraten, sich ernsthaft mit uns anzulegen.

Kühl nickte Roger ihm zu und nahm mich beim Arm, um gemeinsam das Haus zu verlassen. Zuvor drehte ich mich noch einmal um. »Auf eines kannst du dich verlassen, Tancred. Ich werde mich nachher selbst überzeugen, ob im Dorf alles seine Richtigkeit hat.«

Mit zusammengekniffenen Lippen starrte er mir nach. Nur seine Augen schwelten vor unterdrückter Wut.

»Der ist mit Sicherheit nicht mehr dein Freund«, sagte Roger mit einem Grinsen, als wir draußen auf dem Marktplatz standen.

»Auf solche Freundschaft kann ich pfeifen.«

»Vielleicht hat er ja wirklich die Bauern ein bisschen gebeutelt. Oder bist du nur wütend auf ihn, weil er dir Gerlaine ausgespannt hat?«

»Ich sage dir, dem Kerl solltet ihr auf die Finger schauen. Da klebt 'ne Menge Dreck dran.«

Er legte mir den Arm um die Schulter. »Nimm es nicht so ernst. Du hast ihm eine gute Warnung verpasst. Ich bin sicher, er wird sich von nun an zurückhalten.«

Roger war noch nicht lange im Land. Ihm schien nicht klar zu sein, dass es nicht genügte, Landstriche zu erobern, sondern dass man sie auch befrieden musste. Ohne ein Mindestmaß an Rückhalt in der Bevölkerung war das nicht so leicht. Außerdem, was nützten uns Bauern, wenn wir sie verhungern ließen?

Aber bevor ich ihm dies erklären konnte, hörten wir Hufgeklapper in den Gassen. Gleich darauf tauchten Reiter auf.

Allen voran einer, der Guiscards Banner trug. Und mitten unter ihnen Robert de Hauteville selbst. Groß und breitschultrig saß er auf seinem grauen Hengst. Sein Haar leuchtete in der Nachmittagssonne, denn er trug keinen Helm. Seinen Bruder hatte er gleich entdeckt und winkte ihm zu. Als er mich erkannte, verfinsterte sich seine Miene, und er wandte sich ab, tat gerade so, als ob ich aus Luft bestünde. Er war also immer noch wütend auf mich. Nun, das beruhte auf Gegenseitigkeit.

Mehr Reiter drängten auf den Marktplatz und ließen sich reisemüde aus dem Sattel gleiten. »Wir sehen uns später«, sagte ich zu Roger und machte mich davon, um einer Begegnung mit seinem Bruder aus dem Weg zu gehen.

Mein Ziel war die Herberge, denn ich wollte nach meinem Söhnchen sehen. Mehr und mehr gewöhnte ich mich an den Gedanken, dass ich Vater war, ja, es bereitete mir sogar Freude. Etwas ängstlich öffnete Alessa mir ihre Kammertür und ließ mich ein. Sie stellte keine Fragen, aber ihr stummer Blick sagte mehr als Worte, dass sie begierig war, zu hören, wie es mir in ihrem Dorf ergangen war.

Sie hatte Ivo gerade mit einem feuchten Tuch gesäubert und seine Haut mit Öl eingerieben. Ich hob ihn in die Luft und betrachtete ihn einen Augenblick lang. Das schien er nicht zu mögen, denn er strampelte mit den Beinchen und verzog das Gesicht. Dieser fremde Kerl war ihm wohl doch noch nicht geheuer. Ich lachte, küsste ihn schnell auf die Wange und übergab ihn der Amme. Dann erzählte ich ihr, was sich zugetragen hatte. Auch, dass ihr Dorf bald Hilfe zu erwarten hatte.

»Was machst du für ein Gesicht?«, fragte ich, als ich geendet hatte. »Bist du nicht zufrieden damit?«

»Doch, doch«, beeilte sie sich zu sagen. »Ich hoffe nur, dass der *castellano* nicht wieder seinen Unmut an uns auslässt.«

»Keine Sorge, Alessa. Das wird er nicht.« Dann fiel mir ein, dass sie den ganzen Tag allein in ihrer Kammer verbracht hatte. »Warum gehst du nicht ein wenig mit Ivo in den Hof? Hast du überhaupt etwas gegessen?«

Sie schüttelte den Kopf.

»Dann geh sofort in die Schankstube und bestell dir etwas.«

»Danke, Signore«, sagte sie und lächelte zum ersten Mal.

Die schöne Alberada

In der Schenke später am Abend begossen wir mit unseren neu eingetroffenen Kameraden das Wiedersehen. Der mächtige Rollo war wieder ganz in seinem Element und kippte gleich eine volle Karaffe Wein herunter, leckte sich danach die Lippen und grinste zufrieden.

»Das hab ich gebraucht, Jungs«, brummte er und sah sich um. »Und was gibt's zu essen?«

Wildschwein gab es, und nicht zu knapp. Rollo konnte nicht nur Unmengen an Wein vertragen, sondern er fraß auch für drei, um seinen gewaltigen Kriegerleib zu erhalten. Wir tauschten Neuigkeiten aus. Nach Salerno war es Roberts Absicht gewesen, nach Melfi zurückzukehren, deshalb war ich überrascht, meine Freunde so unverhofft in Kalabrien wiederzutreffen.

»Sie haben sich gestritten«, sagte Bjarni und wischte sich mit dem Ärmel das Bratfett aus dem Gesicht. »Robert und sein Bruder Onfroi.«

»Warum denn das?«, fragte ich.

»Onfroi hat sich geärgert, dass Guiscard nicht gleich den jährlichen Tribut aus Salerno mitgebracht hat. Sein Krieg im Osten kostet Geld.«

»Aber die Truhen sind leer in Salerno.«

»Das wollte Onfroi nicht gelten lassen«, erwiderte Bjarni. Er langte über die Tafel und spießte ein saftiges Lendenstück auf den Dolch. »Dann kam eins zum andern und Robert ließ sich schließlich auch nicht lumpen. Hat Onfroi einen blutrünstigen Bastard genannt.«

»Und warum?«

»Wegen Onfrois Rachefeldzug in Apulien.«

Ich wusste, was er meinte. Seit unserem Sieg bei Civitate hatte Onfroi sich verändert. Den Papst hatte er geschworen zu respektieren, denn er war klug genug, sich nicht gegen den Christenglauben zu stellen. Doch sein Hass auf die Griechen kannte keine Grenzen. Wo er ihrer habhaft werden konnte, versuchte er, die byzantinischen Verantwortlichen aufzuspüren. Wüste Geschichten machten die Runde, von Männern, die grässlich verstümmelt an Wegkreuzungen hingen, nachdem man ihnen Geld und Ländereien genommen und ihre Familien verjagt hatte. Sein Zorn traf auch Lombarden, die mit den Griechen gemeinsame Sache gemacht hatten.

»Er hat den Mord an Drogo noch nicht vergessen«, ließ sich Ragnar vernehmen. »Den haben doch die Griechen in Auftrag gegeben.«

Bjarni nickte. »Argyros, der Verräter. Schade, dass wir ihn noch nicht erwischt haben.«

Argyros war byzantinischer Statthalter in Italia gewesen und hatte mit dem Papst die Allianz geschmiedet, die uns Normannen beinahe vernichtet hätte. Ein Lombarde eigentlich, der einige Jahre zuvor noch auf unserer Seite gewesen war. Ein ziemlich schlüpfriger Geselle, der uns betrogen, die Seiten gewechselt und später auch hinter dem Mord an Drogo gesteckt hatte. Darin waren die Griechen gut. Wenn sie militärisch nicht zum Zuge kamen, kauften sie sich Aufrührer und Mörder, um ihre Ziele zu erreichen. Man konnte Onfroi in seinem Zorn gegen alles Byzantinische verstehen, aber ich war froh, dass Robert sich an solchen Maßlosigkeiten nicht beteiligen wollte.

»Wir sollen jetzt Otranto erobern«, steuerte Hamo bei, der Kleinste der Gefährten und Rollos unzertrennlicher Freund. »Robert hat den Hauptteil des Heeres schon vorausgeschickt. Wir sind nur gekommen, um Alberada abzuliefern.«

»Sie ist hier?«

Hamo nickte. »Sie ist doch schwanger. Und es soll nicht mehr lange dauern, hab ich gehört.«

Alberada war Roberts Eheweib und die anerkannt schönste Frau im ganzen Mezzogiorno. Bohemund, ihr Erstgeborener, war in Argentano zur Welt gekommen, und vielleicht dachte sie, es würde Glück bringen, auch ihr zweites Kind hier zu entbinden.

»Hab gehört, du willst nach Sicilia, um Gerlaine zu suchen«, meinte Bjarni. An seiner Miene konnte man ablesen, wie wenig er davon hielt.

»Wo hast du denn das aufgeschnappt?«, knurrte ich ungehalten. Keine Lust, aller Welt meine Pläne zu erklären.

»Und einen Bastard hast du ihr auch gemacht«, grinste Ragnar. »So was spricht sich schnell rum, Alter.«

Hamo, der Witzbold, musste gleich einen Spruch loslassen. »Jungs«, rief er. »Besser, ihr schließt die Jungfrauen weg. Gilbert ist in der Stadt.«

»Ich dachte, im Entjungfern wäre eher Thore Meister«, meinte Rollo und schlug dem Genannten auf die Schulter.

»Der hat's oft probiert, aber noch nichts zustande gebracht.« Hamo hob seinen Becher. »Trinken wir auf Gilbert und seine fruchtbaren Lenden!«

Bjarni verschluckte sich fast vor Lachen. Dann tranken sie tatsächlich alle auf mein Wohl.

»He, lasst den Mann in Ruhe«, meinte Thore grinsend. »Er hat schwer an seinem Los zu tragen. Denn nun ist Schluss mit dem lustigen Soldatenleben.«

»Ja, macht euch nur lustig, ihr Saufnasen«, brummte ich gereizt. »Bis es euch selbst erwischt.«

So verbrachten wir den Abend. Obwohl ich selbst mich mit dem Trinken zurückhielt und die Fröhlichkeit meiner Kameraden nur eingeschränkt zu teilen vermochte. Zu viel ging mir im Kopf herum.

»Machst du dir Sorgen?«, fragte Thore, als wir am Ende mit etwas unsicheren Schritten die Schankstube verließen. »Du weißt doch hoffentlich, dass ich dich nicht alleine gehen lasse.«

»Auf keinen Fall«, erwiderte ich. »Das ist ganz allein meine Angelegenheit. Du hast gehört, es geht nach Otranto. Robert erwartet, dass du dich ihnen anschließt. Außerdem ist es nicht ungefährlich, was ich vorhabe.«

Ja, ich hatte mich endlich entschlossen. Je mehr mich alle für dumm hielten, mir sagten, wie unmöglich und gefährlich es sei, je mehr festigte sich mein Vorhaben. Weil ich jedes Mal ihre Worte gegen das abwägte, was mein Herz mir sagte. Und mein Herz hatte dabei immer die Oberhand behalten. Es war mir gleich, ob es leichtsinnig, schwierig oder eine Dummheit war, Gerlaine wartete da irgendwo auf mich, und ich würde sie nicht im Stich lassen.

Thore legte mir den Arm um die Schultern. »Ach was. Sicilia ist nicht gefährlicher als Otranto. Also keine Widerrede. Ich bin dabei.«

Er winkte mir kurz zu und verschwand dann in der Dunkelheit. Irgendwo in der Stadt hatte er eine willige Magd gefunden, bei der er die Nacht verbringen wollte. Weiß der Teufel, wie er es immer anstellte.

»Treib's nicht zu wild«, rief ich ihm nach.

Ich wartete, bis Loki sein Geschäft erledigt hatte, und erklomm dann die Stiege zu unserer Kammer. Es dauerte lange, bis ich Schlaf fand, denn in meinem Kopf tobten tausend ungelöste Fragen. Wie würden wir übers Meer nach Sicilia kommen? Noch dazu mit Pferden. Sollten wir uns verkleiden so wie Lando, der Spion, um unter den Sarazenen nicht aufzufallen? Und selbst wenn es uns gelänge, Gerlaine zu finden, wie sollten wir sie befreien? Obwohl Thore angeboten hatte, mit mir zu kommen, so waren wir doch nur zu zweit, allein in einem fremden Land, in dem wir nicht einmal die Sprache beherrschten.

Am einfachsten wäre es natürlich, sie freizukaufen. Aber das Geld, das ich bei mir trug, war gewiss nicht ausreichend, obwohl ich eigentlich gar nicht wusste, was eine hübsche weiße Sklavin den Mauren wert war. Und wo sollte ich Alessa und Ivo in meiner Abwesenheit unterbringen? Sie würden doch nicht ewig in dieser Herberge bleiben können. Überhaupt, was wäre, wenn mir etwas zustieße? Wer würde sich dann um Ivo kümmern?

Dann dachte ich wieder an jenen in Schwarz gekleideten Kommandanten der Maurengaleere, der mir im Hafen von Salerno begegnet war. Er hatte Sklaven an Bord gehabt und in Salerno zum Verkauf angeboten. Wie hatte er noch geheißen? Tariq oder so ähnlich. Lando hatte seinen Namen gekannt und dass man ihn den schwarzen Emir nannte. Schwarz waren auch die Kleider des Mannes in meinem Traum gewesen, genau wie das Banner von Gerlaines Entführern. Jedenfalls hatte Baldric so eines gesehen. War es Zufall, oder hatte es eine Bedeutung? Ein schwarzes Banner, ein fehlender Zeigefinger und ein tätowierter Skorpion. Mehr hatte ich nicht.

* * *

Morgens wachte ich müde und zerschlagen auf, ohne auch nur die geringste Antwort auf die dringenden Fragen gefunden zu haben, die mir in der Nacht den Schlaf geraubt hatten. Dennoch war ich grimmig entschlossen, mein Vorhaben durchzuführen.

Zunächst brachte ich Alba und auch Thores Stute zu einem Schmied, der seine Werkstatt in der Nähe hatte, und ließ ihnen neue Eisen anpassen. Saura hatte es noch nicht nötig. Ich hatte vor, beide Pferde mitzunehmen, eines für Gerlaine. Das getan, begab ich mich auf den Marktplatz und kaufte Wegzehrung für die Reise ein, Räucherspeck, Hartkäse, getrocknetes Obst, Roggenbrot und etwas Hafer für die Gäule als Notration. Auch eine neue Zeltplane legte ich mir zu.

Danach besuchte ich Vater Georgios in seiner Kirche und erzählte ihm von meinem Handel mit Tancred. Falls der Bastard sein Wort nicht hielte, solle er sich an Roger de Hauteville wenden. Der würde dafür sorgen, dass die Dörfler zu ihrem Recht kämen. Schließlich fragte ich ihn, wo man am besten ein Schiff finden könne, vielleicht einen Fischer irgendwo an der Küste, der bereit war, uns überzusetzen.

»Du willst also unbedingt nach Sicilia«, sagte er mit einem Kopfschütteln.

»Ja. Und versucht bitte nicht, es mir auszureden«, erwiderte ich. »Ich brauche einfach jemanden, der mich und meinen Freund hinüberbringt.«

»Damit kann ich dir nicht dienen, mein Sohn. Ich kenne mich nicht aus. Stell es dir aber nicht so leicht vor, denn die Küstenorte stehen immer noch unter byzantinischer Herrschaft. Die werden kaum begeistert sein, einem wie dir zu helfen.«

»Wen könnte ich sonst fragen?«

»Keine Ahnung. Aber etwas anderes. In Messina wohnt ein Vetter von mir. Der heißt Dimitrios. Ein Christ natürlich. Er kann dir vielleicht nützlich sein. Das heißt, wenn du es hinüberschaffst. Ich werde dir einen Brief für ihn mitgeben. Überhaupt solltest du dich, wenn möglich, an die Christen halten. Die werden dir noch eher weiterhelfen.«

Er führte mich in seine unaufgeräumte Stube mit einem zerwühlten Bett in der Ecke, leeren Karaffen, Kerzenhaltern, Messkelchen, verschiedenem Werkzeug, Essensresten und sonstigem Gerümpel. Darin versuchte er, ein leeres Stück Pergament aufzutreiben. Zuletzt riss er einfach ein Blatt aus einem der wenigen Bücher, die er besaß, und schabte die Schrift mit einem Messer ab.

»Siehst du, welche Opfer ich für dich bringe?«, brummte er.

»Tut mir leid, Vater.«

»Ach was. Ist nur ein altes Buch mit Gebeten. Die kenne ich alle auswendig.«

Nachdem er mit viel Mühe und gelegentlichem Bartkratzen ein kurzes Schreiben aufgesetzt hatte, las er es zweimal durch, grunzte zufrieden und versiegelte es.

»Ich habe meinen Vetter an etwas aus unserer Kindheit erinnert. Damit er sieht, dass der Brief echt ist.«

Er erklärte mir genau, wo ich Dimitrios, den Sattelmacher, finden würde. Ich steckte das Schreiben in meine Gürteltasche und dankte ihm.

»Möge Gott dich beschützen, mein Sohn«, sagte er und umarmte mich herzlich. »Gut, dass du dein Wort gehalten hast, was das Dorf betrifft. Vielleicht ändere ich ja doch noch mal meine Meinung über euch Barbaren.«

Als ich wieder die Herberge betrat, war es bereits Mittag. Der Wirt ließ mich wissen, dass man im Hof auf mich warte. Überzeugt, dass es sich um Thore oder einen meiner Kameraden handeln musste, war ich umso überraschter, im Schatten der großen Pinie, die dort wuchs, Landos vertrautes Gesicht zu entdecken. Was machte der hier? Ich hatte ihn in Melfi vermutet. Noch mehr freute es mich aber, dass neben ihm die schöne Baronessa Alberada saß, Roberts junge Gemahlin.

Die Hitze schien ihr zuzusetzen, denn sie fächelte sich unentwegt Kühlung zu. Kein Wunder, denn ihre Schwangerschaft war schon so weit fortgeschritten, dass sie aus ihrer hübschen, mit Silberfäden bestickten Tunika zu platzen schien. Alberada war kaum älter als ich, dabei eine Frau ganz nach meinem Geschmack. Wir hatten uns schon immer gut verstanden, und sie behandelte mich wie ihren lieben Schwager.

»Gilbert!«, rief sie freudig erregt, als sie mich entdeckte. »Endlich. Wir warten schon eine Ewigkeit auf dich.«

Ich küsste sie auf die Wange und begrüßte auch Lando. Er war ein freundlicher Mann in mittleren Jahren, der mit ein wenig Verkleidung in jede Umgebung passte, ohne aufzufallen. Wer ihn nicht kannte, machte leicht den Fehler, ihn zu unterschätzen. Dabei war er ausgesprochen klug, wenn nicht gar hintertrieben. Aber ich mochte ihn. Wir hatten schon so einige gemeinsame Abenteuer hinter uns. Lando strich Loki übers Fell. Die beiden kannten sich ja schon von Salerno.

»Was höre ich da von dir?«, sagte Alberada mit einem verschmitzten Augenzwinkern, kaum dass ich mich zu ihnen gesetzt hatte. »Du bist Vater geworden, so ganz über Nacht?«

»Sieht so aus. Und du wirst bald wieder Mutter.«

Sie legte wie zur Bestätigung die Hand auf ihren gewaltigen Bauch und stöhnte. »Ich wünschte, ich hätte es schon hinter mir.«

»Kann sich doch nur noch um Tage handeln.«

»Ich hoffe inständig, dass es diesmal leichter wird als bei Marks Geburt.«

Sie bestand darauf, ihren Erstgeborenen bei seinem Taufnamen, Mark, zu nennen, obwohl alle Welt ihn Bohemund nannte nach einem Riesen aus den Sagen. Robert rief ihn so, weil der Junge ein außergewöhnlich großer Säugling gewesen war. Sehr zum Leidwesen seiner armen Mutter.

»Es ist schön, dich zu sehen, Alberada. Und die Schwangerschaft steht dir gut.«

»Hör auf, mir zu schmeicheln«, sagte sie und schenkte mir dennoch ein strahlendes Lächeln.

Aber es stimmte. Ihre Augen glänzten, ihr Antlitz schien weicher, die Wangen rosiger, und überhaupt kam sie mir noch weiblicher, noch anziehender vor als sonst. Wenn andere Frauen in diesem Zustand teigig und aufgedunsen wirkten, schien Alberada geradezu aufzublühen. Sie strotzte vor Gesundheit.

Aber nun wurde sie ernst und griff nach meiner Hand. »Oh, Gilbert. Ich bin völlig aufgelöst wegen Gerlaine. Wie konnte das nur geschehen?« Gerlaine hatte ihr eine Weile gedient, und dabei waren sie Freundinnen geworden. »Roger hat mir erzählt, dass du daran denkst, sie suchen zu gehen«, fuhr sie fort und sah mir eindringlich in die Augen. »Ich meine, es ist edel von dir, aber glaubst du wirklich, das ist das Richtige? Du weißt, wie sehr ich Gerlaine liebe und wie schrecklich das alles ist … aber du hast jetzt einen Sohn, Gilbert.«

»Ivo braucht seine Mutter.«

»Aber seinen Vater braucht er auch. Jetzt mehr denn je. Wir möchten dich um Himmels willen nicht auch noch verlieren.«

»Keine Angst, das wird nicht geschehen. Ich weiß nicht, warum mir alle einreden wollen, es sei gefährlich? Hier reisen doch auch maurische Händler durchs Land. Warum sollte ich das nicht bei denen können.«

»Das sagst du so leicht. Wer weiß, was das für Menschen sind. Es sind doch unsere Feinde. Alle Welt fürchtet sich vor ihren Überfällen.« Sie runzelte die Stirn und bedachte mich mit einem strengen Blick. »Vielleicht sollte ich Robert bitten, es dir einfach zu verbieten.«

»Robert kann mir nichts verbieten. Ich habe mich von ihm losgesagt.«

Ärgerlich warf sie den Kopf in den Nacken. »Von eurem dummen Streit hab ich gehört. Ich weiß nicht, wer recht hat, aber es muss aufhören.« Sie griff wieder nach meiner Hand und redete beschwörend auf mich ein. »Du musst zu ihm gehen, Gilbert, ich bitte dich. Ich kann es nicht ertragen, Streit in der Familie zu haben. Und du kennst ihn doch. Er ist zu stolz, um den ersten Schritt zu machen.«

»Das ist mir gleich. Er hat unrecht gehandelt, und er weiß es. Ich krieche nicht vor ihm.«

»Was seid ihr Kerle doch verbohrt!«, rief sie gereizt. »Aber nach Sicilia gehst du bitte nicht. Tu mir wenigstens den Gefallen.«

»Alberada, ich habe mich entschieden.«

Sie runzelte die Stirn und zog einen Schmollmund. Lange sah sie mich aus ihren tiefblauen Augen prüfend an. Schließlich nickte sie und seufzte ergeben.

»Ich habe mir fast schon gedacht, dass ich dich nicht umstimmen kann. Ihr Hautevilles seid stur wie Esel, wenn ihr euch etwas in den Kopf gesetzt habt. Selbst du.«

»Selbst ich«, sagte ich belustigt, »der eigentlich gar kein Hauteville ist, sondern nur ein eingeschleppter Bastard. Meinst du das?«

»Ach, Gilbert. Was redest du für Unsinn? Natürlich gehörst du zur Familie.« Plötzlich hatte sie Tränen in den Augen. »Und solltest du sie wirklich finden und heimbringen … Ich werde jedenfalls für dich beten, jeden Tag. Für euch beide werde ich beten.«

»Ich danke dir, Alberada.«

Sie war Christin wie viele Normannen. Auch Robert nannte sich Christ, obwohl ich da meine Zweifel hatte. Bei ihm waren es eher politische Gründe. Italia war schließlich ein tief christliches Land.

Alberada wischte sich mit dem Handrücken über die Augen und versuchte ein Lächeln. »Und jetzt will ich deinen kleinen Ivo sehen. Wo hast du ihn versteckt?«

Ich winkte eine Dienstmagd heran und trug ihr auf, Alessa und das Kind zu holen. Es dauerte nicht lange, und die Amme trat zu uns. Ich stellte sie vor. Arme Alessa, in Gegenwart der Baronessa stand sie ganz steif und verschüchtert da. Alberada aber ließ sich gleich den Säugling geben, herzte und küsste ihn mit Hingabe.

»Was bin ich froh, dass Ivo dein Sohn ist und nicht Tancreds.« Und zu Alessa sagte sie: »Ab jetzt wirst du bei mir im Palast wohnen. Du kannst gleich deine Sachen holen. Ich werde mich um euch beide kümmern. Derweil dieser sture Kerl hier in die Fremde zieht.«

Ich hatte kaum zu hoffen gewagt, dass sie ein solches Angebot machen würde. Es würde mir eine große Sorge nehmen, Alessa und Ivo versorgt zu wissen.

»Bist du sicher?«, fragte ich vorsichtig. »Robert wird es vielleicht nicht gutheißen.«

»Was geht das Robert an? Und was kann der kleine Wurm dafür, dass ihr euch streitet.« Sie wiegte Ivo an ihrer Brust und murmelte Koseworte. Dann wandte sie sich an Lando, der die ganze Zeit schweigsam dabeigesessen hatte. »Ich glaube, du hast ihm auch noch was zu sagen, oder nicht?«

Lando räusperte sich umständlich. »Nun ja, wir hatten, wie gesagt, schon gedacht, dass du dich vielleicht nicht umstimmen lassen würdest. Deshalb biete ich dir meine Hilfe an. Ich kenne da in Reggio ein paar Leute, die mir etwas schulden. Ich bin sicher, die können dir nützlich sein und dich wohlbehalten auf die Insel bringen.«

»Du kennst jemand in Reggio? Aber die Stadt ist byzantinisch.«

»Na und? Ich habe überall Leute sitzen, die mich auf dem Laufenden halten.«

Natürlich. Das war, was Lando tat. Er reiste viel, verschwand oft wochenlang. Wahrscheinlich um sein Netz von Verbindungen und Kundschaftern aufrechtzuerhalten.

»Warum Reggio? Gibt es keine Möglichkeit hier in der Nähe?«

»Ich habe meine Gründe. Vertrau mir. Ich will versuchen, jemanden zu finden, der sprachkundig ist und euch begleitet. Außerdem ist es von dort nur ein paar Stunden übers Meer und keine lange Seereise.«

»Aber als Normannen dürfen wir uns in Reggio wohl kaum blicken lassen.«

»Sollt ihr auch nicht. Das mache ich. Wann wollt ihr los?«

»Gleich morgen früh, wenn's recht ist.«

»Gut«, sagte er. »Und noch was. Du wirst Gold brauchen, um sie loszukaufen.« Damit langte er in eine lederne Tasche, die ihm von der Schulter hing, zog einen gewichtigen Geldbeutel heraus und stellte ihn auf den Tisch.

»Aber ich … ich kann doch nicht dein Geld annehmen, Lando«, stotterte ich überrascht.

»Ich habe genug verdient in den Jahren. Mach dir darüber keine Gedanken.«

Seine Worte klangen nicht echt. Zu glatt waren sie ihm über die Lippen gekommen. Misstrauisch sah ich ihn an. »Bist du sicher, dass es dein Geld ist, Lando?«

»Natürlich«, bekräftigte er.

Doch ich glaubte ihm nicht. Und Alberada merkte es. »Nun nimm schon«, platzte sie heraus. »Wenn du es genau wissen willst, es ist in Wahrheit mein Geld. Das ist ja wohl das Mindeste, was ich für die arme Gerlaine tun kann.«

Ich sah sie verwundert an. »Warum hast du das nicht gleich gesagt? Weiß Robert davon?«

Sie schüttelte heftig den Kopf. »Wir werden es ihm auch nicht sagen, nicht wahr, Lando? Das bleibt unser Geheimnis.« Sie lächelte Ivo zu, der mit ihren blonden Haaren spielte. Er schien sich bei ihr wohlzufühlen.

Ich war ziemlich überwältigt von so viel Großzügigkeit. Auf Lando konnte man sich blind verlassen, das wusste ich. Mein Kind war fürs Erste versorgt, und mit dem Gold würde ich Gerlaine freikaufen können. Die Sache nahm Gestalt an. Nun musste ich sie nur noch finden.

»Wie kann ich das nur wiedergutmachen, Alberada?« Ich war dankbar und auch etwas beschämt. »Ich zahle dir natürlich alles zurück.«

»Untersteh dich!«, rief sie, wobei ihre Augen feucht und ihre Stimme nicht ganz fest war. »Sieh nur zu, dass du gesund wiederkommst. Und, so Gott will, mit Gerlaine.«

* * *

Am frühen Morgen, die Sonne hatte sich noch nicht über den Horizont geschoben, da versammelten wir uns vor der Herberge. Thore war wieder aufgetaucht, nachdem er sich von seinem Liebchen verabschiedet hatte. Er war wie ich in voller Rüstung. Sein Bogen steckte in einer Lederhülle am Sattel, und den vollen Köcher trug er über die Schulter geschlungen.

Wir hatten lange überlegt, ob wir mit leichter Bewaffnung weniger auffällig wären, aber ohne Schild und Panzer hätten wir uns nackt gefühlt, besonders in einem Land, wo hinter jedem Busch ein Feind oder Wegelagerer lauern konnte. Trotzdem hofften wir, nicht grundlos angegriffen zu werden. Schließlich herrschte kein Krieg zwischen Normannen und Sarazenen.

Ganz anders, was Byzanz betraf. Daher war Lando wieder in eine seiner Verkleidungen geschlüpft. Diesmal reiste er als Ölhändler, um ohne Verdacht zu erregen die Stadt Reggio betreten zu können. Auch sein Griechisch war angeblich gut genug, um jeden zu täuschen. Zur Vervollständigung seiner Tarnung führte er drei Maultiere mit, eines als Reittier, die anderen beiden waren mit vollen Amphoren beladen.

Loki sprang aufgeregt um uns herum. Er schien sich auf das Abenteuer zu freuen. Gegenüber bemerkte ich Vater Georgios, der vor seine Kirche getreten war. Er winkte kurz zum Abschied herüber. Wir hatten Wegzehrung dabei und gefüllte Feldflaschen. Alles war bereit. Nun saßen wir auf und wollten uns gerade in Bewegung setzen, als Ivain zu meinem Erstaunen auftauchte, auch er hoch zu Ross und gewappnet.

»Ich komme mit«, sagte er ohne weitere Erklärung.

»Bist du sicher? Das wird kein Spaziergang.«

Er zuckte nur geringschätzig mit den Schultern. Viel reden war nicht seine Sache. Ivain war ein schlanker Bursche mit mausgrauen Haaren, hager und sehnig, nicht besonders groß. Einer, den man kaum beachtet hätte, wenn nicht sein Gesicht gewesen wäre. Als Jugendlicher war er bei einem Überfall auf sein Dorf ins Feuer gefallen. Von der Schläfe bis zum Kinn war die ganze linke Gesichtshälfte so von schrecklichen Brandnarben verunstaltet, dass man davon Albträume bekommen konnte, obwohl er ständig versuchte, das Schlimmste mit seinen dünnen Haarsträhnen zu verdecken. Wir aber waren den Anblick gewohnt. Für uns war er vor allem ein treuer Kamerad, jemand, auf den man sich im Kampf verlassen konnte.

»Hast du deine Äxte dabei?«, fragte Thore.

Ivain deutete wortlos auf die scharfkantigen Klingen zweier Wurfäxte, die hinter seinem Rücken aus dem Gürtel ragten. Eine etwas altmodische Waffe, mit der er aber äußerst treffsicher war.

»Also gut.« Ich war hocherfreut, ihn dabeizuhaben. »Zu dritt sind wir unschlagbar.«

Zu dieser Stunde waren erst wenige Argentanos unterwegs. Mit klappernden Hufen ritten wir langsam in Richtung Stadttor. Als wir den Marktplatz überquerten, trat Tancred aus seinem schönen Haus, als hätte er auf uns gewartet. Er schien mich sprechen zu wollen. Ich lenkte Alba zu ihm hinüber. Das Werk meiner Faust war deutlich zu erkennen. Blutergüsse um die Augen, und die Nase schien gebrochen zu sein, denn sie war stark geschwollen.

»Nur damit du's weißt«, knurrte er mit finsterer Miene. »Morgen räumen meine Männer dein verdammtes Dorf auf.«

»Ich danke dir«, erwiderte ich höflich.

»Bilde dir nicht ein, du Bastard, dass die Sache damit erledigt ist«, zischte er und deutete auf seine misshandelte Nase. »Ich kann warten, aber eines Tages bekommst du die Rechnung dafür. Das heißt, wenn du überhaupt wiederkommst. Mit Glück endest du genauso in Ketten wie deine verdammte Hure.« Er lachte gehässig.

Ich verzichtete auf eine Antwort, aber der Satz klang mir noch lange wie ein Fluch in den Ohren, selbst als wir Argentano schon längst hinter uns gelassen hatten. Um diese hässlichen Gedanken zu vertreiben, stellte ich mir Gerlaine mit Ivo vereint vor. Und vielleicht würde ich auch dazugehören. Wenn sie mich noch haben wollte.

Wir kamen gut voran, denn auf dieser ersten Wegstrecke mussten wir keine byzantinischen Patrouillen fürchten. Im Gegenteil, Bauern und Fuhrknechte machten Platz, sobald sie normannische Krieger auftauchen sahen. Am Abend suchten wir uns dennoch einen versteckten Lagerplatz, irgendwo in den bewaldeten Hügeln, südwestlich von Cosenza. Denn ab hier mussten wir vorsichtig sein. Loki, gewohnt, für sich selbst zu sorgen, war bald in der Dämmerung verschwunden, um sich sein Abendessen zu erjagen.

Nachdem wir am Lagerfeuer unser einfaches Mahl verzehrt hatten, holte ich jenes Büchlein aus der Tasche, das ich für viel Geld auf dem Markt von Salerno erstanden hatte. Das weiche Leder seines Einbands war angenehm in der Hand, und die Seiten bestanden nicht aus Pergament, sondern aus einem dünnen Material aus den Ländern der Sarazenen.

»Was ist das für ein Buch?«, fragte Lando verwundert, wusste er doch, dass ich nicht lesen konnte.

»Der Händler nannte es Koran.« Ich reichte es ihm.

»Das heilige Buch der Muslime?« Er hielt es näher hin zum Feuerschein, blätterte darin und begutachtete die Seiten. »Das ist Papier«, sagte er erstaunt. »Bestimmt einiges wert. Aber was willst du damit? Das kann selbst ich nicht lesen.«

»Sag ich doch. Verschwendetes Geld«, brummte Thore. »Aber er wollte nicht hören.«

»Es gefiel mir einfach«, verteidigte ich mich. »Und jetzt, da wir ins Maurenland ziehen …«

»Du meinst, es könnte nützlich werden?« Lando war nicht überzeugt. »Du weißt doch gar nichts über den Koran, und lesen kannst du ihn auch nicht.«

»Und du? Weißt du etwas über ihren Glauben? Du bist doch sonst so klug.«

Er schüttelte den Kopf. »Nur, dass sie fünfmal am Tag beten. Und dass sie Mekka verehren. Das ist ihre Heilige Stadt.«

»Und wo liegt die?«

»Irgendwo im Osten.«

»Wie Jerusalem.«

Er nickte. »Wie Jerusalem.«

»Was ist denn so besonders an diesen Ländern im Osten?«

»Was meinst du?«

»Scheint die Heimat vieler Götter zu sein. Christen, Juden, Moslems. Alle kommen daher.«

»Dummes Zeug, Gilbert«, ließ Thore hören.

»Nein, kein dummes Zeug«, meinte Lando. »Da ist schon was dran. Es sind nur nicht viele Götter, nicht wie bei den alten Griechen und Römern, sondern nur ein einziger. Aber du bist doch getauft, Gilbert. Das hast du mir jedenfalls erzählt. Hat man dir das nicht beigebracht?«

Ich machte eine wegwerfende Handbewegung. »Da war ich noch klein, und man hat mich nicht gefragt, ob ich überhaupt Christ sein wollte. Du weißt, ich hab dem nie etwas abgewinnen können. Einer, der sich kampflos an ein Kreuz nageln lässt, das ist kein Gott für mich.«

Lando wusste, dass er mich nicht überzeugen konnte, und beschränkte sich darauf, nachsichtig zu lächeln. »Wir Christen, Juden und Muslime«, fuhr er fort, »wir haben alle nur einen Gott. Manche behaupten, es sei der gleiche.«

»Drei Religionen für einen Gott?«, fragte ich belustigt. Ich nahm ihm mein Buch wieder ab und ließ es in der Gürteltasche verschwinden. »Das ist doch lachhaft. Da sind mir Thor und Odin lieber.«

»Und natürlich die hübschen Schildmaiden in Walhall.« Lando zwinkerte mir spöttisch zu. »So verlockend dein Paradies auch ist, Gilbert, ich bleibe lieber bei meinem einen Gott.«

Am nächsten Tag ging es weiter. Städte und Dörfer vermieden wir. Auch Brücken, an denen Wegzoll verlangt wurde und wo nicht selten byzantinische Wachmannschaften lagen. Wir mussten deshalb oft Umwege nehmen oder durch unwirtliches Gelände reiten. Überhaupt wurde es, je weiter wir nach Süden kamen, immer bergiger. Um nicht zu viel Zeit zu verlieren, ritten wir ein gutes Stück des Weges entlang der Küste. Allerdings des Nachts. Das schien uns sicherer. Im Ganzen brauchten wir sechs Tage, bis wir in die Nähe von Reggio kamen.

Auch hier lagerten wir in den Bergen auf einer versteckten Waldlichtung, wo es Gras für die Reittiere gab. In der Ferne ließ sich, wenn auch schwach im Abenddunst, der mächtige Kegel des Ätna erkennen. Und hier erzählte uns Lando am Lagerfeuer, was er von Sicilia wusste.

»Die ersten Sarazenen sind vor etwas über zweihundert Jahren auf die Insel gekommen. Araber aus Nordafrika, unterstützt von ihren Berbertruppen. Bis dahin war Sicilia byzantinisch gewesen. Aber wegen politischer Wirren, Pestilenzen und anderer Plagen war die Bevölkerung geschrumpft und die Verteidigung der Insel geschwächt. Ganze Ortschaften lagen verlassen, viele Menschen waren nach Kalabrien gezogen.«

Wir hörten aufmerksam zu, denn Lando hatte in jungen Jahren in einem Kloster gedient. Sogar als Schreiber. Warum er später das Mönchshabit wieder abgelegt hatte, darüber schwieg er sich aus. Jedenfalls wusste er aus Büchern mehr über die Welt, als ich jemals im Leben erfahren würde. Außerdem kam er viel herum und konnte über jeden Ort, den er besuchte, Bedeutsames berichten. Das und seine geheimen Kundschafter, mit denen er überall in Verbindung war. Kein Wunder, dass Onfroi und Robert seinen Rat und seine Dienste über alles schätzten.

»Der westliche Teil der Insel wurde zuerst unterworfen und Palermo zur Hauptstadt erkoren«, fuhr er fort. »Mit der Zeit sind sie dann immer weiter nach Osten vorgedrungen. Und obwohl sich die Christenstädte lange gewehrt haben, wurden sie nach und nach bezwungen.«

»Vater Georgios behauptet, von den Christen gäbe es noch viele auf der Insel«, warf ich ein.

»Das stimmt. Die Sarazenen lassen ihnen ihre Kirchen. Sie müssen aber eine Christensteuer zahlen. Deshalb sind nicht wenige, besonders die Armen, die sich die Steuer nicht leisten konnten, mit der Zeit Moslems geworden. Die meisten Einwanderer aus Nordafrika sind Berber. Man hat sie auf dem Land angesiedelt, das ehemals der byzantinischen Verwaltung gehört hatte. Sie haben ihr Wissen über Bewässerung mitgebracht und das Land neu erblühen lassen. Viele von ihnen sprechen neben Arabisch noch ihre alten Mundarten.«

»Und wer ist der Herrscher der Insel?«, fragte Thore.

»Bisher hatten immer arabische Familien die Herrscher gestellt. Aber in letzter Zeit hat es wiederholt Aufstände und Machtwechsel gegeben. Und seit dem Tod des letzten Emirs haben Palermo und die arabischen Familien ihre Macht an eine Reihe von Berberfürsten in den Provinzen verloren, Hauptleute wichtiger Garnisonen. Es waren zuerst vier an der Zahl, soviel ich weiß, aber jetzt soll es nur noch zwei geben, die sich um die Insel streiten. Einer ist ein gewisser Ibn al-Thumnah aus der Stadt Siracusa im Süden. Er scheint alles an sich reißen zu wollen. Der andere sitzt in der Festungsstadt Enna im Inneren der Insel. Der heißt Ibn al-Hawwas und hat eigentlich die größere Kriegerschar.«

Bei seinen Worten wurde mir deutlich, wie wenig wir doch wussten und in welch unbekannte Welt wir uns begaben. Ich ließ mir die fremdartigen Namen wiederholen und versuchte, sie mir zu merken. Lando zeichnete dazu die ungefähre Form der Insel in den Sand und markierte die wichtigsten Städte für uns, Messina, Taormina, Catania, Siracusa, Palermo und Enna. Auch den Feuer speienden Berg Ätna zeichnete er ein und die Flüsse Alcantara und Salso.

»Von Enna und Siracusa und ihren Kriegern haltet euch am besten fern«, riet er uns. »Sicilia ist ein wichtiger Umschlagplatz für den Sklavenhandel. Wenn Gerlaine auf die Insel gebracht wurde, ist sie gewiss auf einem dieser Sklavenmärkte verkauft worden. Ich schlage vor, ihr beginnt in Messina. Das ist eine wichtige Handelsstadt. Dann folgt am besten der nördlichen Küste bis nach Palermo und befragt unterwegs alle Sklavenhändler, die ihr finden könnt. Aber in Palermo werdet ihr noch am ehesten Glück haben.«

»Verdammter Sklavenhandel«, murrte ich. »Eine elende Schande.«

»Man hat Menschen schon immer versklavt, Gilbert. Und es sind nicht nur die Sarazenen, die das tun.«

»Seine Freiheit zu verlieren«, meinte Thore, »ist für einen Normannen undenkbar. Lieber sterben.«

Lando lächelte. »Aber gerade ihr Nordleute habt gut daran verdient.«

Ich runzelte die Stirn. »Davon weiß ich nichts.«

»Mit euren Schiffen seid ihr die Flüsse hinaufgefahren und habt nicht nur geplündert, sondern Menschen geraubt und in ferne Länder verschleppt. Du kannst es mir glauben. Ich habe während meiner Zeit als Mönch so manche Schreckensberichte darüber gelesen. Und es würde mich nicht wundern, wenn es immer noch geschieht.«

Was konnten wir sagen? Vielleicht stimmte es ja. Hatte mein Vater auch so etwas getan? Ich wusste nicht viel über ihn, außer dass er angeblich ein Seeräuber gewesen war. Immer wenn ich an ihn dachte, wurmte es mich, dass ich so gar nichts über ihn und meine Herkunft wusste.

»Gut. Ich glaube dir. Aber das macht es nicht besser.«

»Nein, das tut es nicht.«

Da wir über Seeräuber sprachen, fiel mir mein Traum wieder ein. »Weißt du, wo dieser schwarze Emir seine Burg hat?«

»Du meinst den Kommandanten der Galeere im Hafen von Salerno? Wie hieß er noch? Ah, jetzt fällt es mir wieder ein. Tariq bin Halil.«

»Genau der«, sagte ich. »Thore und ich haben gesehen, wie sie Sklaven verkauft haben. Wir sollten uns nach dem Bastard erkundigen. Vielleicht ist er unser Mann.«

Thore war anderer Meinung. »Der kann Gerlaine gar nicht geraubt haben, Gilbert. Außer er ist ein Zauberer und kann an zwei Orten gleichzeitig sein.«

Ich zuckte mit den Schultern. »Wer weiß?«

»Keine Ahnung, wo der seine Burg hat«, sagte Lando. »Irgendwo an der Küste vielleicht, wenn er ein Seeräuber ist. Befragt die Leute. Aber seid vorsichtig und traut nicht jedem. Seit den Unruhen und Kämpfen soll die Insel unsicher geworden sein. Da treibt sich allerlei wildes Gesindel herum. Und in den Bergen herrschen Räuberbanden.«

»Was ist, wenn wir einer Patrouille dieser Berberfürsten über den Weg laufen?«, fragte Ivain. »Was haben wir von denen zu befürchten?« Es war das erste Mal, dass er den Mund aufmachte. Bisher hatte er nur zugehört.

Auf die Frage hin grinste Lando etwas geheimnisvoll und begann, in seinen Satteltaschen zu kramen. Er zog eine runde, lederne Hülle hervor, in der sich ein beeindruckendes Pergament verbarg. Als er es herauszog, fiel mir als Erstes ein dickes Siegel auf, das an einer kurzen Schnur daran befestigt war und auf dem ich das Wappen der Hautevilles erkannte.

»Was zum Teufel ist das?«, entfuhr es mir.

Er rollte das Dokument auseinander und zeigte es uns im Schein des Feuers. »Diese Urkunde weist euch als Botschafter des Grafen von Apulien aus. Ihr seid beauftragt, die Möglichkeiten einer Allianz zu erkunden. Gegen den gemeinsamen Feind – gegen die Byzantiner natürlich. Ist auf Lateinisch und auf Griechisch verfasst. Wenn nötig, wird sich wohl ein Übersetzer finden lassen.«

»Hast du das gefälscht?«, fragte ich erschrocken.

»Nein, es ist echt. Robert selbst hat es unterschrieben. Natürlich nur, um euch zu helfen.«

»Robert hat was?« Ich war wie vom Donner gerührt. »Er weiß also, was wir vorhaben? Und dass du uns hilfst? Ich dachte, er will mit mir nichts mehr zu tun haben.«

Lando lachte über mein verdutztes Gesicht. »Ich habe den Eindruck, mein Freund, Robert steht treuer zu dir als du zu ihm. Und leider waren Alberada und ich nicht ganz ehrlich mit dir. Das Gold in deiner Satteltasche stammt natürlich ebenfalls nicht von ihr.«

Ich runzelte ungehalten die Stirn. »Ihr habt mich also hintergangen.«

»Hättest du es genommen, wenn wir ehrlich gewesen wären?«

»Wahrscheinlich nicht.«

»Eben. Dabei ist es doch für Gerlaine. Das darfst du nicht vergessen. Auch ich habe einen Teil beigesteuert. Das meiste aber ist von Robert. Er hält euer Unterfangen zwar für ein völliges Hirngespinst, aber unterstützen wollte er es trotzdem. Nicht zuletzt, weil Alberada ihn bekniet hat. Und vielleicht habt ihr ja Glück. Wir alle hoffen es zumindest.«

Es gefiel mir zwar nicht, Geschenke von Robert anzunehmen, doch wenn es der Sache dienlich war, konnte ich es schlecht ablehnen.

Am nächsten Morgen machte Lando sich auf den Weg nach Reggio, während wir im Verborgenen auf seine Rückkehr warteten. Wir verbrachten den Tag damit, unsere Waffen zu schärfen und uns an die Namen zu erinnern, die er uns genannt hatte. Die Karte zeichneten wir aus dem Gedächtnis nach und versuchten, Entfernungen abzuschätzen.

Noch vor Sonnenuntergang war er zurück. Und zu unserer Überraschung kam er nicht allein. Ein junger Mann war an seiner Seite. Der trug Beinlinge wie wir, hatte gute Stiefel an den Füßen und am Leib eine leichte, baumwollene Tunika. Und doch sah er anders aus, besonders mit dem Tuch, das er um den Kopf geschlungen hatte, und dem bestickten Mantel um den Schultern.

»Dies ist Ismael«, sagte Lando und grinste zufrieden. »Er wird euch als Führer und Übersetzer dienen.«

Der junge Kerl musterte uns aus dunklen, tief liegenden Augen. Er hatte ein scharf geschnittenes Gesicht und einen etwas hochmütigen Mund. Ich nahm Lando zur Seite.

»Wer zum Teufel ist das?«, fragte ich flüsternd.

»Mein Mann in Reggio ist ein reicher Kaufmann, der viel Handel mit der Insel treibt. Und Ismael ist sein Neffe. Du kannst dich auf ihn verlassen. Er ist vertrauenswürdig.«

»Ein Sarazene?«

Er musste die Zweifel in meiner Stimme gehört haben. »Mein lieber Gilbert. Es ist wahr, er und sein Onkel sind Berber. Aber in dieser Gegend wohnen viele Berber. Die sind schon vor Generationen gekommen. Mit den Aufrührern auf der Insel haben sie nichts gemein.«

»Wenn du meinst.«

»Ihr könnt wirklich froh sein. Der Junge spricht Lombardisch, Griechisch und Arabisch. Und er kennt sich drüben aus. Zumindest an der Ostküste.« Er deutete auf unsere Lagerstatt. »Nach dem Abendmahl sollten wir aufbrechen. Denn im Morgengrauen wartet ein Boot auf euch.«

Heimliche Überfahrt

Die Nacht war so finster wie der Schlund zum Reich der Toten, und außer dem Rauschen des Meeres war nichts zu hören. Die Pferde hinter uns waren nicht mehr als undeutliche Schatten an der Uferböschung. Wahrscheinlich schliefen sie im Stehen. Nur ab und zu bewegte sich eines von ihnen und rupfte lustlos an dem spärlichen Gras, das hier wuchs.

Seit Stunden saßen wir nun schon auf diesem einsamen Strand nördlich von Reggio und warteten auf das Boot, das Lando uns versprochen hatte. Ich rieb mir die Hände, denn es war verdammt kalt. Besonders jetzt, so kurz vor Morgengrauen. Aber wir hatten nicht gewagt, ein Feuer anzuzünden, nachdem Ismael uns vor byzantinischen Patrouillen gewarnt hatte.

Loki sprang plötzlich auf und hob mit leisem Knurren die Nase in den kühlen Nachtwind. Etwas hatte seine Aufmerksamkeit erregt. Doch nach einer Weile rollte er sich wieder neben mir zusammen, legte die Schnauze auf die Pfoten und schloss mit einem wohligen Seufzer die Augen. Entwarnung also.

Trotzdem waren wir alle unruhig, obwohl niemand sprach. Lando saß mit gekreuzten Beinen auf dem kalten Strand und hielt die Augen geschlossen. Er sah aus, als ob er im Sitzen schliefe. Thore ließ immer wieder Sand durch die Hände rinnen, und Ivain lag auf dem Rücken und starrte zu den Sternen empor.

Ich warf einen verstohlenen Blick zu Ismael hinüber und fragte mich, was von ihm zu halten war. Von Anfang an hatte er sich abseits gehalten, nur einsilbig auf unsere Fragen geantwortet. Man spürte deutlich, er war nicht hier, um sich mit uns anzufreunden, sondern benahm sich wie ein Söldner, der nicht mehr als einen gut bezahlten Auftrag zu erledigen hatte. Nun, mir sollte es recht sein, wenn er es nur gründlich und gewissenhaft tat. Mögen musste man sich nicht.

Von Lando wussten wir, dass Ismael und seine Familie oft heimliche Überfahrten unternahmen, um gewinnbringende Waren an den Zöllnern vorbei ins Land zu schmuggeln. In beide Richtungen. Ladungen wie Zucker oder Lederwaren von der Insel, Seide und Gewürze aus dem Osten, Elfenbein aus dem fernen Afrika und sogar Waffen. Heute sollten es also Menschen sein. Aber wo blieb nur sein verdammtes Boot? Ich verfluchte die mondlose Dunkelheit. Im Sternenlicht ließ sich kaum etwas erkennen. Das Meer konnte man hören und riechen, aber mehr ahnen als sehen. Höchstens die Andeutung eines Horizonts in der Ferne und eine undeutliche Masse direkt vor uns. War das Sicilia? Oder nur eine Wolkenbank?

Ich lauschte auf das sanfte Heranrollen der Wellen. Eine nach der anderen spülten sie den Strand herauf, verhielten kurz und sanken dann zurück, nicht ohne ein sterbendes Flüstern, das von der nächsten übertönt wurde. Es war, als hätten sie mir etwas zu sagen. Erzählten sie von Gerlaine? Irgendwo dort drüben auf der anderen Seite?

Von fern erklang der Schrei einer Möwe. Dann noch einer, etwas näher. Seltsam trostlos hörte sich das an, wie das Jammern von Klageweibern, die einen Leichnam beweinen. Plötzlich überfielen mich heftige Zweifel. Was zum Teufel taten wir hier? Hatte es überhaupt einen Sinn, ohne einen vernünftigen Hinweis nach ihr zu suchen? Vielleicht war sie auch gar nicht mehr am Leben. Wer weiß, was die Sarazenen mit ihren Sklaven anstellten. Besonders mit den aufmüpfigen. So eine wie Gerlaine. Ein Menschenleben war denen doch nichts wert. Eine Frau ganz sicher nur, wenn sie die Beine breit machte. Und wenn nicht …

Ich sah zu den Sternen auf. Sie schienen langsam ihren Glanz zu verlieren und die Nacht ihre Schwärze. Hinter uns waren die hügeligen Umrisse der Landschaft deutlicher auszumachen. Der Tag war nicht mehr fern. Ich sah zu Thore hinüber. Er und Ivain glaubten nicht wirklich an den Erfolg unserer Suche, das wusste ich. Nur meinetwegen waren sie hier. Und wer weiß, was uns drüben erwartete. Durfte ich ihnen das zumuten? Außerdem war ich jetzt nicht mehr nur für mich allein zuständig. Ich hatte ein Kind. Vielleicht wäre es wirklich besser, die ganze Sache abzublasen.

»Da ist das Boot«, sagte Ismael leise. Er war aufgesprungen und deutete aufs Meer hinaus.

Wir erhoben uns ebenfalls, versuchten, etwas zu erkennen. Und dann, tatsächlich. Ein winziger grauer Fleck, noch weit entfernt, der wie ein Segel aussah. Es würde noch eine Weile dauern, bis das Boot uns erreichte. Trotzdem fühlten wir uns wie belebt. Auch Loki war auf den Beinen, starrte aufs Meer hinaus und prüfte den Wind.

»Es geht los, Gilbert«, sagte Thore und schlug mir auf die Schulter. »Bereit für eine kleine Seefahrt?«

Ich grinste zurück. Dann bedankte ich mich überschwänglich bei Lando für seine Hilfe. Ohne ihn wäre es schwierig, wenn nicht gar unmöglich gewesen.

»Hör auf, dich zu bedanken«, lachte er. »Sei guten Mutes und bring sie wieder heim. Für uns alle. Das ist Dank genug.«

Ich atmete tief durch, um meine Erregung abzuschütteln. Die Zweifel waren vergessen. Das Schicksal hatte entschieden. Es ging los. Jetzt musste man nach vorne schauen.

Als der Kiel des Bootes endlich über den nassen Sand knirschte, war die Nacht einer grauen Dämmerung gewichen. Das kleine Schiff war eines dieser schnellen Küstensegler mit Stauraum unter dem flachen Deck. Schon etwas betagt, wie mir schien. Im letzten Augenblick hatten sie das Ruder aus dem Wasser gezogen und das dreieckige Segel fallen lassen. Nun sprangen braun gebrannte Kerle in die anrollende See und zogen den Bootsleib noch ein paar Fuß weiter auf den Strand. Zur Sicherheit gruben sie einen Anker in den Sand.

Dann ging alles recht schnell. Die Männer waren geübt in dem, was sie taten. Die Bucht musste einer ihrer heimlichen Verladeorte sein, denn unter dem Gestrüpp am Ufer lagen breite Holzbohlen versteckt, die wir in der Nacht nicht bemerkt hatten. Die schleppten sie heran, stapelten sie neben der Bordwand ins Wasser, schlugen ein paar Pflöcke ein. Mithilfe zweier Planken entstand so ein behelfsmäßiger Laufsteg, der es den Pferden erlauben sollte, über die Bordwand aufs Deck zu steigen.

Ismaels Gaul war als Erster an Bord. Der schien daran gewöhnt zu sein. Die anderen aber waren nur mit Mühe zu bewegen, überhaupt die Planken zu betreten. Erst als ich mit dem Rücken voran meine Alba ganz langsam und mit guten Worten hinter mir herzog, wagte sie es, mir zu folgen und einen ersten Fuß ins Boot zu stellen. Als eine Welle den Rumpf bewegte, schreckte sie mit angstgeweiteten Augen noch einmal zurück. Doch dann sprang Loki unbekümmert an ihr vorbei ins Boot. Da traute auch sie sich. Dem guten Beispiel folgten schließlich auch die anderen Pferde.

Es würde etwas eng werden mit den Gäulen an Bord. Ismael empfahl uns, ihnen die Augen zu verbinden und sie während der Fahrt gut am Zügel zu halten, damit sie nicht bei der ersten Welle vor Angst über Bord sprangen.

Die Seeleute räumten Planken und Bohlen weg und schoben mit Landos und Ismaels Hilfe das Boot zurück ins Meer. Als das Wasser ihnen schon bis über die Hüfte reichte, gaben sie dem Boot einen letzten Stoß und zogen sich triefend an Bord. Das schwere Segel stieg am Mast empor, schlug laut im Wind, bevor es sich füllte, und half das Boot zu drehen. Schwerfällig rollte es über die anlaufenden Wellen. Das Knattern des Segels und die Bewegungen des Bootsdecks erschreckten die Tiere, und wir hatten alle Hände voll zu tun, sie ruhig zu halten. Dann nahmen wir langsam Fahrt auf, entfernten uns vom Strand, und alles beruhigte sich.

Als ich endlich Zeit fand, einen Blick zurückzuwerfen, sah ich Lando im Dämmerlicht einsam am Strand stehen. Er winkte uns nach. Auch ich hob die Hand zum Abschied. Nicht ohne ein warmes, fast wehmütiges Gefühl im Herzen. Denn was ist ein Mann ohne Freunde?

Kaum hatten wir den Schutz der Bucht verlassen, nahm der Wind zu. Das Boot stemmte sich in die kurzen Wellen und legte sich ein wenig auf die Seite. Wieder mussten wir die Pferde beruhigen. Doch schon bald gewöhnten sie sich an die gleichmäßigen Bewegungen. Loki fand einen Platz vorn am Bug, von wo aus er das Spiel der Wellen beobachtete.

Die Mannschaft bestand aus fünf barfüßigen, rauen Kerlen, die uns misstrauisch beäugten. Mit nackten Oberkörpern und muskulösen Armen taten sie ihre Arbeit. Die Kühle des frühen Morgens schien ihnen nichts anzuhaben. Einer, ein bärtiger Kerl mit einem Stofffetzen um den Kopf gewunden, steuerte das Schiff, die anderen bedienten das große Segel oder saßen an die Bordwand gelehnt, wenn nichts zu tun war. Sie redeten und deuteten dabei auf unsere Pferde und Waffen. Offensichtlich waren wir ihnen genauso fremd wie sie uns.

Nach der anfänglichen Aufregung begann ich, die Fahrt zu genießen. Es war das erste Mal, dass ich mich auf einem Schiff befand. Die Deckplanken waren von Salz und Wind verwittert, das schmutzige Segel an vielen Stellen geflickt, die Leinen faserig. Dennoch machte alles einen soliden Eindruck. Das Boot lag gut am Wind, und so, wie die Wellen am Rumpf entlangrauschten, überkam mich ein Gefühl von Freiheit, als ob man auf diesem Schiff bis ans Ende der Welt segeln könnte. Ich spürte den Wind in den Haaren und den salzigen Geschmack der Gischt auf den Lippen. So ein Seefahrerleben könnte mir gefallen, dachte ich. Thore grinste mir zu. Ihm schien es ähnlich zu gehen. Nur Ivain war etwas bleich geworden, hielt sich am Mast fest und machte ein unglückliches Gesicht.

Bald hatten wir die kleine Bucht weit hinter uns gelassen. Und mit der Nacht waren auch Trübsinn und Zweifel verschwunden. Über den Bergkämmen Kalabriens erhob sich die Sonne und beleuchtete auch die andere Seite der Meerenge. Winzig waren in der Ferne die Häuser von Messina zu erkennen. Das, was ich in der Nacht für eine Wolkenbank gehalten hatte, war in Wirklichkeit ein lang gestreckter, hinter der Küste gelagerter Gebirgszug. Das frühe Morgenlicht ließ alles scharf und klar erscheinen, ein Meer so lieblich blau, wie man es sich nur vorstellen kann. Zartblasse Bergkämme im Hintergrund, hier und da ein paar Segel in der Ferne, wie winzige helle Tupfer am Horizont. Und weiter südlich der gewaltige, schneebedeckte Kegel des Ätna, aus dem eine lange Rauchfahne stieg.

»Messina sieht so nah aus«, sagte ich und deutete hinüber.

Ismael nickte stumm. Ich betrachtete ihn von der Seite. Er hatte eine scharfe Nase, wie die eines Raubvogels, und einen kleinen Bart am Kinn, ansonsten war er glatt rasiert. Inzwischen konnte ich Männer ganz gut einschätzen. Dieser, obwohl er einen Kopf kleiner war als ich, hatte die ruhige, selbstbewusste Haltung eines Kerls, der wusste, was er wert war. Eine kühle, zurückhaltende Entschlossenheit ging von ihm aus. Einer, der trotz seiner Jugend wusste, was er wollte. Gesprächig war der Bursche allerdings nicht. Ich fragte mich, wie viel Lando ihm bezahlt hatte. Sicher noch ein hübsches Sümmchen obendrein, sollten wir erfolgreich sein.

Nach einer längeren Pause ließ er sich herab, mit mir zu reden. »Wir segeln nicht nach Messina, sondern ein Stück weiter nach Süden die Küste hinunter. Dort landen wir in einer versteckten Bucht.«

»Warum? Haben wir etwas zu befürchten?«

»Ich möchte unnötige Aufmerksamkeit vermeiden.«

»Weil wir Normannen sind?«

Er schüttelte den Kopf. »Nein, es ist das Boot. Man kennt es hier in der Gegend. Deshalb dürfen wir uns in den großen Häfen nicht blicken lassen.«

»Wegen eurer Schmuggelgeschäfte?«

»Natürlich. Hat Lando das nicht gesagt?«

»Doch, das hat er. Aber was hat das mit uns zu tun? Wir wollen in jedem Fall nach Messina. Und auch zu anderen Orten. Das war die Vereinbarung.«

»Keine Sorge«, sagte er etwas gereizt. »Und damit du's weißt, ich halte mich immer an meine Vereinbarungen. Sonst überlebt man nicht in diesem Geschäft.« Er deutete auf meinen Panzer. »Ihr solltet die Rüstungen ablegen. Das sieht zu kriegerisch aus.«

»Bist du sicher?« Es kam mir seltsam vor, ungewappnet durch fremdes Land zu reisen. Ich erinnerte mich an die Warnungen über Unruhen auf der Insel. »Wir könnten zwischen

Kriegsparteien geraten oder überfallen werden. Gibt es keine Wegelagerer in Sicilia?«

Er zuckte mit den Schultern. »Natürlich. Aber wir sind zu viert. Schwerter und Dolche sollten gegen ein paar Banditen genügen.« Er selbst trug nichts als einen Dolch am Gürtel.

»Wäre es klüger, sich zu verkleiden?«

Er schüttelte den Kopf. »Man wird euch ohnehin sofort als Nordmänner erkennen. Nein, eine Verkleidung würde euch nur verdächtig machen. Ihr seid die friedlichen Botschafter eures Fürsten, schon vergessen? Keine Sorge. Niemand wird euch belästigen. Außerdem weiche ich nicht von eurer Seite.«

Thore und ich wechselten einen Blick.

»Ich hoffe, man kann sich auf den Kerl verlassen«, raunte er mir auf Fränkisch zu.

Auch ich fragte mich, ob es klug gewesen war, sich diesem Ismael anzuvertrauen. Angeblich hatten er und sein Onkel überall Komplizen und Handelspartner auf der Insel, die uns nützlich sein sollten. Man konnte nur hoffen, dass Lando sich nicht in ihnen täuschte.

Die Überquerung dauerte am Ende länger als erwartet, denn auf halbem Wege schlief der Wind ein. Mit lustlos hängendem Segel trieben wir eine Ewigkeit dahin. Zumindest blieben so die Pferde ruhig. Doch ohne Wind wurde es schnell warm auf dem Boot. Hatten wir in der Nacht gefroren, so schwitzten wir jetzt im gleißenden Licht des Südens.

So plötzlich, wie der Wind eingeschlafen war, tauchte er wieder auf. Die See begann, sich zu kräuseln und zu einem tiefdunklen Blau zu färben. Ein Luftstoß fuhr über das Boot und blähte das Segel. Schon glitten wir mit neuem Schwung dahin und näherten uns schnell der sizilianischen Küste, um wenig später in der winzigen Bucht eines Fischerdorfes zu landen. Es war nicht mehr als eine Handvoll armseliger Hütten an einer Bachmündung, Boote auf dem Sand, Netze zum Trocknen aufgehängt. Allerdings gab es einen festen Holzsteg, auf dem wir bequem die Pferde von Bord führen konnten.

Gut gelaunt begrüßten die Dörfler Ismael und seine Mannschaft. Man kannte sich offenbar gut. Er drückte dem Dorfältesten etwas Silber in die Hand, weniger für ihre Hilfe als für ihr Schweigen, wie er mir später erklärte.

»Willkommen in Sicilia«, sagte er dann.

Wir sahen uns um. »Das soll das Maurenland sein?«, brummte Ivain ernüchtert. »Sieht nicht besser als Kalabrien aus.«

»Was hast du erwartet?«, spottete Ismael. »Goldene Paläste und tanzende Weiber?«

Ivain brummte etwas, das niemand verstand, und spuckte verächtlich ins Gras. Es war deutlich, dass er Ismael nicht mochte. Tatsächlich sah alles ganz wie auf der anderen Seite der Meerenge aus. Meer, Strand und Berge, dunkle Pinien auf kargen Felshöhen, ein abgeerntetes Weizenfeld, ein paar magere Kühe auf der Weide. Dazu Ziegen und Hühner, die durchs Dorf liefen. Alles sehr ärmlich.

Auch die Menschen unterschieden sich wenig von denen in Cassano oder Argentano. Hart arbeitende Bauern und Fischer mit dunklen, verwitterten Gesichtern, die in einer Sprache redeten, die wir nicht verstanden. Griechisch vermutlich. Frauen sahen wir nicht, als wollten sie sich vor den Fremden verstecken. Dafür aber scharenweise Kinder. Die Kleinen spielten halb nackt im Staub, die Älteren gafften uns ebenso neugierig an wie ihre Väter. Denn Männer wie wir, mit langen Schwertern, schillernden Panzern, hochgewachsene Kerle mit heller Haut und blonden Bärten, das hatten sie wohl noch nie gesehen. Ismael hatte recht. Keine Verkleidung wäre uns gerecht geworden.

Während wir uns noch umschauten, wurde das Boot bereits mit ein paar Ballen beladen. Dann legte es ab und war bald wieder auf hoher See.

Nachdem wir die Tiere getränkt hatten, entledigten wir uns unserer Rüstungen und verstauten alles auf dem Rücken der Pferde. Ein zahnloser Alter bot uns ein kurzes Mahl von gegrilltem Fisch an, dazu einen Schluck rauen Landweins. Der Fisch war voller Gräten und der Wein so sauer und scharf, dass er einem die Eingeweide zu zerfressen drohte. Trotzdem, wir waren zu hungrig, um uns zu beklagen. Ich steckte ihm eine halbe Silbermünze zu. Gewiss zu viel für seinen verrotteten Fisch, denn er schien sehr zufrieden damit zu sein. Danach saßen wir auf und machten uns auf den Weg.

* * *

Wir ritten auf schmalen Pfaden durch wildes Land, ohne eine Menschenseele anzutreffen. Bis wir die gut erhaltene Straße erreichten, die nach Messina führte. Hier waren wir nicht mehr die einzigen Reisenden. Fuhrwerke kreuzten unseren Weg, Kaufleute mit hochbeladenen Lasttieren, wandernde Christenmönche und ein paar sarazenische Reiter mit runden Schilden und spitzen Helmen. Man musterte uns neugierig, aber zu meiner Erleichterung belästigte oder behinderte uns niemand. Ich hatte mir dieses Sicilia feindseliger vorgestellt.

Weiter ging es durch hügeliges Gelände. Zikaden begleiteten uns mit ihrem eintönigen Gezirpe. Kaum ein Luftzug war zu spüren. Und selbst wenn, dann war er wenig geeignet, uns Kühlung zu verschaffen, denn es herrschte sengende Hitze, wie auch schon seit Tagen auf dem Festland. Unerbittlich brannte die Sonne aus einem endlos blauen Himmel auf die ausgetrocknete Landschaft herab. Nach erlösendem Regen sah es jedenfalls nicht aus. Ein Segen nur, dass wir zumindest nicht unter unseren schweren Rüstungen zu schwitzen hatten, auch wenn es ungewohnt war, sich so ungeschützt durch fremdes Land zu bewegen.

Wir erreichten eine Anhöhe, die von den Resten eines alten Tempels überragt wurde. Römisch oder griechisch, so genau wusste es selbst Ismael nicht. Im Schatten der verwitterten Säulen stiegen wir ab und gönnten uns einen Schluck aus der Feldflasche. Seltsam still war es hier. Außer dem Summen von Insekten war nichts zu hören. Das Innere der Ruinen war von dornigem Gestrüpp überwuchert, aus dem marmorne Trümmerteile ragten. Und doch war die Anmut und Majestät der Anlage noch immer spürbar.

Den Kameraden musste es ähnlich gehen, denn auch sie sahen sich andächtig um. Ich fragte mich, welchem Gott man hier gehuldigt hatte und ob sein Geist noch in den Steinen lebte. Über die Menschen jedenfalls schien er seine Macht verloren zu haben. Wahrscheinlich würde es unseren alten Göttern ähnlich gehen unter dem gnadenlosen Ansturm dieses Christengottes und seiner Schar von Heiligen.

Thore blickte zu Ismael hinüber. »Es ist Mittag. Musst du nicht beten?«

»Was weißt denn du von meiner Religion?«, kam die gereizte Gegenfrage.

»Ich weiß es eben. Fünfmal am Tag. Ist es nicht so?«

Ismael nickte mürrisch, wies dann aber auf die Ruinen, an denen wir lagerten. »Aber nicht an einem solchen Ort voller Heidengötzen. Außerdem gibt es Ausnahmen. Im Krieg oder auf Reisen, so wie jetzt.«

»Ich hab da etwas«, sagte ich und fasste in meine Satteltasche, nahm das in Leder gebundene Büchlein heraus und reichte es ihm ohne weitere Erklärung.

Er öffnete es, blätterte ein paar Seiten um und sah mich dann erstaunt an. »Du trägst den Koran mit dir herum? Was willst du damit?«

»Ein Händler in Salerno hat mir das Buch angeboten. Es gefiel mir. Aber nun hätte ich gern gewusst, was drinsteht. Zum Beispiel auf der ersten Seite.«

Er machte ein Gesicht, als wäre die Milch sauer geworden. Aber schließlich blätterte er zum Anfang des Büchleins und begann zu übersetzen.

»Lob sei Allah, dem Weltenherrn, dem Erbarmer, dem Barmherzigen, dem König am Tag des Gerichts.« Doch dann hielt er inne und sah mich kopfschüttelnd an. »Was soll das, Gilbert? Willst du dich über mich lustig machen?«

»Nein. Wie kommst du darauf?«

Er reichte mir das Buch zurück. »Ihr seid doch Ungläubige. Was versteht ihr schon davon? Ich werde das hier nicht zu eurem Spaß vortragen. Schlimm genug, dass einer wie du den Heiligen Koran mit sich herumträgt.«

»Einer wie ich? Meinst du etwa, ich entehre deinen Koran, indem ich ihn bei mir habe?«

»Jedenfalls geht man mit dem Wort Gottes nicht so leichtfertig um.«

»Dieser Allah ist also dein Gott.«

Er nickte mit finster zusammengezogenen Brauen. »Der einzige und alles beherrschende Gott. Auch für euch Unwissende, obwohl ihr blind durch die Welt geht.«

»Müssen wir uns vor ihm in Acht nehmen?«, fragte ich milde lächelnd.

Daraufhin bedachte er mich nur mit einem wütenden Blick und wandte sich von mir ab. Wahrscheinlich hatte meine Frage wie Spott in seinen Ohren geklungen. Ich gebe zu, damit hätte er nicht ganz unrecht gehabt. Denn wenn man diesen

Allah hinzuzählte, dann wurde es vor lauter Göttern langsam eng in dieser Welt. Besonders wenn sie sich gegenseitig hassten und bekriegten, denn jedermann schien den seinen für den Einzigen und Allmächtigen zu halten, und wer nicht an ihn glaubte, würde auf ewig in der Hölle schmoren.

Ich steckte mein Büchlein wieder in die Satteltasche. Vielleicht würde es ja wirklich einmal so kommen, wie es in der Überlieferung heißt, dass sie sich bis zum Letzten bekriegen werden in einer fürchterlichen, alles vernichtenden Schlacht. Ragnarök, Kampf der Götter, die Welt in Flammen, Untergang der Menschheit.

Es musste der Geist des alten Tempels sein, der mit meiner Vorstellung spielte, mir düstere Gedanken einhauchte. Denn wenn man von dieser Anhöhe aus zum fernen Messina hinüberschaute, so schienen Kirchen und Moscheen in einträchtiger Nachbarschaft zu leben. Nichts vom Kampf der Götter. Die winzigen Dächer und Türme leuchteten fröhlich in der Sonne, in scharfem Gegensatz zum tiefen Blau des Meeres. Ein schöner Ort und friedlich. So zumindest sah es von hier oben aus.

Der Hafen fiel einem besonders ins Auge. Wäre er von Menschenhand erschaffen, hätte er nicht besser ausfallen können. Eine schmale, natürliche Landzunge umschloss sichelförmig eine kleine Bucht, die nur von Norden her zugänglich war. In ihrem Schutz ankerten Dutzende Schiffe, und auch der Strand war mit Booten übersät. Die Stadt selbst bestand aus einem dichten Gewühl von Häusern, das rundum von Befestigungen umgeben war. Die schienen zu eng geworden zu sein, denn an manchen Stellen waren Behausungen übergequollen, besonders in Ufernähe. Fischerhütten, meinte Ismael, und Werkstätten wie jene der Gerber, deren Gestank in der Stadt nicht geduldet wurde.

Linker Hand stieg das Gelände zum Monte Dinnamare auf. Das war die Spitze des Höhenzugs, der das Rückgrat dieses nördlichsten Teils der Insel bildete und den ich in der Nacht für eine Wolkenbank gehalten hatte. Dunkle Pinienwälder bedeckten Hänge und Gipfel. Von dort oben könne man neben der Meerenge auch die Tyrrhenische See im Westen überblicken, sagte unser Führer. Seit unserer Ankunft auf Sicilia war er etwas gesprächiger geworden. Der Vorfall mit dem Koran schien vergessen. Er deutete auf die zum Greifen nahen, blaugrünen Hügel von Kalabrien, die sich vor uns auf der gegenüberliegenden Festlandseite ausbreiteten.

»Dort drüben, auf einem Felsen, lebt Skylla, ein Ungeheuer, das Seeleute frisst, die ihm zu nahe kommen. Und bei Messina, hier auf unserer Seite, lauert Charybdis, um unachtsame Seeleute auf die Felsen zu locken und ihre Schiffe zu zertrümmern.« Er lachte über unsere erschrockenen Gesichter. »Keine Angst. Das sind nur alte Legenden.«

Legenden mochten es sein, aber beim Gedanken an unsere Überfahrt fühlte ich mich unwohl. Denn meistens war etwas dran an solchen alten Geschichten.

Das letzte Stück des Weges führte uns durch einen fruchtbaren Streifen bebauten Landes entlang der Küste. Wir ritten an kleinen Bauernhöfen und schmucken Anwesen vorbei. Obwohl wir uns in der trockensten Zeit des Jahres befanden, wucherte es hier überall in üppigstem Grün. Bohnen, Gurken und anderes Gemüse, gewaltige Melonen, zuckersüßes Obst, Feigen, Beeren, Zitronen, Wein und Oliven, alles schien hier im Überfluss zu gedeihen. Bei dem Anblick lief uns das Wasser im Munde zusammen. Welch ein Gegensatz zu dem armen Fischerdorf, bei dem wir am Morgen gelandet waren und dessen Fisch mir noch übel im Magen lag.

Es währte nicht lange, da entdeckten wir das Geheimnis dieser grünen Pracht. Schmale Wasserkanäle, kaum eine Elle breit, durchzogen die Felder und befeuchteten den Boden. Ismael zeigte uns große Schöpfräder, die die Fließkraft von Bächen nutzten, um deren Wasser abzuzweigen. Oder andere, die von Tieren angetrieben das kostbare Nass aus dem Boden pumpten. An einer Stelle hielten wir an, um uns die Sache genauer anzusehen. Ein Esel lief im Kreis herum und betrieb über eine Welle das große Rad, das sich langsam drehte. An ihm waren Schöpfeimer befestigt, die das Wasser aus der Tiefe holten und über eine Rinne in den Bewässerungskanal gossen. Ein wahres Wunderwerk menschlicher Schlauheit.

Zwischen Beeten und Gemüsereihen arbeiteten barfüßige, braun gebrannte Bauern, Erwachsene wie Kinder. Als Schutz vor der Sonne trugen sie lange Baumwollhemden und hatten Tücher um den Kopf geschlungen. Unser Trupp blieb ihnen nicht verborgen, und hier und da fing ich einen misstrauischen Blick aus dunklen Augen auf. Auch hier liebte das Landvolk keine Fremden.

»Messina ist noch sehr griechisch«, sagte Ismael. »Aber ein Gutteil der Bauern wie diese hier sind eingewanderte Berber aus Afrika. Die sprechen nicht einmal richtiges Arabisch und nur gebrochen Griechisch. Zur Zeit der Byzantiner gehörte das meiste Land nur einigen wenigen Großgrundbesitzern und wurde hauptsächlich von Sklaven bewirtschaftet. Dabei blieb manche fruchtbare Scholle brach. Jetzt ist der Boden gerechter verteilt. Jede Familie pflegt ihr Stückchen Erde mit großer Sorgfalt, und die Ernten sind viel ertragreicher geworden.«

»Du bist doch selber Berber, oder?«, fragte Thore, dem ein gewisser Stolz in Ismaels Stimme nicht entgangen war. Als der es bejahte, fuhr er fort: »Und wie ist deine Familie ausgerechnet nach Kalabrien gekommen?«

»Mein Urgroßvater. Bei einem dieser Feldzüge gegen Byzanz. Wir hatten zeitweise große Landstriche erobert. Altgediente Soldaten wurden angesiedelt, um die Besitzungen zu halten. Nur ist dann später doch alles wieder verloren gegangen. Mein Ahne aber ist geblieben, wie viele andere auch.«

»Ihr steckt aber hoffentlich nicht mit den verdammten Sklavenjägern unter einer Decke?«, entfuhr es mir. Ismael warf mir einen gereizten Blick zu, enthielt sich aber einer Antwort. »War nicht so gemeint«, fügte ich rasch hinzu, denn es würde uns wenig helfen, ihn zu verärgern.

»Natürlich war es so gemeint«, widersprach er. »Und du hast sogar recht. Wir handeln mit allem, was Geld bringt. Nur geraubt haben wir niemanden. Aber den einen oder anderen Sklaven habe ich schon verkauft. Oder warum denkst du, hat Lando gerade mich beauftragt?«

»Es braucht einen Dieb, um einen Dieb zu fangen«, witzelte Thore, etwas ungeschickt bemüht, die plötzliche Verstimmung zu mildern. »Aber solange du nicht uns an die Sarazenen verkaufst …«

»Willst du sagen, ich bin ein Dieb?«, zischte Ismael und legte die Hand auf den Griff seines Dolches.

»Natürlich nicht«, beschwichtigte Thore. »War nur ein dummer Spruch.«

»Hör zu, Ismael«, meldete sich unerwartet der schweigsame Ivain zu Wort. Dabei zog er eine seiner Wurfäxte aus dem Gürtel. Mit einem Mal sah er trotz seines ruhigen Tons sehr bedrohlich aus, besonders mit den schrecklichen Narben im Gesicht. »Betrügst du uns, dann kriegst du das hier zwischen die Augen.« Er machte eine unmissverständliche Armbewegung mit der Axt. »Und lass es dir gesagt sein, ich treffe immer, ohne Fehl.«

Ismael schluckte unwillkürlich. Er schien sogar etwas blass geworden zu sein, obwohl das bei seiner olivenfarbenen Haut schwer zu erkennen war.

Trotzdem ließ er sich nicht einschüchtern. »Man hat mich gebeten, euch behilflich zu sein. Beleidigen lasse ich mich deshalb aber nicht. Seht also zu, wie ihr alleine zurechtkommt.«

Er wendete sein Pferd und war im Begriff, zum Fischerdorf zurückzureiten, als Loki ihm den Weg versperrte. Der Hund musste die Feindseligkeit des Sarazenen gespürt haben, denn er bleckte die Zähne und knurrte leise, woraufhin Ismaels Pferd ängstlich den Kopf hochwarf und scheuend zurückwich.

»Der Köter soll den Weg frei machen!«, rief Ismael wütend.

Ich lenkte Alba zu ihm hinüber und packte die Zügel seines Gauls. »Nicht so hastig, mein Lieber. Dies ist ein fremdes Land für uns, und auch dich kennen wir noch nicht. Niemand wollte dich beleidigen, aber du musst verstehen, dass wir vielleicht ein wenig misstrauisch sind. Es ginge dir gewiss nicht anders.«

Er betrachtete mich mit finsterer Miene. »Ihr nennt mich einen Dieb und Betrüger. Dabei seid doch gerade ihr die Plünderer und Kirchenschänder drüben in Kalabrien. Ich weiß alles über euch Normannen. Eigentlich sollte ich mich mit euch gar nicht abgeben.«

»Hören wir auf, uns gegenseitig zu beschimpfen«, sagte ich beschwichtigend. Dann merkte ich, dass Ivain immer noch mit seiner Wurfaxt spielte. »Steck die verdammte Waffe weg, Ivain. Dazu gibt es keinen Anlass.«

»Wie du willst«, murmelte er und schob gemächlich die Axt zurück in den Gürtel. »Und nichts für ungut, Sarazene.«

»Kein Grund zur Aufregung also«, wandte ich mich wieder an Ismael. »Wir halten dich für einen ehrenwerten Mann und sind froh, dass du uns behilflich bist. Und noch etwas. Was immer Lando dir versprochen hat, ich verdoppele es. Das heißt, wenn wir das Mädchen finden. Einverstanden?«

Er schmollte und zögerte noch eine Weile, warf wütende Blicke in Ivains Richtung. Doch schließlich gab er sein Einverständnis. Die Aussicht auf mehr Gold hatte über die empfindliche Seele gesiegt.

»Nur dass wir uns recht verstehen«, sagte er. »Es wird schwierig, wenn nicht gar unwahrscheinlich, sie zu finden. Aber ich werde es versuchen. Nur, ob es euch in dem Fall gelingt, sie freizukaufen, das liegt dann allein bei euch. Ist nicht mehr meine Sache. Damit das klar ist.«

»Gut«, sagte ich und gab seine Zügel frei. »Dann sind wir uns einig.«

Ohne ein weiteres Wort stieß Ismael seinem Gaul die Fersen in die Flanken und preschte voraus in Richtung Messina. Wir folgten ihm in etwas gemächlicherer Gangart.

»Das war nicht nötig, Ivain«, knurrte ich. »Ob du ihn magst oder nicht, wir brauchen den Kerl.«

»Du hast ihn mit deinem Koran ja auch verärgert«, erwiderte er. »Thore und ich sind jedenfalls hier, um dir zur Seite zu stehen. Und diesem Burschen traue ich nicht.«

»Weil er Berber ist?«

»Ja, vielleicht. Zumindest weiß er jetzt, was ihm blüht, wenn er uns hintergeht.«

»Ein Dieb, um einen Dieb zu fangen«, lachte Thore.

Aber die gute Laune war dahin, und wir sprachen eine Weile lang nicht mehr. Denn als Unkundige des Landes und der Sprachen waren wir Ismael in gewisser Weise ausgeliefert und konnten nur hoffen, dass er es ehrlich mit uns meinte.

Am Nachmittag näherten wir uns den Toren der Stadt. Die Wehrmauer, von Weitem recht beeindruckend, erwies sich bei näherer Betrachtung als ziemlich alt und in schlechtem Zustand. An Stellen sogar eingestürzt, an anderen so bröckelig, dass es ein Leichtes sein dürfte, Steine herauszubrechen. Auch der Graben war trocken und hier und da sogar zugeschüttet. Einige Hütten waren direkt an die Mauer gebaut, sodass man nur auf ihr Dach hätte steigen müssen, um in die Stadt zu gelangen. Messinas Verteidigung ging uns natürlich nichts an, aber als Krieger bemerkt man solche Dinge.

Am Tor herrschte ein Durcheinander. Auf beiden Seiten des Torhauses hatte sich eine Schlange von Mensch und Tier gebildet, denn ein Ochsenkarren versperrte den Durchgang. Wachleute durchsuchten den Wagen, während der Händler wütend und mit fuchtelnden Armen auf sie einredete. Auch die Umstehenden beteiligten sich lautstark, bis es einem der Soldaten zu bunt wurde und er das Schwert zog. Aber selbst das half wenig, schien die Leute nur noch wütender zu machen. Niemand kam auf den Gedanken, den verdammten Karren zur Seite zu ziehen. Wir stiegen von den Pferden, denn in diesem Gewühl war es wohl besser, zu Fuß zu gehen. Loki nahm ich vorsichtshalber an die Leine.

»Um was geht's eigentlich?«, fragte Thore.

»Sie haben den Torzoll erhöht«, erklärte Ismael, »und der Händler weigert sich, mehr zu zahlen. Die Menge ist auf seiner Seite. Deshalb ärgern sie ihn jetzt, indem sie alles durchsuchen.«

»Und wie bekommst du deine Waren in die Stadt, wenn an den Toren alles überprüft wird?«

»Mein Geheimnis.« Er erlaubte sich ein hintergründiges Lächeln.

Am Tor schien man sich geeinigt zu haben, denn endlich ließen sie den Karren durch. Jetzt löste sich auch die Menge schnell auf. Die Wachen winkten die Leute ungeduldig durch, während sie gereizt miteinander redeten, wahrscheinlich über den Vorfall mit dem Händler. Sie trugen spitze, mit einem Tuch umwundene Helme, dazu Nackenschutz und Lederpanzer. Speere und Schwerter dagegen sahen nicht anders aus als unsere.

Bald waren auch wir an der Reihe. Ich hatte Fragen und Unannehmlichkeiten erwartet, doch die Wachen ließen nur flüchtig den Blick über uns schweifen. Bis dann einer auf Ivains verunstaltetes Gesicht deutete und Anstalten machte, uns den Weg zu versperren. Doch da erregte eine fette Bäuerin hinter uns ihre Aufmerksamkeit. Offensichtlich machten sie sich über die Arme lustig, während wir unbehelligt das Tor passierten.

»Die achten nicht auf Fremde«, sagte Ismael. »Messina ist eine Hafenstadt. Da wimmelt es von Leuten aus aller Welt.«

Trotzdem war ich erleichtert und begann, mich ein wenig umzuschauen. Die Gassen waren eng und voller Menschen. Einige Leute standen nur herum und unterhielten sich, andere hasteten ihres Weges. Die meisten sahen nicht anders aus als in Kalabrien. Nur hier und da waren maurische Gewänder zu sehen. An einer Ecke stand ein rundlicher, orthodoxer Priester, ganz in Schwarz gekleidet, und unterhielt sich mit einem ehrwürdigen Greis mit langem Bart und einem seidenen Turban auf dem Kopf. Der schien Ismael zu kennen, denn er nickte ihm freundlich zu, als wir vorübergingen.

»Das ist ein Imam«, erklärte er. »Priester an einer der Moscheen.«

»Aber die reden ja ganz friedlich miteinander«, sagte ich erstaunt. »In Spanien bekriegen sich Christen und Moslems, soviel ich weiß.«

»Nicht hier.«

Trotz vieler gut gekleideter Leute sahen wir auch eine Menge armes Volk in den Gassen. Stämmige Marktfrauen in einfachen Kitteln, Bauern mit Tragekörben auf dem Rücken, barfüßige Handwerksburschen, ausgemergelte Arbeiter oder Lastenträger, die große Ballen auf dem Kopf trugen.

Nun, das kannten wir natürlich auch aus Melfi oder Salerno. Aber hier schien es mehr zerlumpte Bettler als sonst wo zu geben. An allen Ecken saßen diese elenden, vor Dreck starrenden Gestalten und streckten einem mit unendlichem Gejammer die Hand entgegen. Meist nicht ohne auf schreckliche Geschwüre zu zeigen, auf verstümmelte Glieder, blinde Augen oder abgeschnittene Nasen. Sogar halb verhungerte Weiber waren darunter mit kleinen Kindern am Arm. Das erinnerte mich an Ivo, und ich beugte mich zu einer dieser Frauen und gab ihr eine Silbermünze.

»Warum so viele Bettler?«

»Es sind die Unruhen im Land. Kriegsherren, die sich befehden. Und in den Bergen gibt es Banden. Die nehmen sich, was ihnen zwischen die Finger kommt. Bei den Bettlern handelt es sich oft um verwundete Krieger. Und Landvolk, das man von der Scholle vertrieben hat. Sie kommen, weil sie nirgendwo willkommen sind und in der Stadt wenigstens auf Almosen hoffen dürfen.«

»So schlimm? Dabei hieß es, Sicilia sei das Paradies.«

»Das könnte es auch sein. Aber seit sie den Emir in Palermo entmachtet haben, ist nichts mehr wie früher.«

»Kein Apfel ohne Wurm«, sagte Thore. »Und wo führst du uns jetzt hin?«

»In der Nähe des Hafens gibt es eine gute Herberge. Die haben ordentliche Ställe und Betten ohne Flöhe.«

»Was ist mit den Sklavenhändlern?«, fragte ich.

»Davon gibt es zwei in der Stadt.«

»Dann gehen wir sie doch gleich befragen.«

Ismael schüttelte den Kopf. »Morgen«, erwiderte er mit Bestimmtheit. »Heute Abend habe ich etwas anderes vor. Ich muss meine Leute treffen. Und dabei werde ich mich auch schon etwas umhören. Keine Sorge, die Sklavenhändler laufen euch nicht weg.«

Er lieferte uns an der besagten Herberge ab. Sie lag hinter der Christenkathedrale in einer Seitengasse. Schon von Weitem hörte man den Lärm der Taverne. Doch die Unterbringung war gut und sauber, wie er versprochen hatte.

»Nach dem Morgenmahl hole ich euch ab.«

»Du übernachtest nicht hier?«

Zum ersten Mal seit unserer Auseinandersetzung erlaubte er sich ein Grinsen, aber ein verlegenes. »Ich habe etwas Besseres für die Nacht.« Damit verabschiedete er sich.

Thore sah neidisch hinter ihm her. »Der Halunke ist doch voller Überraschungen. Das hätte ich ihm jetzt gar nicht zugetraut.«

»Du hast in Argentano schon genug gevögelt. Ich jedenfalls hab einen Mordshunger.«

»Und ich einen verdammten Durst«, ließ Ivain hören. »Hoffentlich ist der Wein hier besser als das Gesöff heute Morgen.«

Thore schüttelte den Kopf. »Ihr ungehobelten Kerle. Es gibt doch auch noch schönere Dinge im Leben als Fressen und Saufen.«

Gaukler und Sklavenhändler

Während des Abendmahls im Schankraum der Taverne waren wir das Ziel ebenso verstohlener wie auch nicht so verstohlener Blicke. Wir schienen Hauptgesprächsstoff der zahlenden Gäste zu sein. Wahrscheinlich kommentierten sie alles an uns von den Haarspitzen bis zu den Zehen. Über Wein und Speisen konnten wir nicht klagen, aber am Ende waren wir dieser Aufmerksamkeit überdrüssig und machten uns davon, um uns ein wenig die Beine zu vertreten.

Nach der Hitze des Tages war die Luft jetzt lau und angenehm. Ein Grund, weshalb wir nicht die Einzigen waren, die durch die abendlichen Gassen wandelten. Der Himmel war noch hell, die Sonne aber schon längst hinter den Bergen versunken. Auch der Ruf des Muezzins war verklungen. Stattdessen hörte man von überall her Stimmen und Gelächter, und dies nicht nur aus den Schenken. Musik ließ sich ebenfalls vernehmen und lockte uns, die Schritte dorthin zu lenken.

Bald standen wir auf der Piazza vor der Kathedrale, ein großes, altersgraues Gemäuer in der Form einer römischen Basilika und mit deutlichen Rissen in der Fassade. Wahrscheinlich von einem der vielen Erdbeben in der Gegend, vor denen Ismael uns gewarnt hatte. Daneben ein Kampanile jüngeren Datums. Auf dem Platz selbst ein Menschenauflauf. Von dort schallte die Musik herüber. Dudelsack und Flöte, bunte Gestalten, die zum Rhythmus einer Trommel tanzten. Offensichtlich fahrendes Volk, das seine Kunststücke zum Besten gab. Und da es bereits dämmerte, hatten sie Feuerschalen aufgestellt. Deren Flammen erhellten die Gesichter der Tänzer und warfen zuckende Schatten auf die Schaulustigen und auf die Kirchenfassade hinter ihnen.

Wir mischten uns unter die Leute. Auch hier weckte unser Aussehen die Neugierde der Anwesenden. Beim Anblick unserer Schwerter machten viele jedoch respektvoll Platz, sodass wir uns bald in vorderster Reihe wiederfanden. Die drei Tänzer, die umeinanderwirbelten, waren junge Männer, in maurische Gewänder gekleidet. Nein, eine von ihnen war eine Frau, wie ich jetzt erkannte. Sie trug die gleiche Kleidung wie die Männer und einen Turban auf dem Kopf. Voller Anmut wiegte und drehte sie sich im Takt der Musik, ihr roter Mund lachte, ihre Augen sprühten vor Leben. Es war eine Freude, ihr zuzusehen.

Mit einem Mal beendeten sie den Tanz und zogen sich unter stürmischem Beifall zurück. Ein anderer trat in die Mitte und begann, mit Bällen zu jonglieren. Erst zwei, dann drei, schließlich vier und fünf Bälle, mit denen er spielte. Zum Schluss warf er sie einen nach dem anderen hoch in die Luft und fing sie wieder auf. Auch er erhielt Beifall und ermutigende Zurufe.

In der Menge befanden sich Menschen aller Stände, Männer wie Frauen, arm wie reich, Moslems wie Christen. Sie alle einte die Freude, unterhalten zu werden, sich ein wenig zu vergnügen. Sogar Kinder drängten sich zwischen die Erwachsenen und stellten sich auf Zehenspitzen, um besser sehen können. Doch dann fiel mir etwas auf.

»Unter den Kindern sind ein paar Beutelschneider«, raunte ich den anderen zu. »Passt auf eure Geldbeutel auf.«

»Hab's schon bemerkt«, nickte Thore.

Auch Ivain hielt seine Gürteltasche fest und sah sich misstrauisch um.

Der Gaukler in der Mitte griff nach drei brennenden Fackeln, die ihm die Tänzerin reichte. Eine nach der anderen warf er sie so hoch in die Luft, dass jede für einen Augenblick über der Piazza zu schweben schien. Geschickt fing er sie wieder auf und jonglierte mit ihnen. Einer der Tänzer trat hinzu, und nun schleuderten sie sich wechselseitig die brennenden Fackeln zu. Es war, als flögen Feuerbälle von einem zum anderen. Die Menge stöhnte, erwartete, dass einer danebengriff oder ins flammende Ende der Fackel packte. Aber die Gaukler waren zu geübt und beendeten schließlich ihr Kunststück mit einer tiefen Verbeugung.

Kaum war der Beifall verklungen, da hüpfte ein Zwerg in den Ring zwischen den Feuerschalen. Auch er trug einen Turban auf dem übergroßen Zwergenkopf. Der gedrungene Körper steckte in einem Lederpanzer, und an seiner Seite hing ein viel zu großes Holzschwert, dessen Spitze hinter ihm über das Pflaster klapperte. Er reckte sich und marschierte mit grimmer Miene in die Mitte, klopfte sich auf die Brust wie ein stolzer Krieger und hielt eine Rede, bei der die Leute immer wieder herzlich lachen mussten. Er schien eine allen bekannte Persönlichkeit zu verulken.

Mitten in der Ansprache wurde er von einem Affen unterbrochen, der plötzlich auf ihn losrannte. Das Tier war mit einem Weiberrock angetan, trug eine züchtige Haube auf dem Kopf und einen kurzen Besen in der Hand, mit dem es laut kreischend auf den Zwerg einzudreschen begann. Der nahm Reißaus und rannte auf seinen kurzen Beinen ängstlich schreiend im Kreis herum. Der Affe hinterher, weiter mit dem Besen auf ihn einprügelnd, sodass sich alles vor Lachen bog.

Die beiden hatten noch eine Reihe anderer Einlagen auf Lager. Die Zuschauer lohnten es ihnen, indem sie Münzen in die

Mitte warfen, die der kluge Affe aufsammelte und dem Zwerg in den Helm legte. Der übergab das Geld der schönen Tänzerin und legte sein Schwert ab.

Jetzt trat er näher und spähte mit vorgehaltener Hand angestrengt in die Runde, als suche er den Horizont ab, ließ langsam die Augen über die Menge wandern, bis sein Blick ausgerechnet an uns in vorderster Reihe hängen blieb. Da weiteten sich seine Froschaugen vor gespieltem Schreck. Laut schrie er auf, deutete mit kleinen Wurstfingern auf uns drei und brüllte etwas in die Menge, von dem wir nur so viel wie das Wort *normanni* verstanden. In Panik warf er die Hände in die Luft und rannte, von seinem Affen verfolgt, im Kreis herum, als wären alle Höllengeister hinter ihm her. Die Leute lachten, schlugen sich vor Vergnügen auf die Schulter und warfen uns belustigte Blicke zu. Obwohl wir die Zielscheibe seines Spottes waren, mussten auch wir grinsen.

Doch der Spaß war noch nicht zu Ende, denn nun näherte sich uns der Zwerg mit übertrieben zitternden Knien und rollenden Augen, an der Hand den verkleideten Affen. Mit einer wahren Jammermiene fiel er vor uns auf die Knie.

»Signori, ich bitte um mein Leben«, brachte er weinerlich hervor, diesmal auf Lombardisch, und wischte sich mit dem Handrücken über die Augen. Die kurzen Ärmchen hielt er uns flehentlich entgegen. »Verschont mich, ihr edlen Ritter. Gold hab ich keines. Ich schwöre es beim Propheten Mohammed wie auch bei Jesus Christus.« Jetzt schob er das Tier vor uns hin. »Nehmt, ihr grausamen Herren, statt Gold doch lieber meine gute Frau hier. Sie hat nämlich nichts gegen ein bisschen Schändung. Nicht wahr, mein Herz?«

Er ließ den Affen vor uns stehen und wich ein paar Schritte auf Zehenspitzen zurück. Das Tier glotzte verständnislos in die Runde, zog mit grinsend gebleckten Zähnen den Rock hoch, um sich ausgiebig am Unterleib zu kratzen. Selbst die, die kein Lombardisch verstanden, brachen in lautes Gelächter aus.

Während sie den Witz mit großem Applaus belohnten, spürte ich etwas am Rücken. Blitzschnell drehte ich mich um und starrte in erschrockene Knabenaugen. An meiner Gürteltasche hatte er sich zu schaffen gemacht. Bevor er sein scharfes Messer verschwinden lassen konnte, packte ich ihn am Arm und zerrte ihn vor die Leute. Höchstens zehn oder elf mochte er sein. Ich war mir sicher, der Bursche gehörte zu den Gauklern.

»Behalte dein Weib und auch dein Gold, Herr Zwerg«, rief ich. »Aber lass auch du mir meines.« Mit diesen Worten stieß ich ihm den Jungen vor die Füße. Dabei fiel das Messer auf den Boden, sodass allen klar wurde, was der Knabe vorgehabt hatte.

Jetzt war es kein Spiel mehr. Der Zwerg rollte wütend die Augen und wollte sich auf den Jungen stürzen. Der aber war flink auf den Beinen und schlüpfte ungeachtet des Tumults, der ausgebrochen war, an den anderen Gauklern vorbei und verschwand im Schatten des Kampanile.

In der Menge rumorte es erbost. »Ihr irrt, Signore«, hörte ich den Zwerg rufen. »Der gehört nicht zu uns.«

Ich warf ihm eine Münze zu und wandte mich zum Gehen. »Kommt, Jungs. Für heute hab ich genug von Gauklern.«

Ivain war sofort an meiner Seite. Nur Thore blieb noch einen Moment stehen. Ich folgte seinem Blick und bemerkte die Tänzerin, die ihn mit ihren dunklen Augen ansah und sich dann schüchtern abwandte.

»Nun komm schon, Thore.«

Bedauernd zuckte er mit den Schultern. »Ein hübsches Ding, findet ihr nicht?«

»Schlag sie dir aus dem Kopf«, brummte ich. »Wir können uns keine eifersüchtigen Väter, Brüder oder Ehemänner erlauben, hast du verstanden?«

Er hob Unschuld beteuernd die Hände. »Natürlich nicht. Du verkennst mich, Mann. Wo wollt ihr überhaupt hin?«

»Zum Hafen.«

Wir wanderten durch die nächtlichen Gassen, bis wir zum Strand kamen. Auf dem stillen Wasser der Bucht waren in der Dunkelheit nur die Schatten der ankernden Schiffe zu erkennen. Aber die Gasse, die am Strand entlang verlief, war hell erleuchtet, denn an jeder Hausecke brannten Fackeln. Dazu die Lichter aus den Tavernen, Garküchen und Marktständen, um die sich Käufer, Seeleute und Nachteulen drängten. Überall laute Stimmen und Gelächter. Ein paar Betrunkene torkelten aus einer Schenke. Einer von ihnen stellte sich an den Strand, um zu pinkeln. Es wurde gehandelt, gesoffen und gewitzelt. Auch hier war Musik zu hören. Und über allem hing ein Geruch von Salz und Seetang, von gegrilltem Fisch und Hammelfleisch. Ismael hatte uns schon gesagt, dass man hier zu jeder Tages- und Nachtzeit einen Krug Wein, ein Mahl oder eine Hure bekommen konnte. Wahrscheinlich trieben sie es im Schatten der Fischerboote, die auf dem Sand lagen, denn von dort hörte man ab und zu ein Weiberlachen oder ein unterdrücktes Stöhnen.

Eine Weile lang schauten wir einem Hahnenkampf zu. Ivain setzte auf eines der Viecher, verlor aber gleich sein Geld, denn sein unglückseliger Hahn verblutete nach kurzem Kampf. Hier im Hafen schenkte uns niemand Beachtung, und den Rest des Abends verbrachten wir in einer etwas ruhigeren Schenke bei Wein und gegrilltem Tintenfisch.

»Ich frage mich, wo dieser Ismael jetzt steckt«, sagte Thore nachdenklich. »Meint ihr, man kann dem Kerl vertrauen?«

Ivain rülpste leise und setzte seinen Becher ab. »Ich für meinen Teil werde ihn nicht aus den Augen lassen.«

»Lando hat ihn angeheuert, und ihm vertraue ich mehr als jedem anderen«, sagte ich und legte ein paar Silberstücke auf den Tisch. »Lasst uns schlafen gehen. Es war ein langer Tag.«

* * *

Trotz Übermüdung schlief ich schlecht, wälzte mich von einer Seite auf die andere, wachte immer wieder aus wirren Träumen auf. Entweder war es mir zu warm in der engen Kammer, oder das Schnarchen der anderen störte mich. Dann wieder pikste mich das Stroh am Hintern, obwohl ich es doch als Soldat gewohnt war, auf jedem Boden zu nächtigen, ob trocken oder nass, weich oder steinig.

In Wahrheit war ich viel zu aufgeregt zum Schlafen. Hier in Messina befanden wir uns an der nördlichsten Spitze dieser großen Insel. Unzählige Berge, Schluchten und Täler, Küsten und Flussebenen lagen vor uns, Städte, Dörfer, Burgen und Herrenhäuser. Wo zum Teufel sollten wir suchen? Wohin hatte man sie verschleppt? Im Traum sah ich ihr Gesicht so deutlich vor mir, als könnte ich es anfassen. Die dunklen Locken, die kecke Nase, die graugrünen Augen mit dem manchmal rätselhaften Ausdruck oder die widerborstige Miene, wenn sie mit mir stritt.

Doch kaum war ich aufgewacht, da zerfloss das Bild gleich wieder. Und je mehr ich mich bemühte, es erneut heraufzubeschwören, mir ihre Zärtlichkeiten in Erinnerung zu rufen, die Berührung ihrer Haut, den Hauch ihres Atems, umso weniger gelang es mir. Stattdessen quälten mich Bilder ihres geschundenen Leibes in Ketten, ihrer zarten Glieder, die zu schwach waren, um sich zu wehren. Dabei musste der Verstand mir sagen, dass eine solche Vorstellung unsinnig war, dass man die schöne Ware wohl kaum beschädigen würde. Warum sonst hätte man sie geraubt? Gewiss nicht, um sie misshandelt und gebrochen in einem Käfig verrotten zu lassen. Aber was das Herz fürchtet und im tiefsten Inneren erzittern lässt, das kann auch der Verstand nicht beruhigen.

Beim ersten Grau, das durch die Läden drang, hielt ich es nicht länger aus, zog mir die Stiefel über und stahl mich leise aus der Kammer. Der Abort lag im Hof neben den Ställen, sodass ich beim Pinkeln die Pferde an den Futterraufen zupfen hörte. Alba wandte den Kopf, als ich den Stall betrat, und sah mich aus klugen Pferdeaugen an, als wüsste sie, was in mir vorging. Auch Loki, der bei den Gäulen übernachtet hatte, rieb seine Schnauze an meiner Hand und lachte mich mit gebleckten Zähnen und hängender Zunge an, als wollte er mir den Unsinn austreiben, den mir die Nacht beschert hatte. Ich kraulte ihm die Ohren und fühlte mich besser.

In der Schankstube begann sich etwas zu regen. Jemand hatte ein Licht angezündet. Als ich eintrat, waren zwei Mägde damit beschäftigt, die Reste des Abendmahls abzuräumen und die Holztische zu scheuern. Dabei scheuchten sie ein paar Schläfer auf, die auf den Bänken übernachtet hatten. Man brachte mir dampfenden Hirsebrei mit Honig, auf dem ein Stück Butter zerschmolz, dazu Ziegenkäse und stark verdünnten Wein. Auch Loki bekam ein Festmahl aus Lunge und Leber vorgesetzt, das er schneller verschlang, als man zuschauen konnte.

Da Thore und Ivain sich nicht sehen ließen und ich nicht tatenlos herumsitzen wollte, beschloss ich, etwas auf eigene Faust zu unternehmen. In meiner Gürteltasche steckte der Brief an Vater Georgios' Vetter Dimitrios, den Sattelmacher. Vielleicht würde er uns helfen oder ein paar Ratschläge geben können. Der Wirt, der inzwischen die Schankstube betreten hatte, sprach ein wenig Lombardisch, und so ließ ich mir den Weg zur Gasse der Schuster und Sattelmacher erklären.

Mit Loki an der Leine trat ich vor die Tür der Herberge. Inzwischen war es hell geworden, und die ersten Fischer schleppten körbevoll ihren Fang auf den Markt. Makrelen, Sardinen, Tintenfische, sogar ein kleiner Hai war dabei. Ein Bauer schob eine Karre mit Melonen vor sich her, und eine Bäckersfrau trug einen Korb mit frisch gebackenem Brot auf dem Kopf. Eines davon warf sie ein paar Bettlern zu, die an der Ecke lungerten und sich gleich heftig um den Bissen balgten. Mägde schleppten volle Wasserkrüge vom nächstgelegenen Brunnen, und ein Knecht mit einer übel riechenden Tonne auf dem Karren ging von Haus zu Haus, um Fäkalien zu sammeln für die Felder draußen vor dem Tor.

Ich hatte keine Schwierigkeiten, Dimitrios' Werkstatt zu finden, denn sein verblichenes Schild mit dem aufgemalten Sattel war schon von Weitem zu erkennen. In der engen Gasse der Lederhandwerker herrschte geschäftiges Treiben. Schuster, Täschner und Riemenschneider saßen bei der Arbeit, Lehrjungen machten Botengänge, ein Karren lieferte Rohmaterial von den Gerbern ab. Tor und Läden des Sattelmachers waren jedoch verschlossen, als würde das ganze Haus noch schlafen. Erst nach längerem Hämmern öffnete sich ein Fenster im oberen Stockwerk, und ein verhärmtes Frauenzimmer blickte auf mich herab.

Auf Lombardisch rief ich hinauf, dass ich den Sattler zu sprechen wünschte, dass sein Bruder Georgios aus Argentano mich schickte. Ob sie mich überhaupt verstanden hatte, konnte ich nicht sagen, denn sie schüttelte unwirsch den Kopf und bedachte mich mit einem unfreundlichen Wortschwall auf Griechisch. Dann knallte sie den Fensterladen wieder zu.

Ein Nachbar, Lederschürze vor dem kugelrunden Bauch, schien Mitleid mit mir zu haben, als ich etwas verloren vor der

Werkstatt stand und versuchte, mir einen Reim auf das Verhalten der Frau zu machen.

»Vater Georgios«, nickte er und zwinkerte mir zu. »Ich kenne. Guter Mann.« Sein Lombardisch war kaum verständlich. »Kam vor drei Jahren zu Besuch.« Er machte eine Geste wie einer, der trinkt, und lachte. »Liebt seinen Wein.«

»Stimmt«, sagte ich. »Und Dimitrios? Wo kann ich den finden?«

Er hob bedauernd die Schultern. »Dimitrios ist tot«, erwiderte er mit Trauermiene und hielt drei Finger hoch. »Vor drei Wochen. War guter Nachbar.«

Dann redete er in einem Schwall weiter. Es bedurfte einiges an Wiederholungen, bis ich verstanden hatte. Der Sattelmacher war anscheinend nach langer, schmerzhafter Krankheit gestorben. Die Frau im Fenster war seine Witwe. Kinder hätten sie keine gehabt. Die Werkstatt habe die Alte jetzt verkauft und gedenke, bald aufs Land zu ihrer Familie zu ziehen. Zur Erleichterung der ganzen Nachbarschaft, wie es schien, denn die Gute war nicht sehr beliebt.

Ich fluchte innerlich. Vater Georgios' Hilfe hatte sich als Fehlschlag erwiesen. Sicher nicht der einzige, den wir auf dieser Reise erleben würden. Enttäuscht bedankte ich mich bei dem Mann und machte mich mit Loki auf den Weg zurück zur Herberge.

Als ich die Piazza vor der Kathedrale überquerte, sah ich, wie die Gaukler ihre Habe zusammenpackten und auf einen Karren luden. Der Zwerg bemerkte mich und watschelte eilig auf mich zu.

»Signore, auf ein Wort«, rief er.

Ich blieb stehen, neugierig, was er mir Wichtiges zu sagen hatte. Er trat näher, jedoch nicht ohne einen misstrauischen Blick auf den großen Hund zu werfen.

»Ich hoffe, man hat weder Euch noch Eure Gefährten bestohlen gestern Abend. Ich weiß, dass viele uns Gaukler für Halunken halten, aber ich kann Euch versichern, dass wir nichts mit diesem Diebespack zu tun haben.«

Ich musste lächeln. »Nein. Niemand hat uns bestohlen. Euer guter Ruf ist unbeschädigt.«

»Das freut mich.« Er schien aufrichtig erleichtert zu sein. »Außerdem hoffe ich, dass mein kleiner Scherz Euch nicht beleidigt hat. Ihr seid doch Normannen, oder etwa Alemannen? Lombarden jedenfalls nicht, obwohl Ihr das Lombardische gut beherrscht.«

»Wir sind in der Tat Normannen. Aus Melfi und San Marco Argentano.«

Er nickte wissend. »Argentano kenne ich gut. Allerdings bevor es normannisch wurde. Auch Salerno und Amalfi. Man kommt herum in unserem Gewerbe.«

Es war seltsam, mit einem Zwerg zu reden. Nicht größer als ein Kind, so trug er doch den Kopf eines erwachsenen Mannes in mittleren Jahren auf den gedrungenen Schultern. Dazu ausdrucksvolle, leicht vorstehende Augen, buschige Brauen und ein dunkler, mit Silberfäden durchzogener Haarschopf, der am Vorabend noch von dem Turban bedeckt gewesen war.

»Bist du Maure?«, fragte ich.

»Nein. Ich bin Grieche.« Er verbeugte sich mit einer salbungsvollen Geste. »Aristoteles, zu Diensten.«

»Ist das nicht der Name eines Philosophen?«

Der Zwerg grinste. »Gibt es größere Philosophen als die Narren? Oder größere Narren als Philosophen?«

Ich musste lachen. Der Kerl gefiel mir. »Deine Truppe verlässt die Stadt? Wohin zieht ihr?«

»Nach Süden, nach Taormina.«

Plötzlich hatte ich eine Eingebung, obwohl es gewiss unsinnig war, nach diesem Tariq zu forschen. Doch fahrende Gaukler kannten das ganze Land, und so konnte ich nicht widerstehen. »Hast du schon mal von einem schwarzen Emir gehört?«

Er sah mich überrascht an. »Natürlich. Tariq bin Halil. Ein adeliger Kleinfürst, aber kein Emir wirklich. Die Leute nennen ihn so, weil er zu einer bedeutenden arabischen Familie gehört.«

»Sind nicht alle Mauren Araber?«

»Nein, meist nur die Adeligen. Sie gehören zu den Kriegerklans der ersten Eroberer der Insel. Aber inzwischen haben sie die Macht verloren. Die wichtigen Kriegsherren im Land sind jetzt Berber, wie überhaupt die meisten der sizilianischen Mauren.«

»Und wo hat dieser Tariq seine Burg?«

Der Zwerg runzelte die Stirn. »Was wollt Ihr von dem? Der Mann hat einen üblen Ruf. Er ist nicht ungefährlich. Von so einem hält man sich am besten fern.«

Ich zuckte mit den Schultern. »Er schuldet mir etwas.« Aristoteles sah mich neugierig an. Aber ich hatte nicht vor, diesem Zwerg meine Geschichte zu erzählen. »Also, was ist? Hast du eine Ahnung, wo man ihn findet?«

»Hab ich. Schon mal von Acireale gehört?« Ich schüttelte den Kopf. »Das ist ein kleiner Ort zwischen Taormina und Catania. Etwas südlich davon hat er sein *castello* auf einem Felsen am Meer. Ziemlich uneinnehmbar, sagt man.«

»Keine Sorge. Ich hab nicht vor, es zu erstürmen.«

Ich wollte ihn für den Hinweis entlohnen, aber er wehrte ab. »Nein, Signore. Behaltet Euer Geld. Es war mir ein Vergnügen. Und falls Ihr nach Süden reist, sehen wir uns vielleicht unterwegs.«

»Dann bedanke ich mich«, sagte ich und wollte mich schon verabschieden, da fiel mir noch etwas ein. »Übrigens, hast du vielleicht schon mal einen Kerl mit einem schwarzen, tätowierten Skorpion auf der Hand gesehen?«

Der Zwerg zuckte zusammen, als hätte ich ihm gerade eröffnet, seine Großmutter gevögelt zu haben. Er riss erschrocken die Augen auf und wich einen Schritt zurück. Dann aber bemühte er sich, ein gleichmütiges Gesicht aufzusetzen.

»Was habt Ihr mit denen, Herr?«

»Mit denen? Sind es denn mehr als einer?«

Er biss sich auf die Lippen, als hätte er schon zu viel gesagt. »Nun, es ist eine Bande von Räubern und Halsabschneidern, die dieses Zeichen tragen.«

»Und wo finde ich die?«

Er sah mich lange an, als würde er überlegen, wie er mir antworten sollte. »Am besten gar nicht, Signore, wenn Euch Euer Leben lieb ist.« Er schien es plötzlich eilig zu haben und wandte sich zum Gehen. »Ich muss jetzt los. Meine Leute warten schon. Gott sei mit Euch.« Und bevor ich noch weiter nachbohren konnte, watschelte er eiligst davon.

Ich wusste nicht recht, was ich davon halten sollte. Eines war sicher, meine Frage hatte ihm Angst eingeflößt. Eine Räuberbande, die so mächtig war, dass er über sie kein Wort verlieren wollte? Oder hatte seine Zurückhaltung noch andere Gründe? Vielleicht irrte ich mich auch und er hatte wirklich keine Zeit mehr gehabt, noch länger mit mir zu reden, denn auf der anderen Seite der Piazza sah ich die Gaukler jetzt tatsächlich aufbrechen. Jemand half dem Zwerg auf ein Maultier, und kurz darauf war die Truppe in den Gassen verschwunden.

In der Herberge warteten meine Gefährten schon ungeduldig im Schankraum auf mich. Auch Ismael war wieder aufgetaucht. Ich erzählte, wo ich gewesen war, ließ das Gespräch mit dem Zwerg jedoch aus. Es erschien mir nicht wirklich erwähnenswert.

Thore stand auf und reckte sich mit einem verschlafenen Gähnen. »Gehen wir jetzt endlich die Sklavenhändler besuchen?«

»Zuerst Ali bin Itri«, antwortete Ismael. »Er ist der bedeutendere der beiden Händler in Messina und der teuerste. Unter den Angeboten sucht er sich das Beste heraus. Der andere nimmt meist, was für Ali nicht gut genug ist.«

»Hört sich wie ein verdammter Viehmarkt an«, knurrte Thore und schüttelte angewidert den Kopf.

Ismael machte ein verlegenes Gesicht, enthielt sich aber einer Antwort. Er führte uns wieder zum Hafen, und bald standen wir vor einem großen, aber unscheinbaren Haus ganz in der Nähe der Schenke, in der wir den Abend verbracht hatten. Dem Anwesen hätte man nicht angesehen, dass sich hinter seinen hohen Mauern ein Sklavenmarkt befand.

»Ab und zu gibt es Versteigerungen auf der Piazza«, erklärte Ismael. »Aber meist wird das Geschäft hinter verschlossenen Türen abgewickelt.«

Erst nach längerem Klopfen öffnete ein gut gekleideter, junger Diener das Tor, der Ismael zu kennen schien. Die Haut des Mannes war so schwarz wie Ebenholz, und seine Zähne, die ein breites Lächeln entblößte, waren so weiß wie frisch gefallener Schnee. Einem solchen Menschen war ich noch nie begegnet und deshalb von seinem Anblick mehr als erstaunt. Er führte uns in den geräumigen Innenhof, während ich versuchte, ihn nicht anzustarren.

Weinlaub und eine weite Zeltplane boten Schatten. Der Hof war mit Terrakotta ausgelegt und sauber gefegt. Bequeme Stühle mit seidenen Kissen luden zum Sitzen neben einem kleinen Teich ein, in dem sich zu meinem Erstaunen bunte Fische tummelten. Körbe mit Blumen verzierten den Hof. Sogar die griechische Statue eines Jünglings stand in einer Nische. Alles machte den Eindruck gediegenen Wohlstands.

Der Diener verschwand im Haus, und es dauerte nicht lange, da erschien ein Sarazene von ungewöhnlichem Leibesumfang. Er trug ein Seidentuch um den Kopf und eine Schärpe um den Bauch geschlungen, dazu an allen Fingern Ringe, ansonsten war sein Gewand schlicht, aber von gutem Tuch. Als er Ismael erkannte, öffneten sich die fleischigen Lippen zu einem strahlenden Lächeln. Die beiden umarmten sich überschwänglich wie Brüder nach langer Trennung, auch wenn es den Augen dieses Ali an der passenden Wärme fehlte.

Er löste sich aus Ismaels Umarmung mit einem lauten Redeschwall auf Arabisch, um daraufhin meine Gefährten und mich mit einem abschätzenden, ja fast lauernden Blick zu mustern. Unsere fremde Kleidung, die feinen Gürtel und guten Waffen entgingen ihm nicht. Sofort trat erneut das breite, gewerbemäßige Lächeln auf sein fettes Gesicht, und er verbeugte sich, hieß uns mit salbungsvollen Gesten und freundlichen Worten willkommen, obwohl wir natürlich kein Wort von alldem verstanden.

Ismael wies auf die Stühle am Teich. Der Hausherr wartete, bis wir uns gesetzt hatten, um sich dann schwerfällig und mit einem Seufzer ebenfalls niederzulassen. Schon eilte der afrikanische Diener mit einem großen Tablett herbei und bot frische Fruchtsäfte in kostbaren, bunten Glaskelchen an.

Ismael hatte uns kurz zuvor noch gewarnt, besser keine Abscheu vor dem Sklavenhandel zu zeigen, ihn eher wie etwas Natürliches zu behandeln. Deshalb hatten wir ausgemacht, die Wahrheit ein wenig zu beugen. Wir wären auf der Suche nach meiner Lieblingssklavin, sollte er sagen, die mir schändlicherweise entführt worden sei und die ich zurückzukaufen gedachte. Deshalb würden wir gern seine Ware begutachten, ob das Mädchen sich vielleicht darunter befände. Der Sklavenhändler hörte dieser Geschichte mit einem wissenden Lächeln zu und sagte am Ende ein paar Worte zu Ismael.

»Er verstehe dein Anliegen gut«, übersetzte der. »Es sei ja nicht ungewöhnlich, dass ein Herr sich in eine schöne Sklavin verliebt, und er schätzt sich glücklich, einem normannischen Edelmann zu Diensten zu sein. Er behauptet, immer die schönsten Mädchen der Stadt im Angebot zu haben. Im Augenblick sind es ein Dutzend. Er will sie dir zeigen, wenn du einverstanden bist.«

»Glaubt er etwa, wir wollen eine kaufen?«

Ismael grinste. »Er hat schon verstanden, dass wir die Mädchen nur sehen wollen. Aber er hofft, du könntest dich erneut verlieben.«

»Also gut«, sagte ich und nickte mein Einverständnis, obwohl mir nicht wohl war angesichts dessen, was uns erwartete.

Ali klatschte in die beringten Hände und gab dem Diener, der sofort wieder erschienen war, die nötigen Anweisungen. Dann unterhielt er sich aufgeräumt mit Ismael, während wir an unseren Fruchtsäften nippten und warteten.

Es währte nicht lange, da traten zwei kräftige, dunkelhäutige Kerle in den Hof. Sie trugen Lederwesten und bauschige Beinkleider über hohen Stiefeln. Im Gürtel steckten Dolche. Einer von ihnen hatte eine Reitgerte in der Hand, mit der er etwas ungeduldig der ersten der jungen Frauen, die ihnen folgten, die Stelle im Hof anwies, wo sie sich hinzustellen hatte. Ähnlich verfuhr er mit den anderen, bis alle Sklavinnen in einer Reihe vor uns standen.

Die Frauen bewegten sich teilnahmslos, mit schleppenden Schritten, ohne einen Blick in unsere Richtung zu wagen. Eine torkelte kurz und wurde von zwei anderen gestützt. Bei einigen waren die Fußgelenke blutig gescheuert. Das mussten die Male einer Fußfessel sein, die man ihnen gerade eben erst abgenommen hatte.

Gerlaine war natürlich nicht darunter, das sah ich gleich. Es war auch kaum zu erwarten gewesen. Dennoch war ich bitter enttäuscht. Der Händler bemerkte es, denn er hatte mich die ganze Zeit nicht aus den Augen gelassen. Er grinste nun ölig und machte eine einladende Geste, seine menschliche Ware näher zu begutachten. Ekelhafter Kerl! Diese Zurschaustellung versklavter Weiber widerte mich an, aber wenn wir etwas erfahren wollten, mussten wir ihn bei Laune halten.

Ich weiß nicht, wer sich unbehaglicher fühlte, die Mädchen oder wir. Selbst Thore warf mir einen unsicheren Blick zu. Und doch war es schwer, sich dem Anblick vor unseren Augen zu entziehen, denn die Frauen waren nackt oder nur leicht bekleidet. Einige von ihnen waren sehr hübsch und wohlgestaltet, wenn es sich auch meist um kräftige Bauernmädchen handelte. Eine Schwangere war darunter, zwei von ihnen noch halbe Kinder mit schmalen Schultern. Sie alle standen da wie Kälber auf dem Markt, starrten geradeaus oder hielten den Kopf in Scham gesenkt. Nur hier und da traf uns ein Blick aus trüben, fast stumpfsinnigen Augen, in denen die Hoffnung längst gestorben war. Noch eine schwankte etwas, hatte Mühe, gerade zu stehen.

»Sind sie betrunken?«, fragte ich Ismael flüsternd.

Er schüttelte den Kopf. »Sie geben ihnen Haschisch, um sie ruhigzustellen. Manchmal sind ziemlich Widerspenstige darunter, besonders unter den Neuankömmlingen. Mir hat eine einmal fast die Augen ausgekratzt.«

»Was zum Teufel ist Haschisch?«

»Wird aus Hanf gewonnen. Man bekommt einen leichten Rausch davon. Es beruhigt und entspannt. Erleichtert den Umgang mit ihnen, bis sie sich an ihr neues Leben gewöhnt haben.«

Gerlaine konnte ebenfalls ziemlich widerspenstig sein, wenn sie wütend war. Hatte man ihr auch dieses verdammte Zeug gegeben?

»Sie sind hellhäutig«, sagte ich. »Einige sogar blond. Hier aus dem Süden sind die aber nicht.«

»Es sind *ṣaqāliba*«, erklärte Ismael.

»Was bedeutet das nun wieder?«

»Das ist Arabisch für Slawen. Die Veneziani und Napoletani handeln hauptsächlich mit ihnen. Wo sie die herhaben, weiß ich nicht so genau. Irgendwo weit aus dem Norden oder Osten nehme ich an. Die Männer werden zur Feldarbeit eingesetzt, die Knaben oft zu Soldaten ausgebildet oder auch kastriert. Und die Frauen sind wegen der weißen Haut begehrt. Nicht selten werden sie nach Afrika oder Spanien weiterverkauft.«

Ich starrte ihn an und musste schlucken. Denn das war, was ich insgeheim befürchtete. Dass sie Gerlaine außer Landes gebracht hatten. Dann wäre alles umsonst. Dann würden wir sie niemals finden.

Der Händler Ali hatte genug von unserem Geflüster und stemmte ungeduldig seinen fetten Hintern aus dem Stuhl. Er watschelte zu den Sklavinnen hinüber und zog eine bei der Hand, um sie mir zu zeigen. Die junge Frau bewegte sich steif wie eine Gliederpuppe und hielt den Blick auf den Boden geheftet. Der Wächter mit der Gerte nestelte an ihrem leichten Baumwollgewand, bis es ihr von den Schultern fiel und sie völlig nackt vor uns stand.

Sie anzuschauen verschlug einem den Atem, denn ihr Leib war von einer überwältigenden Sinnlichkeit, obwohl sie ihre Blöße mit den Händen zu bedecken suchte. Auch ihr Gesicht war mehr als ansehnlich. Ali zog ihr den Arm vom Oberkörper, um die vollen Brüste zu entblößen, und sagte etwas zu mir. Dabei grapschte er an ihr herum.

»Er meint, du darfst sie ruhig anfassen«, raunte Ismael mir ins Ohr. »Schöneres und festeres Fleisch würdest du in ganz Messina nicht finden.«

Ali nickte grinsend und strich dem Mädchen über die Flanken, wie um seine Worte zu unterstreichen. Die junge Sklavin ließ alles über sich ergehen, obwohl sie bei jeder Berührung zitterte. Ich fragte mich, wie oft sie schon eine solche Entwürdigung hatte ertragen müssen. Zuletzt zuckte sie heftig zusammen, als der Händler ihr auch noch einen kräftigen Klaps auf das runde Hinterteil verabreichte.

»Er soll das verdammt noch mal lassen«, zischte ich Ismael wütend zu.

Der sah mich erstaunt an. »Du solltest dich beherrschen. Es nützt uns wenig, den Mann zu verärgern.«

Ja, ich sollte mich beherrschen. Am liebsten aber hätte ich dem Scheißkerl das Schwert in die Kehle gerammt.

»Sag ihm, das reicht jetzt. Wir wollen keine Mädchen kaufen.«

Alis Miene verfinsterte sich, als Ismael auf ihn einredete und es deutlich wurde, dass mit uns kein Geschäft zu machen war. Gereizt wies er die Wächter an, mit den Mädchen zu verschwinden. Die schöne Sklavin raffte ihr Gewand auf und floh als Erste, ohne sich umzuschauen. Ich fragte mich, was für ein Schicksal sie erwartete. Wer würde sie kaufen und ihr das Leben zur Hölle machen?

Ismael schien meine Gedanken zu erraten. »Keine Sorge, den meisten wird es gut gehen. Die Sarazenen behandeln ihre

Sklaven wie Familie. Und lassen sie nach Jahren oft frei, falls sie zum Islam übertreten wollen.«

»Wie schön«, zischte ich gereizt. Seine Worte überzeugten mich nicht. »Frag ihn endlich nach Gerlaine.«

Er wandte sich wieder an den Sklavenhändler. Und nach einer Weile hieß es: »Er will Geld haben, bevor er unsere Fragen beantwortet. Schließlich sei er Kaufmann und habe keine Zeit zu verschwenden.«

Ich nickte widerstrebend und nahm meinen Geldbeutel vom Gürtel. »Also gut. Ich gebe ihm, was er verlangt.«

Nach langem Feilschen, das offenbar beiden Spaß machte, händigte ich den vereinbarten Preis aus, zwei von meinen Goldmünzen. Ein Wucher. Ich beschrieb Gerlaine und ließ fragen, ob man sie ihm angeboten hätte. Angeblich nicht, war die Antwort. Keine hübsche Normannin mit dunklen Haaren und graugrünen Augen war jemals durch seine fetten Finger gegangen. Er verneinte auch, von einem kürzlichen Raubzug in Kalabrien überhaupt gehört zu haben. Seine Lieferanten seien alles ehrbare Kaufleute aus Napoli oder Amalfi.

Ehrbare Kaufleute! Ich schnaubte fast vor Entrüstung. »Wozu hab ich dem Kerl mein Gold gezahlt, wenn er nichts zu sagen hat«, knurrte ich zunehmend wütend.

»Bleib ruhig«, sagte Ismael und setzte seine Fragen ohne mich fort. Sie redeten eine Weile auf Arabisch, wobei der Händler häufig mit den Achseln zuckte oder den Kopf schüttelte.

»Frag ihn, wo man sie hingebracht haben könnte«, unterbrach ich ungeduldig.

»Nach Palermo, sagt er. Dort leben die reichen Araberfamilien. Die würden für ein außergewöhnlich hübsches Mädchen gutes Gold auf den Tisch legen.«

»Palermo liegt im Norden. Was ist mit dem Süden? Taormina oder Catania?« Tariqs Burg lag im Süden, aber das wollte ich nicht erwähnen, war ja schließlich nur ein Hirngespinst aus einem dummen Traum. Trotzdem. Fragen schadete nicht.

Ali schüttelte den Kopf, nachdem Ismael übersetzt hatte. Wieder wurde lange geredet. Ich war schon ungeduldig, bis Ismael sich endlich wieder an mich wandte.

»Sollte man sie tatsächlich in den Süden gebracht haben, dann höchstens, um sie nach Afrika zu verkaufen.«

»Woher will er das wissen?«

»Weil man mit einem schönen, weißen Mädchen viel Geld verdienen kann. Und in Palermo werden dafür Höchstpreise gezahlt. Möglich wäre auch noch Enna. Der dortige Emir Ibn al-Hawwas ist bekannt dafür, dass ihm das Gold für hübsche Weiber ziemlich locker sitzt. Immer vorausgesetzt, man hat sie nicht nach Nordafrika verschleppt.«

Ich wies mit dem Zeigefinger auf meinen Handrücken. »Frag ihn, was ein tätowierter schwarzer Skorpion zu bedeuten hat.«

Ismael sah mich seltsam an, bevor er übersetzte. Die Wirkung meiner Frage auf Ali war noch eigenartiger. Einen Augenblick lang flackerte so etwas wie Furcht in seinen Augen auf. Dann verfinsterte sich seine Miene, versteinerte geradezu. Die Sprache seines Körpers war auch ohne Übersetzung eindeutig. Er würde keine Fragen mehr beantworten. Ganz wie der Zwerg. Auch der hatte sich bei der Erwähnung des Skorpions verdrückt.

»Er will, dass wir gehen«, meinte Ismael. »Er hat uns nichts mehr zu sagen.«

Grußlos verließen wir das Haus. Kaum standen wir vor dem Tor, da hörten wir, wie von innen ein Riegel vorgeschoben wurde. Ich fühlte mich enttäuscht und niedergeschlagen.

»Habt ihr die Wunden an ihren Füßen gesehen?«, wollte Ivain wissen. »Die werden wie Tiere angekettet.«

»Verdammter Fettsack«, knurrte Thore. »Dem sollte man die Hütte über dem Kopf anzünden.«

»Und du?«, fragte ich Ismael. »Was weißt du eigentlich über den schwarzen Skorpion?«

»Ich? Gar nichts. Nie davon gehört.«

Ich starrte ihm eindringlich ins Gesicht. Vermutlich ahnte er, dass ich ihm nicht glaubte. Dennoch erwiderte er standhaft meinen Blick.

Reise nach Taormina

Der zweite Sklavenhändler, den wir besuchten, war ein alter Jude. Auch er war in eilfertiger Hoffnung, ein Geschäft zu machen, und daher nur allzu geneigt, uns seine Sklavinnen vorzuführen. Der Mann war freundlich und geschwätzig, auch nicht ärgerlich, als wir ihn enttäuschen mussten. Trotz seines elenden Gewerbes mochte ich ihn. Vielleicht auch nur, weil seine scharfe Zunge wenig Gutes an seinem Konkurrenten Ali ließ. Darin waren wir uns mehr als einig.

Ansonsten gab er uns bereitwillig Auskunft. Doch auch dies brachte uns nicht weiter. Wie Ali zuvor empfahl er, nach Palermo zu reisen, der schönsten und größten Stadt der Insel und auch dem bedeutendsten Umschlagplatz für Menschenhandel. Dort hätte er sich niederlassen sollen, seufzte er, und nicht in diesem rückständigen Messina mit seinen frömmelnden Christen, die nicht bereit waren, für einen guten Sklaven anständiges Geld auf den Tisch zu legen.

Meine Frage nach dem schwarzen Skorpion schien ihn nicht besonders zu beunruhigen. Sie war eher Anlass, sich über den Wandel der Zeiten zu beklagen und den allgemeinen Verfall von Sitte und Ordnung. Er klagte, dass früher alles besser gewesen sei, dass jetzt nur noch brutales Gesindel das Sagen habe, Männer von niederer Herkunft ohne Anstand oder Ehre, und dass er sich wünschte, die Byzantiner kämen zurück und würden die verdammten Berber von der Insel werfen. Es störte ihn nicht einmal, dass Ismael, selbst Berber, diese Tiraden übersetzen musste. Er wollte gar nicht mehr aufhören zu reden, bot uns mit Honig gesüßten Minzaufguss an und bat uns zu bleiben.

Ob er wüsste, wo die Bande des Skorpions sich aufhielte, wollte ich wissen. Zur Antwort wedelte er nur vage mit der Hand in Richtung Süden. Catania oder Siracusa, von dort kämen dieser Tage alle Übel dieser Welt. Und von dort sollte man sich lieber fernhalten.

»Er meint den Emir Ibn al-Thumnah«, klärte Ismael uns auf, als wir wieder auf der Straße standen. »Der sorgt seit geraumer Zeit für Unruhe im Land.«

Wir setzten uns in eine griechische Schenke am Hafen, um zu Mittag zu essen. Ismael bestellte, was die Wirtin im Angebot hatte, und wir schenkten uns von ihrem Wein ein, einem guten Tropfen, wie sie uns versicherte, von den Hängen des Ätna.

»Also auf nach Palermo!«, sagte Thore und leerte den ersten Becher in einem Zug. »Gleich morgen in der Frühe. Oder haben wir hier noch was anderes zu erledigen?«

»Nichts weiter«, meinte Ismael.

»Wie weit ist es eigentlich bis Palermo?«, fragte Ivain.

»Ich würde sagen, mindestens fünf bis sechs Tagesritte, wenn uns unterwegs nichts aufhält.«

»Und bis nach Catania?«, fragte ich.

»Etwa drei Tage.« Ismael runzelte die Stirn. »Warum willst du das wissen? Ich dachte, wir reiten nach Palermo.«

Ich nahm einen Schluck Wein. Vollmundig und feurig. Wirklich ein guter Tropfen. Dann lächelte ich ihn an. »Nein. Wir reiten nach Süden.«

Alle drei sahen mich erstaunt an. »Aber du hast doch gehört, was die Händler gesagt haben«, ereiferte sich Ismael. »Es deckt sich auch mit meinen eigenen Erfahrungen. Im Süden verschwenden wir unsere Zeit. Außerdem ist es gefährlich. Al-Thumnahs Söldner treiben dort ihr Unwesen. Und Räuberbanden in den Bergen.«

»Solche wie der schwarze Skorpion?«

Er starrte mich aus dunklen Augen an, ohne etwas zu erwidern. Was zum Teufel wusste er?

Thore räusperte sich verlegen. »Bist du sicher, Gilbert? Ich meine, mir ist es gleich, wohin wir reiten, aber Ismael hat vielleicht recht.«

Auch Ivain sah mich erwartungsvoll an.

»Gut, ich will es euch erklären.«

Aber bevor ich dazu kam, erschien die Wirtin und stellte dampfende Teller vor uns auf den Tisch. In einer bräunlichen Sauce, die verführerisch nach Knoblauch und Kräutern roch, schwammen Muscheln, Stücke von Krabbenscheren und jungen Tintenfischen. Und dazu ein Haufen weißlicher Bandwürmer. So jedenfalls sahen sie aus.

»Was zum Teufel ist das?«, rief Thore.

Die Wirtin bemerkte unsere ungläubigen Gesichter und lachte. »Essen«, sagte sie. »Ist gut.«

Trotz unserer kleinen Auseinandersetzung musste auch Ismael grinsen. »Die heißen *itriyya* auf Arabisch. Werden aus Hartweizengries und Wasser gemacht, zu langen Fäden gezogen und getrocknet. Sehr praktisch, denn in getrocknetem Zustand halten die sich ewig. Zum Essen muss man sie nur wieder in Salzwasser kochen.«

Vorsichtig kosteten wir davon. Es war hervorragend wie alles, was im Mezzogiorno aus dem Kochtopf kam. Sicilia machte da anscheinend keine Ausnahme. Es war nur etwas schwer, die langen Dinger mit den Fingern zu erwischen. Ismael zeigte uns, wie das besser mit einer zweizinkigen Fleischgabel gelang, indem man sie aufwickelte.

»Schmeckt gut«, murmelte Thore mit vollem Mund. »Wie heißen die noch mal?«

»*Itriyya*. Wundert mich, dass ihr das nicht kennt.«

»Hat sich noch nicht bis Argentano herumgesprochen.«

Wir redeten wenig und genossen unser Essen. Nachher gab es Erdbeeren und honigtriefende Küchlein, auch diese mehr maurisch als griechisch. Außer dem Wein natürlich.

»Du trinkst Wein, Ismael?«, fragte Ivain.

»Meine Familie ist nicht so streng. Ich trinke Wein in Maßen und nur zum Essen.«

Thore lehnte sich zurück, legte die Hand auf den Bauch und rülpste zufrieden. »Mann, das war gut. Aber nun sag schon, Gilbert, warum willst du nach Süden?«

»Nun, du erinnerst dich, dass ich in diesem Dorf war, in dem Gerlaine entführt worden ist. Ich habe die Leute befragt. Jedenfalls die, die noch übrig waren. Fast nur Alte. Sie haben berichtet, dass einer der Männer eine Tätowierung auf dem Handrücken hatte. Einen schwarzen Skorpion. Der Kerl ist ihnen besonders aufgefallen, weil er der Brutalste von allen war.« Jetzt erzählte ich auch von meinem Gespräch mit dem Zwerg. Dass es sich um das Zeichen einer Bande handelte. »Deshalb meine Fragen vorhin. Denn vielleicht hatten ja auch noch andere von Gerlaines Entführern dieses Zeichen. Dann wäre diese Bande verantwortlich. Zumindest ist es eine Spur. Und die führt nach Süden.«

Außerdem lag Tariqs *castello* im Süden. Ich konnte mir nicht helfen. Etwas zog mich zu diesem Ort.

Thore nickte. »Ich verstehe. Das heißt, wir suchen jetzt diese Skorpione.«

»Na ja, es ist den Versuch wert«, sagte ich. »Und noch etwas, ihr Anführer soll einer von dunkler Hautfarbe sein, dem an der linken Hand der Zeigefinger fehlt.«

Thore grinste. »He, du Bastard. Das hast du uns alles unterschlagen. Gibt's noch mehr so nette Hinweise?«

»Sie benutzen ein schwarzes Banner.« Ich sah zu Ismael hinüber, der meinen Erklärungen mit gerunzelter Stirn gelauscht hatte. »Sagt dir wenigstens das etwas?«

Ismael räusperte sich umständlich. »Schwarz ist die Farbe für Aufstand und Rebellion«, erklärte er dann. »Hat mit unserem Glauben zu tun. Mehr kann ich dir dazu nicht sagen.«

»Rebellion«, wiederholte ich nachdenklich.

Denn Schwarz hatte auch der Seeräuber Tariq bin Halil getragen, als ich ihm in Salerno begegnet war. War das alles nur Zufall?

* * *

Wir brachen früh am nächsten Morgen auf und folgten der Küstenstraße nach Süden. Unser erstes Ziel sollte Taormina sein, das auf halber Strecke zwischen Messina und Catania lag. Ich hoffte, unterwegs die Gaukler einzuholen, denn ich hatte noch Fragen, die ich meinem neuen Freund, dem Zwerg, stellen wollte. Ich war sicher, er wusste mehr über die Bande, die wir suchten. Doch obwohl wir zügig vorankamen, war von den Gauklern nirgends etwas zu sehen. Vielleicht hatten sie sich fernab der Straße eine Unterkunft gesucht.

Sicilia ist wahrlich ein bergiges Land. Vor uns der gewaltige Ätna, dem wir uns langsam näherten und der mit seiner rauchenden Spitze immer höher in den Himmel zu wachsen schien. Rechter Hand die Monti Peloritani, ein langer Gebirgszug, der in einigem Abstand der Küstenlinie folgte. Von seinen Höhen flossen in regelmäßigen Abständen kleine Flüsse und Bäche herab, um die Küstenstraße zu kreuzen und sich ins Meer zu ergießen. Straße war vielleicht übertrieben. Wir ritten zwar auf der römischen Via Pompeia, die von Messina bis Siracusa verläuft, aber sie war in einem beklagenswerten Zustand. An langen Strecken waren nur noch Reste der ursprünglichen Bepflasterung übrig geblieben und viele der Brücken dem Winterregen zum Opfer gefallen, wenn sich die Bergbäche in reißende Ströme und Sturzbäche verwandelten. Kaufleute verließen sich daher mehr auf ihre Schiffe als auf Ochsenkarren, erklärte Ismael.

Am Abend schlugen wir unser Lager oberhalb der Straße auf. Ein grasbewachsener Platz umrahmt von hohen Pinien. Von hier aus hatten wir einen guten Blick auf das Meer unter uns und das ferne, von der Abendsonne erleuchtete Festland auf der anderen Seite der Meerenge. Ein Bächlein, das sich durch sein steiniges Bett schlängelte, lieferte Wasser für Mann und Tier. Ivain suchte sorgfältig die nähere Umgebung nach Schlangen und Skorpionen ab, während Loki versuchte, eine erschrockene Eidechse zu fangen.

Wir errichteten unsere einfachen Zeltplanen mit ein paar zurechtgestutzten Zweigen als Stützen, sammelten Holz und machten Feuer. Ismael schien die Übernachtung auf freiem Feld nicht zu passen. Er hatte an allem etwas auszusetzen. Wir dagegen waren es als Krieger gewohnt, in der Wildnis zu übernachten. Solange es nicht regnete, zog ich ein Lager unter freiem Himmel den Bänken eines Schankraums oder den engen Bettkästen einer Herbergskammer vor. Besonders wenn man sie wie so oft teilen musste. Hier hatte man Platz, konnte die Sterne sehen, reine Luft atmen und war vor den leiblichen Ausdünstungen der Kameraden sicher.

Wir nahmen den Pferden die Sättel ab und ließen sie saufen. Loki war verschwunden. Vermutlich war er damit beschäftigt, sein Abendmahl zu erjagen. Auch wir brutzelten etwas Speck am Feuer und aßen von dem mitgebrachten Brot. Die Landschaft wurde stiller, die Farben begannen zu verblassen, selbst das unermüdliche Zirpen der Zikaden schien nachzulassen.

»Ich wollte dich den ganzen Tag schon etwas fragen«, sagte ich zu Ismael. »Erzähl uns, was es mit dem schwarzen Banner auf sich hat. Das scheint mir eine Bedeutung zu haben.«

Er nahm den Zweig aus dem Mund, auf dem er gekaut hatte. »Ich sagte doch schon, es bedeutet Aufstand.«

»Aufstand gegen wen?«

»Nur eine Glaubensangelegenheit. Hat wohl kaum etwas mit Gerlaines Entführung zu tun.«

»Lass mich das entscheiden.«

»Schwarz war vor dreihundert Jahren das Banner der Abbasiden, als sie sich gegen die Herrschaft der Umayyaden auflehnten.« Wir sahen ihn verständnislos an, sodass er sich genötigt sah, zu erklären. »Es ist so, als der Prophet gestorben war …« Er unterbrach sich. »Ihr wisst, wer der Prophet ist?«

»Wir sind zwar Barbaren«, lachte Thore, »aber auch wir haben schon von eurem Mohammed gehört.«

»Also schön. Nach Mohammeds Tod gab es ständig Streit um seine Nachfolge. Gewählte Kalifen wurden ermordet und durch andere ersetzt. Schließlich setzte sich eine der mächtigen Familien aus Mekka durch, die Umayyaden. Sie wählten Damaskus als Hauptstadt und herrschten dort fast hundert Jahre lang. Aber dann waren viele unzufrieden mit den Umayyaden. Sie seien nicht strenggläubig genug. Ein anderer mächtiger Araberklan, die Abbasiden, begann, sich aufzulehnen und einen Aufstand anzuzetteln. Sie stammten von Mohammeds Onkel ab und beanspruchten deshalb größere Rechte auf die Herrschaft. Sie scharten viele Anhänger um sich und wählten Schwarz als ihr Banner. Dass sie siegreich waren, betrachteten viele als Zeichen Gottes. Deshalb ist Schwarz bis heute die Farbe des gerechten Aufstands geblieben.«

Diese Sarazenen schienen, was ihren Glauben betraf, genauso verrückt zu sein wie die Christen. Als drehe sich alles nur um Religion. Dass man um Macht und Reichtum kämpft, das konnte ich gut verstehen. Aber um Götter? Doch dann fielen mir die reichen Paläste der obersten Kirchenmänner ein. In Salerno und in Rom und sicher auch anderswo. Sie nannten es Glaube, aber vielleicht war es am Ende das Gleiche.

»Dann sag mir, warum sollte ausgerechnet eine verdammte Räuberbande auf Sicilia ein solches Banner tragen?«

Er zuckte mit den Schultern. »Ich weiß es nicht.«

* * *

Am nächsten Nachmittag hielten wir Einzug in Taormina. Die Stadt ist nach dem Monte Tauro benannt, auf dessen Hang sie liegt wie auf einer schmalen Terrasse hoch über dem azurblauen Meer, mit atemberaubenden Ausblicken auf eine Landschaft ebenso schroff wie lieblich schön. Pinien und Zypressen auf hohen Klippen, felsige Buchten, in denen die Brandung leuchtet.

Als wir uns dem Stadttor näherten, thronte über uns auf dem Tauro, der sich wie ein Kegel über der Stadt erhebt, die Burg ihrer maurischen Herrscher, das Castello di Tauro. Und linker Hand, in den Hang gebaut mit Blick auf den Ätna und die gesamte Küste, die Ruinen des antiken Theaters.

Die Stadt selbst war gut befestigt und schwer einzunehmen, wie sie in ihrer Geschichte schon des Öfteren bewiesen hatte. Dafür hatten die Römer gesorgt. Nicht nur mit Mauern und Türmen, sondern vor allem mit unterirdischen Wasserleitungen und umfangreichen Zisternen, die es den Besatzungen erlaubte, fast jeder Belagerung standzuhalten.

»Unter allen byzantinischen Städten ist Taormina als Letzte gefallen«, erklärte Ismael. »Erst vor etwa hundert Jahren.«

Lando hatte uns davon berichtet. Und hatte auch nicht das Gemetzel ausgelassen, das die Sieger angerichtet hatten, die Vertreibungen großer Teile der tapferen Verteidiger. Den Kopf des letzten christlichen Bischofs hatte man dem maurischen Eroberer auf einem silbernen Tablett dargeboten. Aber als wir jetzt durch die Gassen ritten und nach einer Herberge suchten, war von dieser grausamen Vergangenheit nichts mehr zu spüren. Außer vielleicht, dass hier mehr maurische Gewänder und züchtig verschleierte Frauen als in Messina zu sehen waren.

Wegen der begrenzten Lage auf halber Höhe zwischen Berg und Meer mangelte es an Platz, und jedes Fleckchen Baugrund war genutzt worden. Die Häuser klebten förmlich aneinander und erhoben sich über mehrere Stockwerke. Die Gassen, durch die wir die Pferde am Zügel führten, waren krumm und eng, die Hälfte von ihnen eher Stiegen, die von einer Ebene der Stadt zur anderen führten. An unerwarteten Stellen stieß man auf kleine *piazze* mit winzigen Brunnen in der Mitte, die von einer der Zisternen gespeist wurden.

Trotz der beengten Lage schien jedes Haus einen winzigen Kräutergarten zu besitzen, selbst wenn es nicht mehr als ein paar mit Erde gefüllte Kübel waren. Und so lag ein Duft nach Thymian, Rosmarin und Salbei in der Luft. Hunde schlugen an, sobald sie Loki gewahrten, eine Frau in einem Hauseingang rupfte ein Huhn und sang dazu, Kinder spielten in einem Rinnsal vor ihren Füßen. Über unseren Köpfen hingen Neugierige in den Fenstern und verfolgten uns mit Blicken. Wäsche wehte im Wind, fröhliche Stimmen hallten durch die Gassen, von irgendwoher drang Musik aus einer Taverne. Und an jeder freien Stelle ließ sich die herrliche Landschaft genießen, blaue Berge und steile Felsklippen und immer wieder das weite Meer. Was für ein bezaubernder Ort, dachte ich bei mir. Hier ließe es sich leben.

Die Unterkünfte in der kleinen Herberge, die wir gefunden hatten, waren beengt. Das Essen dafür umso besser. Nachdem wir unseren Hunger gestillt hatten, saßen wir bei Kerzenschein und Wein und lauschten einem Spielmann, der maurische Weisen zum Besten gab. Sie klangen etwas schwermütig und erzählten laut Ismael von Sehnsucht, unerfüllter Liebe und frühem Tod.

Als der Mann weitergezogen war, nahm ich mein Büchlein aus der Gürteltasche und bat Ismael noch einmal, uns daraus zu übersetzen.

Etwas gereizt sah er mich an. »Was wollt ihr mit dem Koran? Ihr seid doch Christen.«

»Nicht alle Normannen sind Christen«, sagte Thore.

»An was glaubt ihr dann?«

»An die Götter unserer Väter. Thor, Odin und Freya.«

»Diese Namen sagen mir nichts«, meinte er und wandte sich an mich. »Du willst doch nicht etwa Moslem werden?«

Ich lachte. »Nein, nein. Mir gefiel nur das Büchlein, und jetzt bin ich neugierig, was darin geschrieben steht. Das ist alles.«

Ismael nahm es in die Hand und begann zu blättern. »Die erste Sure habe ich dir ja schon vorgelesen. Die zweite ist ellenlang und handelt unter anderem von Moses, von Juden und von Christen. Vielleicht steht deshalb auch viel darin über Ungläubige und welche Höllenqualen ihnen sicher sind, wenn sie sich nicht Allah zuwenden. Hier zum Beispiel: ›Die Ungläubigen sind die Speise des Feuers.‹«

»Du meinst, solche wie wir?«, fragte Thore spöttisch.

»Ja, genau solche wie ihr. Aber ihr könnt es natürlich nicht besser wissen, wenn ihr euer Herz verschließt.«

»Und was steht noch darin?«, wollte ich wissen.

»Ich kann doch nicht das ganze Buch übersetzen, Gilbert. Vieles handelt davon, wie man ein gutes und gottesfürchtiges

Leben führt. Gebet und Fasten, Almosen für die Armen, Gerechtigkeit für die Schwachen, der richtige Umgang mit Weib und Kind, Regeln für Erbschaften und Geschäfte. Wer den Koran kennt, braucht kein anderes Buch mehr zu lesen. Alles ist offenbart. Alles ist geregelt. Islam bedeutet, sich dem Willen Gottes zu unterwerfen.« Er schloss das Buch und legte es auf den Tisch. »Kein Ungläubiger sollte den Koran mit sich herumtragen. Nur so zum Spaß, meine ich. Außer, du willst dich zu Allah bekehren. Was sicher nicht das Schlechteste wäre.«

Ich steckte das Büchlein weg und lächelte. »Ich glaube, damit warte ich noch ein bisschen, mein Freund.«

»Trotz angekündigter Höllenqualen?«, lachte Thore. »Du bist Speise des Feuers, Mann. Fürchtest du dich nicht?«

Ismael warf ihm einen wütenden Blick zu. »Musst du dich über alles lustig machen?«, giftete er. »Ist dir gar nichts heilig?«

»Mein Schwert und mein Bogen sind mir heilig«, entgegnete Thore jetzt ebenfalls gereizt. »Auf die kann ich mich verlassen. Dein Allah kann mir gestohlen bleiben.«

Ismael war aufgesprungen. »Verlasse die, die mit ihrer Religion Scherz und Spott treiben. So steht es geschrieben«, rief er und wandte sich zum Gehen.

»He, ihr Streithähne«, mahnte ich. »Jeder soll glauben, was er will, und die anderen damit in Ruhe lassen. So fahren wir am besten. Und du, Ismael, setz dich wieder hin.«

Aber die Stimmung war dahin. Ismael behauptete, er sei müde, und zog sich bald zurück. Und ich entschied, ihn zukünftig mit meinem Koran nicht mehr zu belästigen. Überhaupt. Was sollte ich mit einem Buch voller Strafen und Regeln? Ein Mann entscheidet selber, was für ihn gut ist. Das heißt, soweit es die Nornen erlauben, die unseren Lebensfaden spinnen.

Am nächsten Morgen besuchten wir den Sklavenhändler der Stadt. Eigentlich betriebe er das Geschäft mit Menschen nur nebenbei, erzählte er uns. Hauptsächlich handele er mit Seide und Gewürzen aus dem Morgenland, Elfenbein aus Afrika und anderen Kostbarkeiten. Falls wir ein paar kräftige Feldarbeiter suchten, ließe sich das machen, aber junge Frauen habe er zurzeit nicht im Angebot. In ein paar Wochen würde ein Markt abgehalten. Da könnten wir eher fündig werden. Nach weiteren Fragen aber stellte sich heraus, dass er tatsächlich von einem Raubzug in Kalabrien gehört hatte. Ein paar junge Leute aus einem Dorf habe man ihm angeboten. Doch er habe auf den Erwerb verzichtet, da gegenwärtig der Markt für Sklaven nicht der beste sei und er sich inzwischen mehr auf Gewürze verlegt habe.

»Hast du die gefangenen Dörfler gesehen?«, ließ ich ihn fragen. Seine Worte hatten mich ganz unruhig gemacht. War Gerlaine darunter gewesen?

»Nein«, erwiderte er zu meiner Enttäuschung. »Die hatten sie auf ihrem Schiff unten am Strand. Und ich habe ja gleich abgelehnt. Nein, gesehen habe ich sie nicht.«

Trotz allem, hier war eine Spur. Ich musste mehr herausfinden. »Was waren das für Männer, die dir die Leute angeboten haben?«

Er zuckte geringschätzig mit den Schultern. »Raue Kerle. Sklavenjäger eben. Nicht die edelsten Söhne Allahs. Aber gelegentlich muss man mit solchen Geschäfte machen. Danach ist man froh, wenn sie einem wieder den Rücken kehren.«

»Hat einer von denen eine Tätowierung getragen? Einen schwarzen Skorpion?«

Während Ismael noch übersetzte, sah ich schon, wie es in den Augen des Händlers flackerte und er mich einen Augenblick lang unsicher anstarrte. Oder war es Furcht? Der schwarze Skorpion war ihm jedenfalls nicht unbekannt, da war ich mir sicher.

Doch sofort hatte der Mann sich wieder im Griff. »Nein«, sagte er mit Unschuldsmiene. An so etwas könne er sich nicht erinnern.

Überzeugt, dass er log, versuchte ich es mit weiteren Fragen. Doch je mehr wir ihn bedrängten, je mehr wich er aus. Und zuletzt hatte er es plötzlich eilig, ein Kunde warte auf ihn.

»Verdammte Schweine«, sagte Thore, als wir das Haus des Händlers verlassen hatten. »Die sind also hier in Taormina gewesen. So viel ist sicher.«

»Wie kommst du darauf?«, fragte Ismael. »Der Mann hat nichts von eurem Skorpion gesehen. Oder habt ihr nicht zugehört?«

»Zugehört schon. Zumindest, was du übersetzt hast«, knurrte Thore. »Sein Gesicht sprach aber eine andere Sprache, als du nach der Tätowierung gefragt hast.«

»Aber das ist doch Unsinn. Was sollte der Mann zu verbergen haben? Er ist doch nur ein Händler. Und gekauft hat er auch nichts.«

»Behauptet er. Wer weiß, was dahintersteckt. Vielleicht sollten wir ihn mal auf meine Art befragen. Mit einem Messer an der Kehle.«

»Nicht, solange ich dabei bin«, erwiderte Ismael hitzig. »Überhaupt, das mit eurer dummen Tätowierung. Das ist doch nur ein Hirngespinst. Viele Leute lassen sich irgendetwas auf die Haut tätowieren. Wir verschwenden unsere Zeit und sollten lieber nach Palermo reiten. Es gibt von hier aus eine Straße durch die Berge, die wir nehmen können.«

»Wenn Gilbert sagt, wir reiten nach Süden, dann reiten wir nach Süden«, gab Ivain ungehalten zurück.

Ismael warf genervt die Hände in die Luft. »Bei Allah! Ich versuche nur zu helfen.«

»Am besten hilfst du uns, indem du Augen und Ohren offen hältst«, sagte ich beschwichtigend. »Der Kerl eben hat etwas zu verbergen, da bin ich mir sicher. Genau wie dieser Ali in Messina. Wir müssen herausfinden, was es ist. Warum mischst du dich nicht ein bisschen unter die Leute und fragst herum? Sicher haben auch andere diese Sklavenjäger gesehen, wenn die hier ihre Ware angeboten haben.« Ware! Bei Odin, jetzt sprach ich auch schon so. »Wir sind Fremde. Aber du bist einer von ihnen. Ohne uns an deiner Seite sind sie vielleicht redseliger. Und vergiss nicht, nach dem Skorpion zu fragen. Und dem schwarzen Banner.«

»Na schön. Und was macht ihr unterdessen?«

»Wir genießen die Aussicht vom griechischen Theater. Dort kannst du uns nachher treffen.«

Die Ruine des alten Theaters lag außerhalb der Stadtmauern. Der kurze Weg dorthin führte über einen leichten Anstieg zum Hügel hinauf, aus dessen Felsgestein die Griechen das Theaterrund gehauen hatten. Die Lage hätte nicht besser sein können, denn von dieser Stelle aus hatte man einen unglaublichen Blick über die Stadt und die steilen Berge, über das Ionische Meer und die gesamte Küste in beide Richtungen, nach Norden wie auch nach Süden mit dem Ätna zartblau im Hintergrund. Und tief unter uns die Felsen, gegen die das Meer schäumte.

Wir standen auf der höchsten Stelle des Tribünenrunds und genossen fast andächtig die Aussicht. Trotz des sonnigen Wetters hatte die Hitze der letzten Tage etwas nachgelassen. Vielleicht lag es an dem angenehmen Wind, der von seewärts wehte und die Gesichter kühlte. Die Größe und Vollkommenheit dieses Bauwerks war mehr als beeindruckend, auch wenn es zum Teil in Ruinen lag. Es war nicht das erste antike Theater, das wir im Mezzogiorno gesehen hatten, aber sicher das schönste.

Thores Blick glitt über die steinernen Zuschauerreihen. »Wie viele mögen hier Platz gefunden haben? Einige Tausend, schätze ich.«

»Eher fünftausend«, sagte ich. »Mehr als die halbe Stadt.«

Ivain schüttelte den Kopf. »Was für ein Aufwand. Wozu das alles?«

Ich verstand, was er meinte, denn wir konnten uns kaum eine Vorstellung davon machen, was hier vor tausend Jahren solche Menschenmengen angezogen hatte. Kannten wir doch nur den gelegentlichen Dorfschwank, wie er von fahrendem Volk aufgeführt wurde. Nichts, das einen solchen Rahmen verdient hätte. Den hinteren Teil der Anlage bildete ein hohes, säulenverziertes Gebäude mit Seitenflügeln, das in der Mitte stark beschädigt war. Ich hatte so etwas schon anderswo gesehen. Es war das Bühnenhaus, in dem sich Schauspieler umgekleidet hatten, und diente als Hintergrund zum Schauspiel auf der riesigen Arena, die bis an das gewaltige Tribünenrund reichte und genug Platz für ganze Schlachtreihen bot.

Ismael hatte etwas von Kämpfen erzählt, die die Römer hier veranstaltet hatten. Ich versuchte, mir die johlende Menge auf den Rängen vorzustellen, den gewaltigen Lärm der Pfiffe und anfeuernden Rufe für ihre jeweiligen Helden. Bei Odin, was für ein Schauspiel musste das gewesen sein. Wenn man Bauten wie diese betrachtete, dann kam einem die heutige Welt doch recht armselig und unbedeutend vor.

»Sind das nicht unsere Gaukler aus Messina da unten?«

Thore deutete auf das kleine Zeltlager etwas versteckt im Schatten der Säulen des gewaltigen Bühnenhauses. Ich hatte es flüchtig bemerkt, aber nicht genauer hingeschaut. Jetzt legte ich die Hand an die Stirn, um besser sehen zu können. Ganz recht, das schienen sie zu sein. Ich erkannte die Tänzerin. Sie machte sich an einem kleinen Feuer zu schaffen.

»Und da ist ja auch mein Zwerg!«, rief ich. »Mit dem will ich unbedingt reden.«

Wir eilten die lange Treppe zur Arena hinunter. Ein tückischer Abstieg, denn hier und da waren die Stufen lose oder fehlten ganz. Wir waren schon fast unten angelangt, da entdeckten uns die Gaukler. Der Zwerg sprang auf und starrte herüber. Vielleicht war es mein helles Haar, jedenfalls musste er mich erkannt haben, denn plötzlich sah ich ihn weglaufen, als hätte er ein Gespenst gesehen.

»Lasst ihn nicht entwischen«, rief ich und sprang die letzten Stufen hinunter. Dabei sah ich mich nach Loki um. Doch er war nirgends zu sehen. Jagte wahrscheinlich irgendwelches Getier auf dem Hügel. Ich rannte weiter, um den Zwerg zu fangen. Einer der Gaukler stellte sich mir in den Weg, aber ich stieß ihn zur Seite. Im hinteren Teil der Arena befand sich eine Treppe, die in die Tiefen unterhalb des Bühnenhauses führte. Wahrscheinlich waren von dort Schauspieler oder Gladiatoren unter dem Jubel der Zuschauer in die Arena aufgestiegen. In dieses dunkle Loch sah ich den Zwerg huschen. Ich hastete hinterher, dicht gefolgt von Thore und Ivain.

Die Stufen waren einigermaßen erhalten, wenn auch ausgetreten und glatt. Unten herrschte trübe Dunkelheit, sodass ich erst nichts erkennen konnte, bis sich die Augen daran gewöhnt hatten. Wir befanden uns in einem aus Ziegelsteinen gemauerten Gewölbe mit Gängen, die in verschiedene Richtungen führten, einer sogar mitten unter der Arena hindurch. Wohin zum Teufel war der Zwerg verschwunden? Eben noch hatte ich seine Schritte vernommen. Und zwar ganz in der Nähe. Ich verfluchte Loki, den ich jetzt gut hätte gebrauchen können.

»Seid mal still«, raunte ich den Gefährten zu.

Wir lauschten angestrengt. Doch außer unserem eigenen Atem war nichts zu hören. Wahrscheinlich gab es einen Ausgang. Von irgendwoher musste das trübe Licht, das hier herrschte, ja kommen. Über uns kam jemand die Treppe heruntergepoltert. Es war der Gaukler, der mich hatte aufhalten wollen. Er fuchtelte mit den Armen und brüllte uns auf Griechisch an.

»Kümmert euch nicht um den. Thore, du gehst links und Ivain rechts. Ich nehme den Gang unter der Arena.«

Es war ein finsteres, modriges Loch, in das ich mich vorwagte. Ein langer, mit bröckelnden Ziegelsteinen vermauerter Tunnel, so kühl wie ein Grab. Ich hätte mir um alles in der Welt eine Fackel gewünscht, denn mit jedem Schritt, mit dem ich mich vom Hauptgang entfernte, war weniger zu erkennen. Rechts und links öffneten sich schwarze Hohlräume, die wie Zellen aussahen. Verwitterte Streben an manchen Stellen. Oder waren das rostige Gitterreste? Hatte man hier die zum Arena-Tod Verurteilten gefangen gehalten? Vielleicht sogar Christen. Sie redeten doch immer von den Märtyrern ihres Glaubens.

Links von mir, aus einer dieser Zellen, glaubte ich, ein leises Rascheln zu hören. Hatte er sich dort versteckt? Langsam tastete ich mich in das Loch vor, in diese tiefe Schwärze, die mich von allen Seiten zu umfassen, ja fast zu erdrücken schien. Meine Finger berührten raues, feuchtes Felsgestein.

Hier ist niemand, dachte ich und wollte mich schon zurückziehen. Doch da war es wieder, links von mir, dieses kaum vernehmbare Schaben und Rascheln. Ich machte einen Schritt darauf zu und stolperte über lose Ziegel, die wahrscheinlich von der Gewölbedecke gefallen waren. Ich hielt den Atem an und lauschte, aber außer den fernen Stimmen meiner Kameraden war alles still. Dann, als ich mich weiter vortastete, schoss etwas mit einem Quieken über meine Stiefel und verschwand hinter mir im Gang.

Unwillkürlich musste ich lachen. Ich hatte mich von einer verfluchten Ratte erschrecken lassen. Der Zwerg war uns also entwischt und sicher längst auf halbem Weg nach Taormina. Wahrscheinlich lachte er sich halb krank über unsere tapsigen Versuche, ihn zu fangen.

Ich trat aus der Zelle in den Hauptgang, als ein Bündel Fell auf mich zurannte, mich ansprang und mir die nasse Zunge ins Gesicht steckte. »Loki, du Nichtsnutz«, rief ich. »Ich weiß wirklich nicht, warum ich dich durchfüttere. Geh und hilf suchen!«

Als hätte er mich verstanden, ließ er von mir ab und raste den Tunnel entlang zurück. Plötzlich brüllte jemand irgendwo in den Gängen. Verzerrte Laute hallten durch das Gewölbe. Dann eindeutig Ivains Stimme. »Ich hab ihn, den kleinen Bastard!«

Als ich aus dem Tunnel trat, sah ich Ivain, der meinen Zwerg fest im Griff hatte und hinter sich herzerrte. Loki sprang um die beiden herum, als würde es sich um ein Spiel handeln. Der Kleine zuckte vor dem Hund zurück, schrie vor Wut und Entrüstung und versuchte, sich zu befreien. Ivain nannte er einen Rohling und Barbar. In diesem Moment kam sein Freund, der Gaukler, mit einem Messer in der Faust angerannt, um ihm zu helfen. Doch Loki sprang vor und knurrte gefährlich, woraufhin der Mann zurückschreckte. Als Thore auftauchte und ihm den Stahl seines Schwertes zeigte, war ihm endgültig der Mut vergangen und er beließ es bei Verwünschungen.

Der Zwerg hatte inzwischen aufgehört, sich zu wehren, und ließ ergeben die Schultern hängen.

»Aristoteles«, rief ich und grinste ihn freundlich an. »Bist du nicht froh, mich wiederzusehen? Warum zum Teufel läufst du davon?«

Er machte ein bockiges Gesicht und riss sich endlich von Ivain los, der ihn lachend freigab. Dann starrte er mich lange schweigend an. »Du stellst zu viele Fragen, Normanne«, murmelte er schließlich. »Deshalb.«

Der Stich des Skorpions

Nun, da wir ihn gefangen hatten, schien sich Aristoteles in sein Schicksal zu ergeben. Was sollte er auch anderes tun? Dem Gaukler befahl er, das Messer wegzustecken, und entschuldigte sich sogar bei Ivain für die Unflätigkeiten, mit denen er ihn beleidigt hatte.

»Es tut mir leid«, sagte ich, als wir die Treppe zur Arena erklommen. »Wir wollten dich nicht erschrecken. Nur mit dir reden. Du hast recht, ich habe eine Menge Fragen und bin sicher, du weißt so einiges über diese Bande mit dem Skorpion. Warum sonst wärst du weggelaufen?«

»Ja, das war dumm«, erwiderte er.

»Warum hat alle Welt Angst vor diesen Kerlen?«

»Aus gutem Grund. Die haben sich einen üblen Ruf erworben. Sind der Schrecken der ganzen Gegend. Von hier bis Siracusa. Ich mag dich, Normanne. Deshalb kann ich dir und deinen Kameraden nur raten, euch nicht mit diesen Halunken einzulassen. Außerdem haben sie überall Spitzel. Und denen, die sie verraten, so wie mir, droht nichts Gutes. Verstehst du jetzt?«

Anders als in Messina redete er mich mit dem vertrauten Du an, als habe unsere Bekanntschaft eine neue Qualität gewonnen. Nun, wenn Vertrautheit half, Vertrauen zu fördern, dann hatte ich nichts dagegen.

»Ich würde dich auch nicht belästigen, Aristoteles, wenn ich nicht einen triftigen Grund hätte. Lass mich meine Geschichte erzählen. Dann sehen wir, ob du etwas weißt, das mir weiterhelfen könnte. Aber ich will dich zu nichts zwingen.«

Wir hatten die Arena erreicht, wo uns die übrigen Mitglieder der Truppe mit feindseligen Mienen erwarteten. Einer der jungen Männer drohte uns sogar mit einem Spieß. Der andere hielt den Affen an einem Halsband fest, denn das Tier kreischte aufgeregt, als es Loki sah, und wollte sich losreißen. Aristoteles beruhigte sie alle mit wenigen Worten. Dann ließ er einen prüfenden Blick über die gesamte Theateranlage schweifen. Aber außer uns und den Gauklern war keine Menschenseele zu sehen. Daraufhin wies er auf die Reste einer umgefallenen Säule.

»Setzt euch. Reden wir also. Zunächst will ich wissen, was ihr eigentlich hier in Sicilia sucht und was ihr von diesen Kerlen wollt.«

Während ich noch überlegte, wie viel ich ihm sagen sollte, reichte ihm jemand einen Weinschlauch, den er als Erstes mir anbot. Dankend nahm ich einen Schluck. Auch Aristoteles bediente sich und reichte den Wein an meine Gefährten weiter. Dann sah er mich an und wartete. Seine Haut war von der Sonne zu einem matten Braun verbrannt, die Stirn von Furchen gezeichnet, tiefe Krähenfüße an den klugen Augen, die mich aufmerksam musterten, und ein etwas trauriger Zug um den Mund. Dieser Zwerg war für mich immer noch eine seltsame Erscheinung. Auf dem Körper eines Kindes saß das Haupt eines Mannes, dem nichts unbekannt war in der Welt. Ich stellte mir vor, so könnte wirklich der Philosoph ausgesehen haben, dessen Namen er trug. Jedenfalls war er jemand, dem man vertrauen konnte, fand ich.

»Vor einigen Wochen überfielen Sarazenen ein Dorf in Kalabrien und verschleppten die Jungen und Kräftigen.«

Aristoteles nickte. »Nicht ungewöhnlich.«

»Nein. Sicher nicht. Nur unter ihnen war durch Zufall jemand, der mir viel bedeutet.«

Er lächelte. »Eine Frau vielleicht?«

»Ganz recht. Mein eigenes Eheweib.« Dass sie gar nicht mein Weib war und stattdessen mit Tancred gelebt hatte, ließ ich aus.

Er blickte mich mitfühlend an. »Das tut mir sehr leid für dich. Und nun glaubst du, dass es diese Bande hier aus der Gegend war. Könnten ja auch welche von der Westküste oder aus Afrika gewesen sein.«

Nachdem ich ihm dann aber von den Beobachtungen der Dörfler berichtet hatte, strich Aristoteles sich nachdenklich über den kurzen Bart. »Vielleicht ist das mit der Tätowierung ja nur ein Zufall. Aber dass ihrem Anführer ein Finger fehlen soll, das habe ich auch schon gehört. Es könnten also tatsächlich die Wüstenskorpione gewesen sein.«

»Nennen sie sich so?«

Er nickte. »Aber ob sie dein Weib noch in Gewahrsam haben, ist mehr als fraglich. Schließlich rauben diese Männer, um Waffen und Pferde zu erwerben. Sie werden sie also weiterverkauft haben. Und selbst wenn nicht, du wirst sie doch wohl nicht mit Gewalt befreien wollen?«

»Nein. Ich will sie nur freikaufen. Aber wenn es nicht anders geht, dann auch mit Gewalt.«

»Ihr drei allein gegen diese Bande?« Er schüttelte ungläubig den Kopf. »So viel ist sie dir wert?«

Was für eine Frage! Als ob man einen Menschen in Gold aufwiegen könnte. Einen flüchtigen Herzschlag lang sah ich uns umschlungen in der einzigen Liebesnacht, die uns vergönnt gewesen war. Und doch genug, um ein Kind zu zeugen. Was immer Aristoteles auf meinem Gesicht gelesen hatte, seine Augen sagten mir, dass er wusste, was ich antworten würde.

Ich sagte es trotzdem. »Gerlaine ist aus meiner Heimat, aus meinem Dorf. Ich liebe diese Frau, seit ich denken kann. Und in Kalabrien wartet unser Sohn, keine sechs Monate alt. Wenn dir Familie etwas bedeutet, dann wirst du verstehen, dass ich alles dransetzen werde, um sie zu befreien.«

Er seufzte. »Natürlich. Und deine Kameraden? Teilen sie deine Entschlossenheit?«

»Verlass dich drauf«, mischte Thore sich ein. »Wir sind wie Brüder.«

Aristoteles betrachtete uns einer nach dem anderen, fast staunend, als kämen wir aus einer anderen Welt. »So sehen also Normannen aus. So blond, so jung, mit Augen so unschuldig blau wie die von Neugeborenen. Und doch eilt euch ein Ruf von Wildheit und Grausamkeit voraus. Und nun seid ihr hier.« Er schüttelte nachdenklich den Kopf und schwieg.

Was zum Teufel sollte das Gerede? Ich warf Thore einen verunsicherten Blick zu, aber auch der hob in Unverständnis die Schultern.

»Und dennoch«, fuhr der Zwerg fort. »Ich muss gestehen, deine Geschichte rührt mich. Ich werde dir sagen, was ich weiß. Aber zuerst werden wir gemeinsam das Brot brechen.«

Er stellte uns seine Gefährten vor. Der Gaukler war ein Berber mit Namen Asif. Er beäugte uns immer noch misstrauisch. Die beiden jungen Männer waren seine Söhne, Jamal und Hasim. Ihre Mutter war vor Jahren verstorben. Die hübsche Tänzerin dagegen war Griechin und eine Nichte dieses kleinen Mannes mit dem großen Namen.

»Dies hier ist Chara«, stellte er sie mit sichtlichem Stolz vor. »Sie ist leider eine Waise und hat niemanden in der Welt außer einem armen Zwerg wie mich. Ich sage ihr immer, es täte ihr gut, sich einen Ehemann zu suchen. Aber das dumme Mädel will lieber mit mir in der Welt herumziehen. Weiß Gott, warum.« Dabei strich er ihr liebevoll über die Wange.

Chara musste sein Lombardisch verstanden haben, denn sie erwiderte etwas auf Griechisch, und beide lachten.

»Sie sagt, sie habe noch keinen gefunden, der es wert ist.«

Bei diesen Worten warf sie unwillkürlich einen langen Blick in Thores Richtung, allerdings nicht ohne zu erröten. Verlegen wandte sie sich ab, um nach den Fleischspießen zu sehen, die über einem kleinen Feuer brutzelten.

Mein Freund schien ebenfalls Gefallen an ihr zu finden, denn er ließ sie nicht mehr aus den Augen. Ich stöhnte innerlich, kannte ich doch meinen guten Thore. Man konnte nur hoffen, dass er ihr nicht das Herz brechen würde wie so vielen anderen. Aber diese Chara war wirklich ein hübsches Ding, mit matter, olivenfarbener Haut, großen, dunklen Augen und einem Kopf voller schwarzer Locken, über die sie ein dünnes Tuch, fast wie einen Schleier, geworfen hatte.

Nach einer Weile fassten auch die Männer unter Aristoteles' Gefährten Vertrauen zu uns. Wir mussten von unserer Heimat erzählen, von den Normannen in Melfi und natürlich, wie Ivain an seine schrecklichen Narben gekommen war. Chara beteiligte sich lebhaft an den Gesprächen und half mit der Übersetzung unserer Erzählungen. Thores bewundernde Blicke schien sie jedoch nicht weiter zu beachten, sondern schenkte hauptsächlich mir ihre Aufmerksamkeit.

»Habt ihr vor, in diesem Theater eure Späße vorzuführen?«, fragte ich.

Aristoteles schüttelte den Kopf. »Nein, dafür ist die Arena viel zu groß. Darin wäre unsere kleine Truppe ganz verloren. Für uns ist dies hier einfach ein ungestörter Lagerplatz nahe der Stadt. Hier kommt selten jemand hin. Und spielen tun wir irgendwo auf einer Piazza.«

Chara teilte das einfache Essen aus. Und diesmal, als sie Thore ein Fleischspießchen reichte, schenkte sie ihm ein verschämtes Lächeln. Nur kurz, aber nicht zu übersehen. Auch Aristoteles hatte es bemerkt, denn er runzelte die Stirn, sagte jedoch nichts.

Zum gegrillten Fleisch aßen wir in Olivenöl getunktes und mit etwas Salz bestreutes Brot und als Nachtisch süße Melone. Sogar Loki bekam seinen Anteil an Fleischabfällen und Knochen. Nach dem Essen kletterte Ivain die vielen Treppen bis zum obersten Rang empor, um herauszufinden, ob man so hoch oben tatsächlich verstehen konnte, was auf der Bühne gesprochen wurde. Thore tat ihm den Gefallen, stellte sich hin, um mit voller Brust ein paar Strophen eines Liedes aus der Heimat vorzutragen.

»Was sind das für Verse?«, fragte Aristoteles.

»Nichts Besonderes. Ein Schlachtgesang.«

»Normannen und Schlachten. Wie passend«, spöttelte er.

»Ich hoffe, du hast keinen falschen Eindruck von uns«, erwiderte ich mit einem Lachen. »Jedenfalls danken wir euch für das Mahl, aber ich glaube, jetzt sollten wir über ernstere Dinge reden. Wo finden wir diese Skorpione? Und wer sind die überhaupt?«

»Wer die sind?« Er seufzte ergeben. »Es sind wilde Gesellen, Rebellen, Aufrührer. Sie wollen die Banner Arabiens hissen, die Mächtigen verunsichern, sie zu Fall bringen. Und scheuen sich nicht, den Islam zu benutzen. Als sei es der Wille Allahs, als hätten sie eine heilige Pflicht zu erfüllen.«

»Das schwarze Banner.«

»Ganz recht. Und da sie zu wenige sind, um Schlachten zu gewinnen, schlagen sie meist unerwartet aus dem Hinterhalt zu, scheuen auch nicht vor Morden zurück.«

»Wie ein Skorpion in der Wüste.«

Er nickte grimmig. »Ganz recht.«

Ivain war wieder von den Rängen herabgestiegen und hatte sich still zu uns gesetzt. Auf Thores Frage, ob er etwas gehört habe, nickte er. »Wirklich beeindruckend.«

Chara sammelte unsere Fleischspieße ein, während Asif erneut den Weinschlauch herumreichte.

Diesmal war es Thore, der Aristoteles befragte. »Gegen wen richtet sich der Aufstand der Skorpione? Um was genau geht es ihnen?«

»Dazu müsste ich etwas weiter ausholen.« Aristoteles gönnte sich einen tiefen Schluck aus dem Weinschlauch. »Ihr müsst wissen, als die Sarazenen vor etwa zweihundert Jahren begannen, Sicilia zu erobern, taten sie es unter arabischer Führung und machten Palermo zu ihrer Hauptstadt. Zuerst waren ihre Emire nur Statthalter der Herrscher in Nordafrika, aber nach einer Weile wurden sie unabhängiger. Lange Zeit stützten sie sich auf ihre arabische Reiterei, deren Mitglieder zu einer adeligen Kriegerkaste gehörten. Doch der Krieg gegen uns Christen überdauerte Generationen und wollte kein Ende nehmen, denn wir boten ihnen zähen Widerstand, besonders hier im Osten. Deshalb brachten sie immer mehr Berber auf die Insel. Nicht nur, um für sie zu kämpfen, sondern auch, um das neu eroberte Land zu besiedeln und zu halten. So wie unser Freund Asif hier und seine Söhne.«

»Es heißt, Taormina sei die letzte byzantinische Bastion gewesen.«

»Das ist richtig. Und ohne die Truppen aus den Berberstämmen wäre ihnen das nicht gelungen. Und jedes Mal, wenn in Afrika Dürre herrschte, kamen noch mehr Berberfamilien herüber, denn Sicilia ist fruchtbar. Es war also nur eine Frage der Zeit, bis es zu Auseinandersetzungen kommen würde.«

»Warum?«

»Für euch sind alle Sarazenen gleich, aber Berber und Araber mögen sich nicht besonders. Die Araber haben sich immer als die Auserwählten Gottes gesehen und die Berber mit einer gewissen Verachtung behandelt. Inzwischen waren sie hier auf Sicilia aber längst zur Minderheit geworden. In Palermo hatten bald die reichen, zum Islam bekehrten Christen oder Juden mehr Einfluss als arabische Adelige. Und auf dem Land waren es die Berber, die immer stärker wurden. Als das Emirat von Palermo wegen Erbfolgestreitigkeiten zusammenbrach, waren es vier Kriegsherren aus den Reihen der Berber, die in den Provinzen die Macht ergriffen und die Insel untereinander aufteilten.«

»Aber es heißt doch, sie bekriegen sich.«

»So ist es. Der Ehrgeizigste von ihnen ist Muhammad ibn al-Thumnah aus Siracusa. Er hat zuerst den Berberfürsten von Catania besiegt und kurz darauf den von Mazara im Westen der Insel. Nun ist neben ihm nur noch Ibn al-Hawwas übrig, der das Landesinnere beherrscht, von Enna und Castronovo bis Agrigento. In ihm aber hat al-Thumnah seinen Meister gefunden, denn al-Hawwas weiß sich gut zu verteidigen. Jetzt beschränken sich die Kriegshandlungen auf gelegentliche Scharmützel, Überfälle und Plünderungen.«

Chara hatte sich zu Aristoteles' Füßen niedergelassen. Sie saß auf den linken Arm gestützt, die Beine seitlich untergeschlagen und unter ihrem langen Baumwollgewand verborgen. Sie hörte aufmerksam zu.

»Aber was hat all das mit den Skorpionen zu tun?«, fragte Ivain ungeduldig.

Aristoteles lächelte nachsichtig. »Ich merke schon, du redest nicht viel, junger Freund, aber wenn, dann triffst du gleich den Kern der Sache.« Er legte Chara die Hand auf die Schulter.

»Viele streitbare Araber sind unzufrieden mit der unwürdigen Rolle, die sie heutzutage zu spielen meinen. Sie haben sich in ihre Burgen zurückgezogen, die sie verbissen gegen jeden verteidigen. Ihr Schwert leihen sie mal dem einen und mal dem anderen, aber in Wirklichkeit dienen sie keinem der neuen Herren. Und sie halten sich immer noch für etwas Besseres. Junge Heißsporne unter ihnen ziehen durchs Land, um zu rauben und zu plündern. Zu denen gehören auch die Skorpione. Sie treiben ihr Unwesen hauptsächlich zwischen Taormina und Catania und im Gebiet des Ätna. Sie sehen sich als stolze Söhne der Wüste und glauben, die Herrschaft der Araber auf Sicilia erneuern zu können.«

»Und? Wird es ihnen gelingen?«

»Kaum anzunehmen. Dazu sind sie viel zu wenige und obendrein mit anderen Gruppen zerstritten. Aber sie stiften jede Menge Unruhe. Und sind gefährlich.«

»Woher weißt du all diese Dinge?«, fragte ich.

Aristoteles lachte in sich hinein. »Als Gaukler kommt man herum, habe ich dir das nicht gesagt? Gelegentlich ist man sogar am Hofe eines Statthalters oder Emirs. Die Leute schauen uns zu, lachen und vergessen uns dann gleich wieder. Als wären wir nicht zugegen. Dabei hören wir so einiges.«

War das so? Irgendwie hatte ich das Gefühl, hinter diesem Zwerg steckte mehr, als er uns preisgeben wollte. Aber vielleicht irrte ich mich auch.

»Und was ist mit diesem Tariq?«, fragte ich. »Der ist doch auch Araber.«

»Gehört aber nicht zu diesen Aufrührern. Tariq ist im Augenblick mit al-Thumnah verbündet, aber im Grunde unabhängig. Er besitzt Land, Krieger und Schiffe. Mir ist nicht bekannt, dass er sich mit diesen Hitzköpfen abgibt.«

»Ich bin ihm in Salerno begegnet. Mit der Waffe in der Hand.«

»Du warst bei dem Aufstand dabei?«

»Auf der Seite der Prinzenfamilie.«

»Erzähl mir davon.«

Ich tat ihm den Gefallen und berichtete, was in Salerno vorgefallen war. Und auch von Tariqs Beteiligung. »Der hat übrigens dort ebenfalls mit Sklaven gehandelt. Wir alle haben es gesehen. Deshalb hatte ich zuerst ihn im Verdacht, Gerlaine geraubt zu haben. Aber es passt zeitlich nicht zusammen.«

»Er und seine Männer betreiben oft Seeräuberei auf hoher See. Da machen sie natürlich auch Gefangene. Aber dass er groß im Sklavengeschäft sein soll, das hab ich bisher nicht gehört.«

»Gilbert, vergiss diesen Tariq«, sagte Thore. »Der hat nichts damit zu tun. Was ich aber wissen will, wo zum Teufel finden wir diese Skorpione?«

»Schwer zu sagen«, erwiderte Aristoteles. »Die sind mal hier, mal dort. Aber ich habe von einem Unterschlupf an der Südseite des Ätna gehört. In der Nähe eines winzigen Dorfes namens Pedara. Dort soll es eine alte Burg geben, halb Ruine. Auf einem steilen Hügel. Mehr weiß ich nicht.«

Ich bedankte mich bei ihm. Es war ein Anfang. Meine Eingebung, den Zwerg zu befragen, hatte sich ausgezahlt.

»Ich brauche euch hoffentlich nicht zu sagen, dass es ein Wagnis ist, diese Männer zu suchen.«

»Wir wollen nur mit ihnen verhandeln.«

»Und seid vorsichtig, was den Ätna betrifft«, warnte er. »Klettert nicht zu hoch hinauf, denn oft zittert die Erde, und es tun sich Risse im Boden auf. Dann tritt glühende Lava aus der Tiefe und wälzt sich ins Tal. Es wurden schon ganze Dörfer verschlungen.«

Der Gaukler Asif unterbrach ihn, fasste Aristoteles an der Schulter und wies zu einem der Nebeneingänge des Theaters. Dort stand ein Mann und schaute zu uns herüber.

»Verdammt, jetzt hat uns doch einer beobachtet.«

»Keine Sorge. Das ist Ismael, unser Führer und Übersetzer.« Ich stand auf und winkte. »Wir kommen gleich«, rief ich ihm zu.

»Ein Sarazene?«

»Ja. Er stammt aus Reggio. Kennt aber die Insel.«

»Könnt ihr ihm vertrauen?«

»Vielleicht«, sagte Ivain. »Ganz sicher ist man nie.«

»Natürlich können wir ihm vertrauen«, widersprach ich und lachte. »Unser Ivain ist von Natur aus misstrauisch.«

Aristoteles runzelte die Stirn. »Ein wenig Misstrauen kann nicht schaden. Hat schon so manchem das Leben gerettet. Am besten behaltet ihr für euch, was wir besprochen haben. Von mir habt ihr jedenfalls nichts erfahren.«

»Keine Sorge. Und noch einmal vielen Dank.«

»Was ist eigentlich euer nächstes Ziel?«, fragte Thore. »Vielleicht sehen wir uns ja wieder.« Letzteres war mehr an Chara gerichtet. Sie lächelte ein wenig und warf einen unsicheren Blick auf Aristoteles.

»In ein paar Wochen sind wir in Catania«, sagte der mit einem spöttischen Grinsen. »Dort kannst du Chara wieder tanzen sehen, wenn dir so viel daran liegt.«

Aristoteles wünschte uns viel Glück. Wir verabschiedeten uns von den Gauklern, wobei es Thore schwerfiel, sich loszureißen.

»Ich glaube, sie mag mich«, sagte er auf halbem Weg zu Ismael.

»Ich weiß, dein Herz steht mal wieder in Flammen«, knurrte ich ungehalten. »Aber wir haben anderes vor, falls du es noch nicht gemerkt hast.«

»Was hast du gegen hübsche Weiber?«, grinste er schalkhaft.

»Gar nichts. Solange sie mir nicht in die Quere kommen.«

»Soll ich dir mal was sagen, Gilbert? Du bist viel zu ernst. Man muss das Leben ein wenig lockerer nehmen.«

»Und darin bist du Meister, ich weiß.«

Wir waren bei Ismael angelangt und erklärten ihm auf dem Weg zur Herberge, wer diese Gaukler waren, denen wir hier zufällig wieder begegnet waren.

»Und du? Was hast du rausgefunden?«, fragte Ivain ihn.

Ismael straffte die Schultern, als habe er eine wichtige Neuigkeit zu übermitteln. »Du hast recht gehabt, Gilbert. Männer mit einer solchen Tätowierung waren wirklich in der Stadt. Zwei Gefangene haben sie verkauft.«

»Hast du herausgefunden, an wen und wohin?«

Er schüttelte den Kopf. »Irgendein Weinbauer hier in den Bergen. Mehr war nicht zu erfahren. Die Leute reden nicht gern über diese Tätowierten.«

»Haben sie dir gesagt, warum?«

Er zuckte mit den Schultern. »Räuber sind das, Wegelagerer, was weiß ich? In den Bergen gibt es einiges von dem Gesindel.«

Kein großer Kundschafter, unser Ismael, dachte ich bei mir. »Morgen früh brechen wir auf und reiten weiter nach Süden.«

Diesmal gab es keine Widerrede. »Inschallah«, murmelte er nur. So Gott will.

* * *

Noch vor Sonnenaufgang begaben wir uns in den Stall, um die Pferde zu satteln. Zu so früher Stunde war Ivain noch wortkarger als sonst. Wer ihm einen Guten Morgen wünschte, konnte höchstens mit einem übel gelaunten Knurren rechnen. Thore dagegen redete fröhlich drauflos und merkte nicht einmal, dass niemand zuhörte.

Ich verweilte einen Augenblick bei meinen beiden Hübschen, kämmte ihre Mähnen aus und flüsterte ihnen Koseworte ins Ohr. Die dunkle Alba mit der Blesse auf der Stirn und dem samtenen Blick, wie auch Saura, mein feuriges Fuchsmädchen. Sie schnaubte ungeduldig, hatte das Herumstehen im Stall gründlich satt und wollte laufen.

»Also gut, mein Mädel«, raunte ich ihr zu. »Dann bist du heute an der Reihe, mich zu tragen.«

Als hätte sie mich verstanden, hob sie erwartungsvoll den Kopf und schüttelte die Mähne. Ich legte ihr den Sattel auf und zog den Gurt fest. Heute würde Alba also am Seil marschieren. Aber mit Glück würde sie am Abend Gerlaine auf ihrem Rücken tragen. Denn Pedara war nicht weit. Nicht weiter als eine Tagesreise, so hatte der Wirt uns versichert. Bei dem Gedanken an Gerlaine flatterte mir der Magen vor Aufregung. Sollten wir wirklich schon so bald am Ziel sein?

»Ihr seid gewappnet?«

Als ich aufsah, stand Ismael mit seinen Satteltaschen über der Schulter in der Stalltür und machte ein überraschtes Gesicht. »Und warum so eilig? Ich hab noch nicht mal mein Morgenmahl eingenommen.«

»Wir wollen früh los«, erwiderte ich und reichte ihm einen Lederbeutel mit Wegzehrung. »Das haben die Mägde für dich eingepackt. Und vergiss nicht, deinen Wasserschlauch zu füllen.« Ich führte meine Pferde in den Hof, wo Loki schon wartete. »Und was die Rüstungen angeht«, rief ich über die Schulter. »Man kann nie wissen, wem man unterwegs begegnet.«

Wahrscheinlich konnte er sich denken, warum wir unsere wattierten Lederwämser und Kettenpanzer angelegt hatten. Jedenfalls sagte er nichts weiter und machte sich daran, sein Pferd zu satteln. Alba durfte heute den Proviant und den Rest unserer Ausrüstung tragen. Meinen Helm machte ich am Sattel fest.

Als auch Ismael bereit war, verließen wir das schöne Taormina durch das Südtor der Stadt und folgten der steinigen Straße, die sich in etlichen Kurven den Berg hinunterschlängelte. Kaum hatten wir in der Talsohle den Bach erreicht, der dort bis zum nahen Meer fließt, da ging es schon wieder bergauf. Als wir oben auf der nächsten Hügelkuppe ankamen, hob sich gerade die Sonne über den Himmelsrand, verscheuchte das Morgengrau und tauchte die Landschaft in die üppigen Farben des Südens, das Ocker der sonnenverbrannten Gräser, das zarte Meeresblau des frühen Morgens, das helle Braun und Oliv der Berghänge, unterbrochen vom Dunkelgrün der Pinien und Zypressen. Ich fühlte mich gut und hoffnungsvoll. Endlich hatten wir eine Spur und ein Ziel.

Allmählich wurde die Landschaft flacher, und wir erlaubten den Pferden eine schnellere Gangart. Loki lief wie immer voraus, als wollte er den Weg für uns erkunden. Ab und zu blieb er stehen und blickte sich mit hechelnder Zunge um. Dann trottete er weiter.

Wir kamen gut voran und sahen bald die weißen Strände der Bucht von Naxos in der Ferne leuchten. Dort war angeblich die erste griechische Siedlung der Insel entstanden. Doch bereits vor mehr als tausend Jahren war sie wieder zerstört worden. Und zwar so gründlich, dass nur noch wenige Ruinen geblieben waren. Überlebende hatten sich auf den Monte Tauro geflüchtet und Taormina gegründet, so hieß es in den Legenden der Gegend, wie uns Ismael erklärte.

Bald erreichten wir den *fiume* Alcantara. Sein weites Kiesbett leuchtete grell in der Morgensonne, denn zu dieser Jahreszeit führte er wenig Wasser. Dennoch war die Strömung nicht zu unterschätzen, und wir tasteten uns vorsichtig durch die Furt. Am anderen Ufer schüttelte Loki sich das Wasser aus dem Pelz, und wir beschlossen, eine kleine Rast einzulegen und die Pferde zu tränken.

Ismael nahm Käse und Brot aus seinem Vorratsbeutel. »Jetzt sagt mir endlich, was ihr vorhabt. Geht mich schließlich auch was an.«

»Du hast recht.« Ich erzählte ihm, was wir von Aristoteles erfahren hatten.

»Ihr wollt einfach so zu dieser Burg hinaufreiten und Lösegeld anbieten?«

»Fällt dir was Besseres ein?«

Unser Plan war, die Burg der Skorpione ausfindig zu machen, an ihr Tor zu rütteln und Gerlaine gegen Gold auszutauschen. Mit der Rebellion der Bande hatten wir schließlich nichts zu tun. Meine Wut über die Halunken würde ich zügeln und unser Anliegen rein geschäftlich halten müssen. Solange wir keine Vergeltung suchten, dürften auch sie uns nicht feindlich gesinnt sein. Wir würden Gerlaine in Empfang nehmen, zu jenem Dorf nahe Messina zurückkehren, wo wir gelandet waren, und die nächste Gelegenheit zur Überfahrt nach Kalabrien nehmen.

Doch Ismael hatte Zweifel. »Sie könnten uns gefangen nehmen und dein Gold rauben.«

»Ich weiß«, sagte ich. »Deshalb haben wir beschlossen, dass du und ich allein die Burg besuchen. Du musst ja für mich übersetzen. Thore und Ivain bleiben unterdessen in einiger Entfernung zurück und verstecken sich mit dem Gold an einem günstigen Ort.«

»Du und ich? Allein?« Das schien ihm nicht zu behagen. »Diese Kerle sind Halsabschneider nach allem, was du erzählt hast.«

»Hast du Angst?«, feixte Thore.

Ismael tat, als hätte er ihn nicht gehört. »Ihr setzt voraus, dass sie guten Willens sind.«

»Warum sollten sie das nicht sein? Sie haben die Dörfler nur versklavt, um sie zu Geld zu machen«, sagte ich. »Und genau das bieten wir ihnen an. Ganz einfach.«

»Du hoffst also, dass Gerlaine noch bei ihnen ist.«

»Und wenn nicht, dann erfahren wir hoffentlich, wohin sie sie verkauft haben.«

Im Nachhinein muss man sich wundern, wie unbedarft wir waren. Der Zwerg hatte uns gewarnt, doch wir waren jung, hielten uns für ziemlich stark. Ich sage wir, obwohl die Verantwortung natürlich allein bei mir lag. Die anderen vertrauten mir, denn es war nicht das erste Mal, dass ich sie mit Erfolg durch ein Abenteuer geführt hatte. Außerdem war da unsere Freundschaft. Einen Kameraden lässt man nicht im Stich. Ich hätte für jeden von ihnen das Gleiche getan. Vielleicht hätten wir die Sache anders angehen sollen. Doch es ist unsinnig, lange darüber zu grübeln. Wir hatten uns zu diesem Schritt entschlossen. Und im Grunde kann man dem Schicksal nicht entgehen. Man kann ihm nur mit Mut und Fassung entgegentreten.

»Da beobachtet uns einer«, sagte Ivain, der sich abseits von uns am Flussufer niedergelassen hatte. Er deutete mit dem Kopf auf die gegenüberliegende Seite.

Bei genauem Hinschauen waren im Schatten einiger Pinien die Umrisse eines Reiters zu erkennen. Der trug Helm und Schild, war ansonsten aber in dunkle Gewänder gehüllt. Auch sein Pferd hatte ein dunkles Fell. Hätte das Tier sich nicht ab und zu bewegt, wäre der Mann uns gar nicht aufgefallen.

»Hat vielleicht nichts mit uns zu tun.«

»Der ist aufgetaucht, kurz nachdem wir die Furt überquert haben. Seitdem starrt er zu uns herüber.«

Ismael war beunruhigt. »Warum sollte uns jemand beobachten?«

»Was soll's?«, sagte ich. »Reiten wir einfach weiter. Wenn der uns wirklich verfolgt, werden wir es schon merken.«

Wir saßen auf und setzten unseren Weg fort. Ivain blickte sich häufig um, doch von dem Reiter war nichts mehr zu sehen.

»War wohl doch nichts«, spottete Thore. »Manchmal denke ich, unser Ivain ist misstrauischer als ein alter Sack mit einem zu jungen Eheweib. Immer die Angst, gehörnt zu werden.« Er lachte ausgelassen.

»Du musst es ja wissen«, brummte Ivain ungerührt. »Sieh nur zu, dass die Weiber dich nicht irgendwann hörnen.«

Der weitere Verlauf unseres Weges führte durch fruchtbares Land. Kleine Dörfer inmitten von Feldern und Olivenhainen, Weiden oder Brachland. Obst reifte an Bäumen, die in Reih und Glied standen, Zitronen, Pistazien und Feigen. Auch hier Wasserräder und schnurgerade Bewässerungskanäle. Dann wieder führte die Straße durch Wälder von Kastanien, Ulmen und Eichen, wo Köhler ihr Handwerk betrieben, um den Schmieden in den Dörfern die notwendige Holzkohle zu liefern. Gelegentlich öffnete sich der Blick zum Meer, das in der Ferne glitzerte. Immer aber begleiteten uns im Westen die Berge, wobei die gewaltige Masse des Ätna zunehmend die Sicht beherrschte.

Diese Landschaft war ein wahres Paradies, wären wir nicht ab und zu auf die grausamen Spuren von Gewalt und Plünderungen gestoßen, niedergebrannte Höfe, hastig ausgehobene Gräber, Viehgerippe, das im Gras moderte. Halb verhungerte Hunde waren die einzigen Lebewesen an solchen Orten. Als müssten sie immer noch für ihre toten Herren Wache halten.

Zur Mittagszeit rasteten wir auf einer kleinen Anhöhe im Schatten von Bäumen und aßen von unserer Wegzehrung. Eine Gruppe Bauern zog vorbei. Sie trieben hochbeladene Esel vor sich her und äugten misstrauisch zu uns herüber. Ihre kehligen Stimmen klangen noch im Ohr, da deutete Ivain in die Richtung, aus der wir gekommen waren.

»Da ist er wieder.«

In der Ferne trabte ein Reiter heran. Die Hufe seines Pferdes wirbelten Staub auf. Er war noch zu weit, um Einzelheiten zu erkennen, außer dass er Helm und Schild trug und einen Rappen ritt.

»Glaubst du, das ist der von der Furt?«, fragte Ismael.

Bevor Ivain antworten konnte, schien der Reiter uns erspäht zu haben, denn er zügelte plötzlich sein Pferd und blieb stehen.

»Noch Fragen?«, knurrte Ivain grimmig.

Wir alle tauschten vielsagende Blicke aus. »Was zum Teufel will der von uns?« Thore wischte den Dolch sauber, mit dem er ein Stück Käse abgeschnitten hatte.

»Wir haben zu viele Fragen gestellt«, sagte ich. »Das hat sie neugierig gemacht.«

»Du glaubst, das ist einer von denen?«

»Wer sollte uns sonst folgen?«

»Vielleicht ein Wegelagerer.« Thore deutete auf seinen Bogen am Sattel. »Ich könnte ihm ja mal einen Gruß von uns schicken. Damit er weiß, was ihn erwartet.«

»Untersteh dich.«

Wir brachen unsere Rast ab und ritten weiter. Auch in den nächsten Stunden bekamen wir ab und zu den geheimnisvollen Reiter zu Gesicht. Er folgte uns hartnäckig, wenn auch in respektvollem Abstand.

In einer der kleinen Siedlungen gabelte sich die Straße, und wir waren unsicher, welche Abzweigung wir nehmen sollten.

Nachdem Ismael einen Alten im Dorf befragt hatte, wählten wir den Weg, der weg von der Küste und langsam bergauf führte. Je weiter wir kamen, desto einsamer wurde es, die Dörfer seltener, der Wald dichter und weniger von Feldern oder Weideflächen unterbrochen. Nur hier und da begegnete uns jemand.

An freien Flächen öffnete sich die Sicht über die weite Küstenlandschaft und ließ erkennen, dass wir uns schon ein gutes Stück über Meereshöhe befanden. Der Weg führte nun in südwestlicher Richtung am Fuß des Vulkans entlang. Zweimal kreuzten wir Stellen, wo schwarze Lava breite Schneisen durch den Wald gebrannt hatte. Der Ätna sei die Schmiede der heidnischen Götter gewesen, belehrte uns Ismael, das Reich des Vulcanus. Die Lavastreifen sahen verwittert aus, waren schon seit Langem zu hartem Fels erkaltet. Und doch wuchs nichts darauf. Die Vorstellung, dass hier jederzeit von Neuem glühendes und flüssiges Gestein aus dem Berg brechen könnte, hatte etwas Schauriges.

Am Nachmittag hatte sich der Himmel zugezogen, was die Wildnis, in der wir uns befanden, bedrohlicher erscheinen ließ, und es rauschte ein kühler Wind durch die Bäume.

»Meint ihr, es gibt Regen?«, fragte Thore.

»Nicht um diese Jahreszeit«, erwiderte Ismael. »Höchstens mal einen Schauer.«

Wir hielten an, um zu sehen, ob der Reiter uns immer noch folgte. »Lasst uns einen Hinterhalt legen und den Kerl fangen«, schlug Thore vor. »Dann kann er uns zu ihrer Burg führen.«

Wir überlegten noch, wie wir das am besten anstellen sollten, da tauchte der Mann hinter einer Wegbiegung auf. Aber zu unserer Überraschung war er nicht mehr allein. Zwei weitere bewaffnete Gestalten hatten sich ihm angeschlossen. Auch sie waren behelmt und trugen runde Schilde. Die drei Reiter näherten sich jetzt etwas mutiger auf drei- oder vierhundert Schritt, dann blieben sie stehen und starrten zu uns herüber.

»Besser, wir wappnen uns«, sagte ich.

Ivain nahm unsere Schilde von Albas Rücken und verteilte sie. Ich hängte mir meinen um die Schultern, zog mir die Kettenhaube über den Kopf und setzte den Helm auf. Die anderen taten es mir gleich. Thore schlang sich den Schild auf den Rücken und den Köcher über die Schulter. Er nahm seinen Bogen aus dem Futteral und spannte ihn. Er war darin geübt, auch vom Sattel aus zu schießen.

Ismael beobachtete uns mit großen Augen. »Müssen wir uns Sorgen machen?«, fragte er.

»Nicht mehr als du auf deinem Schiff, wenn dich die Zöllner jagen«, scherzte ich.

Er fand das gar nicht witzig. Ich konnte ihn gut verstehen, so verwundbar, wie er war in seinem leichten Gewand, nur mit einem Dolch am Gürtel.

»Keine Angst, wir beschützen dich.«

»Nur Allah kann mich beschützen«, murmelte er.

Wir setzten unseren Weg fort. Es ging jetzt ein wenig bergab. Eine Straße konnte man es nicht nennen. Es war eher so etwas wie ein Saumpfad für Lasttiere, wie sie von Händlern oder Schmugglern genutzt werden. Der Wald trat nach einer Weile vom Weg zurück, und wir überquerten eine weite Lichtung, an deren Ende sich ein Hügel befand. Zwischen ihm und dem Berghang verschwand der Pfad in einer Senke. Rechts und links wucherte hohes, immergrünes Gestrüpp. Die Wolkendecke riss auf, und sofort verschwanden die grauen Schatten aus der Landschaft. Das Laub der Bäume leuchtete in der Nachmittagssonne, und es wurde gleich wärmer. Talwärts, am Ende der Lichtung, grasten Schafe auf der Wiese. Weiter unten am Waldrand lag die Hütte des Schäfers, aus der eine dünne Rauchsäule in den Himmel stieg. In allem ein friedliches Bild. Wenn da nicht die drei Sarazenen hinter uns gewesen wären.

Als wir am Hügel vorbei in die Senke ritten, der Weg beschrieb hier eine Kurve, da brach vor uns eine Schar Vögel aus den hohen Sträuchern, die die Böschung links und rechts bedeckten. Loki musste sie aufgescheucht haben, denn er war uns wie immer voraus. Trotzdem beschlich mich ein seltsames Gefühl. Und wie um meine Ahnung zu bestätigen, hörten wir ihn plötzlich wütend bellen. Was bei Odin war das?

Einen Augenblick lang zögerte ich zwischen Neugier und Vorsicht. Doch da waren wir schon durch die Wegbiegung, und dann, völlig überraschend und wie aus dem Boden gewachsen, versperrte uns eine Schildwand den Weg. Vermummte Gesichter über Schuppenpanzern, Speere, die sich uns bedrohlich entgegenreckten, und davor Loki, der wie wild herumsprang und sie wütend anbellte.

Jetzt ging alles viel zu schnell. Die Pferde scheuten. Saura wieherte schrill und bockte. Alba riss sich los und galoppierte davon. Aus den Augenwinkeln sah ich Lokis weißes Fell, der versuchte, sich auf die Mauren zu stürzen, und plötzlich laut aufjaulte. Über uns in den Sträuchern mindestens ein Dutzend Bogenschützen, die auf uns anhielten. Pfeile zischten um uns herum. Ivain griff zur Wurfaxt, während Thore die Bogensehne ans Kinn zog und selbst einen Pfeil fliegen ließ. Mein Blick streifte Ismaels schreckensbleiches Gesicht. Irgendjemand schrie vor Schmerz, ein anderer brüllte. War ich selbst das gewesen?

All dies spielte sich in ganz wenigen Augenblicken ab. Und doch fühlte es sich wie eine Ewigkeit an. Ich war wie gelähmt und mühte mich, meine Verwirrung zu beherrschen, riss das Schwert aus der Scheide und zerrte mit der Schildhand am Zügel. Saura wirbelte um die eigene Achse. Dabei merkte ich, dass die Verfolger aufgeschlossen hatten und uns mit erhobenen Waffen den Rückzug verwehrten. Noch andere sprangen von der Böschung, um sie zu verstärken. Wieder flogen Pfeile heran, und doch trafen sie nicht.

Thore schrie mich an. »Vorwärts, Gilbert! Wir können sie niederreiten!« Er hatte sein Schwert gezogen und deutete damit auf die Schildwand vor uns, die aus einer einzigen Reihe bestand.

Mir hämmerte das Herz in der Brust. Der Drang, vorzupreschen, sich mit der nackten Klinge eine Schneise zu schlagen, war übermächtig. Doch ich zögerte. Auch Ivain, das Schwert in der Hand, hielt sich zurück, wartete auf meinen Befehl.

Noch ein Pfeil verfehlte mich und schlug in den Stamm einer Kastanie hinter mir. Ein weiterer blieb im Boden vor Sauras Füßen stecken.

»Die wollen uns gar nicht treffen!«, rief ich. »Wenn die uns töten wollten, hätten sie es schon getan.« Thore starrte mich mit wilden Augen an. »Die wollen uns lebend, siehst du das nicht?« Ich zeigte mit dem Schwert auf die Böschung über uns. »Außerdem sind es zu viele. Besser, wir ergeben uns.«

Heftig atmend blickte er um sich. Wir waren in der Tat umzingelt. Ein Fluchtversuch wäre Selbstmord gewesen. Wie verdammte Anfänger hatten wir uns in einen Hinterhalt locken lassen. Thores Brust hob und senkte sich erregt, dann ließ er die Waffe sinken. Loki humpelte heran. Sein linker Vorderlauf war blutgetränkt. Zwei von den Mauren lagen am Boden. Einer tot, mit Ivains Axt im Gesicht, der andere halb aufgestützt mit einem Pfeil in der Schulter. Wenigstens hatten sie uns nicht ohne Blutzoll überwältigt.

Es fiel mir schwer, aber ich warf mein Schwert in den Staub und ließ auch den Schild zu Boden gleiten. Dann hob ich die leeren Hände, Handflächen nach oben. Thore und Ivain taten es mir nach, wenn auch widerstrebend. Es war ein bitterer Augenblick für uns drei.

Zunächst herrschte Stille. Dann löste sich eine hohe Gestalt aus den Reihen der Gegner und näherte sich. Der Mann war ungewöhnlich groß und kräftig. Er trug einen spitzen Helm mit Kettenhaube und einen schwarzen Umhang um Hals und Schultern. In seinem unvermummten Gesicht prangte eine breite, gebrochene Nase, darunter ein buschiger Bart. Er stieß einen harschen Befehl aus, woraufhin zwei seiner Männer begannen, unsere Waffen einzusammeln. Dann baute er sich, Fäuste in die Hüften gestemmt, vor uns auf und musterte uns mit einem verächtlichen Grinsen.

Ismael nahm dies als Gelegenheit, vom Pferd zu springen und wie wild auf den Mann einzureden. Vielleicht um zu erklären, wer wir waren und dass wir in friedlicher Absicht gekommen waren. Doch sein Redeschwall wurde von einem mächtigen Faustschlag unterbrochen, der ihn mit blutiger Nase zu Boden gehen ließ. Der Sarazene lachte nur und verschränkte die Arme vor der Brust. Dabei bemerkte ich die Tätowierung auf seinem Handrücken. Ein schwarzer Skorpion.

Der dunkle Felsen

Wir näherten uns dem Zufluchtsort der Wüstenskorpione, wie sich die Bande also nannte. Obwohl, nach Wüste sah es in dieser Gegend nicht aus, nur wild und einsam war es, weit entfernt von jeder menschlichen Behausung. Niemand war uns begegnet außer ein paar Wildtieren, die bei unserem Herannahen davongestoben waren.

Nach der Sonne zu urteilen, die sich bereits dem Horizont näherte, befanden wir uns auf den südlichen Hängen des Vulkans. Die Stellen, wo einst heiße Lava sich den Weg gebahnt hatte, waren selbst nach Jahrhunderten erkennbar. Das Gelände war uneben, mit schwarzen Felsbrocken übersät, teilweise abschüssig und schwer gangbar. Der schmale Pfad, dem die Pferde folgten, wand sich durch dichtes, baumhohes Gestrüpp, sodass einem nicht selten Zweige ins Gesicht peitschten. Dann wieder ging es durch Birkenhaine und an einzelnen Steineichen vorbei, durch steinige Bachbette und steile Böschungen hinauf. Die Pferde hatten ihre Mühe. Auch für uns, die wir gefesselt im Sattel saßen, war dieser Ritt unangenehm. Sogar die Füße hatten sie uns unter den Pferdeleibern hindurch zusammengeschnürt.

Schließlich öffnete sich der Wald und gewährte Sicht auf einen felsigen Hügel, aus dem vor untergehender Sonne die dunklen Umrisse einer Burg ragten. Oder was davon übrig war, denn eine Seite und Teile der Ringmauer waren eingestürzt, als hätte eine Riesenfaust zugeschlagen. Vermutlich das Werk eines Erdbebens. Im Gegenlicht des Abendrots wirkten die Zinnen der Ruine wie die verrotteten Zähne im Maul einer alten Vettel.

Mehr als drei Stunden waren seit dem Hinterhalt vergangen. Sie hatten uns entwaffnet, Helme, Kettenhauben und Panzer genommen und nichts als Kleider und Stiefel gelassen. Aus stolzen Kriegern waren mit einem Schlag wehrlose Gefangene geworden. Entsprechend gedemütigt fühlten wir uns. Besonders ich empfand eine tiefe Scham über die Leichtigkeit, mit der sie uns überwältigt hatten, und über meine eigene Unfähigkeit als Anführer. Dass keiner meiner Kameraden etwas dazu sagte, dass sie meinen Blick eher mieden, machte es nur noch schlimmer.

Alles hatten die Sarazenen durchsucht, unsere Satteltaschen und was wir sonst noch an persönlichem Eigentum bei uns führten. Die Entdeckung meines Goldes war zunächst von Freudenschreien begleitet gewesen, bis ihr Anführer sie mit harschen Worten zurechtgewiesen hatte. Keiner seiner Männer hatte etwas an sich nehmen dürfen, sondern alles wurde wieder in den Satteltaschen verstaut. Vermutlich wurde bei ihnen jede Beute als Gemeingut behandelt und erst später aufgeteilt. Unsere eigenen Jungs wären nicht so diszipliniert gewesen.

Als man Thore seine geliebten Ringe abnehmen wollte, hatte er sich gewehrt und dafür das stumpfe Ende eines Speerschafts ins Gesicht bekommen. Jetzt zierte eine hässliche Platzwunde seine Wange. Ansonsten waren wir körperlich unversehrt geblieben. Auch Ismaels Nase schien nicht gebrochen zu sein und hatte aufgehört zu bluten. Meine Alba hatten sie wieder eingefangen, denn ein gutes Pferd war kostbar. Loki dagegen war verschwunden. Ich konnte nur hoffen, dass er nicht zu verletzt war, um in der Wildnis zu überleben.

Ihren toten Kameraden hatten die Sarazenen begraben, dem Verwundeten den Pfeil aus der Schulter gezogen. Dann waren wir aufgebrochen. Ein bedrückendes Gefühl, an das eigene Pferd gefesselt einem unbekannten Schicksal entgegenzureiten. Dennoch waren wir bemüht, unsere Würde zu wahren. Der Ritt durch die Wildnis, einer hinter dem anderen, war schweigend verlaufen. Niemand hatte ein Wort geäußert, auch die Sarazenen nicht.

Verstohlen musterte ich unsere Bezwinger. Die meisten trugen über den Helmen dunkle Tücher um den Kopf geschlungen. Später sollte ich lernen, dass man diese *kufiya* nennt. Ein traditioneller Schutz gegen die Sonne. Ansonsten waren sie unterschiedlichst, aber meist in dunkle Fetzen gekleidet, manche fast zerlumpt, wie eine Truppe, die schon lange im Krieg liegt und in schlechten Unterkünften haust.

Dennoch waren alle gut bewaffnet. Rundschild, Speer und Schwert, nicht wenige hatten auch Bögen und Pfeilköcher über der Schulter. Einen Kettenpanzer, so wie wir, besaß nur ihr Anführer, die anderen trugen Leibschutz aus hartem, gekochtem Leder, manche mit aufgenähten Eisenschuppen. Sie hatten die Gesichter von Männern, denen Kampf und Entbehrung nicht fremd sind, und machten einen beherrschten und wachsamen Eindruck, die Hand nie weit vom Schwertgriff. An Flucht war jedenfalls nicht zu denken.

Am Rand der Lichtung hob ihr Anführer die Hand zu einem kurzen Halt. Ich zügelte meine Fuchsstute und sah zur Burg hinüber. Jemand blies in ein Horn, um unsere Ankunft zu melden. Gleich darauf kam vom dunklen Turm die Antwort. Ismael hielt neben mir und starrte zur Burgruine hinüber. Auch er musste sich fragen, was mit uns geschehen würde.

»Es tut mir leid, Ismael«, sagte ich leise. »Mit dem Beschützen war es wohl nicht weit her.«

Er zuckte mit den Schultern. »Wir sind am Leben«, war die knappe Antwort.

»Du bist ja Moslem. Ich nehme also an, dass sie dich bald gehen lassen.«

»Das hoffe ich.«

»Dann berichte Lando, wie es uns ergangen ist.« Ich spürte einen Kloß im Hals. Seit Stunden plagte mich die fürchterliche Vorahnung, dass diese Sklavenjäger uns anders als Ismael nie mehr freilassen würden. Wir waren eine gewinnbringende Beute für sie. »Falls wir also nicht mehr zurückkommen, soll wenigstens mein Sohn eines Tages erfahren, was mit mir geschehen ist.«

Er schlug die Augen nieder und nickte stumm. Dann ging es auch schon weiter. Wir ritten an Koppeln vorbei, in denen Pferde grasten. Heu trocknete auf einfachen, aus Ästen errichteten Gestellen. Feuerholz war sorgfältig aufgeschichtet, und unterhalb der Burg stand ein Dutzend Zelte aus verblichenen und oft geflickten Planen. Das Ganze sah nach einem etwas armseligen, aber wohlgeordneten Feldlager aus. Wir mussten die Männer bei ihrem Abendgebet überrascht haben, denn manche trugen noch Gebetsteppiche unter dem Arm. Jetzt säumten sie den Weg, um die Heimkehrer zu begrüßen.

Unsere Pferde erklommen den letzten Anstieg zur Festung, deren verwitterte Mauern aus dem gleichen dunklen Lavagestein wie der Burgfels waren und aussahen, als wären sie mit ihm verwachsen. Der breite Bergfried mit der gezackten Zinne stand unversehrt, ebenso ein großer Teil der Ringmauer, das Haupthaus und ein weiteres Gebäude, dem jedoch das halbe Dach fehlte. Der Rest war eingestürzt. Felsbrocken, Dachziegel und Mauerreste lagen in wüstem Durcheinander vor der Burg und über den halben Hang verstreut. Es musste ein sehr heftiges Beben gewesen sein.

»Byzantinische Wachburg«, raunte Ismael, als unser Trupp durchs Tor ritt. »Seit Ewigkeiten verlassen.«

Hier also, an diesem einsamen Ort, hatten die Skorpione Unterschlupf gefunden, denn trotz der teilweisen Zerstörung war die Burg immer noch gut zu verteidigen. In dem von Trümmern geräumten Burghof erwarteten uns weitere Krieger. Die Neuankömmlinge, die von den Pferden stiegen, wurden mit freudigen Umarmungen, sogar mit Küssen begrüßt, als hätten sie einen bedeutenden Sieg errungen. Ein Überschwang an Gefühlsbezeugungen, der uns Normannen fremd ist.

Man löste uns die Fußfesseln und ließ uns von den Pferden steigen. Als das gestaute Blut wieder in die Glieder floss, konnten wir vor Schmerzen zuerst kaum stehen. Alles um uns herum kam mir unwirklich vor. Die dunkle, halb verfallene Burg im letzten Licht des Tages. Die in Schwarz gehüllten, bärtigen Krieger, die uns umringten. Wir dagegen entwaffnet und gefesselt, ihnen ausgeliefert. Es war wie in einem irren Traum. Einem Albtraum. Was hatten wir uns da nur eingebrockt?

Beim Anblick von Ivains Narben wichen einige der Mauren vor ihm zurück, als hätte er den bösen Blick. Umar, so hieß der Anführer, wie ich inzwischen verstanden hatte, lachte über solchen Aberglauben. Er packte den kleineren Ivain am Hals und schüttelte ihn wie eine Ratte, wohl um zu zeigen, wie ungefährlich er war.

Doch Ivain, dem das nicht gefiel, spuckte ihm ins Gesicht und trat ihm vors Schienbein. Eine sinnlose Geste, sofort geahndet mit ein paar mächtigen Faustschlägen, die meinen Freund zu Boden schmetterten. Während er sich benommen und mit blutender Lippe wieder auf die Beine stemmte, brüllte Umar uns alle an. Dann ließ er Ismael übersetzen.

»Wer sich ruhig verhält, dem wird es gut gehen, sagt er. Aber Frechheiten wie diese werden sofort bestraft.«

»Sohn einer dreckigen Hafenhure«, murmelte Thore wütend auf Fränkisch. »Bei nächster Gelegenheit zerquetschen wir dem Schwein die Eier.«

Aber so weit war es noch lange nicht. Man führte uns in die alte Halle des Haupthauses, und da die Sonne längst hinter den Bergkämmen versunken war, erschien uns das Innere dieses großen, leeren Raumes so düster wie eine Höhle, trotz einiger Löcher im Dach, durch die ein wenig vom Abendhimmel zu sehen war. Feuerschalen ringsum warfen einen flackernden Schein auf die Gesichter der Männer, die zu beiden Seiten auf rauen Bänken saßen und uns mehr neugierig als feindselig musterten. Aus dem Burghof drängten andere nach, bis die Halle gut gefüllt war.

Es wurde still, und aller Augen richteten sich auf einen hochgewachsenen Mann im Hintergrund, der auf einer Art Thronstuhl saß und uns mit mildem Lächeln entgegenblickte.

Er trug einen schwarzen Turban, und sein schlanker, ja fast hagerer Leib steckte in einem langen Gewand, das bis zu den Knöcheln reichte. Eine scharfe Adlernase beherrschte das Gesicht, und die Haut war dunkler als bei den meisten Sarazenen. Während er uns aufmerksam betrachtete, strich er sich bedächtig über den schwarzen Bart, der ihm bis auf die Brust hing. Dabei war der fehlende Zeigefinger an der linken Hand nicht zu übersehen. Bei Odin und allen Göttern, durchfuhr es mich. Wir waren doch tatsächlich am rechten Ort. Wenn auch nicht ganz so wie geplant.

Sein Gefolgsmann Umar beugte ehrfürchtig das Haupt und gab einen kurzen Bericht ab, der unter den Anwesenden ein befriedigtes Gemurmel auslöste.

»Er heißt Abd al-Malik und scheint ihr Anführer zu sein«, flüsterte Ismael mir zu. »Ich werde ihm erklären, wer ihr seid.«

Das Geflüster erregte Umars Aufmerksamkeit, der uns einen unwirschen Blick zuwarf. Abd al-Malik aber hob die Hand und winkte uns näher heran. Ismael wagte sich noch einen weiteren Schritt vor, verbeugte sich respektvoll und begann eine längere Erklärung auf Arabisch.

Doch der Angesprochene runzelte ungehalten die Brauen und knurrte ein paar Worte zu Umar. Dazu eine Handbewegung, als wolle er eine Fliege verscheuchen. Umar packte Ismael am Kragen, trat ihm in die Kniekehlen und zwang ihn in eine kniende Haltung auf den Boden. Abd al-Malik machte eine Bemerkung dazu, und die Männer in der Halle lachten.

»Als brauchte ich einen Hund von einem Berber, um mir das Wort im Mund zu verdrehen«, sagte er dann zu uns in überraschend gutem Lombardisch. Harsche Worte, wenn auch in mildem Ton. Dazu lächelte er freundlich, als würde er mit willkommenen Gästen plaudern.

»Allah in seiner Güte hat es gefügt, dass ich mehrere Sprachen beherrsche, auch die der Christen. Und es ist mir eine Freude, wieder einmal Normannen zu begegnen. Ich hatte ja bereits das Vergnügen vor …« Er überlegte kurz. »… ganz recht, vor etwa sechzehn Jahren. Kaum zu glauben, wie schnell die Zeit vergeht. Allah, der Allmächtige, hat uns damals den Sieg geschenkt und eure normannischen Vettern mitsamt ihren byzantinischen Zahlmeistern von der Insel gefegt.«

Er musste den Feldzug jenes Georgios Maniakes meinen, des byzantinischen Feldherrn, der mit Flotte und großem Heer ausgezogen war, um ganz Sicilia zurückzuerobern. Nach anfänglichen Erfolgen war das Unternehmen ins Stocken geraten und schließlich ganz abgeblasen worden. Mehr aus politischen Gründen aufseiten der Byzantiner und nicht wegen Tapferkeit dieser Sarazenen. Roberts Brüder, Williame und

Drogo, hatten unter Maniakes eine Truppe kampfstarker, normannischer Söldner angeführt, sich dann aber zurückgezogen, als es Streit um die Verteilung der Beute gab. Und Maniakes hatte nichts Besseres zu tun, als sich mit dem Admiral der Flotte in die Haare zu kriegen. Nur hatte der bessere Beziehungen in Konstantinopel gehabt und ihn absetzen lassen.

Ich fragte mich, ob die Erwähnung meiner Familie uns helfen oder wegen dieses Feldzugs eher schaden würde, entschloss mich aber, dazu zu stehen.

»Dann ist Euch der Name Hauteville gewiss bekannt, Herr«, sagte ich. »Oder Altavilla, wie die Familie von den Lombarden genannt wird.«

Kaum hatte ich das gesagt, wurde ich von Umar wütend angebrüllt. Irgendetwas musste ich falsch gemacht haben.

»Man sagt nicht Herr«, raunte mir Ismael zu, der sich wieder erhoben hatte. »Abd al-Malik gibt sich als Nachkomme des Propheten und will deshalb Sayyid genannt werden.«

»Sayyid, natürlich.«

Ich verbeugte mich höflich vor Abd al-Malik und hoffte, mir den fremden Titel merken zu können. »Williame und Drogo de Hauteville, die hier Krieg geführt haben«, fuhr ich fort, »sind inzwischen verstorben, aber ihr Bruder Onfroi ist Graf von Apulien, wie Ihr sicher wisst … Sayyid.«

Abd al-Malik schien es zu gefallen, dass ich ihn nun mit dem gebührenden Titel ansprach, denn er schenkte mir ein gütiges Lächeln. »Von einem Onfroi weiß ich nichts. Aber an diesen Williame erinnere ich mich gut. Ein gewaltiger Krieger. Hat vielen unserer Söhne das Leben gekostet. Sag mir, hatte der nicht einen Spitznamen unter euch Christen?«

»Das ist richtig, Sayyid. *Bras de Fer* haben sie ihn genannt. Was so viel wie Eisenarm bedeutet.«

»Ah, ich erinnere mich. *Bras de Fer.* Ein wohlverdienter Name. Obwohl er einer von euch Ungläubigen war, so musste man ihn doch bewundern. Allah in seiner Weisheit schickt uns solche Gegner, um uns zu prüfen und zu stärken. Nun, wir alle waren jung damals und wahre Löwen.« Abd al-Malik lächelte versonnen, wie jemand, der an gute Zeiten zurückdenkt, an Abenteuer voller Mannesmut und Tapferkeit.

Dass dieses Gespräch einen so guten Verlauf zu nehmen schien, war mehr als ermutigend. »Wie ich schon sagte, Sayyid, sein Bruder Onfroi ist inzwischen Graf von Apulien. Ich selbst bin als sein Gesandter nach Sicilia gekommen. Mein Name ist Gilbert, und dies hier sind meine Gefährten.«

Abd al-Malik hob die Brauen. »Soso. Ein Gesandter willst du sein«, erwiderte er ein wenig gedehnt.

»Ich habe eine Urkunde, die das belegt. Ich hoffe, sie ist nicht verloren gegangen.«

Zu meiner Erleichterung ließ sich Umar auf die Frage seines Herrn von jemandem die lederne Hülle geben, in der meine Urkunde steckte, und reichte sie weiter. Sie hatten sie also gefunden und zum Glück nicht weggeworfen. Abd al-Malik öffnete die Lederrolle, entnahm ihr das Pergament und entrollte es. Dann las er mit gerunzelter Stirn. Er musste ein gelehrter Mann sein, wenn er nicht nur der arabischen, sondern auch der christlichen Schriften mächtig war.

»Tatsächlich«, sagte er, als er geendet hatte. »Ein höchst bemerkenswertes Dokument. Wirklich sehr beeindruckend.«

»Ihr werdet uns also freilassen?«

»Freilassen?« Erstaunt hob er die Brauen. »Das glaube ich kaum, mein junger Freund. Es ist nämlich so, dass meine Männer hier, alles gute Arabersöhne, keine Fremden mögen, die mit den abtrünnigen Hurensöhnen von Berbern gemeinsame Sache machen.«

»Gemeinsame Sache?« Ich verstand nicht.

Statt sich näher zu erklären, rief er etwas in den Saal, woraufhin ein wütendes Gemurmel anhob und die Männer zornige Blicke in unsere Richtung warfen. Auch ohne Thores warnenden Rippenstoß war deutlich, dass unsere Rolle als Gesandte bei diesen Kerlen nicht verfing. Die Stimmung schien von einem Augenblick auf den anderen umzuschlagen. Hatte Abd al-Malik sich bis jetzt fast übertrieben freundlich gezeigt, so funkelte plötzlich zorniges Feuer in seinen kohlschwarzen Augen. Er erhob sich zu voller Größe und reckte drohend den Zeigefinger in die Höhe.

»Wir sind die Söhne Arabiens. Das Schwert des Allmächtigen«, donnerte er so laut, dass es von den Wänden widerhallte. »Auserkoren, die Botschaft Allahs, des Einen und Einzigen, in die Welt zu tragen, Ungläubige zu unterwerfen und die Herrschaft Gottes zu errichten. Auch hier, auf dieser schönen Insel, ist dies gelungen. Doch dann sind wir unaufmerksam geworden, zu sicher in unserem Sieg, zu fett an unserer Beute. Und Allah hat uns bestraft. Er hat es zugelassen, dass andere die Macht an sich reißen und sich bereichern konnten, Berber, Christen und Juden.« Er hielt inne, wischte sich den Speichel aus dem Mundwinkel. Dann hob er die Faust gen Himmel. »Doch wir werden das ändern, werden sie alle in die Hölle schicken. Genauso wie die Byzantiner und euch Normannen vor sechzehn Jahren. Und den aufmüpfigen Berbern, wie diesem Hund hier, werden wir den Platz zuweisen, der Hunden zu Füßen ihrer Herren gebührt.«

Wieder brüllte er lange auf Arabisch, und die Männer sprangen in wilder Begeisterung von den Sitzen, riefen ihren Gott an und fuchtelten johlend mit den Waffen. Der Saal war erfüllt von ihrem Geschrei. Sie bewarfen uns mit harschen Worten und feindseligen Blicken, reckten uns blanke Klingen entgegen. Es war furchterregend, welche Macht dieser Gott Allah über sie hatte. Wir vier waren mehr als eingeschüchtert. Besonders Ismael stand die nackte Angst im Gesicht.

»Die hassen uns. Es sieht nicht gut aus.«

»Das sehe ich selbst«, knurrte ich.

»Sie brüllen ›Gott ist groß‹ und ›Tod den Ungläubigen‹.«

»Verdammte Scheiße.« Das war Thore neben mir. »Schlimmer als die Christen. Dabei haben wir ihnen nichts getan.«

Noch während der Tumult tobte, sah ich mit Entsetzen, wie Abd al-Malik meine Urkunde achtlos in die nächste Feuerschale warf, wo sie sofort in Flammen aufging. Dabei wandte er den Kopf in meine Richtung und grinste hämisch.

Die tobende Menge um uns herum schien völlig die Beherrschung verloren zu haben. Sie umringten uns, fuchtelten gefährlich nahe mit ihren Waffen. Ich hatte ein flaues Gefühl im Magen, und mein Mund war so trocken, dass ich kaum schlucken konnte. Was hatte Abd al-Malik vor? Würde er uns abschlachten lassen? Doch etwas sagte mir, trotz des wütenden Gebrülls und der drohenden Gebärden seiner Anhänger, dass es ihm weniger um uns ging als um die Gelegenheit, die Stimmung seiner Leute aufzuheizen.

Kaum war mir dieser Gedanke gekommen, da hob er die Hände, um die Menge zu beruhigen. Mit Erfolg, denn sofort wurde es still. Dieser Mann schien sie ganz und gar im Griff zu haben. Wie ein Magier spielte er mit ihren Gefühlen, konnte sie entfachen und wieder beruhigen. Es war nicht Allah, der Macht über sie hatte, sondern Abd al-Malik, der sich geschickt seines Gottes bediente, um diese Männer gefügig zu machen. Wie ein Werkzeug in der Hand des Meisters.

Während mein Herz noch wild klopfte, nahm Umar etwas anderes aus unseren Satteltaschen und reichte es Abd al-Malik. Ich erkannte mein ledergebundenes Büchlein. Erstaunt nahm er es in die Hände und blätterte darin.

»Du besitzt den Koran, Normanne?«

»Unser Freund Ismael hat uns daraus vorgelesen, Sayyid«, versuchte ich, den Vorteil irgendwie zu nutzen. »Ein Buch voller Weisheiten«, fügte ich hinzu und hasste meine Unterwürfigkeit.

Er blickte auf. »Und was hast du davon verstanden?«

Ich schluckte. Schweißperlen standen mir auf der Stirn. Was zum Teufel sollte ich darauf antworten? Schließlich sagte ich das Nächstbeste, das mir im Gedächtnis geblieben war. »Man soll ein gottesfürchtiges Leben führen, täglich beten, gerecht gegen alle Gläubigen sein und den Armen helfen. Und einmal im Jahr die Fastenzeit einhalten.«

Abd al-Malik lächelte spöttisch. »Gar nicht schlecht für den Anfang.« Er hob meinen Koran in die Höhe und rief etwas auf Arabisch, woraufhin die Männer sich erstaunt ansahen und untereinander tuschelten.

»Falls du dich wunderst«, wandte er sich wieder an mich, »ich habe meinen Männern geraten, noch ein wenig zu warten, bevor sie dir und deinen Gefährten den Kopf abschneiden. Vielleicht werden ja noch gute Muslime aus euch.«

Er grinste uns fröhlich zu, als wäre er selbst erleichtert, uns dieses Ende zu ersparen. Was für ein verdammter Schauspieler und trickreicher Lügner! Am liebsten wäre ich ihm an die scheinheilige Gurgel gegangen.

»Wenn Ihr erlaubt, Sayyid«, sagte ich stattdessen. »Wir sind nicht nach Sicilia gekommen, um irgendjemand zu schaden. Auch nicht, um Bündnisse zu schließen.«

»Nein? Warum dann?«

»In Wahrheit suche ich nur nach meinem Weib. Sie ist mir mit Gewalt entführt worden. Ich bin gekommen, um sie freizukaufen.«

In meiner Stimme musste Verzweiflung geklungen haben.

Abd al-Malik legte die Stirn in Falten. »Dein Weib? Hast du deshalb überall in Messina und Taormina nach uns gefragt?«

»So ist es, Sayyid. Sie ist Normannin wie ich, obwohl dunkelhaarig. Sie hat graugrüne Augen und ist recht hübsch. Hat man eine solche Frau hierhergebracht?«

Er kratzte sich nachdenklich den Bart. »Eine Normannin, sagst du? Und hübsch dazu?«

»Ja, Herr.«

»Nicht hier bei uns.« Er schüttelte den Kopf. »Was sollten wir mit einem hübschen Mädchen anfangen? Du musst wissen, guter Freund, dass meine Männer und ich jeglichen irdischen Versuchungen entsagt haben. Bei uns gibt es weder Wein noch Tafelfreuden, kein Haschisch und vor allem keine Weiber. Wir kennen nur den Kampf für Allah, den Allmächtigen. Nichts soll uns davon ablenken. Ich muss dich also enttäuschen. Hier wirst du dein Weib nicht finden.«

»Aber Ihr selbst wurdet gesehen in jenem Dorf, aus dem man sie entführt hat.« Dabei deutete ich auf den Zeigefinger meiner linken Hand.

Kaum hatte ich das gesagt, da bereute ich es schon. Nicht ohne Grund, denn Abd al-Maliks gleichmütige Miene verwandelte sich mit einem Schlag in eine Maske des Zorns. »Willst du mich einen Lügner nennen?«, brüllte er, gefolgt von einem wütenden Schwall auf Arabisch.

Wieder sprangen seine Anhänger auf und zogen erneut die Waffen. Bevor wir uns versahen, packten sie uns und zerrten uns aus der Halle.

Draußen herrschte tiefe Abenddämmerung. Nur vereinzelte Fackeln warfen ein spärliches Licht in den Burghof, der sich rasch mit wütenden Sarazenen füllte. Schwertklingen bedrohten uns. Ein Schwall von harschen Worten schlug uns ins Gesicht. Ich hatte ihren verdammten Anführer beleidigt. Das verlangte nach Sühne.

»Wir sehen uns in Walhall, Bruder«, murmelte Thore mir noch zu, dann rissen ihn zwei, drei Kerle mit sich.

Auch Ivain war von geifernden Sarazenen umringt. Einer hielt ihm ein langes Messer an die Kehle. Ich stolperte und wäre gestürzt, hätten harte Fäuste mich nicht wieder auf die Füße gezerrt. So würden wir also enden, dachte ich, der Willkür dieses Verrückten ausgesetzt und von seinen gottverblendeten Anhängern gemeuchelt. Niemand würde davon erfahren, denn auf Ismael schienen sie einen ganz besonderen Hass zu haben. Ich würde sterben, ohne herausgefunden zu haben, wo Gerlaine steckte. Meine lächerlichen Rettungsversuche waren gescheitert. Ivo würde ohne Eltern aufwachsen. Nicht anders als ich selbst. Ich konnte nur hoffen, dass Alberada sich seiner genauso annehmen würde, wie sich einst Roberts Mutter um mich gekümmert hatte.

Doch bald wurde klar, dass sie gar nicht vorhatten, uns zu töten. Jedenfalls nicht an diesem Abend. Stattdessen schleiften sie uns zu einem Gemäuer im Hof, das direkt an die Ringmauer gebaut war und wie ein niedriger Viehstall aussah oder ein Hundezwinger. Der Zugang war durch ein eisernes Gitter versperrt, das jetzt aufgeschlossen wurde. Dann stießen sie uns in das finstere, höhlenartige Innere. Sofort schlug einem ein ekliger Latrinengestank entgegen. Dann waren da Schatten, die sich vor uns zurückzogen, ein Scharren von Füßen und Rascheln von Stroh. Ich strauchelte und schlug mit dem Kopf an die niedrige Holzdecke, ließ mich, wo ich stand, zu Boden gleiten und lehnte mich mit dem Rücken an den rauen Stein.

Ivain stolperte über meine Beine und hockte sich dann ebenfalls nieder. Ein kurzer, halb unterdrückter Schmerzschrei aus dem Inneren, und Thore, der vor uns hineingekrochen war, fluchte. Eine ärgerliche Stimme antwortete ihm. Was sie sagte, verstand ich nicht. Und doch wurde alles klar. Wie ein Zwinger mochte der Verschlag aussehen, aber hier wurden keine Hunde gehalten, sondern Menschen. Und so, wie es stank, schon seit Langem.

Unsere Peiniger standen vor dem Eingang und bewarfen uns mit Verwünschungen. Da drängte sich Abd al-Malik nach vorn. Mit einem verächtlichen Blick warf er mir mein Büchlein in den Schoß. »Mit deinen ungläubigen Fingern hast du dieses heilige Buch entweiht, Normanne. Kein rechter Muslim wird es mehr anfassen wollen.«

»Was geschieht jetzt? Was habt ihr mit uns vor?«

Er lachte. »Du scheinst schwer von Begriff zu sein. Ihr seid Sklaven, was sonst? Wir werden euch meistbietend verkaufen.« Damit drehte er sich auf dem Absatz um und stolzierte davon.

Einer der Sarazenen hockte sich mit einem Messer nieder, um unsere Fesseln zu durchschneiden. Ich war versucht, ihm die Waffe zu entwinden und den Bastard zu erstechen. Aber was hätte uns das gebracht? Schließlich fiel krachend das Gitter hinter uns zu und wurde verschlossen.

Wir starrten durch die eisernen Stäbe. Die meisten der Sarazenen räumten den Burghof. Nur wenige standen noch herum und schwatzten. Wir hörten ihre Stimmen und ihr Lachen. Als ob wir zu ihrer Unterhaltung beigetragen hätten. Zweifellos hatten sie unsere Todesangst genossen.

Ich schloss einen Augenblick lang die Augen. Aber als eine Stimme hinter uns erklang, riss ich sie gleich wieder auf und wandte den Kopf, konnte aber nichts erkennen. Dennoch begann mein Herz wie wild zu schlagen. Denn es war eine helle Stimme gewesen – eine Frauenstimme.

* * *

Es war tatsächlich die Stimme einer Frau gewesen mitten unter uns in der Dunkelheit dieses muffigen Verschlags. Eine junge und angenehme Stimme, obwohl Angst in ihr geschwungen hatte. Einen Moment lang hatte ich Gerlaine zu hören geglaubt, und mein Herz hatte sich dabei fast überschlagen. Aber Gerlaine sprach kein Griechisch. Nein, es war nicht Gerlaine.

Und jetzt ließen sich noch andere Stimmen vernehmen, von Männern diesmal. Sehen konnte man kaum etwas in dem Loch, selbst als sich unsere Augen an die Dunkelheit gewöhnt hatten. Nur Schatten, die sich bewegten, während sie Fragen stellten. Ich verstand nichts von alldem, aber vermutlich wollten sie wissen, wer wir waren, woher wir kamen. Wir überließen es Ismael, mit ihnen zu reden. Ich lehnte erschöpft den Kopf zurück und auch erleichtert, noch am Leben zu sein. Es roch nach Feuchtigkeit und modrigem Stroh. Aber noch schlimmer war der Gestank, der vom hinteren Ende herüberwehte. Das sei der Kübel für die Notdurft, klärte man uns auf.

Die Frauenstimme gehörte einem jungen Bauernweib aus Kalabrien, die man zusammen mit ihrem Mann entführt hatte. Dazu sein jüngerer Bruder, der aber kaum ein Wort sprach. Auch später nicht. Der vierte unter ihnen war ein kauziger Schäfer, der sich ständig kratzte – wahrscheinlich hatte er Läuse – und immer wieder betonte, sie hätten ihn nur aus Versehen mitgenommen, denn er sei doch viel zu alt für einen Sklaven, viel zu alt für harte Arbeit.

Das ist, was sie uns erzählten, wobei Anna, die junge Frau, reichlich Tränen vergoss. Aus Alessas Dorf, wie ich gehofft hatte, waren sie nicht und konnten mir auch nichts über Gerlaines Verbleib verraten. Sie hatten sie nie gesehen.

Das musste nichts bedeuten, waren sie doch erst seit einigen Wochen auf der Burg. Davor waren noch andere in diesem Gefängnis gewesen. Die hatte man weggebracht. Wohin, konnten sie nicht sagen. Vermutlich zu einem der Sklavenmärkte. Es schien ein regelmäßiges Kommen und Gehen auf dieser Burg zu herrschen. Neue Gefangene, die diese Männer auf ihren Raubzügen machten, wurden bis zum Weiterverkauf hier gehalten. Mit uns hatten sie anscheinend Ähnliches vor. Ein paar kräftige Normannen, damit ließe sich ein gutes Geschäft machen, erklärte uns Ismael, für die Arbeit in den Minen oder auf den Zuckerrohrfeldern. Wir würden wie Gerlaine in Ketten enden. Tancreds Fluch hatte sich erfüllt.

Als diese Erkenntnis langsam einzusinken begann, herrschte niedergeschlagenes Schweigen. Jeder hing seinen betrüblichen Gedanken nach. Ich fühlte mich wie die sprichwörtliche Fliege, die der Honig angelockt hatte und die nun festsitzt.

»Wie konnte ich nur so blöd sein?«, murmelte ich angewidert von dem unbekümmerten Leichtsinn, mit dem wir uns in diese Lage gebracht hatten. »Jeder halbwegs gescheite Ochse hätte es besser gemacht.«

»Ich habe euch gewarnt«, klagte auch Ismael. »Und jetzt sitze ich selbst in der Falle. Hätte ich nur nicht auf meinen Onkel gehört und euren Auftrag angenommen.«

»Du kannst ja zu deinem Gott beten«, spottete Ivain. »Der holt dich bestimmt hier raus.«

»Du bist nicht der Einzige, der mich gewarnt hat, Ismael«, sagte ich zerknirscht. »Ich habe es auf die leichte Schulter genommen und euch alle in diesen Schlamassel reingeritten.«

»Hör auf, dir die Schuld zu geben«, klang es aus Thores Ecke. »Es ist, wie es ist. Außerdem hatten Ivain und ich auch keinen besseren Plan. Also Schluss mit Jammern. Wir müssen einfach sehen, wie wir hier wieder rauskommen. Kann doch wohl nicht so schwer sein.«

Ich bat Ismael, die anderen Gefangenen nach einer Fluchtmöglichkeit zu befragen. Doch der junge Bauer schüttelte den Kopf. »Das Mauerwerk ist fest, das Dach solide und das Gitter noch mehr«, ließ er uns sagen.

»Lassen sie einen gelegentlich raus? Kann man die Wachen überwältigen?«

»Unmöglich. Das Essen stellen sie vors Gitter. Auch den Eimer Wasser zum Trinken. Zum Schöpfen haben wir einen Becher. Rausgelassen wurden wir noch nie.«

»Und der Latrinenkübel? Muss der nicht mal geleert werden?«

»Bis jetzt nicht. Außerdem sind meistens Bewaffnete im Burghof. Nein, hier kommt niemand raus. Nur wenn wir verkauft werden. Dann hat das Elend hoffentlich ein Ende.«

»Aber ich habe solche Angst, dass sie uns trennen«, fügte sein Weib mit weinerlicher Stimme hinzu. »Ich sterbe, wenn wir nicht zusammenbleiben dürfen.«

Es stellte sich heraus, dass Anna zu allem Elend auch noch schwanger war und nichts mehr fürchtete, als das Kind ohne ihren Mann zur Welt zu bringen.

Das war jetzt also unsere neue, auf so plötzliche und brutale Weise zusammengewürfelte Gemeinschaft. Sieben Männer und eine schwangere Frau in einem dunklen, stinkenden Loch mit ein paar halb verrotteten und verwanzten Strohschütten, ohne Decken gegen die Nachtkühle, mit einem Kübel zum Scheißen und einer mehr als unsicheren Zukunft. Und all dies hatten wir Allah, dem Barmherzigen, zu verdanken.

Und irgendein verfluchter Sarazene würde sich jetzt an meinen Waffen erfreuen. An dem schönen, mit Silber verzierten Helm, an meinem Schwert, das Gerlaine mit einem Runenzauber belegt hatte, um mich zu beschützen. Mein Gold, meine Pferde, alles dahin. Den Gefährten ging es nicht anders. Ich betete zu Odin, der eines seiner Augen für Erleuchtung und Weisheit geopfert hatte. Ich bat ihn, uns einen Weg aus diesem Käfig zu zeigen. Ob es helfen würde? Ich hatte meine Zweifel, denn auf die Götter ist selten Verlass.

Obwohl wir nicht bereit waren, uns in unser Schicksal zu fügen, bestätigte sich in den nächsten Tagen, was die Mitgefangenen gesagt hatten. Sosehr wir uns auch gegen die Mauern aus groben Lavabrocken stemmten, sie blieben unverrückbar fest. Die Dachbalken waren eingemauert und nicht ohne Werkzeuge zu lösen. Ivain schlug vor, sich unter der Mauer durchzugraben. Wir versuchten es, kratzten uns die Finger blutig und stießen doch nur auf harten Fels.

Während Thore, Ivain und ich uns weiter das Hirn zermarterten, wie wir uns befreien könnten, hatte Ismael nichts Besseres zu tun, als unentwegt sein Los zu beklagen.

»Hör auf zu jammern«, fuhr Thore ihn schließlich an. »Du bist doch Moslem wie sie. Sie werden dich freilassen.«

Er schüttelte den Kopf. »Für sie bin ich einer von euch. Außerdem hassen sie Berber. Ihr habt es selbst gehört.«

»Aber eines hassen sie nicht. Und das ist Gold«, sagte ich. »Biete ihnen an, dass deine Familie bereit ist, ein gutes Lösegeld zu zahlen. Und wenn du dann wieder in Kalabrien bist, lass Roger de Hauteville wissen, wo sie uns gefangen halten. Er wird dich dafür entlohnen.«

Roger war verrückt genug, eine Befreiung zu wagen. Ich war früher wie ein Bruder für ihn gewesen. In mancher Hinsicht sogar mehr als das. Er würde mich nicht in diesem Verlies verrotten lassen. So hoffte ich wenigstens.

Ismael war bereit, es zu versuchen. Er redete mit den Wachen und fragte nach Umar. Der erschien zwar, aber in einer üblen Laune. Für Ismaels Ansinnen hatte er nur Verachtung übrig. Und dafür, dass er ihn umsonst bemüht hatte, ließ er ihn aus dem Käfig zerren und vor unseren Augen blutig schlagen. Thore wurde so wütend, dass wir ihn nur mit Mühe abhalten konnten, eine Dummheit zu begehen.

Danach war unser Berberfreund tagelang nicht ansprechbar. Seine Wunden waren zum Glück nur oberflächlich, aber er verfiel immer mehr in eine tiefe Niedergeschlagenheit, die auch auf uns andere abzufärben begann.

Unter der Sonne Sicilias verwandelte sich der Verschlag tagsüber in einen wahren Ofen. Darin schmorten wir im eigenen Saft, so heiß und stickig war die Luft, so sehr lief uns der Schweiß aus allen Poren. Andererseits, als es einmal die ganze Nacht regnete, tropften Unmengen an Wasser durch die Ritzen zwischen den Dachbalken, sodass wir vor Nässe zitterten und uns nicht einmal mehr auf das feuchte Stroh legen wollten.

Zumindest verhungern ließen sie uns nicht. Es hätte ja unseren Marktwert gemindert. Das Essen war eintönig, aber wir wurden einigermaßen satt. Meist gab es altes Brot, manchmal ein Stück Käse, ein paar Zwiebeln oder Äpfel, einmal sogar zwei angebrannte Rehrippen. Das Beste von allem gaben wir Anna, damit ihr werdendes Kind nicht zu darben hatte.

Immer wenn ich mir vorstellte, was in ihrem Leib heranreifte, musste ich an Ivo denken und an Alessa, die ihn hoffentlich gut versorgte. Aber besonders an Gerlaine, die unser Kind geboren hatte. Wer weiß, was sie jetzt durchmachen musste? Dabei kam mir der Sklavenhändler in Messina in den Sinn und das geile Gegrapsche, mit dem der seine hübscheste Sklavin angeboten hatte.

Ich ließ Ismael behutsam fragen, ob man Anna belästigt oder unkeusch behandelt hätte. Doch zu unserer Verwunderung verneinte sie es. Wie die Männer habe man auch sie einmal nackt begutachtet, jedoch eher wie eine Kuh auf dem

Viehmarkt, um ihren Wert zu beurteilen. Sonst nichts weiter. Schwer zu glauben, aber vielleicht stimmte es ja, dass Abd al-Maliks Anhänger den fleischlichen Gelüsten entsagt hatten.

In den ersten Nächten unserer Gefangenschaft hatte ich kaum Schlaf finden können. Auch Ismael wälzte sich auf dem harten Boden von einer Seite zur anderen und stieß dabei gegen mich, denn es war eng in unserem Verlies. Ivain und Thore schliefen tief und fest. Ihr leises Schnarchen und das der anderen hielt mich nur noch mehr wach, sodass mir nichts anderes übrig blieb, als stundenlang zu grübeln. Nicht, dass etwas Brauchbares dabei herausgekommen wäre.

Tag für Tag verging, während wir auf engstem Raum zusammengepfercht waren. Dabei hätten wir es noch gut, meinte Annas Mann. Vorher wären es noch mehr Gefangene gewesen. Natürlich waren wir Krieger es gewohnt, im Feldlager in nächster Nähe zusammenzuhausen, und dachten uns nichts dabei, Zeuge der Leibeszwänge anderer zu werden. Man pinkelte am Wegrand oder hockte sich in die Büsche. Blähungen waren oft eine Quelle der Erheiterung.

Aber das war unter Männern. Anna gegenüber waren wir von einer ungewohnten Scheu befallen. Unsere Notdurft zu verrichten wurde zur Verrenkung. Alle drehten sich weg, versuchten, sich nicht anmerken zu lassen, was dem Leib so an Gerüchen und Geräuschen entfuhr. Trotzdem war es jedes Mal eine hastige Qual über dem stinkenden Kübel. Und mehr als Stroh, um uns zu säubern, war auch nicht vorhanden. Ein Paradies für Schmeißfliegen war dieses Loch, in dem wir hausten. Ihr ewiges Summen machte einen verrückt.

Anna dagegen schien sich weniger zu scheuen, den Rock zu heben. Vielleicht weil sie schon länger in diesem Loch hauste oder als Bäuerin mit dem Vieh aufgewachsen war. Vielleicht auch, weil wir Männer sie inzwischen ins Herz geschlossen hatten und dies durch besondere Fürsorge zeigten. Und natürlich hatte sie ihren jungen Ehemann, der sich um sie kümmerte, leise mit ihr sprach und sie beruhigte, wenn das Elend unserer Lage sie überwältigte. Aber meistens war sie tapfer, erzählte Geschichten aus ihrem Dorf oder sang für uns. Sie hatte eine gute Stimme. Und ein herzerwärmendes Lächeln, wenn ihr danach war.

Da wir nichts zu tun hatten, als uns gegenseitig anzuöden, bat ich Ismael, uns Griechisch beizubringen. Arabisch war zu fremd, aber Griechisch würde uns auch in Kalabrien nützlich sein. Also verbrachten wir täglich Stunden, zunächst die Worte für die einfachsten Dinge des Lebens zu lernen. Thore stellte sich gelehrig an, Ivain dagegen war ein hoffnungsloser Fall. Nach ein paar Tagen fanden auch die anderen Gefallen an der Sache. Es lenkte uns von unserer misslichen Lage ab. Selbst der alte Schäfer beteiligte sich und versuchte, uns Sprichwörter beizubringen, die ich prompt wieder vergaß. Aber von allen wurde Anna unsere beste und geduldigste Lehrerin.

Einmal wachte ich mitten in der Nacht auf und hörte sie still in der Ecke schluchzen, die sich die beiden eingerichtet hatten. Ihr Mann flüsterte ihr beruhigende Worte zu. Und dann dauerte es nicht lange, da drangen andere Laute herüber. Trotz aller Bemühungen, leise zu sein, waren die Geräusche ihrer Liebe nicht zu verkennen. Annas unterdrücktes, leidenschaftliches Wimmern schließlich berührte mich mehr, als mir lieb war. Es ließ mich lange an meine Nächte mit Gerlaine denken, als wir auf unseren Wanderungen unter der Zeltplane gelegen hatten. Vor allem aber an jene Nacht, in der wir uns zum ersten Mal wirklich geliebt hatten.

Etwas später, inzwischen schienen die beiden eingeschlafen zu sein, kratzte etwas an die Gitterstäbe, neben denen ich lag. Dann ein leises Schnüffeln und Hecheln. Ich war sofort hochgefahren. Und im Licht des Mondes, der über der Burg hing, erkannte ich Lokis Schatten. Er streckte die Pfote durchs Gitter, um mich zu erreichen. Bei Odin, was für eine Freude das war! Hatte der Schlingel uns doch tatsächlich gefunden.

Sofort hockte ich mich zu ihm, strich ihm übers Fell, kraulte ihm die Ohren. Er wedelte wie wild mit dem Schwanz und gab wohlige Laute von sich. Dann steckte er die kühle Schnauze durchs Gitter und leckte mein Gesicht. Ich besah mir seinen Vorderlauf, aber die Verletzung war gut mit Schorf bedeckt und nicht allzu schlimm.

Mit einem Mal hörte ich jemand fluchen, Schritte näherten sich, und ein Stein flog mit metallischem Knall gegen das Gitter. Eine Klinge blitzte im Mondlicht. Loki warf sich herum, knurrte wild und verschwand dann in der Nacht ebenso lautlos, wie er gekommen war. Kluger Hund. Besser so, als sich mit dem Wachmann anzulegen. Der starrte in unser Loch, ohne viel sehen zu können, murmelte etwas und zog sich wieder zurück, um seine Runden fortzusetzen.

Am nächsten Morgen erzählte ich den anderen von unserem heimlichen Besucher. Natürlich änderte dies nichts an unserer Lage. Es betonte eher noch unsere Hilflosigkeit. Und doch erfüllte uns die Treue dieses Tieres auf seltsame Weise mit neuer Hoffnung. Auch wenn es nur ein Hund war, aber jemand da draußen hatte uns nicht vergessen. Selbst Ismael schien wieder Mut zu schöpfen.

Wie um uns zu bestärken, tauchte ein paar Tage später noch ein Besucher bei uns auf. Es war schon dunkel, die Mauren saßen in ihrer Halle beim Essen, der Burghof lag verlassen da. Da hockte plötzlich ein Knabe vor dem Eisengitter. Ängstlich blickte er um sich, ob ihn auch niemand beobachtete. Dann starrte er mit großen Augen, die im Licht des Mondes glänzten, in unser dunkles Loch. Ob wir Normannen aus Argentano seien, wollte er flüsternd wissen. Er sprach Griechisch, vermischt mit ein paar Brocken Lombardisch. Jedenfalls verstand ich ihn.

Von Gefühlen überwältigt, packte ich seine Hand. »Bist du aus Alessas Dorf?«, fragte ich leise und wiederholte den Namen der Amme.

Er nickte heftig und redete so schnell, dass ich nicht mehr mitkam. Aber da war schon Ismael an meiner Seite, um zu helfen. Ja, er sei aus Alessas Dorf, bestätigte der Junge noch einmal. Er war vielleicht zehn oder elf Jahre alt und mit seinen dunklen Locken ein hübscher Bengel. Er könne nicht lange bleiben, ließ er uns wissen. Verprügeln würde man ihn, sollte man ihn bei uns entdecken.

»Und Signora Gerlaine«, fragte ich mit bangem Herzen. »Hat man sie auch hierhergebracht?«

Er schüttelte den Kopf. »Sie ist auf dem Schiff geblieben.«

»Was für ein Schiff?«

»Ein großes mit vielen Kriegern. Uns haben sie an Land gesetzt. Aber nicht die Signora.«

»Ist sie schlecht behandelt worden?«

»Nicht schlechter als alle anderen.«

»Und wo könnte sie jetzt sein?«

Er zuckte mit den dünnen Schultern. »Weiß nicht. Als man uns hergebracht hat, war sie nicht dabei. Und irgendwann später haben sie die anderen verkauft.«

»Weißt du, wohin?«

»Nein. Man hat sie abgeholt. Mehr weiß ich nicht.«

»Und warum die anderen und nicht dich?«

Er senkte den Kopf. »Ich muss Abd al-Malik dienen.«

»Und was heißt das?«

»Sein Bett machen, ihm das Essen bringen, die Kleider säubern. Solche Sachen.«

»Wie heißt du eigentlich?«

»Marcos.«

»Dann bist du Ioannas Sohn?«

»Ja.« Er sah mich scharf an. »Woher weißt du das?«

Ich erzählte ihm mit Ismaels Hilfe, dass ich im Dorf mit seiner Mutter gesprochen hatte. Und dass sie sich sehr um ihn grämte. Da bekam er feuchte Augen. Ich langte durch die Gitterstäbe und legte ihm die Hand auf die Schulter.

»Behandelt Abd al-Malik dich gut?«

Er zögerte mit der Antwort. »Er schlägt mich«, sagte er dann. »Ziemlich oft. Ich sei ein Nichtsnutz.« Er sprach nicht weiter. Aber es klang, als wäre da noch mehr, das ihn quälte. »Und manchmal ...« Er brach wieder ab.

»Was manchmal?«

»Manchmal muss ich Dinge mit ihm tun, die ich nicht mag.«

Bei diesen Worten liefen ihm Tränen über die Wangen. Doch er wischte sie weg, bemühte sich, tapfer zu sein. Ismael und ich sahen uns an. Wir konnten uns vorstellen, was das für Dinge waren. Dieser verfluchte Bastard. Von Frauen hielt er nichts, dafür umso mehr von kleinen Jungs.

»Falls es uns gelingt zu entkommen«, raunte ich heiser, »werde ich alles tun, um dich zu deiner Mutter zurückzubringen. Das kann ich dir versprechen.«

Marcos wischte sich die Nase und nickte, als Ismael übersetzte. Er versuchte sogar ein Lächeln, aber es gelang ihm nicht. Wahrscheinlich glaubte er mir nicht. Die anderen Erwachsenen, mit denen er gefangen worden war, hatten ihm auch nicht helfen können. Er müsse jetzt gehen, flüsterte er. Und bevor wir uns versahen, war er in der Dunkelheit des Burghofes verschwunden.

Ich sah meine Kameraden an und schüttelte den Kopf. Wir waren so verdammt hilflos. Marcos hatte recht, meinen Versprechungen zu misstrauen. Was konnte ich schon für ihn tun?

Auf einem großen Schiff hatten sie Gerlaine also mitgenommen. Aber wohin? Nach Afrika? Das wäre das Allerschlimmste. Dahin würde ich ihr nicht folgen können, selbst wenn es gelänge, uns zu befreien. Aber wenigstens war ihr dieses elende Loch erspart geblieben. Das heißt, wenn ihr nicht Schlimmeres widerfahren war. In unserem gemeinsamen Leid fühlte ich mich ihr so nahe wie nie zuvor.

* * *

Am nächsten Morgen schlossen sie zu unserer Überraschung das Gitter auf und ließen uns in einer Reihe antreten. Um uns herum standen Krieger mit blanken Schwertern, um jeden Gedanken an Flucht oder Widerstand im Keim zu ersticken. Neben den üblichen Wachen waren heute noch andere Männer zugegen, die uns fremd waren. Auch sie mussten zu den Wüstenskorpionen gehören, denn sie waren ähnlich gekleidet und trugen die gleiche Tätowierung. Ihre Pferde standen im Hintergrund. Dazu mehrere gesattelte Maultiere. Diese Neuankömmlinge gingen von einem zum anderen und musterten uns aufmerksam.

»Die sind nicht ohne Grund hier«, raunte ich mit einem Kribbeln im Magen den Gefährten zu.

Für diese Bemerkung bekam ich einen Schlag mit der Reitgerte ins Gesicht. Reden war wohl nicht erlaubt. Nun, sollten sie uns doch begutachten, so lange sie wollten. Dass wir sieben Jammergestalten einen kläglichen Anblick boten, wurde dadurch nicht besser. Haare wirr, Gesichter und Hände dreckig, Kleider voller Schmutz und Flecken. Und dazu stanken wir so erbärmlich, dass sich einige der Sarazenen die Nase zuhielten.

Ismael mit seinen Kratzern und Blutergüssen im Gesicht sah am schlimmsten aus.

Nach der Musterung wurde befohlen, unser Verlies gründlich auszumisten. Mir und dem alten Schäfer trugen sie auf, den vor Urin und Kot schon fast überfließenden Kübel rauszuholen und in den Latrinen der Burg auszuleeren, wo immer das sein mochte. Die anderen hatten den Verschlag gründlich auszufegen und das frische Stroh hineinzutragen, das im Burghof bereitlag.

Eine ganze Wolke von Schmeißfliegen surrte um mich und den Alten herum, als wir das übel riechende Ding über den Hof schleppten. Nicht verwunderlich, dass die beiden Wachen, die uns begleiteten, gebührend Abstand hielten.

Der Schäfer mühte sich redlich, aber der Kübel war schwer. Er ächzte unter dem Gewicht und stolperte, wobei etwas von dem Inhalt in den Hof schwappte. Wir setzten unsere Last ab, um ihn verschnaufen zu lassen. Da näherte sich einer der Wachen und stieß den Alten mit zornigen Worten weg. Stattdessen winkte er Thore heran, der gerade eine Ladung Stroh auf dem Arm trug. Dankbar tauschte der Alte den Platz mit ihm.

»Was würde wohl Robert sagen, wenn er uns so sähe?«, bemerkte Thore mit einem grimmigen Grinsen. »Seine edlen Krieger zu Scheißeträgern verkommen.«

»Der würde sich totlachen und sagen, wir Idioten hätten's nicht besser verdient«, antwortete ich gereizt. »Nun mach schon und pack an.«

Als wir mit dem leeren Kübel zurückkamen, hatten die anderen eimerweise Wasser aus dem alten Burgbrunnen heraufgezogen. Nun sollten wir uns nackt ausziehen und gründlich waschen. Nach den Wochen im Dreck war das eine wahre Wohltat. Auch die Sonne auf der nackten Haut zu spüren war das Beste seit der gefühlten Ewigkeit, die wir schon auf dieser Burg waren.

Die neu angekommenen Skorpione prüften unsere Muskeln, ließen sich die Zähne zeigen. Einer von ihnen, er musste ihr Anführer sein, war so hager, dass seine Wangenknochen wie bei einem Skelett hervorragten. Noch unangenehmer fielen mir seine kalten Augen auf. Blassgrün und wie tot.

Anna zierte sich mit dem Ausziehen, bis einer der Wachen sie anschrie und mit der Reitgerte bedrohte. Da stellte sich ihr Mann vor sie und hätte den Kerl angegriffen, wenn Ivain ihn nicht zurückgehalten hätte. Sofort waren noch zwei Wachen zur Stelle mit blanken Schwertern in den Händen. Einer hielt dem Bauern die Klinge an die Kehle und brüllte ihn an.

Anna beruhigte ihren Mann. Dann trat sie mit zusammengekniffenen Lippen vor und zerrte sich ihr schmutzstarrendes Gewand über den Kopf. Darunter war sie nackt. Ihr Bauch war schon geschwollen und ihre vollen Brüste von feinen, blauen Adern durchzogen. Sie versuchte gar nicht erst, sich zu bedecken, sondern ertrug es erhobenen Hauptes, wie die Männer ihren jungen Leib von oben bis unten anstarrten. Ruhig stand sie da und forderte den Wachmann, der sie bedroht hatte, mit einem aufsässigen Blick heraus, als sollte er es nur wagen, sie anzufassen. Der aber trat verlegen zurück. Wahrscheinlich weil Umar in der Nähe war und mit finsterer Miene dem Treiben zusah.

Annas Mann half ihr beim Waschen und versuchte, sie mit dem eigenen Leib vor dem Geglotze der Sarazenen zu schützen. Natürlich half das wenig, und es gab immer noch genug für alle zu sehen. Auch wir Gefangenen konnten uns nicht helfen und blinzelten einige Male verstohlen zu ihr hinüber. Was Anna betraf, so schien ihr das Bad nach dem kleinen Sieg, den sie errungen hatte, zu gefallen. Man hörte sie flüstern und leise lachen, als ihr Mann sie abseifte und mit Wasser übergoss. Wer weiß, vielleicht genoss sie sogar die Aufmerksamkeit. Verstehe einer die Weiber!

Ismael und wir drei Normannen mussten danach wieder unsere verdreckten Kleider anziehen, während Anna und ihre Gefährten neue bekamen. Einfache Bauernfetzen, schon häufig benutzt, aber wenigstens sauber. Bevor mir klar wurde, warum sie uns anders behandelten, entbrannte ein Streit unter den Sarazenen. Der hagere Kerl mit den toten Augen zeigte auf unseren Freund, den alten Schäfer, und schüttelte den Kopf. Dann deutete er auf uns und sagte etwas zu Umar, der sich genähert hatte.

»Die würden statt ihm lieber uns mitnehmen«, murmelte Ismael hinter vorgehaltener Hand. »Der Alte bringe ihnen nichts auf dem Sklavenmarkt. Und nur mit den dreien lohne sich kaum die Reise.«

Aber Umar schüttelte den Kopf. Anna und ihre Leute sollten also verkauft werden. Nur nicht wir. Ich war enttäuscht, hatte ich doch auf eine Gelegenheit zur Flucht gehofft, wenn wir nur erst aus diesem verdammten Kerkerloch herauskämen. Sie redeten weiter, aber Umar ließ sich nicht überzeugen. Schließlich wurde ihr Streit heftig.

»Sie wollen ihn nicht durchfüttern«, raunte Ismael verstohlen. »Aber Umar will ihn auch nicht behalten.«

Verwirrt und ängstlich stand der Alte daneben und wusste nicht recht, um was es ging. Nur, dass sie sich um ihn stritten. Plötzlich hatte der Hagere genug von dem Gerangel. Ohne jede Vorwarnung riss er das Schwert aus der Scheide und schlug im gleichen Schwung zu. Die Klinge zischte durch die Luft und traf den armen Schäfer, der nicht einmal Zeit hatte, die Arme zu heben, und fuhr durch seinen dünnen Hals wie durch eine reife Gurke. Der Kopf fiel, der Leib spritzte Blut und knickte ein, Anna schrie wie am Spieß, und wir alle starrten entsetzt auf den zuckenden Leichnam, der nun am Boden lag und mehr roten Lebenssaft in den Sand pumpte, als man ihm zugetraut hätte.

»Scheiße noch mal«, murmelte Thore neben mir.

Selbst Umar war sprachlos. Er wurde rot vor Zorn und sah aus, als ob er ebenfalls das Schwert ziehen würde. Doch dann klappte er den Mund zu und stolzierte davon. Der Hagere lachte höhnisch und wischte die Klinge an den Kleidern der Leiche sauber.

Anna war in die Knie gebrochen und zitterte am ganzen Leib. Sie hatte den Alten ihr Lebtag lang gekannt. Doch bevor sie sich fassen konnte, wurde sie wieder auf die Füße gerissen. Während man ihr, ihrem Mann und seinem Bruder die Hände fesselte, weinte und schluchzte sie und konnte die Augen nicht von dem Toten lassen. Dann zerrte man die drei zu den bereitstehenden Maultieren und half ihnen in den Sattel. Schließlich saßen auch der Hagere und seine Männer auf und verließen mit ihren Schützlingen grußlos den Burghof. Nur Anna drehte sich noch einmal im Sattel um, dann waren sie verschwunden.

»Verdammte Scheiße«, raunte Thore zum zweiten Mal.

Wir hatten wenig gemeinsam gehabt mit dem alten Schäfer. Ich konnte mich nicht einmal mehr an seine dummen Sprichwörter erinnern. Und doch. Wochenlang hatten wir mit ihm im gleichen Kerker gehaust, das gleiche Los geteilt. Er hatte recht gehabt, dass er nicht zum Sklaven taugte. Doch sein brutales Ende war ein Schlag in die Magengrube. Unsere Wächter aber schwatzten und lachten miteinander, als kümmere sie der Vorfall nicht weiter. Uns wiesen sie an, die Leiche hinter der Burg zu verscharren.

Thore, Ismael und ich trugen den noch blutenden Leib, während Ivain den Kopf und einen Holzspaten brachte. Vom frischen Blut angezogen umkreisten Fliegen den Leichnam und ließen sich nicht verscheuchen. Unter bewaffneter Aufsicht hoben wir ein flaches Grab aus und legten ihn hinein.

»Bevor die's merken, könnte ich einem den Schädel einschlagen«, flüsterte Thore, der mit dem Spaten arbeitete, um das Grab zu füllen. »Ihr kümmert euch um die anderen beiden.«

Ich sah mich unauffällig um, was man vielleicht als Waffe verwenden könnte. Höchstens einen Feldstein. Davon lagen genug herum. Aber die Kerle trugen Helme. Sollten wir sie mit bloßen Händen erwürgen? Und selbst wenn es uns gelänge, ihre Kameraden würden uns bald wieder einfangen.

»Zu gefährlich«, raunte Ivain. »Warten wir auf eine bessere Gelegenheit.«

Und so ließen wir uns nach getaner Arbeit wieder einschließen. Trotz allem versuchten wir, unseren Mut zu bewahren, uns einzureden, dass wir bald entkommen würden, auch wenn es jetzt noch nicht danach aussah. Diese Hoffnung wollten wir uns nicht nehmen lassen.

Vielleicht war es auch die Wut über den Tod des wehrlosen Alten, die uns mit neuer Entschlossenheit erfüllte. Und die Empörung darüber, dass sie nicht nur uns, sondern auch noch viele andere arme Opfer hier gequält und wie Tiere gehalten hatten. Irgendwann würde Abd al-Malik für seine Verbrechen bezahlen. Das schworen wir uns. Wenn eines dem Menschen neue Kraft gibt, dann ist es die Hoffnung auf Rache und Vergeltung.

Verkauft wie Vieh

Die Tage schlichen dahin, dann die Wochen. Immer noch saßen wir im Käfig der Skorpione fest. Irgendwie war uns der Sinn für Zeit verloren gegangen. Jeder Tag ähnelte dem anderen. Die Sonne ging auf, die Sonne ging unter. Tagsüber kam man vor Hitze um, nur die Nacht brachte Kühlung. Es regnete fast nie. Höchstens, dass sich im Morgengrauen ein wenig Tau auf dem eisernen Gitter sammelte.

Von dem Knaben Marcos sahen wir nichts in dieser Zeit. Ich fragte mich, wie es ihm wohl erging mit diesem Bastard Abd al-Malik. Sich an einem Kind zu vergehen war für mich noch schlimmer als die Schändung einer Frau.

Vom Kommen und Gehen der Sarazenen bekamen wir wenig mit, denn von unserem Käfig aus ließ sich nur ein kleiner Teil des Hofes überblicken. Die Wächter wechselten häufig. Sie waren weder grausam, noch zeigten sie irgendeine Anteilnahme. Wir schienen ihnen gleichgültig zu sein. Frühmorgens stellten sie uns den täglichen Fraß vor das Gitter und einen Eimer mit frischem Wasser. Das geschah wortlos und unbeteiligt. So, wie man das Vieh füttert.

Hätten sie uns angebrüllt oder beschimpft, es wäre uns lieber gewesen. Aber dass wir nicht einmal ein Wort oder einen Blick wert waren, das war schwer hinzunehmen. Als wären wir keine Menschen mehr, nur noch lebende Ware. Am Anfang versuchten wir noch, Aufmerksamkeit zu erregen. Wir schrien unsere Wärter an, beleidigten sie. Gut, dass Ismael sich weigerte, diese Unflätigkeiten zu übersetzen. So aber verstanden sie uns nicht, zuckten nur mit den Schultern und entfernten sich wortlos.

Wenn man überhaupt etwas in ihren Augen las, dann war es Verachtung über unseren elenden Zustand, über die hohlen Wangen, verfilzten Bärte und Haare, den verdammten Dreck, in dem wir hausten, das Stroh voller Ungeziefer, den Gestank aus dem Latrinenkübel. Ismael hatte Geschwüre im Gesicht, und Ivains Narben ließen ihn auch nicht gerade menschlicher aussehen.

Nur einer der Wärter war anders, ein schlanker, noch recht junger Bursche. Wir schienen ihm leidzutun, denn er brachte uns mehr Essen als die anderen, Obst und Käse, einmal sogar ein gutes Stück Fleisch. Wir schlangen es dankbar herunter. Aber nach ein paar Tagen zeigte er sich nicht mehr. Sie mussten es herausgefunden haben. Uns ließ man zur Strafe zwei Tage lang hungern.

Nach dem kargen Morgenmahl, das wir immer sorgfältig unter uns aufteilten, mussten wir irgendwie den endlosen Tag hinter uns bringen. Wir waren tatkräftige Männer, die an rege Betätigung gewöhnt waren, Reiten, Bogenschießen, Kampfübungen. Die erzwungene Untätigkeit war nicht leicht zu ertragen. Ich hatte mal einen gefangenen Bären in einem Käfig gesehen. Der war unermüdlich und wie stumpfsinnig die drei Schritte von einem Ende des Kerkers zum anderen gegangen. Genau das hätte ich wahrscheinlich auch getan, wenn die Decke dafür nicht zu niedrig gewesen wäre. Manchmal fragte ich mich, was wahrscheinlicher war – verrückt zu werden oder schwermütig.

Von uns vieren schien Ismael am meisten zu leiden. Er wurde immer stiller, hockte in seiner Ecke und tagträumte stundenlang vor sich hin, ohne ein Wort zu sagen. Er war ziemlich abgemagert und fummelte dauernd an seinen Geschwüren herum, was sie nicht besser werden ließ. Da er sich selten an Gesprächen beteiligte, redeten wir anderen Fränkisch miteinander. Oder schwiegen. Oder schliefen.

Doch wir merkten bald, dass man nicht nachlässig werden durfte, dass Trägheit und Gleichgültigkeit uns zermürben, uns die Hoffnung rauben würde. Das wollten wir nicht zulassen. Also erzählten wir uns Geschichten, bis uns keine mehr einfielen. Dann waren Kriegsabenteuer dran, Jugenderlebnisse und natürlich die Weiber, die wir gekannt hatten. Bei letzterem Thema schwankten wir zwischen wilder Aufschneiderei, wie Männer es so an sich haben, und tiefer Rührseligkeit. Besonders Thore war oft von Traurigkeit erfasst, wenn er von der einen oder anderen verflossenen Liebe erzählte. Und je länger wir in diesem Kerker saßen, je öfter sprach er von Chara.

»Die Braut siehst du nie wieder«, meinte Ivain. »Wer weiß, wo die Gaukler sich herumtreiben. Mach dir keine falschen Hoffnungen.«

»Klar finde ich sie«, empörte sich Thore. »Gleich nachdem wir Gerlaine befreit haben, mach ich mich auf die Suche.«

»Ach, so ist das«, brummte Ivain und zog spöttisch die Mundwinkel nach unten. »Aber noch stecken wir in diesem Loch. Hast du das bedacht?«

In der Tat. Noch steckten wir in diesem verfluchten Loch. Und es sah nicht danach aus, dass wir so schnell wieder herauskämen. Nachts lag ich wach und dachte an Gerlaine. Wie es wohl wäre, dieses Elend hinter uns zu lassen, gemeinsam ein glückliches Leben zu führen, so, wie wir es uns immer gewünscht hatten. Zusammen mit unserem Sohn. Ich fragte mich, wie es ihm ergehen mochte, meinem kleinen Ivo, und erinnerte mich an seine winzigen Fäuste, wie sie meinen Bart packten, und seine großen neugierigen Augen. Doch solche

Gedanken machten es nicht leichter. Dann dachte ich, dass es die größte Dummheit gewesen war, nach Sicilia zu kommen. Ich hätte mich lieber um das Kind kümmern sollen, als einem Gespenst nachzujagen. Dass es nicht nötig gewesen wäre, auch noch mein eigenes Leben zu zerstören.

Den anderen ging es mit Sicherheit ähnlich. Ich konnte es an ihren Gesichtern ablesen. Obwohl keiner es den anderen gegenüber zugeben wollte, wenn einen die schiere Verzweiflung packte. Dann wurden lieber bittere Witze gerissen, über die Wächter, über unsere Lage und noch mehr über uns selbst.

An einem aber hielten wir eisern fest. Wie zuvor verbrachten wir täglich Stunden damit, Griechisch zu lernen. Und es war auch das Einzige, was Ismael aufmunterte. Dann erwachte er für eine Weile aus seiner Teilnahmslosigkeit. Für ihn war es mehr als nur ein Zeitvertreib, sondern eine Aufgabe, an die er sich klammerte, um nicht wahnsinnig zu werden.

Jeden Morgen, bevor es zu heiß wurde, waren wir bemüht, unseren Wortschatz zu erweitern. Zuerst die Namen für Gegenstände des täglichen Lebens, später, was man mit ihnen anstellen kann. Und dann Dinge, die man nicht anfassen kann, wie Liebe, Sieg oder Ehre. Schließlich versuchten wir, ganze Sätze zu formen, etwas in der fremden Sprache zu erzählen. So tölpelhaft man sich dabei anstellte, so schienen wir doch bescheidene Fortschritte zu machen. Sogar Ivain, der gelegentlich selbst mit seinem Lombardisch noch Schwierigkeiten hatte.

In der Mittagshitze schliefen wir. Nachts aber, wenn es kühler war, hatten wir uns angewöhnt, Leibesübungen zu treiben, bis der Schweiß in Strömen lief. Ismael musste uns für verrückt halten, auch wenn er sich mit seinem Spott zurückhielt. Aber uns war es ernst damit. Schließlich konnte man nicht wissen, wann wir unsere Kräfte bitter nötig haben würden. Und durch die Anstrengung fühlten wir uns wenigstens wie

Männer, die sich auf einen Kampf vorbereiten, und nicht wie verlauste und von allen vergessene Gefangene.

Einer, der uns nicht vergessen hatte, war Loki. Er besuchte uns häufig in der Nacht. Einmal blieb er mehr als eine Stunde bei mir. Dann verschwand er wieder lautlos. Seine Pfote war inzwischen geheilt. Er war etwas mager, aber ansonsten gesund und kräftig, sein Fell glänzte. Anscheinend fand er genug zu fressen im Wald. Für mich war der Hund mehr als eine Verbindung zur Außenwelt. Seine Gegenwart stärkte die Hoffnung, dass es uns trotz allem gelingen würde zu entkommen.

Eines Tages erkrankte Ismael. Es begann mit einem trockenen Husten, den er nicht abschütteln konnte. Dann packte ihn das Fieber. Mal zitterte er vor innerem Frost, mal glühte er vor Hitze. Seltsamerweise war es vor allem Ivain, der ihm anfänglich am wenigsten getraut hatte, der sich nun um ihn kümmerte. Er riss sich ein Stück von seiner Tunika ab, tauchte es in Wasser und legte es Ismael auf die schweißnasse Stirn. Wir versuchten, ihm mehr von unserem Essen zu geben, aber er bekam fast nichts herunter. Er magerte ab, seine Lippen waren heiß und rau, er redete kaum noch.

Ihn so leiden zu sehen nahm auch uns den Mut. Ängstlich verfolgten wir seinen Zustand. Er röchelte, wenn er atmete, und wir waren sicher, dass der Tod nicht mehr fern sein konnte. Vielleicht würde es uns bald ähnlich ergehen. Kein Wunder, dass wir begannen, unsere Leibesübungen zu vernachlässigen. Welchen Sinn hatte das überhaupt? Im Grunde konnten wir nur hoffen, dass die verfluchten Bastarde uns möglichst bald verkaufen würden. Alles war besser als dieses stinkende, mit Ungeziefer verseuchte Loch.

Und dann, es musste schon Mitte September sein, schien der ersehnte Tag gekommen. Gleich nach dem Morgenmahl brachten sie uns ins Freie in den Burghof. Ismael hatte Mühe, sich auf den Füßen zu halten. Erst mit Thores Hilfe schleppte er sich voran. Dabei hustete er so heftig, dass es ihm schier die Brust zu zerreißen schien.

Zuerst dachte ich, es würde wieder nur ums Waschen und Ausmisten gehen, aber da standen eine Menge Pferde im Hof. Und darunter, ich traute meinen Augen nicht, auch meine eigenen beiden Gäule und die der anderen. Alba wieherte leise, als sie mich erkannte. Saura zerrte ungeduldig am Zügel ihres Halters, als wollte sie sich losreißen, und zeigte das Weiße in den Augen.

»Was zum Teufel?«, raunte Thore überrascht und deutete auf die Pferde. »Seht ihr, was ich sehe?«

Noch erstaunlicher war, dass sie gesattelt waren und mit all unserem Gepäck beladen. Sogar Schilde, Rüstungen und Helme – alles wie gehabt. Nur unsere Schwerter und Dolche waren nicht zu sehen. Einen Augenblick lang erfasste mich eine wilde Hoffnung, und ich packte Ismael am Ärmel.

»Vielleicht wollen sie uns gehen lassen«, flüsterte ich aufgeregt.

Er musste wieder husten. Als er endlich Luft bekam und ruhiger atmete, schüttelte er den Kopf. »Das ist nicht, was sie sagen. Anscheinend haben sie einen Käufer gefunden. Wir werden noch heute weggebracht.«

Ich warf einen näheren Blick auf die Männer im Hof. Neben unseren Wächtern stand ein gutes Dutzend gewappneter Maurenkrieger um uns herum. Sie trugen spitze Helme, halb verdeckt von ihrer *kufiya*. Dunkle Tuniken und Beinkleider. Die übliche Aufmachung der Wüstenskorpione. Und jetzt erkannte ich unter ihnen auch den Hohlwangigen mit den toten Augen. Er stand neben Umar, der mit ihm redete, während er uns abschätzend musterte.

»Wohin zum Teufel wollen die uns bringen?«, raunte ich. »Und mit all unseren Sachen? Frag sie, was sie vorhaben.«

Ismael tat mir den Gefallen, aber Umar antwortete ihm nur widerwillig. Wir würden es schon früh genug erfahren, war seine barsche Antwort. Zuerst sollten wir den Kerker ausmisten.

Ivain machte eine vulgäre Geste. »Den kannst du selbst ausmisten, du Scheißkerl«, knurrte er.

Auch wenn die Sarazenen kein Fränkisch verstanden, die Gebärde war mehr als deutlich gewesen. Wütend machte Umar einen Schritt auf Ivain zu und hob die Faust. Bevor er zuschlagen konnte, trat ich dazwischen.

»Lass ihn in Ruhe«, brüllte ich in gebrochenem Griechisch. »Sag mir lieber, wo Gerlaine ist. Du hast sie doch geraubt.«

Erstaunt ließ er die Faust sinken. »Seit wann sprichst du Griechisch?«, knurrte er ebenfalls auf Griechisch, denn das war neben Arabisch immer noch die vorherrschende Sprache im Osten der Insel. »Und wer zur Hölle ist Gerlaine?« Doch dann erinnerte er sich. »Ach, du meinst die normannische Schlampe, nach der du suchst?«

Ich nickte stumm mit unterdrücktem Zorn im Herzen, während er mich anfeixte.

»Der geht es gut«, rief er laut genug, dass alle es hören konnten. »Sogar sehr gut. Wird jetzt jeden Tag gefickt. Von einem besseren Kerl als dir.« Das gesagt, machte er eine säuische Handbewegung dazu, riss das Maul weit auf und lachte lauthals, wobei man seine bräunlichen Zähne sah. Auch die anderen Kerle fanden das lustig.

Mein Griechisch war schlecht. Doch zusammen mit seiner Geste war es ein Leichtes, zu erraten, was er gesagt hatte. Natürlich hätte ich mich von so einem dummen Spruch nicht reizen lassen sollen, aber ich konnte mir nicht helfen. Eine fürchterliche Wut überkam mich urplötzlich und verdrängte jede Vernunft. Wut über Gerlaines Entführung und was die Schweine ihr womöglich angetan hatten, über unsere lange Gefangenschaft, ja, auch Wut über mich selbst, der ich uns in diese ohnmächtige Lage gebracht hatte. Während sie noch über den Witz lachten, packte ich den Kerl mit beiden Händen am Kopf, riss seinen verdammten Schädel nach unten und rammte ihm mit voller Wucht das Knie ins Gesicht.

Zum Glück hatte sein Helm keinen Nasenbügel. Jedenfalls hörte man es deutlich knirschen. Ich musste ihm ein zweites Mal die schon krumme Nase gebrochen haben. Als ich ihn losließ, taumelte er zurück und brüllte vor Schmerz wie ein Stier. Blut rann ihm über Lippen und Kinn. Bevor seine Männer mich ergreifen konnten, schlug ich noch mal zu. Dann überwältigten sie mich.

Das Geschrei war groß, während sie sich zu mehreren auf mich warfen und niederzwangen. Ein gewaltiger Schlag traf mich im Magen, dass mir die Luft wegblieb, ein anderer am Kopf. Einen Augenblick lang fühlte es sich an, als ob ich ohnmächtig würde. Aus den Augenwinkeln bekam ich mit, dass auch Thore und Ivain mit ihnen rangen. Doch als plötzlich Schwerter in der Sonne blitzten, fanden die beiden es klüger, sich zu ergeben. Thore hatte eine Schramme im Gesicht, sonst waren sie in dem Gerangel nicht verletzt worden.

Umar aber standen vor Schmerz die Tränen in den Augen. Mit dem Handrücken versuchte er, das Blut vom Mund zu wischen. Er bedachte mich mit einem Blick, in dem die Mordlust flackerte. Noch während sie mich auf die Füße zerrten, kam er auf mich zu, den Dolch in der Faust. Jetzt ist es so weit, dachte ich und sah mein Ende kommen, als eine scharfe Stimme ihn zurückrief. Abd al-Malik stand plötzlich hinter ihm, riss ihn an der Schulter und funkelte ihn wütend an, offensichtlich nicht gewillt, seine kostbare Ware beschädigt zu sehen. Mit einem grässlichen Fluch ließ Umar den Dolch sinken.

Abd al-Malik trat näher. »Ich sehe, der Aufenthalt bei uns hat deinen kämpferischen Geist nicht gedämpft, Normanne«, sagte er auf Lombardisch.

Er betrachtete uns eingehend, einen nach dem anderen. Mir schmerzte Kopf und Magen, auch wenn ich versuchte, mir nichts anmerken zu lassen. »Ihr seht zwar recht verwahrlost aus, scheint aber in guter Verfassung zu sein. Umso besser. Euer neuer Herr wird sich freuen.« Dann stand er vor Ismael, der sich auf Thores Schulter stützte und von Neuem von einem Hustenanfall geschüttelt wurde. »Außer dem da.«

»Wo wollt ihr uns hinbringen?«, fragte ich mit gepresster Stimme. Die feine arabische Anrede hatte ich weggelassen. Verdammt sollte ich sein, dem Kerl auch noch in den Arsch zu kriechen. Aber es kümmerte ihn nicht. Im Gegenteil, er lächelte milde.

»Ein Käufer hat nach euch gefragt.«

»Nach uns gefragt? Wer soll das sein?«

Niemand wusste, wo wir uns befanden. Oder steckte einer der Sklavenhändler, die wir befragt hatten, mit ihnen unter einer Decke? Ja, das musste es sein.

»So Gott will«, erwiderte er, »wirst du es noch heute erfahren. Ihr kommt zu einem Mann, der mehr Verwendung für wilde Nordmänner hat als ich.«

»Du verkaufst uns also wie Vieh.«

»Natürlich. Deshalb seid ihr doch hier.« Er machte eine Armbewegung, die die ganze Burg umschloss. »Meine Männer wollen essen, brauchen Waffen und Pferde.«

»Und warum wollt ihr unsere nicht behalten?« Ich deutete auf unsere Gäule im Hof.

»Ah. Ich sehe, das erstaunt dich.« Er grinste und hob die Schultern, als könne er es sich selbst nicht erklären. »Ich gebe zu, mich wundert es auch, aber das ist die Vereinbarung mit eurem neuen Herrn. Schade, das eine oder andere eurer Ausrüstung hätten wir gut gebrauchen können. Aber er will euch mit allem, was dazugehört.«

»Warum?«

»Das hat er nicht gesagt. Und aus unerfindlichen Gründen scheint er auch genau zu wissen, was euch gehört.«

Da steckt mehr dahinter, als er mir verraten will, dachte ich. Hat jemand Lösegeld für uns bezahlt? Vielleicht sogar Roger. Oder Robert? Nein, das konnte ich mir nicht vorstellen. Woher sollten sie wissen, wo wir uns befanden?

»Und was ist mit meinem Gold?«

»Gold?«, fragte er mit Unschuldsmiene. »Welches Gold?«

»Das in meiner Satteltasche.«

»Allah muss deinen Verstand getrübt haben, Normanne. Da war kein Gold.«

Sie hatten es natürlich an sich genommen. Wie auch unsere Waffen. Es war unsinnig, überhaupt danach zu fragen. Schade um das schöne Gold, aber mein Schwert zu verlieren reute mich fast noch mehr. Es hatte mich so oft beschützt. Und obwohl ich Genugtuung über Umars blutverschmiertes Gesicht empfand, war ich immer noch wütend, konnte mich kaum beherrschen.

»Du sprichst immerfort von Gott«, fauchte ich Abd al-Malik an. »Wenn du so fromm bist, reut es dich nicht, was du tust? Im Grunde bist du doch nur ein elender Schurke und Ausbeuter, ein Sünder vor deinem Allah.«

Es war schrecklich unklug, den Mann zu reizen. Ivain warf mir einen besorgten Blick zu, und auch Thore runzelte die Stirn. Umar, der sich bis jetzt ruhig gehalten hatte, griff erneut zu seinem Dolch. Doch Abd al-Malik hielt ihn zurück.

»Ganz im Gegenteil«, sagte er in mildem Ton. »Lass mich erklären. Ihr seid Ungläubige. Mit Ungläubigen kann man nach Gottes Willen machen, was einem beliebt. Der Koran schlägt sogar vor, euch am besten totzuschlagen, besonders die Verstockten, die sich weigern, die Allmacht Gottes anzuerkennen und seinen Geboten zu gehorchen. Solche wie ihr. Im Grunde solltet ihr Allah, dem Barmherzigen, danken, dass ihr noch am Leben seid.«

»Ich denke, wir verdanken es wohl eher der Summe, die wir euch einbringen«, knurrte ich gehässig.

Abd al-Malik lachte. »Da ist was dran, mein Guter.«

Ich zeigte auf Ismael. »Und was ist mit dem? Den dürft ihr gar nicht versklaven. Das ist kein Ungläubiger, sondern ein guter Moslem. Warum lasst ihr ihn nicht laufen?«

Abd al-Malik machte eine wegwerfende Handbewegung. »Er mag vorgeben, ein guter Moslem zu sein. Aber im Grunde ist er doch nur ein Berber. Einer von diesen anmaßenden Hunden, die meinen, sie könnten sich den Auserwählten Allahs in den Weg stellen. Sieh ihn dir an: eine Kröte, die im Schleim kriecht. Und jetzt ist er auch noch krank. Der ist zu nichts mehr nutze. Ich weiß nicht, warum wir ihn überhaupt bis jetzt durchgefüttert haben.«

Er gab seinen Männern einen kurzen Befehl. Zwei der Skorpione packten Ismael an den Armen, und der Dritte zog mit einem Grinsen das Schwert aus der Scheide. Ismael schrie auf, versuchte, aus dem Griff der Männer zu entkommen, denn er wusste schon, was sie mit ihm vorhatten.

»Das können wir nicht zulassen«, zischte Ivain mir zu.

Thore stellte sich vor Ismael. »Er ist unser Übersetzer«, rief er. »Er wird gebraucht.«

»Unser neuer Herr«, rief ich geistesgegenwärtig, »wird nicht gerade erfreut sein, wenn er nicht mit uns reden kann.«

Abd al-Malik wies seine Männer mit einer brüsken Handbewegung an, zu warten. »Nun gut, da ist was dran«, sagte er mit einem verschlagenen Grinsen. »Ich wollte nur sehen, was der Kerl euch bedeutet. Wenn euch so viel an ihm liegt, dann soll er euch meinetwegen begleiten. Euer neuer Herr hat uns in jedem Fall gut entlohnt. Machen wir ihm also dieses nutzlose Geschenk. Doch genug geredet. Jetzt wird es Zeit, aufzubrechen, wenn ihr noch vor Sonnenuntergang ankommen wollt.«

Die Krieger ließen Ismael los, der drohte, vor Erleichterung in Ohnmacht zu fallen. Dann packte ihn wieder ein Hustenanfall, an dem er sich beinahe verschluckte. Die Männer stießen ihn in die Rippen, schubsten ihn in Richtung der wartenden Pferde. Auch uns zerrten sie dorthin. Aber ich wandte mich noch einmal um, war noch nicht fertig mit diesem Abd al-Malik.

»Sag mir wenigstens, wo sich Gerlaine befindet. Ich weiß, dass ihr sie entführt habt. Was kann es euch nützen, mir diese Auskunft zu verweigern?«

»Zu viele Fragen, mein ungeduldiger Freund«, war die Antwort. »Wenn es dich aber beruhigt, dann kann ich dir sagen, dass sie in guten muslimischen Händen ist. Bei einem mächtigen Herrn, der ihre Schönheit zu schätzen weiß und sie gut behandelt.«

»Ist es der Gleiche, der auch uns kauft?«

Abd al-Malik runzelte die Stirn. »Genug jetzt. Ich verliere langsam die Geduld mit dir. Ihr müsst los.«

Er sprach zu seinen Männern auf Arabisch, dann zu Umar, gab ihm Anweisungen. Dann sah er zu, wie sie uns banden und so dreckig und stinkend, wie wir waren, auf die Pferde setzten.

Umar wusch sich am Brunnen das Blut aus dem Gesicht, riss sich einen Streifen vom Saum seiner Tunika ab, teilte ihn in zwei Hälften und stopfte sich die beiden Fetzen in die Nasenlöcher. Er sah komisch damit aus, und ich musste unwillkürlich lachen, woraufhin er mir einen hasserfüllten Blick zuwarf. Schließlich stieg auch er aufs Pferd. Wir würden den Kerl also noch eine Weile ertragen müssen.

»Du solltest vorsichtiger sein«, zischte Ivain mir zu. »Der wird sich an dir rächen.«

»Soll er es nur versuchen«, grollte Thore.

»Ob vorsichtig oder nicht, die müssen uns wohlbehalten abliefern. Sonst bekommen sie ihr Geld nicht. Also macht euch keine Sorgen.«

Als wir durch das Tor ritten, bemerkte ich den Jungen oben auf der Mauer. Er hob verstohlen die Hand. Ich nickte ihm unmerklich zu. Dann waren wir aus der Burg, und ich verlor ihn aus den Augen. Umdrehen wollte ich mich nicht. Das würde ihm vielleicht Scherereien einbringen. Stattdessen stellte ich mir vor, dass er dort oben auf der Zinne noch eine Weile stand und uns nachblickte. Aber vielleicht täuschte ich mich auch und er war schon wieder irgendwo in der Burg verschwunden, würde uns schnell vergessen. Ob wir ihn wohl jemals wiedersehen würden?

* * *

Es war heißer als die Tage zuvor. Sogar schon jetzt, am frühen Vormittag. Wenn wir uns nicht gerade unter Bäumen befanden, brannte die Sonne so gnadenlos auf unsere baren Häupter herab, dass man meinte, das Hirn würde einem schmelzen. Heute hätte ich nichts gegen eine dieser *kufiyas* gehabt. Fast noch schlimmer war die schwüle Luft, die einem den Schweiß aus den Poren trieb. Nichts schien sich zu regen, kein Lufthauch bewegte die Blätter, kein Tier traute sich aus der Deckung. Nur die Zikaden ließen unermüdlich von sich hören.

Dazu kam, dass wir immer noch mit gebundenen Händen den Entführern ausgeliefert waren, ohne zu wissen, was mit uns geschehen und wohin sie uns bringen würden. Die Füße hatten sie uns diesmal nicht gefesselt, dafür aber die Pferde aneinandergekoppelt, sodass an kein Ausbrechen aus der Reiterkolonne zu denken war.

Ismael war so krank, dass er sich kaum im Sattel halten konnte. Ich machte mir ernsthafte Sorgen um ihn. Sein Atem pfiff und keuchte, und sein von Fieberschweiß glänzendes Gesicht war weiß mit ungesunden roten Flecken auf den Wangen. Lange würde er den Ritt nicht durchstehen können. Wie sich die Dinge doch ändern können, dachte ich. Anfänglich hatten wir ihm misstraut. Obwohl er oft unzugänglich und zurückhaltend war, war er doch nach dem gemeinsamen Leid einer von uns geworden. Undenkbar, ihn zurückzulassen.

Der Weg führte durch die gleiche Wildnis, die wir schon bei unserer Gefangennahme durchquert hatten. Aber statt nach Osten abzubiegen, woher wir zuvor, vor mindestens zwei Monaten, gekommen waren, ritten wir in südlicher, dann in südöstlicher Richtung. Gelegentlich kreuzten wir Stellen, wo der Berg geblutet hatte und feurige Massen aus seinen Wunden getreten waren. Die meisten dieser Flächen waren grau verwittert und stark bewachsen, kaum noch als Lavafelder zu erkennen, andere mit ihrem dunklen Gestein schienen aus neuerer Zeit zu stammen und sahen aus wie Todeszonen.

Ismael hatte uns über das Leben am Ätna erzählt. Immer wieder grollte und zitterte die Erde, bis es irgendwo an der Flanke des Vulkans Feuer und Asche spuckte, sich dann die flüssige Höllenglut in einem zähen Strom in tiefer gelegene Gefilde wälzte und auf ihrem Weg alles, was sie berührte, zerstörte und verzehrte. Dann flohen Mensch und Tier. Ganze

Dörfer waren in den Jahrhunderten verschluckt und selbst Städte bedroht worden. Und doch war der Berg auch ein Segen für die Menschen, die an seinem Fuße lebten, denn die lavagedüngte Erde war ausgesprochen fruchtbar.

Trotz des schwülen Wetters und der bangen Ungewissheit, der wir entgegenritten, waren Thore, Ivain und ich an diesem Morgen leichteren Herzens als in all den vergangenen Wochen. Zum ersten Mal konnten wir in die schöne Landschaft blicken, ohne ein Eisengitter vor Augen zu haben, konnten unsere Lungen mit reiner Luft füllen, ohne den Gestank der elenden Latrine zu ertragen, und in die Weiten des Himmels schauen, auch wenn die grelle Sonne uns blendete.

Gelegentlich stießen wir auf Lichtungen, die durch natürliche Waldbrände entstanden waren und auf denen halbhohes Gestrüpp wucherte, Ginster, vertrocknetes Gras, Blumen und Kräuter. An solchen Stellen war die Luft schwanger von ihren Düften. Und wenn wir einen der kleinen Bäche überquerten, die sich den Weg ins Tal suchten, dann war ihr Plätschern und Gurgeln Musik in den Ohren.

Aber was mich am meisten ermutigte, war noch etwas anderes. Denn zwischen den Büschen und Bäumen, durch die wir ritten, glaubte ich einige Male, eine Bewegung entdeckt zu haben, etwas Helles, nur kurz zu sehen, dann wieder für lange Zeit verschwunden. Das musste Loki sein, da war ich mir sicher. Aber zu gerissen, um sich den Pfeilen der Sarazenen auszusetzen. Mein Loki war ein Streuner und Straßenköter, der im täglichen Kampf um sein Fressen gelernt hatte, Kriegern aus dem Weg zu gehen. Nicht, dass er ängstlich war. In Salerno hatte er mir das Leben gerettet, indem er ohne Zögern einem bewaffneten Angreifer an die Gurgel gegangen war. Trotzdem wusste er aus bitterer Erfahrung, wann Vorsicht geboten war. Solange ich ihn nicht rief, würde er sich nicht zeigen.

Auch Thore war guter Laune, wurde sogar richtig übermütig. »He, ihr Maurenbastarde«, brüllte er, »bald seid ihr uns los. Aber freut euch nicht zu früh. Irgendwann kommen wir wieder und machen euch kalt.«

Sie konnten sein Fränkisch nicht verstehen, aber die Verachtung in seiner Stimme war deutlich genug. Mehr als einmal schlugen sie ihm mit dem Speerschaft auf den Rücken. Dann zuckte er zusammen, verzog vor Schmerz das Gesicht, aber aufhören wollte er nicht.

»Im Grunde seid ihr Feiglinge«, spottete er lautstark. »Raubt Frauen und Kinder und versteckt euch in der Wildnis. Habt wohl Angst, dass man euch findet, was?«

Umar blickte sich wütend nach ihm um. Er solle endlich das Maul halten, brüllte er auf Griechisch. Aber das schien Thore nur noch mehr zu reizen.

»Umar, du Sohn einer versifften Hure«, schrie er. »Angeblich hältst du nichts von Weibern. Aber ich wette, du hast gar keine Eier in der Hose. Umar, der Mann ohne Schwanz.« Darüber lachte er unbändig. »Sag mir, auf was für Weiber du scharf bist«, fuhr er fort. »Ich vögle sie gerne für dich und erzähl dir nachher, wie's war.«

Diesmal hatte Umar genug. Mit zornesrotem Gesicht wendete er seinen Gaul und setzte Thore die Speerspitze so heftig an die Kehle, dass er ihn verletzte. Es war nur ein Kratzer, doch ein Rinnsal Blut lief unserem Freund in den Kragen. Aber der grinste nur, als hätte er einen Sieg davongetragen.

»Halt endlich die Klappe«, murrte Ivain. »Oder willst du, dass er dich absticht?«

Der lange Südhang des Vulkans erstreckte sich vor uns bis zum Meer, wobei er immer flacher wurde. Wenn es eine Lücke zwischen den Bäumen erlaubte, so ließ sich im Dunst der Ferne so etwas wie die winzigen Häuser einer Stadt erkennen. Ich versuchte, mich an Landos einfache Karte zu erinnern, die er für uns in den Sand gezeichnet hatte. Es musste Catania sein. Ob unsere Reise dorthin führte? Vielleicht auch nur auf ein Landgut in der Ebene, wo möglicherweise schwere Sklavenarbeit auf uns wartete. Immerhin würde es dabei eher eine Gelegenheit geben, zu entkommen. Nur was wir bei der Feldarbeit mit Rüstungen und Waffen anfangen sollten, war mir rätselhaft.

Ein Wolkenschleier war inzwischen von Westen heraufgezogen. Darunter eine dicke Dunstwand. Waren das die Vorboten schlechten Wetters? Vielleicht ein Gewitter, wenn auch noch weit entfernt.

Thore hatte sich in den letzten Stunden ruhig verhalten. Dafür aber sang einer der Sarazenen schwermütige Weisen. Der Mann hatte eine helle, leicht heisere Stimme, die sich in einem für unsere Ohren seltsam eintönigen Singsang gen Himmel hob. Manchmal riefen seine Kameraden ihm etwas in ihrer gutturalen Sprache zu. Vielleicht eine Ermutigung oder die Bitte um ein besonderes Lied. Albas Bewegungen unter mir, die Hitze und der einschläfernde Gesang ließen mich träge werden. Auch ein wenig niedergeschlagen, sobald ich an Gerlaine dachte. Auf ein großes Schiff hatte man sie mitgenommen. Aber wohin? Wir hatten uns in dieses Land gewagt, hatten sogar die Entführer gefunden und waren doch nicht klüger als zuvor.

Ein Windstoß fuhr durch Büsche und Bäume, und ich schreckte hoch. Der westliche Himmel hatte sich dunkel zusammengezogen. Merklich kühler war es geworden, und in der Ferne zuckten Blitze. Nun, ein Regenguss nach diesem schwülen Tag würde uns guttun, dachte ich, als wir an einem Bach anhielten. Die Sarazenen stiegen ab und tränkten die Pferde.

Mit einem Mal sah ich Umar kommen. Seine Nase, die ich mit dem Knie getroffen hatte, war böse angeschwollen, die Augen verquollen und blutunterlaufen. Und seine Miene verhieß nichts Gutes. Fast ahnte ich etwas, doch ich konnte es nicht verhindern, denn zu plötzlich und ohne Vorwarnung packte er mich am Gürtel und riss mich vom Pferd.

Ich stürzte zu Boden, und da meine Hände gefesselt waren, fiel ich unglücklich und schlug mit dem Kopf an einen Stein. Benommen versuchte ich, auf die Knie zu kommen, da traf mich sein Stiefel mit voller Wucht in den Magen. Das nahm mir die Luft, ich krümmte mich und würgte, drohte fast zu ersticken. Wieder trat er zu, diesmal in die Rippen. Und dann schien er nicht mehr aufhören zu wollen. Ohne ein Wort zu äußern, schlug und trat er auf mich ein. Immer wieder in die Seite, bis es knackte und ich sicher war, dass er mir ein paar Rippen gebrochen hatte. Der Mann war brutal. Und ich zu angeschlagen, um mich zu wehren. Wenigstens gelang es mir, mein Gesicht vor den schlimmsten Tritten zu schützen.

Doch plötzlich war da ein wildes Knurren wie von einem wütenden Raubtier. Umar schrie auf, und aus den Augenwinkeln sah ich ein helles Fell und Zähne, die sich in seinen Schenkel verbissen. Loki war gekommen, um mich zu verteidigen. Umar brüllte vor Schmerz und kämpfte mit dem Hund. Andere tauchten an seiner Seite auf, Speere in der Faust. Loki ließ von ihm ab und wich wütend bellend zurück. Da nahm einer den Bogen von der Schulter.

Ich mühte mich auf die Füße. »Lauf, Loki! Lauf weg«, schrie ich und spuckte Blut.

Der Schütze zog die Sehne bis ans Kinn. Auf kurze Entfernung war es unmöglich, den Hund zu verfehlen. Doch der bewegte sich im letzten Augenblick, und der Pfeil schlug neben ihn in den Boden. Loki sprang vor, als wollte er dem Schützen an die Kehle, doch dann besann er sich anders, machte kehrt und verschwand zwischen den Büschen, bevor der Mann einen neuen Pfeil auflegen konnte.

Umar hielt sich das blutende Bein und starrte ihm mit weit aufgerissenen Augen hinterher, als hätte er ein Gespenst gesehen. Dann befahl er zwei Reitern, dem Hund zu folgen.

Die saßen auf und preschten in den Wald. Es knackte und raschelte, und man hörte sie fluchen, wie sie versuchten, sich durchs Unterholz zu kämpfen. Aber nicht lange, dann kehrten sie zurück. Der Wald war zu dicht, der Hund nicht mehr zu finden. Trotz Schmerzen am ganzen Körper musste ich lächeln. Und in diesem Augenblick fielen die ersten Tropfen.

* * *

Heftiger Wind fegte durch die Bäume, die sich unter dem plötzlichen Angriff bogen. Ungeachtet einzelner Regentropfen wirbelte Staub auf, Grasbüschel und Zweige flogen durch die Luft. Ich hielt die gefesselten Hände hoch, um meine Augen zu schützen. Alba stampfte unruhig. Ich strich ihr über den Hals und redete ihr gut zu, obwohl mir bei jedem Atemzug die Rippen schmerzten. Auch mein linkes Auge schien rasch zuzuschwellen, und mein Kiefer fühlte sich an, als ob er ausgerenkt sei.

Von Westen her raste eine schwarze Wand auf uns zu. Als ich glaubte, der Sturm könne nicht noch schlimmer werden, bewies er uns das Gegenteil. Äste splitterten und stürzten herab. Einer der Sarazenen wurde getroffen, und seine Schmerzensschreie mischten sich in das Getöse des Unwetters. Ich klammerte mich an Albas Mähne fest, um nicht umgeweht zu werden. Es blitzte und krachte, als wollte Thor das ganze Himmelsgewölbe zertrümmern. Pferde wieherten schrill, und die Männer hatten alle Hände voll zu tun, die Tiere zu halten.

»Bei Odin!«, brüllte Thore gegen den Sturm an und lachte. »Habt ihr so was schon mal gesehen?«

Dann begann der Wind, gewaltige Regenmassen fast waagerecht vor sich herzutreiben. Ich drehte der Flut den Rücken zu und war doch in wenigen Augenblicken von Kopf bis Fuß durchnässt. Alba riss am Zügel, aber ich ließ nicht los. Wir blieben stehen, wo wir waren. Unter einen Baum wagte ich mich nicht. Und unsere Pferde waren ohnehin zusammengebunden. Es blieb einem nichts anderes übrig, als dem Sturm zu trotzen. Vielleicht würde der Regen wenigstens meine Wunden kühlen. Blitze zuckten, und irgendwo in der Nähe schlug es ein. Der Donner war so laut, als würde die ganze Welt zerbersten.

Doch ebenso plötzlich, wie er gekommen war, legte sich der Sturm, und das Donnern entfernte sich langsam. Nur das Wasser rauschte unvermindert aus dunklen Wolken auf uns herab. Aber auch die zogen bald weiter, und der heftige Regen verwandelte sich in einen sommerlichen Schauer. Schließlich hörte es ganz auf. Die Wolkendecke riss auf, die ersten Sonnenstrahlen kehrten zurück, und die Erde dampfte. Wir atmeten tief durch. Die Luft war frisch und süß. Es war wie eine Befreiung.

Ismael saß hinter mir auf dem Boden und hustete sich fast die Lunge aus dem Hals. Trotz der willkommenen Abkühlung war seine Haut fiebrig heiß.

»Halt durch, Ismael«, raunte ich. »Wir sind bestimmt bald am Ziel.«

Er nickte schwach. »Ich muss dir danken.«

»Wofür?«

»Ohne dich hätten sie mich umgebracht.« Er hustete und spuckte ins Gras. »Tut mir leid, dass du dafür Prügel einstecken musstest.«

»Ich werd's überleben«, grinste ich und fasste nach einem Zahn, der sich wackelig anfühlte.

Umar ließ sich das Beinkleid aufschneiden und die Bisswunde untersuchen. Der Hund hatte ihn gut erwischt, denn sie blutete immer noch. Was für ein verdammter Köter das sei, wollte er von mir wissen. Aber ich stellte mich dumm.

»Das nächste Mal reißt er dir die Gurgel raus, du Scheißkerl«, knurrte Thore.

Umar wollte auf ihn losgehen, aber der Hagere mit den toten Augen hinderte ihn diesmal daran. Sie verbanden Umars Bein notdürftig und schienten auch den gebrochenen Arm des Kerls, der vom Ast getroffen worden war. Der Mann hatte Glück gehabt, denn es hätte auch schlimmer ausgehen können. Nach dieser Notversorgung saßen wir wieder auf. Kaum eine Stunde später erreichten wir eine regennasse Lichtung, an deren Ende ein schwarzer Fels aus dem Boden ragte, der wie der Kopf eines Bären aussah. Dort warteten sie auf uns. Wir stiegen von den Pferden. Nicht ohne Befriedigung bemerkte ich, dass Umar schwer humpelte.

Es war ein großer Trupp Sarazenen, der uns neugierig in Augenschein nahm, einheitlich gekleidet und gut bewaffnet. Die meisten trugen Kettenpanzer unter den noch nassen Umhängen. Das war keine Räuberbande wie die Skorpione. Diese Männer mussten einem Fürsten gehören.

Mitten unter ihnen befand sich die hohe Gestalt eines einzelnen Kriegers, der jetzt vortrat. Nach seinem herrischen Auftreten zu urteilen, musste er ihr Anführer sein. Er trug einen hellen Umhang um Kopf und Schultern geschlungen, war nicht ganz so groß wie unser Rollo, machte aber einen ähnlich gewaltigen Eindruck. Zu meiner Überraschung bemerkte ich, dass sein Bart blond war, von Silberfäden durchzogen. Und dass er stahlgraue Augen hatte. Genauer genommen nur das rechte, denn das andere war von einer Binde bedeckt, was ihm einen verwegenen Ausdruck verlieh. Das war kein Sarazene, darauf hätte ich mein Leben verwettet, auch wenn er so gekleidet war.

Der Mann begrüßte Umar und den Hageren mit einem eher kühlen Kopfnicken, als ob er sie nicht besonders schätzte. Sie wechselten einige Worte auf Arabisch. Schließlich winkte der Hagere uns heran. Er war wohl von den beiden Skorpionen der Unterhändler.

Der Fremde wandte uns nun seine Aufmerksamkeit zu. Er musterte uns eine Weile. Beim Anblick meines geschundenen Gesichts verfinsterte sich seine Miene, und er wechselte ein paar harsche Worte mit dem Hageren. Der warf Umar einen wütenden Blick zu und schien sich dann bei dem Fremden zu entschuldigen, den mein Zustand verärgert hatte.

Dann begann der Fremde, in holprigem Fränkisch zu sprechen. »Ich bin Gunnar«, sagte er. Er hatte eine tiefe, nicht unangenehme Stimme. »Gunnar, Sohn von Knut. Ich bin gekommen, um zu sehen, ob ihr wirklich Normannen seid. Besser noch, ob ihr die Normannen seid, von denen man gesprochen hat.«

Am Klang seiner Sprache konnte er selbst keiner sein, obwohl er so aussah. Aber ich hatte diesen Tonfall schon gehört. In Onfrois Heer gab es Männer, die so sprachen. Sie waren aus dem hohen Norden, aus dem Land der Fjorde. Lust auf Beute hatte auch sie nach Süden verschlagen.

»Ob wir diejenigen sind, von denen man gesprochen hat, kann ich nicht sagen«, erwiderte ich. »Aber ich bin Gilbert aus der Familie Hauteville, und dies sind meine Kameraden Thore und Ivain. Diese Mörderbande hier hat uns vor etwa zwei Monden gefangen genommen.«

»Gut«, sagte er ernst und nickte. Anscheinend hatte er genau das hören wollen. Gesprächig schien der Kerl nicht zu sein. Er sah mich nur aufmerksam an. Vielleicht wartete er, ob ich noch mehr zu sagen hatte.

»Bist du es, der uns gekauft hat?«

»Nicht ich, aber mein Herr.«

»Und wozu?«

Die Antwort blieb er mir schuldig, denn er wandte sich ab und redete wieder mit Umar und dem Hageren. Die ließen unsere Pferde bringen. Auch die wurden genau begutachtet, wie auch unser Gepäck und Rüstungen. Ich bemerkte erst jetzt, dass Saura einen Lederbeutel aufgeschnallt trug, aus dem die Griffe unserer Schwerter ragten. Und Thores Bogen. Sie hatten unsere Waffen also doch nicht unter sich aufgeteilt.

»Wenn du ein Hauteville bist, warum sehe ich dann nicht ihr Wappen auf einem der Schilde?«, fragte dieser Gunnar jetzt misstrauisch.

»Ich habe es im Kampf bei Salerno verloren.«

»Salerno. Habe davon gehört. Du warst also dabei.«

»Wir alle drei.«

Er nickte wieder. Auch mit dieser Antwort schien er zufrieden. Dann winkte er seinen Leuten zu, und sie brachten sein Pferd, aus dessen Satteltaschen er vier Geldbeutel entnahm. Die stellte er vor dem Hageren ins Gras. Der öffnete einen nach dem anderen und sah nach. In seinen Händen blinkte es golden. Eine fürstliche Summe, wie es aussah.

»Du zahlst ihnen viel zu viel, Gunnar«, konnte ich mir nicht verkneifen. »Die Bastarde haben schon mein eigenes Gold gestohlen.«

Er runzelte die Stirn. »Und schlecht behandelt haben sie dich auch, so, wie du aussiehst«, brummte er.

Und plötzlich, bevor der Hagere es verhindern konnte, bückte er sich, schnappte sich einen der Beutel und stopfte ihn wieder in seine Satteltasche. Die beiden Skorpione protestierten heftig, aber Gunnar lachte nur. Er gab seinen Männern ein Zeichen, und die traten drohend vor. Einige mit gezogenen Schwertern. Umar fluchte, zog sich aber zähneknirschend zurück. Der Hagere griff hastig nach den drei übrigen Geldbeuteln und folgte ihm, nicht ohne wilde Blicke um sich zu werfen.

Gunnar zeigte auf unsere Pferde. »Steigt auf«, sagte er zu uns. »Es geht weiter.«

Wir halfen Ismael auf sein Pferd und stiegen dann selbst in den Sattel.

»Bis zum nächsten Mal, Umar!«, rief Thore übermütig und machte ein rüdes Zeichen mit den Fingern.

»Nimmst du uns nicht die Fesseln ab?«, fragte ich Gunnar.

»Wozu? Ihr seid immer noch Gefangene.«

»Und wohin bringst du uns?«

»Zum Emir nach Catania. Wohin sonst?«

Die Fürstin von Catania

Das Reiten fiel mir ungewohnt schwer, denn meine Rippen schmerzten bei jedem Tritt und Stoß. Vornübergebeugt hockte ich im Sattel, versuchte, Albas Bewegungen auszugleichen und möglichst flach zu atmen.

»Wer zum Teufel ist dieser Kerl«, hörte ich Thore sagen, der hinter mir ritt. »Gunnar Knutson. Der ist doch aus dem Norden. Ich frage mich, was der bei den Sarazenen zu suchen hat.« Er blieb eine Weile stumm. Dann redete er weiter, wie zu sich selbst. »Vielleicht ist er ein Waräger. Du weißt schon, einer von diesen Nordmännern, die für Byzanz kämpfen. Der ist bestimmt mit Maniakes gekommen und geblieben. Oder er ist ein Seefahrer und hier gestrandet.« Er stellte noch weitere Überlegungen an und wollte meine Meinung dazu hören. »He, Gilbert, warum sagst du nichts?«

»Weil ich Schmerzen habe, du Ochse«, presste ich hervor. »Der Kerl hat mir die Rippen zertrümmert.«

»Umar?«, fragte er in einem Ton, als hielte er so etwas für unwahrscheinlich. »Stell dich nicht so an. Ein paar Faustschläge bringen einen doch nicht um.«

»Wir können gerne tauschen, du Witzbold.«

»Wenn es dich tröstet, dieser Umar wird's nicht mehr lange machen. Du fragst dich, wieso? Weil er zu denen gehört, die ich umbringen werde, bevor Odin mich in seine Halle holt.«

»Ich wäre schon froh, wenn sie mich aus dem Sattel holten und in ein weiches Bett legten.«

»Mit ein paar hübschen Sklavinnen, was?«

»Hör auf! Ich kann nicht lachen. Es tut weh.«

Aber er hörte nicht auf und quatschte die ganze Zeit. Immerhin war es besser, als Trübsinn zu blasen.

Wir hatten die Wildnis hinter uns gelassen und ritten durch fruchtbares Ackerland. Felder, Wasserräder und Bewässerungskanäle, aber gelegentlich auch Spuren von Krieg, obwohl diese Kämpfe schon eine Weile zurückliegen mussten. Aber immer noch trafen wir auf abgebrannte Bauernkaten, gefällte Obst- und Olivenbäume, geplünderte Äcker, die in diesem Jahr niemand mehr bestellen würde. Wahrscheinlich, weil ihre Besitzer tot oder geflohen waren.

Es mussten die Auseinandersetzungen unter den Berberfürsten sein, die zu diesen Zerstörungen geführt hatten. Ich erinnerte mich an Landos Worte, dass der Emir von Siracusa Catania erobert und dessen Herrscher vertrieben haben sollte. Ibn al-Thumnah, so hieß der neue Herr beider Provinzen, wenn ich mich recht erinnerte. Der Zwerg hatte von ihm erzählt. War er es, zu dem Gunnar uns brachte? Und was hatte er mit uns vor?

Ich hielt nach Loki Ausschau, konnte ihn aber nirgends entdecken. Dennoch war ich sicher, dass er der Spur unserer Pferde folgte. Ihr Geruch war ihm vertraut. Ismael konnte sich kaum noch im Sattel halten. Einmal stürzte er und lag eine Weile wie leblos am Boden. Einer von Gunnars Männern flößte ihm Wasser ein und nahm ihn dann vor sich aufs eigene Pferd.

Um ihn zu schonen, ritten wir langsamer. Deshalb war es schon dunkel, als wir Catania erreichten. Wir ritten durch ein mit Fackeln erhelltes Tor, das die Stadtwache auf Zuruf öffnete, dann durch dunkle Gassen, an ein paar Schenken vorbei, über einen Platz, auf dem zwei Gehenkte an einem Galgen baumelten, schließlich durch ein weiteres Tor in den Hof eines großen Palazzos. Hier stiegen wir von den Pferden.

»Unser Freund braucht Hilfe«, sagte ich zu Gunnar, als seine Männer uns die Handfesseln durchschnitten.

»Wir kümmern uns um ihn. Und auch um euch.«

»Wann kann ich den Emir sprechen?«

Er schüttelte den Kopf. »Zunächst wäre ein Bad angesagt. Ihr stinkt wie Ziegenböcke.«

Ich hielt meine Hände hoch. »Wir dürfen uns frei bewegen?«

»Nur im hinteren Teil des Hauses, in den Gemächern, die euch zugewiesen sind. Und im Garten. Versucht nicht, zu fliehen, denn das Anwesen ist stark gesichert, und die Wachen werden euch nicht aus den Augen lassen.«

Gemächer. Das hörte sich schon ganz anders an als das Dreckloch, aus dem wir kamen. In Gemächern hielt man Gefangene von Bedeutung. Waren wir so etwas? Man brachte eine Bahre für Ismael und trug ihn fort. Wir sollten ihn erst viel später wiedersehen. Auch Gunnar verabschiedete sich mit einem dünnen Lächeln. Dann geleiteten uns seine Männer ins Haus.

Was jetzt mit uns geschah, hätte ich nicht für möglich gehalten, wenn ich es nicht selbst erlebt hätte. Sie führten uns durch schwach beleuchtete Gänge zu einem Saal mit dunkelroten Wänden, der von Hunderten Kerzen erhellt war. Die spiegelten sich im Wasser eines riesigen Beckens, was den Glanz des Raumes noch verstärkte. Ja, ein Badebecken so groß wie ein Teich. So etwas hatten wir noch nie gesehen.

Das Gewölbe dieser Halle war von schlanken, marmornen Säulen getragen. Und an den Wänden prangten Malereien, auf denen Frauen abgebildet waren, die sich der Liebe in den eindeutigsten Stellungen hingaben.

»Wo bei allen Göttern sind wir?«, murmelte Thore, dem es wie Ivain und mir die Sprache verschlagen hatte.

Wir hätten die Abbildungen gerne näher betrachtet, aber die Zeit schenkte man uns nicht, denn ein halbes Dutzend junger Dienerinnen nahm uns lächelnd in Empfang. Im Gegensatz zu den Frauen an den Wänden waren diese jedoch bekleidet. Sie bedeuteten uns, die stinkenden Fetzen abzulegen, die man kaum noch Kleider nennen konnte, und zeigten auf das Wasserbecken, wo wir ein Bad nehmen sollten. Ivain und ich sahen uns verlegen an. Hier, vor diesen jungen Weibern, sollten wir uns ausziehen?

»Nun stellt euch nicht so an«, sagte Thore und riss sich die Tunika vom Leib.

Einige der Dienerinnen konnten ein Kichern nicht unterdrücken, als sie seinen muskulösen Oberkörper in Augenschein nahmen. Eine wagte sogar, eine Narbe an seinem Oberarm zu berühren. Thore ließ sich nicht stören. Er streifte Stiefel und Beinkleider ab, als sei es das Natürlichste der Welt, und stieg ins Wasser so nackt wie am Tag seiner Geburt.

»Nun kommt schon«, rief er. »Ich weiß nicht, wie sie es machen, aber das Wasser ist wunderbar warm.«

Nun wagte auch Ivain, seinem Beispiel zu folgen. Ich aber benötigte Hilfe, meine Tunika auszuziehen, zu sehr schmerzten mich die Rippen. Zwei der Dienerinnen halfen mir behutsam. Sie bekamen große Augen, als sie die Blutergüsse an meinem Brustkorb gewahrten und stießen mitfühlende Laute aus. Dann musste ich mich setzen, damit sie mir Stiefel und Beinkleider abstreifen konnten.

Es war seltsam erregend, mich von diesen jungen Frauen ausziehen zu lassen. Aber sie schienen nichts dabei zu finden, waren Ähnliches wohl gewohnt. Selbst als sich bei ihren flüchtigen Berührungen mein seit Langem vernachlässigtes Glied regte, achteten sie kaum darauf. Nur eine hielt die Hand vor den Mund, um ein Lächeln zu verbergen. Dann geleiteten sie mich ins Becken.

Thore lachte, als er mich so sah. »Mann«, stöhnte er. »Mir geht es nicht anders. Vielleicht erlöst uns ja eine der Holden.«

Aber den Gefallen taten sie uns nicht. Nach einem langen, wundervollen Bad im warmen Wasser hüllten sie uns in Leinentücher. Sie stutzten uns Haare, Bärte und Fingernägel. Dann mussten wir uns auf Bänke legen, wo wir mit wohlriechenden Ölen eingerieben wurden. Sie massierten uns Nacken, Schultern, Füße und Hände. Nach diesen Wohltaten hießen sie uns lange Baumwollgewänder anziehen, brachten uns Wein und köstliche Speisen. Als Thore eine von ihnen auf den Schoß ziehen wollte, entwand sie sich ihm mit einem Lächeln. Das gehörte wohl nicht zu ihren Diensten.

Ich war beim Essen vor Müdigkeit fast eingenickt und deshalb nicht unglücklich, als sie uns in unsere Kammern geleiteten. Die waren klein und hatten keine Fenster, aber jeder von uns hatte seine eigene. Im Gang standen Wachen, doch das war mir im Augenblick gleich. Mit wohligem Seufzen ließ ich mich auf das weiche Lager sinken und war fast im gleichen Augenblick eingeschlafen.

* * *

Ich träumte von Gerlaine. Ich träumte, wie sie mir in dem großen, roten Saal die unzüchtigen Bilder an den Wänden zeigte. Dabei warf sie mir einen Blick über die Schulter zu. Einen eindeutigen Blick. Zu meinem Erstaunen war sie völlig nackt. Die schlanken Beine endeten in den Rundungen ihres herrlichen

Hinterns. Wie schön sie ist, dachte ich. Etwas musste sie belustigt haben, denn sie lachte schallend, bis ich merkte, dass es mein steifes Glied war, über das sie lachte. Ich griff nach ihr und hielt sie fest umschlungen. Unbändige Lust hatte mich gepackt. Ich spürte ihren Atem auf der Wange, ihre Augen ganz nah, graugrün wie die Morgennebel über den Feldern. Und sie roch nach sonnenwarmer Erde wie in den Tagen unserer Wanderungen.

Was sie mir ins Ohr flüsterte, konnte ich nicht verstehen. Es war auch nicht wichtig, jetzt wollte ich sie nur noch besitzen. Weiche Haut berührte die meine, kundige Hände glitten über meinen Leib, taten Dinge, die mir den Atem verschlugen und meine Begierde nur noch mehr entfachten. Doch als ich in ihre Haare griff und sie an mich zog, war es gar nicht Gerlaine. Da war es Maria, die Schankmagd aus Melfi, die ihre Brüste an mir rieb und an meinen Lippen saugte. Wieso Maria? Aber auch das war mir egal, denn ich war wie ausgehungert. Und Maria besaß einen Leib, den ich nur zu gut kannte und dem ich noch nie hatte widerstehen können. Sie flüsterte mir Koseworte ins Ohr. Doch seit wann sprach sie Arabisch?

Da merkte ich, dass es gar kein Traum war. Auf mir ritt ein fremdes Weib. Und ich steckte tief in ihrer feuchten Höhle. Volle Brüste schwangen im Takt der Hüften. Unwillkürlich griff ich danach. Sie beugte sich vor, stöhnte leise und küsste meine Lippen. In diesem Augenblick brach es aus mir hervor wie eine Flut, die nicht enden möchte. Trotz der Schmerzen in den Rippen bäumte ich mich auf, hielt mich an ihr fest. Dann fielen wir erschöpft zurück aufs Lager. Sie schmiegte sich an mich, und wir lagen still, immer noch heftig atmend, bis unsere Herzen sich langsam beruhigten.

»Wer bist du?«, flüsterte ich auf Griechisch.

Doch sie schüttelte den Kopf und legte den Finger auf meine Lippen. Nach einer Weile glitt sie von meinem Lager, schlüpfte in einen leichten Umhang und verschwand in der Dunkelheit der Nacht. Nichts blieb von diesem Besuch als der flüchtige Geruch ihres Leibes.

* * *

Am Morgen war Thore in allerbester Laune. »Gefangen oder nicht, hier lässt es sich aushalten«, sagte er und schob sich ein Stück Hühnerbrust in den Mund. Dabei zwinkerte er uns vielsagend zu. »Und wie war eure Nachtruhe? Ich hoffe, so gut wie meine.«

»Hattest du etwa auch Besuch?«, fragte ich.

»Sehr freundliche Art, einen Mann willkommen zu heißen«, feixte Ivain. »Man könnte sich dran gewöhnen.«

Ich sah sie beide erstaunt an. »Und ich dachte, ich hätte geträumt.«

»Das waren die Sklavinnen, die uns gestern gebadet haben«, meinte Thore.

»Glaubst du, das sind Sklavinnen?«

»Da bin ich mir sicher.«

»Unglücklich scheinen sie aber nicht zu sein.«

»Vielleicht ist es ja gar nicht so schlimm, in einem Haus wie diesem als Sklavin zu dienen«, meinte Thore. »Sie sind gut untergebracht, kriegen genug zu essen und ab und zu kommen nette Jungs wie wir vorbei.«

»Hör bloß auf«, knurrte ich und warf mit einem Hühnerbein nach ihm, wobei mir sofort wieder die Rippen schmerzten. »Gleich willst du uns weismachen, wie herrlich das Leben einer Sklavin ist.«

»Besser als das, was wir gerade hinter uns haben.«

Das ließ sich nicht bestreiten. So scherzten wir weiter miteinander, aber in Wahrheit waren wir völlig überwältigt von den

Schönheiten dieses Palazzos und seinen Bequemlichkeiten. Im Gegensatz zu dem elenden Loch, in dem wir wochenlang gehaust hatten, war dies das Paradies auf Erden. Die Betten waren so weich, dass man morgens kaum aufstehen mochte. Und nach der mageren Kost auf der Burg schwelgten wir hier im Überfluss. Gebratene Tauben und Hühnchen, Lammspieße, nach Kräutern duftende Gemüsegerichte und herrliches Obst. Feigen, Kirschen und Melonen. Die Dienerinnen vom Vorabend umsorgten uns. Wir mussten nur einen Wunsch äußern, schon wurde es gebracht. Ich beäugte sie verstohlen, ob ich meine nächtliche Besucherin erkennen würde, konnte mich aber nicht entscheiden. Nein, sie war wohl keine von ihnen. Oder doch?

Wir waren noch beim Essen, als zu unserer Überraschung Anna auftauchte. Sie weinte, als sie uns sah, und fiel uns in die Arme. »Es hieß, dass man Normannen gebracht habe. Da musste ich einfach sehen, ob ihr es seid.«

»Hier sind wir. Immer noch am Leben.«

»Ich hatte schon gehofft, dass ich euch wiedersehe. Sie haben mich nämlich nach euch befragt.«

Hatte ich sie richtig verstanden? Unser Griechisch war noch dürftig, deshalb ließ ich mir ihre Worte wiederholen. Aber sie bekräftigte, dass man sie nach drei Normannen gefragt habe und einem Berber.

»Die haben nach euch gesucht.«

»Und wer genau hat dich befragt?«

Sie zuckte mit den Schultern. »Der Aufseher hier im Palast. Ein Eunuch. Der ist für alle Sklaven zuständig und sehr streng.«

»Behandeln sie dich gut?«, fragte Thore.

Da bekam sie wieder feuchte Augen. »Ich vermisse mein Dorf, mein Zuhause und meine Familie.« Mit dem Handrücken wischte sie eine Träne von der Wange. »Aber ich kann nicht sagen, dass sie uns schlecht behandeln. Nicht wie auf dieser scheußlichen Burg.« Sie sah tatsächlich besser aus und hatte zugenommen. Ihre Wangen waren rosig, und auch ihr Bauch hatte inzwischen merklich an Umfang gewonnen. Am meisten schmerze es sie, dass man ihr, wie befürchtet, den Mann genommen habe. »Er arbeitet auf den Feldern vor der Stadt. Dort sind sie in Hütten untergebracht. Aber wenn das Kind kommt, dann darf er mich besuchen. Das haben sie mir versprochen.«

»Und sein Bruder?«

Sie bekam feuchte Augen. »Den hat man woandershin verkauft. Wir wissen nicht, wo er ist.«

Sie blieb nicht lange, musste wieder in die Küche, wo sie eingeteilt war, versprach aber, von Zeit zu Zeit nach uns zu sehen.

»Siehst du, Thore, das ist das wirkliche Leben einer Sklavin«, sagte ich bitter. »Von morgens bis abends arbeiten. Auf Familien wird keine Rücksicht genommen. Und nachts, wenn es dem Herrn beliebt, sollen sie auch noch fremde Kerle wie uns bei Laune halten.«

Ivain fluchte und schwor, die nächste Sklavin, die sich in seine Kammer verirren sollte, wieder wegzuschicken. Unsere gute Laune war fürs Erste gedämpft. Wir fragten uns zum wiederholten Male, warum wir in diesen Palazzo gebracht worden waren. Wieso ein solcher Empfang, der eher einem Fürsten und seinem Gefolge gebührt hätte?

Endlich, nach dem Morgenmahl, sollten wir mehr erfahren. Es erschien ein älterer Diener, oder vielleicht war er auch ein Höfling von Rang, denn der Mann war prachtvoll gekleidet, trug ein langes, kostbar besticktes Gewand, mit Silber verzierte Schuhe und einen seidenen Turban. In gut verständlichem

Lombardisch, wenn auch in einem etwas hochmütigen Ton, verkündete er, dass die Herrin uns jetzt erwarte. Die Herrin? Wir sahen uns erstaunt an.

Er führte uns durch sonnendurchflutete Bogengänge in einen anderen Flügel des Hauses. Der Palazzo war offensichtlich byzantinischen Ursprungs, und das morgendliche Licht brachte seine Schönheit zu voller Geltung. Säulen und Bodenfliesen waren aus weißem, gemasertem Marmor, die Wände glatt verputzt und in sanftem Gelb gehalten. In regelmäßigen Abständen fanden sich leere Nischen in den Gängen, in denen einst Statuen gestanden haben mussten. Die Moslems hatten sie entfernt, denn bildliche Darstellungen waren ihnen nicht erlaubt.

Unterwegs gesellte sich Gunnar zu uns. Doch er war so schweigsam wie zuvor. Die Gemahlin des Herrschers wünsche uns zu sprechen, sagte er mit einem wissenden Lächeln, alles andere würden wir schon noch erfahren.

Überall standen schwer bewaffnete Wachen herum, deren neugierige Blicke uns verfolgten. Vor unserem herausgeputzten Begleiter, dem Höfling, rissen sie Flügeltüren auf und ließen uns in eine Halle treten. Sie war wie eine römische Basilika gebaut. Hoch über unseren Köpfen schmale Fenster, die das Tageslicht einließen, darüber ein von zwei Säulenreihen getragenes Gewölbe. Der große Innenraum war schlicht, die Wände weiß übertüncht, der Boden auch hier in Marmor ausgelegt. Das Muster unterschiedlich farbiger Fliesen ließ ein Kreuz erkennen. War dies eine Christenkapelle gewesen?

Am hinteren Ende der Halle auf einem leicht erhöhten Thron und umgeben von ihrem Gefolge saß eine kostbar gekleidete Frau. Der Höfling bedeutete uns, vorzutreten. Unsere Schritte hallten auf dem Marmor. Dann beugten wir Knie und Haupt.

Als ich aufblickte, sah ich in große, dunkle Augen, die mich neugierig musterten. Sie hatte makellose, matte Haut, volle Lippen und Nasenflügel wie bei einem Pferd von Rasse. Etwas zu schwere Augenlider für meinen Geschmack, die durch Schminke auch noch betont waren. Sie war in prachtvolle purpurne Seide gekleidet, bauschig um die Hüften, dafür eng an der Taille wie auch an den Knöcheln ihrer zierlichen Füße, die in perlenbestickten Pantoffeln steckten. Rot waren auch ihr Mund und die Rubine, die ihren Ausschnitt zierten. An den schlanken Fingern glitzerten Gold und Edelstein. Und auf dem Kopf trug sie einen Seidenschal von gleicher Farbe wie ihr Gewand, der aber nur wenig von dem schönen, fast blau schimmernden, schwarzen Haar bedeckte, das ihr bis über die Schultern fiel.

Wir mussten diese überirdische Erscheinung mit offenen Mündern angestarrt haben, denn sie lächelte belustigt. »Ihr seid also die drei Normannen«, sagte sie in einem stark griechisch gefärbtem Lombardisch. »Leute wie Ihr verirren sich selten bis hierher. Ich bin daher neugierig, Euch kennenzulernen.«

Wir verbeugten uns noch einmal ehrfürchtig. Dann stellte ich mich selbst und meine Freunde vor. »Domina, wir danken Euch für Eure Gastfreundschaft.«

Sie runzelte einen Augenblick die schön geschwungenen Brauen. Dann glaubte sie zu verstehen. »Ah, das«, erwiderte sie und lachte ausgelassen. »Ich hoffe, meine Frauen haben Euch gut unterhalten.«

Bei Odin, durchzuckte es mich. Der Fürstin selbst hatten wir die nächtlichen Besuche zu verdanken. Sofort stieg mir die Röte ins Gesicht, und ich konnte nur beschämt nicken. Für einen Augenblick blitzte es schalkhaft in ihren Augen. Dann wurde sie ernst und betrachtete uns aufmerksam, als wollte sie sich unsere Gesichter genau einprägen.

Sie wandte sich an Gunnar. »Was ist mit seinem Auge? Es ist geschwollen.«

»Sie haben ihn verprügelt, Domina. Aber es ist nichts. Nur ein paar blaue Flecke.«

»Warum hat man Euch geschlagen?«, fragte sie mich.

»Weil ich einem von ihnen die Nase gebrochen habe.«

Sie lachte ausgelassen. »Gut für Euch!«

Ich konnte die Augen nicht von ihr abwenden. Was für eine Frau. Wirklich eine ungewöhnliche Schönheit. Doch es war mehr als das. Sie besaß eine besondere Ausstrahlung, ja fast ein Zauber schien von ihr auszugehen, als wäre sie von einer mächtigen Aura umgeben. Ein Blick aus diesen Augen, und Männer würden für sie töten. Das war mein Eindruck. Und dann bemerkte ich, dass sie gar nicht mehr so jung war, wie ich zuerst angenommen hatte. Feine Linien lagen um Mund und Augen, und ihre Wangen waren nicht mehr ganz so straff wie die einer jungen Frau. Ein Gesicht voller Lebenserfahrung, Klugheit und Willensstärke. Und wie sie uns jetzt so eindringlich musterte, lag auch etwas Grausames um ihren Mund.

Doch dieser letzte Eindruck verflüchtigte sich sofort, als sie erneut ein liebenswürdiges Lächeln aufsetzte. Sie deutete auf einen jungen Mann zu ihrer Linken. »Dies ist mein Sohn Ali. Er ist noch jung und doch schon ein tapferer Krieger.«

Der Genannte war ein gut aussehender Mann von vielleicht achtzehn Jahren. Er saß lässig zurückgelehnt und bedachte uns mit einem gelangweilten Blick. Ich hatte den Eindruck, er wünschte sich woandershin, als ausgerechnet der Audienz seiner Mutter beizuwohnen.

»Mein guter Freund Aristoteles ist Euch ja schon bekannt«, fuhr sie fort und wies auf eine kleinwüchsige Gestalt rechts neben ihrem Thron.

Erstaunt rissen wir die Augen auf, denn die Fürstin hatte uns so geblendet, dass wir unseren Freund, den Zwerg, gar nicht bemerkt hatten. Er saß auf einem niedrigen Hocker unter anderen Mitgliedern ihres Hofes und war ebenfalls weit besser gekleidet, als ich es in Erinnerung hatte.

»Du hier?«, stammelte ich.

Aristoteles hatte ein breites Grinsen auf dem Gesicht. Er sprang von seinem Hocker und ergriff meine Hand. »Wie bin ich froh, euch alle drei wohlbehalten wiederzusehen«, sagte er und bedachte auch Thore und Ivain mit einem warmen Lächeln. »Eure Befreiung ist unserer edlen Herrin Maymunah zu verdanken.« Er verbeugte sich kurz vor ihr. »Der Emir selbst, Muhammad ibn Ibrahim ibn al-Thumnah, ist zurzeit abwesend. Einige unserer neu eroberten Gebiete gilt es noch zu befrieden.«

Ich war wie vor den Kopf geschlagen. »Aber was tust du hier? Ein Gaukler im Palast des Emirs?«

»Unser Aristoteles ist nicht wirklich ein Gaukler«, sagte Maymunah. »Eher so etwas wie ein Kundschafter. Er zieht durch die Städte und lässt uns wissen, was das Volk denkt.«

»Und was der Feind im Schilde führt«, fügte Aristoteles hinzu.

Ich starrte ihn an. Plötzlich sah ich den kleinen Mann in einem ganz neuen Licht. Der lustige Gaukler und Zwerg war verdammt noch mal ein Spion. So wie Lando. Ganz offensichtlich hatte ich ihn unterschätzt. Es war also ihm zu verdanken, dass man uns aus diesem Käfig geholt hatte.

»Woher wusstest du, dass man uns gefangen genommen hatte? Und wo wir waren?«

»Ich habe so meine Quellen«, antwortete er. »Eigentlich hatte ich euch in Catania erwartet. Und als ihr nicht aufgetaucht seid, habe ich Nachforschungen angestellt. Es gab Gerüchte über hellhäutige Fremde, die angeblich in die Berge gezogen waren. Leider hat es etwas gedauert, bis man mir bestätigen konnte, was genau mit euch geschehen war und wo sie euch gefangen hielten.«

»Hat Anna es dir erzählt?«

»Was für eine Anna?«

»Eine junge Sklavin aus Kalabrien.«

Er nickte. »Ah, jetzt weiß ich, wen du meinst. Ja, man hat sie für mich befragt. Habe davon aber erst später erfahren. Das Schlupfloch der Wüstenskorpione ist uns natürlich bekannt.«

Die Fürstin Maymunah war während dieses Austausches etwas ungeduldig geworden und meldete sich jetzt zu Wort. »Diese Männer sind eine Plage. Manchmal können sie aber auch nützlich sein.«

»Indem sie für euch Menschen entführen?« Das war mir etwas unbeherrscht rausgerutscht.

Maymunah hob erstaunt die Brauen. »Habt ihr Normannen denn keine Sklaven?«

»Nein.«

»Wie seltsam. Wer verrichtet dann die Arbeit, wenn es keine Sklaven gibt?«

»Unsere Bauern sind vielleicht arm, aber frei. Die Freiheit zu verlieren ist für uns das Schlimmste.«

Sie runzelte die Stirn und bedachte mich mit einem nachdenklichen Blick. »Natürlich ist es für die Betroffenen anfänglich nicht leicht, sich in ihre neue Rolle zu finden. Aber wir behandeln unsere Sklaven gut. Und wenn sie sich eingelebt haben und willig sind, werden sie fast zu Familienmitgliedern. Ich selbst bin von Sklaven aufgezogen worden. Sie standen mir näher als meine Eltern.«

Das glaubt sie doch wohl selbst nicht, fuhr es mir durch den Kopf. »Aber sie haben dieses elende Schicksal nicht gewählt«, erwiderte ich deshalb ein wenig heftig. Ich merkte auch nicht, dass Aristoteles unruhig wurde und Thore mir einen warnenden Blick zuwarf. »Was wäre, wenn man Euch versklaven würde? Wie würde Euch das gefallen?«

Mein Ton gefiel ihr nicht, denn sie warf den Kopf in den Nacken und runzelte die Stirn. »Das ist etwas ganz anderes«, sagte sie gereizt. »Es gibt solche, die herrschen, und solche, die dienen. Dabei ist ein Sklave nicht schlechter dran als andere Diener. Ich wette, bei uns hat er es sogar besser als einer Eurer Bauern, der seinen Stand auch nicht wählen kann.« Triumphierend funkelte sie mich an. »Die armen Bauernmädchen, die wir von den Händlern kaufen, können sich glücklich schätzen. Was für ein elendes Leben hätten sie denn gehabt in ihren Heimatdörfern im kalten Norden? Nichts als harte Arbeit in ihrem kurzen Leben, ausgemergelt vom vielen Kinderkriegen, Hunger und Seuchen ausgesetzt, den frühen Tod vor Augen.«

Sie war bei diesen Worten ziemlich hitzig geworden. Aber ich nicht minder. Ich wollte ihr gerade entgegnen, dass sie sich die Sache nur schönzureden versuche, als Aristoteles mich hastig unterbrach.

»Verzeiht unserem jungen Freund die ungestüme Rede, Herrin. Unsere Sitten sind ihm ungewohnt. Und nach dem, was sie gerade durchmachen mussten …«

Maymunah warf ihm einen unwirschen Blick zu, ließ sich dann aber besänftigen und nickte schließlich gnädig. »Natürlich. Und wie du weißt, kann ich diesen Abd al-Malik selbst auch nicht ausstehen. Es sind Aufrührer. Es wäre an der Zeit, die Kerle endlich auszuräuchern. Der Galgen ist noch viel zu gut für diese Bande.«

Sie lächelte jetzt sogar. Und ich war dem Zwerg mehr als dankbar, dass er sich eingemischt hatte. Sonst hätte ich mich noch um Kopf und Kragen geredet. Nicht besonders klug, mich mit einer Frau zu streiten, die unser Leben in den Händen hielt. Die Mauren hatten ihre Lebensart, anders als die unsrige. Besser, dies zu respektieren. Dass sie nicht vorhatten, uns wie Sklaven zu behandeln, war schon seit unserer Ankunft offensichtlich. Es nährte die Hoffnung, dass wir bald freikommen würden.

»Darf man wissen, was Ihr mit uns vorhabt, Domina?«, fragte ich vorsichtig. »Ihr wisst, warum wir nach Sicilia gekommen sind?«

»O ja!« Sie beugte sich vor und schenkte mir ein strahlendes Lächeln. Sämtliche Gewitterwolken schienen verflogen. »Natürlich. Aristoteles hat mir alles erzählt. Eine so berührende Geschichte. Was für eine wundervolle Frau muss diese Gerlaine sein, dass ein junger Mann wie Ihr, noch dazu aus adeligem Hause, alles wagt, um sie wiederzufinden. Eine solche Liebe findet man nicht alle Tage.« Sie seufzte hingebungsvoll. »Deshalb war ich gleich bereit, zu helfen. Ihr müsst mir alles ganz genau erzählen, vom ersten Tag an.«

»Aber das kann dauern, Herrin«, sagte ich hocherfreut über ihre Worte. Nun würde sich alles zum Guten wenden.

»Das macht nichts. Ich habe Zeit.«

Ihr Sohn Ali hatte allerdings genug von unserem Gerede. Wahrscheinlich sprach er kein Lombardisch. Er erhob sich mürrisch und sagte einige Worte auf Arabisch zu seiner Mutter. Die entließ ihn mit einem Achselzucken. Auch Gunnar nahm die Gelegenheit wahr, seinen Abschied zu nehmen.

»Ja, geht nur alle«, sagte sie und schickte auch die Höflinge fort. Den Leibwachen befahl sie, Stühle für uns zu bringen und der Dienerschaft aufzutragen, uns mit Erfrischungen zu versorgen. Dann sah sie mich gespannt an.

Also begann ich von unserem fernen Dorf in der Normandie zu erzählen, wo ich bei den Hautevilles aufgewachsen war. Von unserem Aufbruch in die Fremde, von den Raubzügen und Abenteuern, vom Krieg in Apulien, von Civitate, aber vor allem von Gerlaine und unseren Missverständnissen. Auch unser Kind ließ ich nicht aus, das in Argentano auf seine Eltern wartete.

Rasch war der Vormittag vergangen, worauf Maymunah uns in ihre Gemächer lud und Speisen auffahren ließ, damit wir beim Essen weiterreden konnten. Das Mittagsgebet der Muslime ließ sie ausfallen. Es schien ihr nicht so wichtig zu sein. Stattdessen stellte sie unzählige Fragen, auch besonders über uns Normannen in Melfi, unsere Gewohnheiten und Traditionen. Vor allem aber über Robert und seine Brüder, über die Bündnisse mit den Lombarden, über unsere Kämpfe gegen die Byzantiner. Und natürlich musste ich in allen Einzelheiten berichten, was in Salerno geschehen war. Denn Prinz Guaimars feige Ermordung und Roberts Rache war inzwischen das Gespräch des ganzen Mezzogiornos geworden.

Sie stellte sogar Fragen zu unserer Kampfweise, was unsere Krieger so stark mache und ob es uns gelingen würde, Byzanz vielleicht sogar ganz zu vertreiben. Schließlich hatten wir in Byzanz einen gemeinsamen Feind. Trotz ihrer freundlichen Art beschlich mich der Gedanke, sie wolle uns aushorchen, zu welchem Zweck auch immer. Gerlaines Entführung schien sie jedenfalls längst vergessen zu haben.

Doch da täuschte ich mich. Denn ganz zum Schluss, ich war schon müde vom vielen Reden und von ihren endlosen Fragen, da schenkte sie mir ein süßes Lächeln und behauptete, sie und Aristoteles wüssten, wo Gerlaine sich befände.

»Was? Warum sagt Ihr mir das erst jetzt?« Ich war aufgesprungen und musste mich beherrschen, nicht meine Entrüstung zu zeigen.

»Tut mir leid, Gilberto«, sagte Aristoteles. »Unsere Herrin hat so ihre Launen. Nicht immer leicht zu ertragen.«

Maymunah lachte schallend über diese Bemerkung. »Hätte ich es Euch früher gesagt«, sagte sie mit einem verschmitzten Augenzwinkern, »wäret Ihr viel zu aufgeregt gewesen, um meine Fragen zu beantworten.«

»Da habt Ihr recht. Ich will sie sehen. Sofort. Wo kann ich sie finden?«

Die Fürstin lehnte sich lächelnd zurück und gab Aristoteles einen Wink, mich aufzuklären. »Nun sag ihm schon, wo sie ist.«

Er nickte. »Wie gesagt, ich habe Augen und Ohren an vielen Orten. Und als man mir etwas von einer entführten *normanna* zutrug, habe ich weitergeforscht.«

»Nun spann mich nicht länger auf die Folter«, rief ich aufgeregt. »Wo zum Teufel ist sie?«

Er machte ein ernstes Gesicht. »An einem schwer zugänglichen Ort«, sagte er. »Dein erster Verdacht war richtig. Sie befindet sich auf der Burg dieses Tariq bin Halil al-Faiza, nach dem du mich schon mal gefragt hast.«

Mich traf der Schlag. »Der … der Kerl aus meinem Traum?«, stammelte ich und musste mich wieder setzen.

»Eben der.«

»Mein Traum …«

Was immer ich hatte sagen wollen, es blieb mir in der Kehle stecken. Ich war zu überwältigt. Nicht nur, dass sie Gerlaine gefunden hatten, sondern dass sich auch noch dieser verrückte Traum bewahrheitet hatte, der mir in jener Nacht in Melfi gekommen war. Ausgerechnet im Bett einer anderen Frau. Die arme Maria hatte sich stundenlang mein Gerede über Gerlaine anhören müssen, über diesen Kerl, der im Traum versucht hatte, mich zu ermorden, und dann Gerlaine entführt hatte. Zumindest war es mir so vorgekommen, obwohl ich das Ganze später als ein Hirngespinst abgetan hatte. Dabei war ich dem Kerl sogar noch über den Weg gelaufen. In Salerno.

Jetzt fiel mir wieder ein, was der kleine Marcos gesagt hatte. Ein großes Schiff. Das musste seine verfluchte Galeere gewesen sein. Sie hatten sie zur Entführung der Dörfler benutzt, die Gefangenen in Sicilia abgesetzt und waren dann nach Salerno gesegelt, wo ich inzwischen mit meinen Gefährten eingetroffen war.

Ich erhob mich hastig. »Ihr müsst uns sofort freilassen, Domina, und uns unsere Waffen und Pferde zurückgeben.« Zu Aristoteles sagte ich: »Es ist keine Zeit zu verlieren. Wo ist diese verfluchte Burg?«

»Das geht auf keinen Fall. Ich verbiete es«, hörte ich Maymunah sagen. Ihr Ton war schneidend kalt geworden.

»Aber warum? Habt Ihr uns nicht deshalb freigekauft? Wofür ich Euch natürlich sehr dankbar bin.«

»Freigekauft haben wir Euch mit dem Gold des Emirs. Er allein kann bestimmen, was jetzt mit Euch geschieht. Ihr seid immer noch unsere Gefangenen, vergesst das nicht. Bis er zurückkehrt, müsst Ihr Euch gedulden.« Als ich sie verwirrt anstarrte, fügte sie hinzu: »Ihr gehört zum Klan der Familie Altavilla. Das macht Euch zu einer wertvollen Geisel, mein lieber Gilberto. Ich frage mich, was Ihr dem Grafen von Apulien wert seid. Und nun schaut nicht so betroffen drein. Wir werden Euch den Aufenthalt schon angenehm genug machen.«

Oh, Ihr Götter! Wir waren von einer Geiselhaft in die andere geraten. Ich hätte es mir natürlich denken sollen. Am liebsten hätte ich jetzt jemanden umgebracht. Und musste mich doch beherrschen und die Zähne zusammenbeißen, bis der Kiefer knirschte.

Die Burg im Meer

Ich war so wütend wie nie zuvor in meinem Leben, fühlte mich meisterlich aufs Kreuz gelegt.

Aristoteles versuchte, mich zu beruhigen. »Das konnte ich nicht vorhersehen. Sie war wirklich gerührt von deiner Geschichte, und ich hatte sie so weit, euch freizulassen.«

»Dabei bin ich selbst schuld mit meinen verdammten Erzählungen über Onfroi und Robert. Das muss sie überhaupt erst auf den Gedanken gebracht haben.«

Thore nickte. »Außerdem hättest du den Mund nicht so voll nehmen sollen mit deinem Gerede über Sklaven. Das hat sie bestimmt verärgert.«

»Maymunah ist leider oft unberechenbar«, meinte Aristoteles.

»Unberechenbar? Hinterhältig ist sie.«

Wir saßen an einem künstlichen Teich im Palastgarten. Fliehen konnten wir von hier nicht, denn er war von hohen Mauern umgeben, und zwei Wachtürme überblickten jeden Winkel. Der Garten selbst war ein wahres Kleinod. Winzige Rasenflächen wechselten mit rechteckig angelegten Blumenbeeten. Es gab Ziersträucher aller Art, viele davon mit betörend duftenden Blüten. Singvögel hüpften von Zweig zu Zweig, und ab und zu wurde die Stille von den Schreien einiger majestätisch stolzierender Pfauen unterbrochen. Palmen und Pinien boten angenehmen Schatten, mit Steinplatten ausgelegte Wege luden zum Schlendern ein. Wasser gurgelte in verborgenen Rinnen, und nicht weit von uns plätscherte ein Springbrunnen.

Dennoch war all diese Pracht und Schönheit an mir verschwendet. Zumindest in meiner gegenwärtigen Verfassung, denn ich war voll galliger Wut und Enttäuschung.

»Vielleicht sollten wir Robert eine Nachricht schicken«, schlug Ivain vor.

Aber ich schüttelte den Kopf. »Denkst du, die Brüder zahlen ein Vermögen für mich? Onfroi ist mit anderen Dingen beschäftigt, und mit Robert liege ich im Streit. Außerdem war er dagegen, dass ich Gerlaine in Sicilia suche. Und damit war er nicht der Einzige. Alle haben mir abgeraten. Trotzdem hat er Gold für sie gespendet, Gold, das ich prompt verloren habe. Der wird doch jetzt nicht noch mehr für meine Dummheiten zahlen.« Der Gedanke, bei Robert betteln zu gehen, füllte mich mit Scham und Grausen. »Nein, auf Lösegeld kann deine Maymunah lange warten, sag ich dir. Eher werden wir hier verrotten. Dann können sie uns lieber gleich umbringen.«

»Sieh das Ganze nicht so schwarz, mein Freund«, meinte Aristoteles. »Wir werden schon einen Weg finden.«

»Sag ihr, von den Hautevilles ist nichts zu erwarten. Wenn sie mich aber freilassen sollte, verspreche ich bei meiner Ehre, alles und mehr zurückzuzahlen, was es sie gekostet hat. Auch wenn es eine Weile dauern wird. Aber zuerst muss ich Gerlaine befreien. Mit Waffengewalt, wenn nötig. Mit diesem Tariq habe ich mehr als eine Rechnung offen. Danach werde ich irgendwie das Gold auftreiben, das ich ihr schulde.«

Aristoteles machte ein verlegenes Gesicht. »Die Sache ist komplizierter, als du denkst. Du kannst nicht einfach auf Tariqs Burg auftauchen und deine Gerlaine befreien. Abgesehen davon, dass seine Burg praktisch uneinnehmbar ist. Nein, dieser Tariq bin Halil ist ein wichtiger Mann. Er hat genug Männer unter Waffen, um ihn bedeutend zu machen, und der Emir ist mit ihm verbündet. Tariq hat ihm geholfen, Catania zu erobern. Der Emir ist ihm verpflichtet. Außerdem weiß er von der ganzen Sache noch gar nichts.«

»Verdammt noch mal«, rief ich. »Das macht es ja noch schlimmer. Deine Maymunah hat mit uns nur gespielt. In Wirklichkeit kann sie ohne den Emir doch gar nichts entscheiden. Und der wird einen Teufel tun, seinen Verbündeten zu ärgern.«

»Du solltest Maymunah nicht unterschätzen. Sie kann ziemlich ausgekocht sein, wenn sie sich etwas in den Kopf gesetzt hat. Und der Emir liebt diese Frau. Sie streiten sich zwar oft bis aufs Blut. Aber in Wahrheit ist er ihr völlig verfallen. Böse Zungen behaupten, er hat Catania nur erobert, um diese Frau zu besitzen.«

»Das ist keine Frau, die man so einfach besitzen kann.«

Aristoteles nickte vielsagend. »Da sprichst du ein wahres Wort, mein Freund. Es wird sogar gemunkelt, dass sie selbst es war, die genug von ihrem früheren Ehemann hatte und al-Thumnah bei seinem Feldzug gegen Catania unterstützt hat.«

»Gemunkelt, oder weißt du es genau?«

»Ich weiß es.«

»Und wie hat sie das gemacht?«

»Sie selbst hat Tariq überredet, zu al-Thumnah überzulaufen. Das hat den Ausschlag gegeben.«

»Gegen den Vater ihres Sohnes?«

»Der ist nicht sein Vater.«

»Nicht sein Vater?« Bei Odin, was waren das für Verhältnisse! Mir schwirrte der Kopf. »Und wo ist der Mann jetzt?«

»Tot.«

»Sie hatte also nichts Besseres zu tun, als gleich den Eroberer zu ehelichen.«

Aristoteles zuckte mit den Schultern. »Sie ist, wie du siehst, eine zielstrebige Dame.«

»Man könnte so was auch anders nennen.« Ich schüttelte den Kopf. »Und was machen wir jetzt?«

»Wir müssen auf die Rückkehr des Emirs warten.«

* * *

Tage verstrichen. Langweilige Tage und frustrierend tatenlose. Die Fürstin bekamen wir in dieser Zeit nicht wieder zu Gesicht. Von ihrer Dienerschaft wurden wir zwar weiterhin gut versorgt, aber von den Wachen scharf bewacht. Eine Flucht war nicht möglich. Und selbst wenn sie uns geglückt wäre, was hätten wir auf dieser Insel ohne Freunde, Geld, Pferde oder Waffen ausrichten können? Im Augenblick war es also besser, abzuwarten und auf die Einsicht des Emirs zu hoffen.

Außerdem war da noch Ismael, den wir nicht einem ungewissen Schicksal überlassen wollten. Wenn wir nach ihm fragten, hieß es, er sei sehr krank, aber man tue alles Menschenmögliche für ihn. Wir sollten Vertrauen haben, denn bessere als maurische Ärzte gebe es nicht. Der Rest liege allein bei Allah.

Und so blieb uns nichts anderes übrig, als das gute Essen zu genießen und in einer schattigen Ecke im Garten zu sitzen. Dienerinnen huschten lautlos heran, brachten uns Wein oder honigsüße Küchlein, lächelten freundlich und verschwanden wieder. Gelegentlich hörten wir von irgendwoher maurische Weisen erklingen oder auch schwachen Waffenlärm von Kampfübungen in der Nähe. Und natürlich zu regelmäßiger Stunde die Rufe des Muezzins. Ansonsten gab es wenig Abwechslung, außer wenn Aristoteles uns besuchte. Und das war zum Glück nicht selten. Beim dritten Mal hatte er schließlich Thores ständigen Fragen nach Chara nachgegeben und brachte seine hübsche Nichte mit.

»Dachte schon, du wolltest sie ganz für dich behalten«, sagte Thore hocherfreut und schenkte Chara ein Lächeln, das selbst Gletschereis zum Schmelzen gebracht hätte. Zu uns meinte er: »Seht ihr? Ich hab euch doch gesagt, dass ich sie wiederfinde.«

»Sieht eher aus, als ob sie dich gefunden hätte«, spottete Ivain.

Doch Thore hörte gar nicht mehr auf ihn. Er nahm Chara bei der Hand und entführte sie in den Garten.

»Du solltest gut auf sie aufpassen«, sagte ich zu Aristoteles. »Thore hat schon so manches Herz gebrochen.«

»Das denke ich mir. Ich wollte sie auch gar nicht mitbringen, aber was soll ich machen? Sie hat sich die Augen aus dem Kopf geheult. Und ich bin schließlich kein Unmensch.«

In den Nächten lag ich auf meinem Lager und grübelte. Doch ein Ausweg ohne die Hilfe des Emirs wollte mir nicht einfallen. Wenn er nur schon bald käme. Immer wieder wanderten meine Gedanken zu Gerlaine auf der Burg dieses verfluchten Tariq. Zwang er sie, mit ihm zu schlafen? Natürlich tat er das. Aber ich versuchte, nicht daran zu denken, denn die Vorstellung zerriss mir das Herz. Und doch suchten mich in unbedachten Augenblicken quälende Bilder heim, Gerlaine vergewaltigt oder, schlimmer noch, Gerlaine, die sich vielleicht sogar freiwillig gab.

Dabei war ich selbst auch nicht so enthaltsam. Denn in manchen Nächten schlich sich wieder meine mysteriöse Besucherin zu mir aufs Lager. Erst wollte ich sie wegschicken, aber sie weigerte sich. In der Dunkelheit konnte ich wenig von ihr sehen, dafür umso mehr fühlen. Am Ende gab ich es auf, ihr zu widerstehen. Die Liebe, die sie mir schenkte, drängte für einige Augenblicke die Wut zurück, die ich ständig in mir trug, meine Ungeduld und die Verzweiflung über unsere Lage. Ich wollte auch gar nicht mehr wissen, wer sie war oder wie sie hieß. Allein ihr weicher Leib und ihre Zärtlichkeiten waren mir ein Trost.

Aber dann, eines Vormittags, tauchte Aristoteles auf und grinste übers ganze Gesicht. »Gilberto«, rief er, sobald er mich sah. »Stell dir vor. Sie hat zugestimmt.«

»Wer? Was?«

»Maymunah erlaubt, dass du Tariqs Burg besuchst. Allerdings allein, ohne deine Freunde. Die bleiben zur Sicherheit hier. Und natürlich nur in Begleitung von Gunnar und seinen Männern.«

Ich machte große Augen. »Ich soll zu seiner Burg reiten?«

»Dann kannst du endlich erfahren, ob sie sich wirklich dort aufhält. Und jetzt setz dich lieber hin, denn ich habe noch Besseres zu berichten. Die Fürstin hat beschlossen, dass Gunnar sie für dich auslösen darf. Er hat einen Brief von ihr und genug Gold dabei.« Er schlug mir auf die Schulter, was ihm nur gelang, weil ich auf den nächstbesten Hocker gesunken war.

»Alles wird gut, mein Freund«, sagte er und strahlte.

»Wieso der Sinneswandel?« Ich war noch ganz benommen. »Sie will doch bestimmt eine Gegenleistung.«

»Sie hat keine genannt. Vielleicht tust du ihr leid und sie will dir helfen. Oder sie hat einen anderen Grund. Ich hab dir gesagt, sie ist unberechenbar. Niemand kann wissen, was in ihrem Kopf vorgeht. Am besten frag nicht so viel. Beeil dich lieber, bevor sie ihre Absicht ändert.«

»Der Mann hat recht«, sagte Thore. »Endlich tut sich was. Geh, mein Lieber. Wir sind in Gedanken bei dir.«

Und so kam es, dass ich wenig später meine gute Alba sattelte und mit Gunnar und einem Dutzend seiner Krieger zum Schlupfloch dieses arabischen Piraten und Mädchenentführers aufbrach. Ich trug wieder meine alten Kleider, wenn auch gewaschen und sorgfältig geflickt. Gunnar hatte mir für den Ausflug sogar meine Rüstung und Waffen gegeben. Um nicht wie ein Bettler vor diesen Tariq zu treten, hatte er gesagt. Ich musste ihm allerdings schwören, keinen Unsinn anzustellen.

Mit Freude hatte ich mein kostbares Schwert aus der Scheide gezogen und die Runeninschrift geküsst, die Gerlaine mit einem schützenden Zauber belegt hatte. *Sieg und Leben*. Genau das wollte ich auch für sie erringen. Sieg über ihre Peiniger und ein Leben in Freiheit, an meiner Seite, wenn es ihr gefiel. Und wenn dies nicht auf friedliche Weise gelang, dann mit diesem Schwert. So gerüstet und auf dem Rücken meiner treuen Alba sah ich endlich wieder wie ein normannischer Krieger aus und musste mich vor niemandem schämen.

Der Weg bis zu unserem Ziel war nicht weit. Insgeheim hatte ich gehofft, irgendwo hier draußen Loki wiederzusehen. Aber sooft ich mich auch umsah, er war nirgends zu entdecken. Wir folgten der sonnigen Küstenstraße, und nach einiger Zeit erreichten wir eine Straßensperre, die von Tariqs Kriegern besetzt war. Es folgte langes Gerede, aber schließlich ließen sie uns durch. Wir ritten durch das kleine Dorf, bis wir das steile, felsige Ufer erreichten und vor uns Tariqs Burg gewahrten.

»Das ist Aci Castello«, sagte Gunnar. »Oder Qalat al-Yâg, wie die Sarazenen es nennen.«

Ich verstand, warum Aristoteles die Burg als uneinnehmbar bezeichnet hatte. Sie lag ein Stück weit im Meer auf einem gewaltigen Lavabrocken, einem grauschwarzen Klotz, der sechzig Fuß hoch aus der schäumenden Brandung ragte und nur durch eine kurze, felsige Landzunge mit dem Festland verbunden war. Ansonsten gänzlich unzugänglich. Hohe, zinnenbewehrte Mauern aus dunklem Gestein, ein kurzer Turm in der Mitte. Für mehr war kein Platz auf dem Felsen. Ein düsterer, unheimlicher Ort.

»Das ist also die Burg des schwarzen Emirs.«

»Ein ehemals byzantinisches Fort«, erwiderte Gunnar. »Wohl schon an die vierhundert Jahre alt. Wurde zum Schutz gegen Piraten errichtet.«

»Und jetzt haust dort selbst ein Pirat.«

Auf der Nordseite, unterhalb der Burg, befand sich eine geschützte Bucht, in der eine Kriegsgaleere vor Anker lag. Es war dieselbe, die ich im Hafen von Salerno gesehen hatte. Man konnte also annehmen, dass der Herr der Burg zugegen war. Dies bestätigten auch Tariqs Krieger, die in einem Torhaus auf der Küstenseite den Zugang bewachten. Nachdem Gunnar mit ihnen verhandelt hatte, schickten sie einen Boten hinüber.

»Was hast du ihm ausrichten lassen?«, fragte ich.

»Dass die Fürstin wünscht, dass er uns empfängt. Und dass ein Normanne nach seinem Weib sucht.«

»Hätten wir ihn nicht besser damit überraschen sollen?«

Gunnar zuckte mit den Schultern. »Den überrascht so schnell keiner. Und dass du kein Muslim bist, sieht man schon von Weitem.« Er deutete auf die Zinne gegenüber, von wo uns Männer aufmerksam beobachteten. »Niemand hier trägt einen Schild wie den deinen.«

Schließlich kehrte der Bote zurück. Nur Gunnar und ich durften zur Burg hinauf, mussten aber die Pferde zurücklassen. Wir folgten dem Mauren. An der Nordseite des Burgfelsens hatte man einen nicht allzu steilen Pfad aus dem Gestein gehauen, der an der schieren Felswand entlang nach oben führte.

Beim Aufstieg schlug mir das Herz bis zum Halse. Würde ich sie jetzt endlich wiedersehen? Und wenn ja, wie sollte ich mich verhalten? Am besten sollte ich Gunnar das Reden überlassen, denn in einer Auseinandersetzung mit diesem Teufel würde ich für meine Beherrschung kaum garantieren können.

Am mächtigen, eisenbeschlagenen Eingangstor wurden wir aufgefordert, unsere Schwerter abzugeben. Ich wollte mich weigern, aber Gunnar meinte, es sei schon in Ordnung, wir hätten nichts zu befürchten. Dann führte man uns durch ein spitzbogenartiges Gewölbe in den beengten Innenhof. Linker Hand lagen Stallungen, davor Bündel frischen Strohs und ein Haufen Pferdemist in einer Ecke. Das Gemäuer der Burg war alt und verwittert. Überhaupt sah alles karg und etwas verwahrlost aus. Ein Ort für Krieger, aber nicht für Frauen. Vielleicht hielt man Gerlaine gar nicht hier, sondern woanders gefangen.

Am gegenüberliegenden Ende des Hofes befand sich eine eichene Tür, durch die man uns jetzt führte. Es folgte ein kurzer Gang, und dann standen wir in einer kleinen Halle. Nach der grellen Sonne draußen mussten sich meine Augen erst an das düstere Innere gewöhnen, denn die wenigen Fenster an der Außenmauer waren nicht besser als Schießscharten. Nur in der Mitte des Raumes verbreiteten die Kerzen eines silbernen Kandelabers genügend Licht, um sich umsehen zu können. Mächtige, rußgeschwärzte Eichenbohlen bildeten das Gebälk. Die Außenwände waren aus grobem Stein gemauert und unverputzt gelassen.

Im Gegensatz zu dem derben Gemäuer war der Rest der Halle jedoch von ausgesuchter Schönheit. Man hätte meinen können, sich in einem reichen Palast zu befinden. Der Boden war mit weichen Teppichen ausgelegt, die in allen Farben prangten, gepolsterte Bänke und seidene Kissen luden zum Sitzen ein, maurische Schwerter hingen über Kreuz an den

Wänden, darunter elfenbeinverzierte Truhen und zierliche Beistelltische, auf denen sich wunderschöne Kelche und gläserne Karaffen befanden. An einer Seite standen Stühle vor einem Tisch mit eingelegtem Backgammonspiel, auf dem die Steine noch so verteilt lagen, als wäre das Spiel gerade erst unterbrochen worden. Alles in allem schien dieser Raum mehr der Bequemlichkeit des Hausherrn zu dienen als der Unterhaltung seines Gefolges. Anders als sonst üblich in der Halle einer Kriegerburg.

Zwei schwer bewaffnete Wachen waren uns gefolgt und ließen uns nicht aus den Augen. Einer rief nach seinem Herrn. Und kurz darauf sahen wir Tariq bin Halil tatsächlich durch eine Hintertür in die Halle treten. Mit forschen Schritten kam er auf uns zu.

»Gilberto d'Altavilla. Was für eine Überraschung.« Er hatte mich gleich erkannt. Dabei lächelte er breit, als würde es sich um den Besuch eines guten Bekannten handeln.

Ich nickte steif. Mein Magen war verkrampft, meine Kehle wie zugeschnürt. Unmöglich, diesen Mann höflich zu begrüßen. Ein Wunder, dass es mir überhaupt gelang, mich zusammenzunehmen, denn das war der Kerl, der mich seit Monaten im Geist verfolgt hatte. Erst in jenem schrecklichen Albtraum, dann in Salerno, wo er und seine Männer in Guaimars Mord verwickelt gewesen waren. Und jetzt, da Aristoteles bestätigt hatte, dass er nun doch an Gerlaines Raub beteiligt war, hätte ich ihn am liebsten gewürgt, bis er sie herausgeben würde. Nur gut, dass mein Schwert draußen bei seinen Kriegern lag. Ich weiß nicht, was ich sonst angestellt hätte.

Tariq bin Halil zwinkerte meinem Begleiter freundlich zu. »Gunnar, mein Freund. Gut, dich zu sehen.« Und zu mir: »Gunnar und ich sind alte Kriegskameraden. Allerdings haben wir nicht immer auf der gleichen Seite gekämpft.«

Während die beiden ein paar Worte auf Arabisch tauschten und Tariq schließlich Maymunahs Brief überflog, konnte ich meine Augen nicht von diesem Mann wenden. Er war, wie ich ihn in Erinnerung hatte, mittelgroß, schlank, sehnig, von stolzer Haltung. Ein kluges Gesicht. Das Hervorstechendste daran waren die herrisch blickenden Augen, mit denen er die Welt herauszufordern schien. Trotz seiner an den Tag gelegten Höflichkeit lag etwas Selbstgefälliges und Hochmütiges in ihnen, wenn nicht gar Verachtung für alle, die er nicht für ebenbürtig hielt. Er trug einen kurzen Bart, ebenso schwarz wie seine kräftigen Brauen und den lose um den Kopf gewundenen Turban. Überhaupt war alles an ihm, außer einem silberverzierten Gürtel, in Schwarz gehalten. Nannten sie ihn deshalb den schwarzen Emir?

Und plötzlich kam mir die Erleuchtung. Tariq war kein Berber, sondern von altem arabischen Adel. Wie Abd al-Malik. Mochten die Skorpione auch Aufrührer, Räuber und Wegelagerer sein, dieser Mann hatte ihnen seine Galeere geliehen, Verschleppte übernommen. Zweifellos unterstützte er die Halunken. Auch sie trugen Schwarz. Die Farbe der Rebellion. Er war mit ihnen im Bunde, das war mir jetzt deutlich. Vielleicht war er sogar der wahre Herr der Skorpione. Aber gleichzeitig war er Gefolgsmann des Emirs al-Thumnah, dem Berberfürsten, den sie angeblich verachteten und bekriegten. Wie passte das alles zusammen? Ich war verwirrt.

Plötzlich merkte ich, dass er mit mir redete. Er sprach von Salerno. »Du und dein Normannenführer Robert, ihr habt unsere Pläne ziemlich durchkreuzt«, sagte er mit einem dünnen Lächeln, das nicht bis zu den Augen reichte. »Eigentlich solltest du mir dafür büßen. Ich könnte dich gefangen nehmen. Dein Kopf würde sich gut machen auf meiner Zinne. Meinen Männern würde das gefallen.« Er lachte kurz, als handelte es sich um einen gelungenen Scherz.

»Deinen Männern vielleicht. Maymunah aber würde es nicht gefallen«, knurrte Gunnar. »Unser Mann hier ist ihr wichtig.«

»Maymunah. Die schönste Blume des Islam und unsere sanfte Herrin, von allen verehrt. Möge Allah sie für immer selig halten.« Er verbeugte sich kurz mit einem spöttischen Grinsen. Dann deutete er auf den Brief, den er noch in der Hand hielt. »Sie wünscht also, dass ich dir freies Geleit gewähre«, sagte er zu mir. »Nun, ihr zuliebe will ich nicht nachtragend sein. Manchmal gewinnt man, manchmal verliert man. So ist das Leben. Und es war schon sehr listig, wie ihr Normannen Salerno eingenommen habt. Man muss es bewundern. Euer Ruf als große Krieger eilt euch voraus, selbst bis hierhin nach Sicilia.«

Er schien in gesprächiger Laune zu sein, machte eine weite Armbewegung, die die ganze Burg umfasste, und fragte uns, was wir von seiner kleinen Festung hielten. Er besäße andere Paläste und Burgen, aber diese hier sei ihm die liebste, schon allein wegen ihrer vorzüglichen Lage am Meer.

»Ich will euch dazu eine alte Legende erzählen, hier aus der Gegend«, sagte er und forderte uns auf, uns zu setzen. Wir ließen uns nieder. Nur seine Krieger blieben stehen. Einer von ihnen schenkte Wein für uns ein. Auch Tariq nahm einen Kelch und trank uns zu. »Die Geschichte geht so: Die schöne Galatea, eine Meeresnymphe, verliebte sich eines Tages in den jungen Fischer Acis. Ich glaube, er betrieb sein Handwerk genau hier von dieser Bucht aus. Der einäugige Riese Polyphemos, der die Nymphe ebenfalls liebte, versprach ihr Reichtum und Macht, wenn sie ihn anstelle des Fischers erhören würde. Doch Galatea hielt zu ihrem Acis. Da schleuderte Polyphemos in seiner Eifersucht einen riesigen Felsbrocken auf den armen Fischer herab und tötete ihn auf der Stelle. Die untröstliche Nymphe aber verwandelte das Blut, das aus dessen Wunden strömte, in den kleinen Fluss Aci, der nicht weit von hier ins Meer mündet. So blieben die Liebenden auf ewig verbunden.« Er grinste spöttisch. »Ist das nicht rührend?«

»Hübsche Geschichte«, sagte Gunnar. »Falls sie stimmt. Aber warum erzählst du uns das?«

»Sie stimmt wirklich. Alle hier in der Gegend wissen das. Und ich erzähle es, weil wir genau auf diesem Felsen sitzen, den Polyphemos vom Ätna herabgeschleudert hat. Tief unter uns liegt also dieser arme Acis begraben. Wenn ich daran denke, läuft mir jedes Mal ein Schauer über den Rücken.« Er lachte, aber nicht wie jemand, der sich fürchtet.

»Pass nur auf, dass dir nicht das Gleiche geschieht«, knurrte Gunnar.

»Und warum?«

»Na, du weißt doch, warum wir hier sind.«

Da lachte Tariq von Neuem, diesmal noch lauter. »Aber dazu ist dein Freund hier ein bisschen schmächtig geraten. Ich meine im Vergleich zu dem Riesen Polyphemos.«

Langsam wurde es mir zu viel. Wollte der Kerl uns verhöhnen? »Schluss mit dem Geschwätz«, sagte ich barsch. »Wo zum Teufel ist sie?«

Er nickte. »Eine gute Frage. Kommen wir also zur Sache. Angeblich suchst du eine Sklavin.«

»Keine Sklavin. Mein eigenes Weib.«

»Und wo liegt da der Unterschied?«

Gunnar machte eine ungeduldige Handbewegung. »Komm schon, Tariq. Genug der Scherze. Ist sie hier? Oder ist sie nicht hier? Ich werde es in jedem Fall herausfinden. Falls doch, dann liefere sie uns aus. Es soll dein Schaden nicht sein. Ich habe genug Gold in meinen Satteltaschen, um dir alle Kosten zu ersetzen.«

»Das ist gut zu wissen, Gunnar, aber ich habe niemandes Weib gestohlen. Ihr könnt euch gerne selbst davon überzeugen. Natürlich sind einige Sklavinnen auf der Burg, um mir und meinen Männern das Essen zu kochen und die Kleider zu richten. Diese habe ich rechtmäßig erworben. Ihr dürft sie euch gerne ansehen. Ich habe nichts zu verbergen.«

Er gab einem seiner Männer ein Zeichen, woraufhin dieser durch die Hintertür verschwand und kurz darauf vier Weiber vor sich her in die Halle treten ließ. Die erste war eine kräftig gebaute, ältere Frau mit großen, roten Händen. Wahrscheinlich die Köchin oder Wäscherin. Die zweite eine hübsche Afrikanerin von dunkler Haut, mit großen Brüsten und einem aufsässigen Blick. Die schien zu wissen, was sie ihrem Herrn wert war. Die dritte eine junge Blonde mit mürrisch verschlossener Miene, die ihre Arme über dem mageren Busen verschränkt hielt und an die Wand starrte. Und zuletzt ein junges Mädchen, das mit großen, ängstlichen Augen von einem zum anderen blickte. Keine von denen war Gerlaine. Ich hätte es mir denken können.

»Willst du uns zum Narren halten?«, fragte Gunnar jetzt ziemlich ungehalten. »Denkst du, wir haben keine Spione? Wir wissen, dass sie hier ist. Wir suchen keines von deinen verdammten Hausmädchen, sondern eine Normannin von edlem Blut.«

Nun ja, von edlem Blut waren wir beide nicht. Gerlaine die Tochter des Schmieds von Hauteville und ich der Schweinehirt. Aber was soll's? Ich beschloss, nicht zu widersprechen.

»Ach so«, sagte Tariq gedehnt. »Von edlem Blut ist die Dame? Das ist natürlich etwas anderes.«

Er machte eine Handbewegung, wie um die vier Sklavinnen zu verscheuchen, die daraufhin nichts Eiligeres zu tun hatten, als zu verschwinden. Dann gab er seinem Wachmann einen weiteren Befehl, der den Weibern durch die Hintertür folgte. Ich war sicher, dass er noch immer sein Possenspiel mit uns trieb. Dennoch tobten in meinem Magen plötzlich Schmetterlinge.

Als der Wachmann wieder auftauchte, zerrte er ein widerstrebendes Weib am Handgelenk hinter sich her und schob sie in den Raum. Sie hielt das halb verschleierte Gesicht abgewendet, als wollte sie niemanden wahrnehmen. Ich war enttäuscht. Denn selbst als der Kerl ihr den Schleier nahm und sie zwang, uns das Gesicht zuzuwenden, kam sie mir fremd vor. Sie sah so anders aus in diesen maurischen, zum Teil fast durchsichtigen Gewändern und mit den mit dicken Kohlstrichen schwarz umrandeten Augen, den grell geschminkten Wangen auf einer Haut, die ansonsten so blass war, als hätte sie lange Zeit nicht die Sonne gesehen. Und doch – mein Herz überschlug sich plötzlich – sie war es!

»Gerlaine!«, rief ich. »Ich bin's. Sieh mich an!«

Ihre Augen weiteten sich, als hätte sie ein Gespenst gesehen. Ihre Hand flog zum Herzen, und sie wankte. »Gilbert?«, keuchte sie. »Bist du es wirklich? Was tust du hier?«

Ich trat vor, wollte sie umarmen, aber Gunnar hielt mich fest. »Ich bin gekommen, dich zu holen«, sagte ich. »Ivo wartet auf dich.«

»Ivo lebt?« Aus ihrem Mund klang sein Name wie ein Verzweiflungsschrei. Aber natürlich. Wie konnte sie wissen, dass er den Überfall der Skorpione überlebt hatte?

»Es geht ihm gut. Alessa und Alberada kümmern sich um ihn.«

Da brach sie in die Knie, schlug die Hände vors Gesicht und begann zu schluchzen. »Mein Kind«, wimmerte sie. »O mein Kind.« Die Tränen vermischten sich mit Kohl und hinterließen schwarze Rinnsale auf den geschminkten Wangen.

»Hört auf, in eurer krächzenden Sprache zu reden«, sagte Tariq. »Ich will verstehen, was hier vor sich geht.«

Ich ballte die Faust und machte einen drohenden Schritt auf ihn zu. »Ich rede, wie ich will. Und du hältst die Klappe, du Bastard.«

Wieder hielt Gunnar mich zurück, ehe ich auf den verfluchten Kerl losgehen konnte. Ich holte tief Luft. Dann schüttelte ich seinen Arm ab und warf mich vor Gerlaine auf den Boden. »Ich bin gekommen, um dich nach Hause zu holen, mein Herz.«

Ihre tränenverschmierten Augen waren ohne Leben, als sie mich ansah. »Nach Hause? Ich habe kein Zuhause mehr«, flüsterte sie. »Es ist alles verloren.«

»Nichts ist verloren. Ich hol dich hier raus. Das habe ich geschworen.«

Ihre Stimme klang zärtlich, als sie sagte: »Armer Gilbert. Tariq wird mich nie gehen lassen. Das hat er geschworen.«

»Wir haben Gold. Wir werden dich freikaufen.«

Ich wollte sie umarmen, aber da zuckte sie zurück. »Fass mich nicht an!«, rief sie wie in Panik. »Ich ertrage es nicht. Niemand soll mich anfassen!«

Sie sprang auf, und bevor der Wachmann es verhindern konnte, war sie ihm entwischt und durch die Hintertür verschwunden. Ich war völlig überrascht und tief bestürzt. Konnte mir ihr seltsames Verhalten nicht erklären, bis mir bewusst wurde, was sie vielleicht durchgemacht hatte.

»Sie ist eine Wildkatze«, sagte Tariq mit einem boshaften Grinsen. »Hat mir schon ein paarmal fast die Augen ausgekratzt.«

Bei diesen Worten hielt ich es nicht mehr aus. Das Blut schoss mir ins Gesicht. Ich sprang auf und stürzte mich auf das verdammte Schwein. In meiner Hast verfehlte ich ihn, der Schlag ging ins Leere. Einer seiner Krieger zog sein Schwert. Auch das war mir inzwischen gleich. Doch bevor ich erneut zuschlagen konnte, hatte Gunnar mich von hinten gepackt und hielt mich fest umklammert. Ich versuchte, mich zu befreien, aber der Mann war bärenstark.

»Das bringt nichts, Gilbert«, raunte er mir ins Ohr. »Reiß dich zusammen.«

»Ist gut«, keuchte ich. »Lass mich los.«

»Versprich, dich zu benehmen.«

»Ich verspreche es.«

Als er mich freigab, ließ ich mich auf einen Stuhl fallen und atmete tief durch. Tariqs Krieger behielten mich misstrauisch im Auge. Als ich keine Anstalten mehr machte, auf ihren Herrn loszugehen, entspannten sie sich. Das Schwert verschwand.

Gunnar und Tariq verhandelten miteinander. Ich war noch zu benommen von Gerlaines plötzlichem Erscheinen, um richtig zuzuhören. Monate waren ins Land gegangen, Elend und Kerker hatten wir ertragen. Und nun war es endlich so weit. Wir würden sie befreien und nach Hause bringen.

»So geht das nicht«, hörte ich Tariq sagen. »Man kann einem Mann nicht einfach sein Hab und Gut nehmen. Auch nicht Maymunah.«

»Niemand will dir etwas nehmen. Wir kaufen sie dir ab. Zu einem guten Preis.«

»Nichts da, Gunnar. Ich gebe das Mädchen nicht her.«

»Was sagst du da?«, entfuhr es mir.

Mit einem selbstgefälligen Lächeln wandte er sich an mich. »Auch auf die Gefahr hin, mein guter Gilberto, dass du wieder die Beherrschung verlierst, sage ich dir dieses: Allah hat es gefügt, dass mir von allen Weibern ausgerechnet deines in die Hände gefallen ist. Umso besser, denn leider wirst du sie nie wiedersehen, das verspreche ich dir.«

Ich sprang auf. Aber Gunnar packte mich sofort am Arm. »Ruhig Blut«, zischte er mir auf Fränkisch zu. »Mit Gewalt erreichst du gar nichts.«

»Ganz recht«, höhnte Tariq, als hätte er verstanden. »Du wirst es einfach ertragen müssen, dass sie hierbleibt. So kratzbürstig sie ist, aber ich mag die Kleine. Du und ich, wir haben den gleichen Geschmack.« Er lachte mir ins Gesicht. »In Salerno habt ihr meine Pläne durchkreuzt und Teano und seine Brüder umgebracht. Das war sehr schade, denn mit denen hatte ich Großes vorgehabt. Dies also ist meine Rechnung dafür. Man kann nicht immer gewinnen. Auch du nicht.«

Damit gab er zu verstehen, dass das Gespräch zu Ende war und wir die Burg zu verlassen hätten. Gunnar musste mich gewaltsam fortziehen, sonst hätte ich mich auf den Kerl gestürzt und ihm das verfluchte Genick gebrochen. Aber Gunnar hatte recht. Ich musste mich beherrschen. Dies würde noch nicht aller Tage Ende sein. Das letzte Wort war noch nicht gesprochen, dafür würde ich sorgen.

Bevor wir die Halle verließen, hatte ich noch ein Letztes zu sagen. »Eines haben wir Normannen so an uns, Tariq. Das solltest du dir merken.«

»Und was soll das sein?«

»Wir geben niemals auf.« Ich starrte ihm fest in die Augen. »Niemals!«

Sein Gelächter verfolgte uns, bis wir uns bereits auf dem Pfad befanden, der vom Burgfelsen hinabführte. In mir kochte es vor Wut und Enttäuschung. Ich drehte mich um und sah noch einmal zur Burg hinauf. Schiere Felswände, bis zu den Mauern darüber. Dort oben hatten wir sie zurücklassen müssen. So nah und doch so fern.

»Wenn du denkst, du kannst sie mit Gewalt hier rausholen, vergiss es«, meinte Gunnar. »Diese Burg ist noch nie erobert worden.«

Ich erwiderte nichts, und wir setzten unseren Weg fort. »Hätte gedacht, sie würde sich freuen, dich zu sehen«, sagte Gunnar. »Warum ist sie weggelaufen?«

Das hatte ich mich auch gefragt. Aber inzwischen war es mir nur allzu klar. »Weil sie sich schämt. Weil dieses Schwein sie zu seiner verdammten Hure gemacht hat.« Mir schossen plötzlich Tränen in die Augen. Tränen ohnmächtiger Wut.

»Natürlich.« Gunnar zeigte sich betroffen.

»Wie eine billige Hafenhure war sie verkleidet. Hast du das nicht gesehen? Vielleicht mag er sowas. Oder er wollte mich einfach demütigen.«

Gunnar nickte. »Ja, das passt zu Tariq. Einmal, vor Jahren, hatte ich ihn vor meiner Schwertspitze. Ich hätte ihn töten sollen. Das hätte so einigen viel Ungemach erspart.«

»Kann der Emir ihn zwingen, Gerlaine herauszugeben?«

»Warum sollte er? Tariq ist ihm wichtig. Der hat ihm geholfen, Catania zu erobern.«

»Aber der ist doch mit den Rebellen verbündet, mit Abd al-Malik und seinen verdammten Gotteskriegern. Die wollen alle Berber von der Insel vertreiben.«

Gunnar lachte grimmig. »Al-Maliks große Töne muss man nicht so ernst nehmen. Er will ein Kalifat errichten, heißt es. Dass ich nicht lache. Eines musst du wissen, in diesem Land ist jeder mit jedem an einem Tag verbündet und am anderen verfeindet. Verrat gehört dabei zum Tagesgeschäft. Am besten, man vertraut niemandem.«

»Und wie kommst du dabei zurecht?«

»Indem ich mich aus ihren Ränken raushalte.«

* * *

Auf dem Heimweg ritten Gunnar und ich an der Spitze unserer Kolonne. Er fragte mich nach Salerno aus und was genau dort geschehen war. Ich erzählte es ihm in groben Zügen. Vor allem auch von Tariqs Rolle, seiner Beteiligung an der Verschwörung der Teano-Brüder und seiner feigen Flucht, als es brenzlig wurde.

»Den Mord konnten wir nicht verhindern. Zumindest aber, dass das Fürstentum in die Hände der Verschwörer fiel.«

»Deshalb hasst er dich.«

»Wahrscheinlich hasst er alle Normannen.«

Wir ritten eine Weile stumm nebeneinanderher. Es war schon später Nachmittag, die Schatten waren länger geworden. Linker Hand lag ein kleiner Sandstrand, auf den sanfte Wellen aufliefen. Weiter draußen segelte ein Schiff nach Norden auf die Meerenge zu. Es war zu groß für ein Fischerboot. Ein Händler vielleicht oder ein Schmuggler wie Ismael. Das erinnerte mich an jene Nacht auf dem Strand in der Nähe von Reggio und unsere Überfahrt im Morgengrauen. Mit großen Hoffnungen hatten wir die Reise begonnen, nicht ahnend, in welche Schwierigkeiten wir geraten würden.

Um nicht dauernd nur an Gerlaines Gefangenschaft zu denken, fragte ich Gunnar, was ich schon lange hatte wissen wollen, nämlich, woher er stammte und auf welche Weise er nach Sicilia gekommen war.

»Ich bin aus einem kleinen Dorf an der Küste hoch im Norden, wo die Sonne im Sommer kaum untergeht und es im Winter nur wenige Stunden lang hell ist. Mein ältester Bruder sollte den Hof erben. Deshalb beschloss ich, meinen Lebensunterhalt mit dem Schwert zu verdienen. Ich war an vielen Orten der Welt, habe Gutes und Schlechtes erlebt. Ich war einer von Harald Hardrådes Männern, lange bevor er König von Norwegen wurde. Damals war er Anführer der Waräger in Konstantinopel, du weißt schon, der berühmten Kaisergarde.«

»Du warst ein Waräger?«

»Das war ich in der Tat. Mit Harald waren wir auf vielen Kriegszügen, gegen die Petschenegen und die Seldschuken.

Einmal sogar bis zum Heiligen Land. Als Maniakes beauftragt wurde, Sicilia für Byzanz zurückzuerobern, waren wir dabei. Harald hat uns wie immer gut geführt. Wir hatten Erfolge, haben die Sarazenen mehrmals geschlagen, aber am Ende hat uns die verdammte Politik besiegt.«

»Ich weiß. Maniakes wurde abberufen.«

»Das Heer fiel auseinander, und die Eroberungen gingen verloren.«

»Aber du bist geblieben?«

»Ich war schwer verwundet worden. Meine Kameraden mussten mich zurücklassen, sodass ich den Sarazenen in die Hände fiel. Sie hätten mich töten können. Stattdessen pflegten sie mich gesund. Ich hab sogar eine von ihnen geheiratet.« Er lächelte gedankenverloren.

»Du hast also Familie hier.«

»Nein, denn sie ist gestorben. Bei der Geburt unseres Sohnes. Auch er hat es nicht überlebt.«

»Das tut mir leid.«

»Nein, muss es nicht. Ist schon lange her. Aber nach ihr mochte ich mich an keine andere gewöhnen. Vielleicht hab ich sie so geliebt wie du deine Gerlaine.«

»Sag mir, an meiner Stelle, hättest du auch versucht, sie zu befreien?«

»Ich hätte jeden umgebracht, der ihr auch nur ein Haar gekrümmt hätte.«

»So geht es mir. Die Sklaverei ist ein Elend.«

»Das ist sie. Obwohl die Sarazenen ihre Sklaven nicht unbedingt schlecht behandeln. In meiner Jugend war ich selbst auch einige Male auf Sklavenjagd. Bei den Balten und Slawen im Osten. Wir haben sie nach Konstantinopel verkauft. Aber heute bereue ich das. Würde es gern ungeschehen machen.«

»Die Christen beichten ihre Sünden. Dann sind sie ihnen vergeben.«

»Ich weiß. Aber das ist dummes Zeug. Als wenn das so einfach wäre. Was einmal geschehen ist, kann man nicht ungeschehen machen. Man kann dafür nur bezahlen.«

»Und womit hast du bezahlt?«

Er betrachtete versonnen die Straße, die vor uns lag. »Durch die Einsamkeit meiner alten Tage, schätze ich mal. Das nagt an mir. Hätte gern eine Familie gehabt. Mein Sohn wäre jetzt vierzehn geworden.«

»Meiner ist noch ein Säugling«, erwiderte ich.

Ich hätte mich gern noch länger mit Gunnar unterhalten, ihn auch gefragt, woher er eigentlich sein etwas holpriges Fränkisch hatte, als mich ein vertrautes Hundegebell herumfahren ließ. Auch meine Stute Alba verlor kurz den Tritt und warf wiehernd den Kopf hoch. Ich brachte sie zum Stehen und war im Nu aus dem Sattel. Und da kam er auch schon herangerannt – mein Loki.

Fast hätte er mich umgeworfen, so stürmisch sprang er mich an. Er jaulte und stöhnte vor Wohlbehagen, als ich ihm durchs Fell fuhr und die Ohren kraulte. Dann steckte er mir die feuchte Schnauze ins Gesicht und leckte mir über Mund und Wangen.

»He, Alter«, lachte ich. »Was hast du nur gefressen? Dein Maul stinkt wie eine Wirtshauslatrine. Und ein Bad täte dir auch gut.«

Vom Rücken seines Pferdes beobachtete Gunnar unser Treiben mit Schmunzeln. »Das Viech scheint dich zu kennen.«

»Mehr als das.«

Ich erzählte, unter welchen Umständen ich Loki aufgelesen hatte, dass der Hund sich während unserer Gefangenschaft allein hatte durchschlagen müssen und dass er trotzdem immer in der Nähe geblieben war. Dann bat ich ihn, Loki mit in den Palast nehmen zu dürfen.

»Für einen Haushund ist er zu groß«, sagte Gunnar. »Der wird die Dienerschaft erschrecken. Aber seine Treue verdient es, belohnt zu werden. Versprich mir nur, dass du gut auf ihn aufpasst.«

»Hast du gehört, Loki? Nun darfst du zu den feinen Damen des Emirs. Aber benimm dich gefälligst.«

Wir setzten unseren Weg fort und erreichten bald Catania. Auch diese Stadt ist eine Gründung der Griechen und entstand lange vor der Zeitrechnung der Christen. Unter den Römern war sie besonders wohlhabend, denn aus den umliegenden fruchtbaren Ebenen wurde hier das Korn verschifft, das Rom über Jahrhunderte ernährt hat. Und bis zur Eroberung durch die Sarazenen war die Stadt Sitz des byzantinischen Statthalters von Sicilia gewesen. Vermutlich war es sein Palast, zu dem wir jetzt zurückkehrten.

Etwas schien sich seit dem Morgen jedoch verändert zu haben. War das Stadtbild zuvor das einer geschäftigen Hafenstadt gewesen, in der alles seinen gewohnten Gang nahm, so schien jetzt eine gewisse Unruhe in der Luft zu liegen. Soldaten lungerten an den Ecken herum und beäugten die Frauen, die ihre Einkäufe auf dem Kopf trugen, sich ängstlich umsahen und beeilten, nach Hause zu kommen. Pferde standen vor den Schenken und ließen ihren Kot fallen. Aus einer Gasse klang Tanzmusik und Gegröle.

»Der Emir ist zurück«, war Gunnars Erklärung.

Endlich, dachte ich und stieg, als unser Trupp vor dem Palast angekommen war, in freudiger Erwartung aus dem Sattel. Tatsächlich waren Tor und Vorhof angefüllt mit Kriegern. Viele grüßten Gunnar, der ihnen wohl bekannt war. Aber irgendetwas stimmte nicht. Die Männer tuschelten untereinander, die Gemüter schienen erhitzt. Manche stritten sich offen.

»Warte hier«, rief Gunnar mir zu und reichte mir die Zügel seines Gauls. Er fand einen der Anführer in der Menge und redete mit ihm. Dann kam er mit besorgter Miene zurück.

»Schlechte Nachrichten«, sagte er. »Die Fürstin ist geflohen.«

»Geflohen? Was ist passiert?«

»Am frühen Nachmittag ist al-Thumnah zurückgekehrt. Wenig später hat es einen fürchterlichen Streit zwischen ihm und Maymunah gegeben. Ihr Geschrei war so laut, dass alle Welt zuhören konnte. Zum Schluss ist er mit dem Dolch auf sie losgegangen. Nur dank ihres Sohnes Ali ist sie dem Tod entkommen, heißt es. Danach sind Mutter und Sohn mit einigen Getreuen Hals über Kopf aus dem Palast geflohen.«

»Bei Odin!«, rief ich erschrocken. »Um was zum Teufel haben sie sich denn gestritten?«

»Ich werde es herausfinden. Aber keine Sorge. So etwas ist schon öfter vorgekommen.«

Wir führten die Pferde in die Stallungen und übergaben sie dort den Knechten. Auch meine Waffen musste ich wieder abgeben. Dann eilten wir zu unserem Quartier, wo Gunnar mich den Wachen übergab und sich davonmachte, um nach seinem Herrscher zu sehen. Loki begrüßte Thore und Ivain mit ausgelassenem Schwanzwedeln. Das Abendmahl war bereits aufgetischt, und so warf ich dem Hund eine Hammelrippe zu und wandte mich dann an meine Freunde.

»Was ist los hier? Habt ihr Näheres mitbekommen?«

»Nur, dass der Emir zurück ist. Dann gab es eine Menge Geschrei, und die Diener sind verängstigt hin und her gerannt. Einmal hörten wir so was wie Waffenlärm. Weißt du mehr?«

»Maymunah und ihr Sohn sind geflohen.« Ich erzählte, was ich gehört hatte. »Hoffentlich bedeutet es nichts Schlimmes für uns.« Maymunah war für uns trotz unserer andauernden

Geiselhaft immer noch so etwas wie eine Beschützerin gewesen. Was von dem Emir zu halten war, war ungewiss.

Es dauerte nicht lange, da kam Gunnar mit grimmer Miene zurück. »Er will dich sehen«, sagte er zu mir. »Nur dich. Die anderen nicht.«

»Wie ist die Stimmung?«, fragte ich auf dem Weg zur Halle des Fürsten.

»Nicht gut.« Mehr wollte er nicht sagen. Kurz bevor wir die Halle betraten, raunte er mir zu: »Er ist betrunken. Sieh dich vor.«

»Ich dachte, Muslime trinken nicht«, flüsterte ich zurück.

»Hier schon. Und dieser besonders.«

Damit ging er voran, während ich ihm in kurzem Abstand folgte. Der Saal war gut gefüllt, mehr als beim letzten Mal. Diesmal aber voller Krieger, deren neugierige Blicke mir folgten, als wir an ihnen vorbeimarschierten. Alle waren mir fremd, auch Aristoteles war nirgends zu sehen. War er etwa mit Maymunah geflüchtet?

Schließlich stand ich vor ihm, dem edlen Emir Muhammad ibn Ibrahim ibn al-Thumnah. Ich weiß nicht, was ich erwartet hatte, einen tatkräftigen Mann wahrscheinlich, stolz, würdig, mit einem Blick, der einschüchtern konnte. Einen wie Robert oder Onfroi. Oder wie der mürrische Drogo, der selbst wenn er stockbesoffen war noch Respekt einflößte.

Aber der Mann, dem ich nun gegenüberstand, war ein schmächtiger Kerl in mittleren Jahren, der mir kaum bis zur Schulter reichte. Man sah sofort, dass er schon mehr als angeheitert war, denn er rekelte sich zurückgelehnt auf dem Thronstuhl, wobei er einen silbernen Kelch so nachlässig in der Hand hielt, dass er ihm zu entgleiten drohte. Tief liegende, dunkel umrandete Augen stierten mich an, obwohl er Schwierigkeiten hatte, den Blick zu halten. Die vollen Lippen waren rot vom Wein und die Mundwinkel herabgezogen, als ekelte es ihn vor mir oder vor der Welt im Allgemeinen. Das seidene Gewand hatte Weinflecken, die Kopfbedeckung lag am Boden. Sein schlanker Schädel war fast kahl und nur von einem dünnen Haarkranz umgeben, dafür wucherte ein schwarzer Bart in seinem Gesicht. Auch die Unterarme waren dicht behaart. In allem nicht das Bild eines Herrschers, eher das eines trunkenen Satyrs.

Er setzte sich unsicher auf und beugte sich vor, als wollte er mich noch eingehender ins Auge fassen. Dabei nahm er einen Schluck aus dem Kelch, ließ ihn danach achtlos zu Boden fallen und verlangte nach einem neuen. Dann deutete er mit dem Zeigefinger auf mich und begann, auf mich einzureden. Es war Arabisch, und ich konnte ihn nicht verstehen. Aber er hatte eine überraschend tiefe, wohltönende Stimme, laut genug, um den ganzen Saal zu füllen. Eine Stimme, die einen umfing und nicht mehr losließ. Sie machte aus ihm einen Löwen in der Gestalt einer Gazelle.

Obwohl es aussah, als spräche er zu mir, war es doch ein Selbstgespräch oder so etwas wie eine Ansprache, wohl eher an seine Gefolgschaft gerichtet als an mich. Und je mehr er redete, je wütender funkelten seine Augen und umso lauter wurde er, bis es von Decke und Wänden hallte. Irgendwie begann ich mich dabei immer kleiner zu fühlen, obwohl ich gar nicht wusste, was er mir überhaupt vorzuwerfen hatte.

Nach einer Weile hatte er genug davon, mich anzufeinden, ließ sich einen vollen Kelch reichen und kippte sich den Inhalt in die Kehle. Dann rülpste er ausgiebig. Seine Männer schauten sich vielsagend an, einige grinsten und stießen sich in die Rippen. Sie schienen an solche Tiraden gewöhnt zu sein.

Auch diesen Kelch ließ er gelangweilt zu Boden fallen. Er wird sie alle verbeulen, die schönen Kelche, dachte ich bei mir, als er mich erneut anfuhr. Diesmal aber in einem seltsam verdrehten Lombardisch.

»Und? Was hast du zu deiner Verteidigung zu sagen, Normanne?«, fragte er plötzlich ganz ruhig und fast wie beiläufig.

Ich hatte das Vorangegangene ja gar nicht verstanden und war von der Frage so überrascht, dass es mir die Sprache verschlug. Gunnar versuchte, für mich zu sprechen, aber al-Thumnah unterbrach ihn barsch mit einem weiteren weintrunkenen Wortschwall.

Dann nickte er seiner Leibwache zu, und vier kräftige Kerle packten mich an den Armen und zerrten mich unter dem lauten Gejohle der Menge aus der Halle. Diesmal ging es nicht zurück in unser Quartier, sondern in ein dunkles Kellergewölbe unterhalb des Palastes. Ehe ich überhaupt verstanden hatte, wie mir geschah, saß ich hinter Gittern.

Der geheime Pakt

Außer einer einsamen Fackel, die nahe am Eingang brannte, war das Verlies dunkel. Nicht schon wieder eingekerkert! Langsam war es genug. Ich umklammerte die rostigen Gitterstäbe und brüllte meine Wut heraus.

Sofort hallte es zurück. Aber es war nicht das Echo meiner Stimme, sondern ein höhnisches Zischen, dann ein Klirren von Ketten, ein ärgerliches Brüllen, johlende Hohnrufe, die immer lauter wurden, begleitet von irrem, schadenfrohem Gelächter. Im schwachen Licht der Fackel konnte ich den Gang entlang Zellen ausmachen. Erhobene Fäuste, bleiche Gesichter hinter Eisenstangen. Wer waren diese Männer? Feinde des Emirs? Oder der Abschaum der Stadt, Diebe, Betrüger, Mörder, Säufer? Jedenfalls hatten sie jetzt einen neuen Leidensgenossen. Den sie erst mal ausgiebig beschimpfen konnten.

»Haltet das Maul, ihr Bastarde!«, schrie ich zurück.

Aber das reizte sie noch mehr, Pfiffe, Verwünschungen und Flüche in meine Richtung zu schleudern. Verstehen konnte ich nichts davon, aber es war klar, sie wünschten mir die Pest an den Hals. Mir oder vielleicht doch dem Emir und seinen Schergen. Gereizt hielt ich mir die Ohren zu, bis ihre Wut in ein Raunen und Murren überging, das langsam verebbte.

Nur einer von ihnen schlug unentwegt mit seinem metallenen Trinkbecher gegen die Gitter. Eintönig und doch seltsam melodisch hallte es durch das Gewölbe und erinnerte mich an eine Totenglocke. Ja, so kam es einem vor, als wäre man in der Unterwelt. Oben der prachtvolle Palast und die Gärten, hier unten das Reich der Vergessenen. Zu denen auch ich jetzt gehörte. Dabei diente ihr Wutgebrüll doch nur dazu, die da oben zu erinnern, dass es auch hier noch Menschen gab.

Als sich endlich alles wieder beruhigt hatte, sah ich mich in meiner neuen Unterkunft um, wobei ich mich mehr auf meinen Tastsinn verlassen musste, denn bis in die hinteren Ecken der Zelle reichte der schwache Fackelschein nicht. Diese enge Höhle maß nur wenige Schritte in jede Richtung, bestand aus unebenem Steinboden und rauen Wänden von unbehauenen Quadern. In einer Ecke lag ein Haufen modrigen Strohs, in der anderen ein stinkender Holzeimer für die Notdurft. An der hinteren Wand waren Eisenringe eingelassen, um Gefangene anzuketten. Wahrscheinlich durfte ich mich glücklich schätzen, dass sie mir das erspart hatten. Ich hatte Durst, aber Trinkwasser gab es nicht. Mehr wütend als verzweifelt ließ ich mich auf dem Stroh nieder und lehnte mich mit dem Rücken an die Wand. Ich hatte genug davon, Spielball der Willkür dieser Leute zu sein. Was zum Teufel war nur in den Emir gefahren? Auf ihn hatte ich all meine Hoffnungen gesetzt.

Nach einer Weile erschien Gunnar, begleitet von mehreren Fackel tragenden Wachen. Zwischen ihnen Thore und Ivain. Bei ihrem Erscheinen hob das Getöse der anderen Gefangenen wieder an. Auch das metallische Hämmern auf den Gitterstäben.

Ivain sah sich um. »Sind wir bei den Verrückten?«

»Verglichen mit al-Maliks Kerker ist es doch richtig gemütlich«, meinte Thore, als er die Zelle betrat.

»Warum zum Teufel sind wir hier?«, fragte ich Gunnar.

»Tut mir leid«, erwiderte der achselzuckend. »Al-Thumnah trinkt nicht oft, aber wenn, dann sollte man sich von ihm fernhalten.«

Seine Männer hatten Essen mitgebracht, Wasser und sogar einen Krug Wein und irdene Becher. »Ich werde versuchen, euch den Aufenthalt erträglich zu machen. Man wird euch Betten bringen und Kerzen. Seht zu, dass ihr das Stroh nicht in Brand steckt.«

»Noch mal, Gunnar. Was zum Teufel hat der Emir so quer in den Hals bekommen, dass er uns hier einsperrt?«

Er seufzte. »Ich will mich nicht gegen meinen Herrn auslassen, aber er ist eifersüchtig. Auf jeden Kerl, auf den Maymunah möglicherweise ihre Augen richtet. Du hast ihn vorhin brüllen hören. Ein Satansweib hat er sie genannt, eine hinterfotzige Hure, die nichts Besseres im Sinn hat, als den Männern den Kopf zu verdrehen. Womit er allerdings nicht ganz unrecht hat, wenn du mich fragst.«

»Eifersüchtig auf wen? Doch wohl nicht auf mich!«

»Auf Tariq bin Halil. Er hält ihn für ihren Liebhaber. Und dass sie mit diesem Araber unter einer Decke steckt, um sich gegen ihn zu erheben.«

»Und? Ist da was dran?«

Er zuckte mit den Schultern. »Wer weiß? Zuzutrauen wär's ihr. Sie hat es ja schon mal getan. Sonst hätten wir nicht Catania eingenommen. Eben auch mithilfe von Tariq.«

»Aber was haben ausgerechnet wir damit zu tun?«

»Er braucht einen Sündenbock, an dem er seine Wut auslassen kann. Er fragt sich, wieso ein verdammter Normanne hier plötzlich auftaucht und mit seinen Rührgeschichten dem Weibervolk den Kopf verdreht. Alle Weiber im Palast reden nämlich nur noch von euch und der hübschen Sklavin, die ihr zu retten versucht. Das hat ihre Herzen erregt. Und er glaubt, sein hinterhältiges Weib habe die Gelegenheit genutzt, um ihrem Liebhaber heimliche Botschaften zukommen zu lassen.«

»Hast du ihm die Dinge nicht erklärt?«

»Er denkt, das ist alles nur ein Vorwand. Er kann sich nicht vorstellen, dass sich einer aus dem Klan der Hautevilles so viel Mühe wegen einer Sklavin macht. Er weiß, dass ihr in Salerno wart. Und Tariq war auch in Salerno. Nun wittert er Verschwörung.«

»Wir und Tariq? Das ist doch lächerlich.«

»Wenn er getrunken hat, kann man nicht mit ihm reden. Im Moment stehe ich selbst auch nicht gerade in seiner Gunst.«

»Weil du mich zu Tariqs Burg gebracht hast?«

Er nickte. »Er wird sich die nächsten Tage erst mal weiter besaufen. Wenn er irgendwann wieder nüchtern ist, sehen wir weiter.«

»Nicht gerade gastfreundlich, dein Sicilia«, sagte Thore. »Erst der Kinderschänder al-Malik und jetzt das hier.«

Darauf antwortete Gunnar nichts, hob nur entschuldigend die Schultern.

»Gibt es Neues von Ismael?«, fragte ich.

»Es soll ihm besser gehen.«

»Den Göttern sei Dank. Und was ist mit meinem Hund?«

»Den hab ich zu anderen in den Zwinger gesteckt.«

»Das wird er nicht mögen.«

Gunnar lachte. »Hab ich schon gemerkt. Hat gleich einen der Köter halb totgebissen. Aber danach war wenigstens Ruhe im Zwinger.«

Er sagte noch, wir sollten uns nicht wundern, wenn er uns die nächsten Tage nicht besuchen käme. Dann ließ er uns allein.

»Verdammte Scheiße«, knurrte Ivain. »Jetzt werden wir auch noch in ihre elenden Intrigen gezogen. Soll sie ihn doch nach Strich und Faden betrügen. Was geht uns das an?«

»Diese Frau ist nicht zu unterschätzen«, sagte Thore und gönnte sich einen Schluck von Gunnars Wein. »Es gibt nichts Schlimmeres als ein ränkesüchtiges Weib.«

»Oder ein rachsüchtiges«, ergänzte Ivain.

Ich erzählte den beiden, wie es mir auf Tariqs Burg ergangen war. »Der Bastard will sie nicht rausgeben.«

»Wenigstens haben wir sie gefunden«, meinte Thore.

»Soll das ein Trost sein?«

»Wir werden sie befreien.«

»Ha! Du hast seine verdammte Burg nicht gesehen. Ich sage dir, das ist unmöglich. Eher geht ein Kamel durchs Nadelöhr.«

»Das ist ein Spruch der Christen. Und die meinen was anderes damit.«

»Diese Burg ist vierhundert Jahre lang nicht eingenommen worden.«

»Es gibt immer ein erstes Mal.«

Wir schwiegen eine Weile und dachten darüber nach. Wie zum Teufel konnte man diese Burg auf ihrer brandungsumtosten Klippe einnehmen, mit hohen Felswänden und nur einem schmalen Zugang? Man käme nicht einmal bis zum Burgtor, denn auf dem Weg dorthin würde man ein leichtes Opfer ihrer Pfeile werden. Und vorher musste man noch die Verteidigung des Dorfes überrennen. Also ziemlich aussichtslos, das Ganze.

Gunnar hatte Wort gehalten. Man brachte uns Decken und Betten, ein Tischchen, einen Kerzenhalter, Wachslichter und Zunderbüchse, sogar ein Schachbrett. Allerdings nicht ohne einen neuen Empörungssturm bei den anderen Gefangenen auszulösen, der so lange anhielt, bis die Wachen eine der Zellen öffneten und einen besonders lauten Kerl blutig zusammenschlugen. Danach war nur noch ein gehässiges Zischen und Murren zu hören.

Trotz seiner Zuversicht, was Tariqs Burg betraf, zeigte sich Thore die nächsten Tage ungewohnt niedergeschlagen. Auf unsere Fragen hin gab er zunächst keine Antwort. Aber nachdem wir lang genug gebohrt hatten, beichtete er schließlich, dass seine Chara einen Mann wie ihn nicht heiraten wolle.

»Haben deine Verführungskünste dich verlassen?«, spottete ich. »So einen hübschen Kerl wie dich, den kriegt sie doch nicht alle Tage.«

»Wozu willst du überhaupt heiraten?«, fragte Ivain. »Bei deinem unsteten Lebenswandel?«

»Ein Mann kann sich ändern«, verteidigte sich Thore.

Ivains Antwort war nur ein höhnisches Grunzen.

»He, warum glaubt mir keiner?«

»Dich hat's also erwischt?«, sagte ich und musste grinsen.

»Sie ist wundervoll. Ein Geschenk der Götter.«

»Und wie steht's bei ihr? Liebt sie dich auch?«

»Glaub schon.«

»Dann halt sie fest und behandle sie gut. Irgendwann wird sie vielleicht sogar einem wie dir vertrauen. Obwohl du es meiner Ansicht nach überhaupt nicht verdient hast.«

»Was kann ich tun, wenn ich in diesem Scheißkerker sitze.«

»Beklag dich nicht«, meinte Ivain. »Solange du hier drin bist, kannst du keine Dummheiten anstellen. Wie zum Beispiel irgendwelche Mädchen heiraten, die dir gerade über den Weg laufen. Nimm dir an unserem armen Gilbert ein Beispiel. Dann weißt du, was für ein fauler Apfel die Liebe ist.«

Thore warf ihm einen vernichtenden Blick zu. »Spotte nur. Ich hab eben keine Fresse wie eine angekohlte Leiche.«

Aber Ivain lachte nur. »Meine Fresse hat ihr Gutes. Ich laufe keine Gefahr, mich von einem Weib einwickeln zu lassen.«

»Wie schön für dich«, knurrte Thore und legte sich auf sein Bett.

»Geh nicht so hart ins Gericht mit ihm«, sagte ich. »Sie ist ein nettes Mädel.«

»Das ist sie. Aber ich kenne doch meinen Thore. Jetzt ist sie das schönste aller Geschöpfe, aber in drei Wochen hat er sie vergessen.«

Thores einzige Antwort auf diese Behauptung war eine obszöne Geste. Dann drehte er uns den Rücken zu. Ivain und ich brachen in Gelächter aus, auch wenn es nur kindischer Galgenhumor war.

Wir hatten etwa eine Woche in diesem Verlies verbracht, als der Zwerg Aristoteles auftauchte. Er brachte uns eine kleine Amphore besten Weins von den Hängen des Ätna mit, ein honigtriefendes Stück Kuchen und frische Kerzen. Und er entschuldigte sich, nicht früher gekommen zu sein. Er sei in Enna gewesen, der Hauptstadt des Emirs al-Hawwas im Landesinneren. Feindesland sozusagen.

Ich zündete die Kerzen an, damit wir uns besser sehen konnten. Dann tranken wir auf sein Wohl.

»Gunnar hat mir alles erzählt«, sagte er. »Und Tariq bin Halil ist inzwischen hier gewesen, um dem Emir erneut und in aller Form seiner Treue zu versichern. Das hat al-Thumnah besänftigt.«

»Und was ist mit uns? Sollen wir hier verrotten?«

»Ich glaube, es tut ihm leid, wie er mit euch umgesprungen ist. Aber da er dich öffentlich beschuldigt hat, Gilbert, kann er dies nicht zurücknehmen, ohne das Gesicht zu verlieren. Wir müssen etwas finden, das seine Milde vor aller Augen rechtfertigen würde.«

»Seine Milde?«, murrte Thore. »Nicht zu fassen. Jetzt müssen wir uns auch noch rechtfertigen.«

Aber der Zwerg hörte nicht auf ihn. »Wäre es euch möglich, für den Emir das Schwert zu ergreifen? Für ihn in den Krieg zu ziehen?«

»Als Söldner?« Ich versuchte, in seinem Gesicht zu lesen. »Und Krieg gegen wen? Was steckt dahinter?«

»Ich war in Enna, wie ich schon sagte. Dort bin ich Maymunah über den Weg gelaufen. Sie ist zum Fürsten al-Hawwas geflüchtet. Ihr wisst, dass sie seine Schwester ist?«

»Seine Schwester?«, fragte Thore ungläubig. »Das wird ja immer bunter.«

»Mir hat sie aufgetragen, dem Emir auszurichten, dass sie nach dem Angriff auf ihr Leben endgültig genug von ihm hat und niemals zurückkommen wird. Und dass sie und ihr Bruder nun alles tun werden, um ihn zu vernichten. Und ich sage euch, das ist keine leere Drohung. Unser guter Muhammad al-Thumnah war zwar bisher mit Kriegsglück gesegnet, aber Maymunahs Bruder hat das größere Heer.«

»Deine Botschaft dürfte ihm also nicht gefallen haben.«

»Nein, das hat sie nicht. Aber al-Thumnah lässt sich nicht entmutigen. Er will nicht nur Catania verteidigen, sondern Maymunah zurückholen. Dazu braucht er Verstärkung.«

»Noch einer, der nur Weiber im Kopf hat«, knurrte Ivain angewidert.

»Aber was können drei Normannen schon Großes ausrichten?«

»Mir ist es gleich«, meinte Thore. »Ich kämpfe für den Teufel selbst, wenn man uns nur endlich aus diesem Kerker lässt.«

»Dann sind wir also einverstanden?«, fragte der Zwerg.

»Nicht so schnell«, widersprach ich. »Wir leihen ihm unsere Schwerter, aber nur unter einer Bedingung.«

»Und die wäre?«

»Das werde ich ihm selbst sagen. Von Mann zu Mann.«

Er nickte mit einem Lächeln, als wüsste er schon, was ich verlangen würde. »Ich will versuchen, ein Treffen zu vereinbaren.«

»Und wie geht es Chara?«, fragte Thore fast ein wenig schüchtern. Wahrscheinlich hatte er schon die ganze Zeit auf eine Gelegenheit gewartet, diese Frage zu stellen.

»Was soll ich dir sagen, Thore? Sie verzehrt sich«, erwiderte Aristoteles und seufzte. »Manchmal wünschte ich, ihr drei wäret hier niemals aufgetaucht.«

* * *

In einer Ecke des Gartens, unter Palmen und duftenden Zitronenbäumen, war ein großes Sonnensegel aufgespannt, in dessen Schatten der Emir an diesem Vormittag Hof hielt. Feldstühle mit seidenen Kissen umstellten seinen Sitz. Etwas abseits stand eine Tafel mit kleinen Leckereien, Früchten und Getränken. Wein wurde nicht angeboten, sondern nur klares Quellwasser und kühle Obstsäfte, die man mit Schnee vom Ätna auffüllen konnte. Sie nannten es *šarbat,* eine köstliche Erfrischung in der Hitze des Südens.

Es war kein Palastgesinde zur Bedienung da, denn wie Aristoteles gesagt hatte, handelte es sich bei den Teilnehmern dieser Besprechung nicht um Höflinge und Speichellecker, sondern um die Heerführer und engsten Vertrauten des Emirs. Sie waren zusammengekommen, um über geheime Kriegspläne zu beraten. Trotzdem sah es nicht wie eine Versammlung von Kriegern aus, denn keiner der Männer trug eine Rüstung oder Waffen. Stattdessen prägten bunte Turbane das Bild auf dem grünen Rasen, leichte Gewänder, die bis auf den Boden reichten, oft weiß wie Schnee, darüber lose Umhänge in leuchtenden Farben.

Aufrecht stand neben dem Emir jener kostbar gekleidete Höfling, der uns am ersten Tag zu Maymunah geführt hatte. Er heiße Ahmed Omari, flüsterte Aristoteles uns zu, und sei der Verwalter des Fürsten, ein wichtiger Mann.

»Und der ältere Herr im Hintergrund? Der mit dem weißen Bart und dem blauen Turban?«

»Das ist Ibrahim bin Yasin, der Arzt und Astrologe des Emirs. Er beteiligt sich nie selbst an solchen Gesprächen, aber hört gut zu. Es heißt, al-Thumnah träfe keine wichtige Entscheidung ohne ihn. Sie kennen sich jedenfalls schon seit al-Thumnahs Kindheit.«

Auch Gunnar war unter den Männern. Ganz ungewohnt, ihn ohne Rüstung und in der Kleidung der Mauren zu sehen. Als ich dann auch noch Tariq erkannte, schoss mir das Blut ins Gesicht.

»Was hat der hier zu suchen?«, zischte ich.

»Na, was wohl?«, raunte der Zwerg zurück. »Tariq hat dem Emir erneut gehuldigt, wie du weißt, und alle Verdächtigungen entkräftet. Der Fürst braucht ihn und seine Krieger, wenn er gegen al-Hawwas antreten will, genau wie die der anderen Lehnsleute und Anführer.«

»Auch Abd al-Maliks schwarze Rebellen?«

»Sei nicht so blauäugig, Gilberto. Unsere Truppenstärke ist dünn im Vergleich zu der von al-Hawwas. Außerdem kostet die Sicherung der Städte, wie Ragusa und Siracusa, Krieger, die eigentlich dringend für den Feldzug gebraucht würden. Der Emir kann sich kaum leisten, wählerisch zu sein. Wer für ihn gegen Enna ziehen will, ist willkommen.«

»Warum verschanzt ihr euch nicht einfach hier hinter den Mauern? Catanias Befestigungen scheinen mir ausreichend stark zu sein. Soll sich al-Hawwas doch die Zähne daran ausbeißen.«

»Da hast du nicht unrecht. Aber der Gegner würde das Land verwüsten, Bauern abschlachten, den Handel unterbinden, während wir uns hinter Mauern verstecken. Das ist nicht al-Thumnahs Art. Er zieht es vor, den Krieg zum Feind zu tragen.«

Wir standen am Eingang zum Garten und warteten, dass die Besprechung zu Ende ging. Danach sollten wir mit dem Fürsten unsere Bedingungen aushandeln. Man hatte uns am Vorabend aus dem Kerker entlassen und in unseren gewohnten Gemächern untergebracht. Nun war auch Ismael wieder bei uns. Er war zwar noch bleich, abgemagert und etwas unsicher auf den Beinen, aber endlich wieder unter den Lebenden. Die Freude, ihn wohlbehalten wiederzusehen, war groß gewesen. Wie einen Bruder hatten wir ihn umarmt und seine Genesung bis in die Nacht gefeiert. Mir tat noch der Schädel weh vom vielen Wein.

Endlich schien es so weit zu sein, denn der Emir erhob sich von seinem Sitz und klatschte kurz in die Hände. Daraufhin standen auch die anderen Herren auf. Mit viel Gerede und freundlichem Lächeln klopften sie einander auf den Rücken und küssten sich die Wangen, wie Männer, die Gemeinsames durchgemacht hatten und sich deshalb schätzten. Schließlich verbeugten sie sich vor dem Emir und gingen auseinander. Sie warfen uns neugierige Blicke zu, als sie den Garten verließen. Unter ihnen waren junge Heißsporne, die aufgeregt über den kommenden Feldzug redeten, aber auch erfahrene Graubärte, deren Mienen mir nachdenklicher und sorgenvoller vorkamen. Ich fragte mich, ob die Pläne des Fürsten sie überzeugt hatten.

Und plötzlich stand Tariq vor uns. »Was zum Teufel tust du hier?«, fragte er mich.

»Du trägst nur Weiß heute?«, sagte ich, ohne auf seine Frage einzugehen. »Machst dich wohl Liebkind beim Emir. Oder hast du die Absicht aufgegeben, alle Berberfürsten aus dem Land zu jagen?«

Er runzelte gereizt die Brauen. »Ich habe mit al-Malik und seinen verblendeten Idioten nichts zu schaffen.«

»Nicht mehr oder nur nicht für den Augenblick?«

»Geh zum Teufel, Gilberto«, fauchte er und wandte sich zum Gehen. Aber dann drehte er sich noch einmal mit einem gehässigen Grinsen um. »Übrigens, einen schönen Gruß von deiner Liebsten. Es geht ihr ausgezeichnet.«

Damit ließ er uns stehen und folgte den anderen Männern, die inzwischen im Innern des Palastes verschwunden waren. Es zuckte mir in den Händen. Am liebsten hätte ich den Kerl gewürgt.

»Bastard«, schimpfte Thore.

»Kommt jetzt«, sagte Aristoteles. »Der Emir hat uns zu sich gewunken.«

»Ihr haltet euch still, wie verabredet«, raunte ich noch rasch meinen Kameraden zu, während wir uns dem Fürsten näherten. »Wir müssen uns einig zeigen.«

»Es ist ein verrückter Plan«, flüsterte Thore zurück, »aber du musst wissen, was du tust.«

Gunnar war an der Seite des Emirs verblieben und auch jener Ahmed Omari. Muhammad ibn al-Thumnah selbst begrüßte uns mit freundlich ausgebreiteten Armen und einem warmen Lächeln, als wäre nichts gewesen und wir die besten Freunde. Der Mann war wie ausgewechselt. Die dunklen Schatten unter den Augen waren Vergangenheit, sein Blick klar und die Bewegungen voller Tatkraft. Trotz seiner kleinen Statur strahlte er die Autorität eines befehlsgewohnten Herrschers aus.

Wir fielen aufs Knie und beugten das Haupt. Er fasste mich bei der Hand, wies auf den Tisch mit den Erfrischungen und forderte uns auf, uns zu bedienen. Auch den Zwerg Aristoteles hieß er freundlich willkommen und wechselte ein paar Worte auf Arabisch mit ihm. Sie schienen bestens miteinander vertraut zu sein. Dann deutete er auf die Feldstühle vor seinem Ehrensitz, und wir alle ließen uns nieder. Kein Wort darüber, dass wir eine Woche lang in seinem Kerker hatten schmachten müssen.

»Es ist mir eine Ehre, Normannen zu begrüßen«, sagte er in seinem holprigen Lombardisch. »Wir erinnern uns noch gut an die Brüder Altavilla, nicht wahr, Gunnar?«

»Durchaus, Altezza«, antwortete der. »Williame und Drogo waren meine Kameraden. Gewissermaßen.«

»Und wir müssen Allah danken, dass sie und ihre Männer sich zur rechten Zeit zurückgezogen haben. Jener Streit um das Pferd hat uns viel erspart.«

»Ein Streit, Dominus?«, fragte ich.

Natürlich kannte ich die Geschichte. Sie wurde oft genug in den Schenken von Melfi erzählt. Aber ich wollte dem Emir nicht die Freude nehmen. Es war wohl als eine Art Entschuldigung zu verstehen für sein unbeherrschtes Verhalten, das uns in den Kerker gebracht hatte.

»Du weißt nichts davon? Gunnar, erzähl du es uns. Du kannst es besser als ich.« Al-Thumnah lehnte sich mit einem erwartungsvollen Lächeln zurück.

»Nun«, begann Gunnar. »Der *strategos* Maniakes, der damals das byzantinische Heer anführte, war ein Bastard, wie ich ihn selten erlebt habe. Brutal, rücksichtslos und hochmütig. Auch wir Waräger konnten ihn nicht ausstehen. Eines Tages, es war während der Belagerung von Siracusa, da forderte Williame *Bras de Fer* einen arabischen Reiterführer zum Zweikampf heraus. Einen ihrer Besten. Hatte viele Christenkrieger getötet.«

Der Fürst unterbrach. »Es war der damalige Emir von Siracusa. Ich kannte ihn gut. Schließlich war er mein Vorgänger. Ein wahrer Löwe im Kampf.«

Gunnar nickte. »Ganz recht. Der Mann war gut und doch dem Normannen Williame nicht gewachsen. Die Männer beider Heere sahen zu, wie er immer wieder in die Enge getrieben wurde, bis Williame ihn schließlich erschlug.«

Der Höfling Ahmed Omari schien der Geschichte keine Aufmerksamkeit zu schenken. Wahrscheinlich hatte er sie schon oft genug gehört. Stattdessen klebten seine Augen an meinem Gesicht, als wollte er ergründen, was für ein Kerl ich war. Fast unheimlich seine Aufmerksamkeit. Muhammad ibn al-Thumnah dagegen lächelte aufgeräumt und nickte wiederholt zu Gunnars Erzählung, als würde er noch alles selbst vor Augen sehen.

»Williame nahm dem Gefallenen die Waffen, wie es ihm zustand«, fuhr Gunnar fort. »Und natürlich dessen Pferd, ein Prachtstück von einem Hengst, schnell und feurig. Aber Maniakes wollte das Tier für sich und befahl seiner Leibwache, es ihm zu bringen. Williame war darüber so erbost, dass er zu Maniakes marschierte, der gerade den Gaul bewunderte, und das Tier mit einem einzigen Faustschlag auf die Schläfe tötete.«

Der Emir zwinkerte mir zu, während er seinen rechten Arm hochhielt. *»Bras de Fer«*, sagte er lachend. »Williame Eisenarm.«

»Ja, so nannten sie ihn«, sagte ich. »Und was geschah dann?«

»Maniakes war außer sich«, erzählte Gunnar weiter. »Er verweigerte den Normannen ihren Anteil an der Beute des gesamten Feldzugs. Und als ihr Anführer, ein Lombarde aus Salerno mit Namen Arduin, sich dagegen auflehnte, ließ Maniakes ihn vor aller Augen auspeitschen. Das konnten Lombarden und Normannen nicht auf sich sitzen lassen. Sie ließen Maniakes im Stich und kehrten aufs Festland zurück.«

»Und bald darauf wurde auch Maniakes abberufen«, fügte al-Thumnah hinzu. »Die Normannen waren damals unsere Feinde. Trotzdem musste man ihnen großen Respekt zollen. Sie waren großartige Krieger. Ein Jammer, dass die beiden Brüder schon so früh den Tod gefunden haben.«

»Danke, Altezza«, sagte ich.

»Und du gehörst ebenfalls zu dieser tapferen Familie, habe ich mir sagen lassen.«

»Ich bin unter den Brüdern aufgewachsen.«

»Dann freue ich mich, dass ihr drei euch entschieden habt, für meine Sache zu kämpfen. Wir können jeden starken Arm gebrauchen.« Der Emir lächelte zufrieden. »Ich werde euch zu Gunnars Truppe einteilen. Er ist ebenfalls ein großer Krieger, und seine Männer gehören zu den Besten, die wir haben. Und jetzt geht bitte, ich habe noch andere Dinge zu erledigen.«

»Ich bitte um Vergebung, Altezza«, sagte ich. »Aber unsere Teilnahme an Eurem Feldzug ist an eine Bedingung geknüpft.«

Al-Thumnah sah mich erstaunt an.

Doch bevor er mir antworten konnte, kam Ahmed Omari ihm zuvor. »Dem Herrscher von Siracusa und Catania stellt man keine Bedingungen«, sagte er in seinem fehlerlosen Lombardisch, aber mit schneidender Stimme. »Entweder ihr kämpft für uns, oder ihr geht zurück in den Kerker. Zumindest bis wir wissen, wie mit euch zu verfahren ist. Wenn die Hautevilles für euch drei Lösegeld zu zahlen bereit sind, dann kann es uns nur recht sein. Wir können das Gold gebrauchen.«

Al-Thumnahs Miene blieb ausdruckslos bei diesen Worten. Hieß das, er war mit Ahmed einverstanden?

»Es geht um die Sklavin, Herr«, mischte sich jetzt der Zwerg ein. »Sie ist Gilbertos Weib. Man hat sie ihm geraubt. Und nun will er sie verständlicherweise zurückhaben.«

»Soviel ich weiß, hat Tariq bin Halil sie rechtmäßig erworben«, entgegnete Ahmed ungerührt. »Wir können einen Vasallen wie bin Halil nicht wegen einer unbedeutenden Sklavin vor den Kopf stoßen. Wer weiß, ob sie überhaupt das Weib dieses Normannen ist. Vielleicht nur eine seiner Huren.«

Ich biss mir auf die Lippen, um es dem verdammten Kerl nicht mit gleicher Münze heimzuzahlen. Auch Aristoteles legte mir beruhigend die Hand auf den Arm.

»Ich bitte dich, Ahmed«, sagte er. »Du bist ein kluger Mann. Aber kannst du dich einmal von deiner menschlichen Seite zeigen?«

»Wir sind im Krieg, Zwerg. Allzu viel von deiner Menschlichkeit können wir uns nicht erlauben.«

Der Emir sah unschlüssig von einem zum anderen. Doch dann verhärtete sich seine Miene. »Ahmed hat recht. Außerdem habe ich unseren guten Tariq schon einmal dieser Tage beleidigt. Noch so eine Sache werden wir ihm nicht zumuten können.«

»Ihr könnt ihm das Mädchen abkaufen«, schlug ich vor. »Er wird Euch das sicher nicht verwehren können. Und ich kämpfe für Euch, Herr, und verpfände meinen Sold.«

Aber Ahmed Omari schüttelte den Kopf. »Ich habe mit Tariq geredet. Und er hat deutlich gemacht, dass er die Sklavin auf keinen Fall hergibt. Damit sollte die Sache jetzt beendet sein. Wir haben Wichtigeres zu tun.« Ungeduldig erhob er sich.

Muhammad ibn al-Thumnah nickte. »Ich werde auf ein Lösegeld verzichten, Gilberto, und euch freies Geleit gewähren, damit ihr zu den Euren heimkehren könnt«, sagte er und erhob sich ebenfalls. »Aber das ist alles, was ich für dich tun kann. Und auch das nur aus Bewunderung für deine tapferen Verwandten, möge Allah sie für immer in sein Paradies aufnehmen.«

Nun, das war's wohl. Mehr wollten sie mir nicht zugestehen. Und es war tausendmal besser, als im Kerker zu schmachten und auf Lösegeld von Robert zu warten, was vielleicht nie kommen würde. Wir waren frei. Wir konnten gehen. Endlich.

Und doch war ich nicht bereit, Gerlaine so schnell aufzugeben. Jetzt kam es darauf an, meine letzte Karte auszuspielen. Ich warf den Gefährten einen fragenden Blick zu. Für sie war das Angebot des Emirs natürlich ein schneller Ausweg. Nicht einmal kämpfen mussten sie für ihn. Und was ging die beiden überhaupt meine verbohrte Liebe zu Gerlaine an? Meine Halsstarrigkeit hatte sie schon genug erleiden lassen und könnte ihnen immer noch zum Verhängnis werden. Durfte ich ihnen das zumuten?

»Nun sag schon, was du zu sagen hast«, raunte Ivain. Auch Thore nickte mir sein Einverständnis zu.

Ich holte tief Luft. Dann warf ich mich vor dem Herrscher auf die Knie. »Hört mich an, Altezza! Zu Eurem eigenen Vorteil.«

Überrascht und mit gerunzelter Stirn blickte er auf mich herab, aber seine Miene war nicht ungnädig. »Dann sprich. Aber fass dich kurz.«

»Ihr zieht in den Krieg, Altezza. Aber Ihr wisst, es ist ein gefährliches Unterfangen, trotz Unterzahl Eurer Krieger gegen Enna vorzugehen. Und doch kann Euch nichts davon abhalten, nicht einmal die Bedenken Eurer erfahrenen Anführer. Ist es nicht so? Da muss man sich fragen, warum?«

Ahmed funkelte mich wütend an und wollte mich schon zurechtweisen, da bedeutete der Fürst ihm, zu schweigen. »Und was ist der Grund, deiner Meinung nach?«, fragte er.

»Ich bin sicher, Euer Ziel ist es, Herr über ganz Sicilia zu werden. Das Kriegsglück ist Euch bisher hold geblieben. Eure Vasallen und Kriegsherren haben Beute gemacht, Land erobert. Ihre Treue ist nicht zuletzt diesem Erfolg geschuldet. Aber was ist, wenn Ihr Niederlagen erleidet? Werden sie Euch dann weiter treu zur Seite stehen? Männer wie Tariq, die Euch lieber heute als morgen von der Macht verdrängen würden, wenn sie es könnten?«

»Was erfrechst du dich, Normanne?«, zischte Ahmed.

»Lass ihn reden!«, donnerte al-Thumnah in seiner klangvollen Stimme. »Ich will wissen, was er zu sagen hat.«

»Der Ausgang eines Krieges ist immer ungewiss«, fuhr ich fort. »In diesem Fall hat Euer Feind den Vorteil auf seiner Seite. Mit seinen Festungen und großem Heer könnte er Euch schlagen und Euer Land verheeren. Und doch lasst Ihr Euch davon nicht schrecken. Denn es geht Euch wie mir. Ihr liebt Euer Weib Maymunah und könnt es nicht ertragen, dass sie auch nur eine Nacht außerhalb Eures Hauses verbringt. Ihr wollt sie unter allen Umständen zurückhaben, ist es nicht so?«

Der Fürst hatte meine Rede mit finsterem Blick und sturmumwölkter Stirn verfolgt. Ich hatte ihn falsch eingeschätzt, dachte ich erschrocken, war vielleicht zu weit gegangen.

»Wirf den unverschämten Kerl in den Kerker, Muhammad!«, rief Ahmed entrüstet. »Aber vorher soll er für seine Dreistigkeit noch hundert Stockhiebe erhalten.«

Al-Thumnah warf ihm einen gereizten Blick zu. Dann seufzte er plötzlich, fuhr sich mit der Hand über die Stirn und ließ sich in seinen Stuhl fallen.

»Du hast Mut, Normanne, so mit mir zu reden. Ahmed hat recht, ich sollte dich dafür auspeitschen lassen. Aber ein Körnchen Wahrheit ist schon in deinen Worten. Auch mein Weib ist mir entführt worden, und ich will es wiederhaben. Das ist mein Wille und das Recht eines jeden Ehemannes.« Er schwieg einen Augenblick, während er mich nachdenklich anblickte. Dann fuhr er fort. »Ich kann dich gut verstehen. Aber es ändert nichts daran, dass ich Tariq nicht vor den Kopf stoßen kann. Abgesehen davon, dass wir seine Krieger dringend benötigen. Ahmeds Bitte hat er schon abgelehnt. Soll ich etwa seine verdammte Burg belagern, damit er dein Weib herausrückt?«

Seine Worte ermutigten mich. »Nicht nötig, Altezza. Denn das kann ich alleine erledigen, wenn Ihr es mir erlaubt«, sagte ich selbstbewusst, obwohl ich keine Ahnung hatte, wie das anzustellen war.

Ahmed Omari hatte vollends genug von mir. »Muhammad, warum hörst du diesem Kerl auch nur einen Augenblick länger zu?«

»Weil ich einen Vorschlag habe, Altezza«, warf ich schnell ein, bevor der Emir antworten konnte. »Ein Vorschlag, der Euch gegen Enna den Sieg bringen kann.«

Nun waren sie neugierig geworden, sogar Gunnar. »Was soll das für ein Vorschlag sein?«, fragte al-Thumnah.

Ich grinste verwegen. »Ihr habt von der Kriegskunst und der Tapferkeit der Normannen geredet. Was wäre, wenn ich Euch hundert kampferprobte Panzerreiter brächte? Niemand widersteht ihrem Ansturm. Das hat sich schon oft erwiesen. Und sie würden für Euch den entscheidenden Unterschied ausmachen.«

»Hundert normannische Krieger?« In al-Thumnahs Augen glitzerte es plötzlich begehrlich.

»Vorausgesetzt, wir können unter eigener Führung handeln. Natürlich in Absprache.«

Niemand sprach. Alle warteten, was der Fürst dazu sagen würde. »Hundert Reiter?«, fragte er und kratzte sich den Bart. »Und was wäre die Gegenleistung?«

»Wir dürfen nach eigenem Ermessen Beute machen und diese für uns behalten. Das ist die Bezahlung für unsere Unterstützung. Und natürlich lasst Ihr mir freie Hand, Tariqs Burg zu erobern und mein Weib zu befreien. Ihr könnt später immer behaupten, wir hätten gegen Euren Willen gehandelt. Versteht sich von selbst, dass diese Vereinbarung geheim bleiben muss.«

Al-Thumnah schwieg lange Zeit und dachte nach. Aber an seinem Gesicht konnte ich sehen, dass er den Haken geschluckt hatte. Ahmed starrte mich zwar noch böse an, sagte jedoch nichts mehr. Und Gunnar konnte sich ein kleines Grinsen nicht verkneifen.

»Und wenn es euch nicht gelingt, Tariqs Burg einzunehmen?«

»Es wird uns gelingen.«

»Ich will, dass du ihn am Leben lässt.«

»Dann schickt ihn als Vorhut irgendwohin. Sonst kann ich für sein Leben nicht bürgen.«

Jetzt wollte der Emir von Ahmed wissen, ob er sich mit meinem Vorschlag anfreunden könne.

»Wenn er uns wirklich hundert Reiter bringt, bin ich einverstanden«, sagte der nach einem Augenblick des Nachdenkens.

Ich hatte den Arzt, Ibrahim bin Yasin, der im Hintergrund stand, schon fast vergessen, aber nun warf der Emir auch ihm einen fragenden Blick zu. Aller Augen richteten sich auf den alten Mann, als ob der das letzte Wort hätte.

»Ich vertraue ihm«, war alles, was er sagte, aber begleitet von einem kleinen Lächeln.

Das schien dem Fürsten zu genügen, denn er nickte mir zu. »Gut. Dann ist es entschieden. Und jetzt erzähl mir, wie du dir das genau vorstellst.«

Ich erklärte ihnen meinen Plan. Wir redeten mehr als eine Stunde, besprachen Einzelheiten, wie viele Schiffe gebraucht würden, um die Reiter über die Meerenge zu bringen, wo an der Küste wir landen sollten und bis wann wir zum Heer des Emirs stoßen könnten. Sie verlangten, dass Gunnar mit mir nach Kalabrien reisen würde, um die Sache des Emirs zu vertreten. Am Ende besiegelten wir alles per Handschlag. Und Muhammad al-Thumnah war äußerst guter Laune, als er uns entließ. Ich war so erleichtert, dass ich hätte tanzen können.

»Eines muss man dir lassen«, murmelte Ivain bewundernd. »Du kannst reden, dass einem die Ohren klingeln.«

Doch Thore war noch nicht überzeugt. »Erklär mir mal, wie du Robert dazu bringen willst, dir hundert Reiter für dieses verrückte Abenteuer zu leihen. Hast du vergessen, dass du mit ihm im Streit liegst?«

»Nicht Robert, sondern Roger«, erwiderte ich lachend. »Ich hab für ihn als Kind oft genug die Prügel einstecken müssen. Das schuldet er mir.«

Die beiden sahen mich zweifelnd an.

Auch ich hatte die allergrößten Bedenken, aber das hätte ich natürlich nie zugegeben. Zumal verabredet worden war, dass Thore und Ivain zurückbleiben würden, wenn auch unter bequemsten Umständen. Ahmed hatte darauf bestanden, um sicherzustellen, dass ich wiederkommen und mein Versprechen einlösen würde. Dass Gerlaine immer noch auf der Burg darbte, war ihm nicht genug. Welcher Idiot machte schließlich so einen Aufstand wegen einer Sklavin? Um ehrlich zu sein, manchmal fragte ich mich das selbst. Aber nur in meinen schwachen Momenten.

»Mit hundert Mann auf Beutezug, dagegen hätte ich nichts«, sagte Ivain. »Sieh zu, dass du Roger überredest.«

Thore legte mir den Arm um die Schultern. »Vor allem komm rasch wieder.«

»Und wenn nicht?«, fragte ich scherzhaft.

»Dann bringen wir dich um, ist doch klar.«

Wie ein Bruder

Fünf Tage später stachen wir in See. In einer ähnlichen Kriegsgaleere wie jene, die Tariq gehörte. Unsere sollte den Geleitzug der zehn Frachtsegler sichern, die später auf dem Rückweg Mannschaften, Pferde und Ausrüstung übers Meer zu bringen hatten. Das heißt, falls es mir tatsächlich gelingen sollte, Roger für meinen Plan zu erwärmen.

Der Kommandant der Galeere, ein drahtiger, wettergegerbter Seeoffizier, deutete auf ein byzantinisches Kriegsschiff, das weit in der Ferne auf der kalabrischen Seite patrouillierte, bald aber in einer der Buchten verschwand. Überhaupt war die Sicht an diesem Morgen ungewöhnlich klar, und alle Einzelheiten, besonders der nahen sizilianischen Küste, waren deutlich zu erkennen. Weiße und graue Wolkenfetzen jagten über das Blau des Himmels und ließen tiefe Schatten über die sonnigen Hänge des Ätna wandern. Sie waren die Nachhut jenes Herbststurmes, der am Tag zuvor über die Insel gefegt war. Und obwohl er sich inzwischen beruhigt hatte, blies der Wind immer noch in unregelmäßigen Böen und wühlte das Meer zu kurzen, scharfen Wellen auf. Zum Glück war die Galeere groß genug, sodass man wenig davon spürte. Nicht wie die Segler, die sich mühsam gegen Wind und Wogen stemmten und nur langsam vorankamen.

Mit ihren dreieckigen Segeln konnten die Frachtschiffe jedoch besser zum Wind aufkreuzen, was mit dem einzigen großen Rahsegel der Galeere nicht möglich war. Deshalb verließ sich der Kommandant allein auf die Kraft seiner Ruderer. Regelmäßig und in der Sonne glitzernd hoben sich die Ruderblätter aus dem Wasser, um gleich wieder einzutauchen, gefolgt vom Ächzen der Männer unter Deck, die sich im Rhythmus der Trommelschläge in die Riemen stemmten. Jedes Mal vermeinte man zu spüren, wie der Rumpf vorangetrieben wurde. Und wenn eine größere Welle auf den Bug traf, sprühte Gischt an der Bordwand hoch und netzte unsere Gesichter. Sehr zur Erheiterung Lokis, der sich auf dem Vordeck aufhielt und jedes Mal hochsprang und bellte, wenn es über die Reling spritzte. Danach schüttelte er das Wasser aus dem Fell und wartete aufgeregt auf die nächste Woge.

Die Galeere lag schon weit voraus. Ismael bat den Schiffsführer, den Takt zu verlangsamen, damit die kleineren Schiffe aufholen konnten.

Er zeigte auf die letzten Schiffe in unserem Kielwasser. »Verdammte Nachzügler«, fluchte er. »Statt mehr Segel zu setzen, haben sie Angst, eine dieser Böen könnte den Mast davontragen.«

»So eilig haben wir es doch gar nicht«, sagte Gunnar.

»Auf See soll man aus den Gegebenheiten immer das Beste machen«, erwiderte Ismael. »Schließlich kann man nicht wissen, wie lange der Wind einen begünstigt.«

Er hatte darauf bestanden, das Unternehmen zur See selbst in die Hand zu nehmen, und ich war ihm dankbar dafür. Seine Wangen waren zwar immer noch unnatürlich hohl, aber ansonsten schien er der Alte zu sein. Er hatte im Auftrag des Emirs die Handelssegler gefunden, die Bezahlung ausgehandelt und die Schiffsführer zur Eile angetrieben. Ohne ihn hätte es noch viel länger gedauert, bis alle Schiffe bereit waren, die gemeinsame Reise anzutreten.

Gunnar und ich standen an der Bordwand und starrten zur Küste von Sicilia hinüber, die unmerklich an uns vorüberzog. Winzig klein war in der Ferne Tariqs dunkler Burgfels zu erkennen. Wie es Gerlaine in diesem Augenblick erging, mochte ich mir gar nicht vorstellen. Jetzt, da sie mich in der Nähe wusste, war ihr die Gefangenschaft sicher noch unerträglicher geworden. Die Frage, ob es mir gelingen würde, sie zu befreien, musste ihr jeden ruhigen Augenblick nehmen. Ihr selbst hatte die angeborene Hellsichtigkeit wenig genutzt, denn mit meinem Erscheinen hatte sie ganz offensichtlich nicht gerechnet, sich sogar regelrecht erschrocken. Und mich hatte es geschmerzt, die Scham in ihren Augen zu sehen, als sie in dieser lächerlichen Aufmachung vor mir stand wie eine billige Hafenhure. Mein Herz schmerzte für sie. Und für mich.

»Ich hoffe, dieser Bastard ahnt nicht, was wir vorhaben. Unsere Schiffe sind doch von der Burg aus zu sehen.«

»Tariq?« Gunnar schüttelte den Kopf. »Keine Sorge. Der ist schon auf dem Weg nach Enna. Der Emir hat ihn und seine Reiter als Kundschafter vorausgeschickt.«

»Wie groß ist eigentlich al-Thumnahs Heer?«

Gunnar kratzte sich den grauen Bart und dachte nach. »Etwa dreitausend Mann Fuß und fünfhundert leicht bewaffnete Reiter. Er könnte mehr aufbringen, aber er wagt es nicht, den Süden ohne Schutz zu lassen. Wenn ihr Normannen so gut seid, wie man sich erzählt, sind hundert Panzerreiter eine äußerst willkommene Verstärkung.«

»Und wenn es weniger wären?«

Überrascht wandte er den Kopf und musterte mich mit einem durchdringenden Blick. »Du bist dir deiner Sache wohl nicht so sicher, wie du vorgegeben hast, oder? Hab ich mir fast gedacht. Deinen Freund mit den Narben im Gesicht, den kann man schwer lesen. Aber der andere, der konnte seine Bedenken nicht verbergen.«

»Du hast recht. Ich muss meine Leute erst noch überreden.«

»Dann hoffe ich für dich, dass diese Reise nicht umsonst ist. Der Emir würde dir das niemals verzeihen. Und deine Freunde … Ahmed würde sie vermutlich hinrichten lassen.«

Bei diesen Worten überlief es mich heiß. »Du musst mir helfen, Gunnar. Normannen lieben es, auf Raubzug zu gehen. Und du weißt doch sicher, wo bei al-Hawwas fette Beute zu holen ist.«

Er lachte. »Daran soll's nicht mangeln.« Er zog geräuschvoll den Rotz durch die Nase und spuckte in hohem Bogen in die Wellen. »Tut gut, mal wieder auf einem Schiffsdeck zu stehen. Erinnert mich an die alten Tage. Bei Odin, wie hab ich das vermisst!«

»Du warst Seefahrer?«

»Und ob. Damals war ich so jung wie du. Wir haben die ganze Nordsee unsicher gemacht. In Northumbria haben wir geplündert. Und als es dort zu gefährlich wurde, im Land der Franken. Auch bei euch in der Normandie.«

»Hast du dabei dein Fränkisch gelernt?«

»So ist es. Später hat unser Jarl sich entschlossen, die Seeräuberei im Westen aufzugeben und sich lieber Harald Hardråde anzuschließen. Der hatte Großes vor. Mit ihm sind wir nach Osten gesegelt und haben uns Sklaven eingefangen. Dann die Flüsse hinauf bis zu der Rus in Kiew und weiter nach Konstantinopel. So sind wir am Ende zu den Warägern gekommen, wo Harald schnell zum Befehlshaber aufgestiegen ist. Der Sold dort war mehr als gut, und es gab jede Menge Gelegenheit, Beute zu machen. Zwischen Feldzügen haben wir uns vergnügt. Auch an Weibern hat's nicht gemangelt. Ich sage dir, Konstantinopel hat die feinsten Huren der Welt. Es war eine gute Zeit.«

»Bis ihr nach Sicilia kamt.«

Er nickte. »Bis zu meiner Verwundung.«

»Du hast ein bewegtes Leben hinter dir.«

Er grinste achselzuckend. »Man schlägt sich so durch.«

»Mein leiblicher Vater soll auch Seeräuber gewesen sein. Obwohl ich sonst nichts von ihm weiß.«

»Wie hieß er? Vielleicht bin ich ihm mal begegnet.«

»Sven Langhaar.«

Bei diesem Namen fuhr Gunnar hoch, als hätte ihn eine Wespe gestochen. »Sven Langhaar? Bist du sicher?«

»Ja, so soll er geheißen haben. Kennst du ihn?«

Er runzelte die Stirn. »Schon möglich«, war die knappe Antwort. »Was weißt du sonst noch von ihm?«

»Nur, dass er ein Seeräuber gewesen sein soll. Und dass er eines Tages mit seinen Schiffen auf einem Strand in der Normandie überfallen wurde und eines der Boote zurücklassen musste. Unglücklicherweise auch meine Mutter und mich. Wir wurden in irgendein Dorf verschleppt. Mehr weiß ich nicht.«

»Und deine Mutter? Lebt sie noch?«

»Nein. Das Dorf wurde ein paar Jahre später von Robert Guiscard überfallen. Es war nicht seine Schuld, aber dabei ist meine Mutter zu Tode gekommen. Ich war noch klein, kann mich nur an wenig erinnern. Das Schlimmste ist, ich weiß nicht einmal mehr ihren Namen.«

Gunnar sah mich lange an, wobei seine Augen seltsam leuchteten. »Aber deinen eigenen Namen wirst du doch wohl noch kennen, oder?«

»Wie meinst du das?«

Er schüttelte in ungläubigem Staunen den Kopf. »Manchmal begegnen einem Dinge, die man nicht für möglich halten würde.«

»Was zum Teufel hast du mir zu sagen? Spuck's aus.«

»Ja, das will ich«, sagte er schließlich. »Hör zu, Gilbert. Ob du's glaubst oder nicht, Sven Langhaar war unser Jarl in der Gegend, aus der ich stamme.«

»Was sagst du da?«

»Ich lüge nicht, mein Junge. Zu Hause, bei uns im Norden, gab's nur steinige Äcker, und so gingen wir auf Beutefahrt. Ich war viele Jahre lang Svens Gefolgsmann und einer seiner Schiffsführer. Und du heißt auch nicht Gilbert, sondern Brynjarr. So haben deine Eltern dich genannt.« Plötzlich hatte er Tränen in den Augen. »Du hast oft genug auf meinem Schoß gesessen. Bei allen Göttern! Nie hätte ich gedacht, eines Tages noch einmal Svens Sohn zu umarmen.«

Mit diesen Worten packte er mich an den Schultern und schlang in einer wahren Bärenumklammerung die langen Arme um mich, bis mir fast die Luft wegblieb. Ich war viel zu verblüfft, um etwas über die Lippen zu kriegen. Schließlich ließ er mich los. Und ich starrte ihn an, als stünde eine überirdische Erscheinung vor mir, ein Wesen aus dunkler Vergangenheit. Dabei war er leibhaftig und zum Anfassen, zwinkerte mir freudig bewegt zu und legte mir gleich noch einmal seine großen Pranken auf die Schulter.

»Ich will dir sagen, wie deine Mutter hieß, mein Junge. Ihr Name war Asta. Und sie stammte aus einem Nachbardorf. Ein gutherziges Mädchen und hübsch dazu. Verheiratet waren die beiden nicht. Ihr Vater hätte es nicht erlaubt. Da ist sie durchgebrannt und Sven auf sein Schiff gefolgt.« Er lachte. »Du siehst, dein Abenteurerblut hast du von beiden geerbt. Irgendwo an der friesischen Küste wurdest du dann geboren. Bei dem Überfall in der Normandie warst du etwa zwei Jahre alt. Sven war außer sich, als wir den Rest der Männer retten mussten. Wenig später sind wir wiedergekommen und haben lange nach euch gesucht. Aber ihr wart wie vom Erdboden verschluckt. Tut mir leid, dass deine Mutter am Ende einen so schrecklichen Tod finden musste.« Er fuhr sich durch die Haare und seufzte. »Das hat sie wahrlich nicht verdient.«

Ich war immer noch viel zu erstaunt, um etwas zu sagen. Jahrelang hatte ich mir vergeblich Gedanken über meine Eltern gemacht, mir alles Mögliche und Unmögliche vorgestellt. Wie es wohl sein würde, meinem Vater zu begegnen, gar mit ihm auf große Fahrt zu gehen. Aber in letzter Zeit hatte ich nur noch selten an ihn gedacht. Auch die Erinnerung an meine Mutter war verblasst. Und jetzt auf einmal stand dieser große Kerl vor mir und hatte alle Antworten.

»Wenn du willst, führe ich dich bei Gelegenheit zum Grab deines Vaters«, sagte er.

Ich schluckte. »Er ist also tot?« Was für eine dumme Frage. Natürlich war er tot. Was zum Teufel hatte ich denn erwartet?

Gunnar nickte. »Ich war an seiner Seite, als er fiel. Hier auf Sicilia. In der Nähe von Agira, einer kleinen Festungsstadt im Landesinneren. Ein Lanzenstoß an der schwächsten Stelle seines Panzers, unter der Achsel. Er ist gestürzt, und sie sind zu fünft über ihn hergefallen. Ich konnte ihn nicht mehr erreichen. Später habe ich seine Leiche geborgen und unter einer Kastanie begraben.«

Ich nickte stumm. Was war da zu sagen? Trauern konnte ich nicht wirklich um diesen Sven Langhaar. Er war mir zu fremd. Der alte Tancred, Roberts Vater, der war mir viel näher gewesen. Ihn und seine Geschichten hatte ich als Kind geliebt. Und um ihn hatte ich getrauert, als er starb.

»Und? Wie ist dein Leben verlaufen?«, fragte Gunnar. »Du scheinst es nicht schlecht getroffen zu haben.«

»Ich bin bei den Hautevilles aufgewachsen. Als Schweinehirt. Aber beklagen kann ich mich nicht. Sie haben mich wie einen Sohn behandelt.« Plötzlich musste ich über eine Erinnerung lächeln. »Einmal, weißt du, als die jüngeren Brüder mich mit meinem Beinamen, *Le Porchon*, gehänselt haben, da hat der alte Tancred ihnen gesagt, ich sei in Wirklichkeit vielleicht gar kein Schweinehirt, sondern ein Dänenprinz.«

Darüber musste Gunnar lachen. »Nein, ein Prinz bist du nicht. Aber immerhin der Sohn eines Jarls. Dein Vater war ein kluger Anführer und Krieger. Drei Schiffe nannte er sein Eigen, als wir noch Seeräuber waren. Auch Harald hat ihm vertraut. Und das will was heißen, denn der ist schließlich König von Norwegen geworden. Sven war einer seiner Unterführer bei den Warägern. Und ich sein Freund.«

Ein guter Freund, entschied ich. Denn dieser Gunnar hatte mir von Anfang an gefallen. Groß, kräftig, von bedächtiger Redeweise und mit ehrlichen Augen. Sie waren von zahllosen Fältchen umgeben, und seine Haut war fleckig und verbrannt von zu langen Jahren in der Sonne des Südens. So ähnlich hätte heutzutage vielleicht auch mein Vater ausgesehen, wenn er noch am Leben wäre. Und beide waren Waräger gewesen. Erst jetzt bemerkte ich eine tiefe Narbe, die am Wangenknochen begann, im Bart verschwand und dann am Hals wieder auftauchte.

»Was hast du da für eine Narbe im Gesicht?«

»Ach, nichts. Das war in Syrien. Sieht schlimmer aus, als es ist. Da hab ich noch ganz andere Narben. Von allen Wunden aber sind es die der Seele. An denen hat man am längsten zu tragen.«

»Sprichst du vom Tod deiner Frau?«

Er nickte. »Den hab ich bis heute nicht verwunden. Und dass du so verbissen dein Mädel suchst, hat mich bewogen, dir zu helfen. Deshalb bin ich hier. Aber nun, da ich weiß, wer du wirklich bist, hab ich noch tausend Gründe mehr. Alles, was dein Vater für mich getan hat, will ich an dir gutmachen.«

Wir redeten noch lange während der Überfahrt. Ich erfuhr alles über den berüchtigten Sven Langhaar, über seine Seefahrten, seine Abenteuer im Osten, über die Kämpfe bei den Warägern und über Maniakes' Feldzug auf Sicilia, bei dem er vor sechzehn Jahren gefallen war. Wie seltsam und verworren doch die Nornen ihre Fäden spinnen. Ausgerechnet auf Sicilia, wohin es mich im Grunde nur durch Zufall verschlagen hatte, lag er begraben. Und endlich hatte auch meine Mutter einen Namen – Asta – *von den Göttern geliebt.*

* * *

»Bist du wahnsinnig?«, schrie Roger mich an. »Ich soll so mir nichts, dir nichts hundert Reiter zusammenstellen, sie auf Schiffe verfrachten und ins Land der Sarazenen einfallen? Nur um dein Mädel zu befreien?«

»Warum nicht?«

»Ich glaube, du bist verrückt geworden.«

Aufgeregt stapfte er auf dem Waldboden umher. Kleine Zweige knackten unter seinen Schritten. Er hob einen Kiefernzapfen auf und warf ihn mit Wucht in das Bächlein, neben dem wir lagerten. Dann marschierte er weiter rastlos hin und her.

Die Unterredung mit Roger lief ganz und gar nicht wie erhofft. Drei Tage hatte es gedauert, bis Gunnar und ich ihn mithilfe eines Einheimischen überhaupt ausfindig gemacht hatten. Irgendwo in den Bergen östlich von San Marco Argentano waren sie auf Wildschweinjagd – Roger, Baldric, Bjarni, Ragnar und Ardoin.

Ja, auch Ardoin! Welch eine Freude, ihn hier wiederzusehen. Er war der blutjunge Lombarde aus Salerno, der uns geholfen hatte, die Stadt einzunehmen. Anscheinend war er vor ein paar Wochen nach Argentano gekommen, um sich den

Normannen anzuschließen. Von Gisulf, dem neuen Prinzen, sei er enttäuscht, hatte er mir gerade erzählt. Bei uns habe es ihm besser gefallen. Überhaupt seien Abenteuer eher nach seinem Geschmack, als von morgens bis abends Palastwache zu schieben. Nun, ein Abenteuer hätte ich ihm schon zu bieten, wenn Roger nur endlich einlenken würde.

Der drehte sich zu mir um. »Ich bin froh, dass du heil zurück bist, Gilbert. Aber alles andere solltest du vergessen.«

»Und wenn es deine Judith wäre? Williame von Évreux' Tochter, der du so sehr nachtrauerst? Würdest du nicht alles dransetzen, sie zu retten?«

Jetzt kam der herrische Zeigefinger heraus. »Rede mir nicht von Judith«, rief er. »Das ist nicht dasselbe. Natürlich weiß ich, was dir Gerlaine bedeutet. Du hast uns ja genug damit die Ohren vollgequäkt. Aber vergiss nicht, diese Frau ist dir weggelaufen, sie hat dir auch noch deinen Sohn unterschlagen. Für so eine willst du hundert Mann nach Sicilia jagen? Und woher willst du wissen, ob sie überhaupt gerettet werden will?«

»Scheiße, Mann! Jetzt machst du dich aber lächerlich.«

Er nahm sein gereiztes Herumlaufen wieder auf. »Jedenfalls ist sie nicht in Lebensgefahr. Man kann sie auslösen.«

»Und was ist mit Thore und Ivain? Sie werden sie umbringen, wenn wir nicht kommen.«

»Ach was. Mit ein bisschen Gold werden sie die beiden schon gehen lassen. Genauso wie deine Gerlaine.«

»Da bin ich mir nicht so sicher. Ich habe jedenfalls nicht vor, meine Kameraden im Stich zu lassen. Und was diesen Tariq betrifft, der rückt Gerlaine nicht raus. Das ist seine Rache für Salerno. Und ohne mich hätten wir Salerno gar nicht eingenommen. Das sollte man auch mal bedenken.«

Wieder blieb Roger stehen und starrte gereizt zu mir herüber. »Ich weiß. Aber trotzdem, schlag dir die Sache aus dem

Kopf. Ich werfe nicht hundert Reiter gegen eine uneinnehmbare Burg. Du hast ja noch nicht mal einen Plan, wie du sie da rausholen willst.«

»Nur weil du ihn noch nicht gehört hast, heißt das nicht, dass ich keinen habe.«

»Dann behalt ihn für dich. Ich will gar nichts davon wissen.«

Tatsächlich hatte ich mir lange vergeblich das Hirn zermartert. Erst jetzt, beim unverhofften Wiedersehen mit Ardoin, war mir die Lösung gekommen. Aber das musste Roger ja nicht wissen. Ja, Ardoin würde mir helfen. Wie in Salerno. Es war gewagt und gefährlich, aber mit ihm bestimmt machbar.

»Ich dachte, wir sind geschworene Blutsbrüder«, bohrte ich weiter. »Blutsbrüder helfen einander.«

»Hör auf, mir das unter die Nase zu reiben«, knurrte er aufgebracht. »Was denkst du, macht Robert mit mir, wenn er von so einer Eigenmächtigkeit erfährt. Der reißt mir die Eier ab. Und dir den Kopf. Mit dir hat er ohnehin noch eine Rechnung offen.«

Es ärgerte ihn, dass ich ihn in diesen Zwiespalt zwang. Sollte er Robert gegenüber ungehorsam werden, nur um mir die Treue zu halten? Oder umgekehrt? Kein Wunder, dass er auf mich wütend war. Aber darauf wollte ich keine Rücksicht nehmen. Ich hatte schon genug für Robert und die Bruderschaft der Normannen geleistet. Jetzt war ich es, dem man mal etwas schuldete.

»Seit wann hast du Angst vor Robert?«, lästerte ich.

»Ich habe keine Angst vor Robert«, fauchte er zurück. »Aber was du da vorhast, das geht einfach nicht. Wir haben wichtigere Dinge zu tun, als uns in Sicilia herumzutreiben.«

»Was für Dinge? Wildschweine jagen?«

»Verdammt, Gilbert. Es ist einfach unvernünftig. Ich kann doch nicht das Leben von hundert Reitern für so was aufs

Spiel setzen. Eine Burg einzunehmen ist kein Kinderspiel. Da können Männer sterben. Und für was? Wir haben genug in Kalabrien zu tun. Ich muss Argentano sichern. Demnächst sollen wir Cosenza angreifen. Das will vorbereitet werden. Was haben wir da auf Sicilia zu suchen?« Er war besorgt, das konnte man sehen. Robert hatte ihm Argentano anvertraut, sein erster Einsatz im Mezzogiorno. Er wollte es nicht gleich vermasseln. »Außerdem kennen wir das Land überhaupt nicht. Wer weiß, in was wir da blind hineinlaufen?«

»Wir sind nicht blind. Wir haben Gunnar«, ereiferte ich mich. »Außerdem kämpfen wir für den Emir von Catania. Das ist ein mächtiger Fürst. Der hat ein Heer von fast viertausend Mann. Indem wir Waffenhilfe leisten, schaffen wir uns einen wichtigen Verbündeten auf der Insel. Das könnte eines Tages nützlich werden im Kampf gegen Byzanz.«

Ardoin hob die Hand. »Die sprechen doch Griechisch dort«, warf er unverhofft ein. »Damit könnte ich euch helfen.«

»Ist es so gut wie dein Fränkisch?«, grollte Ragnar. »Dann können wir drauf verzichten.«

Alle lachten, und ich zwinkerte Ardoin belustigt zu, der rot geworden war, aber dann selbst lachen musste. Nur Roger machte weiterhin eine finstere Miene. Verdammt, warum war er nur so stur?

»Roger, wenn dir ein Bündnis mit al-Thumnah egal ist, dann denk wenigstens an die Beute, die er uns überlassen will«, sagte ich. »Wenn wir mit Gold und Silber beladen heimkehren, wird selbst Robert das Maul halten und gerne seinen Anteil einstreichen.«

In seinen Augen glitzerte es für einen kurzen Moment, das war mir nicht entgangen. Beute war ein Zauberwort. Dennoch warf er mir gleich wieder einen zornigen Blick zu, hatte schon gemerkt, dass ich ihn an seinem schwachen Punkt packen wollte. Denn wie ich meinen Roger kannte, kämpften zwei Seelen in seiner Brust. Die eine stand für Fressendas braven Sohn, ihr jüngster und ihr Liebling, ein aufrechter, junger Normanne, der sie am Tag des Christengottes zur Kirche begleitete, allein weil sie es so wünschte. Aber seine andere Seite, das war der übermütige Draufgänger, dem als Junge kein Schabernack zu wild gewesen war, der sich vor keinem Leichtsinn scheute, wenn es nur Spaß versprach. Und ein Beutezug war nicht zu verachten. Außerdem war da noch der Ehrgeiz, es seinen älteren Brüdern gleichzutun. Sie womöglich zu übertrumpfen.

»Denk an das Gold der Sarazenen, Roger«, setzte ich noch obendrauf. »Und was für ein Abenteuer, ins schöne Sicilia einzufallen. Wir werden Spaß haben.« Ich gebe zu, es war etwas hinterhältig, ihn bei seiner Gier nach Ruhm, Abenteuer und Beute zu packen. Aber ich war entschlossen, nicht aufzugeben. »Hast du Gold, hast du auch Krieger«, fügte ich hinzu. »Das weißt du so gut wie ich. Außerdem … dein guter Robert hat es selbst auch nicht anders gemacht. Wir alle waren dabei und haben ihm geholfen. Nicht wahr, Jungs?«

Baldric, Ragnar und Bjarni nickten eifrig. »Wisst ihr noch, wie wir das Heiligtum in Monte Sant'Angelo überfallen haben?«, rief Bjarni. »Berge von Gold.«

»Also auf mich könnt ihr zählen«, sagte Ragnar. Er zog sein Schwert und prüfte mit dem Daumen die Schärfe der Klinge. »War schon eine Weile arbeitslos, das gute Stück hier.«

Mit selbstzufriedenem Grinsen schob er die Waffe zurück in die Scheide. Wenn es einen gab, der alles für ein bisschen Gold tat, dann war es Ragnar. Wozu, war mir schleierhaft, denn meistens versoff er es wieder. Aber auch die anderen hatten bei dem Wort Beute rote Ohren bekommen.

»Und wo soll das verdammte Gold herkommen?«, fragte Roger gereizt.

Ha, dachte ich, jetzt knabbert er am Köder. »Gunnar, klär den Mann auf.«

»Nun, Herr«, antwortete Gunnar verlegen und räusperte sich umständlich. »In den Moscheen ist nicht viel zu holen. Aber weit mehr als Moscheen gibt es dort byzantinische Kirchen und Klöster. Besonders in der Mitte und dem Ostteil der Insel. Und die sind voll von goldenem Gerät und mit Edelsteinen besetzten Monstranzen. Reliquien auch.«

Ich blickte in die Runde. Nicht nur Ragnar hatte bei diesen Worten leuchtende Augen bekommen.

»Und natürlich die großen Ländereien mit ihren reichen Villen«, fuhr Gunnar fort. »Städte, die reif für Lösegeld sind, um ihre Olivenhaine und Weinberge zu retten. Sicilia ist bei Weitem kein armes Land. Viel wohlhabender als Kalabrien. Einer kampfstarken Truppe könnte so einiges in die Hände fallen.«

»Es ist nicht wie Melfi oder Argentano«, spann ich die Sache weiter. »Ich habe Paläste gesehen, da gehen euch die Augen über.«

Ehrlicherweise hatte ich nur den von Catania gesehen, aber wer wollte das schon so genau nehmen, wenn Gerlaines Freiheit in der Waagschale lag.

»Genug, genug!«, rief Roger verärgert. »Ich will nichts mehr hören. Wir brechen jetzt auf und kehren nach Argentano zurück.«

Er vermied meinen Blick, als er sich seinem Pferd zuwandte, Satteltaschen auflud und seine Bettrolle festschnallte. Auch wir anderen machten uns bereit. Rogers Jagd hatte sich gelohnt, denn auf Maultieren festgezurrt waren drei erlegte Sauen und ein großer Keiler. Das Blut, das auf den Waldboden tropfte, zog Loki wie magisch an. Andauernd hatte ich ihn wegscheuchen müssen, bevor er noch auf den Gedanken kam, sich an den Kadavern gütlich zu tun.

Schweigend machten wir uns auf den Weg. Stundenlang ritten wir über dicht bewaldete Berghänge und durchquerten dunkle Täler. Roger immer weit voraus, als wollte er mit niemandem reden. Bis sich der Wald lichtete und wir durch bebautes Land kamen, Weiden für Schafe und Ziegen, herbstliche Olivenhaine und abgeerntete Weinberge, denn es war inzwischen November geworden. Die Sonne stand schon tief, als wir uns Argentano näherten. An einer Weggabelung hatte Roger angehalten. Er winkte mich zur Seite.

»Hör zu, ich weiß, was du durchgemacht hast die letzten Monate. Und …«, er wirkte plötzlich berührt, »… verzeih mir die harschen Worte über Gerlaine.«

»Schon gut.«

»Dieser Gunnar. Kann man dem vertrauen?«

»Ich hab dir erzählt, wer er ist. Der beste Freund meines Vaters. Und für mich vielleicht so etwas wie ein *padrino,* wie die Christen es nennen. Du weißt, was ich meine. Ich kenne ihn noch nicht lange, würde mich aber für ihn verbürgen. Ein guter Mann.«

»Ist wirklich unglaublich, diese Geschichte. Und dass du dem Kerl ausgerechnet auf Sicilia begegnet bist. Jetzt hast du endlich Klarheit über deine Eltern.« Er schwieg und blickte lange zu den Mauern von Argentano hinüber. Dann sah er mich an. »Mehr als sechzig Reiter krieg ich nicht zusammen, ohne Argentanos Verteidigung zu schwächen. Wenn dir das reicht, dann können wir in drei Tagen aufbrechen.«

»Du kommst selbst auch mit?«

Er grinste. »Denkst du, ich will mir das entgehen lassen? Außerdem muss ich doch auf dich aufpassen, du Hundesohn.«

In meinem Inneren jubelte es. »Danke, Roger.«

»Noch was, Gilbert. Ich bin sicher, du denkst, ich tue das nur für die Beute. Das stimmt nicht. Gerlaines Schicksal liegt mir genauso am Herzen.«

»Sie ist eine von uns. Aus unserem Dorf.«

»Eben. Aber ich brauche auch einen Grund für Robert. Und für unsere Truppe. Das darfst du nicht vergessen. Männer folgen einem nur willig, wenn sie ein gemeinsames Ziel haben.« Er schlug mir auf die Schulter und grinste plötzlich wie ein Lausbub. »Vielleicht hast du recht und ein Waffenbündnis mit dem Emir wird uns eines Tages nützlich sein. Dann hätte der Ausflug sich gelohnt. Zumindest kann es nicht schaden, die Insel mal auszukundschaften, wenn sie so reich ist, wie ihr behauptet. Nachher am Abend versammeln wir die Hauptleute, und dann erzählst du uns von deinem Plan.«

»Darauf kannst du dich verlassen.«

Sechzig Reiter waren weniger als erhofft, aber besser als gar keine. Langsam nahm die Sache Gestalt an. Ismael und die Schiffe des Emirs würden nicht vergebens in der einsamen Bucht warten, wo wir sie zurückgelassen hatten. Natürlich musste ich noch mit Ardoin reden, denn ihm würde die wichtigste Aufgabe zufallen. Ich konnte nur hoffen, dass er mich nicht im Stich ließ.

* * *

Während meiner langen Abwesenheit war es Robert und seinem Heer gelungen, Otranto zu erobern. Dort hatten die Bewohner es vernachlässigt, eine Hütte abzureißen, die ein Handwerker an die Außenseite der Stadtmauer gebaut hatte. Das Dach war hoch genug gewesen, um von dort die Wehrmauer zu erreichen. Trotz heftigen Widerstands an dieser Stelle war es den Normannen irgendwie gelungen, auf die Mauer zu klettern, die Verteidiger zu überwältigen und in die Stadt einzudringen. Wenig später hatten die Byzantiner sich ergeben.

Ein großartiger Erfolg, der wieder einmal Roberts Fähigkeiten als Kriegsherr unter Beweis gestellt hatte. Die Beute war beträchtlich gewesen, wie es hieß. Robert hatte eine große Besatzung in Otranto zurückgelassen und auch seinem Bruder Roger Verstärkungen hierher nach Argentano geschickt. Darunter auch meine alten Kameraden, worüber ich besonders froh war, denn sie sollten mir bei meinem Unternehmen helfen. Einige von ihnen hatte ich ja schon bei der Jagd getroffen. Und auf dem Weg zum Palazzo begegneten wir nun auch Herman, Hamo und Rollo.

»Unser Verschollener ist zurück!«, rief Hamo. »Lass dich umarmen, Mann!«

Auch Rollo schlug mir so begeistert auf den Rücken, dass es mir fast die Schulterblätter brach.

»Und?«, fragte Herman besorgt. Er hatte mir in Salerno als Erster die Nachricht von Gerlaines Entführung überbracht.

Ich deutete auf Roger, der neben mir stand und grinste. »Er hat entschieden, dass wir alle nach Sicilia aufbrechen, um sie zu befreien.«

»Du hast sie also gefunden? Bei Odin! Hätte ich nie für möglich gehalten. Wann geht's denn los?«

»Später beim Abendmahl in der *aula* werdet ihr alles erfahren«, sagte Roger. »Sagt allen Bescheid.«

»Na, das wird ein Gedränge geben«, meinte Hamo vergnügt.

Wir setzten unseren Weg fort, brachten die Pferde in die Stallungen und übergaben sie den Knechten zur Versorgung.

Es war kühl geworden am Abend. Der Sommer war lange vorbei, und für den Rest des Jahres standen keine weiteren

Feldzüge an. Deshalb war Guiscard, nachdem er seine Männer entlohnt hatte, mit seinem Anteil der Beute und dem Großteil seines Heeres nach Melfi gezogen, wo sich die Barone treffen wollten, um über Weiteres zu beraten. Besonders die veränderte Lage in Salerno verlangte nach neuen Plänen. Denn der junge Prinz Gisulf, obwohl wir selbst ihn auf den Thron gehoben hatten, war nicht gewillt oder nicht in der Lage, weiter Gelder an uns Normannen zu zahlen. Deshalb wollte sich auch Richard Drengot mit den Hautevilles abstimmen. Er war der zweite Normannengraf im Mezzogiorno, Graf von Aversa und Held von Civitate. Auch ihm verweigerte Salerno geschuldetes Geld.

Dank Roberts Abwesenheit musste ich nicht befürchten, ihm über den Weg zu laufen. Ein zweifacher Segen für mich, denn erstens waren wir zerstritten, und zweitens würde er so unser geplantes Unternehmen nicht verhindern können.

Bevor ich nach meinem Söhnchen sah, musste ich mit Ardoin reden, denn ohne sein Einverständnis war mein Plan nichts wert. In aller Kürze erzählte ich ihm das Nötigste. Von Gerlaine und ihrer Entführung, von unserer Reise bei den Sarazenen, von der langen Gefangenschaft und schließlich in allen Einzelheiten von Tariqs Burg.

»Im Sturm lässt sie sich nicht nehmen, und für eine Belagerung fehlt uns die Zeit. Der schwarze Emir würde sofort zu ihrem Entsatz anrücken, sollte er von einer Belagerung erfahren. Wir müssen sie also mit List erobern. Die Besatzung muss völlig überrumpelt werden, damit sie Gerlaine nichts antun können.«

»Und wie stellst du dir das vor?«

»Wir haben einen verbündeten Spion auf der Insel, der gerade jetzt, da wir sprechen, die Lage erkundet. Zur gegebenen Stunde landen wir heimlich nachts unterhalb des Felsens mit einem Boot. Der Aufstieg ist schwierig, aber ich denke, möglich. Der Stein ist uneben und rau, voller Spalten und Vorsprünge. Ein guter Kletterer kann es schaffen, denke ich, und dann eine Strickleiter heraufziehen, an der andere nachsteigen.«

»Und der gute Kletterer soll ich sein?«

»Du hast es in Salerno doch auch gemacht. Und dort war die Stadtmauer viel glatter. Du müsstest allerdings noch etwas höher hinauf als in Salerno.«

»Wie hoch?«

»Fünfzig Fuß, schätze ich. Vielleicht auch sechzig.«

»*Madonna mia!* Du willst mich umbringen.«

»Hast du nicht gesagt, du bist als Junge überall herumgeklettert? Ich habe volles Vertrauen in dich. Keiner kann das so gut wie du.«

»Ich weiß nicht, Gilberto.«

»Du hast gesagt, dir sei es zu langweilig in Salerno.«

Er schüttelte den Kopf und seufzte. »Mit dir muss man aufpassen, was man sagt. Du nutzt es gleich aus.«

»Ich werde es dir nie vergessen, Ardoin. Danach hast du jeden Wunsch bei mir frei.«

»Jeden?«

»Jeden!«

Er dachte nach. Dann beugte er sich vor, um mir ins Ohr zu flüstern. »Es ist mir etwas peinlich, aber ich hätte gern mal … du weißt schon. Mit einer Frau …«

Ich fuhr zurück. »Du hast noch nie?«

Er schüttelte den Kopf und machte ein betrübtes Gesicht.

»Nun«, sagte ich etwas peinlich berührt. »Da lässt sich vielleicht was machen. In der Herberge hier um die Ecke, da wohnt so eine.«

Kaum hatte ich das gesagt, brach er in schallendes Gelächter aus, konnte sich gar nicht mehr einkriegen vor Lachen. »Hast du mir das etwa geglaubt?«, japste er, während ihm die Tränen über die Wangen liefen. »Verdammt, Gilberto. In Salerno gibt es mehr Huren als Ärzte. Und das will was heißen.«

»Sehr lustig«, erwiderte ich etwas säuerlich. »Wusste gar nicht, dass du so ein Witzbold bist. Aber kann ich nun auf dich zählen oder nicht?«

»Nichts für ungut, Gilberto.« Er wischte sich die Lachtränen weg. Dann wurde er wieder ernst und dachte nach. »Also gut, ich mach's«, sagte er. »Ich brauche ein dünnes Seil, natürlich lang genug, aber vor allem leicht, damit es mich beim Klettern nicht behindert.«

»Was noch? Irgendwelche Hilfsmittel? Was ist mit Schuhen? Reitstiefel sind vielleicht nicht geeignet.«

»Nein, nichts. Ich klettere barfuß. So spüre ich den Felsen besser. Als Kind habe ich es auch so gemacht.«

Ich umarmte ihn. »Ich liebe dich, Mann!«

»Wenn ich mit gebrochenen Knochen unten liege, hilft mir das auch nicht mehr«, erwiderte er trocken. Aber dann grinste er. »Wird schon gut gehen.«

Ich verabschiedete mich von ihm und eilte, Loki an meiner Seite, in den Palazzo, wo ich lautstark nach der Baronessa Alberada verlangte. Man führte mich über Treppen und Flure in einen großen, bequem ausgestatteten Raum, in dem es vor Frauen wimmelte und lautes Kindergeschrei herrschte. Kein Ort für einen Hund. Also ließ ich Loki zu seiner Enttäuschung draußen.

»Gilbert«, kreischte Alberada, als sie mich erkannte, sprang auf und flog mir in die Arme. »Du bist wieder zurück? Wir haben uns solche Sorgen um dich gemacht. Wie lange ist es her? Vier Monate?« Mit einem strahlenden Lächeln packte sie mich bei den Ohren und schüttelte mich sanft. Aber gleich darauf wurde ihre Miene ernst, und sie forschte besorgt in meinen Augen. »Hast du sie gefunden? Wo ist sie?« Sie stellte sich auf Zehenspitzen, um mir über die Schulter zu blicken, als hoffte sie, Gerlaine in der Tür stehen zu sehen.

Sanft machte ich mich los. »Ja, ich hab sie gefunden. Aber sie ist in einer Sarazenenburg gefangen. Roger wird mir helfen, sie zu befreien.«

»Da bin ich aber froh. Weiß Robert davon?«

»Nur, wenn du es ihm verrätst.«

Sie machte große Augen. »Es ist geheim?«

»Sehr geheim.«

Sie lachte. »Ich liebe Geheimnisse.« Sie fasste mich bei der Hand und führte mich zu einem bequemen Stuhl. »Du musst mir alles erzählen.«

»Zuerst will ich meinen Sohn sehen.« Verwirrt sah ich mich um, denn mindestens drei oder vier Winzlinge krabbelten auf dem Boden herum. Und in einer Wiege lag ein Säugling. »Welcher ist denn meiner?«

Eine der Frauen hob einen kleinen Blondschopf vom Boden auf und reichte ihn mir. »Erkennt Ihr Euren Ivo nicht mehr, Signore?«

»Alessa!«, rief ich erfreut und nahm ihr den Kleinen ab. »Hast du dich gut um ihn gekümmert?«

»Aber das seht Ihr doch. Er ist gewachsen. Und gesund ist er auch.«

Tatsächlich. Das Kind kam mir größer und kräftiger vor als bei meinem letzten Besuch. Seine großen blauen Augen starrten mich allerdings so verängstigt an, als hätte er ein Untier vor sich. Und als ich ihn küssen wollte, verzerrte sich sein kleines Gesicht und er begann, herzzerreißend zu schreien.

Alberada trat dazu und nahm ihn mir ab. »Was ist nur mit euch Kerlen, dass ihr nicht mit Kindern umgehen könnt?«

»Ich bin so froh, Signore«, sagte Alessa, »dass Ihr gesund heimgekehrt seid. Habt Ihr vielleicht auch jemand aus meinem Dorf gefunden?«

»Nein, Alessa«, sagte ich betroffen.

Die Leichtigkeit, mit der ich den Raum betreten hatte, war plötzlich verflogen. Dass ich ihrem Neffen Marcos begegnet war, behielt ich besser für mich. Wie konnte ich ihr erzählen, dass er zum Spielzeug eines irren Aufrührers und Banditen geworden war? Und warum ihre Hoffnung nähren, wenn ich nichts für ihn tun konnte?

Sie nickte ergeben. »Ich habe nichts anderes erwartet«, sagte sie und wischte sich über die feuchten Augen.

Alberada reichte ihr den kleinen Ivo, der sich wieder beruhigt hatte, und die Amme ließ sich mit ihm auf den Boden nieder und flüsterte ihm Koseworte ins Ohr. Vielleicht würde ich ein andermal die richtigen Worte finden, um ihr von Marcos zu berichten.

»Arme Alessa«, sagte Alberada. »Es ist schrecklich. Du kannst dir gar nicht vorstellen, wie sehr sie darunter leidet.«

Doch. Konnte ich. Mehr, als sie ahnte, vermutlich. Hatte ich doch die Wirklichkeit der Sklaverei ganz nah zu spüren bekommen. Aber das war jetzt vorbei. Endlich konnte ich etwas dagegen tun, wenn auch nur in kleinem Umfang.

Alberada war wie immer die schönste Frau im Raum. Ihr helles Haar fiel in losen Locken bis auf die Schultern, ihre Haut war milchig weiß und makellos, die blauen Augen leuchteten vor Lebensfreude. Es war eine Wohltat, sie zu betrachten.

»Sag mal, du bist ja gar nicht mehr schwanger«, meinte ich erstaunt über ihre wieder erschlankte Gestalt.

»Ach, merkst du das jetzt erst? Sehr aufmerksam von dir. Stell dir vor, nach meinem kleinen Mark habe ich nun auch eine Tochter bekommen. Sie ist vor drei Monaten zur Welt gekommen« Sie deutete auf die Krippe. »Und deine Alessa ist ein Goldstück. Sie hat Milch für beide. Deines und meines.«

Sie stellte mir die anderen Frauen vor, Eheweiber einiger normannischer Unterführer. Auch zwei wohlhabende Lombardinnen aus der Stadt waren darunter. Das getan, wies sie von Neuem auf den Stuhl.

»Nun setz dich«, befahl sie, »und erzähl uns endlich von deinen Abenteuern bei den Sarazenen.«

* * *

Eigentlich waren normannische Krieger immer und für jeden Einsatz kampfbereit. Sogar im Winter. Denn wir lebten in kriegerischen Zeiten und mussten unsere mühsam erkämpften Gebiete halten. Dabei ging es seltener um größere Schlachten, eher um Grenzverletzungen und kleinere Scharmützel, Patrouillen und Beutezüge in Feindesland oder Strafmaßnahmen gegen Rebellen. Auch das Eintreiben von vereinbarten Tributen erfolgte selten ohne kriegerischen Nachdruck. Und ja, gelegentlich kam es zu größeren Auseinandersetzungen, besonders gegen die Byzantiner.

Von Beute und Schutzgeldzahlungen erhielten die Männer stets einen angemessenen Anteil. Darüber hinaus wurde belohnt, wer sich verdient gemacht hatte. Besonders Robert Guiscard war in dieser Hinsicht für seine Großzügigkeit bekannt. Allerdings war jeder Mann für Pferd und Waffen selbst verantwortlich. Wer seinen Gaul im Kampf verlor, was nicht selten vorkam, musste ihn irgendwie ersetzen. Dabei war ein ordentliches Schlachtross gut seine fünf bis zehn Ochsen wert. Auch Ringpanzer und Schwerter waren sündhaft teuer. Trotzdem wollte sich keiner mit minderwertigen Waffen oder einfachem Körperschutz aus gekochtem Leder zufriedengeben. Es herrschte ein ständiger Tauschhandel an gebrauchten oder erbeuteten Waffen. Die Männer wetteiferten untereinander nicht nur in ihrem Draufgängertum, sondern auch um die Güte ihrer Ausrüstung.

Es gab daher kaum einen unter den normannischen Kriegern, der nicht auf Gelegenheiten erpicht war, Beute zu machen. Und wer sein Silber nicht in Ausrüstung stecken wollte oder Spielschulden zu begleichen hatte, der trug es zu den Schenken und zu den Huren der Stadt. Es gab durchaus auch solche, die ihre Beute horteten für ihre alten Tage. Aber das war eher die Ausnahme. Die meisten waren ständig abgebrannt und deshalb scharf auf neue Geldquellen. Trotz der unbekannten Gefahren, in einem fremden Land wie Sicilia Krieg zu führen, noch dazu mit einer so kleinen Truppe, war es kein Wunder, dass es uns an Freiwilligen nicht mangelte.

Roger und ich suchten sie aus und achteten darauf, dass alle aufs Beste vorbereitet waren. Neben einer vollständigen Kampfausrüstung verlangten wir, dass jeder ein zweites Pferd mitführte sowie warme Kleidung, Bettrolle und eine Zeltplane. Schließlich würden wir in winterlicher Witterung übernachten müssen. Wo etwas fehlte, ließ Roger es aus Roberts Beständen ergänzen oder in aller Eile von den Handwerkern der Stadt anfertigen. Nicht aber, ohne dass ein Schreiber die Schuldverschreibung des Mannes in einem Buch eintrug und ihn daneben sein Kreuz machen ließ.

Neben den sechzig Kriegern und ihren Pferden würden uns ein gutes Dutzend Knechte begleiten, die sich um die Tiere zu kümmern hatten, um unsere Verpflegung und alles Weitere, das wir auf dem Rücken der Ersatzpferde mitführten. Sie waren mit Schilden beladen, mit Speeren, Bögen und ganzen Bündeln von Pfeilen. Nicht zu vergessen Seile, Pflöcke und Zeltstangen, Feuerschalen, Kochgerät, Wein, Öl und haltbare Nahrung, volle Wasserschläuche und Hafer für die Pferde während der Schiffsreise. Sogar Pech für Brandpfeile hatten wir dabei. Selten war ein Trupp Normannen sorgfältiger ausgerüstet worden.

Ardoin nutzte die Zeit, um seine Muskeln zu stärken und an seinen Kletterkünsten zu arbeiten. Die alte, bröckelige Stadtmauer von Argentano kam ihm gerade recht dafür. Auch vor dem Wachturm machte er nicht halt und zog sich stundenlang am Seil bis hinauf zur Plattform. Ardoin war schlank und nicht besonders groß, aber er hatte sehnige Muskeln und Finger wie Stahl. Er machte auch Versuche mit Pflöcken aus Eichenholz, die er in Ritzen oder Spalten hämmerte, um darauf Halt zu finden. Aber sehr erfolgreich war das nicht. Ich schlug ihm vor, Stahlpflöcke schmieden zu lassen, aber er meinte, das Einhämmern würde zu viel Lärm machen. Der Aufstieg sollte schließlich lautlos erfolgen.

Während wir damit beschäftigt waren, die zwei Strickleitern auszuprobieren, die wir hatten anfertigen lassen, tauchte plötzlich Tancred auf und wollte mit mir reden. Seit dem Abend der Versammlung in der *aula* hatte ich ihn nicht mehr gesehen. Und auch da war er im Hintergrund geblieben und hatte sich nicht beteiligt. Wir traten ein paar Schritte außer Hörweite.

»Und? Was willst du von mir?«, fragte ich.

»Hör zu, ich finde das großartig, was du für Gerlaine unternommen hast«, sagte er.

»Bis jetzt ist nichts erreicht. Sie ist immer noch gefangen.«

»Eben. Deshalb will ich mitkommen und dir helfen.«

Ich war erstaunt. »Warum?«

Er starrte betreten auf seine Füße. »Nun, ich schäme mich ein wenig für mein Verhalten ihr gegenüber und möchte das wiedergutmachen.«

»Das ist nobel von dir. Aber du wirst doch hier als Kastellan gebraucht. Ich kann darüber nicht entscheiden.«

»Doch. Roger sagt, es ist deine Entscheidung.«

Ich blickte ihm forschend ins Gesicht. War das wirklich Reue? Oder hatte Roger ihn dazu überredet, um Frieden zwischen uns zu stiften? Vielleicht wollte er auch nur von seinen Gaunereien ablenken, weil er fürchtete, ich würde ihn verraten.

»Du hast übrigens recht gehabt«, sagte ich.

»Mit was?«

»Das ich bei meiner Suche genau wie Germaine in Ketten enden würde.«

»Oh, das hab ich gesagt? Tut mir wirklich leid.«

Er machte ein so zerknirschtes Gesicht, dass ich fast lachen musste. Vielleicht meinte er es ja doch ernst. Dennoch hätte ich ihn am liebsten zum Teufel geschickt, aber wenn Roger so viel daran lag ... Außerdem war Tancred ein fähiger Anführer. So einen konnten wir schon gebrauchen.

»Also gut. Dann bist du dabei.«

»Danke, Gilbert.«

Er schüttelte mir etwas unbeholfen die Hand und entfernte sich ohne ein weiteres Wort. Ich aber blieb zurück und wunderte mich.

Die Vorbereitungen dauerten etwas länger als geplant. Vier volle Tage verstrichen, bis endlich alles bereit war. Roger ließ die Männer am späten Nachmittag zur letzten Musterung antreten. Am nächsten Morgen würden wir aufbrechen. Alles war vollständig und in Ordnung. Wir lösten die Versammlung auf, verstauten unsere Ausrüstung wieder und strömten in die beliebte Schenke an der Piazza, um auf das Unternehmen zu trinken. Es herrschte aufgeregte Hochstimmung, Witze und Frotzeleien flogen hin und her, ab und zu wurden derbe Lieder angestimmt, die alle aus voller Kehle mitsangen. Doch mit einem Mal wurde das fröhliche Fest von den Hörnern im Turm unterbrochen, die die Ankunft eines befreundeten Kriegertrupps verkündeten. Verwundert schickte Roger jemand, um herauszufinden, wer da kam, aber ich ahnte es schon. Ausgerechnet jetzt.

»Bestimmt ist dein Bruder zurück«, raunte ich ihm zu.

»Robert?« Er leerte hastig seinen Becher. »Wenn das stimmt, dann können wir uns auf was gefasst machen.«

»Wir müssen es ihm sagen. Er hasst es, wenn man ihn hintergeht.«

Roger nickte. »Aber erst später am Abend, wenn er etwas Zeit mit Alberada verbracht hat. Dann ist er meist in guter Laune.«

Ich sollte recht behalten. Mit einigen Dutzend Getreuen im Gefolge zog Robert in die Stadt ein. Wir winkten dem bärbeißigen Rainulf zu wie auch Bertran *Le Chauve*, beide seine erprobten Reiterführer. Den größten Teil seines Heeres hatte Guiscard allerdings in Melfi zurückgelassen. Die Besprechungen mit seinen Brüdern und den anderen Baronen waren frühzeitig beendet worden, und es hatte ihn nach seiner Familie verlangt.

Robert war in aufgeräumter Stimmung. Er nickte uns mit einem fröhlichen Grinsen zu, sprang vom Pferd und eilte Alberada entgegen, die in seine ausgebreiteten Arme flog und ihn stürmisch küsste. Ich erinnerte mich, wie er mich einmal, bevor sie verheiratet waren, mit einem kostbaren Geschenk zu ihr geschickt hatte. In den Wirren jener Tage war es mir unmöglich gewesen, das verdammte Schmuckstück bei ihr abzuliefern, aber es hatte ihrer Liebe keinen Abbruch getan. Die beiden in diesem Augenblick so innig vereint zu sehen hätte mich freuen sollen, wenn sich mein Magen nicht vor bitterer Enttäuschung wie ein Eisklumpen angefühlt hätte. Denn das war nun das Ende unseres sizilianischen Ausflugs, noch bevor er begonnen hatte. Robert würde es verbieten.

Roger und ich tranken uns in der Schenke Mut an. Dann machten wir uns, bereits leicht schwankend, auf den Weg, um zu beichten. Wir trafen Robert und Alberada im gleichen Raum vor, in dem ich schon zuvor mit ihr geredet hatte. Diesmal waren keine Hofdamen zugegen. Robert saß auf einem Lehnstuhl und hatte seinen kleinen Sohn Bohemund im Arm, in den er ganz vernarrt war. Alberada hockte daneben und schaukelte sanft die Wiege ihres Töchterchens. Es wäre ein schönes Bild gewesen, wenn Robert uns nicht so finster gemustert hätte.

»Was höre ich da über Sicilia?«, grollte er.

Guiscard war ein großer Mann, breitschultrig mit kantigen Zügen, kräftigen Brauen und etwas tief liegenden Augen. Seine gelbe Haarmähne war an den Schläfen von ersten grauen Strähnen durchzogen. Er hatte eine klangvolle Stimme und konnte sehr liebenswürdig sein, aber selbst bei guter Laune war seine Gegenwart immer etwas einschüchternd, besonders aber, wenn er einen so durchdringend anstarrte wie jetzt. Er lud uns auch nicht ein, Platz zu nehmen, sondern ließ uns vor ihm stehen wie zwei kleine Sünder.

Ich fasste mir ein Herz. »Wir wollten dir gerade davon berichten.«

»Na, dann bin ich aber beruhigt«, knurrte er spöttisch. Er deutete auf seinen Bruder. »Du bist hier zuständig, Roger. Ich will's von dir hören. Also raus mit der Sprache.«

»Wer hat es dir erzählt?«, fragte Roger unsicher.

Ich warf Alberada einen kurzen Blick zu. Hatte sie geplappert? Aber sie schüttelte unmerklich den Kopf.

»Tancred natürlich«, tönte Robert gereizt. »Wenigstens einer, auf den man sich verlassen kann.«

Tancred! So eine verdammte Ratte, dachte ich. Und dem Gesäusel von »es tut mir leid« hatte ich auch noch geglaubt.

Roger holte tief Luft und berichtete in knappen Worten, was wir vorhatten und warum. Ich wartete darauf, dass Robert uns anbrüllen würde, was für pflichtvergessene Idioten wir wären und dass wir uns diesen Unsinn schleunigst aus dem Kopf zu schlagen hätten. Stattdessen nahm er den kleinen Bohemund, dem es langweilig geworden war, vom Schoß und setzte ihn sanft auf den Boden, wo der Junge mit wackeligen Schritten zu seiner Mutter lief.

Nun hatten wir seine volle Aufmerksamkeit. Er stellte Fragen nach Ausrüstung und Vorbereitung, wollte alles über den Emir al-Thumnah und seinen Widersacher wissen, nicht ohne ein paar abschätzige Bemerkungen über Sarazenen im Allgemeinen. Seine Miene blieb streng. Unmöglich zu erraten, was in seinem Kopf vorging. Zuletzt musste ich ihm haarklein von meinen Abenteuern und meiner Gefangenschaft berichten und wie ich Gerlaine gefunden hatte. Es kam mir vor, als ob ich die elende Geschichte nun schon zum hundertsten Mal erzählte, und besser wurde sie dadurch auch nicht.

»Wenn du es uns verbietest«, sagte ich trotzig, »dann geh ich alleine. Ich werde schon einen Weg finden, Gerlaine da rauszuholen.«

Er schien mich gar nicht zu hören, sondern strich sich unentwegt über den kurzen Bart, während er nachdachte und mich gleichzeitig durchdringend anstarrte. Eine unbewusste Angewohnheit, die einen ziemlich verunsichern konnte. Es wurde still im Raum. Selbst Alberada schien den Atem anzuhalten. Schließlich schüttelte Robert den Kopf, nicht ohne ein Lächeln, das seine Züge schlagartig aufhellte.

»Du bist schon ein hartnäckiger Dickschädel«, sagte er zu mir. »Deine Gerlaine kann sich glücklich schätzen, einen wie dich zu haben.«

Bei diesen Worten keimte so etwas wie Hoffnung in mir auf. Mit Herzklopfen sah ich, wie Robert aufstand und sich zu voller Größe erhob. Seine Miene war nun wieder ernst.

»Hört zu, ihr beiden.« Er blickte eindringlich von einem zum anderen. »Das Ganze hört sich nach einem ziemlich verrückten Plan an, und ich müsste es im Grunde verbieten. Eigentlich habt ihr weit mehr als Schelte verdient, so etwas hinter meinem Rücken zu planen. Und das wisst ihr.«

Sein strenger Blick ruhte jetzt auf seinem Bruder. »Aber was dich angeht, Roger, so will ich deine Befehle nicht rückgängig machen. Das würde deine Autorität bei den Männern untergraben. Aber ich warne dich. Mach keine Gewohnheit aus solchen Eigenmächtigkeiten.«

Ich merkte, wie Roger neben mir langsam ausatmete und sich entspannte. »Nein, Robert«, sagte er.

»Alles in allem scheint ihr nicht schlecht vorbereitet zu sein«, fuhr Robert fort. »Der Ausflug nach Sicilia, Bruderherz, ist vielleicht eine Gelegenheit, deine Fähigkeiten unter Beweis zu stellen. Vermassle es nicht.«

Dann, zu meiner Überraschung, trat er einen Schritt näher und legte mir den Arm um die Schulter. »Der zweite Grund, warum ich zustimme, bist du, Gilbert. Ich weiß, wir haben uns gestritten und du bist nicht immer mit mir einverstanden. Aber es wird Zeit, dass wir uns versöhnen. Du gehörst verdammt noch mal zur Familie. Du bist wie ein kleiner Bruder für mich. Ich habe dich nie anders behandelt, oder? Und du weißt, die Familie hält zusammen. Auf wen könnte man sich sonst verlassen?«

Ich war zu überrascht, um etwas zu sagen, sah ihm nur in die Augen und merkte, er meinte es tatsächlich ernst. Natürlich war ich immer noch wütend über die Vorfälle in Salerno, aber seine Worte mussten wohl als eine Art Entschuldigung gelten. Mehr war von einem wie Robert Guiscard nicht zu erwarten. Und es stimmte ja auch. Er hatte mich nie wie einen Außenseiter behandelt. Nun war er bereit, mich mit sechzig Mann zu unterstützen, um Gerlaine zu befreien. Was blieb mir anderes übrig, als meinen Stolz herunterzuschlucken? Also versuchte ich es mit einem Lächeln.

Das gefiel ihm. »Na also«, sagte er und grinste übers ganze Gesicht. »Dass ihr beiden Grünschnäbel diesen dreisten Plan ausgeheckt habt, beeindruckt mich, ich gebe es zu. Erinnert mich an meine eigenen ersten Tollheiten. Für Roger ist das jedenfalls eine gute Bewährungsprobe, mit der er sich Ansehen unter den Männern erwerben kann. Und du, Gilbert, hast schon einiges erlebt und bist nicht auf den Kopf gefallen. Du wirst ihn gut beraten. Ich bin sicher, ihr werdet Erfolg haben. Ich hoffe, Gilbert, du bringst dein Mädel heim. Dann wird endlich geheiratet und ich will verdammt noch mal der *padrino* deines Knaben werden.«

»Danke, Robert«, sagte ich benommen. »Ich weiß das sehr zu schätzen.«

»Gut. Dann ist das entschieden.« Damit drückte er mir erneut die Schulter, hob seinen strampelnden Sohn vom Boden auf und ließ sich wieder auf dem Stuhl nieder. »Nun setzt euch auf den Hintern und macht fröhliche Gesichter.« Er klatschte in die Hände und rief nach Wein. »Versucht, so viel wie möglich herauszufinden. Wenn diese Emire sich dort ständig bekriegen und keiner die Oberhand hat, wer weiß, ob uns das nicht eines Tages nützen könnte. Braucht ihr mehr Männer? Ihr müsst es nur sagen.«

»Ich glaube nicht«, erwiderte Roger mit Bestimmtheit. »Wir haben sie alle sorgfältig ausgewählt und vorbereitet. Wir bilden drei Trupps zu jeweils zwanzig Mann. Tancred führt einen, Gilbert den zweiten und ich den dritten.«

»Aber warum Tancred? Er ist Kastellan und hat seine Aufgabe hier zu erfüllen.«

Roger streckte das Kinn vor und grinste verwegen. »Tancred hat sich zu lange hier auf seinem fetten Arsch ausgeruht. Ich will sehen, wie er sich im Kampf bewährt.«

Guiscard lachte. »Also gut.«

Er gab uns noch Ratschläge mit über Kriegsführung und Reitertaktiken und das Leben im Feld. Danach wollte er unbedingt Gunnar kennenlernen und lauschte beim Abendessen seinen Geschichten. »Das Leben ist voller Überraschungen«, sagte er am Ende und trank uns zu. »Oft sind es schlechte, aber manchmal auch gute.«

Im Grunde war ich froh, dass ich mich mit Robert ausgesöhnt hatte. Dennoch konnte ich in der Nacht kaum schlafen. Zum tausendsten Mal fragte ich mich, ob unser Vorhaben erfolgreich sein würde, ob es mir wirklich jemals gelingen würde, Gerlaine zu befreien. Ja, das Leben ist in der Tat voller Überraschungen. Nur für mich hatte es in letzter Zeit eher schlechte gehagelt.

Ich dachte an Thore und Ivain und wie es ihnen ergehen mochte. Meinetwegen saßen sie in Geiselhaft. Und nun war ich dabei, noch mehr Männer in dieses Abenteuer zu stürzen. Einige würden verwundet werden, manche vielleicht sogar den Tod finden. Einen Jungen wie Ardoin, nicht älter als achtzehn, nötigte ich, unter Lebensgefahr diesen verfluchten Felsen zu erklimmen. Ich wälzte mich von einer Seite auf die andere. Und kaum hatte ich etwas Schlaf gefunden, schreckte mich ein Albtraum hoch. Mein Herz schlug wie wild, denn in meinem Kopf war noch das schreckliche Traumbild – Ardoin, der in der Felswand den Halt verliert und ins Bodenlose stürzt.

Der Burgfelsen

Am nächsten Morgen war es endlich so weit. Auf der Piazza vor dem Palast standen wir zum Abmarsch bereit. Ich hielt noch einmal meinen kleinen Ivo im Arm. Diesmal schien ihn mein Anblick nicht zu erschrecken. Im Gegenteil. Er lachte und stieß kindliche Laute aus und versuchte, mich an der Nase zu packen. Dabei hatte er keine Ahnung, was wir vorhatten, wusste nicht einmal, wer ich war. Aber er war glücklich, denn er hatte Alessa. Sie war seine Welt. Ich drückte ihn an mich und versprach ihm flüsternd, seine Mama heimzubringen.

Alessa weinte, als sie mir den Kleinen abnahm. Sie war nicht die Einzige. Auch andere Weiber nahmen wie so oft tränenreich Abschied von ihren Männern, wussten sie doch nie, ob sie ihre Geliebten wiedersehen würden. Selbst Alberada hatte feuchte Augen, als sie Roger und mich umarmte.

»Seid vorsichtig, ihr beiden. Ich will euch gesund wiederhaben.«

Robert dagegen war in bester Laune. Mit verwegenem Grinsen rief er den bereitstehenden Kriegern zu, sie sollten sich ehrenvoll erweisen und ihm keine Schande machen.

»Keine Sorge, Guiscard«, rief einer. »Wir werden es den Sarazenen schon zeigen.«

Darauf zogen sie ihre Schwerter und schlugen auf die Schilde, um ihren Kriegsherrn zu ehren. Robert Guiscard war beliebt bei seinen Männern. Und das nicht nur, weil er ihnen Siege bescherte. Seinem Bruder Roger, der neben ihm stand, konnte man ansehen, dass dieses Zeichen der Hochachtung ihn beeindruckte. Er selbst war als Anführer in ihren Augen natürlich noch unerprobt. Aber wie ich ihn kannte, war er fest entschlossen, das zu ändern und ihren Respekt zu verdienen.

Guiscard, als habe er solche Gedanken erraten, legte Roger den Arm um die Schultern und rief den Männern zu, seinem Bruder ebenso treu zu dienen wie ihm selbst. Dann saßen wir auf und ritten, gefolgt von unserem langen Tross an beladenen Pferden, zum Tor hinaus.

Obwohl der Weg durch die Berge beschwerlich war, erreichten wir schon am Nachmittag die geschützte Bucht nördlich des Dorfes Cetraro im Westen Kalabriens, wo wir die Schiffe zurückgelassen hatten. Die Galeere lag weiter draußen vor Anker, als Schutz gegen zu neugierige byzantinische Küstenpatrouillen. Die Lastsegler ankerten in flacherem Wasser oder lagen auf dem Strand.

»Allah sei Dank, dass ihr endlich kommt«, empfing uns Ismael. »Die Seeleute sind unruhig geworden. Zwei der Segler haben sich schon davongemacht. Sie fürchten Winterstürme. Ich hoffe, wir haben noch genug Platz für alle.«

»Wir sind etwas weniger als geplant. Es sollte reichen.«

Die Überfahrt würde zwei Tage dauern, denn keiner der Schiffsführer war bereit, sich im Dunkel der Nacht durch die Meerenge von Messina zu wagen. Am gleichen Nachmittag brachten wir zumindest schon das meiste an Gepäck und Ausrüstung an Bord. Danach schlugen wir unser Nachtlager auf.

Doch am nächsten Morgen stand der Wind ungünstig, und die See war zu rau, um die Reise zu wagen. Drei Tage lang saßen wir fest, während Leute aus dem nahen Dorf uns neugierig beobachteten. Erst im Morgengrauen des vierten Tages waren die Seeleute bereit, Mannschaften und Tiere an Bord zu laden, die Segel zu hissen und Kurs nach Süden zu nehmen.

Nach einer etwas ungemütlichen, aber ansonsten ereignislosen Fahrt ankerten wir am Abend noch einmal an der Westküste Kalabriens, verbrachten aber die Nacht auf den schaukelnden Schiffen. Viele unserer Männer waren schon seit dem Morgen seekrank. Auch die Tiere ließen unglücklich die Köpfe hängen. Nur Loki schien das alles nicht anzufechten. Er stand im Bug des Frachtseglers, auf dem wir uns mit den Pferden eingeschifft hatten, und hielt die Nase in den Wind. Er beobachtete alles, verfolgte den Flug der Seevögel und achtete auf jedes Geräusch an Bord oder am nahen Ufer.

Gunnar und ich standen an der Reling und starrten zum dunklen Ufer hinüber, wo die Wellen sich an Felsen brachen.

»Ich habe euch Normannen beobachtet«, sagte er. »Euren Robert Guiscard und seinen Bruder. Auch die Männer hier auf den Schiffen.«

»Und? Bist du enttäuscht?«

»Im Gegenteil. Was ich bisher gesehen habe, gefällt mir. Ihr seid voll unbekümmerter Tatkraft. Dabei ist ein freier Geist zu spüren, niemand ist zum Gehorsam gezwungen. Männer sagen, was sie denken. Und doch herrscht Einigkeit und Zusammenhalt.«

Erstaunt sah ich ihn an. Über so etwas hatte ich noch nie nachgedacht. »Ist es denn anders bei den Sarazenen?«

»Oh, ja. Die Emire lassen das Christenvolk gewähren, solange es sich ruhig verhält. Die sind ja auch die Mehrheit. Aber ihre eigenen Truppen beherrschen sie mit Gewalt, mit dem Galgen und der Peitsche. Sie glauben, ein Krieger soll den eigenen Herrn mehr fürchten als den Feind. Nicht so bei euch. Dieser Robert Guiscard erinnert mich an Harald Hardråde.

Für Anführer wie diese geben Männer alles. Und sie tun es freiwillig.«

Wir schwiegen eine Weile, während ich an die vielen Streitigkeiten unter den Normannenbaronen denken musste. Sie waren sich bei Odin nicht immer grün. Die Hauteville-Brüder selbst wurden oft angefeindet, weil sie in den Augen der anderen zu viel Land und Macht an sich gerissen hatten. Aber wenn es darauf ankam, dann hielten sie alle zusammen.

»Ich frage mich«, fuhr Gunnar fort, »ob ihr für einen wie mich Verwendung hättet.«

»Du willst zu uns kommen?«

Er nickte. »Wenn dieser Feldzug zu Ende ist und ihr nach Kalabrien zurückkehrt, wäre ich gern dabei.«

Das kam überraschend, aber ich war sehr erfreut und legte ihm die Hand auf den Arm. »Für einen wie dich ist immer Platz bei uns, Gunnar.«

»Auch an deiner Seite?«

»Besonders an meiner Seite.«

»Gut«, sagte er und lächelte. »Dann müssen wir nur sehen, dass wir deinem jungen Roger Erfolg bringen.«

Noch vor Morgengrauen nahmen wir die Reise wieder auf und erreichten bei endlich etwas ruhigerer See den verabredeten Landeplatz. Es war ein einsamer Sandstrand, etwa vier bis fünf Reiterstunden nördlich von Tariqs Burg. Näher heran wollten wir uns nicht wagen, um unsere Ankunft nicht zu verraten. Außerdem wäre die Küste weiter südlich ohnehin zu felsig für eine Landung gewesen.

Während wir mit dem Ausladen begannen, was in der anrollenden Brandung nicht ganz einfach war, segelte die Galeere mit Gunnar an Bord weiter nach Catania, um dem Emir von unserer Ankunft zu berichten. Am Abend, es war bereits dunkel geworden, hatten wir nach viel Schinderei und tausend

Flüchen endlich alles von Bord. An einem Bach, der hier ins Meer floss, wurden die Pferde getränkt. Dann ließen wir sie grasen.

Es war ein seltsames Gefühl, hier in der Fremde und noch dazu auf der anderen Seite des Meeres die Zelte aufzuschlagen, so von allem abgeschnitten. Denn die Schiffe würden uns am nächsten Morgen verlassen. Danach waren wir ganz auf uns gestellt. Aber wie immer hatte die Kameradschaft am Lagerfeuer, an dem wir unseren Speck brieten, etwas wohltuend Vertrautes. Das Kriegerleben im Feldlager, die Gesichter der Gefährten im Schein der knisternden Flammen, das waren wir gewohnt. Manche bearbeiteten ihr Schwert mit dem Wetzstein. Weinschläuche machten die Runde, Geschichten wurden erzählt, ab und zu Gelächter über einen gelungenen Scherz.

»Sag mal, Gilbert, wie sind eigentlich die Weiber bei den Sarazenen?«, wollte Hamo augenzwinkernd wissen.

»Wie sollen sie sein?«, fragte ich achselzuckend.

»Na ja, es wird doch viel gemunkelt«, mischte sich jetzt auch Herman ein. »Die sollen anders als unsere sein, schöner und verführerischer. Mit Brüsten, die einem Kerl den Verstand rauben. Warum sonst dürfen sie sich nur verschleiert zeigen?«

»Immer noch vernarrt in große Euter?«, spottete Bjarni.

»Hast du was dagegen?«

Aber jetzt beugte sich Hamo verschwörerisch vor. »Unter den Schleiern sollen sie nackt herumlaufen. Und immer bereit.« Er kicherte lüstern. »Hab ich jedenfalls gehört.«

»Das hättest du wohl gern.« Ich schüttelte den Kopf. »Was ihr alles gehört haben wollt! Von Schleiern hab ich nur wenige gesehen. Außerdem sind die meisten Frauen züchtige Christinnen und nicht viel anders als die in Kalabrien.«

»Ach«, meinte Herman enttäuscht. »Eine züchtige Christin hab ich schon zu Hause. Und drei Blagen dazu.«

»Dann sei zufrieden«, knurrte Rollo und spritzte sich den Wein in die Kehle. »Unsereins muss sich mit Huren abgeben. Das wird mit der Zeit auch langweilig.«

Wir alle wussten, dass Rollo schon seit Langem eine Frau suchte. Aber irgendwie kam es nie dazu. Möglich, dass seine Größe sie abschreckte oder dass er immer sein Geld versoff und verspielte.

»Vielleicht fängst du dir hier eine hübsche Sarazenin«, kicherte Hamo, der sein bester Freund war. »Eine heiße Maurin mit schwarzen Augen, die dich unter ihre Röcke lässt. Und noch eine für Herman mit großen … na, ihr wisst schon.«

»Ich soll mir eine einfangen?« Rollo funkelte die anderen wütend an. »Etwa so wie die Sarazenen es mit Gerlaine gemacht haben? Ihr müsst euch mal selber zuhören, was für eine Scheiße ihr da redet. Ein bisschen mehr Achtung vor den Weibern täte euch gut, sage ich.« Danach machte er den Mund zu und widmete sich wieder ausgiebig dem Weinschlauch.

Die Kameraden sahen sich betroffen an. »Na ja, Rollo hat schon recht«, sagte ausgerechnet Hamo, der Witzbold. »Weiber werden oft genug schlecht behandelt. Ich selbst möchte keines sein.«

»Na, dann hast du ja Glück gehabt«, meinte Bjarni trocken, »dass dir was zwischen den Beinen gewachsen ist. Obwohl man es kaum erkennen kann.«

»Noch so ein Spruch und du bereust es«, knurrte Hamo und stimmte dann aber doch ins allgemeine Gelächter ein.

Am frühen Morgen verließen uns die Schiffe. Nur eines blieb zurück, ein kleiner wendiger Segler, den Ismael für unseren nächtlichen Überfall ausgesucht hatte. Außer mit dem Segel konnte es auch mit Ruderkraft bewegt werden. Sechs braun gebrannte Kerle stellten die Besatzung. Ihnen, wie auch dem Schiffsführer, hatte er eine besondere Belohnung versprochen. Die Anzahlung würden sie bei unserer geplanten Abfahrt erhalten.

Gegen Mittag trafen wie verabredet Gunnar und Aristoteles ein. Zu meiner Freude und großen Erleichterung waren auch Thore und Ivain in ihrer Begleitung, gut zu Pferde und in voller Rüstung wie wir anderen auch. Sie wurden aufs Stürmischste begrüßt und wie Helden gefeiert.

»Der Emir hat euch ziehen lassen?«

Thore schüttelte den Kopf. »Der Emir ist längst nicht mehr in Catania. Das Heer ist nach Westen gezogen. Nein, es war Ahmed Omari, nachdem Gunnar ihm von eurer Landung berichtet hat. Allerdings erst nach einiger Überredung.« Er begrüßte Roger per Handschlag. »Mann, sind wir erleichtert, euch zu sehen! Ich hatte so meine Bedenken, ob ihr wirklich kommen würdet.«

»Wir lassen doch unsere Männer nicht im Stich«, meinte Roger großspurig und grinste mir dabei frech ins Gesicht.

»Du hast also Wort gehalten, Gilberto«, sagte Aristoteles, nachdem ich ihm Roger und die Kameraden vorgestellt hatte. »Aber sollten es nicht ein paar mehr berittene Krieger sein?«

»Das sind alles ausgesuchte Männer«, entgegnete Roger. »Mehr brauchen wir nicht.«

»Nun, an Pferden mangelt es euch nicht, wie ich sehe. Und gut gewappnet seid ihr auch. Umso besser. Der Emir wird erfreut sein.«

Nun wurde es Zeit, unseren nächtlichen Anschlag zu planen. Für den Angriff von Seeseite aus hatte ich meine vertrauten Kameraden ausgewählt. Wir kannten uns und waren aufeinander eingespielt. Allen voran natürlich Ardoin, der als Erster den Felsen erklettern würde. Dann Rollo, auf dessen Bärenstärke wir zählten. Und natürlich Thore, den keine Macht der Welt davon abgehalten hätte. Man hatte ihm sogar den Bogen wiedergegeben, den er in dieser Nacht zu gutem Zweck einzusetzen gedachte. Ivain mit seinen Wurfäxten und Ragnar, unser bester Schwertkämpfer. Außerdem der unverwüstliche Bjarni, den wenig aus der Ruhe bringen konnte. Und Hamo, der zwar klein, aber ein zäher Bursche war und ein Künstler mit dem Wurfmesser. Mit mir zusammen also acht.

»Mich kannst du dazuzählen«, sagte Roger. »Den Kletterspaß will ich mir nicht entgehen lassen.«

»Aber du musst den Angriff von Land anführen.«

»Das kann Tancred erledigen.«

»Es ist zu gefährlich, Roger. Was, wenn dir etwas zustößt? Robert würde es mir nie verzeihen.«

Aber das hätte ich besser nicht sagen sollen. Solche Worte stachelten ihn nur noch mehr an. »Verdammt, Gilbert«, fauchte er. »Bist du etwa meine Mutter? Oder warum quatschst du wie ein altes Weib?«

Na schön. Dann waren wir eben neun. Ich rief die anderen zusammen, und wir hockten uns mit Gunnar und Aristoteles etwas abseits auf den Strand, um alles zu besprechen. Auch Tancred luden wir dazu, denn er hatte ebenfalls eine wichtige Aufgabe.

Zunächst berichtete Aristoteles, was er herausgefunden hatte. Er war vor einigen Tagen mit seiner Gauklertruppe im Dorf Aci Castello gewesen. Er und Chara hatten sich mit Dörflern angefreundet, die häufig Dienst auf der Burg hatten. Die Besatzung bestünde üblicherweise aus einem Dutzend Männern, vielleicht auch ein paar mehr. Die seien gegenüber dem Pferdestall untergebracht. An Land gebe es ebenfalls Unterkünfte für Tariqs Krieger. Meist seien es an die hundert, aber im Augenblick dürften es weit weniger sein, da er sich dem Heer des Emirs angeschlossen hatte. Schließlich zeichnete der Zwerg uns den Grundriss der Burg in den Sand.

»Sie steht auf einer kleinen, flachen Felseninsel, die je nach Stand des Meeres trocken liegt oder teilweise von Wellen überspült wird. Es sollte also möglich sein, dort mit einem Boot zu landen, wenn das Meer ruhig genug ist. Und auf dieser winzigen Halbinsel erhebt sich der Burgfelsen selbst. Er ist wie ein langer Tropfen geformt, zur Landseite spitz zulaufend, fast wie ein Schiffsbug, und nur über einen schmalen Felssteg erreichbar. Auf der Uferseite befindet sich ein Torhaus, das ständig mit zwei Mann besetzt ist.«

»Auch nachts?«, fragte Roger.

»Auch nachts. Die Meerseite des Felsens ist breiter und kann weder vom Torhaus noch vom Burgtor eingesehen werden. Dort würde ich mit dem Boot landen. Einmal unterhalb des Felsens, kann man euch von oben nicht sehen.«

»Wir rudern in der Dunkelheit heran«, sagte Ismael. »Ich hoffe nur, dass sie nicht das Meer überwachen. Sonst könnten sie uns entdecken.«

»Aber die erwarten doch gar keinen Angriff«, wandte Roger ein. »Besonders nicht von See. Warum sollten sie mitten in der Nacht ausgerechnet das Meer beobachten?«

»Wir müssen einfach hoffen, dass das Boot nicht gesehen wird«, sagte ich. »Die Frage ist, wo klettern wir am besten hoch? Was ist mit dem Felsenpfad an der Nordseite, der zum Burgtor hinaufführt? Wäre das eine Möglichkeit?«

Aristoteles schüttelte den Kopf. »Ich bin kein Krieger, aber das scheint mir nicht möglich zu sein. Der Pfad ist schmal, aus der schieren Felswand geschlagen und in voller Sicht sowohl des Torhauses unten wie auch des Burgtors oben. Die Felswand selbst ist an dieser Stelle fast glatt und viel zu steil zum Klettern. Das wäre Selbstmord.«

Ich wechselte einen schnellen Blick mit Ardoin.

»Was rätst du uns also?«, fragte der.

»Die Südseite ist machbar, denke ich. Weniger steil und mit genügend Vorsprüngen und Spalten, um Halt zu finden.«

Ardoin hatte noch weitere Fragen, die der Zwerg so gut es ging zu beantworten versuchte. Aber man sah Ardoin die Zweifel an. Schließlich würde er klettern müssen, ohne die Verhältnisse vor Ort selbst überprüft zu haben.

»Und wo schlafen nachts die Sklavinnen?«, fragte ich.

»Ich bin mir nicht sicher, aber rechts neben der *aula* ist eine Treppe, die zu einem unteren Bereich führt. Dort befinden sich Küche und Vorratsräume. Wenn ihr von der Südseite kommt, seid ihr vielleicht schon an der richtigen Stelle. Da irgendwo haben sie ihre Kammern.«

»Sind sie eingesperrt?«

»Vermutlich nicht. Die Burg wird ständig bewacht. Und wohin sollten sie fliehen? Die meisten Sklaven tragen ein Brandmal. Man würde sie erkennen. Und entflohene Sklaven werden gekreuzigt oder Schlimmeres.«

Ich fragte mich, was Gerlaine zu erwarten hätte, sollte unser Befreiungsversuch ein Fehlschlag werden. Besser nicht daran denken. Stattdessen verteilten wir die Aufgaben untereinander. Sobald die Burg in unserer Gewalt war, würden wir eine Fackel auf dem Turm schwenken, das Zeichen für Tancred, Tariqs Krieger im Dorf zu vernichten. Ich blickte in die Runde, ob es noch Fragen gäbe. Aber alles schien geklärt.

»Wie geht es Chara?«, fragte ich den Zwerg.

»Gut. Sie ist in Catania geblieben. Und sie hält euch alle für verrückt.« Er zwinkerte Thore zu, der schon wusste, wer gemeint war.

Wir erhoben uns und schüttelten den Sand aus den Kleidern.

»Wann müssen wir los?«, fragte ich Ismael.

»Mit dem Wind weiß man nie. Besser früher als später. In zwei Stunden sollten wir aufbrechen.«

Plötzlich schlug sich der Zwerg gegen die Stirn. »*Madonna*, fast hätte ich es vergessen.«

»Was ist?«

»Tariq hat fast alle seine Männer mitgenommen und deshalb die Besatzung ausgetauscht. Ein gewisser Umar hält jetzt die Festung. Mit seinen Wüstenskorpionen.«

»Umar? Bist du sicher?«, fragte ich erstaunt.

»Umso besser«, knurrte Ivain und grinste böse. »Mit dem haben wir ohnehin noch abzurechnen.«

* * *

Ein leichter Wind hielt das Segel gefüllt und ließ das Boot fast lautlos über das dunkle Meer gleiten. Im Kielwasser spiegelte sich das Licht der Mondsichel, als zögen wir einen langen, schimmernden Schwanz hinter uns her.

»Wir sind bald da«, raunte Ismael uns zu.

Ich warf einen Blick zur Landseite hinüber, wo sich die Einzelheiten der nahen Küstenlinie kaum ausmachen ließen, denn wie so oft in Winternächten hingen dünne Nebelschleier über den Ufern. Darüber die schwarzen Umrisse einer Hügelkette, die sich in den letzten Stunden kaum verändert zu haben schien. Als hätten wir uns gar nicht bewegt.

»Woran siehst du das?«, fragte ich.

Er deutete voraus. »Schau genau hin. Tariqs Burg liegt da vorn. Etwas rechts vom Bug.«

Ich strengte mich vergeblich an, in der Dunkelheit etwas zu erkennen. Aber dann sah ich es. Ein winziger schwarzer Fleck, der über dem grauen Ufernebel zu schweben schien. Der Wind, der von Land herüberwehte, nahm jetzt ein wenig zu, sodass die Taue knarrten und das Schiff sich auf die Seite legte. Wir näherten uns deutlich rascher.

Nach einer Weile nahmen Turm und Mauern Formen an. Wie gebannt starrte ich auf das bedrohliche Gemäuer, das aus den Nebelschleiern ragte. Je näher wir kamen, umso unheimlicher erschien mir die Burg. Kein Licht war zu sehen, nur die schwarzen Zinnen auf dem ebenso dunklen Fels. Auch das Dorf, soweit man es durch den Dunst erkennen konnte, lag wie ausgestorben. Alles schien zu schlafen. Umso besser für uns.

Trotzdem war ich angespannt und fröstelte in der Kühle der Nacht. Ich massierte mein Bein, das während der langen Fahrt eingeschlafen war. Niemand redete an Bord, und die Gesichter meiner Gefährten waren unter den Helmen nur schemenhaft zu erkennen. Auf unsere Kettenpanzer hatten wir verzichtet. Sie würden uns beim Klettern mit ihrem Gewicht nur behindern. Auch Loki hatte ich zurückgelassen. Hoffentlich waren Tancred und der Haupttrupp später rechtzeitig zur Stelle. Aber Gunnar kannte den Weg. Ihm vertraute ich mehr als Tancred.

Ein lautes Flattern des Segels unterbrach meine Gedanken. Die Seeleute holten es ein und senkten die lange Spiere, an der es befestigt war. Der Lärm müsste meilenweit zu hören sein, dachte ich erschrocken, aber gleich darauf war es wieder still. Die Riemen wurden aus der Halterung gelöst und leise in die Dollen gelegt, zwei auf jeder Seite. Nun war nur noch das Plätschern der Wellen an der Bordwand zu hören und das leise Ächzen der Riemen, wenn die Seeleute sich dagegenstemmten.

Als wir die ersten dünnen Nebelschwaden erreichten, wurde die Luft merklich feuchter. Einer der Matrosen stand im Bug und warf von Zeit zu Zeit ein Stück Blei, das an einer langen Schnur befestigt war, ins Meer, um die Wassertiefe zu prüfen. Je weiter wir uns dem Ufer näherten, umso schlechter wurde die Sicht. Mehr als dreißig Schritt voraus war nichts mehr zu erkennen. Hoffentlich verfehlte der Steuermann nicht unseren Landeplatz.

Auf einmal hob der Mann im Bug den Arm und gab das Zeichen, mit dem Rudern einzuhalten. Die Riemen wurden aus dem Wasser gehoben, das Boot glitt immer langsamer dahin, bis etwas Dunkles vor uns aufragte. Das musste der Burgfelsen sein. Und schon waren wir an der Felskante der kleinen Halbinsel, nass von den gelegentlichen Wellen, die darüberspülten. Die Riemen wurden eingeholt, jemand hielt das Boot mit einem langen Bootshaken auf Abstand, ein anderer sprang mit einer Leine von Bord, damit wir nicht abtrieben. Ein Glück, dass das Wetter so ruhig war. Bei heftiger Brandung wäre die Landung unmöglich gewesen.

Roger war als Erster über den Bug. Dann war es an mir, an Land zu springen. Der Fels war mit Muscheln und Algen bewachsen und ziemlich glitschig. Ich rutschte aus, stieß mir schmerzhaft das Schienbein und wäre beinahe im Wasser gelandet, hätte Roger mich nicht im letzten Augenblick am Arm gepackt. Meine linke Hand blutete, wo ich sie aufgeschrammt hatte. Thore, Ragnar und Ivain kamen nach mir an Land. Rollo und die übrigen Kameraden begannen, die schweren Strickleitern herüberzureichen, während die Seeleute das Boot so nah wie möglich am Felsrand hielten. Dann waren wir alle von Bord, auch Ardoin, der sein langes Seil über der Schulter trug.

Ohne ein weiteres Wort stießen die Seeleute das Boot wieder vom Ufer ab, Ismael winkte uns noch einmal zu, dann hatten sie die Riemen im Wasser und wendeten. Ich horchte in die Nacht. Es war still. Außer dem Klatschen und Glucksen des Meeres war nichts zu hören. Etwas verloren sahen wir dem Boot nach, bis es im Nebel verschwunden war. Auf einmal überkam mich so etwas wie Angst, denn nun kam es ganz allein auf uns an. Sollte man uns entdecken, gab es von hier keine Fluchtmöglichkeit. Schwimmen konnte keiner von uns. Der Angriff musste glücken, oder wir waren verloren.

»Steht nicht so blöd rum«, raunte Roger. »Machen wir uns an die Arbeit.«

Wir trugen die Strickleitern bis zum Burgfelsen, der schroff vor uns in den Nachthimmel ragte. Ganz oben zeichnete sich undeutlich ein Stück der Mauerkrone ab. Hamo und Herman schlichen auf ihre Plätze links und rechts vom Felsen, um zu wachen, dass wir nicht überrascht wurden. Ardoin nahm sein Seil von der Schulter und schaute aufmerksam hinauf. Langsam begann er am Fels entlang bis zur Südseite zu wandern. Manchmal berührte er prüfend das Gestein, schaute immer wieder lange nach oben und versuchte, den besten Weg für seinen Aufstieg auszumachen, wobei er leise zwischen den Zähnen über Nebel und Dunkelheit fluchte, die ihm die Sicht erschwerten. Dann kam er zurück und schüttelte den Kopf.

»Schwierig«, flüsterte er. »Das Gestein ist an Stellen brüchig. Aber ich glaube, hier ist es am besten.« Er zeigte auf einige scharfkantige Felsvorsprünge am östlichen Ende des Felsens. »Der erste Abschnitt ist leicht. Ich werde hier anfangen und dann etwas links rüberklettern. Dann wird es schwieriger. Von hier aus kann ich schlecht bis nach oben sehen. Auf jeden Fall, einmal auf der Mauer, lasse ich das Seil etwas weiter links runter.« Er zeigte uns die Stelle. »Da ist die Felswand zwar fast senkrecht, aber besser für die Strickleitern geeignet.«

Er zog sich Stiefel und Socken aus. Auch sein Wams legte er ab, und als Waffe trug er nur einen Dolch. Er rollte sein Seil sorgfältig auf und schlang es sich über die Schultern. Das Ende befestigte er am Gürtel. »Wäre dumm, wenn ich unterwegs das Seil verlieren würde«, sagte er mit einem Grinsen.

Ein paar Möwen kreischten über unseren Köpfen. Ansonsten war außer den Wellen, die das Ufer umspülten, nichts zu hören. »Also los«, sagte er. »Wünscht mir Glück.«

Er setzte den Fuß auf den ersten Felsvorsprung und stemmte sich hoch. Dann der zweite und der dritte. Es sah fast mühelos aus. Aber das war nur, weil die ersten fünfzehn Fuß nicht besonders steil waren und guten Halt boten. Dann wurde es schwieriger, wir sahen ihn zögern, vorsichtig mit der Hand tasten, bevor er sich weiter nach oben zog. Plötzlich war er hinter einem Felsvorsprung verschwunden, und wir mussten weiter zurücktreten, um ihn im Blick zu behalten.

Der Nebel schien sich etwas aufzulösen. Jedenfalls war die Burgmauer oben deutlicher zu erkennen. Das spärliche Mondlicht würde es Ardoin erleichtern, seinen Weg zu finden. Er hatte gut gewählt, denn an dieser Stelle reichte der Fels mit seinen unregelmäßigen Vorsprüngen und Spalten bis fast an die Mauerkrone heran. Anscheinend hatten die Erbauer nicht gedacht, dass einer so verrückt sein würde, hier hinaufzuklettern.

Mein Nacken war schon steif, so angestrengt starrte ich hinauf. An einer Stelle sah ich Ardoin lange unsicher verharren, bis er sich langsam weiter hinaufarbeitete. Mein Herz schlug dabei heftig vor Anspannung. Was, wenn er stürzte wie in meinem Traum? Aber er kletterte weiter, jetzt links hinüber, wie er es vorgehabt hatte.

»Der Kerl ist wie eine Katze«, flüsterte Ragnar.

»Ich kann da nicht hinsehen«, raunte Rollo.

Er bat Bjarni, ihm zu helfen, die Strickleitern hinüberzutragen, wo sie nachher gebraucht würden. Sie legten Lage über Lage in einen lockeren Haufen, sodass man sie später leicht an den vierzackigen Wurfhaken, die wir an einem Ende befestigt hatten, in die Höhe ziehen konnte.

Ich war schon sicher, dass Ardoin es schaffen würde, da geschah es. Plötzlich hörten wir einen halb unterdrückten Schrei, dann polterten Gesteinsbrocken auf uns herab, sodass wir uns unwillkürlich duckten. Eines dieser Stücke verfehlte mich nur um Handbreite. Mir blieb fast das Herz stehen.

Als wir wieder hochsahen, hing Ardoins Schatten zwar immer noch in der Felswand, aber es sah aus, als hielte er sich nur noch mit einer Hand fest. Doch dann schwang er den Oberkörper, die andere Hand packte zu, und auch seine Füße fanden wieder Halt. Danach bewegte er sich lange Zeit nicht, wahrscheinlich, um sich zu beruhigen und wieder zu Atem zu kommen.

Kurz darauf durchfuhr mich ein neuer Schreck, denn oben auf der Mauerkrone, vielleicht zwanzig Fuß über Ardoins Stand, wenn auch seitlich versetzt, sah ich die Umrisse einer Gestalt, die sich über die Mauer beugte.

»Nicht bewegen!«, zischte ich. »Da ist einer.«

Die Gefährten blieben wie erstarrt stehen. Wir konnten nur hoffen, dass wir im Nebel und im Mondschatten des Felsens nicht zu erkennen waren. Ich wünschte, Ardoin hätte meine Warnung ebenfalls gehört, aber er begann jetzt, in Unkenntnis der Gefahr, weiterzuklettern. Ich hielt den Atem an. Der Kerl wird ihn entdecken, dachte ich verzweifelt, der muss doch nur ein wenig nach links schauen. In diesem Augenblick zerriss ein Schrei über uns die Stille. Ich schrak zusammen. Noch ein Schrei, diesmal etwas weiter entfernt.

»Nur 'ne Möwe«, raunte Thore neben mir.

Ja, nur eine verdammte Möwe. Trotzdem schlug mir das Herz bis zum Hals. Aber dann, als ich wieder hinaufschaute, war auf der Mauer niemand mehr zu sehen. In höchster Anspannung warteten wir noch eine Weile, ob der Mann wiederkehren, oder schlimmer, ob er Alarm schlagen würde. Aber alles blieb still. Wir atmeten erleichtert auf.

»Das war knapp«, flüsterte Roger.

»Ich wünschte, wir könnten ihn warnen, dass oben eine Wache herumschleicht.«

»Der Junge ist nicht dumm. Er wird schon vorsichtig sein.«

»Ist nicht gesagt, dass es eine Wache war«, meinte Thore. »Vielleicht konnte einer nicht schlafen oder musste mal pinkeln.«

Ardoin kletterte weiter. Das letzte Stück schien ihm weniger Schwierigkeiten zu bereiten, denn bald sahen wir ihn an der Mauerkrone verweilen und schließlich sich hochziehen und hinübergleiten.

Wir warteten, dass er das Seil herablassen würde, aber lange Zeit geschah gar nichts. Nur das Meer war zu hören, wie es an unseren Felsen klatschte und saugte, und etwas entfernter das leise Zischen der Wellen, die den Kiesstrand des Festlandufers beleckten. Möwen in der Ferne. Ich war schon ziemlich unruhig, als endlich etwas an der Felswand herunterkam. Doch es war kein Seil, sondern ein dunkler Schatten, der an dem rauen Gestein entlangscharrte. Und dann erkannten wir, was es war: ein menschlicher Leib, an den Füßen aufgehängt. Die Arme hingen leblos herab, und Blut tropfte aus einer aufgeschlitzten Kehle. Bei Odin! Was ging hier vor?

»Das ist einer der Skorpione«, flüsterte ich, denn der Leichnam war ganz in Schwarz gekleidet. Es musste der Kerl sein, der zuvor über die Mauer geschaut hatte. Ardoin hatte ihn getötet und die Leiche zu uns heruntergelassen, damit sie nicht von einer Wache entdeckt würde.

Schnell banden wir den leblosen Körper los und zerrten ihn in eine Ecke unter dem Felsen. Dann verschnürten wir das Seilende am Wurfanker einer Strickleiter. Ein Zug am Seil, dann entfaltete sie sich langsam und glitt an der Felswand hinauf. Das Eisen der vier spitzen Zinken des Wurfankers war mit

Leinen umwickelt, damit es keine Geräusche machte. Dennoch ließ sich ein leises Klappern der Holzsprossen nicht vermeiden.

Als die Strickleiter oben fest verankert war, machte Roger Anstalten hinaufzusteigen. Aber ich stieß ihn zur Seite und begann selbst als Erster den langen Aufstieg. Schließlich war es mein Unternehmen. Während ich die ersten Sprossen nahm, schickte Ardoin erneut das Seil nach unten, um die zweite Leiter anzubringen. So würde es schneller gehen, denn wir hatten beschlossen, dass nicht mehr als zwei Mann gleichzeitig eine Leiter belasten sollten.

Natürlich war das Klettern auf der Strickleiter nichts im Vergleich mit dem, was Ardoin geleistet hatte, aber beschwerlich war der Aufstieg trotzdem. Mit dem Schwert auf dem Rücken zog ich mich stetig nach oben. Mehr als einmal scheuerte ich mir die Finger am Felsen wund. Weder nach unten noch nach oben wagte ich zu schauen. Das Rauschen des Meeres unter mir genügte schon, mich daran zu erinnern, dass ein Sturz tödlich sein würde. Verbissen kletterte ich Stufe um Stufe weiter, an kantigen Felsvorsprüngen vorbei, an verlassenen Vogelnestern und struppigen Gräsern, die in den Ritzen wucherten. Bis ich endlich oben war und Ardoin mir die Hand reichte, um mich das letzte Stück hinaufzuziehen. Auch der Wurfhaken der zweiten Leiter hing inzwischen fest über der Mauer verankert.

»Wer war der Kerl?«, flüsterte ich außer Atem.

»Der wanderte hier oben herum. Zum Glück hab ich ihn rechtzeitig gesehen.«

»Eine Wache?«

»Wahrscheinlich. War aber nur leicht bewaffnet.«

Er zeigte mir den einfachen Sarazenendolch, den er dem Mann abgenommen hatte. Rogers Kopf tauchte auf, und wir halfen ihm auf den Felsvorsprung vor der Mauer. Unser Plan war, zu warten, bis alle oben waren, dann würden wir uns aufteilen. Thore und Ivain sollten möglichst unbemerkt den Turm einnehmen, bevor wir Weiteres unternahmen. Thores Bogen würde von dort oben am wirksamsten sein. Meine Aufgabe war es, zusammen mit Ragnar Gerlaine zu finden, bevor man sie als Geisel gegen uns verwenden konnte. Und Roger und der Rest sollten so schnell wie möglich die Besatzung unschädlich machen.

Roger sah sich um. »Es wird langsam hell«, flüsterte er. »Wir sollten uns beeilen.«

Tatsächlich war die Nacht bei Weitem nicht mehr so schwarz. Der Mond stand tief, und im Osten graute es. Ich wagte einen ersten Blick über die Mauer, die an dieser Stelle nicht sehr hoch war. Es war niemand zu sehen, außer einer Katze, die mich misstrauisch anstarrte. Vor mir ein schmaler, länglicher Hof. Mehrere Türen im Gebäude gegenüber, kleine Fensteröffnungen. Dahinter ragte der Turm in den Nachthimmel. Ob dort oben Wachen waren, konnte ich nicht feststellen. Aber Thore und Ivain würden schon damit fertigwerden.

Ich kletterte vorsichtig über die Mauer und zog mein Schwert aus der Scheide. Roger gesellte sich zu mir, dann Ragnar. Nach und nach kamen die anderen. Wir hatten drei mit Stoff umwickelte, pechbestrichene Fackeln dabei, die wir unter uns aufteilten. Man würde den Schein zwar vom Dorf aus sehen können, aber wir konnten ja nicht im Inneren der Burg in völliger Dunkelheit herumtapsen.

Thore und Ivain schlichen über die kurze Stiege in den Haupthof der Burg, um den Eingang zum Turm zu finden. Ivain kam noch einmal zurück, um zu melden, dass das Wachhaus am Burgtor zwar besetzt war, der Wachmann aber selig schlief. Wir hatten also Glück. Der zweite Wachmann musste der gewesen sein, den Ardoin getötet hatte. Während Hamo sich mit Feuerstein und Zunderschwämmchen abmühte, begann ich, mich weiter umzuschauen.

Rechter Hand war eine Tür, die wahrscheinlich zur Küche führte, denn an der Wand daneben lehnten Besen, Grillroste und Spieße. Sie war nur angelehnt, und ich sah hinein. Innen war es zu dunkel, um viel zu erkennen. Im Hintergrund gähnte ein mannshohes Loch. Wahrscheinlich der Kamin. In der Mitte ein großer Tisch, an der Wand waren Bretter angebracht, auf denen vermutlich Töpfe und Pfannen standen, so genau konnte ich es nicht sehen.

»Hier ist nichts weiter«, raunte ich Ragnar zu, der draußen geblieben war.

Ich wollte die Küche gerade verlassen, als ein Geräusch hinter mir mich aufschreckte. Ich wirbelte herum. Ein Schatten bewegte sich rasch auf mich zu, ein Dolch in erhobener Faust. Ich stand noch in der Tür, und sie behinderte mich, sodass ich das Schwert nicht schwingen konnte. Aufs Geratewohl stieß ich stattdessen mit dem Schwertknauf zu. Traf auch etwas. Gleichzeitig spürte ich einen scharfen Schmerz am Oberarm. Mit der Linken bekam ich den Dolcharm zu fassen, bevor der Kerl erneut zustoßen konnte. Und endlich gelang es mir auch, das Schwert einzusetzen. Der Kerl heulte auf, aber ich war mir nicht sicher, ihn gut getroffen zu haben.

Draußen fing Hamos Fackel Feuer. In ihrem plötzlichen Aufflackern sah ich ein bleiches Gesicht vor mir mit vor Angst geweiteten Augen. Ich glaube, wir erkannten uns im gleichen Augenblick. Es war der junge Sarazene, der uns auf Abd al-Maliks Burg mit besserem Essen versorgt hatte. Hinter mir hörte ich, wie Ragnar fluchte und sein Schwert zog. Ich selbst aber zögerte zu lange, als hinderte mich etwas daran, erneut zuzustoßen. Als ich es endlich tat, hatte der Junge sich schon umgedreht und flüchtete. Dabei riss er im Halbdunkel eine metallene Schüssel vom Tisch, die dröhnend zu Boden donnerte. Laut auf Arabisch brüllend verschwand er im hinteren Bereich durch einen Türbogen, den ich bisher nicht bemerkt hatte.

»Los, ihm nach«, fauchte Ragnar.

Er hatte sich eine der brennenden Fackeln geschnappt und rannte an mir vorbei in den Gang, in dem der Sarazene verschwunden war. Ich hinterher. Mitten im Gang stießen wir auf die schöne Afrikanerin, die halb nackt dastand und gellend aufschrie, als sie uns sah. Im zuckenden Fackellicht mussten wir ihr wie Ausgeburten der Hölle vorkommen. Der Sarazene war schon an ihr vorbei und flüchtete weiter. Wahrscheinlich hatten wir ihn bei seinem Vergnügen mit der Sklavin überrascht.

»Lass ihn laufen«, rief ich Ragnar zu. »Wir haben Wichtigeres zu tun.«

Zitternd und mit weit aufgerissenen Augen stand die Schwarze mit dem Rücken an der Wand und versuchte, ihre nackten Brüste zu bedecken. Ich senkte das Schwert und machte beruhigende Laute, mühte mich, ihr zu verstehen zu geben, dass sie keine Angst zu haben hatte. Als Ragnar mit dem Schwert in der Faust zurückkam, zuckte sie erneut zurück und hob die Hand, wie um ihn abzuwehren.

»Wir tun dir nichts«, versicherte ich ihr auf Griechisch.

Aber sie verstand mich nicht, begann nur laut zu heulen, als wäre ihre letzte Stunde gekommen oder als würden wir sie auf der Stelle vergewaltigen wollen.

»Gerlaine?«, fragte ich lauter. »Wo ist sie?«

Sie schüttelte den Kopf und schluchzte herzzerreißend. Ich packte sie am Arm. »Wo ist Gerlaine?«, schrie ich ihr ins Gesicht.

Endlich schien sie zu verstehen und deutete auf eine Tür, die sich ein paar Schritte weiter den Gang entlang befand. Ragnar trat dagegen, sodass sie splitterte und innen gegen die Wand krachte. Er leuchtete in die Kammer, während ich ihm über die Schulter blickte. Drinnen saß die blonde Sklavin in der hintersten Ecke mit dem Rücken an die Wand gepresst und mit schreckstarren Augen, in denen schiere Panik stand. Ragnar gab mir die Fackel. Dann betrat er die Kammer, in der einen Faust sein Schwert, mit der anderen packte er das Mädchen beim Handgelenk, um sie in den Gang zu zerren. Sie kreischte wie eine Besessene, wehrte sich.

»Hör auf, ihr Angst zu machen«, schnauzte ich ihn an. Und zu dem Mädchen: »Gerlaine! Wo ist Gerlaine?«

Sie riss den Mund weit auf, brachte aber kein Wort hervor, schüttelte nur wild den Kopf, dass die Haare flogen. Dann bekam sie wieder Luft und schrie wie am Spieß. Jetzt tauchte auch noch die alte Küchenmagd auf, brüllte wütend, ergriff das Mädchen an der anderen Hand, um sie Ragnar zu entreißen. Verdammt! So kamen wir nicht weiter.

Da bemerkte ich am Ende des Ganges eine Bewegung. Trotz des spärlichen Lichts erkannte ich ihn sofort. Er stand da mit nackten Füßen, trug nur ein langes Hemd am Leib, keinen Turban, und die Strähnen seines dunklen Haares waren vom Schlaf zerzaust. Aber dieses Gesicht mit der gebrochenen Nase hätte ich überall erkannt. Umar.

Mit Augen, die im Fackelschein glitzerten, starrte er zu mir herüber. Auch er wusste sofort, trotz meines Helmes, wen er vor sich hatte. Er hielt einen Speer in den Händen, und seine erste Regung war, sich auf mich zu stürzen. Doch als er Ragnar, der endlich das Mädchen losgelassen hatte, hinter mir bemerkte und uns beide mit blanken Klingen in den Fäusten sah, da hielt er inne, unsicher, was zu tun war.

»Wo ist Gerlaine, du Bastard?«, brüllte ich.

»Gerlaine?« Er lachte höhnisch auf. »In der Hölle. Wo sonst?«

In diesem Augenblick hallten Gebrüll und Kampfeslärm durch die Burg, Pferde wieherten im Stall. Das Trampeln von fliehenden Füßen war zu hören und gellende Todesschreie. Das musste Roger sein. Das Töten hatte begonnen.

Die Wut, diesem Kerl gegenüberzustehen, ließ mich für einen Augenblick alles vergessen. Mit der Fackel in der einen und dem Schwert in der anderen Hand rannte ich auf ihn los. Er aber ergriff die Flucht, verschwand um eine Ecke. Ich setzte ihm nach.

Der Gang endete vor einer Stiege. Umar hastete hinauf. Und als ich ihm folgte, befand ich mich plötzlich in Tariqs *aula*. Aus der Dunkelheit des Raumes heraus stieß Umar mit dem Speer nach mir. Fast hätte er mich erwischt. Die Spitze kam mir gefährlich nahe, aber im letzten Moment konnte ich mit dem Schwert parieren. Er versuchte es noch einmal, doch da war schon Ragnar hinter mir die Stiege heraufgekommen. Umar hastete weiter. Ich war nicht schnell genug, um ihn aufzuhalten. Diesmal entkam er durch die schwere Tür des Haupteingangs in den anderen Hof, wo Männer fluchten und starben.

Ich wollte ihm nach, als zwei Sarazenen fluchtartig durch die Tür stürmten und mich beinahe umrannten. Unwillkürlich schlug ich zu, und die schwere Klinge grub sich tief zwischen Hals und Schulter des einen. Der andere wich zurück. Doch da war Ragnar zur Stelle und rammte dem Kerl die Schwertspitze in den Leib, bevor ich selbst die Waffe aus dem blutenden Fleisch ziehen konnte. Beide gingen schreiend zu Boden. Ich hielt die Fackel höher. Aus der klaffenden Wunde meines Opfers quoll das Blut in großen Mengen, obwohl er es mit der

Hand zurückzuhalten versuchte. Vorwurfsvoll sah er mich an und begann zu zittern.

Aber ich hielt mich nicht länger mit ihm auf und preschte hinter Ragnar zur Tür hinaus. Draußen war der Himmel grau geworden. Im Hof herrschten Lärm und Gewirr. Schatten tanzten im Schein der Fackeln. Es sah aus wie ein Schlachtfest. Blutige Leichen und stöhnende Verwundete am Boden. Rollo hielt einen Kerl bei den Haaren und stieß ihm das Schwert in die Kehle. Einer der Skorpione torkelte mit einem Pfeil in der Brust, brach in die Knie. Noch einer verteidigte sich mit dem Schwert, aber Roger spaltete ihm mit einem gewaltigen Hieb den Schädel. Mitten in diesem blutigen Durcheinander galoppierte schrill wiehernd ein Pferd umher, das aus seinem Pferch entkommen war. Wo zum Teufel war Umar?

Da merkte ich, dass das Burgtor offen stand. Und als ich dort angelangt war, sah ich ihn mit bloßen Füßen den schmalen Pfad zum Ufer hinunterrennen, gefolgt von zwei anderen, denen die Flucht gelungen war. Es war sinnlos, ihn weiter bis ins Dorf zu verfolgen. Für diesmal war er mir entkommen.

Im Hof beruhigten sich langsam die Dinge. Bjarni bändigte den Gaul. Andere trieben die wenigen Gefangenen zusammen und banden sie mit Fetzen aus ihren eigenen Tuniken. Auch mein Angreifer in der Küche, der junge Kerl, der uns während unserer Gefangenschaft gut behandelt hatte, war unter ihnen, stellte ich mit Befriedigung fest. Alles in allem war die Einnahme der Burg einfach gewesen.

Ich sah zum Turm hinauf. Dort schwang bereits einer von uns eine brennende Fackel, um Tancred das Zeichen zum Angriff auf Tariqs Leute im Dorf zu geben. Verluste hatten wir keine erlitten. Nur Herman blutete im Gesicht, und ich hatte eine leichte Messerwunde am Arm.

Mit einem Stofffetzen wischte Roger das Blut von seinem Schwert. »Wo ist Gerlaine?«, rief er mir zu.

»Ich weiß es nicht. Ich kann sie nicht finden.«

Ich war verzweifelt. Wo bei allen Göttern war sie? Hatte Tariq sie etwa mit auf den Feldzug genommen? Sollte all die Mühe umsonst gewesen sein?

Doch dann entdeckte ich sie. Fast nur ein Schatten im Morgengrauen, so stand sie ganz still neben der Stalltür und blickte stumm auf die blutenden Leiber im Hof. Ihr dunkles Haar hing ihr wirr bis über die Schultern. Am Körper hatte sie nur ein langes Hemd, an dem etwas Heu haftete. Wahrscheinlich hatte sie sich auf dem Heuboden versteckt. Unterschiedlichste Gefühle bestürmten mich in diesem Augenblick. Fast mehr Erleichterung als Freude, dass ich sie endlich gefunden hatte. Erbitterung, dass es so lange gedauert hatte. Abgeschlagenheit nach der Anspannung der langen Nacht. Vor allem aber auch Sorge um ihren Zustand und wie ich ihr begegnen sollte nach unserer langen Trennung und all dem, was geschehen war.

Ich gab mir einen Ruck. »Gerlaine!«, rief ich und lief mit der Fackel in der Hand zu ihr hinüber.

Als der Lichtschein auf sie fiel, sah ich zu meiner Bestürzung, dass ihr rechtes Auge geschwollen und dunkel unterlaufen war und an ihrer Lippe verkrustetes Blut klebte. Sie fröstelte in der Morgenkühle.

»Wer hat dich so zugerichtet?«

Hatte ich erwartet, dass sie mir in die Arme fallen würde, so wurde ich enttäuscht. In ihren Augen glühte Hass. Aber der galt nicht mir.

»Du hast ihn entkommen lassen«, sagte sie vorwurfsvoll.

»Wen?«

»Das Schwein heißt Umar.«

»Ich weiß, wer Umar ist.«

»Ich habe gespürt, dass ihr heute kommen würdet. Hab euch sogar klettern gesehen.«

»Dann warst du das auf der Mauer?«

Sie nickte. Etwas verlegen sahen wir uns an. Warum nahm ich sie nicht endlich in die Arme? Doch bevor ich es tun konnte, war Rollo zur Stelle. Er hatte irgendwo einen warmen Umhang aufgegabelt, und so blutbespritzt er selber war, legte er ihr den mit großer Sanftheit um die Schultern. Auch Hamo, Ragnar und Bjarni traten zu uns. Thore mit dem Bogen in der Hand. Und Ivain. Hinter ihnen Herman, Roger und Ardoin. In Gerlaines Augen standen Tränen, als sie sich von den alten Gefährten umringt sah.

»Danke«, flüsterte sie. »Danke.«

Dann fiel sie mir um den Hals und weinte bitterlich. Wollte gar nicht mehr aufhören.

Monte Scalpello

Am liebsten hätte ich mich mit Gerlaine irgendwohin verkrochen. Da war so viel zu erzählen und zu reden. Schließlich gab es einiges zu bereinigen zwischen uns. Doch in diesem Augenblick begann Tancreds Überfall auf das Dorf. Alles rannte zu den Zinnen, und sie zogen uns mit sich.

»Tancred ist auch gekommen?«, fragte Gerlaine verwundert. Sie wagte nicht, mich anzusehen.

»Roger hat es so befohlen. Und heute führt er den Angriff.«

Sie nickte nur und sagte nichts weiter. Auch ich blieb stumm, obwohl ich gern über Tancred geredet hätte. Aber es war nicht der Zeitpunkt für Beichten und tiefgründige Gespräche.

Von der Höhe der Burg sahen wir zu, wie unsere Reiter im Morgengrauen mit Fackeln bewehrt aus den Hügeln kamen, in die Gassen des Dorfes einfielen und Feuer an die Unterkünfte der maurischen Krieger legten. Als diese verwirrt und in Panik ins Freie taumelten, wurden sie niedergemacht. Bald war das ganze Dorf in Aufruhr. Dächer brannten, fliehende Sarazenen und Dörfler stoben durcheinander, Reiter verfolgten Flüchtende, Weiber und Kinder schrien vor Angst. Der Angriff dauerte nicht lange. Einer Handvoll der Sarazenenkrieger war die Flucht gelungen, einige hatten sich ergeben, die meisten aber waren tot.

Wir stiegen von der Burg. Es war ein grausiges Bild wie immer nach einer Schlacht. Ich hätte mir gewünscht, dass Gerlaine sich den Anblick eingeschlagener Schädel und aufgeschlitzter Bäuche erspart hätte. Sie war bleich wie ein Leichentuch, als sie sich umsah. Einmal musste sie sich übergeben. Trotzdem wich sie nicht von meiner Seite. Wir hatten die meisten Sarazenen im Schlaf überrascht. Einige der Toten lagen gänzlich unbewaffnet im Staub der Gassen. Und wer in der Hast eine Waffe gefunden hatte, dem war kaum die Zeit geblieben, einen Helm aufzusetzen, geschweige denn, sich ordentlich zu wappnen. Selbst die, die vielleicht von Kampfeslärm auf der Burg geweckt worden waren, hatten keinen Angriff von den Hügeln erwartet.

Die Hälfte der Toten waren Wüstenskorpione, wie man an ihren Tätowierungen erkennen konnte. Ich bat Thore und Ivar, nach Umars Leiche zu suchen, aber sie fanden sie nicht. Er musste entkommen sein.

Tancred und Gunnar waren von den Pferden gestiegen und näherten sich uns in Rogers Begleitung. Tancred war sichtlich beschämt, Gerlaine gegenüberzutreten. Sie nickten einander zu wie zwei Fremde. Er öffnete den Mund, um etwas zu sagen, aber sie drehte ihm den Rücken zu und bat mich, ihr Gunnar vorzustellen.

Ich erklärte ihr dessen Rolle als Reiterführer und Vertrauensmann des Emirs. Sie hörte zu, schien das Gesagte jedoch kaum aufzunehmen, wirkte steif und hölzern. Tancreds Gegenwart war ihr peinlich, nahm ich an. Überhaupt sah sie erschöpft aus. Die Anspannung und die Angst der letzten Stunden, der Kampf in der Burg, das Gemetzel im Dorf. Und nun so viele bekannte, aber auch unbekannte Gesichter.

Dennoch war es ihr wichtig, sich noch einmal bei Roger zu bedanken. »Ein ganzer Reitertrupp, um mir zu helfen. Das hätte ich nie erwartet.«

»Nun, als Gilbert zu mir kam, fand ich es zuerst auch eine abwegige Idee«, gab er freimütig zu. »Aber nun bin ich froh, dass wir es getan haben.« Er packte Ardoin am Arm, der danebenstand, und schob ihn vor. »Aber der wahre Held ist dieser junge Bursche hier.«

Die umstehenden Krieger schlugen dem Lombarden auf die Schulter und ließen ihn hochleben. Mit einem breiten Grinsen sonnte er sich in der Anerkennung seiner neuen Kameraden. Aber fast noch mehr freute er sich, als Gerlaine ihm die Hände auf die Schultern legte und ihn auf beide Wangen küsste.

»Ich habe dich von der Mauer aus gesehen«, sagte sie. »Beinahe ist mir das Herz stehen geblieben. Ich kann überhaupt nicht fassen, wie jemand dort hinaufklettern kann.«

»Woher wusstest du, dass wir kommen?«, fragte er.

»Gerlaine spürt manchmal solche Dinge«, sagte ich. »Eine Gabe der Götter.«

Obwohl unsere Krieger sich bemüht hatten, die Dörfler zu verschonen, waren die meisten vor Angst und Schrecken in die umliegenden Gärten und Olivenhaine geflüchtet. Als sie merkten, dass wir weder ihre Hütten noch ihr Hab und Gut antasteten, kehrten einige von ihnen zurück. Gunnar beruhigte sie und erklärte, dass sie nichts zu befürchten hätten.

Stumm und immer noch ängstlich sahen sie zu, wie Leichen und überlebende Gefangene von unseren Männern ausgeplündert wurden. Die Waffen der Sarazenen zerbrachen wir, ihre Kleider schenkten wir den Dörflern. Auch die Gefangenen mussten sich bis auf ihre Unterkleider ausziehen. Dann ließen wir sie laufen. Den jungen Sarazenen, der mich in der Küche verwundet hatte, ließ ich rufen, bevor er sich in die Hügel davonmachen konnte. Er hielt sich die blutige Seite, wo mein Schwert ihn getroffen hatte. Er würde es überleben, denn die Wunde schien nicht allzu schlimm zu sein.

»Sag Umar, wenn du ihn triffst«, ließ ich übersetzen, »dass ich noch nicht fertig bin mit ihm. Dass ich ihn und seinen

Herrn, Abd al-Malik, für das, was sie uns angetan haben, töten werde.«

Er nickte, als hätte er nichts anderes erwartet. Er antwortete auf Arabisch, aber ich bedeutete ihm mit einem ungeduldigen Wink, zu verschwinden.

Gunnar sah ihm nach, als er davonhumpelte. »Er wollte sich dankbar zeigen, dass du ihn verschont hast. Oben in der Burg.«

Ich schüttelte den Kopf. »Schlecht getroffen hab ich. Mehr nicht.« Dennoch war ich froh darüber.

Inzwischen war unser Tross angekommen. Und mit ihm Aristoteles, der gute Zwerg. Er verbeugte sich vor Gerlaine, und in einem unbemerkten Augenblick zwinkerte er mir anerkennend zu, als wollte er sagen, für eine solche Frau hätte selbst er Kopf und Kragen riskiert.

Leider hatte es unter den Dörflern doch Opfer gegeben, wie ich jetzt erfuhr. Zwei Männer waren getötet worden, als sie mit Waffen in der Hand aus den Hütten gelaufen waren. Ein Kind war unter die Hufe gekommen und eine Frau vergewaltigt worden, trotz gegenteiliger Befehle.

»Ich schwöre dir, Tancred«, knöpfte ich ihn mir vor. »Den Nächsten, der ein Weib schändet, massakriere ich persönlich.«

Er runzelte die Stirn. »Du weißt, wie das ist im Krieg«, erwiderte er mit einem Achselzucken. »Männer sind Männer. Ich kann nicht jeden Einzelnen beaufsichtigen.« Als Roger ihn scharf ansah, fügte er hinzu: »Also gut. Ich werde den Schuldigen bestrafen.«

Auf der Burg durchsuchten wir alles nach Wertvollem. Die beiden Sklavinnen, die Blonde und die Afrikanerin, halfen uns dabei. Sie hatten sich inzwischen von ihrem Schrecken erholt und behandelten Gerlaine wie eine Königin.

»Da war doch noch eine, oder?«, fragte ich Gerlaine. »Ein junges Mädchen.«

Sie zuckte mit den Achseln. »Man hat sie weggebracht. Niemand weiß, wohin.«

An Gold und Silber fanden wir nur, was die Besatzung an Persönlichem bei sich getragen hatte. Und das war nicht viel. Tariq selbst musste seinen Hort mitgenommen haben. Dennoch fielen uns silberne Leuchter in die Hände, kostbare Waffen, Schatullen mit ein wenig Schmuck, das eine oder andere an seidenen Gewändern, das bei so manchem für sein Liebchen daheim in der Satteltasche verschwand. Insgesamt keine großen Werte, aber für eine erste Beute auf diesem Feldzug waren die Männer zufrieden. Dass unser Plan so reibungslos aufgegangen war, rechneten sie Roger und mir hoch an. Es ließ auf weitere Erfolge hoffen.

Mithilfe unserer Knechte schleppten wir alles Brennbare in Tariqs *aula* und warfen Möbel, Teppiche, Betten und Kleider auf einen großen Haufen, stopften trockenes Stroh dazwischen und gossen Öl darüber. Dann zündeten wir es an. Es dauerte nicht lange, da schlugen die Flammen aus Tür und Fenstern. Den steinernen Mauern würde das Feuer wenig anhaben, aber die schweren Dachbalken und das Gebälk der Gebäude brannten bald lichterloh und weithin sichtbar. Als die Decke der Halle einbrach, waberte eine Funken sprühende Lohe in den Morgenhimmel. Die Rauchsäule würde bis Catania zu sehen sein.

Als Ismael das Feuer bemerkte, brachte er das Boot an den Kiesstrand, wo auch die Fischerboote lagen. Wir nutzten die Gelegenheit, Tariqs Galeere, die von ihren Seeleuten verlassen vor Anker lag, ebenfalls anzuzünden. Sie brannte erstaunlich schnell bis zur Wasserlinie nieder, der Rest versank zischend in der Bucht.

»Ismael, ich danke dir für alles«, sagte ich und übergab ihm einen prall mit Goldmünzen gefüllten Beutel, denn er wollte mit dem Boot noch am gleichen Tag in seine Heimat zurückkehren. »Es ist mehr als die vereinbarte Summe, aber immer noch zu wenig für das, was du erleiden musstest. Du warst uns ein guter Kamerad.«

»Ich bin nur froh, dass es ein glückliches Ende gefunden hat«, sagte er. »Und mein Pferd dürft ihr behalten. Ich werde es mir von Lando bezahlen lassen, wenn ich ihn sehe.« Zum ersten Mal, seit ich ihn kannte, lachte er ausgelassen übers ganze Gesicht. Aber dann bekam er plötzlich feuchte Augen. »Ich wünsche dir alles Gute, Gilbert. Allahs Segen für dich und dein Weib.« Als Thore, Ivain und ich ihn schließlich zum Abschied ebenfalls umarmten, fand er nur mühsam Worte. »Trotz allem sind wir am Ende doch Freunde geworden, nicht wahr? Kommt mich mal besuchen in Reggio.«

»Dazu müssten wir erst die Byzantiner vertreiben.«

»Das wird euch sicher bald gelingen.«

Wir bezahlten die Besatzung für ihre Dienste, und dann stieg er an Bord. Sie schoben das Boot ins Meer und setzten Segel. Wir sahen ihn noch lange im Heck stehen und winken. Ich fragte mich, ob wir ihn jemals wiedersehen würden, unseren Berber.

Im Stall der Burg waren nur drei Pferde gewesen. Im Dorf dafür mehr. Sie hatten den Sarazenen gehört, denn die Dorfgemeinschaft besaß nur Esel. Unter diesen Pferden suchten wir uns zehn der besten aus. Den Rest überließ Roger den Dorfbewohnern als Bezahlung für erlittene Schäden und dafür, dass sie die Toten begraben würden.

Von den Sklavinnen entschied sich die alte Küchenmagd, im Dorf zu bleiben. Die beiden anderen aber waren nur zu begierig, Aci Castello zu verlassen, als Gunnar ihnen ein besseres

Leben in Catania versprach. Die Frauen hatten für den Ritt Männerkleider gefunden, die einigermaßen passten. Für Gerlaine eher kein Problem, denn sie war groß im Vergleich zu den meisten Frauen im Mezzogiorno.

Kaum war die Beute aufgeladen, als Loki plötzlich vor mir stand und mich schwanzwedelnd anlachte. »Wo bist du gewesen, du Halunke?«, fragte ich, holte ein Stück Speck aus meinem Proviantbeutel und schnitt ihm ein ordentliches Stück davon ab. Er verschlang es begierig und bettelte nach mehr.

»Du hast einen Hund?«, fragte Gerlaine.

»Ein Nichtsnutz und ein Streuner«, sagte ich und kraulte ihm lachend das Fell. »Manchmal verschwindet er tagelang. Taucht aber immer im rechten Augenblick wieder auf. Besonders, wenn es was zu fressen gibt.«

Bald darauf machten wir uns auf den Weg. Die winterliche Sonne hatte den Küstennebel längst verbrannt, die Luft war erfrischend kühl, und die Sicht auf die schneebedeckte Spitze des Ätna von keiner Wolke getrübt. Gerlaine war inzwischen eine gute Reiterin geworden, aber um den beiden Sklavinnen den Ritt zu erleichtern, folgten wir der Küstenstraße in gemächlicher Gangart. Wir hatten es nicht besonders eilig. Loki galoppierte ein Stück des Weges voran. Dann wartete er irgendwo, bis wir nachrückten. Die Männer hatten sich schon an den Hund gewöhnt und achteten nicht weiter auf ihn.

Nun bot sich endlich die Gelegenheit, mit Gerlaine über das Erlebte seit ihrer Entführung zu reden. Aber bei jeder meiner Fragen wich sie aus, zuckte fast zusammen, als ob man eine offene Wunde berührte. Bis ich beschloss, sie nicht länger zu quälen. Begierig war sie dagegen, von Ivo zu erfahren. Wie er sich mache, und ob Alessa ihn gut versorge. Aber mit einem Mal wurde ihr bewusst, dass es mir nicht verborgen geblieben war, wer sein Vater war und was für einen Bären sie uns allen aufgebunden hatte. Da verstummte sie wieder, warf mir nur einen misstrauischen Blick zu, als erwartete sie einen Zornausbruch. Erst als ich ihr sagte, wie glücklich ich über unseren Sohn war, schenkte sie mir ein scheues Lächeln.

Natürlich hätte ich auch am liebsten darüber geredet, dass wir nun endlich zusammengehörten und eine Familie sein würden. Aber ich wollte sie nicht gleich bedrängen und erzählte ihr stattdessen, wie es uns auf der langen Suche nach ihr ergangen war. Roberts Unterstützung, die Reise nach Sicilia, die Sklavenhändler, die wir befragt hatten, und unsere Gefangenschaft auf Abd al-Maliks Burgruine, der Aufenthalt in Catania, Maymunahs Flucht und mein Abkommen mit dem Emir.

»All das hast du auf dich genommen«, murmelte sie, als ich geendet hatte. »Wie kann ich dir nur danken?«

»Indem wir von vorn anfangen, du und ich. Als ob uns niemals etwas getrennt hätte.«

Aber sie schüttelte den Kopf. »Wenn es doch nur so einfach wäre«, sagte sie unter Tränen. »Ich kann nicht erwarten, dass du das verstehst. Aber ich bin nicht mehr die, die ich einmal war. Etwas in mir ist zerbrochen.«

* * *

In Catania gab es einen Auflauf, als wir durch die Stadt zum Palazzo ritten. Natürlich waren die Leute an Soldaten gewöhnt, so wie ihre eigenen Berbertruppen oder die leichte Reiterei mit runden Schilden, Turbanen und fließenden Gewändern. Doch hochgewachsene Männer mit blonden oder roten Bärten hatte man hier wohl noch nie gesehen. Dazu die schimmernden Helme mit den eisernen Nasenbügeln, die schweren Kettenpanzer, Lanzen, Schwerter, Äxte und die langen, bemalten Schilde am Sattelknauf. Dahinter die mit Waffen und Gepäck beladenen Pferde unseres Trosses. Kein Wunder, dass das Volk die Gassen säumte und gaffte.

Ahmed Omari, der Verwalter des Emirs, empfing uns im Hof des Palazzos. Angesichts der kleinen Streitmacht, die ich brachte, war sein Benehmen wie ausgewechselt. Er behandelte uns mit ausgesuchter Höflichkeit. Besonders vor Roger verbeugte er sich tief. Es sei ihm eine Ehre, den Bruder des Grafen von Apulien als Verbündeten zu begrüßen. Speisen und Trank für uns und unsere Männer stünden bereit, und jeder Wunsch sei ihm Befehl. Dass wir Tariqs Burg eingenommen hatten, durfte ihm nicht entgangen sein, aber er erwähnte es mit keinem Wort, als zöge er es vor, nichts von solchen Dingen zu wissen. Deshalb stellte ich ihm auch Gerlaine nicht vor, obwohl sein Blick gelegentlich zu ihr hinüberwanderte.

Um uns zu erfrischen, empfahl er uns der Obhut der Diener des Palastes. Auf dem Weg zu den Gemächern sah Gerlaine sich mit großen Augen um. Einen solchen Palast hatte sie noch nie gesehen. Roger, Tancred und ich bezogen die mir schon bekannten Gemächer, wo wir von Dienerinnen umschwärmt wurden. Etwas verlegen legte Gerlaine ihr bescheidenes Kleiderbündel auf mein Bett, als zögere sie noch, die Kammer mit mir zu teilen, und ließ sich nach meiner Ermutigung von den Sklavinnen zum Bad entführen. Für uns Männer brachte man Wasserbecken zum Waschen, da wir bereits zum Abendmahl in der großen Halle erwartet wurden.

Auf dem Weg dorthin bat ich Gunnar, sich im Austausch für Tariqs zwei Sklavinnen um die Freilassung von Anna, der Küchenhilfe, und ihrem Ehemann zu bemühen. Sie könnte Gerlaine Gesellschaft leisten, während wir auf Kriegszug waren.

»Warum behältst du nicht alle vier?«, fragte er. »Hat Ahmed nicht gesagt, jeder Wunsch sei euch freigestellt? Bei den Truppen, die du ihm bringst, ist es das Geringste. Wenn ihr am Ende des Feldzugs heimkehrt, nimmst du sie mit.«

»Wie du meinst.«

»Gut. Am besten spreche ich gleich sofort mit dem Sklavenmeister«, sagte er und ließ uns allein weitergehen.

Das Abendmahl fand nur in kleinem Kreise statt. Ahmed versicherte uns, dass unsere Männer und Pferde aufs Beste untergebracht seien, und führte uns zu Tisch. Loki an meiner Seite sorgte für hochgezogene Brauen, doch Ahmed enthielt sich jeder Bemerkung über ihn. Ganz offensichtlich wollte er im Gegensatz zu unserer früheren Begegnung keinen Unmut aufkommen lassen. Er stellte uns einen etwas untersetzten Mann vor, von dunkler, olivenfarbener Haut und einem gewaltigen Schnauzbart im Gesicht.

»Abd al-Rahman kommt gerade aus dem Süden und hat zur Verstärkung weitere hundert Reiter gebracht. Er wird sich euch anschließen.«

Als Gunnar sich kurz darauf zu uns gesellte, gab er mir mit einem Augenzwinkern zu verstehen, dass die Sache mit Anna und den beiden anderen Frauen geregelt war.

Das Essen war reichhaltig und ausgezeichnet. Wir waren ausgehungert und langten zu. Ich mochte besonders das in Gemüse gekochte Hammelfleisch, das sie mit gedämpftem Weizengries reichten, *suksu* genannt. Oder auch die in Öl gebratenen Reisbällchen, außen knusprig und innen mit Fleisch gefüllt. Reis, oder *oryza* auf Griechisch, war uns fremd, doch auf Sicilia durchaus verbreitet, wie man uns erklärte. Bei den Lombarden waren wir an gutes Essen gewöhnt, aber die Küche der Sarazenen stand dem in nichts nach. Als Begleitung zum Mahl gab es beste Weine von den Hängen des Ätna, obwohl Ahmed selbst sich auf Wasser beschränkte.

Während wir speisten, berichtete er, dass der Feldzug für den Emir nicht so gut verlief wie erhofft. Es hatte herbe Rückschläge gegeben. Erst heute Morgen noch seien Boten gekommen, um von seiner verzweifelten Lage zu berichten. Denn nach dem letzten Zusammenstoß mit al-Hawwas Truppen hatte er sich zurückziehen müssen, um sein Heer zu retten. Jetzt saß er seit Tagen auf einem Hügel fest, wo er vom Gegner belagert wurde.

»Ich bin kein Krieger«, sagte er, »und weiß nicht, was ihr zu erreichen in der Lage seid. Aber vielleicht, mit Abd al-Rahmans Hilfe, könnt ihr die Umzingelung durchbrechen.«

»Nicht zu vergessen meine eigenen siebzig Mann«, fügte Gunnar hinzu. »Die meisten sind kampferprobte Krieger.«

»Wie gut Normannen sich schlagen, kann ich nicht beurteilen«, ließ Abd al-Rahman übersetzen. »Aber Gunnar und ich sind alte Kampfgefährten. Auf ihn ist Verlass.«

»Wir werden euch schon zeigen, zu was Normannen fähig sind«, meinte Roger ein wenig großspurig, als wollte er diesem Abd al-Rahman in nichts nachstehen.

Ich fragte nach der Kampfstärke der beiden Heere. Soweit Ahmed Kunde hatte, besaß der Emir jetzt weniger als dreitausend Mann Fußkämpfer, von denen etwa achthundert erfahrene Veteranen waren. Der Rest bestand aus schlecht bewaffneten Bauern. Von seiner Reiterei war nicht mehr viel übrig. Der Feind dagegen verfüge über mindestens fünftausend Mann, sagte Ahmed, aber so genau wisse er es nicht.

»Reiterei?«, wollte Roger wissen. Da sein Lombardisch noch sehr zu wünschen übrig ließ, half ich ihm als Übersetzer aus.

»Ich weiß es nicht«, erwiderte Ahmed. »Aber man muss davon ausgehen, dass es mehr als unsere sind.«

»Eine ziemliche Übermacht«, bemerkte Roger nachdenklich. »Wir müssen es klug angehen.«

»Al-Hawwas hat mehr Truppen, das ist wahr«, meinte Gunnar. »Aber er selbst ist nicht der schlaueste Kriegsherr. Und eher vorsichtig.«

»Dann sollten wir ihn überraschen, versuchen, ihm einen Schrecken einzujagen.«

»Was immer ihr tut«, riet Ahmed dringend, »ihr müsst gleich morgen früh aufbrechen. Wer weiß, wie lange der Emir sich noch halten kann.«

»Und wo hat er sich verschanzt?«, fragte ich.

»In der Nähe eines alten Heiligtums der Byzantiner. Auf einem Berg, der sich Monte Scalpello nennt. Eine karge, trockene Gegend mit wenig Wasser. Umso mehr ist Eile geboten.«

»Ich kenne den Ort«, sagte Gunnar. »Zu Pferde etwa eine Tagesreise von hier.«

Nun, das war nicht weit von Catania entfernt. Kein Wunder, dass Ahmed so unruhig war und alles tat, um uns bei Laune zu halten.

Während zum Nachtisch eingelegte Früchte und süße Kuchen gereicht wurden, besprachen wir Einzelheiten des Einsatzes. Mit Gunnars Hilfe beschrieb Abd al-Rahman für uns, wie seine Krieger gewohnt waren zu kämpfen. Meist mit schnellen Angriffen berittener Bogenschützen, die sich ebenso schnell wieder zurückzogen. Dabei galt es, den Gegner zu zermürben, vielleicht ihn zur Verfolgung zu bewegen und in eine Falle zu locken. Wir erklärten ihm daraufhin unsere eigene Kampfweise, ein geballter Reiterangriff mit angelegten Lanzen, um die Linie des Feindes zu durchstoßen oder von den Flanken her aufzurollen. Dabei verließen wir uns auf unsere gute Bewaffnung und Panzerung. Wir überlegten gemeinsam, wie sich beide Kampfweisen am besten verbinden ließen.

»Der Feind hat keine Ahnung, dass wir kommen«, sagte Roger am Ende. »Das muss so bleiben bis zuletzt. Ein Überraschungsangriff ist unsere beste Taktik.«

Damit waren alle einverstanden. Auch, dass Roger die Führung der vereinten Streitmacht übernehmen würde. Ich hatte ja schon einiges erlebt, aber wie wir mit kaum mehr als zweihundert Reitern die Belagerung eines Heeres von fünftausend Mann aufbrechen sollten, war mir ein Rätsel. Noch dazu mit Truppen, die wir nicht kannten. Aber der Anblick unserer Krieger und Rogers ruhige Zuversicht hatten Ahmed und Abd al-Rahman beeindruckt. Ich fragte mich, ob sie wussten, dass er im Grunde noch überhaupt keine Erfahrung besaß. Nun, wie dem auch sei, am Morgen, bei erstem Licht, würden wir aufbrechen.

Auf dem Weg zurück zu unseren Gemächern trat plötzlich Anna hinter einer Säule hervor. Sie musste auf mich gewartet haben.

»Gilbert«, hauchte sie und war ganz rot im Gesicht. Vor lauter Verlegenheit wusste sie nicht, ob sie mich umarmen oder mir die Hand küssen sollte. Schließlich fiel sie aufs Knie und tat Letzteres. Noch schüchterner wurde sie, als ich sie aufhob und ihr Roger als Bruder des Grafen von Apulien vorstellte.

»Wir haben beide im gleichen Kerker gesteckt«, erklärte ich ihm. Und Anna fragte ich, ob es ihr gut gehe.

»Wie konnte ich wissen, dass du so ein großer Herr bist«, sagte sie atemlos. Ich hatte noch Mühe mit der griechischen Sprache, ahnte aber in etwa den Sinn ihrer Worte. »Ich muss dir tausendmal danken«, fuhr sie fort. »Für meinen Mann und mich und unser Kind.«

»Was ist es denn geworden, Anna?«

»Ein Mädchen.«

»Dann hoffe ich, sie wird eine so tapfere Frau wie du.«

»Ach, ich bin so froh, dass du dein Weib gefunden hast.«

»Und ich erst. Sie wird hier auf mich warten, während wir den Emir in seinem Kampf unterstützen. Du kannst ihr als Magd dienen, wenn du möchtest. Und später nehmen wir euch alle drei mit nach Kalabrien. Dann könnt ihr in euer Dorf zurückkehren.«

Unter Tränen küsste sie mir noch einmal die Hand.

»Deine gute Tat für heute?«, witzelte Roger, als wir weitergingen und ich ihm erklärte, was gesagt worden war.

»Wenn du mit einem Menschen wochenlang im selben Loch gehaust hast, weißt du, was für einer das ist. Und Anna ist ein guter Mensch. Sie verdient meine Hilfe.«

* * *

Bei Ahmeds Gastmahl hatte ich ein paar Hammelknochen in ein Tuch gewickelt und für Loki mitgenommen. Daran hatte er schon die ganze Zeit geschnüffelt. Ich legte sie vor meiner Kammer für ihn auf den Boden und befahl ihm, gut Wache zu halten. Er sah mich verständnislos an und stürzte sich dann auf den Leckerbissen. Das würde ihn für eine Weile beschäftigen. Ansonsten konnte ich nur hoffen, dass er in der Nacht keinen Unsinn anstellte. Ich schloss die Tür hinter mir und verriegelte sie.

Gerlaine wartete schon auf mich. Sie hatte ihr Bad im warmen Wasser genossen und war voller Bewunderung für die Schönheiten und Annehmlichkeiten des Palazzos. Ich erzählte ihr von Anna und dass sie nun während ihres Aufenthalts im Palast über eine persönliche Magd verfügen durfte.

»Hier bist du sicher, bis ich zurückkehre.«

»Ich lass dich nicht allein ziehen. Ich komme mit.«

»Gerlaine, es ist ein Kriegszug. Viel zu gefährlich.«

»Das ist mir egal. Ich weiche nicht von deiner Seite.«

»Aber warum?«

Darauf gab sie keine Antwort, wies nur auf ein Bündel in einer Ecke. »Ich habe nach fester Reitkleidung gefragt für unterwegs. Das da hat man mir gegeben. Ich nehme an, die Kleider haben der Frau des Emirs gehört. Es heißt, sie habe ihren Mann verlassen. Nun, ich jedenfalls werde dich nicht mehr verlassen. Außer du schickst mich fort.« Sie hatte das ganz ernsthaft gesagt, ohne ein Lächeln.

»Nachdem ich den Hals riskiert habe, dich zu finden? Wohl kaum wahrscheinlich.«

Diesmal zeigte sich ein kleines Lächeln auf ihrem Gesicht. Aber da ich wusste, wie stur sie sein konnte, war es unnütz, ihr die Sache auszureden. Und ehrlich gesagt wollte ich es auch gar nicht. Denn der Gedanke, mich schon wieder von ihr zu trennen, war fast unerträglich. Ich war viel zu überwältigt, sie nun endlich nach all den Mühen hier bei mir zu haben, und trank förmlich ihren Anblick in mich ein. Ihr dunkles Haar war zurückgekämmt und noch etwas feucht. Die Spuren von Umars Fäusten deutlich zu sehen. Auch die Schatten unter den Augen, die von Ermüdung zeugten und sicher auch von den Leiden der letzten Monate. Doch all das konnte für mich ihre Schönheit nicht beeinträchtigen. Nach dem Bad und ohne die maurische Schminke glühte ihre Haut im Schein der Kerzen, und sie roch einfach wunderbar.

Leider trug sie auch ein langes, hochgeschlossenes Leinenhemd und rückte etwas ab, als ich mich zu ihr legte. Ich wollte sie umarmen, aber sie schob mich von sich.

»Es ist also wie in alten Tagen«, sagte ich enttäuscht und ließ mich mit einem Seufzer auf den Rücken fallen.

Sie wusste, was ich meinte. Auf unserer Reise nach Italia hatten wir monatelang im gleichen Zelt geschlafen, ohne dass sie bereit gewesen war, mir ihre Jungfräulichkeit zu schenken. Darüber hatte es Streit gegeben, und es hatte auch zu meiner Untreue geführt. Nun lagen wir nebeneinander und schwiegen bedrückt. Da wurde mir bewusst, was für ein plumper Idiot ich doch war, besonders nach allem, was sie durchgemacht hatte. Und dann merkte ich, dass sie weinte. Ich drehte mich zu ihr und stützte mich auf den Ellbogen.

»Eigentlich wollte ich dich nur in den Arm nehmen, Gerlaine. Du kannst dir nicht vorstellen, wie sehr du mir gefehlt hast.«

Über ihre Wange lief eine Träne. »Du mir auch«, flüsterte sie. »Aber jede Berührung lässt mich zusammenzucken. Ich glaube, ich kann keinen Mann mehr ertragen.«

»Was zum Teufel hat Tariq dir angetan?« Diese Frage hatte mich schon lange gequält, und nun stand sie drohend im Raum. Aber wollte ich das wirklich wissen?

Gerlaine starrte an die Decke wie in weite Ferne. Ihre Stimme war leise geworden, fast tonlos. »Ich schäme mich, darüber zu reden.«

»Es tut mir leid. Du musst mir nichts erzählen.«

»Aber du hast so viel auf dich genommen. Und ich bin nicht ehrlich zu dir gewesen, hab dir dein Kind vorenthalten. Und auch Tancred belogen. Damit ist jetzt Schluss.« Sie stockte einen Augenblick, bevor sie weitersprach. »Du hast ein Anrecht darauf, zu wissen, was für eine Frau ich geworden bin. Und ob du so eine überhaupt noch willst.« Ihre Stimme zitterte plötzlich. »Glaub mir, ich fürchte mich vor deiner Antwort. Aber es ist besser, wir sind ehrlich zueinander.«

»Gerlaine, es wird an meiner Liebe zu dir nichts ändern. Aber wenn es dich erleichtert, dann kannst du mir alles sagen.« Das war mir ziemlich leicht über die Lippen gekommen. In Wirklichkeit fürchtete ich mich vor ihrer Wahrheit genau wie sie.

»Da ist noch ein Grund«, sagte sie jetzt mit festerer Stimme. »Ich will, dass diese Männer bestraft werden, dass sie nicht so weitermachen können. Ich will, dass du mich rächst.«

»Darauf kannst du dich verlassen«, erwiderte ich grimmig.

»Also gut.« Sie holte tief Luft und zwang sich zur Ruhe. »Damit du es gleich weißt, Tariq hat mich benutzt. Wie auch die anderen Frauen. Zeitweilig war noch dieses junge Mädchen auf der Burg. Ich weiß nicht, was aus ihr geworden ist. Kann sein, er mochte sie nicht. Auf mich aber war er besonders begierig. Vielleicht, weil ich mich lange gewehrt habe. Aber in Wirklichkeit war es sinnlos gewesen, sich zu wehren. Am Ende musste ich nachgeben. Du kannst mich dafür hassen, Gilbert, oder verdammen, aber ich habe mich ihm hingegeben. Aus Angst, aus Hoffnungslosigkeit. Und weil ich überleben wollte. Ich kann nur hoffen, dass du das verstehst.« Sie schwieg mit tränenerstickter Stimme, während ich kaum wagte, mich zu rühren. »Vor einigen Wochen bin ich schwanger geworden«, fuhr sie nach einer Weile in einem seelenlosen Ton fort. »Aber die alte Sklavin hat mir ein Kräutergebräu eingeflößt. Ich war tagelang krank, doch es ist weggegangen.«

Sie holte tief Luft. Ich konnte ihre Anspannung spüren und nur in etwa ahnen, wie schwer es ihr gefallen sein musste, mir dies zu erzählen. Und bei Odin! Es war auch für mich ein Brocken zu verdauen. Obwohl, was hatte ich anderes erwartet? Sklaven haben keine Rechte. Man tut mit ihnen, was man will. Trotzdem schwor ich mir, den Kerl zur Rechenschaft zu ziehen.

»Tariq ist ein Bastard«, meinte sie, als hätte sie meine Gedanken erraten. »Aber ich kann nicht sagen, dass er mich wirklich schlecht behandelt hat. Nein, das hat er nicht.«

»Aber wer hat dich dann geschlagen? War es Umar?«

Sie nickte. »Die letzten Wochen waren die schlimmsten. Nachdem Tariq für den Emir in den Krieg gezogen ist, haben Umar und seine Halsabschneider die Burg übernommen. Ich kannte sie schon. Sie waren es, die mich in Kalabrien entführt haben.«

»Ich weiß. Die Leute im Dorf erinnerten sich an seine Tätowierung. Das hat mich am Ende zu dir geführt.«

»Sie haben sich wie Säue aufgeführt. Besonders mich wollten sie quälen und demütigen. Dein Name ist dabei oft gefallen.« Sie schlug die Hände vors Gesicht. »Bitte frag mich nicht nach Einzelheiten, aber es war schrecklich. Und wenn sie sich nicht vor Tariq gefürchtet hätten, wäre ich wohl nicht mehr am Leben.«

Bei diesen Worten überfiel mich eine so fürchterliche Wut auf diese Kerle, dass es mich für einen Augenblick fast zu ersticken drohte. In der Erinnerung tauchten Bilder von meiner Mutter auf. Bilder ihrer Schändung und Ermordung. Asta. Jetzt wusste ich endlich ihren Namen. Zu früh war sie mir entrissen worden. Und nun Gerlaine. Zumindest hatte sie überlebt. Und natürlich wusste ich, warum Umar seinen Hass an ihr ausgelassen hatte. Aber es war nicht nur Wut, die ich empfand. Die Vorstellung von Gerlaine, hilflos in den Händen dieser Tiere, wollte mir vor Gram fast das Herz zerspringen lassen. Am liebsten wäre ich aufgesprungen und hätte gleich jemanden umgebracht.

Als ich wieder ruhiger atmen konnte, nahm ich sie in die Arme und streichelte sie so sanft wie möglich, wie man es mit einem Kind tut, wenn es aus einem bösen Traum erwacht.

»Dabei ist alles meine Schuld«, flüsterte sie an meiner Brust. »Hätte ich dich damals nicht verlassen, wäre das alles nicht geschehen. Aber ich war so verletzt, als ich von deiner Untreue erfahren hatte. Ich konnte nicht mehr klar denken. Besonders als ich merkte, dass ich schwanger war. Tancred war nicht gut für mich, das weiß ich inzwischen. Und jetzt? Mein Körper ist taub und meine Seele stumpf. Ich bin überhaupt keine Frau mehr. Man fühlt sich wie ein geschundenes Stück Dreck. Du kannst dir gar nicht vorstellen, wie das ist.« Sie klammerte sich schluchzend an mich, während ich beruhigende Laute von mir gab und sie weiter streichelte. »Ganz am Anfang war ich so verzweifelt, ich hätte mich fast umgebracht. Später wurde ich abgebrühter.«

»Hast du etwa gedacht, ich lass dich im Stich? Du bist doch sonst so hellsichtig.«

Sie setzte sich auf und wischte sich die Tränen aus dem Gesicht. »Wir hatten uns so lange nicht gesehen, Gilbert. Es war, als ob unsere Seelen sich nicht mehr finden konnten. Ich habe es versucht, aber ich konnte dich nicht erreichen.« Sie nahm einen Schluck vom Wein, den eine Dienerin für uns hingestellt hatte, und sah mich an. »Warum bist du gekommen?«

»Ich habe von deiner Entführung geträumt. Sogar Tariq habe ich im Traum gesehen, ob du's glaubst oder nicht.«

»Dann hat mein Flehen ja doch genützt«, sagte sie verwundert. »Als du mit Gunnar in der Burg aufgetaucht bist, da habe ich mich vor dir geschämt. Trotzdem war ich sicher, dass du mich holen kommst. In der letzten Nacht habe ich es ganz deutlich gespürt und bin leise aufgestanden. Ich hatte Angst um Ardoin, als ich ihn klettern sah. Aber mein Herz hat gejubelt.« Sie atmete langsam aus und ließ die Schultern hängen. »Jetzt weißt du alles«, sagte sie und sah mich mit so traurigen Augen an, als läge ihr Leben nun allein in meiner Hand. Dann senkte sie den Blick.

Inzwischen waren auch mir die Tränen gekommen. Weniger aus Trauer über das Vergangene, sondern weil da immer noch diese Vertrautheit und Liebe zwischen uns war. »Weißt du noch, wie verliebt wir waren?«, fragte ich. »Auf unserer langen Wanderschaft nach Italia? Diese Reise hätte nie aufhören sollen.« Ich küsste ihre noch feuchten Wangen. »Einmal hast du behauptet, du sähest keine Zukunft für uns, erinnerst du dich? Aber nun sind wir wieder vereint, du und ich. Wir fangen einfach von vorne an und versuchen zu vergessen, was geschehen ist. Wir haben einen prächtigen Sohn. Wir sind eine Familie.«

Noch immer unsicher, richtete sie ihre Augen auf mich, diese wunderschönen, graugrünen Augen, die ich so liebte, die mich an den blassen Nebel auf morgendlichen Feldern erinnerten, daheim in der Normandie.

»O Gilbert«, flüsterte sie. »Ich war immer schrecklich in dich verliebt. Auch wenn ich manchmal gemein zu dir war. Bitte verlass mich nicht. Ich weiß nicht, was ich tun würde. Gerade jetzt.«

»Rede kein dummes Zeug«, murmelte ich und schlang meine Arme um sie. »Wie könnte ich dich jemals verlassen?«

Es begann mit einem Kuss. Zuerst nur ein vorsichtiges Berühren der Lippen, aber dann wurde mehr daraus. Hände, Lippen, Münder, Zungen. Ich zog sie fest an mich, und unsere Leiber erkannten sich wieder nach so langer Zeit, als wären wir nie getrennt gewesen. Begierde überschwemmte mich. Ich stöhnte auf. Aber es war nicht richtig. Noch viel zu früh dafür. Ich riss mich von ihr los. Aber Gerlaine nestelte bereits am Ausschnitt ihres Hemdes und zog es sich mit einem Ruck vom Leib. Dann zerrte sie auch an meiner Tunika.

»Bist du sicher?«, fragte ich heiser.

»Ja, jetzt sofort. Ich möchte es.«

Wie konnte ich widerstehen? Ich war ausgehungert nach Liebe und nahm sie vielleicht stürmischer, als es gut für sie war. Aber sie gab sich mir mit Freudentränen hin, auch wenn mich hinterher das Gefühl beschlich, dass es ihr nur um mich gegangen war. Was sind wir Männer doch für Sklaven unseres Leibes, dachte ich nicht ohne Reue. Doch Gerlaine schmiegte sich an mich und küsste mir immer wieder Brust und Hals. Ich atmete ihren Duft ein und schwor mir, in Zukunft behutsamer zu sein. Sicher gab es Hoffnung, dass ihre Seele eines Tages heilen würde. Und was war mit mir? Würde es auch mir gelingen, die Bilder ihrer Scham aus meinem Kopf zu verbannen? Würde es helfen, sie mit Blut auszulöschen? Dazu war ich mehr als bereit.

Lange lagen wir Haut an Haut eng umschlungen, bis sie auf einmal sagte: »Die haben etwas vor, weißt du?«

»Wer?« Ich war schon in diesem Dämmerzustand kurz vor dem Einschlafen.

»Tariq. Und die Wüstenskorpione. Ich glaube, es gibt da auch eine Frau.«

Plötzlich war ich hellwach. »Wovon redest du?«

»Sie haben untereinander getuschelt in der Burg. Umar und die anderen. Ich habe kaum etwas verstanden. Aber meine Ahnungen täuschen mich selten.«

»Und? Nun sag schon.«

»Ich glaube, sie wollen deinen Emir ermorden.«

* * *

Es war später Nachmittag und der Feind nicht weit. Das konnte man an den Rauchsäulen der Kochfeuer erkennen, die hinter dem nächsten Hügel in den Himmel stiegen.

Am Morgen hatten wir den *fiume* Simeto überquert und später auch seinen Zufluss, den *fiume* Dittaino, der sich durch die breite Ebene schlängelte und an dessen Südseite wir weiter Richtung Westen geritten waren. Ein scharfer Ritt war es gewesen. Männer und Pferde waren müde. Ich selbst war heute mit meiner Fuchsstute Saura unterwegs, Gerlaine hatte ich die ruhigere Alba überlassen.

Mein Versuch, sie vor unserem Abmarsch noch einmal zu überreden, in Catania zu bleiben, hatte auch diesmal nicht gefruchtet. »Ich bin auf ihre Gesichter neugierig, wenn sie sehen, dass ich frei bin und dass du ihre elende Burg angezündet hast«, sagte sie mit Genugtuung.

Ich hätte gern auch noch die andere Burg gestürmt, Abd al-Maliks Zufluchtsort am Ätna. Aber dazu war keine Zeit. »Umar wird vermutlich schon berichtet haben«, erwiderte ich.

»Umso besser. Dann wissen sie, was sie erwartet.«

Ihr Vertrauen ehrte mich, aber wie ich uns an diesen drei Bastarden Tariq, Abd al-Malik und Umar im Lager des Emirs rächen sollte, war mir nicht klar. Denn dort vermutete ich sie, schließlich waren sie seine Verbündeten. Ich konnte sie höchstens einen nach dem anderen zum Zweikampf herausfordern. Oder auf eine bessere Gelegenheit warten, denn Vergeltung erfordert oft Geduld. Mir würde schon etwas einfallen.

Abd al-Rahman hatte ich gebeten, für Gerlaine einen passenden Lederpanzer zu besorgen. Aber auch das hatte sie abgelehnt. Der sei zu unbequem, enge sie ein, und außerdem habe sie ja nicht vor, mit mir in den Kampf zu reiten. Sie würde sich gegebenenfalls im Tross aufhalten, bei Aristoteles und Chara.

Mit der jungen Griechin hatte sie sich sofort angefreundet. Beide zeichnete eine gewisse Unabhängigkeit aus. Besonders Gerlaine war keine Frau, die gern zurückblieb, um auf ihren Mann zu warten, als hätte sie Angst, sie könne etwas vom Leben verpassen. Und Chara schien ihr darin ähnlich zu sein. Da Aristoteles zu seinem Herrn stoßen wollte, war seine Nichte nicht gewillt, ihn allein ziehen zu lassen. Sie sei es ja gewohnt, mit ihm zu reisen, sagte sie, und ein Kräftemessen der verfeindeten Heere wolle sie sich nicht entgehen lassen.

Doch der wahre Grund schien mir ein anderer zu sein. Während meiner Reise nach Argentano und dem erzwungenen Aufenthalt meiner beiden Kameraden in Catania hatten sich die Gefühle zwischen Chara und Thore immer stürmischer entwickelt. Mein Freund schien es wirklich ernst mit ihr zu meinen. Ich musste lächeln. Der unverbesserliche Schwerenöter, gezähmt von einer Griechin aus Sicilia. Wer hätte das gedacht?

Ich hatte lange mit mir gerungen, ob ich Roger und Gunnar von Gerlaines Verdacht erzählen sollte, behielt es aber doch für mich. Die vagen Ahnungen eines Weibes? Warum sollten sie das ernst nehmen? Und Eile, den Emir zu erreichen, war ohnehin geboten.

»He, träumst du?« Roger stieß mir in die Rippen und deutete auf Loki. »Was ist mit deinem Hund los da vorne?«

Wir hatten unser kleines Heer in einer bewaldeten Talmulde zurückgelassen und uns dann mit Abd al-Rahman und Gunnar einem berittenen Spähtrupp angeschlossen. Thore war auch dabei. Wir wollten uns selbst einen genauen Überblick verschaffen, natürlich ohne gesehen zu werden. Insgesamt waren wir zu siebt und standen im Augenblick einigermaßen gut versteckt zwischen hohen Sträuchern. Wir hatten gerade überlegt, ob wir es wagen sollten, die offene Wiese vor uns zu überqueren oder sie doch lieber weiträumig zu umreiten. Es war zwar Winter und die Bäume größtenteils entlaubt, dennoch boten Unterholz und immergrünes Gesträuch noch genügend Deckung.

Ich blickte zu meinem Hund hinüber, der im hohen, vergilbten Gras vor uns ruckartig stehen geblieben war, Ohren gespitzt und eine Vorderpfote in der Luft, als habe er eine Beute gesichtet. Dann kauerte er sich wie zum Sprung nieder, und wir hörten ihn leise knurren.

»Da kommt jemand«, sagte ich. »Besser, wir ziehen uns weiter in die Sträucher zurück.«

Kaum geschehen, da sahen wir zwischen den kahlen Ästen der Bäume im gegenüberliegenden Wald zwei Reiter auftauchen. Loki lag immer noch geduckt im Gras. Ich stieß einen leisen Pfiff aus, woraufhin er sich langsam, fast widerwillig in unsere Richtung bewegte.

»Dein Loki ist ja doch zu was nütze«, meinte Roger. »Ich nehme an, das sind Kundschafter.«

Gunnar brummte zustimmend. »Und die werden uns entdecken, wenn sie weiter in diese Richtung reiten. Wir sollten uns zurückziehen.«

Aber das war nicht nach Rogers Geschmack. »Lasst sie uns fangen. Vielleicht erfahren wir etwas.«

Wir verteilten uns im Wald. Jeder suchte sich eine Deckung hinter Gestrüpp oder dicht stehenden Bäumen. Saura und ich standen halb verdeckt hinter einem Felsbrocken. Die Stute war unruhig. Vielleicht hatte sie die Witterung der feindlichen Gäule in der Nase, denn der Wind wehte von dort herüber. War ein Hengst darunter? Ich strich ihr über den Hals, um sie zu beruhigen. Auch Loki hielt aufgeregt die Nase in den Wind. Für ihn war es nur ein Spiel. Für uns blutiger Ernst.

Die Kerle kamen tatsächlich direkt auf uns zu. Besonders aufmerksam waren sie nicht, unterhielten sich angeregt in ihrer Berbersprache. Wir ließen sie nah genug herankommen, dann gab Roger seinem Gaul die Fersen und stellte sich ihnen in den Weg. Die beiden blieben stehen und starrten ihn mit großen Augen an, als wäre er ein Troll oder ein böser Waldschrat.

Als ich ebenfalls aus der Deckung ritt und mich zu Roger gesellte, griff einer der beiden zum Schwert, während der andere hastig seinen Bogen hob. Aber er kam nicht mehr zum Schuss, denn schon zischte Thores Pfeil heran und bohrte sich mit solcher Wucht in seine ledergepanzerte Schulter, dass es ihn fast aus dem Sattel riss. Der Bogen entglitt ihm, als er sich an die Schulter fasste.

Der andere Sarazene zerrte derweil den Kopf seines Gauls herum. Doch bevor er fliehen konnte, kamen schon die Gefährten von allen Seiten aus dem Dickicht. Mit wilden Augen glotzte der Mann von einem zum anderen, aber schließlich gab er den Gedanken an Flucht auf und hob die Arme als Geste der Unterwerfung. Wir ließen sie von ihren Pferden steigen und banden ihnen die Hände auf den Rücken. Dem Verwundeten schnitten wir den Panzer auf, ließen ihn auf ein Stück Holz beißen und zogen ihm den Pfeil aus dem Fleisch. Er ertrug es, ohne zu schreien.

Überhaupt waren die beiden nicht erpicht darauf, für ihren Brotherrn zu sterben, wenn es sich vermeiden ließ. Sie kämpften für Sold und nicht für Heldenruhm. Abd al-Rahman, der selber Berber war, redete ihnen gut zu und versprach, sie zu verschonen und sich auch um den Verwundeten zu kümmern, wenn sie bereit waren, uns ehrliche Auskünfte zu geben.

Es stellte sich heraus, dass die zahlenmäßige Überlegenheit des Feindes in etwa dem entsprach, was wir schon wussten. Unser Emir, Muhammad al-Thumnah, war mit seinem kleinen Heer auf den Monte Scalpello geflohen und hatte sich dort unterhalb des alten Heiligtums richtiggehend eingegraben und sogar einen Erdwall um seine Stellung aufgeworfen. Gegen diese Verteidigungslinie waren al-Hawwas' Fußtruppen unter großen Verlusten dreimal vergeblich angerannt. Ihre Reiterei, die auf dem steinigen Hang natürlich nutzlos war, hielt sich deshalb weiter östlich in Flussnähe auf, wo die Pferde besseres Wintergras fanden. Das feindliche Hauptheer lagerte am Fuß des Monte Scalpello. Man hatte sich entschieden, einfach zu warten, bis der Durst den Emir zur Aufgabe zwang. Und um einen Ausbruch zu verhindern, waren auf der Bergseite ebenfalls ein langer Wall und Graben angelegt worden.

»Und was befindet sich auf unserer Seite?«, fragte Roger.

Der unverwundete Berber zuckte mit den Schultern. Da sei nichts, ließ er uns wissen. Nur ihr Lager. Sie hätten schon genug gegraben. Und warum sollten sie sich auch noch gegen einen Feind absichern, den es nicht gab? Aber weshalb sie dann als Kundschafter unterwegs seien, wollte Abd al-Rahman wissen. Doch das bestritten sie. Sie hatten nur jagen wollen, hier in diesem Wald, für die Feldküche ihres Herrn.

»Sind noch mehr von euch unterwegs?« Gunnar deutete auf den fernen Hügel, der uns von ihrem Lager trennte.

»Nein, Herr. Allen anderen ist es strengstens verboten, das Lager zu verlassen.«

Gunnar nickte. »Weise Anordnung. Sonst hätte al-Hawwas bald die Hälfte seiner Männer in der Gegend herumlaufen, um Bauern auszuplündern und deren Weiber zu vögeln.«

Roger dachte einen Augenblick lang nach. Dann machte er ein entschlossenes Gesicht. »Wir greifen an. Jetzt gleich, wenn sie es am wenigsten erwarten.«

Abd al-Rahman protestierte, als Gunnar für ihn übersetzt hatte. »Die Pferde sind müde nach dem langen Ritt. Außerdem ist es bald dunkel.«

Aber Roger ließ sich nicht beirren. »Umso besser. Sie werden uns nicht kommen sehen. Uns aber werden ihre Lagerfeuer leuchten. Bevor sie etwas merken, sind wir mitten unter ihnen und machen so viele nieder wie nur möglich.«

Abd al-Rahman gefiel das nicht. Auch wir anderen machten zunächst nachdenkliche Gesichter.

»Es ist vielleicht gewagt«, meinte Gunnar. »Aber eines ist sicher, morgen wird es noch schwieriger werden. Denn dass wir lange unentdeckt bleiben, ist unwahrscheinlich.«

»Vielleicht ist es einen Versuch wert«, sagte ich.

Auch Tancred war am Ende einverstanden. Roger nahm unsere Zustimmung wie selbstverständlich hin. »Nimm zwei Mann, Gunnar, und hol unsere gesamte Truppe her, außer dem Tross natürlich. Die Gefangenen nimmst du am besten mit. Wir sammeln uns unterhalb der Hügelkuppe dort drüben, aber so, dass der Feind uns nicht bemerkt. Wir anderen reiten schon mal vor, um uns die Lage anzuschauen, bevor es zu dunkel wird.«

Roger, der sich sonst eher umgänglich und entspannt gab, war plötzlich der tatkräftige Befehlshaber. Ganz wie Robert, nur eben jünger. Sein Plan mochte gewagt sein, doch seine entschlossene, zuversichtliche Haltung ließ die Bedenken schwinden und machte Mut. Selbst Abd al-Rahman grinste schließlich anerkennend über diesen frechen Streich.

Loki lief voraus, und wir folgten. Erst quer über die Wiese, dann durch das angrenzende Waldstück und eine halbe Meile weiter den flachen Hügel hinauf. Hier ging der Wald in hohe Sträucher und krüppelige Kiefern über. Unterhalb der Kuppe ließen wir die Pferde angebunden zurück und gingen zu Fuß weiter, bis wir die beiden Feldlager überblicken konnten.

Inzwischen hatte der Himmel sich blutrot verfärbt, und die letzten Sonnenstrahlen ließen die Spitze des nach Westen verlaufenden Monte Scalpello noch eine Weile in Gold erglühen. Mit seiner scharfen Höhenkante und steilen Hängen sah er seinem Namen getreu tatsächlich wie die Schneide einer Axt aus. Kein Wald, nur trockenes Gras, niedrige Sträucher, hier und da eine Krüppelkiefer. Auf seiner Schattenseite und uns genau gegenüber war der Berg breiter und fiel weniger schroff ins Tal ab. Auf diesem Hang hatte sich al-Thumnahs Heer verschanzt. Sie hatten nur wenige richtige Zelte errichtet. Entweder waren die beim Rückzug verloren gegangen, oder der Hang war zu steil dafür. Soweit man aus der Entfernung und in der Dämmerung erkennen konnte, behalfen sich die meisten mit einem Unterschlupf aus Zeltplanen und Zweigen oder hausten unter freiem Himmel. Deutlich zu sehen war die halbkreisförmige Umwallung. Davor schienen Leichen zu liegen, die ganze Scharen von Krähen angelockt hatten. Ihr heiseres Geschrei ließ uns einen Schauer über den Rücken laufen.

Unterhalb davon, in einer Talmulde und außerhalb der Reichweite von al-Thumnahs Bogenschützen, befand sich das feindliche Lager. Es lag bereits in tiefen Schatten. Hier reihte sich ein Zelt ans andere. Überall brannten Lagerfeuer. Anscheinend mangelte es hier nicht an Feuerholz. Wachen sahen wir nur an der Verteidigungslinie am Fuß des Berges, ansonsten machte das Lager einen unbekümmerten, fast ausgelassenen Eindruck. Krieger liefen hin und her, Gesänge und Trommeln drangen bis zu uns herüber. Einige sahen wir sogar tanzen. Immerhin mussten sie sich keine Sorgen machen, überrannt zu werden. Nicht bei einer Stärke von fünftausend Mann.

Dagegen waren unsere etwas über zweihundert Reiter doch nicht mehr als eine winzige Schar. Beim Anblick der Größe dieses Lagers war mir ziemlich mulmig geworden. Eine solide Schildwand von erfahrenen Speerträgern kann jeden Reitersturm aufhalten. Und falls ihre eigene Reiterei, deren Zelte weit entfernt in den Flussniederungen auszumachen waren, uns frühzeitig entdeckte, könnten wir übel in die Zange genommen werden. Doch auch am Fluss war alles ruhig, soweit man sehen konnte.

Roger schien sich solche Sorgen nicht zu machen. Im Gegenteil, er scherzte mit uns über die schlampige Lagerhaltung der Sarazenen, die Abwesenheit von Wachen und Spähern und dass sie nicht einmal versuchten, den Berg zu erklimmen, um al-Thumnah in den Rücken zu fallen. Sicher sei al-Hawwas' angenommene Kampfstärke weit übertrieben, meinte er, denn sie mussten ja ebenfalls Verluste hingenommen haben. Ich versuchte, die Zelte zu zählen, gab es jedoch nach einer Weile auf. Vielleicht hatte er recht. Wahrscheinlich waren sie es nicht einmal gewohnt, in einer Schildreihe zu kämpfen. Und die meisten von ihnen waren vermutlich nur Bauern ohne viel Kampferfahrung. So jedenfalls versuchte ich, mir Mut zuzusprechen.

Still und heimlich kamen hinter uns unsere Reiter durch den Wald und den Hügel herauf. Mehr als ein leises Klirren des Zaumzeugs oder gelegentliches Schnauben der Tiere war nicht zu hören. Sie sammelten sich je nach Kampfeinheit und stiegen von den Pferden. Einige unserer Knechte waren mitgekommen und verteilten Lanzen. Ich suchte mir eine aus und ging zu meinen Jungs hinüber.

»Was ist der Plan?«, fragte Ragnar.

»Hört mal alle zu«, sagte ich. »Das gegnerische Lager liegt hinter diesem Hügel in einer Mulde. Wir warten, bis es dunkel ist. Dann machen wir uns auf den Weg, aber im Schritt und ohne Lärm. Der Weg bis zu ihrem Lager führt über einen leicht abfallenden Hang, vielleicht fünfhundert Schritt. Kein Wald, nur Gras und niedrige Büsche. Wir kämpfen in drei Gruppen zu je zwanzig Mann wie verabredet und nähern uns so weit wie möglich unbemerkt. Verhaltet euch beim Anmarsch also äußerst still.«

»Was ist mit Abd al-Rahmans Reitern?«, wollte Bjarni wissen.

»Seine Berber lassen als Erstes einen Pfeilregen auf das Lager nieder. Das soll für Verwirrung sorgen. Danach sind wir Normannen dran. Aber erst auf Rogers Befehl. Dann preschen wir im Galopp vor und durchstoßen jede Verteidigung, die sich uns entgegenstellt. Tötet so viele von den Bastarden, wie ihr könnt, und macht dabei auch so viel Lärm wie möglich. Wir wollen sie zu Tode erschrecken. Die Berber haben Befehl, sofort nachzustoßen, sich zu verteilen und das Werk zu vollenden. Gunnars Truppe kommt zuletzt und kann immer dort eingreifen, wo es für uns brenzlig wird. Es soll alles möglichst schnell ablaufen, bevor deren Reiterei am Fluss merkt, was los ist.«

»Wir sollten versuchen, al-Hawwas zu töten«, meinte Hamo. »Dann ist die Sache schnell vorbei.«

Ich nickte. »Genau damit hat Roger uns zwanzig betraut. Wir werden uns bemühen, so schnell wie möglich al-Hawwas' Zelt zu ereichen. Das ist ein großes, buntes in der Mitte.«

»Was ist, wenn der Widerstand zu groß wird?«

»Achtet auf Roger. Sollte er fallen, dann auf mich. Falls nötig, ziehen wir uns auf diesen Hügel zurück. In der Dunkelheit werden sie uns nicht folgen. Noch etwas. Ganz wichtig. Sollte der Feind fliehen, wie wir hoffen, dann bitte keine Verfolgung, habt ihr gehört? Wir wollen Panik schüren und das Lager nehmen, sonst nichts. Wenn uns das nicht gelingt, dann wenigstens den Feind so weit schwächen wie möglich, bevor wir uns zurückziehen.«

Wir nutzten das letzte Licht des Tages, um noch einmal Ausrüstung und Waffen zu überprüfen. Sattelgurte wurden fester gezurrt, Helme aufgesetzt, die Schulterriemen der Schilde geprüft. Die Lanzen waren für den ersten Angriff, dann würde es mit anderen Waffen weitergehen. Manche kämpften mit Streitäxten, die selbst einen Helm durchschlagen konnten.

Mir aber war das Schwert lieber, denn eine Axt konnte leicht in einem Schild stecken bleiben.

Ich legte Loki an die Leine und gab ihn in die Obhut eines Knechtes. Gunnar kam zu uns herüber und zog mich zur Seite. »Ich habe dir etwas auszurichten. Du weißt schon von wem«, sagte er mit einem Lächeln. »Sie ist mit ihrem Herzen bei dir. Und du sollst an die Kraft deines Schwertes denken. Es wird dich vor Unheil bewahren.«

»Danke, Gunnar.« Ich zog die Waffe aus der Scheide. Die Runeninschrift war im letzten Schimmer des vergehenden Abendsrots gerade noch auszumachen. »In diese Zeichen ist mein eigenes Blut eingebrannt, und Gerlaine hat es mit einem Zauber belegt. Glaubst du, es hilft?«

»Natürlich.« Gunnar deutete auf seine Brust unter dem Kettenpanzer. »Ich trage Thors Hammer immer bei mir. Ein Geschenk meiner Mutter. Das Amulett stammt von ihren Ahnen. Hat mich bis jetzt immer beschützt.«

Langsam verstummten die Gespräche. Jeder blieb mit seinen Gedanken allein. Nun war nichts weiter zu tun, als auf den Marschbefehl zu warten.

Nachtangriff

Als endlich der Befehl zum Vorrücken kam, war es wie eine Erlösung. Denn am schlimmsten ist das lange Warten vor dem Einsatz. Tausend Dinge gehen einem durch den Kopf. Was man vorher noch hätte tun sollen, falls man den Tod findet. Gespenstische Bilder von wüsten Verwundungen. Man sieht sich blutend im Gras liegen mit aufgeschlitztem Bauch, von Fliegen und Krähen befallen. Wie die Leichen, die wir oben auf dem Berghang gesehen hatten.

Manche tranken sich Mut an. Rollo zum Beispiel, sollte man meinen. Aber gerade er, der sonst jede Gelegenheit wahrnahm, um sich zu besaufen, blieb in solchen Augenblicken nüchtern. Auch ich hielt nichts davon, mir die Sinne zu betäuben. Wenn es dann nach langem Warten endlich losging, war man zwar angespannt und aufgeregt, aber die schrecklichen Bilder traten in den Hintergrund. Keine Zeit mehr zum Grübeln.

Wir saßen auf, hängten uns die Schilde um, griffen nach den Lanzen. Roger war vorher noch von einer Gruppe zur anderen gegangen, um uns Mut zuzureden. Auch bei den Berbern war er gewesen, mit Gunnar als Übersetzer. So jung er war, die Männer ließen sich von seiner Zuversicht anstecken, waren bereit, ihm zu folgen, auch wenn es allen wie ein großes Wagnis erschien.

Nun ritt er allen voran in die Nacht, über die Hügelkuppe und dem Feind entgegen. Die gesamte Truppe setzte sich auf breiter Front in Bewegung. Die Berber auf unserer linken Seite, Bogen bereit, volle Köcher auf dem Rücken, Gunnars Kämpfer hinter uns. Es war nicht völlig dunkel. Der Mond war gerade über den Horizont gestiegen und ließ die nähere Umgebung erkennen. Vor uns senkte sich das Gelände bis hinab zu den Zelten des Gegners. Hundert Lagerfeuer wiesen uns den Weg dorthin, weit mehr als oben auf dem Hang des Monte Scalpello, wo nur eine Handvoll Lichter zu sehen waren.

Auf Helmen und Lanzenspitzen glänzte das Mondlicht, während wir uns im Schritt dem feindlichen Lager näherten. Ich erschrak, als eines der Pferde wieherte. Ein anderes antwortete, Sättel knarrten, Waffen klirrten ungewollt aneinander. Verdammt, sie mussten doch merken, dass wir kamen. Aber alles blieb ruhig, auch als wir schon die Hälfte des Weges hinter uns hatten. Vermutlich nahm ihnen der Feuerschein die Nachtsicht, und ihr Gerede und Lachen am Lagerfeuer übertönte das sich nähernde Stampfen der Hufe im Gras.

Jetzt waren wir nur noch hundert Schritt von den ersten Zelten entfernt. Roger, der immer noch allen vorausritt, hob den Arm. Wir zügelten die Pferde. Auf einen weiteren Wink von ihm ritten die Berber noch näher ans Lager heran und hoben ihre Bögen. Mehr als hundert Pfeile zischten von den Sehnen, waren gegen den Nachhimmel nicht zu sehen, aber gleich darauf hörte man das Plop, Plop, Plop, als sie aufschlugen, und die Schreie der ersten Verwundeten.

Einige der Männer an den Lagerfeuern sahen sich verwundert um, aber da waren schon die nächsten Pfeile unterwegs. Jetzt sprangen viele auf, riefen Warnungen. Die meisten aber verstanden immer noch nicht, was um sie herum geschah. Wieder schrien Getroffene vor Schmerz und Überraschung, brachen in die Knie. Und jetzt blickten ihre Kameraden wild um sich, starrten in die Nacht, fragten sich, woher die Pfeile kamen. Noch einmal hagelte es auf sie nieder. Immer mehr von ihnen wankten mit Pfeilen in Rücken, Brust oder Schulter, stürzten zu Boden. Da brach heller Aufruhr im Lager aus. Lautes Geschrei tönte herüber, Männer liefen umher, hasteten zu den Zelten, als ob diese Schutz böten. Aber nein, sie suchten nur ihre Schilde, hielten sie sich über den Kopf, griffen zu den Waffen. Befehle hallten durchs Lager, doch wenige schienen überhaupt auf sie zu achten. Es war ein Durcheinander, jeder Mann für sich.

Nach der letzten Salve reckte Roger seine Lanze hoch in die Luft. »Altavilla!«, brüllte er in die Nacht und schlug seinem Hengst die Fersen in die Flanke. Der machte einen Satz nach vorn und stürmte los. Nun johlten auch wir das Gleiche aus zweihundert Kehlen und preschten ihm nach. Seit unseren ersten Tagen im Mezzogiorno war dies unser Schlachtruf gewesen. Altavilla!, das waren wir, Roberts unerschrockene Kerle, ein Ruf, der unseren Mut befeuerte und Furcht in die Herzen unserer Feinde säte.

Schon jagten wir an den ersten Zelten vorbei und ritten Männer über den Haufen, die sich uns entgegenstellten. Dann waren wir mitten unter den zu Tode erschrockenen Sarazenen, stachen links und rechts mit den Lanzen zu. Und wenn sie stecken blieben, griffen wir zu Axt oder Schwert. Ein wildes Hauen und Stechen hob an. Wir ließen die Pferde in die Menge preschen oder im Kreise tanzen, teilten nach allen Seiten aus. Wer uns im Weg stand und sich nicht schnell genug duckte, fiel blutend ins Gras. Wir kappten Schnüre und Stangen. Zelte fielen in sich zusammen, bevor Männer herauskriechen konnten. Eines fing Feuer. Pferde wieherten schrill, Hufe trampelten auf Gliedern herum, Münder schrien, Äxte wüteten, Schwerter schlitzten, und aus tödlichen Wunden rann das

Blut in Strömen. Ein Höllensturm war über die Sarazenen hereingebrochen.

Doch sosehr wir uns mühten, das Gemetzel, das wir anrichteten, genügte nicht. Langsam verdichtete sich Widerstand. Immer mehr von ihnen kämpften nicht nur um ihr eigenes Leben, sondern stellten sich uns mit Schild und Speer entgegen, begannen sich zu gruppieren. Aber da kamen schon Abd al-Rahmans Leute mit Geheul hinter uns hergaloppiert und beteiligten sich am Kampf, hackten wild um sich und drängten die Meute zurück, die sich gegen uns geworfen hatte.

Ich sah mich um. Wo zum Teufel war al-Hawwas' Zelt? Dann entdeckte ich es. »Ragnar, Thore, Rollo«, brüllte ich. »Da lang!«

Wir versuchten, uns einen Weg zu bahnen. Rollo schwang den Hammer mit mörderischer Wucht. Sarazenen wichen vor seiner Wut zurück. Auch wir anderen kämpften wie besessen. In der Hitze der Schlacht vergisst man alles, ist kaum noch sich selbst, gerät in einen wilden Rausch. Es geht nur noch ums Töten und ums Überleben. Immer mehr Feinde fielen vor unseren Streichen. Hoch zu Ross waren wir nicht leicht zu erreichen, aber was uns wirklich überlegen machte, waren die Kettenpanzer. Ich weiß nicht, wie viele Schläge oder Stiche ich erhielt, ohne dass es mich einen Tropfen Blut gekostet hätte.

Und doch kam unser Vormarsch erneut ins Stocken. Das Zelt des feindlichen Heerführers war immer noch unerreichbar. Meine Gefährten und ich steckten mitten in einem Haufen wütender Feinde, die uns jetzt von allen Seiten bedrängten. Bjarni schien verwundet zu sein und wankte im Sattel. Ich musste ihn mit dem Schild schützen und stieß dem Kerl, der mit dem Speer nachstoßen wollte, das Schwert in die Kehle. Saura scheute, als einer mit einem Feuerbrand auf sie losging.

Doch Thore war zur Stelle und hackte ihm in die ungeschützte Schulter. Einem der unseren brach das Pferd unter dem Hintern zusammen. Er stürzte unglücklich, und die aufgebrachten Sarazenen meuchelten ihn auf der Stelle. Ein anderer Gaul, schwer getroffen, trat auf die eigenen Därme, die ihm aus dem Bauch hingen. Das Tier schrie jammervoll und brach in die Knie.

Ich versuchte, mich nach Roger umzublicken, konnte ihn aber nirgends sehen. Dunkle Gestalten tanzten vor dem flackernden Licht der Lagerfeuer ihren Todestanz. Dabei war es schwer, ein Gesicht zu erkennen. Hin und her wogte der Kampf. Getöse, Waffenlärm, Gebrüll, Todesschreie, das Wiehern der Pferde. Funken stoben hoch, als ein Kerl ins Feuer fiel und schreiend aus den Flammen kroch, nur um eine Axt in den Schädel zu kriegen. Wir schienen zunehmend einen schweren Stand zu haben. War es Zeit für einen geordneten Rückzug? Denn wenn die Schlacht plötzlich kippt, wenn Panik um sich greift und Männer vor Angst nur noch ans Wegrennen denken, dann hat man verloren, dann beginnt das Sterben in den eigenen Reihen.

Aber endlich entdeckte ich Roger. Er war zu Fuß und von Feinden umringt, teilte aber nach allen Seiten aus. Seine Klinge blitzte im Feuerschein, Männer fielen durch seine Hiebe. Er brüllte seinen Schlachtruf. Da eilten Kameraden ihm zu Hilfe. Und in diesem Augenblick stürzten sich auch Gunnar und seine Krieger ins Gewühl, zogen den Feind auf sich und verschafften uns genügend Luft, um uns freizukämpfen.

Das Gedränge hatte sich durch Gunnars Angriff verlagert, und plötzlich war der Weg zu al-Hawwas' prunkvollem Zelt frei. Ich gab Saura die Sporen und stürmte los. Thore, Rollo und die anderen folgten mir. Vor dem Zelt sprang ich vom Pferd.

»Gebt mir Rückendeckung!«, rief ich Thore zu.

Ich schulterte den Schild, zog den seidenen Vorhang des Eingangs zur Seite und drang mit blutigem Schwert in der Faust ins dunkle Innere. Der Feuerschein auf den Zeltwänden lieferte nur spärlich Licht, aber genug, um zu sehen, dass das Zelt leer war. Hatte ich hier wirklich jemanden erwartet? Al-Hawwas musste irgendwo da draußen seine Männer sammeln und sein Lager verteidigen. Während der Kampf weitertobte, sah ich mich rasch um. Ein zerwühltes Bett, seidene Gewänder über Feldstühlen, ein einzelner Stiefel. Es sah aus, als ob jemand den Ort hastig verlassen hatte. Mehrere Truhen. Von einer hob ich den Deckel hoch – noch mehr Kleider. Ich hob einen anderen Deckel. Bei Odin, da blinkte mir Gold entgegen. Viel Gold. War das al-Hawwas' Kriegskasse?

»Gilbert!«, klang Thores ungeduldige Stimme von draußen. »Wir können uns nicht länger halten. Komm da besser raus.«

Verdammt schade um das viele Gold, dachte ich, ließ den Deckel zufallen und richtete mich auf. Da hörte ich ein unterdrücktes Wimmern hinter der Truhe. Ich packte zu und bekam einen Haarschopf zu fassen. Das musste ein Kind sein. Ich griff noch einmal zu, erwischte seinen Arm und zog einen vor Angst zitternden Knaben hinter der Truhe hervor.

»Marcos?«, rief ich verdutzt. »Was machst du hier?«

Sein Mund war vor Angst verzerrt, er bebte am ganzen Leib und sah mich mit riesigen, vor Tränen glitzernden Augen an. Vermutlich erkannte er mich gar nicht in der Dunkelheit mit Helm und Rüstung. »Ich bin's. Gilberto«, sagte ich. »Hab keine Angst.«

»Gilbert!«, brüllte Thore vor dem Zelt. »Wir müssen verschwinden.«

Ich schob den Jungen vor mir her ins Freie. Thore machte große Augen, als er ihn erkannte. Wir sahen uns kurz an und dachten das Gleiche. Wie kriegen wir den armen Kerl aus dem Lager? Mitten in der Schlacht.

»Ich lass ihn auf keinen Fall hier«, sagte ich. »Einer von uns muss ihn zu sich aufs Pferd nehmen.«

Kaum hatte ich das gesagt, als lautes Gebrüll anhob und Scharen von Kriegern vom Berg heruntergerannt kamen, über den niedrigen, jetzt unbewachten Wall sprangen und dem Feind in den Rücken fielen. Al-Thumnah kam uns zu Hilfe. Und das im rechten Augenblick.

Das Kampfgetöse schien sich zu verdoppeln, aber nicht für lange. Erst lösten sich wenige von al-Hawwas' Leuten aus der Schlacht, dann immer mehr, und plötzlich war es, als wäre ein Damm gebrochen. In Scharen liefen sie wie die Hasen davon, sprangen über Tote und Verletzte und verschwanden in der Nacht. Viele wurden bei ihrem Fluchtversuch erschlagen, die meisten aber entkamen. Nur wenige wurden gefangen genommen.

Der Aufruhr beruhigte sich langsam. Jetzt hörte man Verwundete stöhnen, reiterlose Pferde irrten umher, die sterbenden Feuer warfen ihr flackerndes Licht auf Tote und Verletzte, auf weggeworfene Waffen, eingestürzte Zelte. Als allen klar wurde, dass wir gewonnen hatten, brach ein riesiges Triumphgeheul los. Normannen sprangen von den Pferden, umarmten Berberkrieger und umgekehrt und jubelten gemeinsam.

»Rollo! Du und vier andere, ihr bewacht das verdammte Zelt. Ohne meine Erlaubnis hat keiner Zugang.« Ich hob den kleinen Marcos auf mein Pferd. »Wie bist du hergekommen?«, fragte ich ihn.

»Sie haben mich verkauft.«

Diese Dreckskerle! Wahrscheinlich war Abd al-Malik seiner überdrüssig geworden. »Sei unbesorgt, mein Junge. Damit hat es jetzt ein Ende.«

Meine Stute ließ den Kopf hängen, was nicht ihre Art war, und humpelte auf dem linken Vorderhuf. Sie schien sich etwas in den Huf getreten zu haben. Ansonsten ein paar blutige Schrammen und oberflächliche Schnittwunden. Nichts, was nicht in ein paar Wochen heilen würde. Den Huf würde ich mir später ansehen.

Jemand hatte Holz auf die Feuer in der Mitte des Lagers gelegt, sodass die Flammen aufloderten. Daneben stand Roger, von oben bis unten mit Blut besudelt, aber mit einem breiten Grinsen im Gesicht. Er hatte seine erste Schlacht geschlagen und gesiegt. Ich war erleichtert, ihn nicht verwundet zu sehen. Muhammad al-Thumnah stand daneben und atmete heftig. Rüstung und Kleidung trugen ebenfalls Spuren des Kampfes. Die beiden schienen sich schon bekannt gemacht zu haben, auch wenn es mit der Verständigung hapern dürfte.

Als er mich erkannte, strahlte der Emir übers ganze Gesicht. »Hier kommt unser tapferer Retter«, rief er. »Gilberto, mein Freund. Du hast Wort gehalten. Selten war ich so froh, jemanden wiederzusehen.«

Er packte mich an den Schultern und küsste mich auf beide Wangen. Dann schüttelte er Rogers Hand, als wollte er ihm den Arm abreißen. Auch Gunnar und Abd al-Rahman wurden mit Freuden- und Dankbarkeitsbekundungen überschüttet. Etwas abseits standen Tariq und Abd al-Malik und musterten mich mit finsteren Mienen. Mein Erscheinen als Retter des Emirs musste ihnen übel aufstoßen.

Der Emir bemerkte ihre Zurückhaltung.

»Komm her, Tariq, und begrüße unsere tapferen Normannen.«

Tariq trat näher und verbeugte sich knapp vor Roger. Dann zeigte er mit grimmer Miene auf mich. »Verlang nicht von mir,

Muhammad, dass ich einen Kerl begrüße, der meine Burg zerstört und mein Eigentum geraubt hat.« Die Kunde von unserem Überfall hatte ihn also erreicht.

Der Emir runzelte unmutig die Stirn. »Ach, deine verdammte Burg. Besser, du verlierst eine Burg als dein Leben. Ich bezahl dir den Neuaufbau, wenn dir so viel daran liegt. Also gebt euch die Hände. Ich bestehe darauf!«

Aber dazu kam es nicht mehr, denn auf einmal war das Geräusch vieler Hufe zu vernehmen. Abd al-Rahman brüllte Befehle, und alle Männer hoben ihre Schilde und stellten sich in Kampfreihe auf. Auch wir Normannen.

»Das muss al-Hawwas' Reiterei sein«, raunte Gunnar mir zu.

Wir warteten in höchster Anspannung auf ihren Angriff. Aber der kam nicht. Sie schienen das Lager nur zu umreiten, und bald entfernte sich das Hufgetrappel wieder und erstarb in der Dunkelheit. Wir atmeten auf.

»Das Lager muss schnellstens befestigt werden«, sagte Roger. »Gut möglich, dass sie ihre Kräfte sammeln und uns am Morgen angreifen.«

* * *

Als unser Tross eintraf, begrüßte Loki mich als Erster. Und wie immer auf seine überschwängliche Art. Auch Aristoteles war voller Freude, mich wohlbehalten anzutreffen, und Chara fiel Thore um den Hals. Es kümmerte sie wenig, dass die Männer pfiffen und anzügliche Bemerkungen machten.

Gerlaine dagegen war zurückhaltender. Sie vermied es, mich in aller Öffentlichkeit zu küssen, aber ihre Augen leuchteten, als sie zu mir trat. »Ich wusste, dass dir nichts geschehen würde. Trotzdem bin ich unglaublich erleichtert.« Sie nahm meine

Hand und legte sie sich an die Wange. »Du bist mein Leben, Gilbert. Ich will dich nie mehr verlieren.«

Ich führte sie zu Marcos. »Kennst du diesen jungen Mann?«

»Aber natürlich«, rief sie erstaunt. »Du bist doch aus Alessas Dorf.«

»*Sì*, Signora Gerlaine«, erwiderte er schüchtern.

»Kümmere dich um ihn«, sagte ich zu ihr. »Er hat Schlimmes durchgemacht.«

Auf einmal wurde Marcos' Miene starr und verängstigt. Er versuchte, sich hinter mir zu verstecken. Als wir uns umdrehten, stand Tariq keine zwanzig Schritt weit entfernt und ließ mich seinen Hass spüren. Aber es war nicht Tariq, dem Marcos' furchtsame Blicke galten, sondern Abd al-Malik, der neben ihm stand.

»Was hat der Bastard hier zu suchen?«, flüsterte Gerlaine aufgebracht. Ihre Stimme klang ängstlich.

»Sie sind verbündet. Und du weißt doch, Tariq ist des Emirs Gefolgsmann.«

»Dann dürfte Umar auch nicht weit sein.« Sie schauderte, als hätte eine Eiseskälte sie bis ins Mark getroffen, und drängte sich enger an meine Seite. »Diese Männer machen mir Angst, Gilbert. Du erinnerst dich, was ich dir gesagt habe. Sie haben etwas vor.«

Ich hätte sie ernst nehmen sollen, aber ich lachte nur. »Wir sind von Bewaffneten umringt, Gerlaine. Was sollen sie hier schon anrichten?« Ich legte schützend meinen Arm um sie. »Außerdem bin ich bei dir. Niemand wird dir etwas antun.«

Wir konnten nicht länger miteinander reden, denn Roger und der Emir begannen die Männer anzutreiben, das Lager zu befestigen. Sie besprachen sich kurz mit den Anführern, dann packten alle mit an. Wir schufteten die halbe Nacht hindurch. Um das Lager herum wurden Wall und Graben vervollständigt. Während die eine Hälfte der Männer damit beschäftigt war, zogen andere in der Dunkelheit aus, um Äste und kleinere Bäume im nahen Wald zu schlagen, die sie von den Pferden herschleppen ließen. Daraus wurden Pfähle gehackt, zugespitzt und außen in den Wall eingegraben. Verwundete wurden versorgt und die Leichen des Feindes ein Stück weit außerhalb des Lagers auf freiem Feld abgelegt. Für ihre Bestattung fehlten uns die Kräfte. Nur für unsere eigenen Toten hoben wir hastig Gräber aus.

Zum Glück waren die normannischen Verluste gering. Nur zwei Tote und drei Leichtverletzte. Auch Bjarni war nicht ernsthaft verwundet. Wucht und Überraschung des Angriffs hatten den Gegner so überrumpelt, dass es gedauert hatte, bis eine Gegenwehr sich formieren konnte. Überhaupt war alles sehr schnell gegangen. Die Masse der Gegner hatte uns zwar zeitweilig in Bedrängnis gebracht, aber nur wenige Opfer gekostet. Zu kopflos und ungeordnet hatten sie sich verteidigt. Allerdings waren ein Dutzend Pferde zu beklagen, auch Rogers kostbarer Hengst. Es tat ihm weh, das treue Tier von seinem Leiden zu erlösen.

Abd al-Rahmans Einheit hatte zehn Mann verloren und Gunnar fünf. Auf der gegnerischen Seite zählten wir an die hundert Tote. Dazu kamen viele mit schweren Wunden, die die nächsten Tage kaum überleben würden. Al-Hawwas fanden wir allerdings nicht unter ihnen. Er musste schon früh geflüchtet sein.

Trotz dieses Sieges gaben wir uns keinen falschen Hoffnungen hin. Denn der feindliche Fürst, falls er noch lebte, hatte die Reiterei und den Großteil seines Heeres retten können. Er konnte uns immer noch gefährlich werden. Entlang des Walls wurden Wachen aufgestellt. Der Rest der Männer begann, das Lager auszuplündern, sich an der zurückgelassenen Nahrung gütlich zu tun und sich endlich irgendwo schlafen zu legen. Der Goldschatz in al-Hawwas' Zelt war von erheblichem Wert. Und al-Thumnah überließ uns in großzügiger Weise zwei Drittel davon.

Roger war begeistert. »Schon allein deshalb hat sich der Feldzug gelohnt.«

»Allein deshalb?«

Verdutzt sah er mich an. Dann dämmerte ihm, was ich meinte. »Oh, tut mir leid«, sagte er kein bisschen zerknirscht. »Du weißt doch, wie froh ich bin, dass wir Gerlaine befreit haben. Ich wünschte nur, es würde mir auch mit Judith gelingen.«

»Judith?« Ich verstand nicht.

»Sie aus den Klauen ihrer Familie zu befreien.«

»Wenn du weiter so irre Angriffe reitest, wird sie dich am Ende nur noch beweinen dürfen.«

»Ohne Wagemut kein Erfolg, mein Freund. Ich bin sicher, es wird ein großartiger Feldzug.«

»Vorausgesetzt, wir überleben ihn«, erwiderte ich mit einem spöttischen Grinsen und suchte Gerlaine, um endlich ein wenig zu schlafen.

Sie und Chara hatten ein Plätzchen in einem verlassenen Zelt für uns gefunden. Thore schlief bereits. Auch Marcos lag in tiefem Schlaf eingerollt neben Gerlaine. Die beiden Frauen aber unterhielten sich flüsternd. Der Tag hatte so viel an Aufregung und Ängsten gebracht, dass sie noch keine Ruhe finden konnten. Ich legte meinen Kopf in Gerlaines Schoß und schloss die Augen. Eine unendliche Müdigkeit hatte mich erfasst.

»Ich glaube, es ist noch nicht vorbei«, hörte ich sie sagen, bevor ich einschlief.

* * *

Der Morgen dämmerte grau und kalt und feucht. Trübes Licht drang durch den Zelteingang. Erstes Rumoren im Lager, leises Gerede, ein unterdrücktes Lachen. Die Zunge klebte mir am Gaumen, und der Kopf tat weh. Nicht zu reden von protestierenden Muskeln und anderen schmerzhaften Stellen an meinem geschundenen Leib. Wahrscheinlich war ich von blauen Flecken und Blutergüssen übersät. Was gäbe ich jetzt für ein warmes Bad im Palast von Catania?

Ich stützte mich auf den Ellbogen. Thore und Chara schliefen Arm in Arm. Auch Gerlaine lag neben mir auf dem Rücken und atmete tief und gleichmäßig. Auf ihrer anderen Seite Marcos, dessen Hand auf ihrem Bauch ruhte.

Ich betrachtete ihre Züge. Sie hatte ein Gesicht, das man so leicht nicht vergaß. Kräftige Brauen, die ihr einen entschlossenen Ausdruck verliehen und sie fast grimmig wirken ließen, wenn sie wütend war. Auch ich hatte gelegentlich ihren Zorn zu spüren bekommen. Sie sei eine Wildkatze, hatte es in Melfi geheißen. Manche fanden sie spröde. Aber was wussten die schon von meiner Gerlaine? Von der Liebe, die uns verband, von ihrem leidenschaftlichen Wesen. Von ihrem ansteckenden Lachen, von ihrem Zauber. Ich fragte mich, was Ivo wohl von ihr geerbt haben mochte. Die Stirn? Die kecke Nase. Ihren Mut?

Nun war sie wahrhaftig wieder bei mir. Gegen alle Widerstände hatte ich es geschafft. Im Schlaf entspannt lag sie neben mir. Etwas magerer, als ich sie in Erinnerung hatte. Sie war so schön wie immer, und doch war da etwas um ihren Mund, das vorher nicht da gewesen war. Obwohl ich nicht hätte sagen können, was genau, aber es berührte mich tief, wusste ich doch, was sie in den letzten Monaten durchgemacht hatte. Eine Ameise kletterte über ihren Arm. Ich schnippte sie weg. Gerlaines Mund zuckte ein paarmal. Vielleicht träumte sie gerade. Ich hätte ihn gern geküsst, diesen Mund, aber ich wollte sie nicht wecken und stand auf.

Draußen lag Tau auf dem braunen, zertrampelten Gras. Loki, der zusammengerollt vor dem Zelt geschlafen hatte, erhob sich, gähnte und streckte ausgiebig die Glieder. Am Wall standen die Wachen mit Schild und Speer und warteten auf den Feind, der nicht kam. Die gelben Flammen der Kochfeuer belebten das Grau des frühen Morgens. Knechte klapperten mit Pfannen und Kesseln und bereiteten das Morgenmahl aus zerquetschter Hirse, Salz und Wasser. Letzteres mussten sie vom Fluss geholt haben, denn hier floss kein Bach.

Ich wanderte zu meinen Stuten hinüber, die mit den anderen Pferden angekoppelt standen und lustlos am feuchten Gras rupften. Saura war in übler Laune, das merkte ich gleich, gestattete mir aber, ihren Huf zu untersuchen. Ein Zittern lief über ihr Fell, aber sie hielt still. Es war eine abgebrochene Pfeilspitze. Mit einem Ruck entfernte ich das lästige Ding. Vorsichtig setzte sie den Huf auf und wandte mir den Kopf zu. Nachdem ich sie und Alba ausgiebig gestreichelt hatte, rief ich einem Knecht zu, den Pferden Wasser zu bringen. Dann machte ich einen Rundgang durchs Lager.

Überall krochen Männer verschlafen aus den Zelten und verrichteten ihre Morgenandacht. Dann wärmten sie sich an den neu entfachten Feuern und aßen ihr karges Mahl. Sie redeten in leisen Stimmen miteinander in Sprachen, die ich nicht verstand. Arabisch oder ihre Berbermundart. Ganz sicher durchlebten sie noch einmal den Kampf in der Nacht, betrauerten tote Kameraden. Wo immer ich vorbeiging, verstummten sie und sahen neugierig zu mir herüber. Wahrscheinlich wussten sie noch nicht so recht, was von diesen blonden Fremden zu halten war, die ihnen geholfen hatten, die Schlacht zu gewinnen.

Vom Feind war immer noch nichts zu sehen.

So verstrich der Morgen ohne besondere Vorkommnisse. Um die Mittagszeit nach dem Gebet der Muslime rief der Emir seine Anführer zusammen, um zu beraten, was zu tun sei. Roger bat mich, daran teilzunehmen. Meinerseits lud ich Thore und Ivain ein, da sie dieses sizilianische Abenteuer von Anfang an mit mir geteilt hatten. Ich bat die anderen meiner Truppe, auf Marcos und die Frauen aufzupassen.

Emir Muhammad al-Thumnah hatte al-Hawwas' Zelt übernommen. Gunnar war da, Abd al-Rahman, der mir freundlich zuzwinkerte, Aristoteles natürlich, der das Vertrauen seines Herrn genoss, und eine Reihe anderer Unterführer. Die meisten erkannte ich von Catania wieder. Ja, und auch Tariq. Zum Glück hatte er nicht Abd al-Malik eingeladen. Den Anblick hätte ich an diesem Tag wohl nicht ertragen. Trotzdem wunderte es mich, dass ich bisher nichts von Umar gesehen hatte. Versteckte er sich vor mir?

Der Emir dankte erneut Roger und mir vor allen Versammelten für die rechtzeitige Hilfe und den mutigen Angriff auf seinen Feind. Dann bat er Roger, seine Einschätzung der Lage kundzutun und wie er den Feldzug weiterführen würde.

»Der Fürst des Gegners ist früh geflohen, statt seinen Männern beizustehen«, sagte Roger. »Das zeugt nicht gerade von großem Mut. Wir sollten die Gelegenheit nutzen und ihn verfolgen, bevor er sich in seine Festung Enna zurückziehen kann. Vielleicht gelingt es, ihn zu stellen und endgültig zu vernichten.«

Ich musste lächeln. So war er, mein Freund. Kein Zögern, kein Zurückblicken, nur immer voran. Am besten im Galopp. Abd al-Rahman gefiel das, wie ich sah. Er war wohl nach dem gestrigen Sieg auf den Geschmack gekommen. Auch andere nickten zustimmend.

»Sie haben eine blutige Nase bekommen und sind vermutlich eingeschüchtert«, rief einer. »Deshalb sollten wir jetzt nicht nachlassen und hart zuschlagen, um mit Allahs Hilfe unsere Ehre wiederherzustellen.«

Auch das fand Anklang. Gunnar übersetzte für uns diese und andere Bemerkungen. Dann meldete Tariq sich zu Wort.

»Natürlich wollen wir diesen Krieg gewinnen«, sagte er. »Aber wir haben große Verluste erlitten. Unsere Männer sind müde. Unsere Reiterei ist geflohen. Es wäre klüger, sich vorläufig zurückzuziehen, frische Truppen auszuheben und es im Frühjahr neu anzugehen.«

Auch dieser Vorschlag fand seine Anhänger. Roger gefiel dies natürlich weniger, und Thore neben mir raunte: »Wir sind verdammt noch mal nicht gekommen, um klein beizugeben.«

»Was ist mit kämpfen, Tariq?«, forderte ich ihn mit lauter Stimme heraus. »Oder kannst du nur Weiber entführen?«

Der Emir hatte Mühe, ein spöttisches Schmunzeln zu unterdrücken. Aristoteles aber sah mich erschrocken an. Und Tariqs Gesicht verfärbte sich blutrot. Als andere sich gegenseitig zuflüsterten, was ich gesagt hatte, grinsten viele hämisch, denn man wusste Bescheid, welche Feindschaft mich mit Tariq verband und warum. Doch er beherrschte sich, nicht gleich zum Schwert zu greifen, auch wenn es ihm offensichtlich große Mühe kostete. Ich fragte mich, warum? Geplant hatte ich diese Herausforderung zwar nicht, aber nun, da es gesagt war, würde ich mich mit Freuden einem Zweikampf stellen. Doch der Kerl biss nicht an.

Der Emir wollte gerade die Besprechung weiterführen, als ein Alarm durchs Lager ging. Wir hörten aufgeregte Rufe und Männer, die am Zelt vorbeihasteten. Alles stürmte ins Freie und an den Erdwall. Die Leibwache des Emirs stieß einige zur Seite, sodass wir sehen konnten. In etwa dreihundert Schritt

Entfernung hatte sich eine Schlachtreihe von Kriegern aufgebaut. Sie waren über den gleichen Hügel gekommen, den wir am Abend zuvor als Deckung genutzt hatten.

»Sie greifen uns an!«, rief al-Thumnah. »Alles zu den Waffen!«

Auch ohne diesen Befehl waren die Männer schon dabei, nach Schild und Speer zu greifen. Meine Kameraden rüsteten sich und brachten uns die Schilde. Gerlaine war plötzlich an meiner Seite mit meinem Helm im Arm.

»Ich wusste es«, sagte sie.

»Aber sie stehen bloß da und kommen nicht näher.«

»Herr«, wandte sich Gunnar an den Emir. »Ich glaube, sie wollen verhandeln.« Er deutete auf die Linie der feindlichen Krieger, wo jetzt ein einzelner Reiter aufgetaucht war, der einen weißen Tuchfetzen an seine Lanze gebunden hatte. Langsam kam er auf uns zu. In der Umwallung des Lagers hatten wir eine Lücke gelassen, die durch ein aus hastig zusammengebundenen Stämmen gefertigtes Gatter geschützt war. Davor blieb er stehen und rief uns seine Botschaft entgegen.

»Al-Hawwas will einen Waffenstillstand verhandeln«, erklärte Gunnar uns das Gesagte. »Das Treffen soll mit jeweils kleinem Gefolge hundert Schritt vor dem Lager stattfinden.«

»Ich hab's gewusst. Denen ist der Mut zum Kämpfen abhandengekommen«, meinte Roger selbstzufrieden.

Al-Thumnah stimmte dem Treffen zu, und so wurden Vorbereitungen getroffen. Für die beiden Fürsten stellten sie Feldstühle vor das Lager. Zehn Mann aus der Leibwache sicherten den Treffpunkt. Der Emir selbst nahm als Erster seinen Platz ein, begleitet von seinen Unterführern und allen anderen Mitgliedern der zuvor unterbrochenen Versammlung.

»Was tust du hier?«, raunte ich Gerlaine zu, die mir gefolgt war. »Geh zurück ins Lager.«

»Ich will dabei sein«, erwiderte sie ungehalten. »Haben Thore und Ivain etwa mehr Rechte als ich? Außerdem muss ich auf dich aufpassen.«

Ich musste lächeln. »Du auf mich?«

»Ich hab gehört, du hast Tariq herausgefordert. So was solltest du lieber lassen.«

»Ich dachte, ich soll ihn bestrafen.«

»Nicht, wenn es dein Leben kostet, du dummer Kerl. Ab jetzt bleib ich in deiner Nähe.«

Es war schwer, ihr etwas auszureden, wenn sie es sich einmal in den Kopf gesetzt hatte. »Also gut. Aber halt dich hinter uns, damit du nicht so auffällst.«

Das Treffen sollte mit kleinem Gefolge stattfinden. So war es verabredet worden. Offensichtlich ein dehnbarer Begriff, denn die Gegenseite näherte sich mit einem Haufen, der größer war als der unsere. Die Hälfte davon zu Pferde. Anscheinend waren die edlen Herren sich zu schade, die paar Hundert Schritte zu laufen. Langsam ritten sie an den Leichen ihrer gefallenen Kameraden vorbei, bis sie nahe dem Treffpunkt von den Pferden stiegen.

Die größte Überraschung aber kam, als sich herausstellte, dass nicht al-Hawwas die Unterhändler anführte, sondern seine schöne Schwester, die Fürstin Maymunah. Man hatte sie nicht gleich erkannt, denn sie war in Männerkleidung und hohen Stiefeln, trug sogar einen Lederpanzer, zwar keinen Helm, dafür aber ein Tuch um den Kopf wie ihre Krieger. Sie näherte sich selbstbewusst, als befände sie sich in ihrer eigenen Empfangshalle. Al-Thumnah dagegen war so sprachlos wie der Rest seiner Begleitung. Er sprang von seinem Feldstuhl auf und starrte sein entflohenes Weib an wie eine Erscheinung.

»Du … hier?«, stammelte er. »Wo ist dein Bruder?«

»Da oben. Erkennst du ihn nicht?« Sie deutete auf die Schlachtreihe weiter oben auf dem Hang.

Tatsächlich stand dort ein einzelner Reiter, umgeben von Männern einer Leibwache. Ob es al-Hawwas war, konnte ich natürlich nicht sagen, zumindest aber war es sein Banner.

Im Folgenden wurde fast ausschließlich Arabisch gesprochen, aber ich erzähle es hier, wie man es mir später berichtet hat.

»Mein Bruder meint, ich sei unter den Umständen wohl die geeignetere Unterhändlerin«, sagte sie mit einem reizenden Lächeln in die Runde. »Schließlich bin ich ja selbst nicht ganz unschuldig an diesem Krieg.«

Sie ließ sich gegenüber ihrem Gemahl nieder und schlug die Beine übereinander. Die berittenen Anführer und Edelleute ihres Gefolges stellten sich im Halbkreis um sie. Leibwachen mit Schild und Speer in einer Doppelreihe dahinter. Die meisten von denen trugen das traditionelle Tuch um Kopf und Hals geschlungen, und zwar so, dass es das halbe Gesicht bedeckte, wie so oft bei den Kämpfern der Sarazenen.

Maymunah ließ ihren Blick über uns schweifen. Sie hatte die volle Aufmerksamkeit aller Anwesenden. Und dies nicht nur wegen ihres blendenden Aussehens, obwohl heute von ihrem schönen Haar nur eine einzelne Locke unter der *kufiya* hervorlugte. Nein, es war ihr Auftreten und ihre Persönlichkeit, der man sich nicht entziehen konnte.

»Ich sehe, du hast Verstärkung von den Normannen bekommen«, sagte sie so beiläufig, als hätte die nächtliche Schlacht gar nicht stattgefunden, als lägen nicht diese Leichen auf dem Feld, die bereits Scharen von Krähen angelockt hatten. Al-Thumnah öffnete den Mund, um ihr zu antworten, aber sie ließ ihn gar nicht zu Worte kommen, sondern winkte stattdessen mir zu.

»Mein guter Gilberto«, rief sie aufgeräumt, diesmal auf Lombardisch. »Ich habe dich gleich erkannt. Und wer ist das hübsche Wesen an deiner Seite? Deine Herzallerliebste? Es ist dir also gelungen, sie zu befreien.« Jetzt erst wandte sie sich an den Emir. »Hast du sie etwa freigekauft, Muhammad?«, fragte sie mit Unschuldsmiene. »Wie lieb von dir.«

Al-Thumnah war ein erfolgreicher Kriegsherr, ein Fürst, dem halb Sicilia gehörte, ein Herrscher, der für seine Wutausbrüche gefürchtet war, der Männer hängen oder auspeitschen ließ, wie es ihm gefiel. Aber in der Hand dieser Frau schien er wie Wachs zu sein.

»Kommen wir zur Sache«, sagte er mit belegter Stimme und räusperte sich. »Was willst du, Maymunah?«

Die Fürstin setzte nun eine bescheidenere, fast unterwürfige Miene auf, stellte brav die Beine nebeneinander und schlug die Augen nieder. »Ich denke, wir sollten uns versöhnen, Muhammad«, sagte sie mit einschmeichelnder Stimme. »Es tut mir leid, dass ich dich verlassen habe. Ich möchte nach Catania zurückkommen. Du fehlst mir.«

Der Emir war überrascht, aber auch wider Willen berührt. Dennoch gab er sich schroff. »Einfach so? Nach allem, was vorgefallen ist? Und dein Bruder? Ist der damit einverstanden?«

Sie schenkte ihm einen langen Augenaufschlag und lächelte treuherzig. »Natürlich. Es hätte nie Krieg zwischen euch geben sollen. Seid ihr nicht beide Allahs Söhne? Und Brüder einer Familie durch unsere von Allah gesegnete Ehe?«

Der Emir runzelte die Stirn und kaute unschlüssig auf seiner Unterlippe. Er sah aus, als ob er ihren Vorschlag in Betracht zöge, aber noch nicht so schnell das Feld räumen wollte. Sollte sie doch lieber noch etwas betteln, dieses treulose Weib.

Bevor er auf ihren Vorschlag antworten konnte, trat Tariq vor und sprach zu den Versammelten. Es sei doch wirklich das Beste für beide Fürstentümer. Zu viele seien dem unsinnigen Streit zum Opfer gefallen, zu viele Mütter hätten ihre Söhne, zu viele Kinder ihre Väter verloren. Nun sei es an der Zeit, sich brüderlich die Hand zu reichen und Frieden zu schließen. Solches und mehr redete er in eindringlichem Ton. Es waren gute Worte, und viele nickten dazu. Der Emir schmollte zwar weiterhin, war noch nicht bereit, so mir nichts, dir nichts seinem Weib zu vergeben, aber die Stimmung entspannte sich, alles lächelte, die Fürstin besonders.

Da sie Arabisch sprachen, verstand ich von alldem nichts, konnte nur die Gebärden und freundlichen Mienen lesen. Aber vielleicht machte gerade dies mich empfänglicher für andere Wahrnehmungen. Denn irgendetwas stimmte nicht. Wie bei einer lieblichen Melodie, bei der im Hintergrund ein falscher Ton mitschwingt.

Zuerst bemerkte ich dies in Maymunahs Gesichtsausdruck, der trotz ihres Dauerlächelns etwas Lauerndes hatte. Auch ihre adeligen Gefolgsleute erschienen mir im Gegensatz zu unseren etwas unruhig, trotz ihres Bemühens um Freundlichkeit. Und für jemanden wie Tariq, der tagelang von diesen Männern belagert worden war und noch in der Nacht gegen sie gekämpft hatte, war mir sein Auftreten zu glatt und zu versöhnlich. Und dann bestärkte ein kurzer, einvernehmlicher Blickaustausch zwischen ihm und der Fürstin noch dieses seltsame Gefühl, das mich beschlichen hatte. War hier falsches Spiel im Gange?

Bevor ich mir einen Reim darauf machen konnte, ließ sich ein leises Knurren hinter mir vernehmen. Loki zwängte sich zwischen den Männern durch und trat ein paar Schritte in den Halbkreis. Aller Augen richteten sich erstaunt auf den Hund. Besonders Tariq schätzte die Störung nicht und sah gereizt zu ihm hinüber.

Aber Loki achtete nicht auf ihn. Mit gesträubtem Nackenhaar starrte er auf Maymunahs Gefolge, fletschte die Zähne und ließ erneut ein drohendes Knurren hören. Was war nur los mit ihm? Ich wollte ihn schon zurückrufen, aber da kamen mir einige der Gesichter der Leibwache, obwohl halb von ihren Kopftüchern verdeckt, irgendwie bekannt vor. War das nicht der Hohlwangige, der den alten Schäfer erschlagen und dessen Namen ich nie gelernt hatte? Daneben glaubte ich einen unserer Wächter zu erkennen. Was zum Teufel ging hier vor? Und dann begriff ich.

»Dominus!«, schrie ich dem Emir zu und deutete auf die Männer in der hinteren Reihe. »Das sind keine Leibwachen, Herr. Das sind Tariqs Krieger, Skorpione!«

Die Warnung war kaum verklungen, da brach der Teufel los. Muhammad al-Thumnah sah mich noch verständnislos an, als Maymunah auf- und zur Seite sprang. Tariq riss sein Schwert aus der Scheide und stellte sich schützend vor sie. Auch andere von Maymunahs Leuten griffen zu den Waffen, wichen beiseite und gaben den Weg frei für die angeblichen Leibwachen. Die in vorderster Reihe hatten ihre Rundschilde fallen lassen und hielten plötzlich Bögen in den Händen.

Ich riss meinen langen Normannenschild, auf den ich mich gestützt hatte, in die Höhe, stieß Ivain aus dem Weg und warf mich vor den Emir, um ihn zu schützen. Nicht zu früh, denn drei Pfeile schlugen wie Hammerschläge dröhnend auf den Schild ein. Ein weiterer verfehlte mich und den Fürsten und traf hinter ihm jemanden ins Gesicht. Mit einem Schrei taumelte der Mann rückwärts. Noch ein Pfeil wurde von Gunnars Helmrand abgelenkt, ein weiterer verfehlte knapp Rogers Schulter. Doch der hatte schon sein Schwert in der Faust und preschte vor.

Es entstand ein wildes Handgemenge, Klingen trafen klirrend aufeinander, Männer brüllten. Während ich meine Waffe zog, sah ich Maymunah zu den Pferden flüchten, beschützt von Tariq, der einen Schild vom Boden aufgehoben hatte. Al-Thumnahs Leibwache stürmte endlich vor. Drei von ihnen setzten Tariq nach, kamen aber zu spät, um die beiden aufzuhalten. Sie mussten sich gegen die Wüstenskorpione wehren, die den Rückzug der Fürstin deckten und selbst zum Angriff übergingen. Einer der unseren wurde niedergestochen. Roger gelang es, einen Gegner zu töten, wurde dann aber von mehreren bedrängt, während Tariq und Maymunah ihre Pferde bestiegen und davonpreschten.

Ich wollte Roger zu Hilfe eilen, da tauchte plötzlich Umar auf, nicht mehr als zehn oder fünfzehn Schritte entfernt. Er hatte einen Pfeil auf dem Bogen.

»He, Normanne!«, brüllte er. »Denkst du wirklich, sie gehört dir?« Er zog die Sehne durch bis zur Wange. Aber er zielte nicht auf mich.

Ich wirbelte herum. Da stand Gerlaine starr vor Schreck. Ich glaube, sie sah den Pfeil kommen und konnte ihm doch nicht entgehen. Genauso wenig wie ich sie rechtzeitig erreichen konnte, obwohl ich es versuchte. Auch Loki, der Umar ansprang, konnte den Schuss nicht verhindern. Das Geschoss raste heran und durchschlug ihre Brust mit solcher Wucht, dass die blutige Spitze am Rücken wieder austrat und sie rückwärts geschleudert wurde. Ich ließ Schild und Schwert fahren und konnte sie gerade noch auffangen, bevor sie zu Boden stürzte.

Mit einem Schrei ging ich in die Knie, umschlang sie mit den Armen, bettete sie an meine Brust. Von Umars Gebrüll und Lokis mörderischem Knurren bekam ich nichts mehr mit. Auch nicht vom Kampf, der noch einige Augenblicke tobte. Der Horror, Gerlaine zu Tode verwundet in den Armen zu halten, machte mich blind und taub für alles andere.

Sie bäumte sich auf, riss den Mund weit auf wie zu einem Schrei, brachte jedoch kaum einen Ton hervor. Ihre Augen flackerten. Einen Augenblick lang stand Panik darin. Doch dann sackte sie zurück, ihr Blick wurde wieder klarer, schien mich zu erkennen, obwohl ihr Herz wild raste und ihre Brust mit dem Pfeil darin sich keuchend hob und senkte. Verzweifelt drückte ich sie an mich, küsste sie auf die Lippen.

»Ich glaube, ich sterbe, Gilbert«, hörte ich sie murmeln. Ich spürte ihre Hand an meinem Gesicht. Sie streichelte meine Wange und versuchte zu lächeln.

»Nein, du wirst nicht sterben«, schrie ich und wusste doch, dass es eine Lüge war. Wie konnte sie eine solche Wunde überleben? Ich hatte es oft genug gesehen. Gleich würde sie husten, Blut erbrechen und Mühe haben, zu atmen. Und dann würde es mit ihr zu Ende gehen.

»Ivo«, flüsterte sie und schließlich: »Ich liebe dich, Gilbert.«

Ich war hilflos, konnte nichts für sie tun. Nur zusehen, wie sie anfing zu zittern, wie ihre Augen sich verdrehten, wie die Sinne sie verließen. Und dann lag sie leblos in meinen Armen. Mein Gesicht war nass vor Tränen. Jemand wollte mich wegziehen, aber ich ließ es nicht zu, hielt Gerlaines regungslosen Körper fest an mich gedrückt. Niemand sollte sie mir nehmen. Niemand.

»Lass los, Gilbert«, raunte mir jemand ins Ohr. Verständnislos hob ich den Blick. Es war Aristoteles, der sanft auf mich einredete. »Ibrahim bin Yasin ist hier. Muhammads Leibarzt. Er will sie sich ansehen.«

Es kostete mich Überwindung, aber schließlich legte ich sie sanft ins Gras und erhob mich, wandte mich halb ab, als der alte Arzt sie zu untersuchen begann. Ich verstand nicht. War sie nicht vor meinen Augen gestorben? Doch Ibrahim fühlte ihren Puls, legte sein Ohr an ihre Brust und nickte befriedigt, redete mit Aristoteles.

»Sie atmet, Gilbert«, sagte der Zwerg. »Noch ist nichts verloren.«

Hoffnung keimte auf. Ich sah zu, wie der Arzt ihr Wams aufschnitt und die schreckliche Wunde freilegte. Erstaunlich wenig Blut an der Eintrittsstelle. Dennoch, obwohl ich so einiges gewohnt war, wurde mir fast übel bei dem Anblick, den Körper, den ich liebte, so verletzt zu sehen. Der Pfeil hatte sie auf der linken Seite getroffen, nahe der Schulter. Anscheinend zu weit vom Herzen entfernt, um tödlich zu sein, wie Aristoteles mir die Worte des Arztes übersetzte. Sie sei ohnmächtig geworden. Der Schock der Verwundung.

»Er sagt, der Pfeil muss sofort entfernt werden. Ob die Lunge beschädigt ist, wird sich zeigen.«

Sie drehten sie vorsichtig auf die Seite und schnitten die Pfeilspitze ab. Dann wieder auf den Rücken, aber auf einen sauberen Umhang. Es war Muhammad al-Thumnahs eigener. Er selbst hatte ihn auf dem Boden ausgebreitet. Plötzlich flogen Gerlaines Augen auf. Sie sah sich ängstlich um, wollte sich aufrichten. Der Arzt sprach beruhigend auf sie ein und drückte sie sanft zurück.

»Du musst jetzt tapfer sein«, raunte der Zwerg ihr zu. »Wir müssen den Pfeil ziehen.«

Ibrahim schob ihr einen ledernen Gürtel zwischen die Zähne und nickte ihr aufmunternd zu. Ich drehte mich um, konnte nicht zusehen, wie man sie quälte. Und der schreckliche Schrei, den sie gleich darauf ausstieß, ging mir durch Mark und Bein.

»Es ist überstanden«, sagte Aristoteles. »Ibrahim wird sie versorgen. Bete zu deinen Göttern, mein Freund, so gut du kannst. Solange die Wunde sich nicht entzündet, kann sie es vielleicht überleben.«

Epilog

Al-Hawwas zog sein Heer ab. Ein Angriff auf das befestigte Lager wäre zu verlustreich geworden. Man brachte Gerlaine in ein großes Zelt, wo Ibrahim bin Yasin sich weiter um sie kümmerte. Der Emir selbst wachte darüber, dass alles für sie getan wurde. Der Arzt wusch ihre Wunde sorgfältig aus, behandelte sie mit Kräutern und legte einen festen Verband an.

Chara und ich hielten Wache an ihrer Seite. Auch die Gefährten kamen einer nach dem anderen, um ihr Mut zuzusprechen. Rollo brachte ein paar Mistelzweige zur baldigen Genesung. Hamo fand nichts Besseres zu tun, als rumzualbern, was ihr aber ein erstes Lächeln entlockte. Und Thore bestand darauf, dass sie sich verdammt noch mal zu erholen habe, denn er wolle eine Doppelhochzeit feiern. Woraufhin Chara schnippisch meinte, sie habe ja noch gar nicht eingewilligt. Roger blieb am längsten, obwohl er wenig sprach. Er beobachtete uns nur und lächelte zufrieden.

Gerlaine verbrachte eine unruhige Nacht. Sie schlief wenig. Und wenn, dann stöhnte sie oft und schrie einmal laut im Traum. Jedes Mal hatte ich Angst, dass es ihr schlechter gehen könnte, doch sie überstand die Nacht, ohne dass eine Verschlimmerung eingetreten wäre. Am nächsten Morgen hatte sie Schmerzen und fieberte ein wenig, aber das waren keine bedrohlichen Zeichen, wie Ibrahim mir versicherte, als er ihren Verband erneuerte.

Für mich war in jedem Fall der Feldzug zu Ende. Gerlaine brauchte mich jetzt weit mehr als Roger. Wir fertigten eine Pferdesänfte an, um sie nach Catania zu bringen, wo sie sich erholen sollte, bevor wir die Reise heim nach Argentano antraten.

Al-Thumnah, der mir überaus dankbar war, dass meine Geistesgegenwart ihm das Leben gerettet hatte, bestand darauf, dass uns nicht nur fünf berittene Berber, sondern auch sein Leibarzt begleiteten. Ein großes Zugeständnis. Außerdem beschenkte er mich großzügig mit Gold und Silber.

Marcos setzten wir auf ein Maultier. Er war froh, dass er seine Mutter wiedersehen würde, sobald es Gerlaine gut genug ging, weiter nach Argentano zu reisen. Auch Aristoteles und seine Nichte schlossen sich uns an. Ich glaube, Chara hatte fürs Erste genug von Schlachten. Nicht aber von Thore, von dem sie mit viel Tränen Abschied nahm.

Was Umar angeht, so hatte Loki ihn als den erkannt, der mich zusammengeschlagen hatte, sich auf ihn gestürzt und ihm die Kehle so gründlich zerfetzt, dass er daran schnell verblutete. Das war gut so, denn ich glaube, ich hätte ihn bei lebendigem Leib kastriert und dann gekreuzigt.

Auch Abd al-Malik starb an diesem Tag. Thore griff sich den Bogen eines gefallenen Wüstenskorpions und holte den Bastard mit einem gut gezielten Schuss aus dem Sattel, als er im Begriff war, eiligst davonzureiten.

Tariq und Maymunah aber entkamen. Ich bin sicher, der Mordanschlag war schon lange geplant gewesen. Nur das unerwartete Auftauchen unserer Normannentruppe hatte ihn vereitelt. Ich frage mich, wie ein Mann sich fühlen muss, wenn die Frau, die er liebt, versucht, ihn umzubringen. Tariq, der

Gefolgsmann, dem er lange vertraut hatte, war ihr neuer Liebhaber geworden. Wäre der Anschlag mithilfe der Wüstenskorpione geglückt, hätte sich al-Thumnahs Heer mit großer Wahrscheinlichkeit aufgelöst, und diese beiden wären als Herrscher in Catania eingezogen.

So aber ging der Krieg weiter. Der Emir erhielt Verstärkungen aus dem Süden und belagerte Enna. Leider erfolglos, denn es fehlte ihm an Belagerungsmaschinen. Aber er rächte sich an al-Hawwas und seiner Schwester, indem er viele kleine Städte, die zum Fürstentum Enna gehörten, ausraubte, Schutzgelder von ihnen erpresste oder sie zerstörte, wenn sie nicht zahlen wollten. Roger und meine Kameraden halfen ihm nach Kräften und bereicherten sich dabei. Weite Landstriche wurden geplündert, Burgen geschleift, Dörfer dem Erdboden gleichgemacht.

Ardoin, mein mutiger Held, bewies auch weiterhin seine Fähigkeiten und wurde ein geschätztes Mitglied meiner alten Bande. Tancred aber war nicht mehr bei ihnen, als sie Monate später siegreich heimkehrten. Er war bei einem der Scharmützel gefallen.

Aber ich greife vor, denn zunächst blieben wir einige Wochen in Catania, während Gerlaine dort aufs Beste gepflegt wurde. Sie hatte Schaden an Leib und Seele genommen. Während Ibrahim bin Yasin täglich nach ihr sah und Anna sie mit allem Leiblichen versorgte, saß ich selbst stundenlang an ihrem Bett. Wenn es ihr danach verlangte, dann redeten wir über ihre Erlebnisse. Ich glaube, es half ihr, damit ins Reine zu kommen. Aber meist war es schon gut, einander nur bei den Händen zu halten und unsere wiedergefundene Gemeinsamkeit zu genießen.

Für dieses Mal war das Schlimmste noch gerade eben verhindert worden. Ich bin überzeugt, es war mein guter Loki, der Umars Aufmerksamkeit im letzten Augenblick gestört hatte, sodass der Pfeil sie zwei Zoll vom Herzen entfernt getroffen hatte. Wie schnell kann ein Leben doch vergehen, wie kostbar ist die Zeit, die man mit einem geliebten Menschen verbringen darf. Nicht auszudenken, wenn sie gestorben wäre. Nicht auszudenken, wenn ich nicht nach Sicilia gegangen wäre, um sie zu suchen. Ich war es ihr schuldig gewesen. Und mir. Und unserem Sohn Ivo.

Als es Gerlaine besser ging, verabschiedeten wir uns von Aristoteles und Chara und überquerten das Meer auf einem der Schiffe des Emirs. Anna, ihr Mann und ihr Kind waren ebenfalls an Bord. Sie hatten beschlossen, fürs Erste bei uns in Argentano zu bleiben. Die beiden Sklavinnen aus Tariqs Burg dagegen waren zufrieden, einen Platz unter den Dienerinnen des Palastes gefunden zu haben.

Welches Glück, als Gerlaine endlich wieder unser Kind in die Arme nehmen durfte, obwohl es ihr noch lange Zeit beschwerlich war, den linken Arm zu belasten.

Robert und Alberada bereiteten uns zum Empfang ein großartiges Fest. Alle Normannen nahmen daran teil, aber auch viele Argentanos. Natürlich Alessa und ihre Schwester Ioanna, die überglücklich war, ihren Sohn wiederzuhaben. Auch andere Leute aus dem Dorf, wie die Alte, die ihre Nachbarn überzeugt hatte, mir zu helfen. Und Vater Georgios hielt eine betrunkene Rede, in der er meinte, die Normannen seien vielleicht doch nicht ganz so barbarisch, wie er immer geglaubt hatte. Vorausgesetzt, wir würden fleißig seine Kirche besuchen und unsere Kinder dort taufen lassen. Angefangen natürlich bei Ivo.

Später setzte Robert sich zu mir und legte mir den Arm um die Schultern. »Ich bin stolz auf dich, Gilbert. Du hast auf niemanden gehört, der dir die Sache ausreden wollte. Du warst hartnäckig und hast verdammt noch mal nicht aufgegeben. Ich bewundere das. Ganz abgesehen davon, dass Gerlaine eine Frau ist, um die es sich zu kämpfen lohnt. Du erinnerst dich, wie sie damals darauf bestand, mit uns ins Mezzogiorno zu ziehen? Mit einer Bande wilder Kerle, wie wir es waren. Sie hatte nur einen kleinen Ranzen auf dem Rücken, besaß nicht einmal ein Messer. Ihr Schneid hat mich vom ersten Tag an beeindruckt.«

Wir tranken Wein zusammen und gedachten der alten Tage. Und jedes Mal, wenn wir uns an ein weiteres Abenteuer erinnerten, das wir durchlebt hatten, goss Robert nach, um darauf anzustoßen.

Später, als wir schon ziemlich betrunken waren, hatte er eine Neuigkeit für mich. »Es war gut, dass du Roger geholfen hast«, sagte er. »Er ist mein Lieblingsbruder, weißt du? Ihr habt euch am Monte Scalpello tapfer geschlagen. Aus Roger wird mal ein guter Anführer. Er wird mich in Zukunft hier in Kalabrien ausgezeichnet vertreten. Und wer weiß, vielleicht ziehen wir eines Tages wieder nach Sicilia. Dann kannst du dich an diesem Tariq rächen. Aber zuerst habe ich anderes mit dir vor. Ich brauche dich. Nötiger denn je.«

»Ist etwas geschehen?«

Er zuckte mit den Schultern. »Gutes und Schlechtes. Rom und Byzanz haben sich endgültig zerstritten. Sie nennen es das große Schisma der Christenkirche. Es wird kein Bündnis mehr zwischen ihnen geben. Das ist gut für uns. Andererseits brodelt es überall. Aufstände bedrohen uns. Sogar in Melfi. Salerno ist uns nicht mehr wohlgesinnt. Dass es so weit kommen konnte, hast du vorausgesehen. Unserem Bruder Onfroi geht es zurzeit nicht besonders gut. Ich hoffe, er erholt sich bald wieder. Wenn nicht, wäre ich sein möglicher Nachfolger. Aber es gibt solche, die das verhindern wollen. Ich will nicht wie

Drogo enden, mit einem Messer im Rücken. Deshalb sollst du der Hauptmann meiner Leibwache werden.«

»Ich soll eine Leibwache für dich aufstellen?«

»So ist es. Nicht nur eine Leibwache. Vielleicht sogar etwas mehr. Auch eine Einheit für besondere Aufgaben.«

»Aber nichts Verwerfliches wie in Salerno.«

»Nichts wie in Salerno. Versprochen.«

Ich dachte nach. »Warum nicht? Vielleicht so etwas wie die Waräger. Die haben den Kaiser von Byzanz beschützt. Du hast doch von ihnen gehört, oder?«

»Ah, die Waräger«, sagte Robert nachdenklich. »Eine ganze Schutztruppe. Warum nicht?«

»Ich wüsste auch jemanden, der mir dabei helfen könnte.«

»Guter Mann?«

»Der Beste. Der ist sogar ein echter Waräger.«

Robert wusste schon, wen ich meinte. »Gut. Dann fang an.«

»Gleich jetzt?«

Er lachte. »Nicht gleich jetzt. Aber sobald du deinen Rausch ausgeschlafen hast.«

Darauf tranken wir. Und auf das Leben, auf die Kameraden und auf die Liebe. Und auf die verdammten Nornen, die einem manchmal Gutes tun und dann wieder in die Suppe spucken.

Aber was auch geschieht, das Leben geht weiter. Und auch meine Geschichte ist noch nicht zu Ende erzählt. Denn da war immer noch dieser Tariq bin Halil, mit dem ich eine Rechnung offen hatte. Eines Tages würde ich nach Sicilia zurückkehren und Gerlaine und mir Gerechtigkeit verschaffen.

Doch fürs Erste hatte ich eine neue Aufgabe. Eine besondere Truppe aufzustellen wie die Waräger. Erst mal klein, aber mit Schlagkraft. Gunnar würde mir dabei helfen. Und Melfi war unser nächster Bestimmungsort.

Die wichtigsten Personen der Normannen-Saga

Anmerkung: Der Vollständigkeit halber sind hier alle Personen der Normannen-Saga aufgeführt, auch wenn nicht alle im vorliegenden Band eine Rolle spielen.

Die Hauteville-Familie

Tancred Normannischer Kleinadeliger und Vater der zwölf Brüder des Hauteville-Klans

Muriell Tancreds erste Frau, Mutter der ersten fünf Söhne

Fressenda Tancreds zweite Frau

Serlo Der Älteste der Brüder und Erbe der Burg Hauteville, blieb in der Normandie

Williame Genannt »Bras de Fer« (Eisenarm), kämpfte in Sizilien gegen die Mauren, später in Apulien gegen Byzanz, eroberte Melfi, starb noch vor Roberts Ankunft in Italien an einem Fieber

Drogo War mit Williame in Sizilien, wurde später erster Graf von Apulien, 1052 ermordet (Band I)

Onfroi Drogos Nachfolger als Graf von Apulien, Sieger der Schlacht von Civitate

Godefroi Jüngster von Muriells Söhnen, kam nach Italien im Jahr 1053

Robert Genannt »Guiscard« (Schlitzohr), ältester Sohn von Fressenda, wurde nach Onfroi Graf von Apulien, später Eroberer und Herzog von ganz Süditalien und Sizilien

Mauger Kam nach Italien im Jahr 1053, später Graf des Capitanate

Guillerm Kam nach Italien im Jahr 1053, später Graf des Principate

Aubrey, Tancred, Humbert Diese drei sind in der Normandie geblieben

Roger Jüngster Sohn von Fressenda, kam als Letzter nach Italien, kämpfte für Robert in Kalabrien, später Eroberer und Graf von Sizilien und Vorbereiter des Königreichs Sizilien

Fressenda Letztes Kind von Fressenda

Andere (historische) Normannen

Alberada Roberts erste Frau und Mutter von Bohemund

Girard Alberadas Neffe und Baron von Buonalbergo, Roberts Freund und Verbündeter

Hugo Genannt »Tubœuf« (Ochsentöter), Baron

Pierron Baron von Trani

Asclettin Baron von Aceranza

Tristan Baron von Montepeloso

Richard Genannt »Drengot«, Graf von Aversa

Die Fürstenfamilie von Salerno

Guaimar IV. Prinz von Salerno, unter ihm gab es die größte Ausdehnung des Fürstentums Salerno, war zeitweilig sogar Fürst von Capua

Gaitelgrima Guaimars Schwester, Prinzessin von Salerno und Gräfin von Apulien, erst mit Drogo verheiratet, wurde dann Onfrois Gemahlin und Mutter seiner zwei Söhne

Guido Guaimars Bruder und Fürst von Sorrento

Pandulf Guaimars Bruder

Gemma Guaimars Gemahlin, Schwester des Grafen von Teano

Gisulf Guaimars erstgeborener Sohn und Erbe

Sichelgaita Guaimars Tochter, später Roberts zweite Frau

Pandolfo Graf von Teano in Capua, Gemmas ältester Bruder und somit Guaimars Schwager, Rädelsführer des Aufstands

Landolfo Gemmas jüngster Bruder und Mitverschwörer

Pandulf IV. Fürst von Capua, genannt »Wolf der Abruzzen«, beteiligt am Mord an Drogo, wurde von Gilbert hingerichtet (Band I)

Johannes Erzbischof von Salerno

Fürsten der Sarazenen auf Sizilien

Muhammad ibn Ibrahim ibn al-Thumnah Berberfürst, einer der ursprünglich vier regionalen Militärkommandanten, die im Laufe von Erbstreitigkeiten und Unruhen das Emirat von Palermo ablösten

Abu al-Futuh ibn al-Maklati Berberfürst von Catania, wurde von al-Thumnah besiegt und getötet, der sich daraufhin sein Gebiet einverleibte

Ali ibn Ni'mah, genannt Ibn al-Hawwas Berberfürst von Enna, Agrigento und Castronovo, al-Thumnahs größter Widersacher

Maymunah al-Hawwas' Schwester und al-Maklatis' Witwe, heiratete nach dessen Tod den Sieger al-Thumnah

Fiktive Personen

Gilbert Genannt »Le Porchon« (Schweinehirt), der Ich-Erzähler, als Kind von Robert geraubt, bei der Familie Hauteville aufgewachsen, Roberts Schildträger und Vertrauter
Gerlaine Gilberts Geliebte und Tochter des Schmieds in Hauteville
Ivo Gerlaines und Gilberts Sohn
Tancred Kastellan von San Marco Argentano
Lando Spion der Normannen
Ismael Schmuggler aus Reggio
Alessa Ivos Amme
Ioanna Alessas Schwester
Marcos Ioannas verschleppter Sohn
Tariq Tariq bin Halil al-Faiza, der »schwarze Emir«, Vasall des al-Thumnah
Abd al-Malik Anführer einer religiös motivierten, arabischen Bande
Umar Abd al-Maliks Unterführer
Gunnar Ehemaliger Waräger, der nach einem byzantinischen Feldzug auf Sizilien geblieben ist
Vater Georgios Orthodoxer Priester in San Marco Argentano
Aristoteles Sizilianischer Zwerg und Gaukler
Chara Nichte von Aristoteles
Anna Verschleppte Bäuerin aus Kalabrien
Ahmed Omari Verwalter des Fürsten al-Thumnah in Catania
Abd al-Rahman Reiterführer des Fürsten al-Thumnah
Thore Gilberts Freund und Krieger, Bogenschütze
Hamo Normannischer Krieger, Feldscher
Rollo Normannischer Krieger, ein unbezwingbarer Riese

Ragnar Normannischer Krieger, Schwertkämpfer
Bjarni Normannischer Krieger
Ivain Normannischer Krieger, Axtwerfer
Herman Normannischer Krieger
Ardoin Lombardischer Krieger und Grimoaldos Sohn
Pali Normannischer Krieger albanischer Abstammung
Baldric Normannischer Krieger
Sverre Normannischer Krieger
Rainulf Reiterhauptmann und Waffenmeister
Bertran Reiterhauptmann, genannt »Le Chauve« (Glatzkopf)
Greta Hugo Tubœufs Tochter
Ezilda Asclettins Nichte
Maria Schankmagd in Melfi
Fulko Priester, ehemals Krieger
Grimoaldo Hauptmann der Palastwache des Prinzen Guaimar
Gundo Lombardischer Graf
Radoaldo Lombardischer Soldat

Nachwort des Autors

Das Jahr 1054 ist allgemein bekannt als das Jahr des Großen Schismas der Christenheit, des Streits zwischen Rom und Konstantinopel, der bis heute nicht beigelegt ist. Während Byzanz noch immer eine Macht im östlichen Apulien und in Kalabrien darstellte, herrschten die Normannen nach der siegreichen Schlacht von Civitate unangefochten im Inneren des Landes. Auch die lombardischen Fürstentümer Salerno, Capua und Benevento waren ihnen zwar nicht untertan, aber doch gefügig. Somit waren die Normannen, angeführt von den Hautville-Brüdern in Melfi und Richard Drengot, dem Grafen von Aversa, aus Italien nicht mehr wegzudenken.

Sizilien dagegen war nach Jahren byzantinischer Herrschaft maurisch geworden. Araber aus Nordafrika und ihre Berbertruppen waren im frühen neunten Jahrhundert an der Westküste Siziliens gelandet, hatten ein Emirat in Palermo errichtet und dann schrittweise die gesamte Insel erobert, wobei der Ostteil hauptsächlich christlich blieb. Dies wurde von den neuen Herren durchaus geduldet, allerdings mussten die Christen eine zusätzliche Steuer entrichten, weshalb viele, besonders die ärmeren, zum Islam konvertierten.

Aufgrund dynastischer Konflikte büßten die Herrscher in Palermo mit der Zeit immer mehr an Macht und Einfluss ein.

Der gescheiterte byzantinische Versuch im Jahre 1038, die Insel zurückzuerobern, trug ebenfalls dazu bei, dass die zentrale Macht sich auflöste und Sizilien infolge von vier regionalen Militärführern beherrscht wurde. Einer von ihnen war al-Thumnah, ursprünglich Emir von Syrakus. Ihm gelang es, zwei der anderen zu eliminieren. Er heiratete Maymunah, die Witwe des besiegten Emirs von Catania, und bekriegte al-Hawwas, ihren Bruder, der die Mitte des Landes unter Kontrolle hatte. Der im Roman beschriebene Streit mit Maymunah und deren Flucht nach Enna zu ihrem Bruder ist ebenfalls überliefert.

In seinem Krieg gegen al-Hawwas war al-Thumnah allerdings weniger erfolgreich und bat tatsächlich den jungen Roger de Hauteville, der sich in Kalabrien aufhielt, um militärische Hilfe. Dieser setzte mit sechzig Reitern nach Sizilien über, um ihn zu unterstützen. Sie besiegten al-Hawwas, konnten aber dessen Festung Enna nicht erobern. Trotzdem ließ sich al-Thumnah in Palermo zum Emir von ganz Sizilien ausrufen.

Für Roger war der Feldzug ebenfalls erfolgreich, denn er kehrte mit reicher Beute heim. Und ich vermute, dass er bei diesem Unternehmen seine Liebe für Sizilien entdeckte, denn Jahre später kam er mit Robert Guiscards Unterstützung zurück, um die Eroberung der Insel ernsthaft in Angriff zu nehmen. Das spätere normannische Sizilien sollte in der Vermischung christlicher und muslimischer Einflüsse zu einem Ort der Kultur und Gelehrsamkeit ohnegleichen werden.

Allerdings fand Rogers erste Gelegenheit, Sizilien kennenzulernen, so, wie im Roman beschrieben, erst im Jahre 1060 statt. Ich habe diese Ereignisse um einige Jahre vorgezogen, um sie mit Gilberts Suche nach seiner entführten Gerlaine zu verbinden.

In der muslimischen Welt war Sklaverei gang und gäbe. Häufig wurden Raubzüge in christliche Gebiete unternommen, um Menschen zu verschleppen. In Süditalien wurde dadurch so manches Dorf entvölkert. Allerdings kamen auch viele Sklaven aus dem Norden, oft aus slawischen Ländern (daher das Wort Sklave), wo sie von Christen gefangen und an die Moslems vermarktet wurden. Ein reger Handel, der in Südeuropa bis ins späte Mittelalter, ja bis zur Neuzeit andauerte.

In muslimischen Ländern wurden christliche Knaben oft zu Soldaten ausgebildet, Mädchen als Hausdienerinnen gehalten. Sklaven wurden nicht unbedingt schlecht behandelt, manche dienten als Lehrer, bekleideten gar hohe Ämter, und vielen wurde nach Jahren treuer Dienste die Freiheit gewährt, vorausgesetzt, sie nahmen den Islam an. Trotzdem kann man sich aus heutiger Sicht mit diesem Wirtschafts- und Gesellschaftssystem kaum anfreunden. Aber es gehörte eben auch zum elften Jahrhundert, besonders in Südeuropa und Sizilien, weshalb es mir ein Bedürfnis war, dies in der Normannen-Reihe zum Thema zu machen.

Wer sich weiter für das muslimische Sizilien interessiert, dem kann ich Leonardo C. Chiarellis *A History of Muslim Sicily* empfehlen.

Wie immer möchte ich mich bei meinem Agenten Joachim Jessen von der Agentur Schluck für seine Unterstützung bedanken, wie auch bei Kerstin von Dobschütz für ihr hervorragendes Lektorat, nun schon zum sechsten Mal. Wir sind inzwischen wirklich ein gutes Team geworden. Und natürlich bei meiner Frau Sandra, die wie immer die Entstehung meiner Bücher kritisch begleitet.

Spannend, abenteuerlich und historisch fundiert – Ulf Schiewes Normannen-Saga

Das Schwert des Normannen

Die Normandie im 11. Jahrhundert: Der berüchtigte Robert Guiscard von Hautevill ist auf der Flucht nach Süditalien, wo seine Brüder sich als Kriegsherren einen Namen gemacht haben. Unter Roberts Gefährten befindet sich der 17-jährige Gilbert, dessen Treue und Waghalsigkeit ihn schnell zu Roberts engstem Vertrauten werden lassen. Sie beginnen als Raubritter, für die nichts als Gold zählt, und sind doch dabei, ein Reich zu schaffen, das in Europa seinesgleichen suchen wird.

Die Rache des Normannen

Süditalien 1054: Die Contessa Gaitelgrima, Gemahlin des normannischen Grafen von Apulien, reist in ihr heimatliches Salerno, wo sie ihren neugeborenen Sohn an der Seite ihres Bruders taufen lassen will. Der junge Normanne Gilbert erhält den Auftrag, sich um ihre Sicherheit zu kümmern. Reichtum und Opulenz der Stadt beeindrucken ihn. Doch hinter der glitzernden Fassade braut sich ein gewaltiger Machtkampf zusammen, der die illustre Prinzenfamilie zu vernichten droht …

Ein großartiges Panorama der Zeit der Kreuzzüge

ULF SCHIEWE

Der Bastard von Tolosa

ROMAN

Wie Tausende »Soldaten Christi« folgt auch der junge Edelmann Jaufré Montalban 1096 dem Aufruf des Papstes, Jerusalem von den Ungläubigen zu befreien. Viele grausame Schlachten später beginnt er am Sinn des Kreuzzugs zu zweifeln. Als seine Geliebte brutal niedergemetzelt wird, will er sich auf seine Burg nahe dem heutigen Toulouse zurückziehen. Doch dort erwartet ihn eine Gattin, die er nur unter Zwang geheiratet hat – und eine tödliche Intrige um das Rätsel seiner Herkunft.

Troubadoure, Ritter und eine dramatische Intrige

ULF SCHIEWE

Die Comtessa

ROMAN

Südfrankreich in der Mitte des 12. Jahrhunderts: Der mächtige Graf von Toulouse will die Erbin Ermengarda zur Ehe zwingen und so das reiche Narbonne in seine Gewalt bringen. Doch die junge Waise ist fest entschlossen, ihre Freiheit und die der Grafschaft zu verteidigen – und flieht am Tag der geplanten Hochzeit. Nur die beiden Ritter Arnaut und Felipe stehen ihr zur Seite. Trotz aller Angst und Not wächst die Liebe zwischen Ermengarda und Arnaut, aber auch erbitterte Rivalität zwischen den beiden jungen Männern …

»So muss ein historischer Roman sein: authentisch, spannend und mit Figuren versehen, denen man sich nicht entziehen kann.« *Neue Osnabrücker Zeitung*

KNAUR

Südfrankreich im 12. Jahrhundert

ULF SCHIEWE

Die Hure Babylon

ROMAN

Sie sprechen vom himmlischen Frieden – und rufen zum Kreuzzug auf. Sie mahnen zu Mäßigung und Keuschheit – und führen ein Leben in Verworfenheit – wie die biblische Hure Babylon.

Der junge Edelmann Arnaut, der sich dem Kreuzzug angeschlossen hat, um Buße zu tun, muss bald erkennen, dass es bei dem bewaffneten Pilgerzug ins Heilige Land weniger um Erlösung als um Macht und Eitelkeit der Herrschenden geht und dass im Namen Gottes Verrat und unvorstellbare Greueltaten begangen werden …

DROEMER